BASTEI
LÜBBE

BASTEI LÜBBE WOLFGANG HOHLBEIN IM TASCHENBUCH-PROGRAMM:

CHARITY

23 096 Band 1 Die beste Frau der Space Force
23 098 Band 2 Dunkel ist die Zukunft
23 100 Band 3 Die Königin der Rebellen
23 102 Band 4 In den Ruinen von Paris
23 104 Band 5 Die schlafende Armee
23 106 Band 6 Hölle aus Feuer und Eis
23 110 Band 7 Die Schwarze Festung
23 115 Band 8 Der Spinnen-Krieg
23 121 Band 9 Das Sternen-Inferno
23 121 Band 10 Die dunkle Seite des Mondes
23 207 Band 11 Überfall auf Skytown
23 213 Band 12 Der dritte Mond

13 328 Geisterstunde
13 421 Die Moorhexe
13 453 Die Hand an der Wiege
13 627 Der Inquisitor
13 871 Der Widersacher
13 969 Die Rückkehr der Zauberer
14 197 Wolfsherz
20 172 Die Schatten des Bösen
21 204 Die Kinder von Troja
24 232 Nach dem grossen Feuer

DER DRACHEN-ZYKLUS

20 152 Die Töchter des Drachen
20 306 Der Thron der Libelle

DER HEXER-ZYKLUS

14 336 Der Hexer von Salem
14 337 Neues vom Hexer von Salem
14 338 Der Dagon-Zyklus
14 339 Die sieben Siegel der Mancht
14 340 Der Sohn des Hexers
13 772 Auf der Spur des Hexers / Das Labyrinth von London

Wolfgang u. Heike Hohlbein

Die Heldenmutter

Fantasy-Roman

BASTEI LÜBBE

BASTEI LÜBBE TASCHENBUCH
Band 20 130

1. Auflage: Oktober 1989
2.-5. Auflage: Februar 1990 bis Januar 1992
6.-8. Auflage: Mai 1993 bis Dezember 1997
9. Auflage: Januar 2000
10. Auflage: September 2001

Vollständige Taschenbuchausgabe

Bastei Lübbe Taschenbücher ist ein Imprint
der Verlagsgruppe Lübbe

Umschlaggestaltung: QuadroGrafik, Bensberg
Titelillustration: Don Maitz / Agentur Schlück
Druck und Verarbeitung: 56715
50004 Société Nouvelle Firmin-Didot
Mesnil-sur-l'Estrée, Frankreich
Printed in France
ISBN 3-404-20130-2

Sie finden uns im Internet unter
http://www.luebbe.de

Der Preis dieses Bandes versteht sich einschließlich
der gesetzlichen Mehrwertsteuer.

Erstes Buch

DAS KIND

1

Es war ein Morgen im Frühherbst. Die zaghaften Strahlen der aufgehenden Sonne versprachen noch einen warmen Tag, aber schon glitzerte der erste Rauhreif im Gras. Der Biß des Windes war kalt, und sein Heulen erinnerte an weiß überzuckerte Berge und Wolfsspuren im Schnee.

Lyra stand früh auf wie immer, schon lange vor Sonnenaufgang, um den Beginn der Arbeiten zu überwachen und selbst mit Hand anzulegen, wo es sein mußte – natürlich nicht mehr bei den schweren Feldarbeiten. Jetzt half sie allenfalls noch beim Melken der Kühe oder beim Schweine- und Hühnerfüttern. Aber es gab eine Menge anderer Dinge, die sie noch tun konnte und auch tat. Sie war sich nicht einmal sicher, ob das alles wirklich leichter war als ihr normales Tagewerk: Sie mußte die Gruppen einteilen, die aufs Feld gingen, die bestimmen, die auf dem Hof blieben und dort arbeiteten, dazu all die großen und kleinen Querelen schlichten, die so zu dem Leben auf dem Hof gehörten wie das morgendliche Krähen der Hähne und der Geruch nach Kuhstall und Hühnermist.

Sie war erleichtert, als auch die letzten aufbrachen und sie selbst endlich das Gesindehaus verlassen und in den Stall gehen konnte. Nach dem Durcheinander von Stimmen, dem Streiten und Lärmen und dem kleinlichen Quengeln derer, die sich benachteiligt oder von ihr gegängelt fühlten, erschien ihr die Arbeit bei den Kühen wie eine Erholung. Aber als sie sich nach dem Eimer bückte, wurde ihr übel. Es war nicht das erste Mal, daß ihr das passierte, im letzten Dreivierteljahr; aber so schlimm wie jetzt war es eigentlich nur in den ersten drei oder vier Wochen gewesen. Die Übelkeit kam plötzlich, so warnungslos wie ein Hieb. In ihrem Mund sammelte sich bitterer Speichel, und ihr Magen zog sich schmerzhaft zusammen. Gleichzeitig wurde ihr schwindelig.

Lyra blieb sekundenlang in der unnatürlich verkrampften Haltung stehen, zu der sie ihr angeschwollener Leib gezwungen hatte, preßte die Hand gegen die Lippen. Es tat weh, aber es gelang ihr, den Brechreiz niederzukämpfen und sich zitternd aufzurichten.

Leicht beschämt bemerkte Lyra, daß sie nicht allein im Stall war und die anderen sie anstarrten. Mit einer Anstrengung, die ihre Kräfte beinahe überstieg, richtete sie sich ganz auf und ging langsam zur Tür.

Ihr Magen rebellierte noch immer. Aber sie schluckte die bittere Galle, die sich unter ihrer Zunge sammelte, tapfer herunter und beeilte sich, den Stall zu verlassen. Es war albern und vielleicht sogar gefährlich, aber sie wollte sich um keinen Preis vor den anderen Mädchen übergeben müssen, auch wenn dies nur natürlich gewesen wäre in ihrem Zustand. Für einen kurzen Moment glaubte sie die Blicke der anderen wie dünne spitze Messer im Rücken zu fühlen, denn nur in den allerwenigsten lag Mitleid. Ihr Verhältnis zu den anderen Mägden und Stallfrauen war niemals sehr gut gewesen, aber seit sie Orans Kind bekam, war die Kluft, die sie voneinander trennte, noch größer geworden. Lyra litt darunter: unter der Ablehnung, der Kälte, die ihr wie eine Mauer entgegenschlug, wann immer sie versuchte, sich einer der anderen zu nähern, den zahllosen mehr oder weniger offenen Spitzen, den Blikken, in denen sich Mißgunst und Schadenfreude mischten. Sie litt darunter, mehr, als sie sich selbst gegenüber einzugestehen bereit war. Auch wenn sie wußte, daß die Verachtung, die die anderen für sie empfanden, zu einem guten Teil nur aus Neid geboren war. Neid und wohl auch Furcht, weil Oran unberechenbar war und niemand vorherzusagen wußte, wie weit und mit welcher Offenheit er sich vor Lyra stellen mochte. Nicht einmal sie selbst; sie vielleicht am allerwenigsten.

Sie trat auf den Hof hinaus und atmete ein paarmal tief durch. Die kalte Luft tat gut. Über das frisch gepflügte Feld, an das der nach einer Seite offene, U-förmig angelegte Hof grenzte, strich der kalte Wind und brachte mit dem Wohlgeruch des nahen Birkenhaines zusätzliche Linderung. Die Sonne war als schmaler, flammendroter Kreisausschnitt über den Gipfeln der Berge erschienen. Lyra liebte diese kurze Spanne zwischen Dämmerung und hellem Tag. Hinter den getönten Scheiben des Haupthauses flackerte noch das gelbe Licht der Öllampen, und im Gras glitzerte noch ein Hauch des Taus, in den sich der Rauhreif verwandelt hatte, als die Dämmerung heraufzog. Der Tag war erwacht, aber noch müde.

Lyra blieb mit halb geschlossenen Augen stehen und wartete, daß die Übelkeit nachließ. Doch plötzlich erwachte ein ziehender, peinigender Schmerz in ihren Lenden.

Sie erschrak. *Es ist noch zu früh!* dachte sie. Sie hatte noch mehr als zwei Wochen. Siebzehn Tage, wenn sie richtig gerechnet hatte. Und wenn die Übelkeit und die Schmerzen bedeuteten, daß das Kind jetzt schon kam, dann würde es sterben; oder vielleicht schwach und sein Leben lang kränklich sein. Oran würde sie vom Hof jagen, wenn sie ihm ein totes Kind oder gar einen Krüppel gebar.

Lyra zwang sich zur Ruhe. Was sie spürte, war ganz normal, nur ungewohnt. Sie hatte bisher ausgesprochenes Glück gehabt mit ihrer Schwangerschaft. Ihr Leib hatte sich allmählich gerundet, und dann und wann – vor allem in den ersten Wochen – war ihr vor dem Zubettgehen oder morgens nach dem Aufwachen übel und schwindelig gewesen, so daß sie liegengeblieben war und abgewartet hatte, bis ihre Eingeweide aufhörten zu rebellieren. Aber das war auch alles gewesen. In den letzten Wochen hatte sie nur noch unter Schmerzen mit Oran schlafen können – worauf er keine Rücksicht genommen hatte. Beides hatte sie als naturgegeben hingenommen und abgewartet, bis ihre Schönheit mehr und mehr den Zeichen der Schwangerschaft wich und er von selbst die Lust an ihr verlor und die Nächte wieder mehr in Felis' als in ihrem Bett verbrachte. Oran war ein harter Mann, dem das Wort Rücksicht fremd war. Doch er konnte auf seine Art auch gutherzig und sanft sein. Sie hätte es schlechter treffen können.

Nein, dachte sie. Es war ganz normal und hatte wahrscheinlich nichts zu bedeuten. Sie war einundzwanzig. Fünfzehn Jahre harter Arbeit auf dem Hof hatten ihren Körper kräftig wie den eines Mannes werden lassen, auch wenn sie ihr nichts von ihrer herben Schönheit genommen hatten. Lyra schalt sich in Gedanken eine Närrin. Sie war nicht die erste Frau auf der Welt, die ein Kind bekam. Das Fleckfieber, das sie vor zwei Jahren durchgemacht hatte, war schlimmer gewesen.

Trotzdem zitterten ihre Knie, als sie sich umwandte. Einen Moment überlegte sie, ob sie ins Haus zurückgehen und Oran um die Erlaubnis bitten sollte, sich eine Stunde hinzulegen. Sie war sicher, daß er ihr diesen kleinen Wunsch nicht abschlagen würde. Aber dann fiel ihr ein, daß es noch früh war und Oran jetzt wahrscheinlich mit Felis beim Morgenmahl saß.

Sie stand sich im Grunde gut mit Felis – so gut eben, wie sich eine Großmagd mit einer Bäuerin stehen konnte, deren Mann mehr Nächte in ihrem als im Bett seiner Gattin verbrachte –, aber seit sie das Kind erwartete, war ihr Verhältnis mehr und mehr abgekühlt, und Lyra ging ihr aus dem Weg, wo immer es möglich war. Felis und Oran waren seit zwei Jahrzehnten verheiratet, aber es war Felis nicht gelungen, dem Hof einen Erben zu schenken. Vielleicht war die Zeit, in der sie es konnte, schon vorbei. Sie war noch immer eine schöne Frau, trotz des harten Lebens an Orans Seite, aber das Alter hatte bereits die Hand nach ihr ausgestreckt, hatte Spuren in ihr Antlitz gegraben, ihrem Haar den Glanz und ihrem Körper die Geschmeidigkeit genommen, die Oran so an Lyra bewunderte.

Lyra schlug den Weg zur Heuscheune ein. Das Gebäude stand noch leer und wurde nur als Schuppen benutzt. Die beiden Wagen und allerlei Gerümpel waren darin untergebracht, und solange die Heuernte noch nicht eingefahren und das Winterfutter nicht geschnitten war, kam kaum jemand dorthin.

Innen herrschte noch Nacht, als sie das langgestreckte Gebäude betrat. Ein schwacher Geruch nach feuchtem Stroh und Hühnermist schlug ihr entgegen, und einen Moment lang blieb sie stehen, damit sich ihre Augen an das schwache Licht gewöhnten. Es war still, aber zusammen mit ihr war auch ein kühler Windhauch hereingekommen, der den Staub aufwirbelte und die Strohbüschel zwischen den Dachschindeln rascheln ließ. Irgendwo klapperte Metall; ein Schatten huschte auf lautlosen Pfoten davon und verschwand in einer Ecke. Für einen Augenblick kam ihr das Gebäude beinahe wie ein großes, gutmütiges Wesen vor, das sie durch ihr plötzliches Erscheinen aus dem Schlaf gerissen hatte.

Sie lächelte flüchtig über die Vorstellung, lehnte die Tür hinter sich an, ohne sie ins Schloß zu drücken, und ging an den abgestellten Wagen und Gerätschaften vorbei in den rückwärtigen Teil des Schuppens. In ihren Eingeweiden wühlte noch immer ein dumpfer Schmerz, aber er war jetzt eher störend als quälend. Die Stille und die Dunkelheit hüllten sie ein wie ein beschützender Mantel, und die frische Luft auf dem Hof hatte ihr gutgetan. Sie würde sich ein paar Augenblicke auf dem Heuboden ausruhen und dann zur Arbeit zurückgehen. Die Kühe mußten gemolken werden. Ihren prallen Eutern war es vollkommen egal, ob sie sich unwohl fühlte oder nicht.

Es bereitete ihr Mühe, die steile Leiter zum Boden hinaufzusteigen; die Stufen ächzten hörbar unter ihrem Gewicht. Sie war außer Atem, als sie auf dem Zwischenboden anlangte.

Nur durch ein paar Ritzen im Dach sickerte graue Helligkeit, die aber die Schwärze, die sie umgab, nicht vertrieb, sondern eher noch betonte. Sie sah nicht viel mehr als Schatten und schwarze, tiefenlose Flächen. Aber sie mußte nichts sehen. Der Heuboden war ihr vertraut, jeder Zentimeter seiner verrotteten Bohlen und durchhängenden

Dachbalken; vertraut aus langen einsamen Stunden, in denen sie sich hier oben verkrochen und still in sich hineingeweint hatte. Er war ihr Versteck, ihre Zuflucht, beinahe ihre Heimat; das einzige Zuhause, das sie jemals gehabt hatte. Die niemals ganz weichende Dunkelheit hier oben war ihre Verbündete, ihre Vertraute. Die Dunkelheit hatte ihre Tränen getrocknet, wenn Oran sie geschlagen oder Felis sie gescholten oder auf andere Weise gedemütigt hatte; sie hatte ihre Angst geteilt, als ihr klar wurde, daß sie schwanger war, und ihre Erleichterung gesehen, als sie begriffen hatte, daß Oran sie nicht von seinem Hof und nicht einmal aus seinem Bett jagen würde. Das war keineswegs selbstverständlich gewesen: Sie hatte wochenlang gezögert, zu ihm zu gehen und ihm zu sagen, daß sie einen Sohn von ihm erwartete. Sie *wußte*, daß es ein Sohn sein mußte, denn wenn es ein Mädchen war, würde Oran sie davonjagen oder das Kind kurzerhand ertränken. Als sie endlich den Mut aufbrachte, hatte sie trotzdem noch vor Angst geweint und kaum ein Wort herausbekommen. Oran wäre nicht der erste Bauer, der sich mit einer seiner Mägde amüsierte und sie mit Schimpf und Schande aus dem Haus jagte, wenn die Freuden seiner Nächte Folge trugen. Aber Oran war ein guter Mann; wenn auch auf seine Art.

Geduckt, die linke Hand halb über den Kopf erhoben und Halt an den feuchten Dachsparren suchend, tastete Lyra sich weiter. In der Mitte des Bodens stand eine Kiste; eigentlich nur noch ein Teil davon – Boden, Stirn- und zwei der Seitenwände. Lyra hatte sie schon vor langer Zeit so herumgedreht, daß ihr stehengebliebener Teil wie ein Schutzschild zur offenen Seite des Bodens wies und sie vor neugierigen Blicken schützte, sollte sich doch einmal jemand hier herauf verirren.

Aber heute war der Raum hinter ihrem improvisierten Schutzschild nicht leer: Im Schatten der Kiste, eng aneinandergedrängt, lagen zwei Menschen.

Lyra blieb abrupt stehen, schlug erschrocken die Hand vor den Mund und unterdrückte im letzten Moment einen überraschten Ausruf. Ihr erster Impuls war, herumzufahren und davonzulaufen, so schnell sie konnte. Aber der Schrecken, der sie für einen Moment sogar ihre Übelkeit vergessen ließ, lähmte sie auch gleichzeitig. Als sie sich wieder beruhigte, blieb eine sonderbare Mischung aus Furcht und Neugier zurück.

Für endlose Sekunden blickte sie auf die beiden Körper und wußte nicht, was sie tun sollte. Dann beugte sie sich – die warnende Stimme in ihrem Inneren mißachtend – vor, ging langsam in die Hocke und versuchte, die Gesichter der beiden im schwachen Licht zu erkennen.

Es waren ein Mann und eine Frau. Ein sehr großer Mann und eine sehr kleine Frau, das konnte sie erkennen, obwohl sie im Halbdunkel nicht viel mehr als Schatten waren und ihre Mäntel wie Decken über sich gebreitet hatten; die beiden Körper darunter waren so verschlungen, daß sie kaum sagen konnte, was zu wem gehörte. Ihr erster Gedanke, nämlich daß es sich um ein Paar hier vom Hof handelte, das diesen Ort entdeckt hatte und versehentlich eingeschlafen war, nachdem sie sich geliebt hatten, war falsch gewesen. Natürlich, auf dem Hof lebten fast fünfzig Mägde und Knechte, aber selbst auf einem so großen Anwesen wäre es aufgefallen, wenn ein Paar am Morgen nicht da war. Nein, die beiden stammten nicht vom Hof. Nicht einmal aus der Gegend.

Einen Moment lang kämpften zwei grundverschiedene Gefühle in Lyra miteinander: die Furcht, die noch immer in ihr nagte und sie zu warnen versuchte, und die Neugier, herauszubekommen, wer diese beiden waren. Aber die Neugier siegte, und nach einem Augenblick beugte sich Lyra weiter vor und hielt sich mit der Hand am Rand der Kiste fest, um nicht das Gleichgewicht zu verlieren. Die Gesichter der beiden kamen ihr seltsam vor: so gegensätzlich, wie man sich zwei menschliche Gesichter nur vorstellen konnte, dabei aber beide von einem Schnitt, wie sie ihn noch nie zuvor in ihrem Leben gesehen hatte.

Das Gesicht des Mannes wirkte auf den ersten Blick grobschlächtig. Aber bei genauerem Hinsehen zeigte sich, daß es nur im Schlaf erschlafft war und gezeichnet von einer tiefen Erschöpfung: breit, mit großen, eine Spur zu dicht beieinanderstehenden Augen und buschigen Brauen, die unter einem auffallend tiefen Ansatz schwarzer Haare standen. Sein Kinn wirkte eckig, aber um den Mund spielte ein sanfter Zug, der nicht ganz zu seiner kantigen Männlichkeit passen wollte. Auf seinen Wangen glänzte der blaue Schimmer eines zwei oder drei Tage alten Bartes. Die Erschöpfung hatte tiefe Schatten unter seine Augen gemalt, und seine Mundwinkel zuckten in regelmäßigen Abständen, ganz leicht nur, aber trotzdem sichtbar, als hätte er einen üblen Traum. Das Gesicht eines Barbaren, dachte Lyra. Aber wenn, dann eines Barbarenprinzen.

Sie verlagerte ihr Gewicht ein wenig, beugte sich noch weiter vor und stützte sich nun auch mit der rechten Hand am Boden ab, um die Frau genauer in Augenschein zu nehmen. Neben der Gestalt des Mannes, die selbst jetzt, halb zusammengekrümmt und unter zwei übereinandergelegten Mänteln verborgen, eindrucksvoll wirkte, kam sie ihr vor wie ein Spielzeug: klein, zart bis an die Grenzen der Zerbrechlichkeit und von seltsam blassem Teint, der ihre Haut fast durchsichtig erscheinen ließ. Ihr Antlitz war schmal und so klein, daß Lyra es in ihren Händen hätte verbergen können, und ihre Züge wirkten – Lyra fand keinen Ausdruck, der besser gepaßt hätte – edel. Die hoch angesetzten Wangenknochen schimmerten wie kleine weiße Narben durch die Haut, und die geschlitzten, leicht schrägstehenden Augen gaben ihr etwas Exotisches. Plötzlich kam Lyra dieses Gesicht – oder vielleicht auch nur ein Gesicht wie dieses – seltsam bekannt vor. Aber sie wußte nicht, weshalb. Ihre Brauen und das Haar, von dem nur eine einzelne Strähne unter ihrem tief in die Stirn gezogenen Kopftuch hervorsah, waren schlohweiß.

Lyra richtete sich behutsam auf, schüttelte verwirrt den Kopf und sah sich um. Neben dem schlafenden Riesen lagen ein Schild und ein zusammengerollter, metallbeschlagener Waffengurt, in dessen Schlaufe ein gewaltiges, glänzendes Schwert steckte, und halb unter dem Schild verborgen ein brauner Leinensack. Daneben, nur unzureichend mit einer Handvoll hastig zusammengerafftem Stroh zugedeckt, lagen die Reste eines Huhnes.

Die verrücktesten Gedanken schossen Lyra durch den Kopf. Die beiden waren mit Sicherheit keine Herumtreiber, die sich im Schutze der Nacht hier hereingeschlichen hatten, trotz des gestohlenen Huhnes. Aber wer waren sie dann? Vielleicht ein Liebespaar, das gegen den Willen seiner Eltern durchgebrannt war?

Lyra lächelte über den Gedanken, kaum daß sie ihn gedacht hatte. Die Waffen des schwarzhaarigen Barbaren bewiesen, daß er ein Edelmann sein mußte oder wenigstens sehr reich. Nicht einmal Oran hatte ein Schwert aus Stahl, obwohl er einer der wohlhabendsten Bauern im Umkreis vieler Tagesreisen war, und . . .

Ein plötzlicher Schmerz zuckte durch ihren Leib; nicht mehr als ein rascher, dünner Stich, aber doch so heftig, daß sie die Balance verlor. Sie fing sich sofort wieder, aber ihr Fuß rutschte weg und verursachte ein leises, scharrendes Geräusch auf dem Holzboden.

Die Lider des Mannes flogen mit einem Ruck auf. Lyras Herz schien zu stocken. Das Scharren ihres Fußes war kaum hörbar gewesen, nicht mehr als das Huschen einer Ratte im Stroh, aber der Fremde mußte über die scharfen Sinne eines Raubtieres verfügen, eines gejagten Raubtieres. Seine Hand zuckte mit einer Bewegung, die beinahe zu schnell war, als daß Lyra sie überhaupt noch sah, unter dem Mantel hervor, packte ihr Gelenk und riß sie mit einem kraftvollen Ruck nach vorne. Sie fiel, stieß einen hellen, erschrockenen Schrei aus und begann in wilder Panik mit den Beinen zu strampeln, als sich der Mann mit einem Ruck von seinem Lager erhob, sie herumwirbelte und an sich preßte, den freien Arm von hinten um ihren Hals schlang und die Hand auf ihren Mund preßte, alles in einer einzigen, ungeheuer kraftvollen, gleitenden Bewegung. Er *war* ein Raubtier.

»Sho-Kai!« ertönte eine harte Stimme. *»Nehmet geterul!«*

Lyra verstand die Worte nicht, wohl aber ihren Sinn.

Halb wahnsinnig vor Furcht und von den Schmerzen in ihrem Leib gequält, hörte sie auf, sich zu wehren. Schreien konnte sie ohnehin nicht, denn die gewaltige Hand des Mannes preßte ihr gleichzeitig Mund und Nase zu, und sein Arm schnürte ihr zusätzlich den Atem ab.

»Laß sie los, Sjur«, sagte eine zweite Stimme. »Du bringst sie ja um!«

Der Mann gab ein unwilliges Knurren von sich, lockerte aber den Würgegriff um Lyras Hals und nahm nach kurzem Zögern auch die Hand von ihrem Gesicht. Lyra stöhnte, sog gierig die Lungen voller Luft und hustete qualvoll. Ihr Blick trübte sich; für einen Moment sah sie die Gestalt der Frau, die sich ebenfalls auf die Knie erhoben hatte, nur als verzerrten Schatten. Sjur konnte sie gerade noch rechtzeitig loslassen. Lyra kippte zur Seite, fing den Sturz instinktiv mit den Händen ab und übergab sich würgend. Ein Krampf schüttelte ihren Körper. Tränen des Schmerzes füllten ihre Augen, und ihr würgendes Stöhnen wurde zum Schluchzen.

»Du armes Ding – hier, nimm das. Das wird dir guttun.« Eine Hand berührte sie an der Schulter, nicht die schwieligen harten Finger Sjurs, sondern die weiche, kühle Hand seiner Begleiterin, streichelte flüchtig ihre Wange und hielt ihr ein winziges Fläschchen vor das Gesicht.

»Atme es ein«, sagte sie. »Es wird dir helfen.«

Lyra zögerte. Übelkeit und Schmerzen vernebelten ihre Sinne, aber irgend etwas sagte ihr, daß die fremde Frau nichts Böses wollte, und so gehorchte sie.

Dem Fläschchen entströmte ein äußerst unangenehmer Geruch, aber was immer es enthielt, es wirkte, und es wirkte schnell. Schon nach wenigen Atemzügen verschwand die quälende Übelkeit, und auch der Schmerz sank wieder auf ein erträgliches Maß herab, wenn er auch nicht ganz wich.

»Ich ... danke Euch«, stammelte Lyra. Mühsam setzte sie sich auf, fuhr sich mit dem Unterarm über die Lippen und sah die beiden Fremden abwechselnd an. Das Gesicht des Mannes wirkte ausdruckslos, aber seine Augen glitzerten mißtrauisch, und seine Hände blieben geöffnet, um sofort zupacken zu können, falls sie zu schreien oder davonzulaufen versuchte. Lyra schauderte, als sie seine Hände genauer betrachtete. Er hätte ihr mit der gleichen Leichtigkeit, mit der er sie gepackt und herumgezerrt hatte, auch das Genick brechen können.

»Fühlst du dich jetzt besser?« fragte die Frau. Ihre Stimme hatte einen angenehmen Klang. Sie hörte sich freundlich an.

Lyra nickte und versuchte zu lächeln, aber sie spürte, daß eher eine Grimasse daraus wurde.

»*Sherim g'thal*«, sagte Sjur. Seine Begleiterin antwortete in der gleichen, Lyra unverständlichen Sprache und schüttelte den Kopf. Dann wandte sie sich wieder an Lyra. »Es tut mir leid, daß Sjur dir weh getan hat«, sagte sie freundlich. »Er war nur erschrocken, weil du so plötzlich da warst.«

»Ich ... komme oft hier herauf«, stammelte Lyra. Beinahe kam sie sich selbst bei diesen Worten albern vor, aber wenn es in ihr ein Gefühl gab, das im Moment noch stärker war als die Furcht, dann war es ihre Verwirrung.

»Wie ist dein Name, Kind?« fragte die Fremde. Es kam Lyra seltsam vor, daß sie sie *Kind* nannte – sie konnte kaum älter sein als sie selbst. Gleichzeitig strahlte sie aber auch eine Überlegenheit und Ruhe aus, die diese Wortwahl rechtfertigte. Lyra kam sich in ihrer Nähe wirklich ein bißchen wie ein hilfloses, verschüchtertes Kind vor, und es lag nicht nur an der Anwesenheit des schwarzhaarigen Hünen.

»Lyra«, antwortete sie nach kurzem Zögern. »Mein Name ist Lyra.«

»Lyra.« Die Fremde nickte und schwieg einen Moment, als wiederhole sie das Wort ein paarmal in Gedanken, um sich an seinen Klang zu gewöhnen. »Ein hübscher Name«, sagte sie schließlich. »Mein Name ist Erion. Du lebst hier auf dem Hof?«

Lyra nickte. »Ja. Schon seit ... seit vielen Jahren. Aber ich bin nicht hier ... geboren. Ich ... bin ...«

Etwas Seltsames geschah. Lyras Worte wurden immer schleppender, ihre Stimme verlor an Kraft, und sie spürte mit einer Mischung aus Erschrecken und rasch stärker werdender Resignation, wie sie die Gewalt über ihr Denken zu verlieren begann. Es war ihr unmöglich, den Blick von den schwarzen, grundlosen Augen Erions zu lösen: Augen, die direkt in die verborgensten Abgründe ihrer Seele schauten und deren Blick ihren Willen so mühelos auslöschte wie der Sturm eine kleine Kerze. Lyra begriff plötzlich, daß Erion mehr tat, als nur mit ihr zu reden, viel mehr. Es war ihr ganz klar, daß ihr Wille dem Ansturm eines anderen, stärkeren unterlag. Erions Willen. Aber es war ihr gleich. Sie hatte nicht die Kraft, dagegen zu kämpfen. Nicht einmal die, Zorn oder Unmut zu empfinden.

»Du wirst niemandem verraten, daß du uns getroffen hast, nicht wahr, Lyra?« sagte Erion. Ihre Stimme war sanft, kaum mehr als das Rauschen von Wind in den Büschen, und trotzdem von einer eindringlichen, befehlenden Kraft, der Lyra nichts entgegenzusetzen hatte. Sie schüttelte den Kopf. Selbst diese kleine Bewegung verlangte ungeheure Überwindung.

»Du wirst gehen und vergessen, daß du uns überhaupt gesehen hast«, fuhr Erion fort. Lyra glaubte, ein leises Beben in ihrer Stimme zu vernehmen.

»Ich werde es vergessen«, murmelte Lyra. »Ich werde niemandem verraten, daß . . .« Sie sprach nicht weiter. Etwas in ihr begann sich gegen die Kraft zu wehren, die ihren Willen niederzwang, etwas, gegen das sie so machtlos war wie gegen Erions Flüstern.

»Du wirst vergessen, daß du uns getroffen hast«, sagte Erion noch einmal. »Du wirst uns vergessen und mit niemandem darüber reden. Es hat uns gar nicht gegeben.« Sie brach ab.

Einen Herzschlag lang blickte sie Lyra noch an, dann senkte sie den Kopf, strich sich mit einer unbewußten Geste die Strähne weißen Haares, die ihr in die Stirn gefallen war, zurück und seufzte hörbar. »Es hat keinen Sinn, Sjur«, sagte sie. »Sie ist zu stark. Oder ich zu schwach.«

Der Vorhang vor Lyras Sinnen zerriß mit einem kurzen, schmerzhaften Ruck. Verwirrt fuhr sie sich mit der Hand über die Augen und starrte Erion an, von neu erwachendem Schrecken erfüllt. »Ihr . . . Ihr seid eine Zauberin!«

Erion lächelte traurig. »Ja. Aber keine besonders gute, fürchte ich.«

»Versuch es noch einmal«, verlangte Sjur.

Lyra sah erstaunt auf. Irgendwie war ihr bisher noch gar nicht der Gedanke gekommen, daß Sjur ihre Sprache sprechen könnte. Aber er tat es, wenn auch mit einem sonderbaren, dunklen Akzent, der sein barbarisches Äußeres noch unterstrich.

Erion schüttelte den Kopf. »Es hat keinen Sinn, Sjur«, antwortete sie. »Ich bin zu schwach.« Sie zögerte einen Moment, bevor sie weitersprach. »Und ich kann nicht jeden hier auf dem Hof unter meine Kontrolle bringen, selbst wenn ich es wollte. Vielleicht ist es auch besser so. Schließlich können wir uns nicht ewig hier oben verkriechen. Laß uns hinuntergehen. Diese Menschen hier sind einfache Bauern, die für ihre Gastfreundschaft bekannt sind.« Die letzten Worte klangen beinahe flehend.

»Bist du sicher?« knurrte Sjur. Seine linke Augenbraue rutschte ein Stück nach oben und verschwand fast unter seinem Haaransatz. Er trug nur einen kurzen, in der Art eines einfachen Lendenschurzes geschnittenen Rock um die Hüften. Und jetzt, als er aufrecht saß und den Mantel abgestreift hatte, konnte Lyra sehen, daß sein Haar bis weit über die Schultern reichte. Auch sein nackter Oberkörper war außergewöhnlich stark behaart, und unter der tiefbraunen Haut seiner Oberarme und Schultern zeichneten sich Muskelstränge wie dicke knotige Stricke ab.

»Mein . . . mein Herr ist ein guter Mann«, flüsterte Lyra unsicher. »Ich bin sicher, daß er euch freundlich aufnehmen wird.«

»So?« machte Sjur. Der Blick seiner dunklen Augen bohrte sich in den ihren. »Und was ist *dein* Herr?«

Lyra verstand die Frage nicht gleich, aber sie spürte den unterdrückten, beinahe drohenden Ton in seiner Stimme.

Ihr Blick glitt über die armlange Klinge des Schwertes neben Sjur und kehrte zu seinem Gesicht zurück. Mit einem Mal war sie fast sicher, daß er den Hof mit Gewalt in seine Hand bringen konnte, wenn er es wirklich wollte. Ganz allein.

»Der . . . der Herr eben«, sagte sie verstört. »Oran. Er ist der . . . der Bauer, und . . .«

Sjur schnitt ihr mit einer unwilligen Geste das Wort ab. »Das meine ich nicht«, sagte er. »Was ist er für ein Mensch, was tut er, was denkt er, was macht er? Kann man ihm trauen?«

Lyra wollte nicken, blickte Sjur aber statt dessen nur mit wachsender Unruhe an und zuckte schließlich mit den Achseln. »Ich weiß es nicht«, gestand sie.

»Ist er wenigstens . . .«

»Laß es gut sein, Sjur«, unterbrach ihn Erion. »Wir müssen ihm vertrauen, wohl oder übel. Und es wird nicht lange dauern.«

Sjurs Mißtrauen schien keineswegs besänftigt. Trotzdem stand er nach einem Augenblick auf, reckte in einer kraftvollen, unbewußten Bewegung seine mächtigen Schultern, bückte sich nach seinen Kleidern und begann sich ohne sichtliche Hast anzuziehen. Es waren die Kleider eines Kriegers, wie Lyra erwartet hatte: dunkle, eng anliegende Hosen, ein graues Leinenhemd und ein schwerer, aus beinhartem Leder gearbeiteter und mit winzigen schimmernden Metallplättchen zusätzlich verstärkter Brustharnisch; dazu passende Stiefel und ein wulstiger, mit einem Federbusch geschmückter Helm, den er allerdings nicht aufsetzte. Lyra sah ihm wortlos zu, während er sich ankleidete und seinen Waffengurt umband. Vorhin, als sie das Schwert neben ihm im Heu gesehen hatte, war ihr die Waffe gewaltig vorgekommen, an seiner Seite wirkte sie fast klein.

Erion rührte sich während der ganzen Zeit nicht. Sie trug ihre Kleider bereits – ein fast durchsichtiges, aus einem seidenähnlichen Material gefertigtes weißes Kleid, das jedoch mit zahllosen Flecken übersät und überall eingerissen war, als wäre sie damit durch dichtes Unterholz gerannt. Unter der weißen Seide schimmerten die silbernen Pailletten eines Panzerhemdes, und aus dem schmalen geflochtenen Gürtel um ihre Taille ragte der ziselierte Griff eines Dolches.

Erion stand auf, als Sjur seinen Schild wie den Panzer einer Schildkröte auf dem Rücken befestigte. Lyra bemerkte eine Anzahl dunkler runder Punkte von rostroter Farbe auf dem glänzenden Metall und schauderte. Dankbar griff sie nach der Hand, die ihr Erion entgegenstreckte.

»Wie viele seid ihr auf dem Hof?« fragte Sjur, als sie losgehen wollten.

»Fünfzig«, antwortete Lyra wahrheitsgemäß. »Die Mägde und Alten mitgezählt.«

»Fünfzig? Und wie viele davon sind Männer?«

Erion seufzte. Zwischen ihren dünnen weißen Brauen entstand eine tiefe Falte. »Kannst du an nichts anderes mehr denken, Sjur?« fragte sie. »Diese Leute sind nicht unsere Feinde. Sie sind Fremden gegenüber freundlich – wenn du ihnen nicht gerade mit dem Schwert in der Faust guten Tag sagst. Wir haben nichts zu befürchten.« Der Ton, in dem sie diese Worte hervorbrachte, machte deutlich, daß sie das Thema damit für beendet erklärte. Sjur antwortete nicht mehr, sondern zuckte nur stumm mit den Achseln. Aber das mißtrauische Funkeln in seinen Augen blieb.

Erion schenkte ihm einen letzten, warnenden Blick, bückte sich nach ihrem Mantel und warf ihn mit einer raschen Bewegung über. Gleichzeitig löste sie den Knoten ihres Kopftuches und streifte es ab.

Lyra erstarrte.

Im schwachen Licht des Dachbodens war Erions Gesicht nur unscharf zu sehen, aber die Beleuchtung reichte aus, die dünnen, spitz zulaufenden Ohren und Erions hohe Stirn zu erkennen. Sie wußte plötzlich, warum ihr dieses Gesicht so fremd und gleichzeitig auf seltsame Weise bekannt vorgekommen war. Die weiße, beinahe durchscheinende Haut, das schneefarbene Haar, die sanften – und gleichzeitig edlen, eine Spur zu edlen – Züge; sie hatte es hundertmal gesehen, auf Bildern und Stickereien, dieses Gesicht aus Milch und Licht, ein Gesicht, das beinahe menschlich war und doch unendlich fremd blieb, solange man es auch betrachtete.

»Ihr . . . Ihr seid . . .«, stammelte sie. Plötzlich versagte ihre Stimme. Ein eisiges, lähmendes Gefühl des Unglaubens durchfuhr sie.

Erion konnte gerade noch die Hand ausstrecken und sie zurückhalten, als sie vor ihr auf die Knie sinken wollte.

»Herrin!« flüsterte sie. »Verzeiht, daß ich Euch nicht gleich erkannt habe. Ihr . . . Ihr seid eine Elbin!«

Erion lächelte voller traurigem Spott. »Ja, Kind«, sagte sie. »Aber das ist wahrhaftig kein Grund, vor mir auf die Knie zu fallen.«

Lyra blickte sie verwirrt an, und Erion machte eine einladende Geste nach unten und fuhr fort: »Ich bin eine Elbin, das stimmt, aber im Moment bin ich vor allem eine sehr hungrige Elbin. Laß uns nach unten gehen und deinen Herrn um eine Mahlzeit und seine Gastfreundschaft bitten.«

2

Es war heller Morgen geworden, als Lyra vor den beiden Fremden aus der Scheune trat. Im ersten Moment sah sie sich beinahe ängstlich um, aber der Hof war leer. Der größte Teil des Gesindes arbeitete schon auf den Feldern. Der Sommer neigte sich seinem Ende entgegen, und der Wolfsweizen war noch nicht vollends eingeholt; wie nahezu in jedem Jahr zu dieser Zeit war es ein Wettlauf mit den Launen der Natur, bei dem jede Minute zählte und jede Hand gebraucht wurde. Trotzdem gab es noch genug Bedienstete im Haupthaus, und sobald Lyra die Tenne verlassen hatte, würde der Blick eines Dutzends verborgener Augenpaare ihr und ihren beiden Begleitern folgen.

Lyra verjagte den Gedanken und machte sich mit einer einladenden Handbewegung auf den Weg, ohne sich dabei umzusehen. Erion und Sjur traten hinter ihr aus dem Gebäude und nahmen sie in die Mitte, als sie zum Haupthaus hinübergingen. Lyra gewahrte eine rasche, huschende Bewegung hinter der offenstehenden Tür des Kuhstalles. Ein Augenpaar blitzte auf, dann hörte sie das Rascheln von Stoff und das hastige Trappeln nackter Fußsohlen. Sie unterdrückte ein Lächeln, hatte sich jedoch gut genug in der Gewalt, die Schultern zu straffen und aufrecht und mit höher erhobenem Haupt als gewohnt zwischen der Elbin und ihrem hünenhaften Begleiter einherzugehen. Ihr Herz raste noch immer, und hätte sie nicht die Hände unter ihrer Schürze verborgen, dann hätte jeder sehen können, wie sehr sie zitterten. Aber sie verspürte jetzt keine Angst mehr, sondern eine schwer zu beschreibende Mischung zwischen Unglauben, Freude und Stolz. Stolz, daß gerade *sie* es gewesen war, die die Elbin entdeckt hatte. Und Freude, einer echten, lebenden Elbin gegenüberzustehen, wie eine Gleichgestellte an der Seite eines Wesens einherzuschreiten, dessen Welt so weit entfernt von der ihren und so fremd und anders war, daß sie immer wieder verstohlen den Blick wandte, als müsse sie sich jede Sekunde neu davon überzeugen, daß es wirklich existierte. Sie hatte eine Elbin getroffen, eine wirkliche Elbin, eines jener sagenumwobenen Lichtwesen, deren Land unerreichbar in den tiefen Wäldern des Westens lag und die so hoch über den Menschen standen wie diese über den Skrut-Barbaren des Ostens, vielleicht höher; etwas, von dem die meisten Menschen zeit ihres Lebens nur zu träumen wagten.

Aber das helle Licht des Morgens enthüllte nicht nur die volle, überirdische Schönheit der Elbin, sondern auch den bemitleidenswerten Zustand, in dem sie und ihr Begleiter waren. Erions Kleider waren zerfetzt und nur noch Lumpen, und ihre Haut war mit kleinen, mehr oder weniger verheilten Kratzern übersät. Um ihr linkes Handgelenk spannte sich ein stark verschmutzter, fest angelegter Verband, auf dem dunkelbraune Flecken eingetrockneten Blutes eine schlimme Wunde verrieten. Auf ihren Wangen lagen Schatten, als hätte sie eine schlimme Krankheit hinter sich, und der Blick ihrer schräggestellten Augen verriet Erschöpfung.

Auch Sjur befand sich in kaum besserer Verfassung. Sein linkes Bein schien verletzt zu sein. Er humpelte, und obwohl er sich Mühe gab, diese Beeinträchtigung durch eine bestimmte Art des Gehens auszugleichen, war sie trotzdem nicht zu übersehen. Die Finger seiner rechten Hand spielten nervös am Griff des Schwertes, und jetzt, im hellen Tageslicht, sah Lyra, daß eine breite Strähne seiner schwarzen Löwenmähne mit Blut verklebt war. Auf seinem breiten Barbarengesicht und den muskulösen Unterarmen, die unter dem Umhang hervorschauten, fielen die zahllosen kleinen und größeren Wunden nicht so auf; er war der Typ Mann, bei dem man Narben und Verletzungen direkt erwartete und nicht weiter erstaunt war, sie zu sehen. Aber auch seine Wangen waren eingefallen, und um seine Lippen lag ein verbissener Zug, der den gewollt gleichgültigen Ausdruck auf seinem Gesicht Lügen strafte. Sein Blick huschte beständig über den Hof, tastete hierhin und dorthin, erkundete Türen und Fensteröffnungen und vielleicht auch mögliche Hinterhalte – oder Fluchtwege. Es war der Blick eines Gehetzten, dachte Lyra, und eine winzige Spur von Furcht mischte sich in die Ehrfurcht, die sie ergriffen hatte. In einem Punkt hatte sie recht gehabt mit ihrem ersten Gedanken, als sie das ungleiche Paar auf dem Heuboden fand: Vor wem auch immer, sie *waren* auf der Flucht.

Lyra hatte nur einen Moment wirklich darüber nachgedacht, wer dieser schwarzhaarige Gigant sein mochte. Ein Edelmann wahrscheinlich, aber keiner, der irgendeinem Volk entstammte, von dem sie schon einmal gehört hatte. Vielleicht war er einer der sagenumwobenen Kämpfer aus dem Geschlecht der Schwarzelben, von dem nur sehr alte und dunkle Geschichten noch zu berichten wußten. Oder ein Elbenkrieger. Sie hatte gehört, daß kaum ein lebender Mensch jemals ein Mitglied der Kriegerkaste der Elben zu Gesicht bekommen hatte. Wenn Sjur ein typischer Vertreter dieses Geschlechtes war, dann verstand sie die Gründe dafür.

Lyra verscheuchte den Gedanken. Sie erreichten das Haus, aber Sjur zögerte, die Tür zu öffnen, und hielt auch Lyra mit einer knappen, befehlenden Geste zurück. »Dein Herr ist dort drinnen?« fragte er. Seine Augen glitzerten mißtrauisch.

Lyra nickte.

»Wer noch?« fragte Sjur. Seine Art zu reden hatte sich geändert: Er sprach jetzt schnell, fast ohne Betonung, stieß die Worte beinahe hervor.

»Felis«, antwortete Lyra. »Sein Weib. Und ein paar Diener.«

»Ein paar Diener? Wie viele?« wollte Sjur wissen. War es Zufall oder Absicht, daß sich seine Hand bei diesen Worten ein wenig fester um den Schwertgriff schloß? In seiner Haltung – und vor allem in seiner Stimme – lag plötzlich wieder etwas Drohendes, und zu Lyras Enttäuschung sprang ihr dieses Mal Erion auch nicht bei, sondern sah sich wie ihr Begleiter mißtrauisch auf dem Hof um.

»Wie viele?« fragte Sjur noch einmal, als sie nicht sofort antwortete, und seine Stimme klang deutlich schärfer. Der Griff, mit dem er ihren Arm umspannte, begann zu schmerzen. Lyra überlegte hastig. »Sieben«, sagte sie. »Sieben oder acht. Aber alles nur Frauen und Kinder. Niemand, vor dem Ihr Angst haben müßtet.«

Ihre Worte waren dumm, das begriff sie im gleichen Moment, in dem sie sie aussprach; und eine Beleidigung dazu. Es gab auf diesem Hof *niemanden,* den Sjur fürchten mußte. Aber der Hüne schien ihr die Bemerkung nicht übelzunehmen. Er nickte nur knapp und stieß die Tür mit einem unnötig harten Ruck auf.

Lyra ging voraus. Das Haus umfing sie mit Dunkelheit und Stille, als hätte sich die Nacht auf ihrem Rückzug vor dem heraufziehenden Tag hier drinnen verkrochen. Eine der Mägde kam ihnen entgegen, als sie durch die halbdunkle Diele gingen, erstarrte einen Moment beim Anblick der sonderbaren Fremden und ergriff lautlos die Flucht. Sjurs Schultern füllten die Diele fast zur Gänze aus; er mußte gebückt und stark nach vorne geneigt gehen, um nicht mit dem Kopf gegen die gehobelten Balken zu stoßen, die die Decke trugen.

Sie erreichten Orans Zimmer. Lyra blieb stehen, um Erion vorbeizulassen, aber die Elbin schüttelte den Kopf und machte eine rasche Bewegung zur Tür hin. Lyra zögerte. Ihr Herz begann schneller zu schlagen. Sie wußte selbst nicht, warum, aber das Gefühl des Stolzes, das sie ergriffen hatte, wandelte sich in Unbehagen bei der Vorstellung, in Orans und Felis' Kammer zu treten und die beiden Fremden mitzubringen. Trotzdem wandte sie sich gehorsam um, schob den Riegel zurück und öffnete die Tür, ohne anzuklopfen.

Oran saß beim Morgenmahl, wie sie erwartet hatte. Der schwache Geruch nach gebratenem Fleisch hing in der Luft, und über dem Feuer im Kamin brodelte ein gußeiserner Topf mit Glühwein. Obwohl es bereits taghell im Zimmer war, brannte die Öllampe unter der Decke noch immer. Oran war nicht allein. Felis war bei ihm. Sie hockte mit angezogenen Beinen auf seinen Knien, hatte einen Arm um seinen massigen Hals geschlungen und die andere Hand in sein Hemd geschoben. Ihr Haar hing offen herab, nicht zu einem strengen Knoten zusammengebunden, wie sie es normalerweise trug, und ihr Nachtgewand enthüllte mehr von ihrer Gestalt, als es verbarg. Bei Lyras Eintreten fuhr sie abrupt hoch, fiel dabei fast von Orans Knien und hielt sich im letzten Moment an der Tischkante fest.

Der Ausdruck von Schrecken auf ihren Zügen schlug übergangslos in Zorn um, als sie Lyra erkannte. »Was erlaubst du dir!« zischte sie. Ihr Gesicht flammte vor Zorn, aber in ihren Augen war auch ein schwacher Hauch von boshaftem Triumph, den sich Lyra im ersten Moment nicht erklären konnte. Und als sie diesen Triumph verstand, erschrak sie. Es freute Felis, daß Lyras Auftritt Oran den Spaß verdarb.

»Wer hat dir erlaubt, hier hereinzukommen?« fuhr Felis in scharfem Ton fort. »Du Schlampe hast anzu . . .«

Sie stockte mitten im Wort. Ihre Augen weiteten sich, und der Zorn auf ihren Zügen schlug abermals um und machte einer Mischung aus tödlichem Erschrecken und schierem Unglauben Platz. Von einer Sekunde auf die andere verlor ihr Gesicht jede Farbe. Ihre Lippen zitterten. Sie schien etwas sagen zu wollen, brachte aber keinen Laut hervor.

Lyra trat einen weiteren Schritt in den Raum hinein und wich gleichzeitig ein Stück zur Seite, um Erion Platz zu machen. Die Elbin ging ruhig an ihr vorbei, blieb einen Schritt vor Orans Weib stehen und maß sie mit einem Blick, der Felis wie eine geprügelte Hündin den Kopf einziehen ließ. Lyra unterdrückte mit Mühe das Gefühl gehässiger Schadenfreude, das der Anblick in ihr aufsteigen ließ. Einen Moment lang weidete sie sich noch an Felis' unübersehbarer Hilflosigkeit, dann wandte sie sich – mit einer genau überlegten Bewegung, die ihren Triumph erkennen ließ – an Oran und senkte scheinbar demütig den Kopf.

»Herr«, sagte sie ruhig. »Es sind Besucher gekommen, die Euch und Euer Haus um Gastfreundschaft bitten.«

Oran hatte bisher nicht den geringsten Laut von sich gegeben, sich nicht einmal gerührt, sondern nur sie und die Elbin abwechselnd angestarrt. Der Ausdruck in seinen Augen war undeutbar. Langsam stand er auf, ging mit steifen Schritten um den Tisch herum und trat zwischen Erion und Felis. Es war sicher Zufall, und doch wirkte die Bewegung auf Lyra ganz so, als wolle er auf diese Weise den Blickkontakt zwischen ihnen unterbrechen, ehe Felis sich von ihrem Schrecken erholen und etwas Unbedachtes tun oder sagen konnte.

Hinter der Elbin trat Sjur gebückt durch die niedrige Tür. Seine mächtige Gestalt schien den geschnitzten Rahmen fast zu sprengen, und für einen Moment hatte Lyra die verrückte Vorstellung, er würde wie ein Korken im Flaschenhals einfach darin steckenbleiben.

Endlich brach Oran das Schweigen. »Gäste«, sagte er. »So.« Sekundenlang blickte er Erion ausdruckslos an, ehe ihm endlich einzufallen schien, was sich in einer Situation wie dieser – und für einen Mann wie ihn – geziemte. Er senkte das Haupt. Aber seine Verbeugung wirkte eher gezwungen als unterwürfig. Lyra starrte ihn erschrocken an. Wußte er denn nicht, wem er gegenüberstand?

Aber schon seine nächsten Worte bewiesen Lyra, daß er sehr wohl wußte, mit wem er sprach. »Ich heiße Euch auf meinem Hof willkommen, hohe Herrin«, sagte er. Seine Stimme klang kalt und ohne die geringste Spur echter Ehrerbietung. Lyra spürte, daß er die Worte nur sprach, weil er sie sprechen *mußte*.

In Sjurs Augen blitzte es zornig auf. Er überragte Oran um mehr als Haupteslänge, obwohl er sich in der niedrigen Kammer nicht einmal zu seiner vollen Größe aufrichten konnte. Aber Oran hielt seinem Blick gelassen stand. Lyras Verwirrung wuchs. Oran schien etwas zu wissen, was ihr unbekannt war, anders war sein unverschämtes Verhalten nicht zu erklären. Erion war eine *Elbin!*

Das Schweigen begann peinlich zu werden. Lyra sah die Elbin hilfesuchend an, aber Erion blickte nicht in ihre Richtung, sondern fixierte Oran mit einem Blick, in dem mühsam zurückgehaltenem Zorn.

Schließlich hielt es Lyra nicht mehr aus. Mit klopfendem Herzen löste sie sich von ihrem Platz und trat auf Oran zu. »Erion und Sjur begehren Eure Gastfreundschaft, Herr«, sagte sie. Ihre Stimme zitterte. Allein der Gedanke, daß sie die Worte ein zweites Mal sprechen mußte, um Oran zum Antworten zu bewegen, wäre ihr eben noch nicht in den Sinn gekommen.

»Mein Haus steht jedem offen, der Hilfe begehrt oder in Not ist«, erwiderte Oran steif, ohne den Blick von Sjurs Augen zu lösen. Seine Stimme zitterte ein ganz kleines bißchen, aber nicht vor Furcht oder Unterwürfigkeit. Es war etwas anderes. *»Selbst einem Barbaren aus Skrut!«*

Seine Worte waren wie ein Schlag in Lyras Gesicht. Für die Dauer eines Atemzuges starrte sie Sjur aus weit aufgerissenen Augen an, dann stieß sie einen kurzen, spitzen Schrei aus, schlug erschrocken die Hand vor den Mund und wankte zurück, bis sie gegen den Tisch stieß. Der Schrecken traf sie mit der gleichen überwältigenden Wucht wie zuvor Freude und Ehrfurcht. Sie mußte alle Kraft aufbieten, um nicht hysterisch aufzuschreien oder zu weinen; ihre Gedanken drehten sich wild im Kreis. *Einem Barbaren aus Skrut,* hatte Oran gesagt. *Skrut! Sjur war ein Skruta!* Sie war nur zu diesem einen Gedanken fähig, immer und immer wieder. Ihre Hände zitterten, glitten haltsuchend über die Tischplatte hinter ihrem Rücken und stießen Teller und Krüge um.

»Reiß dich zusammen, Schlampe!« schnappte Felis. Auch ihre Stimme zitterte; Orans Eröffnung mußte sie mit der gleichen Wucht getroffen haben wie Lyra. Ihre Worte waren nicht viel mehr als ein Versuch, ihre Furcht in Zorn umzuwandeln und auf Lyra zu entladen.

Erions Kopf ruckte bei Felis' Worten mit einer abgehackten Bewegung herum. In die Herablassung auf ihren Zügen mischte sich Zorn. Aber sie beließ es dabei, Felis einen Moment lang scharf anzusehen, und wandte sich dann wieder an Oran.

»Ihr wißt, wer wir sind, Oran«, sagte sie. »Gut. Das erspart uns lange Erklärungen.« Sie lächelte, kalt, schnell und ohne die geringste Spur irgendeines anderen Gefühles als Verachtung. Was vorher Sanftmut und Liebreiz an ihr gewesen waren, wandelte sich in Härte und angespannte Bereitschaft. Lyra begriff mit einem Male, daß sie einer Kriegerin gegenüberstand.

»Ich weiß nicht, *wer* Ihr seid«, antwortete Oran ruhig. »Doch ich habe Augen zum Sehen und weiß, *was* Ihr seid.« Er schwieg einen Moment, gab sich dann einen sichtbaren Ruck und fuhr mit deutlich veränderter Stimme fort: »Doch das ändert nichts an meinen Worten, Herrin. Das Gesetz der Gastfreundschaft ist heilig in meinem Haus. Was mein ist, gehört Euch. Tretet ein und bleibt, solange Ihr wollt.« Dabei deutete er eine leichte Verbeugung an, ohne Sjur indes dabei auch nur für die Dauer eines Lidzuckens aus den Augen zu lassen. Lyra hatte das bestimmte Gefühl, daß er eigentlich hatte sagen wollen: *Solange es unbedingt sein muß.*

Erion antwortete rasch, als spüre sie das Unausgesprochene hinter Orans Worten und wolle ihm zuvorkommen, mit den ebenso passenden, formellen Worten: »So nehmt meinen Dank und mein Schwert. Ich werde Euer Haus verteidigen, als sei es das meine.«

Ein lautloses Aufatmen schien durch den Raum zu gehen, als Erion ebenfalls eine Verbeugung andeutete und sich wieder aufrichtete. Es waren nicht mehr als Floskeln, so sinnlos wie alt, aber mit ihnen schien eine Hürde genommen zu sein. Oran entspannte sich sichtlich und deutete auf den mit Speisen reich gedeckten Tisch. »Nehmt Platz, Erion«, sagte er, noch immer steif, aber nicht mehr ganz so abweisend und kalt wie zuvor. »Ihr müßt hungrig und erschöpft sein von der langen Reise. Ich schicke gleich nach frischem Fleisch und Wein.«

Er wollte in die Hände klatschen, um eine der Mägde herbeizurufen, aber Sjur streckte blitzschnell den Arm aus und ergriff sein Handgelenk. In Orans Gesicht zuckte es. Lyra hatte am eigenen Leib gespürt, wie hart Sjurs Griff war.

»Woher weißt du, daß wir eine lange Reise hinter uns haben?« fragte er mißtrauisch. Seine freie Hand lag auf dem Schwert. Oran versuchte seinen Arm loszureißen, aber Sjur schien seine Bemühungen nicht zu bemerken.

»Es ist ein weiter Weg von Skrut hierher«, sagte Oran gepreßt. »Und Euer Aussehen ist nicht das von Leuten, die in einer bequemen Kutsche gereist sind.«

Sjur knurrte und ließ seine Hand los. Oran taumelte einen Schritt zurück, starrte den Riesen mit unverholenem Haß an und massierte mit der Rechten sein Handgelenk.

»Du brauchst nicht nach den Dienern zu rufen«, sagte Sjur mit einer Geste zum Tisch. »Das da ist mehr als genug für uns. Wir sind nicht wählerisch.«

Oran starrte ihn an. Lyra konnte die Spannung, die zwischen den beiden ungleichen Männern herrschte, beinahe mit den Händen greifen.

»Wir kredenzen denen, die uns um Gastfreundschaft ansuchen, keine Reste«, mischte sich Felis ein. Sie hatte sich wieder gefangen. Ihr Gesicht war noch immer grau vor Schrecken, aber ihre Stimme war fest, beinahe schon wieder aggressiv. Mit einer schnellen Geste deutete sie auf Lyra. »Wenn Ihr nicht wollt, daß wir die Diener rufen, dann kann *sie* ja frische Speisen holen.«

Lyra wartete Sjurs Antwort nicht ab, sondern ging mit raschen Schritten zur Tür. Sie hatte noch immer Angst; panische Angst. Sie war froh, aus diesem Raum und besonders aus Sjurs Nähe entkommen zu können. Aber Erion hielt sie mit einem raschen Griff zurück, als sie an ihr vorbei wollte. Lyra unterdrückte im letzten Moment den Impuls, die Hand der Elbin abzustreifen.

»Verzeiht, Oran«, sagte die Elbin. »Aber ich möchte, daß sie bleibt.«

Lyra sah aus den Augenwinkeln, wie Felis' Gesicht erneut vor Zorn aufflammte. Oran zog verwirrt die Brauen zusammen und sah sie einen Moment überrascht an. Lyra wich seinem Blick aus. »Wenn es Euer Wunsch ist, Hohe Herrin«, sagte er steif.

»Es ist mein Wunsch.« Erion ließ Lyras Arm los und sprach im gleichen, eine Spur zu kühlen Tonfall wie Oran; aber sie beherrschte diese wortlose Art, ihre wahren Gefühle auszudrücken, ungleich besser als er. »Die Speisen, die für Euch gut waren, reichen auch für uns. Es ist, wie Sjur sagte – wir sind nicht sehr anspruchsvoll.«

Was sie sagte, war eine Beleidigung für Orans Gastfreundschaft, das mußte ihr klar sein. Aber Lyra hatte das Gefühl, daß jedes einzelne ihrer Worte ganz genau überlegt war. Oran hielt ihrem Blick einen Herzschlag lang stand, nickte dann abermals und wiederholte seine einladende Geste zum Tisch hin. Diesmal leiste ihr Erion Folge, und auch Sjur löste sich von seinem Platz und sank auf den niedrigen lehnenlosen Hocker am Kopfende des Tisches.

Oran tauschte einen undeutbaren Blick mit Felis, runzelte abermals die Stirn und ließ sich wieder auf den Stuhl nieder, auf dem er gesessen hatte, bevor Lyra den Raum betrat. Erion machte eine einladende Geste, und auch Lyra zog sich einen Schemel heran – wenn auch so weit wie möglich entfernt von Oran und Sjur. Einzig Felis machte keinerlei Anstalten, sich zu setzen. Der Zorn auf ihren Zügen war nicht mehr zu übersehen. Und sie gab sich auch gar keine Mühe, ihn zu verhehlen. Sekundenlang starrte sie Lyra haßerfüllt an, dann fuhr sie herum und stürmte aus dem Zimmer. Lyra hörte ihre Schritte die Treppe hinaufpoltern. Gleich darauf fiel die Tür ihres Schlafgemaches mit einem Krachen zu, das durch das ganze Haus zu hören sein mußte.

Lyra runzelte besorgt die Stirn. Sie kannte Felis, viel zu gut, wie ihr manchmal schien. Erion hatte sie gedemütigt, vor ihrem Mann und ihrer schlimmsten Rivalin, einer Dienstmagd dazu. Sie würde es nicht vergessen.

»Verzeiht«, sagte Oran leise. »Felis ist ... ein wenig unbeherrscht.«

Die Elbin antwortete nicht auf seine Worte, und Oran deutete ihr Schweigen richtig und wechselte abrupt das Thema. »Ihr habt eine weite Reise hinter Euch?« fragte er. Sein Blick verriet plötzlich, von einer Sekunde auf die andere, Unsicherheit. Er kam Lyra vor wie ein Mann, der sich bisher mit aller Kraft zusammengerissen hatte und nun am Ende seiner Beherrschung angekommen war.

Sjur griff nach einem Stück Braten, biß hinein und nickte, ohne Oran anzusehen. »Ja«, sagte er mit vollem Mund. Irgendwie hatte Lyra erwartet, daß er schlingen würde wie ein Tier, aber er aß langsam und kaute jeden Bissen bedächtig durch, ehe er ihn hinunterschluckte.

Erion lächelte entschuldigend und griff ebenfalls nach einem Stück Fleisch, aß aber noch nicht. »Das haben wir, Oran«, sagte sie, »und wir sind erschöpft und müde. Wir haben die letzte Nacht auf Eurem Heuboden verbracht.«

Oran wirkte überrascht. »Warum?« fragte er. »Mein Haus ...«

»Es war nach Mitternacht, als wir Euren Hof erreichten«, unterbrach ihn Erion. »Wir wollten Euch und die Euren nicht aus dem wohlverdienten Schlaf reißen.« Sie legte das Stück Fleisch, das sie genommen hatte, mit einer fast grazilen Bewegung auf den Rand des Tellers zurück, griff unter ihren Mantel und förderte einen Silberheller zutage.

Oran blickte sie überrascht an.

»Wir haben eines Eurer Hühner genommen«, erklärte Erion. »Das dürfte als Bezahlung ausreichen. Ich hoffe, Ihr verzeiht Sjur und mir. Wir waren hungrig.«

Oran starrte die Münze an und wußte nun ganz offensichtlich überhaupt nicht mehr, wie er sich verhalten sollte. Er machte eine Bewegung, als wolle er das Geldstück zurückschieben, schien sich aber dann darauf zu besinnen, daß Erion dies durchaus als Beleidigung auffassen mochte, und steckte sie mit einem Achselzucken ein.

»Ich will Euch nichts vormachen, Oran«, sagte Erion. Sie nahm ihr Stück Fleisch wieder auf, biß ein winziges Stückchen davon ab und fuhr fort: »Sjur und ich sind nicht ... nicht offiziell in diesem Teil des Landes.« Sjur sah auf und starrte die Elbin alarmiert an, aber Erion sprach weiter, ohne seinen warnenden Blick zu beachten. »Ihr scheint ein ehrlicher Mann zu sein, Oran. Dies zeigt sich allein aus der Tatsache, daß Ihr keinen Hehl aus Eurer Abneigung Sjur gegenüber macht. Deshalb will ich auch ehrlich zu Euch sein.«

Es schockierte Lyra ein wenig, die Elbin mit vollem Munde reden zu sehen, aber Erions Hunger schien groß genug, sie alle Förmlichkeiten vergessen zu lassen.

»Ehrlich?« fragte Oran.

»Kann man Euren Dienern und Knechten trauen?« fragte Erion.

Oran überlegte einen Moment, griff unsicher nach einem tönernen Becher mit Wein und schlug ein paar weitere Augenblicke damit heraus, sehr langsam und umständlich zu trinken. »So weit man Weibervolk und Knechten trauen kann, ja«, sagte er. »Sie schwatzen gerne und oft.

Aber sie werden Euch nicht verraten, wenn Ihr das meint.«

»Das beste wäre gewesen, wenn niemand von unserer Anwesenheit wüßte«, fuhr Erion fort. »Aber wie die Dinge liegen, geht das jetzt nicht mehr.«

Oran starrte sie an. Lyra konnte sehen, wie es hinter seiner Stirn arbeitete. Und als er endlich sprach, tat er es mit einer Offenheit, die Lyra erschreckte. »Es geht um Euren Begleiter«, sagte er. »Die Männer aus Skrut sind hier nicht gerne gesehen. Es könnte zu ... einem Unglück kommen, wenn bekannt würde, wer er ist.«

»Es geht nicht nur um ihn«, entgegnete Erion. »Auch, aber nicht nur. Wir sind in einer ...« sie tauschte einen raschen, beinahe unmerklichen Blick mit Sjur – »in einer geheimen Mission unterwegs. Niemand darf erfahren, daß wir hier sind.«

»Euch droht keine Gefahr, Hohe Herrin«, sagte Oran überzeugt. »Aber Sjur. Wer hat Euch gesehen, auf dem Weg hierher?«

»Niemand«, antwortete Erion rasch. Beinahe zu rasch, fand Lyra. Das Wort klang fast wie ein Schrei. Wie ein Mensch, der sich verzweifelt bemüht, selbst an das zu glauben, was er sagt, es aber nicht kann. Erions und Sjurs Äußeres straften ihre Worte Lügen. Sie hatten gekämpft. »Wir sind Städten und Dörfern aus dem Weg gegangen, und es war Nacht, als wir uns Eurem Hof genähert haben. Kein lebender Mensch weiß, daß es uns gibt. Außer Euren Leuten.«

Oran machte eine wegwerfende Handbewegung. »Macht Euch darum keine Sorgen«, sagte er. »Sie werden schweigen, wenn ich es ihnen befehle. Und sie werden erst recht schweigen, wenn *Ihr* es ihnen befehlt. Was mir Sorgen bereitet, ist er.« Er deutete auf Sjur, der kurz von seinem Essen aufsah und sich dann wieder auf das Fleischstück in seinen Händen konzentrierte, als ginge ihn das alles nichts an.

»Kaum jemand weiß hier, wie ein Mann aus Skrut aussieht«, fuhr Oran nachdenklich fort. »Das könnte von

Vorteil sein. Wir könnten ihn als Krieger aus dem Norden ausgeben, der zu Eurem Schutz bei Euch ist.«

»Ihr habt ihn auch erkannt«, wandte Erion ein.

»Ich bin ein alter Mann, Herrin«, antwortete Oran. »Alt genug, um mich an die Winterkriege erinnern zu können.«

Sjur sah abermals von seinem Essen auf. Sein Körper spannte sich ein ganz kleines bißchen, und das mißtrauische Glitzern erwachte wieder in seinen Augen. Oran hielt seinem Blick stand, aber nicht lange.

»Es ist lange her«, fuhr Oran, wieder an Erion gewandt, fort. »Der Krieg ist längst vorbei, und die Zeit heilt manchen Schmerz. Sjur ist wohl kaum alt genug, um damals dabeigewesen zu sein.«

Seine Worte klangen nicht sehr überzeugend, aber Erion schien sich, wenigstens für den Moment, mit dieser Erklärung zufriedenzugeben. »Dann sollten wir uns auf diese Geschichte einigen«, sagte sie. »Sjur ist ein Krieger von den Eisinseln. Mein Wächter.« Sie lächelte bei diesen Worten, als enthielten sie eine Wahrheit, die nur ihr und Sjur bekannt war. »Ihr müßt das nicht tun, Oran. Ihr wißt, daß Ihr Euch damit in Gefahr bringt. Ich will Euch nicht verhehlen, daß Ihr ... Unanehmlichkeiten bekämet, würde man uns auf Eurem Hof finden.« Der Gleichmut, mit dem sie diese Worte hervorbrachte, erstaunte Lyra. Sie drängte Oran fast einen Vorwand auf, sie und Sjur von seinem Hof zu weisen.

»Die Gefahr ist weniger groß, als es scheint«, sagte Oran abwertend. »Die meisten Knechte halten einen Skruta für ein fünf Manneslängen großes Ungeheuer, das kleine Kinder frißt und vier Arme hat und Feuer speit. Sie würden einen Skruta nicht einmal erkennen, wenn Sjur sich als solcher vorstellen würde.«

Seltsamerweise lachte Sjur über seine Worte, und nach kurzem Zögern stimmte auch Oran in dieses Lachen ein, wenn es auch etwas gequält klang.

»Wie lange wollt Ihr bleiben?« fragte er. »Ich meine, wenn Euer Hiersein geheim ist ...«

»Nicht lange, hoffe ich«, sagte Erion. »Wir waren mit ... einem Freund verabredet, drüben in dem kleinen Wald bei Euren Feldern. Aber er ist nicht gekommen.«

Oran schwieg, aber gerade, was er *nicht* sagte, sprach seine eigene Sprache. Erions Geschichte hörte sich nicht sehr überzeugend an, obwohl sie gerade erst damit begonnen hatte. Vielleicht war es wirklich so, wie man sich erzählte: daß Elben nicht in der Lage waren, zu lügen. »Und Ihr hofft, daß Euer ... Freund noch kommt«, sagte er nach einer Weile. »Und daß er Euch hier findet.«

»Ja«, sagte Erion. Dann lächelte sie, sah Oran fast entschuldigend an und schüttelte den Kopf. »Um ehrlich zu sein, Oran – wir haben die Hoffnung fast aufgegeben. Wir ... waren lange unterwegs, und Euer Wald war der letzte Ort, an dem wir hofften, ihn zu treffen oder wenigstens eine Nachricht vorzufinden.«

Oran maß ihren zerschlissenen Mantel mit einem eindeutigen Blick, hob wieder seinen Becher und trank. Dabei blickte er die Elbin über den Rand des Trinkgefäßes hinweg unverwandt an. »Dieser ... Freund«, sagte er halblaut. »Wird er noch kommen? Hierher?»

»Kaum«, antwortet Erion. Ihre Nervosität war jetzt nicht mehr zu übersehen. »Nicht, wenn ... wenn ihm niemand sagt, wo er uns findet. Aber wir haben keine Möglichkeit, ihn von unserem Hiersein in Kenntnis zu setzen.«

»Und deshalb möchtet Ihr, daß ich einen meiner Männer zu ihm schicke«, vermutete Oran.

»Das wäre ... sehr freundlich«, antwortete Erion. Lyra spürte, wie schwer es der Elbin fiel, die wenigen Worte auszusprechen. Sie lieferte sich und Sjur Oran aus. Vollkommen.

Oran setzte seinen Becher ab, angelte nach einer Beere und zerquetschte sie zwischen den Lippen. Seine Augen wurden schmal. »Und wo ist dieser *Freund*?« fragte er mit seltsamer Betonung.

Erion zögerte. Ihr Blick wandte sich hilfesuchend an Sjur, aber so wie zuvor beachtete sie der breitschultrige Skruta gar nicht, sondern starrte nur Oran unverwandt an.

»In ... Caradon«, antwortete die Elbin schließlich. Es fiel ihr sichtlich schwer, diese beiden Worte auszusprechen. Ihre schlanken weißen Finger spielten nervös mit dem Stiel ihres Glases.

»Caradon?« Oran überlegte einen Moment, aber was er schließlich sagte, war nicht das, worüber er nachgedacht hatte. »Das ist ein weiter Weg, Herrin. Eine Woche hin und eine Woche zurück, und unterwegs lauern viele Gefahren. Und es ist Erntezeit – Ihr habt die Felder gesehen, die noch nicht eingeholt sind. Ich weiß nicht, ob ich einen Mann für so lange Zeit entbehren kann.«

»Wir bezahlen dafür«, sagte Sjur, ohne Erion Gelegenheit zu geben, selbst zu antworten. Er sprach ganz ruhig, aber es war etwas in seiner Stimme, was die Überlegenheit auf Orans Zügen für einen Moment erschütterte. »Sag uns, wie hoch der Ausfall ist, den du hast. Wir werden ihn ersetzen. Und du bekommst noch mehr, für dein Stillschweigen. Wir sind keine Bettler.«

»Es geht nicht um Geld, sondern ...«

»Solltest du allerdings auf den Gedanken kommen«, fuhr Sjur unbeeindruckt fort, »deinen Mann statt nach Caradon in die nächste Garnison zu schicken, um uns an die Eisenmänner zu verkaufen, dann bedenke bitte, daß ich bestimmt noch Zeit finde, dir die Kehle durchzuschneiden, bevor sie mich töten können. Mein Wort darauf.«

Oran erbleichte. Seine Hand spannte sich so fest um den Becher, daß das tönerne Gefäß hörbar knackte. »Wenn ich dich ausliefern wollte, *Skruta*«, stieß er hervor, »dann könnte ich es tun, ohne daß du es auch nur merken würdest. Und ich wäre kaum so dumm, hierzusein, wenn die Soldaten kämen, um dich abzuholen.«

Sjur wollte auffahren, aber Oran sprach rasch und mit leicht erhobener Stimme weiter: »Aber ich werde es nicht tun, Sjur. Ihretwegen.« Er wies mit einer zornigen Kopfbewegung auf Erion. »Glaube ja nicht, daß ich dich schonen würde, wenn du allein wärest. Wärest nur du gekommen, dann hätte ich dir die Kehle durchgeschnitten, im gleichen Moment, in dem du mein Haus betreten hast. Aber du bist nicht allein, Sjur, und Erion ist eine Elbin. Wir verehren die Elben und befolgen ihre Befehle, ohne darüber nachzudenken.«

»Das scheint sowieso nicht deine starke Seite zu sein«, sagte Sjur giftig. »Das Denken, meine ich.«

Orans Lippen preßten sich so fest zusammen, daß sie wie eine dünne weiße Narbe in seinem Gesicht aussahen. Seine Hände zitterten.

»Sjur! Oran!» sagte Erion scharf. »Ich bitte euch, hört mit dem Streiten auf – *beide*!«

Sjurs Blick flammte vor Zorn, und Orans kaum weniger. Aber sie gehorchten beide – wenn auch erst nach Sekunden – und ließen sich wieder zurücksinken. Gegen ihren Willen mußte Lyra Oran fast bewundern. Es gehörte schon mehr als nur Trotz dazu, einem Mann wie Sjur solche Worte ins Gesicht zu schleudern.

»Bitte!« sagte Erion noch einmal. »Verzeiht Sjurs unbedachte Worte, Oran. Er weiß nichts von der Freundschaft, die unsere Völker miteinander verbindet. Wir ... haben viel erlebt, ehe wir hierher kamen, und bittere Erfahrung hat ihn mißtrauisch werden lassen.«

»Dann sollte er sich hüten, vor lauter Mißtrauen nicht mehr Freund und Feind auseinanderhalten zu können«, erwiderte Oran zornig. »Ich stehe auf Eurer Seite, Herrin, ohne irgendwelche Wenn und Aber. Es ist mir gleich, wer sich in Eurer Begleitung befindet und warum. Wenn es sein müßte, dann würde ich Euch mit meinem Leben verteidigen, und jeder meiner Männer würde dasselbe tun. Aber ich lasse mich nicht in meinem eigenen Haus von einem Barbaren aus Skrut beleidigen, ganz gleich, ob er unter dem Schutz der Gastfreundschaft steht oder nicht.« Er starrte Sjur noch einen Augenblick lang haßerfüllt in die Augen, leerte seinen Becher und atmete hörbar ein. Doch als er weitersprach, wich die Erregung aus seiner Stimme.

»Ich war unfreundlich zu Euch, Herrin. Bitte verzeiht das.«

Erion winkte ab und lachte befreit. »Ich habe schon lange aufgehört, auf so alberne Dinge wie Etikette zu achten«, sagte sie. »Sie ist bestenfalls lästig und oft genug gefährlich. Man vertut nur wertvolle Zeit, die man besser für andere Dinge nutzen könnte. Und es ist mir lieber, mit einem Mann zu sprechen, der sagt, was er denkt.«

Oran nickte, ohne darauf zu antworten, nippte an seinem Wein und sah verstohlen zur Tür. Lyra spürte, daß er fast krampfhaft nach einem Vorwand suchte, das immer unangenehmer werdende Gespräch zu beenden und gehen zu können. Schließlich tat er es auf die denkbar direkteste Art, nämlich indem er aufstand und mit einer Kopfbewegung zur Tür wies. »Gestattet Ihr, daß ich mich zurückziehe, Herrin?« fragte er, aber er tat es in einem Ton, der nur Zustimmung als einzig mögliche Antwort zuließ. Wieder maß er die Elbin mit diesem sonderbaren, Lyra auf beunruhigende Weise fast an Angst gemahnenden Blick, und als Erion nicht gleich antwortete, fügte er hinzu: »Es gibt viel zu tun. Eure Unterkunft muß gerichtet werden, und ich muß auf dem Hof nach dem Rechten sehen. Die Knechte arbeiten nicht, wenn niemand bei ihnen steht und ihnen auf die Finger sieht.«

Seine letzten Worte waren an Erion gerichtet, aber sie galten Lyra. Oran wollte die Magd daran erinnern, daß sie im Grunde hier nichts verloren hatte. Sie hatte Sjur und Erion gefunden und hergebracht, und was weiter geschah, war nicht ihre Sache und ging sie nichts an.

Erion nickte. Auch sie schien erleichtert, das Gespräch endlich beenden zu können. »Selbstverständlich, Oran. Ihr tut ohnehin schon mehr, als Ihr müßtet. Selbst für eine Elbin.«

Oran lächelte, höflich, aber kalt, stand auf und bedeutete Lyra mit einer kurzen, befehlenden Geste, ihm zu folgen. Aber wie beim ersten Mal legte ihr Erion rasch die Hand auf den Unterarm und hielt sie zurück.

»Verzeiht, Oran«, sagte sie, mit leicht erhobener Stimme und einem Blick zu Lyra, in dem sich ein kleines Lächeln verbarg, »aber ich möchte, daß sie bleibt.« Oran runzelte die Stirn, und Erion fuhr, deutlich schärfer im Ton werdend, fort: »Es wäre mir lieb, wenn Ihr dieses Mädchen mir überlassen würdet, für die Dauer unseres Aufenthaltes. Ich bin es gewohnt, ständig jemanden um mich zu haben, der mir bei den kleinen Dingen des Alltags zur Hand geht.«

In Orans Augen blitzte es auf, und für einen Moment glaubte Lyra die gleiche Wut in seinem Blick zu erkennen wie zuvor in dem seiner Frau, wenn auch aus anderen Gründen. *War er verrückt?* dachte sie. *Erion war eine Elbin, und ihre Wünsche waren Befehl!* Aber dann nickte er. »Wie Ihr befehlt, Hohe Herrin«, sagte er.

3

Es wurde sehr still, als Oran fort war. Die Elbin begann, unruhig im Zimmer auf und ab zu gehen. Der Ausdruck von Ruhe und Selbstsicherheit, der auf ihren Zügen gelegen hatte, während sie mit Oran sprach, verschwand, kaum daß die Tür hinter ihm ins Schloß gefallen war. Von einer Sekunde auf die andere wirkte sie nervös, müde und erschöpft, gleichzeitig aber auch hellwach und beinahe überdreht. Wie ein Tier, dachte Lyra, das zu lange auf der Flucht gewesen war und selbst in der Sicherheit seiner Höhle keine Ruhe mehr finden konnte. Nervös durchmaß Erion das Zimmer von einem Ende zum anderen, trat ans Fenster, blickte einen Moment hinaus und fuhr dann fort, auf und ab zu wandern. Ein paarmal streifte ihr Blick Lyra, aber die dunklen, mit silbern glimmerndem Sternenstaub gesprenkelten Elbenaugen blickten ins Leere.

Lyra kam sich verloren und einsam vor. Ihr einfaches, aber klar und übersichtlich geordnetes Weltbild war erschüttert worden. Sie hatte innerlich aufgeatmet, als Oran ihr befahl, mit ihm zu kommen, und Erions Ansinnen, sie für die Dauer ihres Aufenthaltes auf dem Hof als Dienerin zu beanspruchen, hatte sie eher erschreckt als gefreut. Dabei hätte sie sich geehrt fühlen müssen. Aber sie tat es nicht; im Gegenteil. Es hätte Felis zugestanden, der Elbin zu dienen, und sie wußte, daß ihr Haß durch diese zweite Demütigung nur noch geschürt werden würde. Lyra war verwirrt und ängstlich wie nie zuvor in ihrem Leben, und für einen Moment wünschte sie sich fast, an diesem Morgen nicht in die Scheune gegangen zu sein. Sie erschrak, als ihr bewußt wurde, was sie gerade gedacht hatte. Sie konnte es sich nur schwer eingestehen, aber es war nicht allein die Anwesenheit des Barbaren aus Skrut, die sie mit Furcht erfüllte, sondern ebenso die der Elbin. Vielleicht sogar mehr.

Vorsichtig, voller Furcht, daß ihre Gedanken und Gefühle allzu deutlich auf ihrem Gesicht zu lesen sein könnten, hob sie den Blick, aber weder Erion noch Sjur nahmen irgendeine Notiz von ihr. Die Elbin stand wieder am Fenster und blickte hinaus; der Skruta saß, tief über seinen Teller gebeugt, da und aß und trank mit einer Konzentration, als hinge sein Leben davon ab. Seine Züge wirkten entspannt, beinahe müde, aber Lyra ließ sich davon nicht täuschen. Sjur war hellwach; seinen Sinnen entging nicht die geringste Kleinigkeit in seiner Umgebung. Vielleicht war das die angeborene Wildheit, die man den Barbaren aus Skrut nachsagte; vielleicht war er auch einfach nur zu lange gejagt und gehetzt worden. Lyra versuchte sich zu erinnern, ob dieser Ausdruck auch auf seinen Zügen gewesen war, als sie ihn schlafend im Heu gefunden hatte, aber es gelang ihr nicht. Plötzlich wurde sie sich des Umstandes bewußt, daß sie ihn anstarrte, und blickte rasch weg.

Erion wandte sich vom Fenster ab, sah sich – mit einem Blick, als täte sie es jetzt zum ersten Mal – im Zimmer um und ging zum Kamin hinüber. Das Feuer war fast niedergebrannt. Lyra ging rasch zum Kamin, bückte sich nach dem Korb mit frischen Buchenscheiten und warf Holz ins Feuer. Sie stellte sich vor lauter Aufregung nicht sehr geschickt an, und eines der Scheite prallte wie ein geworfener Speer in die Glut, Funken stoben hoch, und ein paar der winzigen roten Leuchtkäfer gerieten auf Erions Kleid und brannten Löcher in den Stoff. Lyra erschrak und wollte die Funken mit der Hand ausschlagen, aber Erion hielt ihren Arm fest und lächelte verzeihend.

»Laß nur«, sagte sie. »Es macht nichts.«

»Es ... es tut mir leid«, stammelte Lyra. Sie spürte, wie ihr die Schamröte ins Gesicht schoß. »Ich wollte nicht ...«

Erion unterbrach sie mit einer raschen, bestimmten Handbewegung, die verriet, daß sie es nicht gewohnt war, auf Widerspruch zu stoßen. »Du brauchst dich nicht zu entschuldigen«, sagte sie. »Ich fürchte, es gibt nicht sehr viel, was dieses Kleid noch ruinieren könnte.« Ihr Lächeln wurde wehmütig, dann seufzte sie und maß Lyra mit einem langen, abschätzenden Blick. »Wir müßten beinahe die gleiche Größe haben«, sagte sie. »Vielleicht leihst du mir eines von deinen Kleidern?«

»Ich habe nur zwei«, sagte Lyra und hätte sich am liebsten auf die Zunge gebissen, als Erion antwortete: »Ich bezahle dafür.«

»Das ... habe ich nicht gemeint«, stammelte sie. »Es ist nur ... ich bin eine einfache Magd, und meine Kleider ...«

»... sind für die Reise weitaus praktischer und besser geeignet als dieser Fetzen hier«, beendete Erion den Satz. Sie seufzte, verzog angewidert das Gesicht und riß ein Stück aus ihrem Ärmel, um ihre Worte zu unterstreichen. Ihre Mimik und Gestik war übertrieben; Lyra spürte, daß es darunter noch immer brodelte. Erions Nervosität war keineswegs verflogen. »Außerdem ist das Kleid, das du trägst, sehr hübsch.«

Das war gelogen, aber Lyra spürte, wie sich trotzdem ein erfreutes Lächeln auf ihre Lippen stahl. Erion erwiderte es, ließ sich auf die schmale gemauerte Bank neben dem Kamin sinken und bedachte sie abermals mit einem langen, prüfenden Blick. »Wann ist es soweit?« fragte sie.

»Das Kind?« Lyra sah instinktiv an sich herab. »In ... zwei Wochen. Ungefähr.«

»In zwei Wochen?« Aus irgendeinem Grund schien Erion über diese Worte erfreut. Lyra bemerkte, daß sie einen raschen Blick mit dem Skruta tauschte.

»In zwei Wochen«, sagte die Elbin noch einmal. »So wie bei mir.«

»Bei . . . Euch?« entfuhr es Lyra. »Ihr meint, Ihr seid auch . . . Ihr erwartet ebenfalls . . .«

»Ein Kind.« Erion lachte leise und mit einer Spur von Spott. Sie stand auf, wie um Lyra Gelegenheit zu geben, sie noch einmal genauer in Augenschein zu nehmen, ging zum Tisch und schenkte zwei Becher voll Wein. Lyra bemerkte, daß Sjur aufgehört hatte zu essen und sie mit der gleichen, eigentlich unerklärbaren Neugier musterte, wie es zuvor die Elbin getan hatte.

Erions Körper zeichnete sich unter dem halb durchsichtigen Gewand deutlich ab; ein Schattenriß hinter einem grauen Schleier. Sicher, sie trug das silberne Kettenhemd, das ihre Gestalt kräftiger erscheinen ließ, als sie sein mochte, und jetzt, als Lyra wußte, worauf sie zu achten hatte, fiel ihr auch auf, daß Erion nicht ganz so schlank und zerbrechlich war, wie man es den Elben nachsagte, aber . . .

»Elbenkinder sind sehr klein«, sagte Erion, als sie ihren Blick bemerkte. Lyra schrak zusammen und wollte wegsehen, aber ihre Augen gehorchten ihrem Willen nicht mehr; sie konnte einfach nicht anders, als den gertenschlanken Leib der Elbin weiterhin anzustarren. Selbst als Erion zurückkam, ihr einen der beiden Becher in die Hand drückte und sich mit einem erschöpften Seufzer wieder auf die Bank sinken ließ.

»Ist Oran der Vater?«

Lyra blinzelte irritiert. »Woher . . .«

»Das war nicht schwer zu erraten«, sagte Erion. Sie lächelte, trank einen winzigen Schluck und schlug mit der flachen Hand auf die Bank neben sich. »Setz dich zu mir, Kind.« Lyra gehorchte, und sie führte auch gehorsam den Becher an die Lippen und nippte an dem schweren, süßen Wein, als Erion sie mit einer Geste dazu aufforderte.

»Es war nicht schwer zu erraten, daß Oran mehr ist als

nur dein Herr«, sagte Erion nach einer Weile. »Felis' Feindseligkeit und die Blicke, mit denen dich Oran maß, sprachen Bände. Liebst du ihn?«

»Liebe?« Lyras Verwirrung wuchs mit jedem Augenblick. »Ich habe nicht darüber nachgedacht.«

Ein Ausdruck, den sich Lyra nicht zu erklären vermochte, erschien auf Erions silberweißen Zügen. »Ist er wenigstens ein guter Liebhaber?« fragte sie.

Lyra starrte sie an. *Warum quälte Erion sie?* »Ich ... weiß es nicht«, stotterte sie. »Ich habe ... Oran ist ...«

»Dein erster Mann gewesen und der einzige, ich verstehe schon.« Erion seufzte. Der Gedanke schien Zorn in ihr zu wecken, aber Lyra verstand nicht, warum. »Behandelt er dich wenigstens gut?«

»Ja«, antwortete Lyra. »Er ist hart, aber er ist gerecht. Er ist ein guter Mann.«

Zwischen Erions Brauen erschien eine dünne, steile Falte. Die spitzen Ohren zuckten, und der Blick ihrer silberdurchwirkten Augen wirkte plötzlich verärgert. »Das hört sich ein wenig zu auswendig gelernt an, für meinen Geschmack«, sagte sie.

Das war es. Es war das, was sich Lyra immer und immer wieder eingehämmert hatte, so lange, bis sie selbst nicht mehr wußte, ob es nun wirklich die Wahrheit war oder das, was sie glauben *wollte*. Die Wahrheit war wohl eher, daß Oran sie verstoßen würde, sobald er die Lust an ihr verlor oder eine Jüngere kam und ihren Platz einnahm. Aber welchen Sinn hatte es, mit einem Schicksal zu hadern, das zu ändern nicht in ihrer Macht stand?

Erion schien zu spüren, wie unangenehm ihr ihre Fragen waren, denn sie wechselte übergangslos das Thema. »Wie lange bist du schon auf dem Hof?« fragte sie.

»Seit ich sechs Jahre wurde.«

»Und vorher?«

»Ich weiß es nicht, Herrin«, antwortete sie. »Ich wurde verkauft, zusammen mit meiner Mutter, aber sie starb, ehe wir ein Jahr hier waren. Ich weiß nicht mehr, wo wir vorher waren. An verschiedenen Orten, glaube ich.«

»Verkauft? Dann bist du eine Sklavin? Oran läßt Sklaven auf seinen Feldern arbeiten?«

Lyra schüttelte den Kopf, so heftig, daß ihre Haare flogen und sie ein paar Tropfen Wein aus dem Becher verschüttete. »Nein, Herrin«, sagte sie. »Oran haßt die Sklaverei.«

»Und trotzdem hat er dich und deine Mutter gekauft?«

»Er hat all seine Mägde und Knechte gekauft, mit Ausnahme derer, die auf dem Hof geboren sind«, antwortete Lyra. »Aber er behandelt sie nicht wie Sklaven.«

Sjur lachte leise. »Wie behandelt er sie denn?« fragte er höhnisch, ohne von seinem Teller aufzusehen. »Spielt er den Wohltäter und läßt sie fühlen, daß er sie nicht wie Sklaven behandelt, um sie dadurch noch gefügiger zu machen?«

Lyra funkelte ihn an. Seine Worte versetzten sie in Zorn, denn sie enthielten einen Vorwurf, den Oran nicht verdient hatte. »Er läßt sie arbeiten, bis die Summe, die er für sie bezahlt hat, abgegolten ist«, sagte sie, »dann gibt er sie frei oder hält sie für den normalen Lohn eines Knechts oder einer Magd auf dem Hof. Ich war frei, als ich neun war. Ich hätte gehen können, wenn ich es gewollt hätte, an jedem Tag, der seither vergangen ist.«

»Aber du bist geblieben«, sagte Erion.

»Die meisten bleiben. Es gibt genug Höfe in der Umgebung, und auch in der Stadt werden immer Arbeiter gesucht. Aber es ist ein gutes Leben hier, auch wenn es manchmal hart ist.«

Erion schwieg einen Moment, und wieder tauschte sie diesen sonderbaren Blick mit Sjur. Einen Blick, mit dem Lyra nichts anfangen konnte, der ihr aber sagte, daß es eine Menge zwischen den beiden gab, das niemand erfahren durfte. »Ein interessanter Mann, dein Herr«, murmelte Erion schließlich, wieder an Lyra gewandt. »Vielleicht sollte ich die Meinung, die ich von ihm habe, noch einmal überdenken.« Sie blickte einen Moment an Lyra vorbei in die tanzenden Flammen des Feuers, wandte den Kopf und sagte ein paar Worte zu Sjur; in der schnellen, unverständlichen Sprache, in der sie sich schon ein paarmal unterhalten hatten und die Lyra nicht verstand. Sjur antwortete auf die gleiche Weise, und seine Worte klangen scharf und verärgert; obwohl Lyra kein Wort verstand, begriff sie doch, daß sie unfreiwillige Zeugin einer Auseinandersetzung wurde, und ein paarmal glaubte sie, Orans Name zu erkennen, war sich aber nicht sicher. Schließlich beendete Erion die Diskussion mit einer befehlenden Geste.

»Zeig uns unsere Kammer«, verlangte sie. »Wir sind noch immer müde, und ich fühle mich schmutzig. Gibt es ein Bad auf dem Hof?«

»Ein Bad?« Lyra schüttelte unsicher den Kopf. So wie sie badeten auch alle anderen sommertags im seichten Wasser des Flußufers, eine halbe Wegstunde nördlich vom Hof. Auf was für Gedanken diese Elbin kam! »Ich . . . kann Euch einen Trog mit heißem Wasser bereiten, wenn Ihr es wünscht«, bot sie verwirrt an.

»Oh.« Erions Lächeln wirkte gequält. »Laß nur, Kind«, sagte sie. »Ich werde . . . eine andere Möglichkeit finden, denke ich.« Sie schwieg, aber es dauerte ein paar Sekunden, ehe Lyra begriff, daß sie darauf wartete, daß sie aufstand und ihr den Weg in ihre Kammer wies. Hastig sprang sie auf, stellte den Becher auf den Tisch zurück und ging zur Tür.

»Noch ein Wort, Lyra«, sagte Erion, als sie den Raum verlassen wollte. Lyra blieb gehorsam stehen, wandte sich um und sah die Elbin fragend an.

»Unser Besuch kommt sehr überraschend«, begann Erion mit einer Geste auf Sjur und sich selbst. »Wir . . . rechneten ehrlich gesagt nicht damit, so freundlich aufgenommen zu werden. Ein Teil unseres Gepäcks ist noch im Wald. In dem kleinen Hain jenseits eures Hofes, auf einer Lichtung, unweit des Waldrandes. Kennst du sie?«

Lyra nickte. Der Hain war nicht sehr groß und verdiente den Namen Wald eigentlich gar nicht. Alles in allem konnten kaum mehr als dreihundert Bäume dort wachsen. Sie kannte die Lichtung, von der Erion sprach. Es gab nur diese eine.

»Vielleicht bist du so freundlich, einen der Männer dorthin zu schicken, damit er unsere Sachen holt.«

»Ich kann selbst gehen«, erbot sich Lyra, aber Erion wehrte mit einer entschiedenen Geste ab.

»Die Sachen sind zu schwer«, sagte sie. »Schick ruhig einen der Männer. Und sage Oran, daß es mein Wunsch ist, sollte er es dir verbieten.« Damit wandte sie sich um und ging an Lyra vorbei aus der Stube und die Treppe hinauf, ohne noch ein weiteres Wort zu verlieren.

Lyra blickte ihr einen Herzschlag lang mit gemischten Gefühlen nach, ehe auch sie sich von ihrem Platz löste und Erion und dem Skruta folgte.

Oran hatte Guna und ein paar der anderen Mägde aufgetragen, Zimmer für die Elbin und ihren Begleiter zu richten, aber sie waren noch nicht fertig damit, und so überließ er seinen Gästen – für den ersten Tag – sein eigenes Schlafgemach. Obwohl der Tag gerade erst begonnen hatte, zogen sich Erion und ihr Begleiter beinahe sofort zurück, um zu schlafen.

Es gab nicht viel zu tun für Lyra. Sie hatte ihr Angebot, einen Zuber mit heißem Wasser für die Elbin vorzubereiten, wiederholt. Aber Erion hatte es auch diesmal abgelehnt und sie – sanft, aber trotzdem mit Nachdruck – aus dem Zimmer komplimentiert. So fand sich Lyra schon nach wenigen Augenblicken ebenso verwirrt wie nutzlos auf dem Flur stehend. Die ganze Situation kam ihr noch immer unwirklich und verrückt vor, sie fühlte sich wie in einem Traum gefangen, und es fiel ihr noch immer schwer zu glauben, daß sie dies alles wirklich erlebte.

Einen Moment lang überlegte sie, ob sie sich einen Stuhl holen und vor Erions Tür warten sollte, um gleich zur Stelle zu sein, falls die Elbin oder ihr Begleiter nach ihr verlangten. Aber dann stellte sie sich vor, wie albern das aussehen mußte, für die anderen, und außerdem könnte Erion auf den Gedanken kommen, daß sie lauschen wollte. Sie ging die Treppe hinunter.

Das Haus schien verlassen zu sein. Oran war nicht in die Stube zurückgegangen, was sie bedauerte, denn sie hätte gerne mit ihm geredet, und auch von Felis war keine Spur zu sehen, was sie eher erleichterte. Sie hatte das sichere Gefühl, daß es nicht gut wäre, jetzt Felis' Weg zu kreuzen.

Auch die Küche war leer. Im Herd brannte ein Feuer, und auf der gemauerten Arbeitsplatte daneben standen Töpfe und Pfannen, säuberlich aufgereiht und zum Teil schon mit Butter und Kräutern eingeschmiert. Lyra lächelte still in sich hinein. Es war nicht zu übersehen, daß dies Gunas Werk war. Die Alte mochte ein wenig wunderlich geworden sein, in den letzten Jahren, und stellte man ihr eine Frage, dann war es nicht immer sicher, daß man auch die Antwort bekam, die dazu paßte; aber am Herd konnte sie zaubern. Trotz ihrer Vergeßlichkeit wurde sie mit jedem Jahr, das ins Land zog, eigenwilliger. Daß sie ihre Kochgeräte aufreihte wie Soldaten bei einer Parade, war dabei noch das Einfachste. Nicht alle ihre Wunderlichkeiten waren so harmlos.

»Nun, Kind? Bist du gekommen, einer alten Frau bei der Arbeit zu helfen?«

Lyra drehte sich um, als sie Gunas Stimme hörte. Die Alte schlurfte gebückt in die Küche, einen Armvoll Feuerholz tragend und ein fast listiges Lächeln auf den Lippen. »Oder willst du mir nur ein wenig über die Schulter schauen und dir etwas abgucken?« Sie lud ihre Last neben dem Herd ab, richtete sich schnaubend auf und drohte spöttisch mit dem Zeigefinger. »Willst mir den Platz streitig machen, wie?« sagte sie. »Du weißt doch, daß ich zu nichts mehr nutze bin als zum Kochen.«

»Nicht doch, Guna. Du . . .«

»Aber schau ruhig zu«, fuhr Guna fort, ihre Worte einfach ignorierend. Das tat sie oft, und Lyra war noch immer nicht sicher, ob das nun auch an ihrem Alter lag oder sie die Nachsicht, die alle auf dem Hof mit ihr übten, nicht einfach ausnutzte. »Es wird nicht lange dauern, und meine Zeit ist abgelaufen. Dann muß einer da sein, der für Oran und die Herrin kocht. Warum nicht du?« Sie öffnete die Ofenklappe, bückte sich ächzend und schob Holz ins

Feuer. Lyra wollte ihr helfen, aber Guna schlug ihre Hand beiseite.

»Deine Tage sind noch lange nicht gezählt«, sagte Lyra. »Du wirst sehen, du überlebst uns alle noch. Selbst mich.«

»O nein, Kind. Niemand ist unsterblich, schon gar nicht eine so nutzlose alte Frau wie ich«, erwiderte sie und wakkelte mit dem Kopf. Ihr zahnloser, eingefallener Mund verzog sich zu einem Lächeln. »Wir alle sind nutzlos, weißt du? Jeder einzelne für sich, meine ich.«

Lyra antwortete nicht darauf, und sie versuchte auch erst gar nicht, über die Bedeutung von Gunas Worten nachzudenken. Manchmal kam es ihr so vor, als enthielten die Verrücktheiten der Alten eine Wahrheit, die sie nur nicht zu sehen in der Lage war. Aber sie hatte es schon vor langer Zeit aufgegeben, sich den Kopf darüber zu zerbrechen. Jetzt gab es sowieso Wichtigeres. »Hast du gehört, daß Gäste auf dem Hof sind?« sprudelte sie hervor. »Stell dir vor, es ist eine Elbin gekommen, eine leibhaftige Elbin!«

»So?« Gunas Tonfall klang nicht sehr interessiert, und Lyra war beinahe enttäuscht. Sie war froh gewesen, endlich jemanden gefunden zu haben, der ihr zuhörte, selbst wenn es eine so verrückte Person war wie Guna. Manchmal hatte sie sogar das Gefühl, daß die Alte der einzige Mensch auf dem Hof war, der sie wirklich verstand.

»Eine Elbin«, sagte sie noch einmal vor. »Stell dir vor, Guna. Eine Frau aus dem Elbengeschlecht, zu Gast in unserem Haus. Und ich habe sie gefunden!«

Guna sah nun doch von ihrem Feuer auf, blickte sie einen Moment mit gerunzelter Stirn an und schloß die Ofenklappe mit einem Knall. »Etwas zu finden ist nicht gerade ein persönliches Verdienst«, sagte sie. »Und es ist immer ein zweischneidiges Schwert, Fremde zu beherbergen.«

»Aber Erion ist eine *Elbin*«, widersprach Lyra. Hatte Guna denn nicht verstanden, was sie gesagt hatte? »Wie kann etwas schlecht daran sein, eine Elbin zu beherbergen, Guna. Du solltest dich freuen! Welchem Haus wird schon diese Ehre zuteil?«

»Eine Elbin ...« Guna seufzte, schlurfte zu ihren Kochtöpfen hinüber und ließ den Blick über die säuberlich ausgerichteten Reihen schweifen. Das Mittagsmahl schien sie weitaus stärker zu interessieren als die Elbin. »Es ist lange her, daß einer vom Geschlecht der Elben in diesen Teil des Landes kam«, murmelte sie. »Ich dachte, es gäbe sie nicht mehr.«

Lyras Verwirrung wuchs. Guna wirkte, wenn sie überhaupt irgendein Gefühl zeigte, höchstens besorgt. Aber worüber? »Ich verstehe dich nicht«, fragte Lyra. »Freust du dich denn gar nicht?«

»Worüber? Daß wir Gäste haben und für die Zeit, in der sie da sind, das ganze Haus kopf stehen wird?« beschwerte sich Guna. Sie nahm ein Messer zur Hand, stach damit in den Tonkrug mit Butter und kostete mißtrauisch. »Zu wenig Salz«, murmelte sie. »Und freuen? Worüber soll ich mich freuen, Kind? Laß die Elben dort, wo sie sind. Sie gehören nicht in unsere Welt, so wenig, wie wir in die ihre gehören. Du wirst sehen, sie bringen nur Aufregung und Ärger, und nichts wird mehr so sein, wie es war, wenn sie fort sind.«

Lyra wollte antworten, aber ein Geräusch an der Tür ließ sie stocken und sich umsehen. Es war Felis.

Sie hatte sich angekleidet und trug nun in kindlichem Trotz das prachtvollste Gewand, das ihre Kleiderkammer barg. Und trotzdem, dachte Lyra, als sie sich das Bild ins Gedächtnis zurückrief, hatte Erion in ihrem zerschlissenen Gewand hundertmal anmutiger und hoheitsvoller ausgesehen. Felis' Gesicht war noch immer gerötet, und Lyra sah, daß sie geweint haben mußte. Aber das waren Tränen des Zorns gewesen.

Felis' Blick flammte auf, als sie Lyra entdeckte. Sie hielt für die Dauer eines Lidzuckens inne, schob dann die Tür hinter sich ins Schloß und lehnte sich dagegen. »Nanu?« sagte sie in gespieltem Erstaunen. »Du bist hier, Lyra? Was tust du hier in der Küche?«

»Ich . . . hatte nichts zu tun, und . . .«

»Aber du wolltest doch nicht etwa arbeiten und dir die Hände schmutzig machen, mein Kind«, unterbrach sie Felis. Sie lächelte, aber der Zorn in ihrem Blick loderte noch heller. »Nicht doch.« Sie wandte sich an Guna. »Lyra wird dir nicht mehr helfen können, Guna«, sagte sie. »Arbeiten, bei denen man sich die Hände schmutzig machen kann, sind von jetzt an nichts mehr für sie. Unsere Lyra ist jetzt etwas Besseres.«

»Bitte, Herrin!« sagte Lyra, aber Felis ließ sie gar nicht erst zu Wort kommen.

Mit einer wütenden Bewegung fuhr sie herum, stemmte die Arme in die Hüften und funkelte sie an. »Stimmt das etwa nicht?« fragte sie böse. »Ich dachte, du wärest jetzt Kammerzofe. Und als solche hast du hier in der Küche nichts verloren. Geh hinauf zu deiner Herrin und leg dich vor ihre Tür.«

Lyra begann verzweifelt mit den Händen zu ringen. Für einen ganz kurzen Moment spürte sie Wut, aber das Gefühl verging, ehe sie es richtig begreifen konnte, und Tränen füllten ihre Augen. Es war so, wie sie befürchtet hatte. Felis würde ihren ganzen Zorn bei ihr entladen. Es war die Gelegenheit, nach der sie nur gesucht hatte, schon seit Monaten. »Bitte«, schluchzte sie. »Ich . . . ich wollte das nicht. Erion hat . . . hat nach mir verlangt. Ich habe nicht . . .«

»Wie praktisch«, unterbrach sie Felis. Sie trat einen Schritt auf sie zu, und Lyra duckte sich instinktiv. Aber Felis lachte nur böse.

»Warum bist du so ängstlich?« fragte sie höhnisch. »Fürchtest du dich etwa? Vor mir? Keine Sorge, Lyra, ich werde mich hüten, dem Schoßhündchen dieser Elbin etwas zu tun.« Sie lachte, trat wieder einen Schritt zurück und machte einen übertriebenen Hofknicks. »Eure gehorsame Dienerin, Lyra«, sagte sie. »Wenn Ihr irgendwelche Wünsche habt, so befehlt, und ich werde gehorchen.« Ihr Blick wurde hart. »Solange die Elbin hier ist«, fügte sie hinzu. »Aber sie wird nicht ewig bleiben, mein Kind. Sie wird gehen. Aber ich werde bleiben. Vielleicht denkst du darüber nach.« Damit wandte sie sich um und ging.

Lyra begann zu schluchzen. Sie kämpfte mit aller Gewalt um ihre Fassung, aber ihre Kraft reichte nicht. Die Tränen rannen heiß und salzig über ihre Wangen. Nach einem Moment trat Guna neben sie und streichelte tröstend ihre Wange. Die Berührung ihrer trockenen alten Haut tat auf sonderbare Weise gut.

»Siehst du, mein Kind?« flüsterte die Alte. »Ich habe es dir doch gesagt. Du und deine Elbin! Was hast du gedacht, was sie ist? Ein Gott? Und wenn, dann wird es dir nichts nutzen.«

»Aber ich . . . ich bin unschuldig«, schluchzte Lyra. »Ich wollte Felis nicht verletzen, und . . . und es ist so ungerecht.« Plötzlich begann sie noch stärker zu schluchzen, warf sich an Gunas Brust und klammerte sich mit aller Kraft an die alte Frau, wie ein Kind, das Schutz bei einem Erwachsenen sucht.

Gunas Hand strich sanft über ihr Haar. »Ich weiß, Kind«, flüsterte sie. »Aber so ist die Welt nun einmal.«

Es dauerte lange, bis Lyra zu weinen aufhörte.

4

Die Mittagszeit war vorbei, und jetzt, nachdem das Gesinde sein gemeinsames Mahl eingenommen hatte und wieder zur Arbeit auf die Felder gegangen war, hatte sich eine tiefe Stille über dem Hof ausgebreitet. Nicht der geringste Laut drang in den kleinen Raum unter dem Dach. Selbst das Knacken der brennenden Holzscheite im Kamin klang gedämpft und beinahe unwirklich. Es war warm hier drinnen, beinahe schon zu warm für Lyras Geschmack, und die Luft war schlecht und verbraucht. Außerdem war ihr übel, wie fast ununterbrochen in den letzten beiden Tagen. Sie hätte gerne das Fenster aufgemacht, um frische Luft in den Raum zu lassen, aber das Giebelzimmer lag an der Nordseite des Hauses, und die Tür war irgendwann vor langer Zeit einmal zerbrochen und nur lieblos mit ein paar rohen Brettern wieder genagelt worden und schloß nicht mehr richtig; wenn sie das Fenster öffnete, würden Kälte und Zugluft hereinkommen, und es würde noch unangenehmer werden.

Lyra bewegte sich vorsichtig auf dem kaum gepolsterten Bett hin und her und versuchte, eine bequemere Lage zu finden, aber natürlich gelang es ihr nicht; das Drücken und Zerren in ihrem Leib verlagerte sich nur, wurde aber nicht weniger. Seit ein paar Tagen schien es überhaupt keine Möglichkeit mehr zu geben, bequem zu sitzen, zu liegen oder auch nur zu stehen.

Ihr Leibesumfang hatte sichtlich zugenommen, und sie verspürte jetzt immer öfter ein neues, stechendes Ziehen in der Leistengegend, ein Gefühl, das sich von dem ihr mittlerweile schon vertraut gewordenen Schmerz unterschied. So sehr, daß sie erschrocken zu Guna gelaufen war und sie gefragt hatte, ob irgend etwas nicht in Ordnung sei. Aber die Alte hatte sie nur ausgelacht und sie ein dummes Kind gescholten und ihr geraten, sich nicht den Kopf über Dinge zu zerbrechen, von denen sie noch nichts verstand. Sie wünschte sich, es wäre bald vorbei. Die Woche, die noch vor ihr lag, kam ihr vor wie eine Ewigkeit. Trotz allem fühlte sie, daß irgend etwas nicht in Ordnung war, nicht so, wie es sein sollte. Es waren schon mehr Kinder auf dem Hof geboren worden, und sie hatte nie eine der Frauen über Beschwerden wie die ihren klagen hören.

Nach einer Weile gab sie den Kampf auf, erhob sich umständlich und trat ans Fenster. Der Hof lag still unter ihr, wie ausgestorben, ein langgestrecktes, ungleichmäßiges Rechteck, auf dem nicht einmal der Wind ein trockenes Blatt oder einen Halm Stroh bewegte. In den trügerischen Glanz einer Sonne getaucht, die selbst jetzt, zur Mittagsstunde, nur noch eine Wärme vorgaukelte, die sie nicht mehr spenden konnte. Und es war ruhig. Die einzigen

Laute, die sie hörte, waren die gedämpften Stimmen Erions und Sjurs, die durch die dünne Wand in ihre Kammer drangen, ohne daß sie die Worte verstanden hätte. Oran hatte der Elbin und ihrem barbarischem Begleiter zwei nebeneinanderliegende Kammern im obersten Stockwerk des Haupthauses zugewiesen, nicht sein eigenes Zimmer oder den großzügig angelegten Gästetrakt über dem Pferdestall.

Aber weder Erion noch Sjur hatten auch nur mit einem Wort auf diese – in Lyras Augen – neuerliche Beleidigung reagiert, sondern schienen im Gegenteil sehr zufrieden mit ihrer Unterkunft zu sein. Jedenfalls verließen sie sie kaum. Selbst Lyra, die Erion sich noch einmal und mit großem Nachdruck als persönliche Zofe für die Dauer ihres Aufenthaltes auf dem Hof auserbeten hatte, bekam sie kaum zu Gesicht während der ersten Woche. Die beiden hatten viel geschlafen – den ersten Tag und die Nacht ununterbrochen und selbst noch weit in den darauffolgenden Morgen hinein. Und insbesondere Sjur aß unglaubliche Mengen, mehr, als Lyra geglaubt hatte, daß ein Mann überhaupt in sich hineinstopfen konnte.

Überhaupt waren sie beide anders, ganz anders, als sich Lyra vorgestellt hatte. Nicht daß sie irgendeine feste Vorstellung gehabt hätte – Elben und Skrut-Barbaren waren keine Bestandteile ihres Lebens, nichts, worüber nachzudenken sich gelohnt hätte bis vor wenigen Tagen, sondern Wesen aus einer anderen, unvorstellbar fremden Welt. Einer Welt, die irgendwo hinter dem Horizont begann und voller Dinge und Geheimnisse war, die Lyra niemals begreifen würde. Und auch nicht wollte. Aber sie hatte eine ziemlich feste Vorstellung davon gehabt, wie diese Welt *nicht* sein sollte.

Ein leises Klopfen an der Wand riß sie aus ihren Gedanken. Sie fuhr erschrocken herum, verließ das Zimmer und trat auf den dunklen Korridor hinaus. Ihre Kammer lag direkt neben der der Elbin, eine Bedingung, die sich Erion auserbeten hatte, als Oran ihr und Sjur Quartier zuwies, damit sie jederzeit erreichbar war. Dabei hatte sie Lyra in den ganzen zehn Tagen kaum ein dutzendmal gerufen, und abgesehen von den regelmäßigen Mahlzeiten, die sie ihr und Sjur brachte, hatte Lyra tatsächlich den größten Teil dieser Zeit mit Schlafen und Nichtstun verbracht; ein Luxus, den sie zuvor niemals kennengelernt hatte und der ihr noch jetzt ungewohnt und beinahe verwerflich vorkam. Sie war jetzt beinahe davon überzeugt, daß Erion sie nicht für sich beansprucht hatte, weil sie sie wirklich brauchte, sondern einzig, um sie zu schonen und vor Felis' Zorn in Schutz zu nehmen. Aber die Zeit auf einem Hof wie dem Orans war zu kostbar, um sie zu vertun; besonders jetzt, während der Ernte.

Erion erwartete sie, als sie die Tür öffnete und mit gesenktem Blick eintrat. Die Elbin stand mit einem freundlichen Lächeln auf den Lippen unter dem Fenster und strich sich scheinbar gedankenverloren eine Strähne ihres dünnen weißen Haares aus der Stirn. Sie trug jetzt nicht mehr das zerschlissene Gewand, in dem sie gekommen war, allerdings auch keines ihrer eigenen Kleider – von denen drei in dem Gepäck gewesen waren, das die Diener aus dem Wald gebracht hatten –, sondern eines von Felis' Festtagsgewändern, ein gelbweißes, bodenlanges Kleid, das mit wenigen Stichen passend gemacht worden war. An Orans Weib hatte das silberbestickte Kleid mit den weiten Ärmeln und dem steifen, fast bis an Erions Scheitel reichenden Kragen prachtvoll ausgesehen. An der Elbin wirkte es schäbig.

Lyra näherte sich ihr mit gesenktem Blick, die Finger vor dem Bauch verschränkt. Wie immer, wenn sie der Elbin gegenüberstand, kam sie sich ungeschickt und plump vor und hatte plötzlich das Gefühl, zahllose überflüssige Hände zu haben. »Herrin? Ihr habt nach mir gerufen.«

»Lyra, mein Kind«, sagte Erion. »Wie fühlst du dich heute?«

»Gut«, antwortete Lyra hastig. »Ich fühle mich . . . sehr gut. Was ist Euer Begehr?« Sie war verwirrt, und sie spürte, wie ihr Herz schon wieder wild zu schlagen begann. Erion erkundigte sich fast jedesmal nach ihrem Befinden, wenn sie sich sahen, und es war keine bloße Höflichkeit. Dabei war sie nur eine einfache Magd, deren Wohlbefinden für ein Wesen wie sie sicher nicht von Interesse sein konnte. Überhaupt interessierte sich Erion in weit stärkerem Maße für sie – und insbesondere für das Kind –, als sich Lyra erklären konnte.

Sie sah auf, blickte sich rasch im Zimmer um und erkannte, daß sie mit Erion allein war. Sjur war gegangen, obwohl sie seine Stimme noch vor wenigen Augenblicken durch die dünne Bretterwand hindurch gehört hatte. Lyra war erleichtert, daß er nicht da war. Der Skrut-Barbar hatte für sie nichts von seinem Schrecken verloren. Im Gegenteil. »Es geht mir gut«, sagte sie noch einmal.

Erions Lächeln wirkte plötzlich ein ganz kleines bißchen gezwungen, und wieder hatte Lyra das Gefühl, daß alles, was sie sah, nur eine Maske war, mühsam erzwungen, um die Nervosität und – ja, und vielleicht – Furcht, die die Elbin darunter erfüllte, zu verbergen. Ihre Augen glitzerten. Sie kam näher, berührte Lyra mit der Hand an der Schulter, ließ sie einen Moment dort ruhen und legte ihr dann die Finger unter das Kinn, um sie zu zwingen, ihr in die Augen zu sehen.

»Warum belügst du mich?« fragte sie. »Es geht dir nicht gut, schon seit Tagen nicht mehr. Du fühlst dich nicht wohl, und nachts höre ich dich stöhnen vor Schmerz.«

Lyra blickte erschrocken zu der dünnen Holzwand. Natürlich hatte Erion sie gehört – sie mußte es ja, wenn umgekehrt sie Sjur und die Elbin hören konnte, selbst wenn sie leise miteinander sprachen. Warum hatte sie nicht eher daran gedacht?

Erion schüttelte den Kopf, als spräche sie mit einem uneinsichtigen Kind. »Warum bittest du mich nicht um Hilfe, du dummes Ding?« fragte sie. »Ich bin vielleicht nicht die Göttin, für die du mich hältst, aber ich kann dir helfen, die letzten Tage ohne Schmerzen zu überstehen. Schmerzen sind überflüssig und dumm.« Sie lachte leise. »Wir Frauen sollten zusammenhalten, findest du nicht? Besonders, wenn uns etwas verbindet, so wie dich und mich.«

»Bitte, Herrin ...« Lyra trat einen halben Schritt zurück, so daß Erions Hand von ihrer Schulter glitt, senkte hastig wieder den Blick und starrte zu Boden. Es war nicht das erste Mal, daß Erion versuchte, sie in ein persönliches Gespräch zu verwickeln, um ihr Vertrauen zu gewinnen und die unsichtbare Wand, die zwischen ihnen war, niederzureißen. Und es war nicht das erste Mal, daß Lyra diesen Versuch zunichte machte und sich verschloß. Begriff sie denn nicht, daß Lyra das nicht wollte? Es war nicht so, wie Erion zu glauben schien, sondern gerade umgekehrt: Mehr als alles andere war es gerade Erions Menschlichkeit, die sie erschreckte und verunsicherte. Sie sah aus wie eine Göttin, aber sie war es nicht. Der größte Schock für Lyra war gewesen, als sie am zweiten Morgen unaufgefordert Erions Kammer betreten hatte und sehen mußte, daß Sjur und sie im gleichen Bett schliefen. Als sie sie oben im Heu entdeckt hatte, aneinandergeklammert wie zwei Liebende, da war das etwas anderes. Sie waren auf der Flucht gewesen, zwei Freunde, die allein und in einer Umgebung waren, von der sie nicht wußten, ob sie ihnen freundlich oder feindselig gesonnen war. Daß sie jetzt, da jeder sein eigenes Bett und sogar sein eigenes Zimmer hatte, noch immer das Lager teilten, hatte Lyra getroffen wie ein Schlag. Den Gedanken, der daraus folgerte, weigerte sie sich selbst jetzt noch zu denken.

Nach einer Weile wurde Erion klar, daß Lyra das Schweigen nicht von sich aus brechen würde. Sie seufzte, trat mit einem angedeuteten Kopfschütteln zurück zum Tisch und sprach, nach einer neuerlichen Pause und mit deutlich veränderter Betonung, weiter: »Ich muß deinen Herrn sprechen, Lyra. Geh bitte hinunter und sage ihm, daß Sjur und ich mit ihm zu reden haben.«

Lyra nickte und wandte sich auf der Stelle zum Gehen, aber Erion rief sie noch einmal zurück. »Was ist los mit dir, Lyra?«

»Was ... was meint Ihr, Herrin?«

Erion machte eine ärgerliche Handbewegung. »Stell dich nicht dumm, denn das bis du nicht«, sagte sie scharf. »Seit zehn Tagen sehe ich dich öfter als jeden anderen Menschen auf diesem Hof, und jedesmal, wenn wir uns begegnen, zitterst du mehr vor Furcht. Was hast du? Habe ich dich nicht freundlich genug behandelt? Oder ist es Sjur, den du fürchtest? Das brauchst du nicht.«

Lyra schluckte ein paarmal, ehe sie antwortete. In ihrer Kehle saß ein harter, bitterer Kloß, und ihr Herz schlug bis zum Hals. Warum quält sie mich? dachte sie. »Das ... das ist es nicht, Herrin«, stammelte sie. »Es ist ...«

»Nun?« fragte Erion, als Lyra nicht weitersprach. Plötzlich, von einer Sekunde auf die andere, war jede Spur von Wärme aus ihrer Stimme verschwunden, und als Lyra erschrocken aufsah, blickte sie in ein Gesicht, das noch immer so schön war wie das eines Engels, aber kalt wie Eis. Erion befahl, wie sie es gewohnt war und dieses eine, nicht einmal sonderlich laut ausgesprochene Wort riß die Kluft zwischen ihnen tiefer auf, als sie jemals gewesen war.

Lyra begann zu weinen. »Verzeiht, Herrin«, schluchzte sie. »Ich wollte nicht unhöflich sein, und ich ... wollte Euch nicht erzürnen. Aber ... aber ich bin nur ein einfaches Bauernmädchen, und Ihr ...«

»Und ich bin eine Göttin, nicht?« Erion lachte leise. »Kind, wenn du wüßtest, was du für einen Unsinn redest. Warum können wir nicht einfach Freundinnen sein? Wir sind ungefähr gleich alt, nicht wahr? Ich bin ein Mensch wie du, und ...«

»Nein, das seid Ihr nicht«, fiel ihr Lyra ins Wort. Sie erschrak beinahe selbst über ihren Mut, die Elbin zu unterbrechen und diese Worte auszusprechen, aber gleichzeitig fühlte sie sich erleichtert. Sie mußte es einfach aussprechen. Sie atmete tief und sah die Elbin fest an. »Das seid Ihr nicht, Herrin«, sagte sie noch einmal. »Ich bin eine Sklavin, die von ihrem Herren freigelassen wurde und ihm jetzt aus freien Stücken dient, weil es keinen anderen Ort gibt, an den sie gehen könnte. Und Ihr seid eine Elbin.«

»Und du glaubst, deshalb wäre ich etwas Besseres als du?«

»Ja«, antwortete Lyra fest. »Das glaube ich. Ihr seid eine Göttin, und ich nur ein einfaches Mädchen. Bitte laßt es so, wie es ist, denn es ist gut so.«

»Du hast Angst«, behauptete Erion. Ihre Stimme hatte ihre Schärfe wieder verloren und klang jetzt nur noch verwirrt. »Wovor hast du Angst, Kind? Vor mir? Vor Sjur?«

»Nein«, antwortete Lyra, obwohl die Worte der Elbin ein gutes Teil Wahrheit enthielten. Aber das war nicht alles. »Ihr ... Ihr seid sehr gut zu mir, Herrin«, stammelte sie. »Und ich bin Euch sehr dankbar dafür und glücklich, in Eurer Nähe bleiben zu dürfen. Nur Ihr ... Ihr werdet nicht hierbleiben. Aber ich.«

Einen Moment lang blickte Erion sie verwirrt an, dann erschien ein betroffener Ausdruck auf ihren Augen. »Felis«, murmelte sie. »Es ist Felis, vor der du Angst hast, nicht wahr?«

Lyra schwieg. Was hätte sie antworten sollen? Daß die Elbin recht hatte und daß Felis sie bestrafen und vielleicht davonjagen würde, sobald sie und ihr Begleiter vom Hof verschwunden waren? Daß alles gut gewesen war, bevor Erion kam, und daß sie mit der Hilfe, die sie Lyra gegeben hatte, alles zerstört hatte? Sie wußte, daß Felis nicht eher ruhen würde, bis ihre Rache befriedigt war. Aber das konnte sie nicht sagen.

Und es war auch nicht nötig. Ihre Gedanken mußten überdeutlich auf ihrem Gesicht zu lesen sein. »So ist das also«, fuhr Erion fort. »Du hast Angst vor deiner Herrin. Und es ist meine Schuld, daß es so weit gekommen ist.« Lyra wollte widersprechen, aber Erion ließ sie gar nicht zu Wort kommen. »Ich glaube, ich verstehe dich jetzt«, fuhr sie fort. »Aber wenn es das ist, was du fürchtest, dann ist deine Angst grundlos. Sjur und ich werden in wenigen Tagen abreisen. Du kannst mit uns kommen, wenn du willst. Nachdem das Kind geboren ist, heißt das«, fügte sie hinzu.

Für einen Moment, einen ganz kurzen Moment nur, glomm neue Hoffnung in Lyra auf. Aber der Funke erlosch, ehe er richtig aufgeflammt war. »Es würde nicht gutgehen«, murmelte sie. »Ihr seid sehr freundlich, Herrin, aber es ... es wäre nicht richtig. Ich gehöre nicht zu Euch.« *Und Ihr nicht zu uns,* fügte sie in Gedanken hinzu. Aber das sprach sie nicht laut aus.

Erion setzte dazu an, etwas zu sagen, schüttelte aber dann bloß den Kopf und runzelte die Stirn.

»Kann ich ... gehen?« fragte Lyra. Ihre Hände zitterten. Die wenigen Worte hatten ihre Kraft aufgebraucht.

»Ich gehöre nicht zu euch«, murmelte Erion. »Ich wußte nicht, daß es so schlimm ist.« Wieder schwieg sie einen Moment. Ihre Finger fuhren in einer unbewußten Bewegung über den Rand der Tischplatte. Sie lächelte, aber es war ein trauriges Lächeln, und es galt nicht Lyra. Als sie aufsah, war ihr Blick verändert, aber diesmal vermochte Lyra den Ausdruck in ihren Augen nicht mehr zu deuten. »Eine Göttin«, sagte sie noch einmal. »Das ist es also, was ich für dich bin, für dich und all die anderen. Und du willst nicht, daß ich dir diese Illusion zerstöre, nicht wahr? Obwohl du weißt, daß es nicht so ist.« Lyra antwortete nicht, aber das hatte die Elbin offensichtlich auch nicht erwartet. »Du setzt mich immer wieder in Erstaunen«, fuhr sie fort. »Ist es so, wie ich es sagte?«

»Bitte, Herrin«, murmelte Lyra. »Ich ...«

Erion winkte ab. »Es ist gut«, sagte sie. »Ich will dich nicht quälen. Aber ich will auch nicht«, fügte sie hinzu, »daß du mich anbetest. Ich bin weder eine Göttin noch irgendeine andere Art von höherem Wesen, Lyra, und ich möchte, daß du das begreifst. Ich bin ein Mensch wie du, wie Oran und Felis, ja, selbst wie Sjur.«

Sie mußte bemerkt haben, wie Lyra bei der Erwähnung des Skruta erschrocken zusammenfuhr, denn sie setzte mit einem Lächeln hinzu: »Ich verlange nicht, daß du es jetzt schon begreifst, aber im Grunde gibt es keinen Unterschied zwischen uns. Wir alle gehören zu einem einzigen großen Volk. Selbst Sjur und seine Brüder, die ihr für Dämonen haltet, stammen von den gleichen Vorvätern ab wie du und ich. Es ist wichtig, daß du das verstehst, Lyra. Wichtig für dich. Und auch wichtig für mich.«

»Ich . . . werde es versuchen«, stammelte Lyra. »Aber es ist schwer, so etwas zu glauben.«

»Das brauchst du auch nicht«, antwortete Erion. »Nicht jetzt. Aber es könnte später einmal sehr wichtig für dich sein, deshalb merke dir meine Worte gut.« Sie lächelte noch einmal und wurde dann übergangslos ernst, blieb aber weiter freundlich. »Und jetzt geh und sage deinem Herrn Bescheid, daß ich ihn zu sprechen wünsche.«

Diesmal war es Lyra, die zögerte, ihrem Befehl zu folgen. Aber die Elbin sprach nicht weiter, und nach einem weiteren Moment verließ sie den Raum und ging ins Erdgeschoß hinunter, um Oran zu suchen.

Er war nicht in seinem Zimmer, aber das hatte sie auch nicht erwartet. Während der Erntezeit wurde jede Hand auf dem Hof gebraucht. Und jetzt, als mit ihr und dem Mann, der fortgeritten war, um Erions Botschaft zu überbringen, gleich zwei Kräfte fehlten, packte Oran mit an. Selbst aufs Feld ging er zwar nicht mehr, seit er in die Jahre gekommen war und jeden Wetterumschwung als schmerzhaftes Reißen in den Knochen spürte. Aber er kümmerte sich um die Ställe. Sie ging in die Küche, in der Hoffnung, dort Guna zu treffen und nach Orans Verbleib fragen zu können. Aber auch die Küche war leer.

Sie verließ das Haus, trat auf den Hof hinaus und wandte sich nach kurzem Überlegen zum Stall. Eine der neuen Zuchtkühe, die Oran im Sommer erstanden hatte, um frisches Blut in die Herde zu bringen, stand im Begriff zu kalben. Vielleicht würde sie ihn dort finden.

Wärme und der Geruch nach feuchtem Stroh, Kuhmist und frischem Viehfutter schlugen ihr wie eine stickige Wolke entgegen, als sie durch die nur angelehnte Tür trat und sich umsah. Der große, durch vier Verschläge unterteilte Raum war dunkel, die Läden vor den winzigen Fenstern waren vorgelegt, um die Wärme drinnen und die Kälte des Herbstes draußen zu halten. Die meisten Verschläge waren leer; auf den Weiden stand noch Gras, und es war noch nicht so kalt, daß die dickfelligen Tiere den ganzen Tag im Stall verbringen mußten. Aber aus dem

Hintergrund des Raumes, dort, wo sich Schatten und Dunkelheit ballten, ertönte ein dumpfes, zufriedenes Muhen. Dann hörte sie Stimmen, und die Schatten formten sich zu den Umrissen von vier oder fünf Menschen.

»Herr?« fragte sie. »Seid Ihr hier?«

Ihre Stimme verlor sich fast in der Weite des Raumes, aber einer der Schatten bewegte sich, hob den Kopf und blickte einen Herzschlag lang stumm zu ihr herüber.

»Herr?« fragte sie noch einmal und etwas lauter. »Seid Ihr es?«

»Ich bin hier«, antwortete Oran aus der Dämmerung vor ihr. Seine Stimme klang ungehalten. »Mach die Tür hinter dir zu und komm her. Was willst du?«

Der gereizte Unterton in seiner Stimme erschreckte Lyra. Sie hatte Oran nicht mehr als drei- oder viermal gesehen, seit Erion und Sjur auf dem Hof waren, und er war ihr jedesmal ausgewichen. Sie hatte gehofft, daß wenigstens er sie seinen Groll auf die ungebetenen Gäste nicht spüren lassen würde, wie es Felis tat, aber es schien genau umgekehrt; Oran machte, obwohl er ganz genau wissen mußte, wie unsinnig es war, sie zur Zielscheibe seines Zornes, der von der Elbin wirkungslos abprallte. Vielleicht war er auch zu lange mit Felis zusammen gewesen in den letzten zehn Tagen.

Sie vertrieb den Gedanken, ging vorsichtig, um nicht in der Dunkelheit zu stolpern, auf die Schatten am hinteren Ende des Stalles zu und strengte ihre Augen an. Die Kuh hatte gekalbt: ein winziges, schwarzweißes Etwas, das unsicher auf spindeldürren Beinchen zu stehen versuchte und immer wieder ins Stroh zurückfiel. Es roch durchdringend nach Blut und frischem Kuhdung, und als sie näher kam, sah sie, daß Oran und die beiden Knechte, die ihm beigestanden hatten, über und über mit Blut beschmiert waren. Orans Gesicht glänzte vor Schweiß und war gerötet. Es mußte eine sehr schwere Geburt gewesen sein.

»Was willst du?« fragte Oran noch einmal. »Siehst du nicht, daß wir zu tun haben? Also sag, was es gibt, und verschwinde wieder.«

Lyra blickte ihn erschrocken an. Der Ausdruck auf seinem Gesicht war in der Dunkelheit noch immer nicht zu erkennen, aber seine Stimme klang gereizter, als sie sich erklären konnte. Dann bewegte sich der vierte Schatten, und sie erkannte Felis.

»Die . . . die Elbin schickt mich, Herr«, stotterte sie, gleichermaßen erschrocken über Felis' Anwesenheit wie erleichtert, den Grund für Orans scheinbaren Zorn zu wissen. Natürlich würde er nach allem nicht auch noch eine Auseinandersetzung mit seiner Frau riskieren. Und natürlich hatte Felis die Gunst der Stunde ausgenutzt, ihren Einfluß auf ihn wieder zu verstärken.

»Erion?« fragte Oran überflüssigerweise.

»Sie verlangt nach Euch, Herr.«

»Ich kann hier jetzt nicht weg«, sagte Oran gereizt. »Was will sie von mir?«

»Das hat sie nicht gesagt, Herr.« Erions Nervosität fiel ihr ein, und fast gegen ihren Willen setzte sie hinzu: »Aber es schien dringend zu sein.«

»Dringend!« Oran schnaubte, aber er kam nicht dazu, noch mehr zu sagen, denn in diesem Moment trat Felis neben ihn und legte ihm beruhigend die Hand auf den Unterarm. »Geh nur«, sagte sie. Lyra glaubte ein rasches, böses Lächeln über ihre Züge huschen zu sehen, war sich aber nicht sicher. »Du mußt gehorchen, wenn die Elbin dich ruft. Das Schlimmste ist ja geschafft, und die Männer und ich werden mit dem, was noch zu tun ist, schon fertig.« Sie machte eine Pause, als würde sie Atem schöpfen, aber in Wahrheit nutzte sie die Zeit zu einem raschen, boshaften Blick in Lyras Richtung, den Oran nicht bemerkte. »Lyra kann uns ja helfen, bis du zurück bist.«

Für die Dauer eines Atemzuges blickte Oran seine Frau scharf an. Aber er sagte nichts, sondern zuckte bloß mit den Achseln und verließ den Stall. Lyra widerstand im letzten Moment der Versuchung, sich herumzudrehen und ihm sehnsüchtig nachzublicken. Mit einem Male hatte sie Angst.

»Komm, Lyra«, zischte Felis. Sie gab sich jetzt nicht einmal mehr Mühe, sich vor den beiden Knechten zu beherrschen. »Es gibt noch Arbeit.« Sie lächelte böse, trat einen halben Schritt zur Seite und deutete auf die Kuh und ihr Kleines. Lyras Augen hatten sich an die Dunkelheit gewöhnt, und sie sah, daß das Muttertier vor Erschöpfung zitterte und seine Augen von einem fiebrigen Glanz erfüllt waren. Schaumiger weißer Speichel tropfte aus seinem Maul. Sie verstand jetzt, warum Oran so ungehalten gewesen war. Er sorgte sich um das Tier. Die drei Kühe und der Stier waren teuer gewesen, und Oran hatte lange überlegt, ehe er sie angeschafft hatte. Eine tote Kuh würde einen schweren Schlag für ihn bedeuten. Ohne ein weiteres Wort trat sie in den hölzernen Verschlag und kniete neben dem Kalb nieder. Es war noch feucht, und so griff sie sich eine Handvoll Stroh und begann es vorsichtig abzureiben. »Was ist es?« fragte sie. »Ein Kälbchen oder ein Bulle?«

Einer der Knechte wollte antworten, aber sie sah, wie Felis ihn mit einer herrischen Geste zum Schweigen brachte und langsam näher kam. »Jedenfalls kein Bastard«, sagte sie, scharf und in einem Ton, der Antwort forderte. Lyra senkte den Blick und tat so, als konzentriere sie sich ganz darauf, das Jungtier trockenzureiben, aber Felis schien nicht so rasch bereit, aufzugeben. Sie starrte einen Moment lang auf Lyra herab, wortlos und voller nur noch mühsam verhaltenem Zorn, dann fuhr sie herum und herrschte die beiden Knechte an: »Geht hinaus!«

»Aber Herrin!« widersprach einer der beiden Männer. »Ihr . . .«

»Geht hinaus!« sagte Felis noch einmal, und diesmal zitterte ihre Stimme, als beherrsche sie sich nur noch mit Mühe, um nicht loszuschreien. »Das bißchen, das hier noch zu tun ist, erledigen wir schon. Ihr werdet dringender draußen auf den Feldern gebraucht.«

Einen Moment lang leisteten die beiden noch Widerstand, dann nickte einer von ihnen und ging, und auch der zweite senkte den Blick, legte die besudelte Schürze ab, die er über seinen Kleidern trug, und wandte sich zur Tür. Der Blick, mit dem er Lyra streifte, spiegelte Mitleid.

Felis schwieg, bis die beiden Knechte die Scheune verlassen hatten. Dann wandte sie sich um und starrte Lyra voller Haß an. »Fühlst du dich wohl, mein Kind?« fragte sie.

Lyras Herz hämmerte, als wolle es zerspringen. Sie hatte Angst, mehr Angst als jemals zuvor. Aber es war keine Angst um sich, sondern um das ungeborene Leben, das sie in sich trug und dem Felis' Haß galt.

»Oh, du fühlst dich *nicht* wohl«, sagte Felis. »Das tut mir leid. Vielleicht finden wir eine Möglichkeit, etwas dagegen zu tun, was meinst du? Ich habe gehört, daß Schwangere viel Bewegung brauchen, besonders in den letzten Tagen.« Sie trat zurück, sah sich suchend um und deutete schließlich auf den blutigen Klumpen der Nachgeburt, der noch im hinteren Teil des Verschlages lag. »Warum nimmst du dir nicht Eimer und Schaufel und machst das weg?« fragte sie. »Es stinkt, und du weißt, wie viel Wert Oran auf Sauberkeit in den Ställen legt.«

Lyra ließ das Stohbüschel fallen, stand umständlich und zitternd auf und starrte Felis aus vor Schrecken geweiteten Augen an. Sie verstand nicht, was mit Orans Weib vorging. Daß Felis zornig auf sie war und sie am liebsten schon vor Monaten vom Hof gejagt hätte, wußte sie, und sie hatte auch immer gewußt, daß es eines Tages zu dieser Auseinandersetzung zwischen ihnen kommen würde. Einer Auseinandersetzung, deren Sieger schon von vornherein feststand. Aber was sie jetzt in Felis' Augen las, das war Haß, blanker, grenzenloser Haß.

Und plötzlich begriff sie, daß Felis sie töten wollte. Sie und das Kind, das sie von Oran empfangen hatte.

»Bitte, Felis . . .«, stammelte sie. »Ich . . . ich fühle mich nicht wohl, und ich . . . ich bitte Euch . . .«

Felis lachte böse, als Lyra mitten im Satz stockte. Für einen endlosen, quälenden Moment stand sie nur da und weidete sich an Lyras Hilflosigkeit. In ihren Augen flammte ein Feuer wie im Blick einer Wahnsinnigen, einer *Besessenen* . . .

»Du fühlst dich nicht wohl«, wiederholte sie höhnisch.

»Das tut mir leid, mein Kind, wirklich. Ich hoffe, du hast dich dafür umso wohler gefühlt, als du mit meinem Mann im Bett gelegen hast, du Schlampe.« Sie trat auf sie zu und hob die Hand, als wolle sie sie schlagen, tat es aber nicht, sondern gab sich damit zufrieden, sich weiter an Lyras Schrecken zu weiden. »Nimm den Eimer!« sagte sie hart.

Lyra hielt ihrem Blick nicht stand. Gebeugt und zitternd vor Furcht, daß Felis sie doch noch schlagen würde, ging sie an ihr vorüber, holte Eimer und Schaufel aus dem kleinen Verschlag neben der Tür und kam zurück. Ihr Puls jagte, und jeder einzelne Schlag wurde von einem dünnen, tiefgehenden Stich in ihrem Leib begleitet, ein Schmerz, der ihr den Schweiß auf die Stirn trieb. Einen Moment lang dachte sie ernsthaft daran, einfach davon und zu Erion zu laufen, wo sie in Sicherheit gewesen wäre. Aber sie wußte, daß Felis sie einholen würde, ehe sie die Tür erreicht hatte.

»Fang an!« befahl Felis.

Zitternd vor Furcht setzte Lyra den Eimer ab, griff nach dem Strick, der um den Hals der Kuh lag, und versuchte das Tier aus dem Verschlag zu ziehen. Die Kuh sträubte sich einen Moment, stieß einen fast kläglichen Laut aus und machte einen einzelnen, schwerfälligen Schritt. Lyra verlor das Gleichgewicht, und wäre nicht der Strick in ihren Händen gewesen, an dem sie sich festhalten konnte, wäre sie gestürzt.

»Bitte, Herrin!« flehte Lyra. Der Stall begann sich vor ihren Augen zu drehen. Ein bitterer Geschmack stieg aus ihrem Magen hoch. »Ich . . . ich kann das nicht mehr. Mir ist übel.«

»Übel?« Felis lachte meckernd. »Mach weiter, dann vergeht dir die Übelkeit schon. Du wirst sehen, die Bewegung tut dir gut. Vor allem, nachdem du zehn Tage lang im Haus eingesperrt gewesen bist.«

Lyra wankte. Der Strick in ihren Händen fühlte sich mit einem Male naß und klebrig an, wie mit Blut getränkt, aber es waren ihre Handflächen, die feucht wurden vor kaltem Schweiß. »Warum haßt Ihr mich?« wimmerte sie.

»Hassen?« Felis schüttelte den Kopf und lachte wieder, laut und heftig und voller Verachtung. »Du überschätzt dich, mein gutes Kind«, verkündete sie böse. »Du bist es gar nicht wert, daß ich dich hasse. Du bist nicht mehr als ein Stück Dreck, und Dreck haßt man nicht. Man fühlt nur Ekel, wenn man ihn anfassen muß. Aber man kann ihn entfernen.«

Irgend etwas in Lyra schien sich zu spannen, rasch und hart, bis der Druck fast unerträglich wurde: Hilflosigkeit, Furcht, Angst und grenzenloser Schrecken erfüllten sie – aber da war auch etwas Neues, etwas Unerhörtes, das zu denken sie sich selbst jetzt noch zu weigern versuchte. Der Gedanke an Widerstand war ihr bisher nie gekommen. Nicht nur, weil sie sich krank und elend fühlte und Felis viel stärker war als sie, sondern einfach, weil sie eine Magd war und Felis ihre Herrin.

Aber es ging nicht um sie. Wichtig war allein das Leben des Kindes, das sie unter dem Herzen trug und das darauf wartete, in ein paar Tagen geboren zu werden. Sie hätte sich vielleicht nicht einmal gewehrt, wenn Felis versucht hätte, ihr die Kehle durchzuschneiden, wäre das Kind nicht gewesen. Aber sie würde nicht zulassen, daß *ihm* etwas geschah.

Der Gedanke gab ihr noch einmal neue Kraft. Sie schüttelte das Schwindelgefühl ab, ließ den Strick los und trat zwei, drei Schritte zur Seite. Felis atmete scharf ein und kam wieder auf sie zu. Aber diesmal wich Lyra nicht mehr vor ihr zurück, sondern blieb stehen und sah ihr zitternd vor Angst, aber trotzdem entschlossen in die Augen.

Felis blieb stehen. Für einen Moment spiegelte ihr Gesicht Verwirrung. »Du weigerst dich?« zischte sie. »Du widersetzt dich meinen Befehlen, du kleine Hure? Was bildest du dir ein? Du fühlst dich sicher, weil diese Elbin dich schützt, wie? Setz nicht zu sehr darauf, Lyra. Sie wird gehen, und . . .«

»Und ich auch«, fiel ihr Lyra ins Wort. Sie spürte, daß jedes weitere Wort alles nur noch viel schlimmer machen würde und sie gut daran täte, ein paar Schläge und

Beschimpfungen hinzunehmen, aber sie konnte nicht mehr schweigen. »Ich werde gehen«, sagte sie noch einmal. »Ich bleibe nicht hier. Erion wird . . . mich mitnehmen.«

»Dich mitnehmen!« wiederholte Felis schrill. Sie versuchte zu lachen, aber es klang unsicher. »Du bist verrückt, Lyra.«

»Sie hat es versprochen«, antwortete Lyra. »Sie hat gesagt, ich kann mit ihr kommen. Ich . . . werde gehen. Wenn das Kind geboren ist, verlasse ich den Hof. Keine Sorge, Felis – ich werde Euch Euren Platz nicht länger streitig machen.«

»Meinen Platz . . .« keuchte Felis. Plötzlich schrie sie: »Glaubst du vielleicht, du hättest hier irgendwelche Rechte, nur wegen des Bankerts, den du erwartest, du Miststück?!« Damit sprang sie vor, so schnell, daß Lyras instinktive Abwehrbewegung zu spät kam, versetzte ihr eine schallende Ohrfeige und gab ihr mit der anderen Hand einen Stoß in den Leib.

Der Schmerz war unbeschreiblich. Lyra krümmte sich, fiel auf die Knie und wollte schreien, aber ihre Kehle war wie zugeschnürt; sie konnte nicht einmal mehr atmen und brachte nur ein würgendes Stöhnen zustande. Der Schmerz nahm nicht ab, sondern zu und steigerte sich zu einem brennenden, unerträglichen Wühlen, als fräßen sich tausend tollwütige Ratten durch ihre Eingeweide. Felis' Hand krallte sich in ihr Haar, riß ihr brutal den Kopf in den Nacken und schlug gleich darauf ein zweites Mal in ihr Gesicht.

»Ich werde dir zeigen, wer hier die Herrin ist, du Schlampe!« schrie sie. »Meinen Platz streitig machen, wie? Das hast du dir fein ausgerechnet, wie? Dir von Oran ein Kind machen zu lassen und dann ausgesorgt zu haben! Aber auf diesem Hof ist nur für eine Herrin Platz, und wenn es hier einen Erben geben wird, dann werde ich ihn gebären, nicht du!« Sie riß Lyra brutal an den Haaren auf die Füße und schlug sie erneut, so hart sie konnte. Lyra spürte den Schmerz kaum, aber sie taumelte zurück, prallte gegen das Gatter und klammerte sich instinktiv fest, um nicht wieder zu fal-

len. Felis begann hysterisch zu kreischen, setzte ihr nach und holte wieder aus.

Lyras Arm bewegte sich ohne ihr Zutun nach oben, fing Felis' Hand ab und verdrehte sie, gleichzeitig holte sie mit der anderen Hand aus und schlug zu, nicht mit der flachen Hand, wie Felis es getan hatte, sondern mit der Faust, so daß Felis' Unterlippe aufplatzte und dunkles Blut über ihr Kinn rann.

Felis taumelte zurück und stieß einen Schrei aus. Langsam, als koste sie die Bewegung unendliche Mühe, hob sie die Rechte, tastete über ihre aufgesprungene Unterlippe und hob die Hand vor die Augen. Ihr Gesicht hatte alle Farbe verloren.

»Blut!« flüsterte sie. Ihre Stimme klang flach, tonlos. »Ich blute. Du ... hast ... mich ... geschlagen!« Ihre Stimme brach. Ein kleines, sonderbares Geräusch kam über ihre Lippen.

Auch Lyra war erstarrt. Ganz langsam begriff sie, was sie getan hatte. Sie hatte *ihre eigene Herrin geschlagen!*

Sie war verloren. Für einen kurzen Moment, für die Dauer eines Gedankens nur, hatte sie die Beherrschung verloren. Für einen Moment hatte ein Teil ihres Selbst, von dem sie zuvor nicht einmal gewußt hatte, daß es ihn gab, die Kontrolle über ihr Denken und Handeln übernommen, und sie würde einen furchtbaren Preis dafür bezahlen müssen. Felis würde sie vom Hof jagen. Sie würde dafür sorgen, daß Oran sie verstieß, sie vielleicht wieder in den Sklavenstand zurückwerfen lassen und sie verkaufen.

»Bitte, Herrin ...«, stammelte sie. »Das ... das wollte ich nicht. Ich ...«

Felis hörte ihre Worte gar nicht. Ihre Lippen begannen zu zittern, und ihr Gesicht hatte alle Farbe verloren. »Du ... du kleines Miststück!« keuchte sie. »Du verdammte Hure! Du wagst es, die Hand gegen deine Herrin zu erheben? Dafür bringe ich dich um! Ich erschlage dich! Ich werde dich lehren, mich zu schlagen!« Sie begann zu kreischen, hob die Fäuste und sprang auf sie los. Lyra duckte sich und hob angstvoll die Hände über den Kopf.

Aber Felis kam nicht dazu, sich auf sie zu stürzen. Wie aus dem Boden gewachsen tauchte ein schlanker, heller Schatten hinter ihr auf, griff nach ihrem Arm und riß ihn kraftvoll zurück. Felis brüllte vor Schmerz, fiel hintenüber und krümmte sich zu einem wimmernden Ball zusammen.

»Was geht hier vor?!«

Die Worte durchschnitten das Halbdunkel des Stalles wie Peitschenhiebe, hart und befehlend, aber Lyra war unfähig, zu antworten. Ihr Blick verharrte einen Moment auf Felis, die sich wimmernd vor Schmerz am Boden krümmte, und saugte sich dann an dem schmalen, von silberweißem Haar eingefaßten Gesicht vor ihr fest. *»Erion!«*

»Ich habe gefragt, was hier vorgeht!« schnappte die Elbin. Ihre Stimme hatte noch immer diesen tödlichen, metallischen Klang, der kalt war wie Eis und schneidend wie Stahl und ihr menschliches Äußeres Lügen strafte. Aber es war Felis, die antwortete, nicht Lyra.

»Sie hat mich geschlagen, Herrin!« wimmerte sie. »Diese Schlampe hat die Hand gegen ihre Herrin erhoben! Ich habe mich nur zu wehren versucht.« Sie stemmte sich hoch, fiel mit einem Schmerzlaut zurück, als sie die verletzte Schulter versehentlich belastete, und deutete auf ihr blutüberströmtes Kinn. »Seht doch, wie sie mich zugerichtet hat!«

Erion drehte sich langsam zu ihr um. Ihr Blick war kalt, als sie auf sie herabsah. »So?« fragte sie. »Mir schien es eher, als hätte sie sich nur gewehrt, als Ihr versuchtet, sie umzubringen, Felis.«

»Das ist nicht wahr!« wimmerte Felis. »Ich habe mich nur gewehrt. Sie ist wie eine Furie auf mich losgegangen.«

»Schweig, Felis!« befahl Erion. »Ich habe alles mit angesehen. Von Anfang an.«

Das war nicht wahr.

Es dauerte einen Moment, bis Lyra klar wurde, daß die Elbin log. Sie hatte das Öffnen der Tür und ihre Schritte gehört, nicht bewußt, denn dazu war sie in diesem Moment viel zu aufgeregt gewesen. Aber jetzt, als sie Erions Worte durch einen Schleier von Schmerz hindurch vernahm, glaubte sie die Szene noch einmal in allen Einzelheiten zu erleben. Erion hatte den Stall betreten, in genau dem Moment, in dem *sie selbst* Felis geschlagen hatte. *Elben konnten doch nicht lügen!*

Und trotzdem tat sie es . . .

»Nun?« fragte Erion herrisch. »Ist das alles, was Ihr mir sagen wollt, Felis? Grundlose Beschuldigungen und Lügen?«

Lärm von draußen bewahrte Felis davor, antworten zu müssen. Einer der beiden Torflügel wurde unsanft aufgerissen, und zwei Gestalten stürzten in den Stall. Oran und Sjur.

»Zum Teufel, was geht hier vor?« polterte Oran. »Was soll das Geschrei und . . .« Er verstummte mitten im Satz, als er näher kam und sah, was geschehen war. Für einen Moment stand er einfach da und glotzte blöde und rang sichtlich nach Atem, dann hatte er sich wieder in der Gewalt, eilte zu Felis und kniete neben ihr nieder. Felis wimmerte vor Schmerz, als er versuchte, die Hände unter ihre Schultern zu schieben und sie aufzurichten.

»Was ist passiert?« fragte er barsch.

»Lyra«, wimmerte Felis. Mühsam stemmte sie sich auf dem unverletzten Arm hoch, deutete auf ihre zerschlagene Lippe und wies dann anklagend auf Lyra. »Sie hat es getan!« sagte sie. »Sie hat mich geschlagen, weil sie nicht arbeiten wollte, und mein Arm ist gebrochen . . .«

»Nicht gebrochen«, unterbrach sie Sjur. »Nur ausgekugelt, aber das ist kein Problem.« *Woher wußte er das?* dachte Lyra verstört. Er war nicht dabeigewesen, als es geschah! Sjur lächelte, ließ sich neben Felis auf die Knie sinken, griff mit beiden Händen nach ihrem Arm und der Schulter und machte eine blitzschnelle, kraftvolle Bewegung. Es gab einen hörbaren, knirschenden Laut, und Felis schrie auf, als hätte man ihr einen glühenden Dolch in den Leib gestoßen.

Sjur stand auf und wischte sich die Hände an den Hosenbeinen ab, als hätte er sich beschmutzt. »Seht Ihr?« sagte er in beiläufigem Ton. »Alles wieder in Ordnung.«

Oran sprang mit einem wütenden Ruck auf. Seine Augen flammten. Seine Hände waren leicht geöffnet, als wolle er sie dem Skruta um die Kehle legen und zudrükken. »Verdammt!« brüllte er. »Ich will wissen, was hier geschehen ist!«

»Sie hat mich geschlagen«, wimmerte Felis. »Sie hat mich angegriffen, Oran!«

»Das ist nicht wahr«, sagte Erion ruhig.

Oran fuhr herum, funkelte sie einen Herzschlag lang wütend an und trat auf sie zu. Sjur spannte sich.

»Was ist hier geschehen?« fragte Oran noch einmal. »Bei allem Respekt, Herrin, ich muß darauf bestehen, die Wahrheit zu . . .«

»Die Wahrheit, Oran«, unterbrach ihn Erion kühl, »ist, daß Lyra sich zur Wehr setzen mußte, nachdem Euer Weib versucht hat, sie umzubringen.«

»Das ist nicht wahr!« kreischte Felis. Oran erbleichte, nahm aber keinerlei Notiz von ihr.

Zwei, drei Sekunden lang starrte er die Elbin wortlos an, dann fuhr er herum, trat auf Felis zu und riß sie mit einer wütenden Bewegung auf die Füße. »Ist das wahr?« brüllte er.

Felis versuchte sich zu wehren. Orans Griff war hart und mußte sehr schmerzen, aber er lockerte ihn um keinen Deut, sondern begann Felis im Gegenteil noch zu schütteln, als sie nicht antwortete. »Ist das wahr?« brüllte er. »Hast du versucht, Lyra zu töten?«

»Zweifelt Ihr das Wort einer Elbin an, Oran?« fragte Erion kalt.

Oran ließ Felis' Arm los, drehte sie abermals um und starrte erst sie, dann Lyra an. Und Lyra begriff im gleichen Moment, in dem sie in seine Augen blickte, daß sie ihn verloren hatte, ganz egal, welche Version nun stimmte. Aber er sprach nichts von alledem aus, sondern senkte nach einem weiteren Augenblick nur den Kopf und starrte zu Boden. »Nein, Herrin«, flüsterte er. »Es tut mir leid. Ich entschuldige mich für mein Weib. Bitte verzeiht ihr, wenn Ihr könnt.«

»Entschuldigt Euch bei Lyra«, erwiderte Erion. Sie wies Orans Entschuldigung ab und traf ihn damit vielleicht härter als mit allem, was vorher geschehen war. »Wäre ich nicht dazu gekommen, dann hätte Euer Weib dieses unschuldige Mädchen getötet, und ...«

»Das ist nicht wahr!« kreischte Felis. »Diese alte Schlampe ...«

Oran fuhr herum und schlug ihr den Handrücken über den Mund. Felis taumelt zurück, schlug die Hände vors Gesicht und begann am ganzen Leib zu zittern. Halberstickte, würgende Laute kamen aus ihrer Kehle.

»Geh«, befahl Oran. Plötzlich war seine Stimme leise und ruhig, aber es war eine gefährliche Art von Ruhe, und Felis schien zu begreifen, daß es sinnlos war, weiter widersprechen zu wollen. Schluchzend raffte sie ihre Kleider zusammen und rannte aus dem Stall.

»Es tut mir leid, Herrin«, sagte Oran noch einmal. »Ich entschuldige mich in aller Form dafür, daß mein Weib Euch beleidigt hat. Falls Ihr Genugtuung fordert, so bin ich bereit, sie Euch zu gewähren.«

»Genugtuung?« Erion schüttelte den Kopf. »Wofür, Oran? Es steht nicht in Eurer Macht oder der Eures Weibes, mich zu beleidigen. Sorgt dafür, daß sich etwas wie dies nicht wiederholt, das ist alles. Und dankt Euren Göttern, daß Ihr nicht sofort gekommen seid, als ich nach Euch sandte. Wäre ich nicht selbst heruntergekommen, um nach Euch zu suchen, dann wäre der Frau, die den Preis für das Vergnügen Eurer Nächte bezahlen muß, vielleicht ein Unglück zugestoßen.«

Oran überhörte den scharfen Vorwurf, der sich in ihren Worten verbarg, keineswegs. Unsicher blickte er zu Lyra hinüber, die noch immer gegen das Gatter lehnte und beide Hände gegen den schmerzenden Leib preßte, starrte einen Moment zu Boden und suchte krampfhaft nach Worten. »Ich ... kam, so schnell ich konnte«, sagte er. »Ich war schmutzig und voller Blut, als Lyra mir Euren Befehl überbrachte, und ich wollte Euch so nicht unter die Augen treten.«

»Das war klug von Euch, Oran«, meinte Sjur gehässig. »Es scheint, als hättet Ihr ausnahmsweise eine richtige Entscheidung getroffen – wenn auch keineswegs mit Absicht.«

Oran schenkte ihm einen bösen Blick und wandte sich wieder an die Elbin. »Was ist Euer Begehr, Herrin?« fragte er steif.

Erion winkte ab. »Das hat Zeit bis später. Jetzt sollten wir uns erst einmal um Lyra kümmern, findet Ihr nicht?« Sie wandte sich von ihm ab, trat zu Lyra und berührte sie mit der Hand an der Schulter. »Wie fühlst du dich, mein Kind?« fragte sie.

Lyra versuchte zu antworten, aber dazu fehlte ihr die Kraft. Der Schmerz war nicht mehr ganz so grausam, aber noch immer schlimm genug, und jetzt, als alles vorbei war, spürte sie den tödlichen Schrecken, der hinter der Angst in ihrem Inneren lauerte. Sie wollte etwas sagen, aber wieder begann sich der Stall vor ihren Augen zu drehen. Der Boden, auf dem sie stand, schien zu schwanken.

Erion betrachtete sie einen Herzschlag lang mit wachsender Besorgnis und winkte Sjur heran. »Trag sie ins Haus«, sagte sie. »In meine Kammer. Schnell.«

Der Schmerz in Lyras Leib erwachte noch einmal zu grausamer Wut, als der hünenhafte Skruta neben sie trat und sie wie ein Kind auf die Arme hob. Sie war überrascht, wie sanft der Griff seiner schwieligen Hände war, aber der Gedanke entglitt ihr, ihr Geist verwirrte sich für einen Moment, sie sah Bilder und Visionen, und der Schmerz verschwamm. Sie verlor nicht das Bewußtsein, aber sie spürte nicht, wie Sjur sie quer über den Hof ins Haus zurück und die Treppe hinauftrug. Die nächste halbwegs klare Erinnerung war, daß sie auf Erions Bett lag und die Elbin neben ihr saß und ihr einen Becher mit einer scharf riechenden Flüssigkeit an die Lippen hielt. Ein Krampf schüttelte ihren Körper. Der Schmerz erwachte wieder, langsam, aber unbarmherzig. Sie schrie, bäumte sich auf und versuchte den Becher fortzuschieben, aber Erion drückte ihre Hand mit sanfter Gewalt beiseite und zwang sie mit dem gleichen, behutsamen und doch kraftvollen Druck, die Lippen zu öffnen und zu trinken.

»Das wird dir guttun«, sagte sie. »Die Schmerzen sind gleich vorbei. Keine Sorge.«

Die Flüssigkeit schmeckte scharf und hinterließ dünne, brennende Linien in ihrer Kehle, als hätte sie Haare geschluckt. Lyra hustete, drehte den Kopf zur Seite und krallte die Finger in das Bettuch. Sie fror erbärmlich. Gleichzeitig war ihr heiß, und der Schmerz ließ nicht nach, sondern wurde schlimmer.

»Das ... Kind«, wimmerte sie. »Mein ... Kind. Felis hat es ... umgebracht. Es wird ... sterben.« Plötzlich bäumte sie sich auf und ergriff Erion bei den Armen, so fest, daß sich ihre Fingernägel durch den dünnen Stoff ihres Kleides hindurch tief in ihre Haut gruben. »Helft mir!« flehte sie. »Es ... darf nicht sterben! Bitte helft mir, Herrin. Laßt mich sterben, aber nicht mein Kind!«

Erion löste behutsam ihre Hände und streichelte ihre Stirn. »Unsinn, Kindchen«, sagte sie. »Niemand wird sterben, weder du noch dein Kind. Es kommt ein paar Tage zu früh, das ist alles.«

»Das stimmt nicht!« schluchzte Lyra. »Felis hat es umgebracht, das spüre ich.«

»Sie hat niemanden umgebracht«, widersprach Erion. Aber in ihrer Stimme schwang eine kaum hörbare Spur von Sorge mit. »Und sie wird dir auch nichts tun, das verspreche ich. Dir wird nichts geschehen. Es wird alles gut. Du bist in Sicherheit. Alles wird gut werden ...« Sie sprach noch weiter, immer die gleichen, monotonen Worte, sanft und einlullend, und wie schon einmal spürte Lyra, wie etwas Fremdes, Weiches und doch unendlich Starkes nach ihrem Willen griff und ihn auslöschte.

Der Schmerz verging, dann die Angst. Ihr Atem beruhigte sich, und die brodelnde Sturmflut in ihrem Inneren wurde zu einem stillen, tiefen See, in den sie hineinzusinken begann. Sie verlor auch diesmal nicht das Bewußtsein, aber sie hatte keine Schmerzen mehr, fühlte nicht und dachte schließlich auch nicht mehr, sondern lag nur noch da und wartete.

Als die Sonne unterging, wurde das Kind geboren.

5

Sie erinnerte sich kaum an die nächsten drei Tage und Nächte. Sie kämpfte um ihr Leben, und sie erlebte diesen Kampf wie den Griff einer großen, dunklen Macht, die ihr Bewußtsein zu sich hinabzuziehen versuchte, hinab in einen stillen, schweigenden Brunnen, der sich am Grunde ihrer Seele aufgetan hatte und hinabführte in ein Reich des Schweigens und der Dunkelheit, in dem das große Vergessen lockte, das aber nichts Erschreckendes an sich hatte, sondern nur Wärme und Geborgenheit versprach. Sie fühlte den zähen, hin und her wogenden Kampf in ihrem Inneren. Aber es war trotzdem, als wäre sie nicht mehr als eine unbeteiligte Zuschauerin, die das alles nichts anging. Sie hatte keine Kraft mehr, und sie *wollte* auch nicht mehr kämpfen, denn stärker als alles andere war das Gefühl der Sinnlosigkeit, das ihre Träume überlagerte wie ein durchdringender Geruch. Sie wollte nicht mehr kämpfen. Nicht mehr für sich oder für eine Zukunft, die sie nicht hatte. Aber da war das Kind, und der Gedanke daran weckte Widerstand in ihr, und da war noch etwas, eine Macht, die so sanft war wie die Verlockung jener Dunkelheit, die hinter ihren Gedanken lauerte, aber stärker, befehlender, und die sie zwang, weiterzumachen, und so kämpfte sie, drei Tage und drei Nächte lang und fast gegen ihren Willen.

Den größten Teil dieser Zeit lag sie im Fieber da und phantasierte, und die wenigen Augenblicke, die sie bei Bewußtsein erlebte, waren wie unheimliche Visionen aus einem anderen, vielleicht schlimmeren Fiebertraum. Gesichter kamen und gingen, Stimmen redeten zu ihr, ohne daß sie die Worte verstand, und Hände machten sich an ihr zu schaffen, fügten ihr Schmerzen zu oder linderten sie. Ein paarmal erwachte sie vollends und durchlebte kurze, schreckliche Momente der Qual, in denen sie hilflos ihren Erinnerungen ausgeliefert war, aber die meiste Zeit umfing sie barmherziges Vergessen.

Sie war niemals allein. Selbst während der Zeit, in der sie bewußtlos dalag, spürte sie die Nähe eines anderen Menschen, und fast immer, wenn sie die Augen aufschlug und das Gesicht über sich betrachtete, war es das Erions. Einmal glaubte sie auch Sjur zu erkennen. Doch was sollte der Skruta an ihrem Bett, der nicht einmal ein *Mensch* war und nichts mit ihr zu schaffen hatte? Sonst saß immer die Elbin bei ihr, hielt ihre Hand, kühlte ihre Stirn oder sah sie nur an, erfüllt von einer Traurigkeit, die Lyra sich nicht erklären konnte, die sie aber erschreckte und sie bis in ihre Träume hinein verfolgte.

Die Träume waren schlimm. Es waren keine wirklichen Alpträume, sondern Visionen, Szenen und Impressionen, die an ihr vorüberzogen und nichts als Schmerz und eine dumpfe Verzweiflung zurückließen. Fieberphantasien, aber manchmal auch mehr. Kurze Erinnerungen an einen Schmerz und ein plötzlich auftretendes, schneidendes Gefühl der Leere, des Verlustes, schlimmer und tiefer gehend als alles, was sie je zuvor erlebt hatte. Sie wußte nicht, was, aber sie hatte etwas verloren. Sie erinnerte sich – oder *glaubte* sich zu erinnern – an ein kleines, warmes, lebendes Etwas, das schrie und strampelte und nach einer Weile ganz still und kalt wurde. Und jedesmal, wenn sie an diesem Punkt ihrer Erinnerung angekommen war, hatte sie das Bedürfnis, zu weinen.

Schließlich erwachte sie, und auch dieses Erwachen war anders. Sie glitt nicht hinauf in die Wirklichkeit, sondern dämmerte für eine unbestimmbare Zeit irgendwo in jenem nebeligen Bereich zwischen Wachsein und Schlaf, unfähig, zurück in das barmherzige Dunkel zu sinken, aber auch genauso unfähig, die unsichtbaren Spinnweben vollends abzustreifen und in die Realität hinüberzugehen. Schließlich war es wieder diese unsichtbare, kraftvolle Hand, die ihr half und den Schleier zerriß, der noch vor ihren Sinnen lag. Sie erwachte nicht, sondern *wurde* erwacht, und als sie die Augen aufschlug und der weiße Fleck über ihr zu einem Gesicht wurde, war es das der Elbin; sie begriff, daß Erions Zaubermacht sie erweckt hatte, und sie begriff auch, daß es Erions Kraft gewesen war, die den Ansturm der schwarzen Woge gebremst und sie gehindert hatte, den einfacheren Weg zu nehmen und aufzugeben.

Der Gedanke führte einen anderen, schrecklicheren im Geleit: das Bild eines kleinen, rosigen Körpers, der plötzlich aufgehört hatte, sich zu bewegen, und eine krächzende Stimme, die mit einem Male verstummt war. Es war etwas Endgültiges an dieser Erinnerung. Sie versuchte sie zu vertreiben, aber es ging nicht, weil sie wußte, was sie bedeutete. Aber auch der Schmerz, auf den sie wartete, stellte sich nicht ein, auch nicht, als ihre Gedanken klarer wurden und sie ihren Körper zu spüren begann. Sie fühlte sich verwirrt, verloren und unendlich einsam, obwohl die Elbin in ihrer Nähe saß. Mit einem Male fiel ihr der Tag ein, an dem ihre Mutter gestorben war. Ihre Erinnerung daran war nur unscharf und voller Nebel und blinder Flekken, wo sich das Vergessen breit gemacht hatte, aber sie erinnerte sich, daß das Gefühl damals ähnlich gewesen war. Keine Hysterie, keine Schreie, kein sich Winden oder Toben, sondern eher ein kaltes, lähmendes Gefühl von *so ist das also. So.* Der Schmerz war später gekommen.

Erion beugte sich vor, berührte sie mit den Fingerspitzen an der Wange und lächelte; ohne eine Miene zu verziehen und nur mit den Augen, aber trotzdem warm und voller Herzlichkeit. Lyra spürte es, mit beinahe übernatürlicher Klarheit, so wie sie auch überdeutlich die Müdigkeit und die dunklen Linien sah, die die durchwachten Nächte in das schmale Antlitz der Elbin gegraben hatten. Sie registrierte kaum etwas von dem, was um sie herum vorging; sie war nicht allein mit Erion im Zimmer, und es war Tag, und durch das offenstehende Fenster drangen Kälte und die Geräusche des Hofes herein, aber ihr Wahrnehmungsvermögen schien eingeschränkt und ihr Blick auf einen kleinen Ausschnitt der Wirklichkeit beschnitten, und alles andere ringsum war zwar da, aber unwichtig und bedeutungslos. Um so mehr klammerte sie sich an das Wenige, das zu sehen und zu fühlen ihr Erion gestattete.

Lyra wollte sich aufrichten, aber die Elbin schob sie mit sanfter Gewalt zurück und schüttelte den Kopf. »Fühlst du dich besser?« fragte Erion. Ihre Stimme war leise und brüchig und verriet, daß sie die Grenzen ihrer Kraft längst überschritten hatte.

Lyra antwortete nicht, sondern blickte die Elbin nur an, und als Erion die stumme Frage in ihren Augen las, nickte sie.

»Es ist tot, nicht?« Die Frage quälte sie nur, aber sie mußte sie laut aussprechen, wenn sie nicht den Verstand verlieren wollte. Etwas in ihr schien sich zu verkrampfen, aber der Schmerz kam noch immer nicht. Nicht einmal Trauer. Sie fühlte sich nur leer.

Erion hielt ihrem Blick einen Moment lang stand, dann wandte sie mit einem Ruck den Kopf und nickte, rasch und abgehackt und in einer Art, als bereite ihr die Bewegung große Mühe. Der Druck ihrer Hand verschwand von ihrer Schulter.

Lyra setzte sich auf, und diesmal hinderte Erion sie nicht mehr daran. Irgendwo klapperte etwas, und als Lyra den Blick wandte, erkannte sie Guna, die neben der Tür stand und mit irgend etwas hantierte. Ihr Kopf war gesenkt, aber Lyra fing das rasche Blitzen eines Augenpaares auf, das ihr verriet, daß die Alte sie beobachtete. Sie war nicht in ihrem Zimmer, das erkannte sie jetzt, sondern noch immer in der Kammer der Elbin, wohin Sjur sie nach der Auseinandersetzung mit Felis gebracht hatte.

»Möchtest du etwas essen?« fragte Erion. Sie sah sie nicht an und sprach nur, um das Schweigen nicht übermächtig werden zu lassen. »Du mußt hungrig sein.«

Das war sie, nach mehreren Tagen, in denen ihr Erion

nur dann und wann etwas Flüssigkeit eingeflößt hatte, aber sie schüttelte trotzdem den Kopf und sah die Elbin fest an.

»Woran ist es gestorben?« fragte sie. Ihre Stimme war ruhig, gefaßt und beinahe kalt; sie erschrak fast selbst über die Sachlichkeit, mit der sie die Frage stellen konnte. Aber der Schmerz war nicht da. Sie fühlte, daß er irgendwo in ihr lauerte, aber so wie etwas den körperlichen Schmerz abgeschaltet hatte, gab es eine unsichtbare Wand zwischen ihrem bewußten Denken und ihren Gefühlen. Erion. Sie begriff plötzlich, daß es Erion war, ihre Elbenkraft, die sie schützte, die gleiche Kraft, die ihr geholfen hatte zu leben.

»Es war zu schwach«, antwortete Erion leise.

Lyra starrte an ihr vorbei ins Leere. »Felis hat es umgebracht.«

»Nein, das hat sie nicht«, widersprach Erion, unerwartet heftig. Lyra sah aus den Augenwinkeln, wie Guna aufblickte und einen Moment stirnrunzelnd abwechselnd die Elbin und sie anstarrte, ehe sie sich wieder über ihre Handarbeit beugte. Ihre Sinne erwachten jetzt. Sie begann die Kälte zu fühlen und die stechenden, an- und abschwellenden Schmerzen in ihrem Leib. Aber die unsichtbare Wand in ihren Gedanken war noch immer da.

»Es war zu schwach zum Leben«, sagte Erion noch einmal. »Ihr wart beide zu schwach, Lyra. Du, um es zu bekommen, und das Kind, um zu leben. Ich ... konnte nichts tun.«

Lyra starrte sie an. Sie sollte Entsetzen empfinden, Furcht, Schmerz, Verzweiflung, aber in ihr war *nichts*. Nur Leere. Erions Schutz reichte tief; sie dämpfte nicht nur den Schmerz auf ein erträgliches Maß und zwang ihren Körper, weiterzuleben, sondern bewahrte sie auch vor der Verzweiflung und dem Schrecken, der auf sie lauerte. Es war nicht richtig. Sie wollte das nicht, nicht diese Art von Hilfe. Sie wußte, daß es schrecklich sein würde, vielleicht schlimmer, als sie sich jetzt schon vorzustellen vermochte, und trotzdem fühlte sie sich von Erion betrogen. Dieser

Schmerz, die Erinnerungen an die wenigen Augenblicke, die sie ihr Kind im Arm gehalten hatte, waren alles, was ihr geblieben war. Sie hatte ein Anrecht darauf, denn der Schmerz würde vergehen, aber die Erinnerung würde bleiben. Ihre Hand kroch unter der Decke hervor und den Weg wieder zurück, verharrte einen Moment auf dem weißen Linnen und ballte sich, gegen ihren Willen und als wäre sie plötzlich zu eigenem Leben erwacht, zur Faust.

»Sie hat es umgebracht«, sagte sie noch einmal, und diesmal widersprach Erion nicht mehr, sondern blickte sie nur traurig und kopfschüttelnd an.

»Warum habt Ihr es zugelassen?« fragte Lyra nach einer Weile. »Ihr hättet mich sterben lassen sollen und das Kind retten.«

Erion setzte zu einer Antwort an, richtete sich aber dann plötzlich auf und wandte sich an Guna. »Geh hinunter in die Küche und bereite Lyra eine Suppe«, sagte sie. »Schlachte ein Huhn und bereite eine Brühe, mit viel Fleisch und Fett. Und bring Brot und Butter. Sie braucht es jetzt.« Guna erhob sich schweigend, verließ den Raum und zog die Tür unnötig heftig hinter sich ins Schloß, und auch Erion schwieg, bis sie wieder allein waren. »Du überschätzt meine Fähigkeiten«, fuhr sie schließlich fort. »Ich vermag vielleicht das eine oder andere, aber den Tod zu besiegen steht nicht in meinen Kräften. Und schon gar nicht, einen Handel mit ihm zu schließen. Das kann niemand. Ich war froh, dich retten zu können.«

Lyra begann zu weinen, leise und eigentlich ohne Grund, denn sie spürte noch immer nichts von der Verzweiflung, auf die sie wartete, sondern nur diese große, saugende Leere, die da war, wo ihre Gefühle sein sollten.

»Weine ruhig«, sagte Erion. Sie streckte die Hand aus, um sie erneut zu berühren, aber Lyra schlug ihren Arm beiseite und wich vor ihr zurück, so weit sie konnte.

»Mich retten zu können«, wiederholte sie Erions Worte. »Was für einen Sinn hat mein Leben noch, Erion? Warum habt Ihr mich gerettet?«

»Weil du leben mußt«, antwortete Erion. »Weil es wichtig ist, daß du lebst, Lyra. Weil jeder einzelne Mensch wichtig ist, an seinem Platz.« Es wunderte Lyra fast, daß sie überhaupt auf ihre Frage antwortete, denn sie war dumm und kindisch gewesen. Aber Erion schien jedes einzelne ihrer Worte sehr ernst zu meinen. »Dein Leben fängt gerade erst an«, fuhr die Elbin fort. »Du hast nicht einmal richtig begonnen zu leben. Wirf es nicht weg, Lyra. Jetzt bist du verzweifelt, und du glaubst, es gäbe keinen Ausweg mehr, aber das ist falsch.«

Lyra schwieg. Es tat ihr leid, daß sie Erions Hand zurückgestoßen hatte, die ihr nur helfen wollte, aber sie sagte nichts, sondern starrte nur dumpf an der Elbin vorbei gegen die Wand. »Ihr habt ... die ganze Zeit hier gesessen?« fragte sie tonlos.

»Nein«, antwortete Erion, aber das stimmte nicht. Ihr übernächtigtes Gesicht und die dunklen Schatten auf ihren Wangen behaupteten das Gegenteil, und ein Blick in ihre silberdurchwirkten Augen sagte Lyra, daß sie nur log, um sie nicht weiter zu beunruhigen. Aus einem Grund, den sich Lyra nicht erklären konnte, benahm sich Erion ihr gegenüber nicht so, wie es normal gewesen wäre. Es war nicht nur die übermäßige Sorge, die sie ihr, einer einfachen Hausmagd, angedeihen ließ. Nein – hätte es Lyra nicht besser gewußt, dann wäre sie sicher gewesen, daß Erion sich *schuldig* fühlte an dem, was ihr geschehen war.

»Fühlst du dich kräftig genug, um mit Oran zu reden?« fragte Erion plötzlich.

Lyra schrak auf. »Oran?« fragte sie.

»Er wartet draußen«, sagte Erion. »Schon seit einer Stunde, seit ich ihm sagen ließ, daß du erwachen würdest. Er möchte mit dir reden.«

»Ich will ihn nicht sehen«, antwortete Lyra. Sie wollte niemanden sehen und war froh, daß Guna gegangen war. Alles, was sie wollte, war, allein sein; am liebsten hätte sie den Kopf in ihr Kissen vergraben und darauf gewartet, daß auch Erion ging. Und Oran war der letzte Mensch, den sie in diesem Moment sehen wollte. Er war schuld. Er hätte sie schützen können, aber er hatte es nicht getan.

Erion seufzte und ergriff ihre Hand. »Es tut ihm leid, was geschehen ist«, sagte sie leise. »Bitte glaube ihm. Ich habe mit ihm gesprochen, und ich weiß, daß er die Wahrheit sagt. Er ... er hat um das Kind geweint, genau wie ich und Guna. Und ich glaube, Felis auch.«

»Geweint?« Lyras Augen brannten, aber die Tränen waren versiegt, und geblieben war nur ein bitterer Geschmack auf der Zunge und ein harter scharfer Kloß in ihrem Hals. »Ich will ihn nicht sehen«, sagte sie noch einmal, aber diesmal klang es schon nicht mehr ganz so überzeugt, und sie spürte auch, daß es nicht die Wahrheit war. Sie wollte Oran hassen, ganz einfach, weil es leichter war, einen Schmerz zu ertragen, wenn es jemanden gab, dem man die Schuld daran geben konnte, aber sie konnte es nicht. Was geschah mit ihr? Sie hatte geglaubt, nichts zu fühlen, aber auch das stimmte nicht. In Wahrheit tobte ein Sturm von Gefühlen hinter ihren Gedanken, und sie war nur zu verwirrt, um sich über ihre eigenen Gefühle im klaren zu sein.

»Ich bleibe hier, wenn du nicht allein mit ihm reden willst«, sagte Erion. »Aber du mußt keine Angst mehr haben. Es ist alles vorbei.«

»Das ist ... nicht notwendig«, antwortete Lyra stokkend. »Ihr müßt ... müde sein. Laßt ihn herein.«

Erion lächelte, ließ ihre Hand los und stand auf, mit einer müden, umständlichen Bewegung, die ganz anders war als die fließende Eleganz, die Lyra immer so an ihr bewundert hatte. Ihr Blick streifte Erions Leib, und fast gegen ihren Willen starrte sie einen Moment wie gebannt auf die kaum sichtbare Rundung ihres Bauches unter dem bestickten weißen Stoff.

Erion bemerkte ihren Blick, und der Ausdruck von Trauer kehrte auf ihre Züge zurück. »Es tut mir so leid«, murmelte sie. »Glaub mir, Lyra, ich habe alles getan, was in meiner Macht steht.«

Lyra kämpfte tapfer die Tränen nieder, die schon wieder in ihre Augen schießen wollten. »Es ist gut«, sagte sie. »Ich weiß, daß Ihr mehr getan habt, als Ihr müßtet. Ihr dürft Euch jetzt nicht anstrengen. Wie lange ... dauert es noch?«

»Einen Tag«, antwortete Erion nach kurzem Zögern. In ihrem Gesicht arbeitete es. Sie schien nicht zu begreifen, warum sich Lyra selbst quälte.

»Einen Tag? Das wißt Ihr so genau?«

»Morgen abend«, bestätigte die Elbin. »Es wird geboren werden, wenn die Sonne untergeht, und es wird ein Knabe sein. Wir Elben können solche Dinge mit großer Bestimmtheit voraussagen.«

»Ein Knabe«, wiederholte Lyra ausdruckslos. »Was war ...« Sie stockte, atmete tief und hörbar durch und versuchte das Zittern ihrer Stimme zu unterdrücken. Eine einzelne Träne lief heiß und salzig über ihre Wange. »Was war es?« fragte sie. »Auch ein Knabe?«

Erion nickte.

»Ein Knabe.« Lyras Lippen zitterten. »Seran«, murmelte sie. »Er hätte ... Seran heißen sollen. So hieß mein Vater, wißt Ihr?«

»Das ist ein schöner Name«, murmelte Erion. Lyra sah auf und erkannte wieder die Trauer in ihren Augen. Die Elbin teilte ihren Schmerz und empfand ihn vielleicht stärker als sie selbst.»Habt Ihr ... schon einen Namen für Euren Sohn?« fragte Lyra.

Erion nickte erneut, ließ sich noch einmal auf die Bettkante sinken und sah ihr ernst in die Augen. Ihr Blick spiegelte Sorge. »Er wird Toran heißen«, antwortete sie. »Warum quälst du dich selbst, Lyra?«

»Wo habt Ihr ihn begraben?« fragte Lyra, ohne auf die Worte der Elbin einzugehen. »Ihr habt ihn doch begraben, oder?« Für einen winzigen Moment, die Dauer eines halben Atemzuges nur, stieg die absurde Angst in ihr empor, daß sie nicht einmal das getan haben könnten, sondern das Kind vielleicht wie ein Stück Abfall fortgeworfen hatten. Aber Erion nickte hastig und drückte ihre Hand, als hätte sie ihre Gedanken gelesen.

»Hinter dem Hof«, sagte sie. »Nur ein paar Schritte hinter dem Haus. Oran sagte, daß du den Platz kennst.«

Lyra nickte. Sie wußte, welchen Platz die Elbin meinte: ein kleines, grasbewachsenes Fleckchen Erde gleich hinter dem Haupthaus, an dem sie oft allein gesessen und geträumt hatte. Die Sonne schien dort noch, wenn auf der anderen Seite des Hauses bereits die Dämmerung hereingebrochen war, und bei klarer Luft konnte sie das ganze Tal bis weit in die Berge hinein überblicken.

»Oran hat das Grab selbst ausgehoben, und er hat mir versprochen, einen Stein darauf zu setzen, wenn die Erde sich gesetzt hat«, sagte die Elbin. »Ich sagte dir doch, daß es ihm leid tut.«

»Ja«, murmelte Lyra, sehr leise und erfüllt von einer Bitterkeit, die sie selbst in diesem Moment noch nicht in ihrem wahren Ausmaß spürte. »Mir auch. Mir tut es auch leid, Herrin.«

Erion schien irgend etwas sagen zu wollen, nickte aber dann nur und ging, um Oran zu holen. Sie ließ die Tür offen, und die Geräusche des Hauses drangen in das kleine Zimmer: Stimmen, Schritte, Lachen, das Klirren von Steingut und Metall. Das Leben auf dem Hof ging weiter; natürlich. Was hatte sie erwartet? Was ihr zugestoßen war, war keine Katastrophe, nicht für irgend jemanden auf diesem Hof oder gar die Welt draußen. Nicht einmal für sie. Sie würde ein paar Tage hier liegen und gesunden, und danach würde das Leben weitergehen, unbeteiligt und grausam, als wäre nichts geschehen. Es spielte keine Rolle für irgend jemanden, ob Seran lebte oder nicht.

Vielleicht für Erion. Erions Schmerz schien echt zu sein, obwohl sie sich nicht erklären konnte, warum die Elbin so großen Anteil an ihrem Schicksal nahm. Aber auch sie würde die alberne kleine Sklavin, die versucht hatte, nach den Sternen zu greifen, vergessen, sobald sie dem Hof den Rücken gekehrt hatte.

Sie merkte nicht, wie Oran das Zimmer betrat und neben ihrem Bett stehenblieb. Erst als er sich räusperte, sah sie auf und blickte in sein Gesicht.

Oran hielt ihrem Blick stand, aber nicht lange. »Wie ... fühlst du dich?« fragte er.

»Gut«, sagte Lyra. »Ich habe keine Schmerzen, wenn Ihr das meint.« Sie wählte absichtlich die offizielle Anrede des *Ihr*, nicht das vertraute *du*, das zwischen ihnen üblich war, wenn sie allein gewesen waren. Das war früher gewesen, und es waren eine andere Lyra und ein anderer Oran gewesen, die miteinander gesprochen hatten.

»Ich möchte das Grab sehen«, sagte sie plötzlich.

Oran blickte sie beinahe erschrocken an. »Es ist kalt geworden«, sagte er. »Und ich glaube nicht, daß du schon aufstehen solltest.«

Lyra lächelte schmerzlich und schlug die Decke zurück. Sie bemerkte erst jetzt, daß sie nicht ihr eigenes, sondern eines von Erions feinen linnenen Nachtgewändern trug, ein Kleid, dessen Stoff so dünn war, daß sich ihr Körper deutlich darunter abzeichnete. Mit einer Bewegung, die ihr mehr Mühe abverlangte, als sie Oran gegenüber eingestehen wollte, setzte sie sich auf, schwang die Beine vom Bett und sah sich nach ihren Kleidern um. Oran löste sich mit einer überhastet wirkenden Bewegung von seinem Platz, nahm ihr Kleid und die grobe graue Unterwäsche von einem Stuhl neben der Tür und reichte ihr beides. Lyra zog sich umständlich an. Jede einzelne Bewegung kostete sie Kraft, und sie war plötzlich gar nicht mehr sicher, daß sie den Weg die Treppe hinab und über den Hof schaffen würde, aber sie zwang sich, weiterzumachen. Plötzlich schämte sie sich vor Oran; nicht ihrer Nacktheit, denn diese kannte er, sondern ihrer Schwäche. Sie wollte nicht, daß er sah, wie ihre Knie zitterten und ihre Lippen mit Mühe ein Stöhnen zurückhalten konnten.

Oran sah ihr stumm zu, öffnete die Tür und stützte ihren Arm, als sie die Treppe hinabgingen. Das Haus hallte noch immer wider von den vielfältigen Geräuschen des Lebens, das es erfüllte, aber sie begegneten niemandem, weder auf dem Weg nach unten noch draußen auf dem Hof.

Die Luft roch nach Schnee, und der Wind war eisig. Als sie das Haus verließen, knirschte der Boden unter ihren Füßen, als wären Glassplitter im zertreten Morast des Hofes, und in den Fugen des kniehohen gemauerten Fundamentes glitzerten kleine Eisnester wie weiße Spinnweben. Oran ließ ihren Arm los und blieb stehen, als sie die Hand hob und sich zu ihm umwandte.

»Laßt mich allein«, bat sie. Er blickte sie an, schwieg, runzelte die Stirn und drehte sich dann mit einem lautlosen Seufzer wieder zum Haus; vielleicht das erste Mal, daß er ihr einen Wunsch erfüllte, ohne eine Frage zu stellen oder irgendein Wenn und Aber anzubringen. Reglos wartete sie, bis sich die Haustür wieder hinter ihm geschlossen hatte, ehe sie weiterging, den Hof überquerte und entlang der Scheune zu seiner Rückseite gelangte.

Es war der Platz, den ihr Erion bezeichnet hatte, und sie sah das Grab schon von weitem. Der Hügel war flach und nicht größer, als hätte man darunter einen Hund vergraben. Der Frost hatte die frisch aufgeworfene Erde bereits hart werden lassen, und wenn der Winter vorüber war und das Gras nachgewachsen, würde nichts mehr von dem Leben künden, das hier geendet hatte, bevor es eigentlich begann. Erion hatte ihr gesagt daß Oran einen Stein auf das Grab setzen würde, und sie hatte nicht widersprochen, aber sie wollte das nicht. Serans Leben hatte nur nach Minuten gezählt, aber der Schmerz – der nun doch gekommen war und jetzt tief in ihr wühlte und fraß – war so tief, als hätte sie einen Teil ihres Selbst verloren. Sie würde gehen. Sie hatte es Oran noch nicht gesagt, auch sonst niemandem, obgleich sie sicher war, daß Erion auch das spürte und vielleicht schon vor ihr gewußt hatte, aber sie würde gehen, Oran und den Hof und vielleicht sogar dieses Land verlassen, nicht mit der Elbin und ihrem Begleiter, sondern allein, und sie würde die Erinnerung an ihr Kind mitnehmen, weil sie unauslöschlich ihr gehörte.

Sie zog den Mantel enger um die Schultern zusammen, kniete neben dem Grabhügel nieder und streckte zögernd die Hand aus. Die Erde war hartgefroren, und als wäre es ein Symbol, schwebte in diesem Augenblick eine erste, noch einzelne Schneeflocke vom Himmel und blieb auf dem Saum ihres Mantels liegen. Sie griff danach, nahm sie vorsichtig mit der Fingerspitze auf und sah zu, wie ihre Körperwärme das winzige Kristallgebilde in Augenblicken schmolz und nichts zurückblieb als ein unscheinbarer feuchter Fleck auf ihrer Haut.

Ein Schatten fiel über den Grabhügel, und als sie aufsah, erkannte sie Oran, der ihr nun doch gefolgt war, als bedauere er es im nachhinein, ihrem Wunsch entsprochen zu haben.

»Ich ... wollte dich nicht stören«, sagte er halblaut. »Verzeih. Aber Erion ... schickt mich. Sie sorgt sich um dich, und sie will nicht, daß du allein bist.« Sein Blick wich dem ihren aus, und seine Augen schienen um eine Winzigkeit dunkler zu werden, als er das Grab streifte. Er hatte ihr gesagt, daß es ihm leid täte, und sie glaubte ihm.

»Ihr stört nicht, Herr«, antwortete sie und stand auf. »Ich wollte es nur einmal sehen, das ist alles.« Sie blickte noch einmal auf den flachen graubraunen Hügel hinab, wandte sich um und wollte zum Haus zurückgehen, aber Oran versperrte ihr den Weg.

»Einen Augenblick noch, Lyra«, sagte er. Seine Stimme klang jetzt fester; es war noch immer nicht der befehlende Ton darin, den er normalerweise seinem Gesinde – und auch ihr, selbst in den Augenblicken, in denen sie zärtlich miteinander gewesen waren – gegenüber anschlug. Aber sie klang doch anders als noch vor Augenblicken. Als er in ihr Zimmer getreten war, war er verstört und vielleicht auch voller Angst gewesen, daß sie ihm Vorwürfe machen würde, und vielleicht war er nur für einen Moment ins Haus zurückgegangen, um sich zu sammeln und die Worte zurechtzulegen, die er jetzt sagen wollte.

Lyra blieb stehen, sah ihn an und senkte dann den Blick, nicht weil sie Angst hatte, sondern weil sie den Schmerz in Orans Augen nicht mehr ertrug.

»Ich möchte dir einen Vorschlag machen«, sagte er leise. »Und ich möchte, daß du ihn dir anhörst und in Ruhe darüber nachdenkst.« Er atmete hörbar ein. »Ich will, daß du bei mir bleibst, Lyra«, sagte er. »Nicht nur als meine Geliebte, sondern als meine Zweitfrau, an Felis' und meiner

Seite, mit den gleichen Rechten, die sie hat. Ich meine es ernst, Lyra. Nicht nur wegen des Kindes.«

Lyra überlegte einen Moment. Es fiel ihr schwer, sich zu konzentrieren, aber dann nickte sie und schüttelte unmittelbar darauf hastig den Kopf, damit Oran die Bewegung nicht falsch deutete.

»Nein«, sagte sie leise. »Euer Angebot ist sehr großzügig, Herr, aber ich kann es nicht annehmen. Jetzt nicht mehr.«

Für einen ganz kurzen Moment wurde Orans Blick hart, und der Zorn, den Widerspruch immer in ihm wachrief, blitzte darin auf, aber es war nur ein kurzes Aufflammen. »Ich verstehe«, sagte er. »Es kommt zu plötzlich, nicht? Und du glaubst, ich sage es nur aus Mitleid oder um mein Gewissen zu beruhigen, aber das stimmt nicht. Ich meine es ernst, Lyra. Ich weiß, daß ich dir diesen Vorschlag schon vor langer Zeit hätte machen müssen. Brauchst du mehr Zeit?« fragte er. »Ich verlange jetzt keine Antwort von dir. Du . . . du kannst dir Zeit lassen. Eine Woche, zwei . . . einen Monat, wenn du willst.« Er hob die Hand und wollte nach ihr greifen, führte die Bewegung aber nicht zu Ende, als er ihrem Blick begegnete, sondern senkte den Arm fast schuldbewußt wieder.

»Es ist wegen Felis, nicht?« sagte er. »Du hast immer noch Angst vor ihr.«

»Nein, Herr«, antwortete Lyra, aber Oran hörte ihre Worte gar nicht; und wenn doch, *wollte* er sie nicht hören.

»Du hast Angst vor ihr«, behauptete er, »und du haßt sie. Vielleicht haßt du auch mich. Ich könnte es dir nicht einmal verdenken, wenn du es tätest. Aber ich meine es ernst, Lyra. Bleib hier, und du wirst den Platz bekommen, der dir schon lange zusteht, den Platz an meiner Seite.« Er atmete hörbar ein, und als er weitersprach, spürte Lyra, wie schwer ihm jedes einzelne Wort fiel. »Es tut mir so leid, Lyra, bitte glaube mir. Ich habe Felis für das bestraft, was sie getan hat, und ich habe um das Kind geweint wie du . . .«

»Habt Ihr das?« unterbrach ihn Lyra. Sie sah, wie Oran zusammenfuhr wie unter einem Hieb, aber ihre Worte taten ihr nicht leid. Sie wußte, daß sie Oran Schmerzen zufügen mußten, denn immerhin war es nicht allein ihr Kind gewesen, sondern ebenso das seine, und er hatte sich seit zwei Jahrzehnten einen Sohn gewünscht. Es bereitete ihr keine Freude, ihn zu verletzen, da war nichts von diesem kindlichen Bedürfnis, einem anderen weh zu tun, wenn einem selbst weh getan worden war. Aber sie hatte einfach das Gefühl, daß es der richtige Moment wäre, ihn zu verletzen, und sie tat es, ruhig und ohne die geringste Spur von Befriedigung oder Bedauern.

»Habt Ihr das?« fragte sie noch einmal. »Wirklich um Euren Sohn, Oran, oder nur um den Erben, den der Hof nun doch nicht haben wird?«

»Du bist verbittert«, sagte Oran.

»Vielleicht bin ich das, Herr«, antwortete sie. »Aber vielleicht habe ich auch nur erkannt, was die Wahrheit ist. Vielleicht habe ich Euch erkannt, Herr, und mich selbst.« Sie lachte, leise und erfüllt von der Verbitterung, von der sie gerade gesprochen hatte, aber auch von einer plötzlichen, seltenen Klarheit, mit der sie die Dinge und sich selbst sah. Es war wie ein zweites Erwachen. Der Schmerz war noch immer da und beherrschte ihr Denken, aber gleichzeitig bewegten sich ihre Gedanken mit einer Logik und Schärfe, die sie nicht gewohnt war.

»Ihr habt nicht aus Liebe geweint, Oran«, sagte sie, »denn ich glaube nicht, daß Ihr wirklich zu lieben imstande seid. Oh, Ihr seid kein schlechter Mann, sondern in Wirklichkeit nicht halb so hart, wie Ihr Euch gebt, aber ich glaube nicht, daß Ihr wißt, was die Worte Liebe und Schmerz wirklich bedeuten. Ihr könnt nichts dafür, daß Ihr so seid, wie Ihr seid, aber ich kann nicht mit Euch leben, Oran, nicht als Euer Weib und nicht mehr als Eure Magd.« Sie lachte bitter. »Seht mich an, Oran. Ich bin eine Närrin gewesen, zu glauben, daß ich meinen angestammten Platz verlassen und ein Leben leben könnte, das mir nicht zusteht.« Oran wollte sie unterbrechen, aber sie sprach schnell und mit erhobener Stimme weiter und schüttelte den Kopf, als er eine unwillige Geste machte. »Ich bin nicht mehr als eine entlassene Sklavin, Herr, eine entlassene Sklavin, die nach den Sternen gegriffen hat und närrisch genug war, zu glauben, daß sie sie erreichen könnte. Vielleicht mußte es so kommen.«

»Du redest Unsinn«, sagte Oran grob, aber sie spürte, daß er in Wahrheit erkannte, wie ernst es ihr war.

»Vielleicht«, sagte sie. »Aber ich werde gehen, Herr.«

Oran widersprach nicht. Er mußte ihren Entschluß vorausgeahnt haben; vielleicht hatte ihm Erion auch davon erzählt. Sein Kommen war vielleicht nichts als ein letzter Versuch gewesen, sie davon abzubringen. »Wann?« fragte er leise.

»Bald«, antwortete Lyra. »In ein paar Tagen. Wenn ich ... wenn ich noch so lange bleiben darf.«

»Du kannst bleiben, so lange du willst«, sagte Oran rasch. »Niemand erwartet von dir, daß du den Hof verläßt. Auch Felis nicht. Bleib ... bleib wenigstens bis zum Frühjahr. Es wird bald Schnee geben, und der Weg durch das Gebirge ist gefährlich.«

Lyra sah ihn an, und er verstummte. Er war nicht gekommen, um zu kämpfen. Er hatte gewußt, daß sie ihn verlassen wollte, und er war herausgekommen, um sie davon abzuhalten, aber er mußte auch vorhergewußt haben, wie sinnlos es war. Vielleicht hatte er einfach geglaubt, sich selbst oder auch ihr diesen Versuch schuldig zu sein.

»Gehen wir ins Haus«, sagte er. »Es wird kalt, und Guna wartet mit dem Essen auf uns.« Er ergriff sie am Arm und führte sie neben sich her um das Haus herum und auf den Hof zurück, aber es war nichts Vertrautes mehr in der Berührung seiner Hand. Sie waren sich schon zu Fremden geworden; nicht erst seit heute oder seit dem Augenblick, in dem das Kind gestorben war, sondern seit der häßlichen Szene im Stall, als Erion ihn gedemütigt hatte, um ihrer, Lyras, willen.

Sie ging nicht wieder in Erions Zimmer, sondern blieb, obwohl ihr jeder Schritt schwer fiel, im Erdgeschoß und steuerte die Küche an, den Teil des Hauses, der ihr vertraut und angestammt war und wo sie hingehörte. Oran versuchte nicht, sie aufzuhalten, sondern ermahnte sie nur noch einmal, sich zu schonen.

Guna war nicht in der Küche, wie sie gehofft hatte. Der große, ebenerdig gelegene Raum war leer, die Fenster geschlossen, um die Herbstkälte draußen und die Wärme des Herdfeuers drinnen zu halten. Trotzdem war es kalt – eine schleichende, geheime Kälte, die durch die Fensterritzen und das Mauerwerk gekrochen war. Sie wußte nicht, was sie hier wollte – Guna würde bestimmt weniger Worte des Trostes als der Ermahnung für sie haben, und das Abendessen war längst zubereitet, so daß sie ihr auch nicht zur Hand gehen, sondern allenfalls stören konnte –, aber die Vorstellung, wieder hinauf in das Zimmer der Elbin zu gehen und sich in das Bett zu legen, in dem ihr Kind gestorben war, war ihr unerträglich.

Durch die dünnen Innenwände, die nur aus Strohgeflecht bestanden, auf die Lehm und weiches Erdreich gestrichen worden waren, drangen Geräusche zu ihr herein: Schritte und das hohe, meckernde Lachen eines Mannes, aber sie bemühte sich, sie zu überhören, und blieb mit geschlossenen Augen am Herdfeuer stehen, um sich zu wärmen. Dann wandte sie sich um, ging zum Fenster und blickte hinaus.

Die Küche lag an der Nordseite des Gebäudes, und obwohl es auf den Abend zuging und das Licht der Sonne bereits merklich an Kraft verloren hatte, so daß die Schatten sich wieder aus ihren Verstecken hervorwagten und das Land mit grauer Unwirklichkeit zu überziehen begannen, reichte der Blick noch weit nach Norden, fast bis ans Ende des Tales und über den Fluß hinaus. Etwas bewegte sich in dem kleinen Ausschnitt der Welt, den ihr das Fenster zeigte, aber es dauerte einen Moment, bis Lyra bemerkte, daß es kein Vogel oder Schatten war, sondern ein Mensch. Ein Reiter.

Eine Weile beobachtete sie ihn ohne wirkliches Interesse, aber als er näher kam, erkannte sie Sjur, den Skruta, der sein Pferd unbarmherzig antrieb und quer über die abgeernteten Felder herangeritten kam. Unter den Hufen des Tieres wirbelte Staub hoch, und ein paarmal kam es aus dem Tritt, wenn es in eine Furche geriet, aber Sjur zwang es jedesmal mit purer Gewalt in den gewohnten Rhythmus zurück. Sein nackter Oberkörper und das Fell des Tieres glänzten vor Schweiß. Für einen ganz kurzen Moment regte sich so etwas wie Neugier in Lyra: Sie fragte sich, wohin Sjur geritten sein mochte und warum er sein Pferd quälte, um so schnell wie möglich zurück auf den Hof zu kommen, aber die Frage entglitt ihr, und dumpfe Trauer legte sich erneut über ihr Denken. Sie wandte sich vom Fenster ab, ging zum Herd zurück, blieb einen Moment stehen und sah sich nach einer Sitzgelegenheit um, als ihre Beine vor Schwäche zu schmerzen begannen, stand aber schon nach wenigen Augenblicken wieder auf, geplagt von einer sonderbaren, körperlichen Unruhe; dem Gefühl, daß etwas geschehen würde.

Wieder drangen Geräusche zu ihr herein wie eine träge, unsichtbare Woge, und diesmal verschloß sie sich nicht vor ihnen, sondern lauschte beinahe gebannt, vielleicht, um die Unruhe und das quälende Gefühl der Erwartung zu verdrängen: ein Poltern, Orans Stimme, die laut und offensichtlich erregt sprach, und dann, nach erstaunlich kurzer Zeit, das hallende Stampfen eisenbeschlagener schwerer Stiefel auf den hölzernen Bohlen und Sjurs Stimme, die ein Wort in seiner Muttersprache rief. Wie zur Antwort fiel irgendwo über ihr eine Tür, dann hörte sie Erion in der gleichen Sprache antworten.

Sie verstand die Worte nicht, aber irgend etwas an der Art, in der die Elbin und der Skruta miteinander redeten, erweckte ihre Aufmerksamkeit; plötzlich lauschte sie, gebannt und beinahe mit angehaltenem Atem. Sie verstand ihren Namen, dann ein Wort, das irgend etwas in ihr anklingen ließ, ohne daß sie wußte, was, dann klirrte Metall, und sie erkannte voller Schrecken den Laut, mit dem ein Schwert aus seiner Scheide gezogen wird. Sie hatte ihn nur ein einziges Mal in ihrem Leben gehört, vor zwei Wochen, als sie Erion und ihren Begleiter oben auf dem Heuboden gefunden hatte und der Skruta seinen Waffengurt umgeschnallt hatte, aber sie hatte es nicht vergessen, dieses metallische Wispern, mit dem der tödliche Stahl aus seiner Umhüllung gezogen wurde. Plötzlich ergriff sie Angst. Ihre Hände begannen zu zittern, und als Erion ein zweites Mal ihren Namen rief, antwortete sie nicht. Mit einem Male *wußte* sie, daß etwas geschehen würde, etwas Schreckliches und Böses.

Die Küchentür wurde mit einem Ruck aufgestoßen, und der breitschultrige Skruta betrat den Raum. Seine Hand lag auf dem Schwert, und er hatte den Schild vom Rücken genommen und am linken Arm befestigt. Eine tiefe, blutende Wunde zog sich quer über seinen nackten Oberkörper, und in seine Züge hatte sich ein Ausdruck von Furcht gebrannt, den sie noch nie an ihm gesehen hatte. Erion schlüpfte hinter ihm durch die Tür, rief ihm ein Wort in seiner Heimatsprache zu und kam rasch auf Lyra zu. Sjur nickte wortlos und fuhr herum, um aus dem Raum zu stürmen.

»Was . . . was ist geschehen, Herrin?« flüsterte Lyra. Die Angst, von der sie immer noch nicht wußte, woher sie kam, schnürte ihr die Kehle zu. »Sjur ist . . .«

Erion unterbrach sie mit einer raschen, ungeduldigen Geste. »Du mußt fort«, sagte sie.

Lyra starrte die Elbin entgeistert an. »Fort?« wiederholte sie. »Was meint Ihr damit?«

»Sjur holt deine Sachen«, sagte Erion. Sie gestikulierte ihr ungeduldig mit den Händen zu, aufzustehen, und ergriff sie am Arm, als sie nicht schnell genug reagierte. »Beeil dich«, keuchte sie und schob Lyra in Richtung Tür. »Ihr werdet reiten müssen. Kannst du reiten?«

Lyra verneinte, aber Erion schien es gar nicht zu bemerken, sondern schob sie weiter vor sich her, aus der Küche und auf den Flur hinaus. Sjur kam, ein Bündel mit hastig zusammengerafften Kleidern und Decken unter den Arm geklemmt, die Treppe hinabgepoltert, stieß die Tür auf und sprang mit einer kraftvollen Bewegung auf den

Rücken des Pferdes, das vor dem Haus bereitstand. Es war der Hengst, mit dem er gekommen war. Sein Körper dampfte vor Schweiß, und Lyra erkannte voller Schrecken, daß sein Sattel dunkel von halb geronnenem Blut war. »Schnell! Sie müssen gleich hier sein. Wir haben keine Zeit zu verlieren!«

»Sie?« fragte Lyra. »Von wem redet Ihr, Herr, und . . .«

Sjur ergriff ohne viel Federlesens ihr Handgelenk, zerrte sie zu sich in den Sattel hinauf und riß an den Zügeln des Pferdes. Das Tier bäumte sich auf – zumindest versuchte es, dies zu tun –, aber Sjur zwang es mit der puren Kraft seiner gewaltigen Muskeln herum, stieß ihm die Sporen in den Leib und preßte Lyra mit dem freien Arm an sich, als der Hengst mit einem angstvollen Wiehern lospreschte. Lyra schrie vor Schrecken, aber der Laut ging im dumpfen Hämmern der Pferdehufe und Sjurs anfeuernden Rufen unter.

Wie von Furien gehetzt, jagte der Skruta das Tier vom Hof herunter und auf den schmalen Weg hinaus, der zu den Feldern führte. Lyra gab es nach wenigen Augenblikken auf, sich wehren zu wollen.

Der Hof fiel rasch hinter ihnen zurück. Die Felder flogen an dem rasend schnell ausgreifenden Tier vorüber, und für einen Augenblick glaubte Lyra fast, der Skruta wolle geradewegs zum Fluß hinab und durch die Furt reiten, um die Straße zu erreichen, die aus dem Tal herausführte, aber dann zwang er den schwarzen Hengst mit einer brutalen Bewegung herum und geradewegs auf den Birkenhain zu.

Sie brauchten nicht einmal eine Minute, um das kleine Waldstück zu erreichen. Sjur zügelte das Pferd im letzten Augenblick, als Lyra schon fast glaubte, er würde kurzerhand durch das Unterholz preschen, glitt rücklings aus dem Sattel, als sich das gequälte Tier unter dem grausamen Biß der Trense aufbäumte, und zog Lyra wie eine leblose Last mit sich. Sie begann wieder zu schreien und wie von Sinnen vor Angst mit den Fäusten auf ihn einzuschlagen, aber der Skruta schien ihre Hiebe nicht einmal zu bemerken, sondern warf sie sich wie einen Sack über die Schulter und drang gebückt in den Wald ein. Erst als sie mindestens dreißig Schritt gelaufen waren, blieb er stehen, warf das Bündel mit Kleidern und Decken zu Boden und stellte sie behutsam vor sich auf die Füße.

Lyra taumelte mit einem unterdrückten Schrei zurück, prallte gegen einen Baum und starrte den Skruta an. »Was bedeutet das?« fragte sie. »Was ... was tut Ihr mit mir? Warum ...?«

»Schweig!« befahl Sjur, und Lyra brach erschrocken ab. Plötzlich war jedes bißchen Menschlichkeit, jede Spur von Wärme und Leben, die sie jemals an ihm gesehen hatte, aus seinen Zügen verschwunden. Seine Augen flammten vor Wildheit, und seine Hand schloß sich immer wieder um den Griff seines Schwertes.

»Hör zu!« befahl er. »Ich kann dir jetzt nicht erklären, was dies alles zu bedeuten hat, aber du wirst es erfahren.« Er machte eine vage Geste tiefer in den Wald hinein. »Du bleibst hier«, sagte er. »Ganz egal, was geschieht, du bleibst hier und versteckst dich. Wenn es mir möglich ist, dann hole ich dich ab, aber vorher rührst du dich nicht von der Stelle, ganz egal, was passiert. Hast du das verstanden?«

»Wenn es Euch möglich ist?« wiederholte Lyra. »Wie ...«

»Hast du verstanden, was ich gesagt habe?« fragte Sjur scharf. Lyra nickte erschrocken, und Sjur fuhr mit einem grimmigen Lächeln fort: »Gut. Dann tu auch, was ich dir gesagt habe. Und bleib vom Waldrand fort. Wenn dich jemand sieht, ist es dein sicherer Tod.« Damit drehte er sich um und begann mit federnden, weit ausgreifenden Schritten den Weg zurückzulaufen, den er gekommen war.

Lyra sah ihm mit einer Mischung aus Entsetzen und immer stärker werdender Verwirrung nach. Sie begriff nichts mehr. Es war, als wäre sie unversehens in eiskaltes Wasser gestoßen worden und fände den Weg zurück zur Oberfläche nicht mehr. Verwirrt machte sie einen Schritt in die Richtung, in der Sjur verschwunden war, blieb stehen, ging wieder zurück und bückte sich nach den Decken, die er mitgebracht hatte, führte aber auch diese Bewegung nicht zu Ende, sondern richtete sich abermals auf und starrte zurück zum Waldrand.

Es war dunkel, hier, nahezu im Herzen des winzigen Waldstückchens, das an den Hof grenzte. Die Stämme der schwarzweiß gefleckten Bäume wuchsen wie Stützpfeiler eines bizarren Gewölbes rings um sie in die Höhe, und obwohl ihre Äste längst den Tribut an den Herbst gezollt und ihren Blattschmuck abgeworfen hatten, dämpften sie das Licht doch zu einem unwirklichen grauen Schimmer. Sie konnte den Hof erkennen, hinter dem Gewirr aus Stämmen und kahlem Buschwerk, aber sie wußte, daß sie umgekehrt hier drinnen unsichtbar und sicher war.

Sicher? Wovor sicher?

Sie konnte nicht mehr denken. Sie begann zu schluchzen, ohne es selbst zu merken, fiel auf die Knie, richtete sich wieder auf und stolperte zurück in die Richtung, aus der Sjur und sie gekommen waren. *In Sicherheit.* Plötzlich ergab alles einen Sinn, all die kleinen, nervösen Blicke und Gesten Erions, Sjurs Mißtrauen und Orans Furcht, die beiden unangemeldeten Besucher unter seinem Dach aufzunehmen, die Furcht auf den Zügen Erions und die Wildheit in den Augen des Skruta.

Sie rannte, wie von Furien gehetzt, stolperte auf dem morastigen Boden immer wieder und fiel, und jeder Sturz war wie ein Tritt in ihren geschundenen Leib und erweckte den Schmerz zu noch größerer Raserei. Ihre Gedanken führten einen irrsinnigen Tanz auf. Angst und Panik und Bruchstücke jener grausamen Klarheit, die sie nicht wollte und gegen die sie sich nicht wehren konnte, wirbelten wie irr hinter ihrer Stirn. In Sicherheit . . .

Sie war außer Atem und so geschwächt, daß sie auf die Knie fiel und sich die Schulter an einem Baum blutig stieß, als sie den Waldrand erreichte. Natürlich war Sjur nicht mehr da; er mußte sein Pferd mit der gleichen Unbarmherzigkeit zum Hof zurückgejagt haben, mit der er es hierher gehetzt hatte

Aber dafür sah sie die anderen.

Die Reiter, die sich, mindestens fünfzig an der Zahl, gehüllt in schwarze, mattglänzende eiserne Rüstungen und blutigrote Umhänge, die wie leuchtende Wimpel hinter ihnen flatterten, in einer weit auseinandergezogenen Kette dem Hof näherten.

Wenig später hörte sie die ersten Schreie.

6

Es war eine Nacht ohne Ende gewesen. Die Sonne ging unter, noch bevor die letzten Schreie und das Lärmen und Toben des Kampfes vom Hof verklungen waren, und kurz darauf hatten die ersten Brände ihren blutigroten Gruß durch das Dunkel gesandt. Die Minuten hatten sich zu Stunden und die Stunden zu Ewigkeiten gereiht, und der Brand hatte vom Kuhstall in einem feurigen Halbkreis zuerst auf das Haupthaus und dann auf die Heuscheune übergegriffen, bis der ganze Hof wie ein gewaltiger lodernder Scheiterhaufen in der Nacht flammte, grell und strahlend und noch bis weit in den Morgen hinein, bis das mächtigere ruhige Rot der Sonne das Lohen der Glut überstrahlte.

Lyra war wieder in den Wald zurückgewichen, nicht bis zu der Stelle, an der Sjur sie abgesetzt hatte, aber doch weit genug, um vor einer zufälligen Entdeckung sicher sein zu können. Dann hatte sie sich nicht mehr gerührt; ja, nicht einmal mehr laut zu atmen gewagt, sondern starr vor Schrecken und lähmendem Entsetzen zum Hof hinübergestarrt und auf das Schreien und den Lärm des Kampfes gelauscht. Sie war zu weit fort, und der Wind stand gegen sie, und das Prasseln der Flammen, das Krachen und Poltern der zusammenbrechenden Gebäude übertönte und verschluckte jeden anderen Laut. Und trotzdem hörte sie die Schreie der Sterbenden, das Sirren der Bogensehnen und das dumpfe Krachen von Schwertern, die durch Haut und Fleisch schnitten und auf Knochen prallten. Der Kampf konnte nicht lange gedauert haben – sie waren fünfzig Mann in Waffen, fünfzig Krieger mit Lanzen und Bögen und Schwertern gegen die gleiche Anzahl von Knechten und Frauen, die nur ihre bloßen Hände oder allenfalls eine Mistgabel zu ihrer Verteidigung gehabt hatten, falls sie überhaupt an Gegenwehr dachten und sich nicht blind und gelähmt vor Schrecken wie die Lämmer abschlachten ließen. Nein, der Kampf mußte längst vorüber sein, schon als die ersten Flammen aus dem strohgedeckten Dach des Haupthauses schlugen und schwarze fettige Qualmwolken dunkle Löcher in den Nachthimmel fraßen, aber sie hörte die Schreie und die fürchterlichen Laute weiter, die ganze Nacht hindurch und selbst bis in den Morgen hinein. Zum ersten Mal in ihrem Leben hatte sie Angst vor der Dunkelheit. Bisher war die Nacht ihre Freundin gewesen, ihre heimliche schweigende Verbündete, in der sie Schutz und Zuflucht gefunden hatte. Heute war nichts Freundliches mehr an der Dunkelheit: Die Schwärze der Nacht wurde zu einer Mauer, die sich um sie zusammenzog und ihr den Atem nahm, und aus den Flammen krochen die Gespenster der Furcht und begannen sie mit unhörbaren Stimmen zu verhöhnen. Und anders als sonst gingen sie auch nicht, als der Tag kam, sondern verblaßten nur, wurden unsichtbar oder zogen sich in die Schatten zurück, aber sie fuhren fort, sie zu verhöhnen und verspotten; und es war etwas Drohendes in ihrem Spott. Sie würde sterben. Der Tod hatte seine Hand nach dem Hof ausgestreckt und sie alle geholt, und sie hatte kein Recht, als einzige zu überleben.

Erst lange nachdem es hell geworden war, erwachte sie aus ihrer Erstarrung und stand auf. Ihr Körper schmerzte von der unnatürlich verkrampften Haltung, in der sie dagehockt hatte, Stunde um Stunde, ohne sich zu rühren, und als sie einen Schritt machte, schlug die Schwäche wie eine betäubende Woge über ihr zusammen; sie taumelte, verlor das Gleichgewicht und mußte sich an einem Baum festhalten, um nicht zu stürzen. Sie schloß die Augen, ballte die Linke zur Faust und wartete, daß der Anfall vorüberging, aber es wurde schlimmer statt besser, und zu Schwäche und Schwindelgefühl gesellte sich nun auch noch Übelkeit. Plötzlich erwachte auch der körperliche Schmerz wieder. Es war grausam. Minute um Minute stand sie da und kämpfte gegen den Schmerz und die Schwäche an, bis sie glaubte, es nicht mehr ertragen zu können, und ihrer Qual in einem Schrei Luft machte. Erschrocken schlug sie die Hand vor den Mund. Der Morgen war ruhig, und in der klaren, nicht vom geringsten Windhauch bewegten Luft mußte der Klang ihrer Stimme weit zu hören sein; sie wußte nicht, ob die Angreifer noch in der Nähe waren oder ob sie Männer auf dem Hof zurückgelassen hatten, um nach Überlebenden und Flüchtlingen Ausschau zu halten. Doch ihr Schrei verhallte, und selbst die Schatten antworteten nicht darauf, sondern hielten sogar mit ihrem spöttischen Wispern inne.

Behutsam löste sie die Hand von ihrem Halt und ging auf den Waldrand zu. Der Boden federte unter ihren Füßen, und Unterholz, dornig und kahl geworden und ineinander verkrallt wie stacheliger dürrer Draht, versperrte ihr den Weg und riß dünne blutige Schrammen in ihre Haut, aber sie merkte es kaum, sondern ging weiter, bis sie den Rand des Waldes erreichte und stehenblieb. Es gab keinen Wind. Nach der Kälte der Nacht kam ihr die unbewegte klare Morgenluft warm und lindernd vor, und die Strahlen der Sonne auf ihrem Gesicht taten gut. Minutenlang blieb sie stehen, reglos, ohne zu denken oder irgend etwas anderes wahrzunehmen als die schwarze, verkohlte Ruine vor sich, dann wandte sie sich nach links und ging über das frisch gepflügte Feld auf den Weg zu, der zum Hof hinaufführte. Es war nicht sehr weit; weniger als eine halbe Meile, und trotzdem brauchte sie fast eine halbe Stunde. Immer wieder war sie stehengeblieben, angstvoll hierhin und dorthin blickend, als erwarte sie, daß die Gespenster, die sie während der Nacht gequält hatten, aus den Schatten hervorbrechen und sie verfolgen würden, und je näher sie dem Hof gekommen war, desto stärker war die Stimme in ihr geworden, die ihr zuschrie, daß sie sich herumdrehen und laufen sollte, so weit und so schnell sie konnte, laufen und die Chance, die ihr das Schicksal gewährt hatte, ergreifen, statt sie fortzuwerfen. Irgendwie glaubte sie zu ahnen, daß das Verderben auf sie lauerte, wenn sie den Weg weiterging und den Hof betrat, und daß dies die allerletzte Chance war, die ihr das Schicksal gewährte. Aber sie ging weiter, wie unter einem Zwang. Vielleicht wollte sie sterben. Vielleicht betrachtete sie es, tief in ihrer Seele, als ungerecht, als einzige überlebt zu haben.

Es war ein sonderbares Gefühl, den Hof zu betreten, und es waren nicht nur Angst und Entsetzen, die sie empfand. Das Feuer hatte mit vernichtender Kraft gewütet, aber es hatte wie ein Kind in spielerischer Unberechenbarkeit nicht alles zerstört, sondern hier einen Türrahmen, dort eine Wand oder den Teil eines Dachstuhles nahezu unangetastet gelassen, und ein Drittel des Haupthauses stand gar noch vollständig und unberührt, nur der getrocknete Lehm der Wände war geschwärzt.

Sie ging bis zur Mitte des Hofes, blieb stehen und drehte sich sehr langsam einmal um ihre Achse. Ihre Augen brannten vom Qualm und begannen zu tränen, aber sie sah jetzt die Spuren des Kampfes, die sie von weitem nicht erkannt hatte: Der Boden war zerwühlt, Steine und Holz und schwelende Trümmer bildeten ein chaotisches Muster der Zerstörung, aber da und dort lagen auch Waffen oder zerbrochene Teile davon. Auf manchen davon klebte Blut, und durch den Brandgeruch drang ein schwaches, süßliches Aroma an ihre Nase, das sie sich im ersten Moment nicht erklären konnte. Ein totes Pferd lag unter den Trümmern der zusammengestürzten Scheune, und darunter vergraben sein Reiter. Das matte Schwarz seines Visiers war mit Blut und grauer Asche verschmiert, und sein Arm stand in unnatürlichem Winkel von seinem Körper ab: gebrochen, als er unter das stürzende Pferd geriet.

Lyra drehte sich mit einem Ruck weg, ballte in stummem Entsetzen die Fäuste und ging weiter. Mit Ausnahme des Reiters, den sie nicht hatten fortschaffen können, sah sie keinen Toten. Aber sie wußte, daß sie da waren. Und sie wußte auch, wo. Es gab nur ein Gebäude auf dem Hof, das nicht vollkommen zerstört worden war.

Langsam näherte sie sich dem Haupthaus. Es war geisterhaft still. Die Ruinen waren noch zu heiß, als daß der Aasgestank bereits Krähen und anderes Kroppzeug hätte anlocken können, und auch der Wind war noch immer nicht erwacht. Ihre Füße versanken bei jedem Schritt bis über die Knöchel im Morast, denn die Hitze hatte den Frost aus dem Boden getrieben, und als hätte sich das Schicksal einen besonders geschmacklosen Scherz ausgedacht, war selbst die Tür mit ihren winzigen Butzenscheiben noch unbeschädigt und bewegte sich beinahe lautlos in den Angeln, als sie die Hand dagegen legte.

Irgendwie hatte sie erwartet, daß es drinnen dunkel und voller Rauch und Ruß sein würde, aber dort, wo Orans und Felis' Wohnraum gewesen war, gähnte ein gewaltiges Loch in der Wand, und helles Sonnenlicht und frische kalte Luft vertrieben den Rauch. Und auf der Treppe lag eine Leiche.

Sie fand die anderen dort, wo sie es erwartet hatte: in der Küche und den hinteren, stehengebliebenen Teilen des Gebäudes, übereinandergeworfen wie Schlachtvieh. Der Anblick erschütterte sie, aber er traf sie nicht mehr; da war nichts mehr von dem lähmenden, tödlichen Entsetzen, das sie während der Nacht verspürt hatte. Als wäre ihre Fähigkeit, zu erschrecken und Entsetzen zu empfinden, aufgebraucht, registrierte sie nur noch dumpf, was sie sah; tote Körper, die sie zählen und begutachten konnte. Felis war unter ihnen, mit durchschnittener Kehle und einem tiefen Stich im Gesicht, Oran und Guna und alle anderen, die sie gekannt hatte, und schließlich entdeckte sie auch Sjur, ein Stück abseits der anderen und so mit Wunden übersät, daß sie ihn nur an seiner hünenhaften Erscheinung und dem Schwert in seiner Faust erkannte. Es war zerbrochen, so wie der Schild an seinem anderen Arm, und aus seinem Rücken ragten die zersplitterten Schäfte von gleich vier Pfeilen, als hätte er selbst tödlich verwundet noch weitergekämpft. Wahrscheinlich hatte er es, denn mehr als einer der Toten trug das matte eiserne Schwarz der Angreifer, und Sjur war wohl der einzige auf dem Hof gewesen, der den Bewaffneten ernsthaft Widerstand hatte leisten können. Lyra wunderte sich einen Moment, daß die Mörder ihre eigenen Toten nicht mitgenommen hatten, um ihre Identität zu verbergen, aber wahrscheinlich hatten sie damit gerechnet, daß das Anwesen bis auf die Grundmauern niederbrennen und das Feuer ohnehin alle Spuren beseitigen würde. Und wenn doch jemand kam und die Toten fand, so würde er auch Sjurs Leiche finden, und sie würden alles auf den Skruta schieben und als Helden dastehen, die den Angreifer aus dem Norden gerichtet hatten, nachdem er den Hof überfallen und alles Leben darauf ausgelöscht hatte.

Lyra wußte nicht, wieviel Zeit vergangen war, als sie wieder auf den Hof hinaus trat, aber der Wind war endlich erwacht und fächelte ihr Linderung zu. Ihre Stirn glühte. Sie hatte eine Stufe der Erschöpfung erreicht, die ihr vorher unvorstellbar gewesen war, und Fieber wühlte in ihren Eingeweiden und erinnerte sie daran, daß sie eine Fehlgeburt hinter sich hatte und schwer krank war. Über dem Hof kreiste eine Anzahl dunkler Punkte, Krähen oder gar Geier, und wahrscheinlich würde es nicht mehr lange dauern, bis die Männer und Frauen von den benachbarten Höfen eintrafen, denn das Feuer mußte während der Nacht im ganzen Tal gesehen worden sein.

Ein leises Scharren drang in ihre Gedanken, dann ein Laut, der sich wie ein Stöhnen anhörte. Lyra erschrak, machte einen Schritt in die Richtung, aus der das Geräusch gekommen war, und blieb mit klopfendem Herzen stehen. Der Laut wiederholte sich nicht, aber er war zu deutlich und klar gewesen, um pure Einbildung sein zu können, auch wenn sie im ersten Moment versuchte, sich dies einzureden. Er war aus dem Kuhstall gekommen, unweit der

Stelle, an der das tote Pferd und sein Reiter lagen – aber dort konnte niemand mehr leben! Die Wände aus Lehm und Stroh waren unter der Glut des Feuers zu Asche zerfallen, und selbst die mannsdicken Dachbalken waren verkohlt und zerbrochen wie dünnes Reisig.

Das Scharren wiederholte sich, diesmal noch lauter. Irgend etwas bewegte sich zwischen den verkohlten Balken, ein grauer zerfaserter Schatten, der sich wie ein Schemen aus flüchtigem Nebel von dem Gewirr geschwärzter Trümmer abhob . . .

Lyras Herz schien einen Moment auszusetzen und dann mit schmerzhafter Wucht weiterzuhämmern, als sie den Schatten erkannte: Es war Erion.

Die Elbin lebte. Ihr Kleid war rußgeschwärzt, das Silberhaar von der Hitze gekräuselt und die dünnen Brauen als blutige Narben in ihr Gesicht gebrannt, und ihre Hände waren schwarz und rot und feucht. Aber sie lebte!

Und in ihren Armen lag ein Kind.

»Seran!!«

Lyra schrie, kreischte wie von Sinnen und rannte auf die Elbin zu, auf sie und das Kind, auf Seran, ihren Sohn, auf ihr Kind, das Erion in den Armen hielt, weil sie plötzlich wußte, daß alles nicht wahr war und ihr Kind lebte und Erion und die anderen sich nur einen grausamen Scherz mit ihr erlaubt hatten und sie jetzt noch einmal von den Toten wiederauferstanden war, um ihr ihren Sohn zurückzubringen, Seran, das Kind, das . . .

Dann zerplatzte die Illusion, und Lyra blieb stehen und starrte aus weit aufgerissenen Augen auf das winzige schlafende Bündel in Erions Armen. Seine Haut war hell – nicht weiß wie die Erions, aber doch viel heller als die jedes anderen Menschen, den Lyra gesehen hatte, und seine Züge waren zerbrechlich und edel wie aus feinstem Porzellan gegossen. Die spitzen Ohren gaben dem noch kahlen Schädel etwas fuchsartiges, und die Haut seiner Lider war so dünn und durchscheinend, daß sie die dunklen, silbergesprenkelten Augäpfel dahinter erkennen konnte. Der Knabe war nicht ihr Sohn.

Erion sank mit einem lautlosen Seufzer in die Knie und wäre gestürzt, wenn Lyra sie nicht aufgefangen hätte. Erions Griff löste sich, als ihren Händen plötzlich die Kraft schwand, das Kind zu halten, und Lyra fing das winzige Bündel auf, versuchte gleichzeitig Erion und ihr Kind zu halten und fiel selbst auf die Knie. Erion wimmerte vor Schmerz und Schwäche, und jetzt, als Lyra ihr ganz nahe war, konnte sie erkennen, daß ihr Gesicht nicht nur vom Feuer geschwärzt, sondern zerstört war, und daß sie eine Tote in den Armen hielt, einen Menschen, der so furchtbar verletzt war, daß er einfach nicht mehr leben konnte. Was immer sie noch am Leben erhielt, war nichts Natürliches mehr, sondern höchstens die Zauberkraft ihres Volkes.

Sie stützte Erion nur mit der Schulter, wobei sie ihr wahrscheinlich neue Schmerzen zufügte, denn ihre Lippen öffneten sich zu einem leisen, qualvollen Stöhnen, aber sie legte erst sorgfältig das Kind neben sich zu Boden, ehe sie sich wieder herumdrehte, eine Hand unter Erions Kopf schob und sie mit dem letzten bißchen Kraft, das ihr geblieben war, in ihren Schoß sinken ließ. Erions Lider öffneten sich mit einer mühsamen, flatternden Bewegung, wie zwei kleine weiße Schmetterlinge aus verbranntem Porzellan, und obwohl die Augen dahinter trüb und blind geworden waren, wußte Lyra, daß die Elbin sie sah. Erions Hand – sie war warm und naß und bebte im rasenden Rhythmus ihres Pulsschlages – suchte die ihre und preßte mit erstaunlicher Kraft ihre Finger.

»Lyra?« hauchte sie.

Lyra nickte. »Ja, Herrin. Ich bin da. Keine Angst.«

Erion versuchte zu lächeln, aber es wurde eine Grimasse daraus. Die verbrannten Lippen platzten auf, als sie sie bewegte, und Blut, hell und klar wie Wasser, nicht rot wie das eines Menschen, lief in ihren Mund. »Ich . . . habe keine Angst«, murmelte sie. »Nicht um . . . nicht um mich.«

»Ihr werdet sterben, Herrin«, sagte Lyra leise. Vielleicht war es falsch, vielleicht hörte Erion die Worte gar nicht, aber sie konnte sie nicht belügen. Es wäre, als hätte sie selbst sie getötet, wäre sie nicht ehrlich zu ihr gewesen.

»Ich weiß«, antwortete Erion. »Aber das Kind. Was ist mit . . . meinem Sohn, Lyra. Ich . . . kann ihn nicht sehen. Ist er unverletzt?«

Lyras Blick suchte das in graue Tücher eingeschlagene Kind neben sich. Es schlief friedlich, und auf seinen Zügen lag sogar die Andeutung eines Lächelns. Plötzlich beneidete Lyra das winzige Elbenkind. Es war gerade geboren, und sein Geist war leer und begriff nichts von der Welt, in die es hineingestoßen worden war; und noch viel weniger von den Schrecken, die sie bereit hielt.

»Ja, Herrin« sagte sie. »Es ist wohlauf und schläft.«

»Dann ist es gut«, sagte Erion. »Ich habe versucht, es zu schützen, aber meine Zauberkräfte sind schwach, und das Feuer war so heiß . . .« Sie sprach nicht weiter, sondern begann zu schluchzen, als bereite ihr allein die Erinnerung unsägliche Qual, und vor Lyras innerem Auge rollte ein Geschehen ab, das sie niemals gesehen hatte, von dem Erions Wunden aber schreckliches Zeugnis ablegten: Sie mußte vor den maskierten Mördern in den Stall geflohen sein, und vielleicht hatten ihre Zauberkräfte ausgereicht, sich ihren Blicken zu entziehen. Aber sie waren nicht stark genug gewesen, das Feuer aufzuhalten. O ja, sie konnte es sich vorstellen, und für einen kurzen Moment glaubte sie sogar einen schwachen Hauch des lodernden Höllenatems zu verspüren, der die Elbin eingehüllt, ihre Kleider, ihr Haar, ihre Haut und schließlich ihren Körper verbrannt hatte. Sie hatte ihm standgehalten und sich mit all den geheimnisvollen Zauberkräften ihres Volkes dagegen gewehrt. O ja, sie konnte es sich vorstellen, wie sie gekämpft hatte, mit der Kraft einer Mutter über den Tod hinaus gekämpft, um das unschuldige Leben in ihren Armen zu schützen. Ihre Augen brannten, als sie wieder auf Erion hinabsah, aber sie weinte nicht, denn ihr Vorrat an Tränen war erschöpft.

»Hör mir . . . zu, Lyra«, sagte Erion. Ihre Stimme war leise, und sie sprach stockend und rang immer wieder nach Atem, aber ihre Worte waren trotzdem klar. »Du mußt . . . Toran in . . . in Sicherheit bringen . . .«

»Das werde ich tun, Herrin«, antwortete Lyra, aber Erion hob die freie Hand und gebot ihr mit einer Geste, zu schweigen und zuzuhören.

»Sie werden ... wiederkommen«, flüsterte sie. »Es war das Kind, das sie wollten, nicht mich oder ... oder Sjur.«

»Das Kind?« wiederholte Lyra ungläubig.

»Toran«, bestätigte Erion. Ihr Gesicht war jetzt ruhig, und das Zittern war aus ihrer Stimme gewichen. Lyra spürte plötzlich die Anwesenheit von etwas Neuem und Fremdem, wie den Atem eines unsichtbaren Drachen, der auf gläsernen Schwingen über den Hof zog. Sie schauderte, als sie begriff, daß es Erion war, daß die Elbin ein letztes Mal jene finsteren Kräfte benutzte, die sie und alle anderen aus Unwissenheit Magie nannten. »Sein Name ist Toran«, sagte die Elbin noch einmal. »Merk ihn dir gut, Lyra, und vergiß ihn niemals. Er ist nicht nur mein Sohn. Er ist der, auf den dein Volk wartet, seit tausend Jahren.«

»Auf den mein Volk wartet? Was bedeutet das?«

»Er ist der Sohn einer Elbin und eines Mannes aus Skruta«, antwortete Erion. »Sjur ist sein Vater, Lyra.«

Lyra starrte abwechselnd die Elbin und das schlafende Kind an, und das Gefühl der Verwirrung und Hilflosigkeit in ihrem Inneren wuchs. Sie hatte gewußt, daß Sjur mehr war als Erions Beschützer und Reisebegleiter, aber Torans *Vater*?

»Er wird die Weisheit und Magie der Elben und die Kraft und Unbeugsamkeit der Skruta erben«, fuhr Erion fort. »Und er wird ... dieses Land befreien, Lyra.«

»Befreien? Wovon befreien?«

Erion lachte, leise und voller Bitterkeit. Sie war von einer Kraft erfüllt, die Lyra einfach nicht mehr verstand. Aber sie spürte, daß die Elbin einen hohen Preis dafür würde zahlen müssen.

»Du armes, dummes Kind«, sagte Erion. »Du weißt nichts von der Welt, die hinter deinem Tal liegt, nicht?«

Lyra verneinte. Sie hatte keine Erinnerung an die Zeit vor ihrem Leben auf dem Hof, und abgesehen von einigen wenigen Besuchen in Dieflund, der Garnisonsstadt gleich jenseits des Passes, hatte sie das Tal in der Tat niemals verlassen. Was wußte sie von der Welt hinter den Bergen – außer, daß es sie gab und daß es eine Welt voller sonderbarer Menschen und fremder und größtenteils zorniger Götter und Religionen war? Nichts. Und wozu auch?

»Du weißt nichts von der Tyrannei, unter der dieses Land seit einem Jahrtausend leidet«, fuhr Erion fort, und es war keine Frage, sondern eine Feststellung. »Nichts von den Goldenen in Caer Caradayn und ihren schwarzen Mördern, und nichts von dem grausamen Spiel, das mit deinen Brüdern und Schwestern getrieben wird. Du bist wirklich die, nach der ich gesucht habe. Sjur hatte recht.«

Lyra begriff nicht, was die Elbin meinte; sie verstand nicht einmal die Worte, die sie benutzte, viel weniger ihren Sinn.

»Caer Caradayn ...«, wiederholte sie. Wie unheimlich und fremd dieser Name plötzlich in ihren Ohren klang! »Kamen die Männer, die den Hof überfielen, von dort?«

Erion nickte. Ihre Schultern bebten, und Lyra spürte die Hitze, die Erions Körper von innen verzehrte. »Wir sind ... verraten worden«, murmelte sie. »Sie haben uns gejagt wie ... wie die Tiere, Lyra, den ganzen Weg hierher. Wir konnten sie in die Irre führen und unsere Spur verwischen, aber sie ... müssen unseren Boten abgefangen haben.«

»Den Mann, den Ihr nach Caradon geschickt habt?«

»Ja. Vielleicht wußten sie auch von ... unseren Verbündeten dort und haben nur auf ihn gewartet.« Sie lachte leise und bitter und wurde übergangslos ernst. »Es tut mir leid um deine Leute, Lyra«, sagte sie, und Lyra spürte, daß die Worte nicht nur so dahingesagt, sondern ehrlich gemeint waren. »Ich wollte nicht, daß all dies hier geschieht. Sjur hat mich gewarnt, aber ich wollte nicht auf ihn hören. Ich habe nicht geglaubt, daß sie so grausam sein würden, verstehst du das?«

Lyra nickte, ohne zu antworten. Sie selber hatte nicht geglaubt, daß Menschen überhaupt so grausam sein konnten, so etwas zu tun, ganz gleich, aus welchem Grund.

Erion sprach nicht weiter, ihr Atem wurde flach und ruhiger, und der heiße Griff ihrer Hand um Lyras Finger lockerte sich. Einen Moment lang fürchtete Lyra schon, es wäre zu Ende und Erions Kräfte hätten sich endgültig selbst aufgezehrt, aber dann öffneten sich die Lider der Elbin noch einmal, und sie sprach weiter, als wäre keine Zeit vergangen.

»Sie kamen Torans wegen hierher, Lyra«, fuhr sie fort. »Sie kamen, um ihn zu töten. Sie haben Angst vor ihm. Die Goldenen in Caer Caradayn fürchten das Versprechen, das sein Name bringt, und sie werden nicht eher ruhen, bis sie seiner habhaft geworden sind oder er tot ist. Sie werden wiederkommen, Lyra. Du mußt ihn fortbringen.«

»Das werde ich tun«, versprach Lyra. »Ich bringe ihn heim zu Eurem Volk, Herrin, und . . .«

»Nein!« Das Wort war beinahe ein Schrei. »Nicht ins Elbenland, Lyra. Du darfst . . . niemandem trauen, nicht einmal einem Elben. Sie würden ihn nicht töten, aber sie . . . sie fürchten ihn beinahe so sehr wie die Goldenen oder die Herrscher von Skruta.«

Lyra starrte sie an, und plötzlich begriff sie, wer Erion wirklich war: keine Fürstin aus dem Land der Elben, sondern nichts als eine Gejagte, eine Verstoßene, die selbst vor ihrem eigenen Volk auf der Flucht war. »Aber wohin soll ich gehen?« fragte sie hilflos.

»Geh zu den Zwergen«, antwortete Erion. Ihre Hand kroch unter das Gewand, suchte einen Moment mit unsicheren, fahrigen Bewegungen unter dem verkohlten Stoff und kam mit einem schmalen, glitzernden Gegenstand wieder zutage. Als sich ihre Finger öffneten, erkannte ihn Lyra als schmalen, silbernen Dolch, auf dessen Klinge verwirrende Muster und Linien eingraviert waren. »Gib ihnen . . . das«, sagte sie mühsam, »und sie werden wissen, daß ich dich geschickt habe. Das Kleine Volk ist . . . auf unserer Seite, denn sie leiden unter der Tyrannei der Goldenen am stärksten. Geh zu ihnen und erzähle, was hier geschehen ist. Sie . . . werden dir helfen. Sie werden wissen, was . . . zu tun ist. Sie . . . werden . . .«

Ihre Stimme wurde leiser und sank zu einem Hauch herab, um schließlich ganz zu verstummen. Ihr zerstörtes Antlitz zuckte. Und dann geschah etwas, das Lyra nie wieder vergessen sollte, ein Bild, das sich wie mit einer weißglühenden Feder gezeichnet tief in ihr Gedächtnis brannte und eine schmerzende Narbe auf ihrer Seele hinterließ. Die Elbin starb. Lyra wußte es nicht – woher auch? –, aber sie war einer der sehr wenigen Menschen, die jemals den Tod eines Elben gesehen hatten, und es war so furchtbar, wie diese Wesen im Leben schön waren.

Erion bäumte sich auf. Ihre Finger preßten sich so heftig um die Lyras, daß sie vor Schmerz aufschrie und versuchte, ihre Hand loszureißen, und sie spürte, wie sich die unsichtbaren Drachenschwingen der Elbenmagie zu einem letzten, machtvollen Schlag entfalteten. Für einen zeitlosen Moment berührte etwas ihren Geist, und diesmal war es keine streichelnde oder betäubende Hand, wie die Male zuvor, wenn sie die Zauberkraft der Elbin gespürt hatte, sondern ein Verschmelzen, als wäre Erion sie und sie Erion.

Der Körper der Elbin begann zu zerfallen und alterte in Sekunden um die gleiche Anzahl von Jahrzehnten, als sich die Lebenskraft Erions, die nach der Art ihres Volkes noch für Jahrhunderte gereicht hätte, wie eine schäumende Woge in Lyras Geist ergoß. Sie begriff, was die Elbin tat: Sie verschwendete das bißchen Leben, das ihr geblieben war, um sie zu stärken und ihr Kraft zu geben für das, was vor ihr lag, und sie schrak vor dem Gedanken zurück und versuchte ihre Hand loszureißen, um den Kontakt zu unterbrechen, aber sie konnte es nicht. Der schlanke, zerbrechliche Mädchenkörper in ihrem Schoß alterte, wurde grau und faltig und verwandelte sich in den einer Greisin und zerfiel weiter. Und als der Schmerz in ihrer Hand erlosch und die brüllende Sturzflut in ihren Geist versiegte, war ihr Schoß leer und nicht einmal mehr Staub von der Elbin geblieben.

Sie saß da und starrte ins Leere, betäubt, erschlagen und

gelähmt von dem unfaßlichen Geschehen, dessen Zeugin sie geworden war. Dem Strom pulsierender Kraft, der aus Erions Geist in den ihren geflossen war, war ein Gefühl der Leere und des Verlustes gefolgt; vielleicht ein winziger Schatten des Todes, der seine knochige Hand nach Erion ausgestreckt hatte und den sie, über den Umweg des Fühlens und Denkens der Elbin, nun ebenfalls spürte.

Dann bewegte sich das Kind neben ihr, und das leise Greinen seines dünnen, durchdringenden Stimmchens zerriß die Lähmung, die von Lyras Geist Besitz ergriffen hatte, und sie drehte sich herum und hob das Kind an die Brust. Es war sehr leicht, und es fühlte sich an wie ein Spielzeug aus weißem Glas, zerbrechlich und zart, so daß sie im ersten Augenblick fast Angst hatte, es überhaupt anzufassen. Aber im gleichen Moment, in dem sie es berührte, ging auch eine sonderbare Veränderung mit ihr vor: Der Schrecken wich nicht vollständig, aber er zog sich doch hastig aus ihrem Denken zurück und verkroch sich in eine finstere Ecke ihres Bewußtseins, und im gleichen Moment spürte sie eine Woge der Zärtlichkeit und Sanftmut, die alles überstieg, was sie jemals erfahren hatte. Es war nicht mehr als bloßer Mutterinstinkt, nur ein angeborener Reflex, den auch jedes niedere Tier hatte, das sich um sein Junges sorgte, und Lyra war sich dieses Umstandes vollkommen bewußt. Aber diese Erkenntnis änderte nichts. Sie hatte ein Kind bekommen und wieder verloren, und jetzt hatte sie es zurückbekommen, und es hätte des Versprechens, das sie der Elbin gegeben hatte, nicht einmal bedurft. Es spielte keine Rolle, daß es ein Elbenkind war. Es spielte nicht einmal eine Rolle, daß es nicht wie ein Mensch aussah; es war ein Kind, und es war *ihr* Kind.

Ihr Sohn.

7

Gegen Mittag begannen sich schwere graue Wolken über dem Tal zusammenzuziehen. Es wurde wieder kälter, und mit dem Wind kam ein eisiger Hauch von den Bergen herab. Zu den dunklen Punkten hoch über dem Hof gesellten sich neue hinzu, und als die Ruinen weiter abkühlten, ließen sich die ersten Krähen, vom Leichengestank angelockt, auf den verkohlten Balken nieder.

Lyra hatte überlegt, ob sie den Hof verlassen sollte, aber sie war nur wenige Schritte weit gegangen und hatte dann kehrt gemacht. Es war kalt, und es würde bald schneien, und sie war kaum in der Verfassung, den Weg bis zum nächsten Gehöft durchzustehen. Außerdem mußte sie sich um das Kind kümmern. Es hatte aufgehört zu weinen, nachdem sie es in ihren Schal gewickelt hatte, um es vor der Kälte zu schützen, aber es würde irgendwann Hunger bekommen und aufwachen.

Obwohl ihr allein die Vorstellung großen Widerwillen bereitete, ging sie nach einer Weile noch einmal ins Haus zurück, um die Ruine nach warmem und vor allem sauberem Stoff zu durchsuchen, in den sie Toran wickeln konnte, wenn es nötig wurde; vielleicht auch, um etwas zu essen zu finden, denn trotz allem meldete sich jetzt ihr Körper mit seinen natürlichen Bedürfnissen, und sie begann zu spüren, daß sie seit vierundzwanzig Stunden weder gegessen noch getrunken hatte. An der Tür zum Haupthaus zögerte sie noch einmal. Bei der Vorstellung, dort hineinzugehen und nach Wasser und Nahrung zu suchen, kam sie sich beinahe wie eine Grabräuberin vor; aber Hunger und Durst waren schließlich stärker als ihre Skrupel, und so betrat sie noch einmal das Haus.

Die Bewaffneten waren nicht als Räuber gekommen, und die Teile des Hauses, die das Feuer nicht verwüstet hatte, waren praktisch unangetastet geblieben. Da und dort waren die Spuren eines Kampfes: eine eingeschlagene

Tür, ein zertrümmertes Möbelstück, ein Flecken bräunlich eingetrockneten Blutes auf dem Boden, aber es war nicht geplündert worden. Lyra blieb einen Moment in der Diele stehen, wandte sich unschlüssig hierhin und dorthin und überlegte. In die Küche wollte sie nicht gehen, obwohl es dort Essen und Trinken genug gegeben hätte; aber auch die Toten, die die Krieger dort hingelegt hatten wie Schlachtvieh, und die Stube waren vom Feuer verwüstet, so wandte sie sich schließlich zur Treppe und ging nach oben, in Felis' Schlafgemach.

Sie fand schnell, was sie suchte, und als sie fertig war, wunderte sie sich fast selbst über die Umsicht und Ruhe, mit der sie zu Werke gegangen war. Sie hatte Felis' Schränke und Truhen durchsucht und ein warmes, aus feiner weicher Schafswolle gewobenes Kleid und einen gefütterten Mantel mit Kapuze für sich herausgenommen, dazu ein Paar Stiefel, die ein bißchen zu groß waren, aber paßten, nachdem sie in jeden einen Stoffstreifen geschoben hatte, den sie aus ihrem eigenen, alten Kleid riß. Dazu nahm sie noch einen Schal aus Seide, mit Gold- und Silberstickereien verziert, den sie unter dem wärmenden Mantel nicht brauchte, der ihr aber gefiel. Auch für das Kind fand sie feines, schneeweißes Linnen, das Felis in einer ihrer Truhen aufbewahrt hatte, um Bett- oder Tischwäsche daraus zu machen. Sie trug den Ballen zum Tisch, wickelte einen guten Meter davon ab und zog das Messer, das ihr Erion gegeben hatte, unter dem Mantel hervor, um den Stoff zu schneiden.

In diesem Moment hörte sie die Hufschläge. Das Geräusch war nicht sehr laut; der weiche Morast des Hofes dämpfte es, und der Wind, der an den Ruinen rüttelte, erfüllte das Haus mit knackenden und seufzenden Lauten, aber einen Moment später hörte sie das Schnauben eines Pferdes und dann eine Stimme, die irgend etwas rief. Für einen Moment ergriff sie Furcht; ihre Hand schmiegte sich fester um den Griff des Messers, nicht, weil sie es als Waffe benutzen wollte, sondern weil es etwas war, woran sie sich festhalten konnte, und ihr Herz begann wie wild zu schlagen, sie sah die Szene ganz deutlich, als stünde sie unten in der Haustür und blicke auf den Hof hinaus: Der Reiter war ein Gigant, schwarzes Eisen auf einem schwarzen, gepanzerten Pferd, die Hand auf dem Schwert in seinem Gürtel und eine blutbefleckte Lanze im Steigbügel stehend.

Aber dann gewann ihr klares Denken wieder die Oberhand. Es war keiner der maskierten Mörder, den sie da hörte, sondern Männer aus der Umgebung, die das Feuer gesehen hatten und kamen, um zu helfen. Rasch schob sie den Dolch wieder unter den Mantel, nahm das Kind, das sie sorgsam auf Felis' Bett gelegt hatte, wo es sofort eingeschlafen war, in die Arme, und lief die Treppe hinab. Draußen wieherte ein Pferd, und hinter den rußgeschwärzten Scheiben der Tür tanzte ein Schatten, als sie durch die Diele eilte. Eine Stimme rief etwas, und eine andere antwortete. Mit einem erleichterten Seufzer öffnete sie die Tür und lief auf den Hof hinaus.

Der Anblick traf sie wie ein Fausthieb.

Es war niemand aus dem Tal. Kein Reiter aus der Stadt, der den Widerschein des Brandes am Nachthimmel gesehen hatte, kein Nachbar, der gekommen war, um zu helfen. Unweit der Tür stand ein gewaltiges, breitbrüstiges Schlachtroß, schwarz wie die Nacht und mit roten, glühenden Augen, in denen eine boshafte Intelligenz zu funkeln schien. Auf seinem Rücken lag eine Decke aus kunstvoll geschmiedeten, filigranen eisernen Kettengliedern, und aus seinem Stirnschutz reckte sich ein rasiermesserscharf geschliffener Dorn, der es wie die gemeine Karikatur eines Einhornes aussehen ließ. In seinem Steigbügel stand eine kurze, wuchtige Lanze, auf deren Spitze dunkelbraune Flecken eingetrocknet waren.

Zwei, drei endlose Sekunden lang stand sie wie gelähmt da und starrte das Pferd an, das Ungeheuer aus der Vision, die sie oben im Haus gehabt hatte. Dann fuhr sie mit einem Schrei herum – und prallte zurück, als wäre sie unversehens gegen eine unsichtbare Wand gelaufen.

Das Pferd war nicht allein. Sein Reiter stand hinter ihr,

so dicht, daß sie nur den Arm ausstrecken mußte, um ihn zu berühren, und es war der Mann, den sie gesehen hatte: ein Gigant, zwei Meter groß und breitschultrig, massig wie ein Bär und von Kopf bis Fuß in das gleiche, schwarze Kettengewebe gepanzert wie sein Roß. Sein Gesicht war unsichtbar hinter dem heruntergeklappten Visier seines Helmes, und um seine Schultern lag ein Umhang in der Farbe frischen Blutes.

Der Mann machte einen Schritt auf sie zu und hob die Arme. Lyra schrie auf und wollte weglaufen, aber sie war viel zu langsam. Eine harte, unglaublich starke Hand ergriff sie an der Schulter und riß sie herum, und gleichzeitig krachte seine andere, eisengepanzerte Faust auf ihren Arm und lähmte ihn. Sie schrie – diesmal vor Schmerz –, krümmte sich und ließ den Säugling fallen, als ihrer Hand plötzlich die Kraft fehlte, ihn zu halten. Der Schlamm dämpfte seinen Aufprall, aber er begann vor Schrecken zu weinen, und der Krieger stieß ein rauhes, boshaftes Lachen aus. Alles ging unglaublich schnell. Lyra hätte nie geglaubt, daß sich ein Mensch so schnell bewegen konnte, noch dazu, wenn er einen Zentner Eisen mit sich herumschleppte, aber der Fremde konnte es. Blitzschnell drehte er sich herum, versetzte Lyra einen Stoß vor die Brust, der sie zurücktaumeln und gegen die Tür fallen ließ, und zog gleichzeitig mit der anderen Hand das Schwert aus dem Gürtel.

Der grausame Schmerz in ihrer Brust wurde unwirklich, und auch ihr gelähmter Arm gehorchte ihr plötzlich wieder. Es war die gleiche Kraft, die von ihr Besitz ergriffen hatte, als sie mit Felis kämpfte, nur tausendmal stärker. Als der Krieger sein Schwert halb gezogen hatte, sprang sie ihn an, mit weit ausgebreiteten Armen und aller Kraft, und riß ihn von den Füßen. Aneinandergeklammert fielen sie zu Boden.

Aber es war nur die Überraschung, die ihr diesen kurzen Sieg verschafft hatte. Lyra schrie vor Schmerz, als ihr Bein unter den eisernen Harnisch des Kriegers geriet, aber sie ließ nicht los, sondern klammerte sich nur noch fester an ihn. Ihre Fingernägel fuhren scharrend über das schwarze Visier. Der Krieger bäumte sich auf, sprengte ihren Griff mit einer kurzen, ärgerlichen Bewegung und schlug ihr den Handrücken ins Gesicht. Lyra fiel nach hinten, hob instinktiv die Hände über den Kopf, um ihr Gesicht vor weiteren Schlägen zu schützen, und krümmte sich vor Furcht. Schlamm und Wasser drangen ihr in Mund und Nase und drohten sie zu ersticken. Sie hustete qualvoll, stemmte sich hoch und fiel gleich darauf erneut nach vorne, als sie ein zweiter, noch härterer Schlag in den Nacken traf. Der Schmerz trieb ihr die Tränen in die Augen, und für einen Moment drohte sie das Bewußtsein zu verlieren. Aber das durfte sie nicht. Erion hatte recht gehabt. Sie waren zurückgekommen, um zu vollenden, was sie am vergangenen Abend begonnen hatten, und wenn sie jetzt aufgab, dann war alles umsonst, dann würden sie Toran töten, und sie würde ihr Kind ein zweites Mal verlieren, und Erion war umsonst in ihren Armen gestorben. Verzweifelt drängte sie die schwarze Woge, die sich um ihre Gedanken schmiegen wollte, zurück, drehte sich auf den Rücken und setzte sich auf. Ihre Hand kroch wie von selbst unter den Mantel und bekam das Messer zu fassen.

Es war wie ein Traum, ein böser, grausamer, nicht enden wollender Traum, und es dauerte nur Sekunden, aber sie dehnten sich zu Ewigkeiten der Qual. Der Krieger hatte sich auf die Knie erhoben und das Schwert zum Schlag hochgerissen, und das Kind hatte aufgehört zu schreien, als spüre es die Gefahr, in der es schwebte, und halte angstvoll den Atem an. Die Bewegungen des Kriegers erschienen Lyra von bizarrer Langsamkeit, aber auch sie selbst vermochte nicht mit gewohnter Schnelligkeit zu handeln, ihre Glieder bewegten sich träge, als müsse sie einen unsichtbaren zähen Widerstand überwinden. Sie sprang hoch, warf sich dem Mann in den Arm, riß ihn abermals mit sich zu Boden und schlug wie von Sinnen mit den Fäusten auf ihn ein. Der Dolch fuhr scharrend über die schwarze Rüstung, suchte nach einer Lücke in seiner Panzerung und fand sie. Für einen endlosen Moment trafen sich ihre Blicke, und es waren seine dunklen Augen, die nur als Schatten hinter den Sehschlitzen seines Visiers zu erkennen waren, die sie schließlich dazu brachten, zuzustoßen. Zuerst sah sie nichts als Zorn, dann für einen ganz kurzen Moment Überraschung und Unglauben. Und dann Haß. Haß und den Willen, zu töten. Toran. Er wollte Toran, nicht sie. *Er wollte ihr Kind töten.*

Der Krieger bäumte sich auf und versuchte sie abzuschütteln. Seine Hände legten sich wie tödliche Klammern um ihre Kehle und drückten zu. Und Lyra trieb den Dolch bis zum Heft in seine Rüstung.

Der Krieger erstarrte. Der Griff seiner gewaltigen, eisengepanzerten Hände lockerte sich, und Lyra bekam wieder Luft, aber nur für einen Moment, dann schrie er auf, drückte erneut und mit aller Gewalt zu und versetzte ihr gleichzeitig einen Stoß mit dem Knie, der sie im hohen Bogen von seiner Brust schleuderte. Sie fiel in den Schlamm, drehte sich instinktiv noch im Sturz herum und klammerte sich mit verzweifelter Kraft am Griff des Dolches fest. Die Schreie des Mannes wurden spitzer, warmes Blut sickerte aus seiner Rüstung, und die schmale silberne Klinge des Messers knirschte, als wolle sie zerbrechen. Dann erschlaffte der Mann, so abrupt, als wäre er nicht mehr als eine Marionette gewesen, deren Fäden urplötzlich durchschnitten worden waren. Unter seinem Körper begann sich eine dunkle, glitzernde Lache zu bilden, als sich Morast und Regenwasser mit seinem Blut vermischten.

Warum war es so leicht, einen Menschen zu töten? War es nur das, was sie gespürt hatten, als sie kamen, um den Hof niederzubrennen und alle, die hier lebten, umzubringen?

Lyra stemmte sich mühsam auf Hände und Knie hoch. Toran weinte wieder, und sie wollte nach ihm greifen, aber in diesem Moment begann sich alles vor ihren Augen zu drehen, ihr wurde übel, und ihre Arme vermochten das Gewicht ihres Körpers nicht mehr zu tragen. Sie fiel erneut in den Schlamm, und diesmal blieb sie fast eine Minute liegen, ehe sie die Atemnot zwang, den Kopf zu heben und sich zu bewegen. Torans Weinen drang wie von weither an ihr Bewußtsein, und dazwischen waren andere Laute, die sie zuerst nicht einzuordnen vermochte. Stöhnend wälzte sie sich zur Seite, wischte sich den gröbsten Schmutz aus dem Gesicht und streckte die Hand nach Toran aus. Der Knabe erzitterte unter ihrer Berührung, und ihre Finger, die mit Schmutz und dem Blut des Kriegers besudelt waren, hinterließen dunkle häßliche Flecke auf dem weißen Leinenstoff, in den sie ihn gewickelt hatte. Sie stemmte sich hoch, kroch vollends zu ihm hinüber und preßte ihn an sich, zitternd vor Angst und Schmerz und Schrecken und hemmungslos weinend. Sie hörte Schritte und das aufgeregte Wiehern von Pferden, Metall schlug klirrend gegen Metall, und jemand stieß einen erschrockenen Ruf aus, aber sie hatte nicht mehr die Kraft, den Blick zu wenden oder irgendwie anders darauf zu reagieren. Natürlich war der Krieger nicht allein gekommen. Sie hatte die Stimmen mehrerer Männer gehört, oben im Haus, und er hatte gerufen und sich mit jemandem unterhalten, als sie die Treppe herabgekommen war. Aber sie hatte nicht mehr die Kraft, wegzulaufen oder gar noch einmal zu kämpfen. Starr, das Kind mit beiden Armen gegen die Brust gepreßt und leise, sinnlose Worte der Beruhigung vor sich hin murmelnd, hockte sie da, lauschte auf die Stimmen, die in einer Sprache miteinander redeten, die sie nicht verstand. Eisen schlug dumpf gegen Leder oder Fleisch, und als sie den Blick hob und gegen die Sonne blinzelte, wuchs ein gewaltiger rot umrandeter Schatten vor ihr in die Höhe, als wäre der Tote wieder auferstanden, um ihre Tat zu rächen.

Es waren drei. Zwei Männer in den schwarzen Rüstungen und roten Umhängen, die sie bereits kannte, und ein dritter, dessen Rüstung mit dünnen, goldenen Linien verziert war, die dem Kundigen vielleicht seinen Rang verrieten, auf Lyra aber eher den Eindruck eines barbarischen Schmuckes machten. Er und einer der beiden Krieger waren im Sattel geblieben und starrten sie durch die Sehschlitze ihres Visiers schweigend und voller Haß an, während der dritte abgesessen und näher gekommen war, jetzt aber stehenblieb und langsam die Hand auf das Schwert legte.

Lyra stand hastig auf. Toran begann durch die plötzliche Bewegung wieder zu weinen, und der Krieger, der vor ihr stand, zog seine Waffe, aber der Mann in der goldverzierten Rüstung rief ihm einen scharfen Befehl zu, und er kam nicht näher.

»Bitte, ihr Herren«, stammelte Lyra. »Ich ... ihr dürft mir nichts tun. Ich ... ich sah das Feuer und ... und kam, um zu helfen, und ich ...« Sie brach ab, als ihr klar wurde, wie wenig überzeugend ihre Worte klingen mußten, erschöpft und verdreckt und voller Blut, wie sie dastand. Ihr Hals war gerötet, wo sie der Krieger gewürgt hatte, und das Blut an ihren Händen schrie den Männern zu, daß sie es gewesen war, die ihren Kameraden erstochen hatte. Und selbst wenn es nicht so gewesen wäre, hätten diese Männer sie getötet, einfach, weil sie sie gesehen hatte und sie es sich nicht erlauben konnten, Zeugen zu hinterlassen. Zitternd vor Furcht preßte sie das Kind noch fester an sich und wich Schritt für Schritt zurück, bis sie mit dem Rücken gegen die Wand stieß.

»Das Kind«, sagte der Mann in der goldbemalten Rüstung. »Gib es her.« Seine Stimme klang dumpf unter dem geschlossenen Helm, und er sprach mit einem fremdartigen, sonderbar klingenden Akzent.

»Nein!« keuchte Lyra. »Das dürft ihr nicht. Er ist mein Sohn und ...«

Der Mann unterbrach sie mit einer unwilligen Geste, lachte leise und wandte sich an den Krieger, der abgesessen war. »Töte sie«, sagte er, ohne daß seiner Stimme auch nur die geringste Regung anzumerken war. »Beide.«

Der Krieger hob sein Schwert höher, packte es mit beiden Händen und kam näher. Für einen Moment blieb sein Blick an der verkrümmt daliegenden Gestalt seines toten Kameraden haften, aber in seinen Augen war nichts von der Wut und dem Zorn, die Lyra erwartet hatte, als er den Kopf wieder hob. Sein Blick war kalt. Vielleicht waren diese Männer nicht einmal in der Lage, echte Gefühle zu empfinden.

Irgendwo hinter den Männern erklang ein helles, peitschendes Geräusch. Ein Schatten huschte zwischen den beiden Reitern hindurch und traf den dritten Krieger im Nacken, so wuchtig, daß er das Kettengeflecht seiner Rüstung durchschlug und den Mann von den Füßen riß. Er war tot, ehe er auf dem Boden aufschlug und der Pfeil abbrach.

Die beiden Reiter fuhren erschrocken im Sattel herum, und auch Lyra sah halb erleichtert, halb entsetzt auf und blickte zwischen den beiden Kriegern hindurch. Ein Mann war am unteren Ende des Hofes erschienen, beritten wie die Mörder aus Caer Caradayn, aber nicht in Rüstung und Waffen, sondern nur mit einem mannsgroßen Bogen in den Händen und einem schmalen Zierdolch im Gürtel. Er war zu weit entfernt und stand noch dazu gegen die Sonne, so daß Lyra sein Gesicht nicht erkennen konnte, aber er hatte dunkles schulterlanges Haar, und seine Stimme klang jung und voller Kraft, als er sprach.

»Verzeiht, wenn ich mich einmische, ihr Herren«, rief er spöttisch. »Aber ich finde es nicht sehr fair, zu dritt gegen eine Frau und ein Kind zu kämpfen! Laßt sie in Ruhe.« Der armlange Pfeil, der bereits wieder auf der Sehne seines Bogens lag, ließ seine Worte nicht ganz so tolldreist sein, wie sie im ersten Moment zu klingen schienen: Lyra und die beiden Krieger hatten mit eigenen Augen gesehen, wie groß die Wucht dieser so zerbrechlich aussehenden Geschosse war und wie zielsicher die Hand, die sie lenkte. Trotzdem glaubte Lyra nicht, daß er ein ernstzunehmender Gegner für die beiden Krieger war. Sie waren gepanzert und kampferfahren und hatten dazu Schilde aus fingerdickem Eichenholz an den Sätteln hängen. Er hatte einen von ihnen getötet, aber das war wohl mehr seinem Glück und günstigen Umständen zu verdanken.

Die beiden Krieger schienen zu einer ähnlichen Überlegung zu gelangen, denn der Mann mit dem gelben Mantel löste mit einer zornigen Bewegung den Schild vom Sattel und zog mit der anderen Hand sein Schwert, und nach wenigen Augenblicken tat es ihm sein Begleiter gleich. Gemeinsam ließen sie ihre Pferde antraben und wichen gleichzeitig auseinander, um den Mann in einer Zangenbewegung von zwei Seiten zugleich anzugreifen. Seltsamerweise sah der Fremde ihrem Ansturm beinahe gelassen entgegen. Er hatte die Sehne seines Bogens nur leicht gespannt, und er machte nicht einmal einen Versuch, sie weiter durchzuziehen. Aber er tat etwas anderes.

Lyra konnte nicht erkennen, was; niemand konnte das, auch die beiden Reiter nicht, die sich dem Fremden in rasendem Galopp näherten, denn seine Gestalt schien für einen Moment hinter einem grellen Vorhang aus Licht zu verschwinden, ein gewaltiger Blitz, der so schnell verging, daß Lyra sich nicht einmal sicher war, ob sie ihn wirklich gesehen hatte. Ein hoher, gläserner Laut verschluckte das rasende Stakkato der Pferdehufe, dann ertönte ein peitschender Knall, und die beiden Schlachtrösser bäumten sich auf, wie von unsichtbaren Pfeilen getroffen, und warfen ihre Reiter ab.

Aber der Kampf war noch nicht vorüber. Die beiden kamen fast sofort wieder auf die Beine, schwangen ihre Waffen und stürmten gegen den Fremden vor.

Auch dessen Pferd hatte gescheut, als das grelle Licht plötzlich aufgeflammt war, aber er hatte sein Tier besser in der Gewalt als seine beiden Gegner; vielleicht war es solcherlei Vorgänge auch gewohnt, jedenfalls tänzelte es jetzt nur noch nervös und versuchte nicht mehr, auszubrechen oder gar seinen Reiter abzuwerfen. Der Mann hatte seinen Bogen gesenkt und den Pfeil fallen gelassen; mit der freien Hand machte er sonderbare, komplizierte Bewegungen, als versuche er mit den Fingern in der Luft zu schreiben.

Und plötzlich geschah etwas mit den beiden Kriegern. Winzige, blauweiße Funken liefen in irrsinnigem Zickzack über ihre Rüstungen, und Lyra hörte ein Knistern und Zischen, wie sie es noch nie zuvor vernommen hatte. Weißblaues Elmsfeuer zuckte aus den Rüstungen, überzog das Metall ihrer Panzer mit einem blendenden Vorhang aus

Licht, und plötzlich schienen ihre Körper von einer hellstrahlenden Aura wie von Millionen winzig kleiner Sterne umgeben, ein Schatten aus Licht, der sich ausdehnte, pulsierte und sich dann mit einem raschen Ruck zusammenzog, auf flammenden weißglühenden Füßchen durch ihre Masken, die Stulpen der eisernen Handschuhe und jede noch so winzige Öffnung der Rüstungen kroch. Einer der Männer brach wie vom Blitz getroffen zusammen und blieb liegen, während der andere noch einen schwerfälligen Schritt tat, zuerst auf die Knie und dann ganz nach vorne fiel und schließlich ebenfalls reglos liegenblieb. Das Elmsfeuer erlosch, aber dafür kräuselte sich plötzlich grauer Rauch aus den Ritzen und Spalten seiner Rüstung.

Auch der Reiter wankte. Seine Hand öffnete sich, als fehle ihr plötzlich die Kraft, den Bogen zu halten, und sein Oberkörper sank müde nach vorne. Um ein Haar hätte er den Halt verloren und wäre aus dem Sattel gestürzt, aber dann richtete er sich wieder auf, sah sich müde nach allen Richtungen um und ließ sein Pferd schließlich antraben, auf Lyra zu.

Lyra blickte ihm voller Angst entgegen. Es war alles viel zu schnell gegangen, als daß sie bisher Zeit gefunden hätte, auch nur einen klaren Gedanken zu fassen. Sie begriff nur, daß die drei Männer tot waren und ihr und dem Kind nichts mehr zuleide tun konnten. Was nicht hieß, daß sie außer Gefahr war. Die Feinde ihrer Feinde mußten nicht ihre Freunde sein. Angstvoll preßte sie sich gegen die Wand, hob schützend die Hände über Toran, der noch immer weinte, sich aber wenigstens halbwegs beruhigt hatte, und blickte zu dem Fremden hinauf.

Jetzt, als er nahe heran war, sah sie, daß er kaum älter als sie selbst sein konnte; vielleicht fünfundzwanzig. Sein Gesicht war schmal und strahlte trotz der Erschöpfung, die sich jetzt hineingegraben hatte, jugendhafte Kraft und Stärke aus, und das braunschwarze Haar war zu winzigen Löckchen frisiert und stand ihm ausgezeichnet. Gekleidet war er in enge, lederne Hosen und dazu passende Jagdstiefel, darüber trug er eine Jacke aus bunten Lederflicken, die ihn im Wald oder im hohen Gras nahezu unsichtbar machen mußte. Er wankte im Sattel, und auf seinem Gesicht perlte feiner Schweiß, der zeigte, wie schwer ihm gefallen war, was er getan hatte. Aber trotzdem lächelte er, und seine Stimme klang freundlich, als er sprach.

»Alles in Ordnung?« fragte er.

Lyra nickte. Sie wollte antworten, aber ihre Stimme versagte ihr den Dienst. Der Fremde lächelte, schwang sich mit einer raschen Bewegung aus dem Sattel und kam auf sie zu, wobei der Blick seiner dunklen Augen mit einer Mischung aus Neugier und gutmütiger Besorgnis über ihre Gestalt glitt und schließlich an dem wimmernden Bündel in ihrer Armbeuge hängenblieb. »Ist das dein Kind?« fragte er.

Lyra wollte instinktiv verneinen, aber dann fiel ihr Erions Warnung ein, und sie nickte. »Ja«, sagte sie. »Mein Sohn. Er heißt . . . Seran, Herr.«

Der Fremde bedachte sie mit einem sonderbaren Blick, als ihm das Zögern in ihren Worten auffiel, kurz bevor sie Serans Namen aussprach, ging jedoch nicht weiter darauf ein, sondern lächelte nur flüchtig und wurde dann übergangslos wieder ernst. »Ich heiße Dago«, sagte er. »Und du? Wer bist du?«

»Lyra«, antwortete Lyra. »Mein Name ist Lyra. Ich lebe hier. Das heißt, ich . . . ich habe hier gelebt, bevor . . . ehe sie gekommen sind und . . .« Sie begann zu stammeln, versuchte einen Moment vergeblich, die Tränen zurückzuhalten und weinte schließlich hemmungslos. Jetzt, als die unmittelbare Gefahr vorüber schien, hatte sie nicht mehr die Kraft, die Furcht zu bändigen und die Tränen zurückzuhalten.

»Was ist geschehen?« fragte Dago. Er kam näher, legte behutsam die Hand unter ihr Kinn und wischte ihr mit dem Handrücken die Tränen von den Wangen. Er lächelte, aber es sah traurig aus. Kopfschüttelnd drehte er sich um, deutete auf die Toten und fragte: »Waren sie das? Haben sie deine Leute umgebracht?«

Lyra nickte. Irgendwie spürte sie, daß sie dem Fremden

vertrauen konnte, obgleich sie nicht einmal wußte, ob er ihr seinen richtigen Namen genannt hatte, geschweige denn, wer er war. Vielleicht war er nicht ihr Freund, aber zumindest war er nicht ihr Feind, und schon das war mehr, als sie noch vor wenigen Augenblicken zu hoffen gewagt hätte: einen Menschen zu treffen, der nicht ihr Feind war.

»Ja«, schluchzte sie. »Sie ... sie haben sie umgebracht, alle. Ich glaube jedenfalls.«

»Du glaubst?«

»Ich ... war nicht dabei«, antwortete Lyra. »Aber sie sind ... alle tot. Sie sind im Haus und ...«

»Wie viele waren es?« unterbrach sie Dago. »Nur diese fünf, oder waren es noch mehr?« Er fragte nicht nur aus bloßer Neugier oder Anteilnahme, dachte Lyra. Nein; seine Fragen waren gezielt und straften den beiläufigen Ton, in dem er sie stellte, Lügen.

»Ich weiß nicht«, antwortete Lyra. »Ich war nicht da, und ...«

Der Fremde wandte mit einem mißbilligenden Seufzen den Kopf und trat einen Schritt zur Seite. Und als sein Gesicht aus dem Schatten heraus war, erkannte Lyra das Zeichen, das in hellvioletten Linien zwischen seine Augen tätowiert war. »Herr!« entfuhr es ihr. »Ihr seid ... ein Magier!«

»Das stimmt«, gestand Dago mit einem raschen, wehleidigen Lächeln. »Aber leider kein besonders talentierter, sonst wäre ich anders mit diesen dreien fertig geworden.«

»Aber Ihr habt sie besiegt, Herr!« widersprach Lyra.

»Ich habe sie getötet«, korrigierte sie der Fremde, »weil meine Kräfte nicht ausreichten, sie auf andere Weise unschädlich zu machen. Ein wahrer Magier hätte sie in friedliche Lämmer verwandelt oder auf andere Weise außer Gefecht gesetzt. Ich mußte sie töten.«

»Sie haben es nicht anders verdient. Sie sind Mörder!« Lyra erschrak fast selber über den harten, mitleidlosen Klang ihrer Stimme. Aber sie meinte es ganz genau so, wie sie es sagte, und sie fügte hinzu: »Ihr habt recht daran getan, sie zu töten, Herr.«

»Recht?« Wieder erschien dieses sonderbar bedauernde Lächeln auf den Zügen des jungen Magiers. »Kaum, mein Kind. Töten ist niemals richtig. Es ist leicht, aber das macht es noch nicht zu Recht. Diese Männer sind so wenig schuld an dem, was hier geschehen ist, wie du oder ich.«

»Sie sind Bestien!« widersprach Lyra. »Sie haben den Hof niedergebrannt und jeden getötet, nur . . .«

»Nur?« fragte Dago, als sie nicht von selbst weitersprach, aber sie antwortete nicht, sondern biß sich nur verlegen auf die Unterlippe und starrte zu Boden. Sie hatte schon viel zu viel gesagt, viel mehr, als gut war. *Traue keinem Menschen,* hatte Erion ihr gesagt, und sie hatte damit nicht nur die schwarzen Mörder aus Caer Caradayn gemeint.

Dago seufzte. »Kindchen, wann begreifst du, daß ich auf deiner Seite stehe?« fragte er sanft. Er wollte die Hand nach ihr ausstrecken, aber diesmal wich sie ihm aus.

»Sie waren wegen der Elbenkönigin hier, nicht?« fragte Dago plötzlich. »Und wegen des Skruta-Lords. Du kannst es ruhig zugeben. Ich bin der Mann, auf den sie gewartet haben.«

Es gelang Lyra nicht ganz, ihr Erschrecken zu verbergen. Erion eine Königin? Und Sjur ein Lord des Barbarenvolkes?

»Das hast du nicht gewußt, wie?« fragte Dago, als hätte er ihre Gedanken gelesen. »Aber es ist so. Du kannst mir vertrauen, Lyra.«

»Ich wußte nicht, daß . . . daß sie ihre Königin war«, gestand Lyra. Sie hatte es aufgegeben, Dago belügen zu wollen. Er war ein Magier und würde die Wahrheit früher oder später sowieso herausbekommen. Und vielleicht war es besser, ihm im großen die Wahrheit zu sagen, um ihn im kleinen belügen zu können, wenn er ihr erst gar nicht mißtraute.

»Nicht *ihre* Königin«, sagte Dago betont. »Sie war die Königin eines Elbengeschlechtes, aber es gibt mehr als nur eines, so, wie es auch bei den Menschen mehr als einen König gibt. Aber das spielt jetzt keine Rolle. Was ist mit den beiden geschehen? Konnten sie entkommen?«

»Nein«, flüsterte Lyra. »Sie sind tot.«

»Tot?« Jetzt war es Dago, der all seine Selbstbeherrschung aufbieten mußte. »Tot, sagst du? Aber wie konnte das geschehen? Erion war eine Meisterin der Zauberkunst, und ihr Begleiter war der tapferste Krieger, der jemals gelebt hat!«

»Das war er«, antwortete Lyra leise. »Aber sie waren zu zahlreich, Herr. Er hat viele von ihnen erschlagen, aber zum Schluß haben sie ihn doch überwältigt. Er . . . er liegt drinnen im Haus.«

Dago starrte sie an, und sein Gesicht wurde zu einer Maske mühsam aufrechterhaltener Selbstbeherrschung. »Und . . . Erion?«

»Sie starb in meinen Armen«, antwortete Lyra. Dago stellte keine weitere Frage mehr, und sie begriff, daß er wußte, auf welche Weise Elben sterben; vielleicht hatte er auch in ihre Gedanken geschaut und erkannt, daß sie die Wahrheit sagte. Lange, sehr lange blickte er sie nur an, und nach einer Weile sah Lyra, daß er gar nicht sie sah, sondern irgend etwas anderes, Schlimmes, und sein Blick geradewegs durch sie hindurchging. Dann bewegte sie sich, und die Bewegung schien den Bann zu lösen, der auf dem Magier lag.

»Dann bin ich zu spät gekommen«, murmelte er. »Dann ist alles zu spät.« Er seufzte, schüttelte ein paarmal hintereinander und in stummer Verzweiflung den Kopf.

»Wir müssen fort«, sagte er. »Diese vier hier waren nicht allein. Das Tal wimmelt von Kriegern, und sie werden wiederkommen, sobald sie anfangen, ihre Kameraden zu vermissen. Kannst du reiten?«

Lyra blickte erschrocken zu den reiterlosen Pferden hinüber. Die Tiere hatten sich wieder beruhigt und standen teilnahmslos zwischen den Ruinen. Der Gedanke, auf eines dieser häßlichen, gepanzerten Ungeheuer zu steigen, jagte ihr einen tiefen Schrecken ein. »Nein.«

»Dann wirst du es lernen«, sagte Dago. »Und zwar schnell. Denn wenn du hierbleibst, dann bist du tot, ehe die Sonne untergeht. Und dein Sohn auch.«

Damit wandte er sich um und stieg ohne ein weiteres Wort in den Sattel.

8

Sie verließen den Hof in westlicher Richtung, überschritten den Fluß jedoch nicht, sondern wandten sich kurz vor der Furt nach Norden und folgten seinem Ufer bis weit in den späten Nachmittag hinein. Als es dämmerte, sah Lyra die Dächer eines anderen Hofes wie winzige gelbe Farbtupfer über den abgeernteten Feldern auftauchen und machte Dago darauf aufmerksam, aber er schüttelte bloß den Kopf und bedeutete ihr mit Gesten, daß er weiter dem Fluß folgen würde. Überhaupt sprach er kaum während des ganzen Rittes, sondern hockte die ganze Zeit, vornüber gebeugt und in der Haltung eines Mannes, der tief erschöpft von einer langen anstrengenden Reise war, im Sattel und überließ es seinem Pferd, den Weg zu finden. Lyra glaubte zu ahnen, was in ihm vorging. Der Tod, dem er auf dem Hof begegnet war, ging ihm nahe, und wahrscheinlich fühlte er sich für Erions und Sjurs Schicksal im besonderen verantwortlich und machte sich Vorwürfe, daß er zu spät gekommen war. Lyra hätte ihm sagen können, daß er sich irrte. Sie hätte ihm sagen können, daß die Elbin gewußt hatte, daß sie sterben würde und daß es nichts genutzt hätte, wäre er eher gekommen, denn die maskierten Mörder hatten ohne Warnung angegriffen und wahllos alles niedergemacht, was sich ihnen in den Weg gestellt hatte. Wahrscheinlich hätten sie den Hof auch niedergebrannt, wenn die Elbin und ihr Begleiter nicht mehr da gewesen wären. Aber sie sagte nichts, denn sie spürte auch, daß er ihr nicht zuhören würde, und im Grunde war sie sogar froh, daß er nicht sprach oder sogar versuchte, sie auszuhorchen, denn sie fühlte sich schlecht. Das ungewohnte Reiten war sehr anstrengend, und Schmerzen und Übelkeit waren zu treuen Begleitern geworden, nicht mehr so schlimm wie am Morgen, aber quälend genug, und auch das Kind wurde immer unruhiger und quengeliger, so daß es ihr immer schwerer fiel, es zu beruhigen. Es mußte hungrig sein, denn es hatte den ganzen Tag noch nichts bekommen, und wahrscheinlich war es naß und fror und hatte Angst.

Als es zu dämmern begann, überquerten sie den Fluß und suchten Schutz zwischen den Bäumen eines kleinen Wäldchens, das während der letzten Stunde wie ein grüner Schatten vor ihnen herangewachsen war. Dago führte die Pferde zu einer Stelle, an der es frisches Gras gab, und bereitete dann mit raschen, geübten Bewegungen ein Nachtlager für sich und Lyra, ehe er daran ging, das Essen vorzubereiten.

Es wurde rasch dunkel. Während sich draußen über dem Tal langsam graue Dämmerung ausbreitete, hielt die Nacht hier drinnen im Wald beinahe schlagartig Einzug, und selbst das Feuer – dessen Glut Dago als zusätzliche Vorsichtsmaßnahme sorgsam zum Waldrand hin abgeschirmt hatte, damit kein Lichtschein durch das Unterholz drang und sie verriet – vermochte die Dunkelheit nicht aufzuhalten. Und es wurde kalt; viel kälter als in der vorangegangenen Nacht. Obwohl Lyra immer näher an das kleine Feuer heranrückte, fror sie erbärmlich, und auch Toran begann wieder leise zu weinen, bis sie ihren Schal unter dem Mantel hervornahm und ihn zusätzlich hineinwickelte. Dago beobachtete sie kopfschüttelnd, schwieg aber beharrlich, bis sie gegessen hatten – wenige Streifen trockenen gesalzenen Fleisches und Wasser, das er aus dem Fluß holte und in einem kleinen Topf über dem Feuer abkochte.

»Wer bist du?« fragte er plötzlich. »Die Frau des Bauern oder seine Tochter?«

Lyra war einen Moment irritiert. Es erschreckte sie, daß Dago so direkt fragte, nachdem er den ganzen Tag beharrlich geschwiegen hatte. Aber er hatte die Zeit wohl gebraucht, um sich zu erholen, und es war nur natürlich, daß er zumindest wissen wollte, wer seine neue Reisebegleiterin war.

»Nein«, antwortete Lyra. »Ich bin nur eine Magd. Das heißt, ich . . . war es.«

Dago runzelte die Stirn und bedachte ihren Mantel mit einem fragenden Blick. Lyra legte unbewußt die Hand auf die kostbare Borte des Kleidungsstückes, als könne sie es auf diese Weise verstecken. »Du hast dir die Kleider genommen, als alle tot waren, ich verstehe.« Dago lachte leise. »Warum auch nicht? Deine Herrin hat ohnehin keine Verwendung mehr dafür.«

Toran begann leise zu weinen, und sie nahm ihn auf die Arme und wiegte ihn sanft hin und her, aber es nutzte nicht viel. »Ich . . . wollte sie nicht stehlen, Herr«, sagte sie stockend.

Dago runzelte die Stirn. »Hör mit diesem albernen Herr auf«, sagte er streng. »Mein Name ist Dago. Wir werden wahrscheinlich eine ganze Weile beisammen sein, und ich habe keine Lust, mir jedesmal erst überlegen zu müssen, wen du meinst, wenn du mich ansprichst.«

»Aber Ihr seid . . . du bist ein Magier«, widersprach Lyra verwirrt, »und . . .«

»Eben«, unterbrach sie Dago. »Und? Was bedeutet das schon, Magier? Ich bin weder ein übernatürliches Wesen noch ein Prinz. Ich beherrsche die Kunst der Magie, und das nicht einmal besonders gut. So wie ein Arzt die Kunst des Heilens beherrscht oder dein früherer Herr die des Landbestellens.« Er lächelte matt. »Es ist nichts Übernatürliches an der Magie, Lyra. Die meisten Menschen verstehen sie nicht und fürchten sie deshalb, aber das ist ganz und gar nicht nötig.«

»Aber Erion . . .«

»Erions Magie«, unterbrach sie Dago, rasch und eine Spur zu scharf, wie ihr schien, »war etwas anderes. Die

Elben beherrschen die wahre Zauberkunst. Im Vergleich mit ihr ist das, was ich zu tun vermag, nichts als billige Taschenspielertricks. Viel mehr«, fügte er seufzend hinzu, »ist es wohl sowieso nicht«

»Aber Ihr . . . du hast die beiden Krieger getötet«, widersprach Lyra. »Einfach so, ohne sie zu berühren!«

»Töten kann man auch mit einem Pfeil oder einem Dolch«, erwiderte Dago ernst. »Hast du nicht auch einen von ihnen umgebracht?«

»Das mußte ich tun«, verteidigte sich Lyra. »Er wollte mich töten. Mich und . . . mein Kind.«

Dago erwiderte nichts darauf, obwohl Lyra das bestimmte Gefühl hatte, daß es eine Menge gab, was er sagen könnte und auch wollte. Aber aus irgendeinem Grund verzichtete er darauf, sondern sah sie nur einen Herzschlag lang stumm an und warf dann eine Handvoll frisches Holz ins Feuer.

»Hast du die Elbin gekannt?« fragte er plötzlich.

»Erion? Natürlich. Sie war zwei Wochen lang Gast auf unserem Hof. Sie war sehr freundlich zu uns allen. Und sehr edel.«

»Das meine ich nicht«, sagte Dago. »Hat sie mit dir gesprochen? Sie oder ihr . . . Begleiter? Hat sie irgend etwas gesagt?«

»Gesagt?« Lyra schüttelte den Kopf und blickte an Dago vorbei in die Dunkelheit. »Ich war nur eine einfache Magd«, sagte sie. »Sie war sehr freundlich, aber wir Dienstboten hatten kaum Kontakt mit ihr oder dem Skruta. Oran – der Bauer – hat mit ihr gesprochen, sehr oft. Er und seine Frau. Sie haben oft abends zusammen am Kamin gesessen und geredet.«

Dago nickte, als hätte er nichts anderes erwartet. »Aber sie sind tot«, sagte er enttäuscht. Er seufzte, ließ sich zurücksinken und schlang die Hände um die Knie. Sein Gesicht sah sehr jung aus, wie es so im Halbschatten lag, und gleichzeitig sehr ernst. Warum vertraute sie ihm nicht? Er hatte sie gerettet und dabei sein eigenes Leben in Gefahr gebracht, und er war der Mann, auf den Erion und

Sjur gewartet hatten. Aber hatte Erion nicht auch gesagt, daß sie verraten worden waren? Vielleicht trug nicht jeder, der ihr Feind war, eine schwarze Rüstung.

»Hatten sie Besuch?« fragte Dago plötzlich. »Ich meine, war jemand bei euch, während sie da waren? Ein Fremder vielleicht?«

Lyra verneinte. »Ich weiß nicht«, murmelte sie. »Ich meine, ich ... habe nicht viel von dem gesehen, was auf dem Hof vorging. Ich erwartete das Kind und mußte das Bett hüten, während der letzten Woche. Die anderen haben mir erzählt, was geschehen ist, aber ...« Sie sprach nicht weiter, und Dago schüttelte nach ein paar Augenblicken den Kopf und seufzte noch einmal, tief und voller Enttäuschung.

»Diese Männer«, sagte Lyra, »die Krieger, Dago. Wer waren sie, und ... und warum haben sie das getan?«

Dago blickte sie scharf an, aber sie hielt seinem Blick stand und tat so, als wüßte sie wirklich von nichts. Er begann, sie in die Enge zu treiben mit seinen Fragen, und sie spürte, daß sie ihm nicht mehr lange Widerstand leisten konnte und ihr Gebäude aus Lügen und Halbwahrheiten zusammenbrechen würde. Vielleicht war es besser, wenn sie fragte und er antwortete.

»Wer sie sind?« Dago seufzte. »Das würdest du nicht verstehen, Kind. Sie sind Teufel. Männer, die nur leben, um zu töten. Sie kommen aus Caer Caradayn, von den Goldenen.«

»Die Goldenen? Wer ist das?«

Für einen Moment schien Dago ehrlich überrascht zu sein. »Du weißt nicht, wer die Goldenen sind?« fragte er. »Du hast noch nie von den Herren der Caer Caradayn gehört und ihren schwarzen Häschern?«

»Nein«, erwiderte Lyra – beinahe – wahrheitsgemäß. Mehr als diesen Namen wußte sie wirklich nicht, und auch ihn hatte sie am Morgen aus Erions Mund zum ersten Mal gehört. »Ich weiß nicht, wer sie sind. Ich weiß ja nicht einmal, warum sie uns überfallen haben. Sie ... sie haben nichts gestohlen, sondern nur gemordet.« Sie mußte nicht einmal schauspielern, um ihre Stimme voller Qual und Schmerz klingen zu lassen. Eine einzelne Träne lief über ihre Wange. Sie wischte sie mit dem Handrücken fort.

»Das wollten sie auch nicht«, antwortete Dago dumpf. »Sie wollten nur Erion, Lyra.«

»Aber sie war . . . eine Elbin. Niemand tötet eine Elbin, ohne sich den Zorn der Götter zuzuziehen!«

Dago lachte hart. »Den Zorn der Götter! Du bist wirklich ein Kind, Lyra. Die Götter sind tot, schon seit Jahrtausenden, und wenn es sie noch geben sollte, dann ist es ihnen gleich, was mit uns Menschen geschieht, glaube mir. Wahrscheinlich haben sie Angst vor den Heeren der Caer Caradayn. So wie alle.« Für einen Moment wurde sein Blick hart, dann seufzte er wieder und sprach mit normaler Stimme weiter. »Und du?« fragte er. »Was ist mit dir und deinem Kind?«

»Was . . . soll damit sein?« fragte Lyra alarmiert.

»Hast du Verwandte hier im Tal? Wer ist sein Vater?«

»Sein Vater ist tot«, antwortete Lyra. »Er lebt . . . er hat auf dem Hof gelebt, wie ich. Sie haben ihn umgebracht. Und ich habe keine Verwandte. Ich war allein.«

»Und auch keine Freunde? Niemand, zu dem du gehen könntest?«

»Nein«, antwortete Lyra leise. »Niemanden. Warum?«

»Weil du nicht bei mir bleiben kannst«, sagte Dago ernst. »Die Goldenen wissen, daß ich hier bin, und sie werden ihre Häscher hinter mir her hetzen wie die Bluthunde. Ich werde versuchen, zurück nach Caradon zu kommen. Vielleicht«, fügte er zögernd hinzu, »finde ich Schutz bei meinem Meister, oder einem anderen Magier. Es wäre nicht das erste Mal, daß man unter der Nase des Feindes am sichersten ist.« Er lachte und wurde sofort wieder ernst. »Aber ich kann dich nicht mitnehmen, Lyra. Der Weg ist zu weit für dich, und er ist vor allem zu gefährlich für eine junge Frau mit einem Kind. Du hast wirklich niemanden, zu dem du gehen könntest?«

Lyra schüttelte stumm den Kopf, und Dago versank für eine Weile in nachdenkliches Grübeln. Es gab ein paar

Höfe im Tal, die sie wahrscheinlich aufgenommmen hätten, denn sie war jung und gesund, und eine zusätzliche Arbeitskraft war immer willkommen, vor allem, wenn sie als Bittstellerin kam und daher billig und gehorsam war. Aber sie konnte nicht dorthin. Die schwarzen Mörder würden ihr folgen wie eine Pest, und das Töten würde weitergehen.

»Vielleicht ist es sogar ganz gut so«, sagte Dago nach einer Weile. »Es kann sein, daß sie weitersuchen, solange sie nicht gefunden haben, weshalb sie hier sind. Ich kenne eine Familie, bei der du unterkommen könntest, fünf Tagesritte von hier, außerhalb des Tales. Dort werde ich dich hinbringen.«

Lyra wollte widersprechen, besann sich aber im letzten Moment eines Besseren. Geh zu den Zwergen, hatte Erion gesagt. Aber es war besser, wenn Dago nichts davon wußte. Die Zwerge lebten außerhalb des Tales, in den Bergen im Norden, und Dago würde sie aus dem Tal herausbringen. Es spielte keine Rolle, ob sie ein paar Tage früher oder später zum Kleinen Volk aufbrach; im Gegenteil. Sie würde zu der Familie gehen, die er genannt hatte, und sie würde gesund werden und warten, bis die schwarzen Mörder aufgehört hatten, das Land nach einer jungen Frau und einem Kind zu durchsuchen.

Sie sprachen nicht weiter, sondern versanken wieder, jeder für sich, in dumpfes Brüten. Toran beruhigte sich nicht, auch nicht, als sie ihn so nahe ans Feuer hielt, wie es überhaupt ging. Im Gegenteil – er begann immer lauter zu weinen und schließlich zu schreien und trotz der straff gewickelten Tücher mit Armen und Beinen zu strampeln.

»Ist das dein erstes Kind?« fragte Dago plötzlich. Er lächelte, beugte sich ein wenig vor und versuchte einen Blick auf Torans Gesicht zu erhaschen, aber Lyra preßte ihn hastig an sich und barg sein Gesicht an ihrer Brust, denn er hatte die Lider gehoben, und sie wollte nicht, daß Dago seine Augen sah. Er hatte Erions Augen: groß und dunkel und leicht schrägstehend, aber wo bei der Elbin silberner Sternenstaub in den Pupillen geglitzert hatte, war in seinen Augen ein smaragdgrünes Flirren und Blitzen und ein Ausdruck von Wissen, der nicht zu einem wenige Stunden alten Säugling paßte.

»Ja«, sagte sie und senkte den Blick. »Er hat Angst. Und ich glaube, er friert.«

Dago lachte leise. »Ich glaube eher, daß er Hunger hat.«

»Das ... kann sein«, nickte Lyra. »Er hat den ganzen Tag nichts gegessen.«

»Und warum gibst du ihm dann nichts?« Dagos Lächeln wurde spöttisch. »Nur zu. Ich schaue weg, wenn du dich genierst.«

Lyra blickte erschrocken zu dem jungen Magier hinüber. Sein Gesicht wurde vom Schein des Feuers in rotes Licht getaucht und sah warm und freundlich aus, und die flakkernde Glut schien das dritte, über seine Nasenwurzel in die Haut tätowierte Auge zu bizarrem Leben zu erwecken. Es dauerte einen Moment, bis sie überhaupt begriff, was Dago meinte, und dann wußte sie nicht, ob sie es konnte. Es war drei Tage her, daß sie ihr Kind verloren hatte.

Dago lachte plötzlich leise, stand auf und zog den Mantel über, den er als Decke über sein Lager gebreitet hatte. »Ich denke, ich sehe noch einmal nach den Pferden«, sagte er. »Und vielleicht schaue ich mich noch ein wenig draußen um. Es kann ja immerhin sein, daß sich noch ein paar von unseren Freunden in der Nähe herumtreiben. Glaubst du, daß eine halbe Stunde reicht?«

»Bestimmt«, antwortete Lyra. Dago lächelte, und sie erwiderte die Geste voller Dankbarkeit. Es gab absolut nichts für Dago bei den Pferden zu tun; die Tiere konnten weit besser für sich sorgen als ihre Herren, und als Magier hatte er andere Möglichkeiten, sich davon zu überzeugen, daß sie in Sicherheit waren. Er hätte nicht hier gelagert, wären die schwarzen Mörder in der Nähe. Wenn er ging, dann nur, um es ihr leichter zu machen.

Dago schien noch etwas sagen zu wollen, nickte dann aber bloß und ging. Lyra war schon vorher aufgefallen, wie geschickt und leise sich der junge Magier bewegen konnte; jetzt huschte er lautlos wie ein Schatten davon und verschmolz mit der Dunkelheit, kaum daß er aus dem Lichtkreis des Feuers verschwunden war. Er war – trotz seiner Jugend – alles andere als der wenig talentierte Magier, als den er sich selbst bezeichnet hatte. Aber was wußte sie schon über ihn?

Toran meldete sich jetzt mit Macht, und Lyra kam fast schmerzhaft zu Bewußtsein, wie weit der durchdringende Klang seiner hellen Babystimme in der klaren ruhigen Nacht zu hören sein mußte. In der vergangenen Nacht hatte sie den Sturm verflucht; jetzt sehnte sie sich fast nach seinem Heulen, und sie hätte sich gewünscht, daß es schneite, denn was sie jetzt am meisten brauchten, war ein Versteck.

Sie schlug ihren Mantel zur Seite, öffnete fröstelnd die obersten Knöpfe ihres Kleides und legte das Kind ungeschickt an die Brust. Sie fühlte sich hilflos, und sie wußte nicht, ob sie überhaupt noch stillen konnte. Sicher, ihre Brüste waren gespannt und schmerzten, und sie waren noch immer größer als normal, aber es war drei Tage her, daß ihr Körper bereit gewesen war, für ein Kind zu sorgen, und sie begann erst jetzt richtig zu merken, wie hilflos und unerfahren sie war. Auf dem Hof war alles so einfach und klar gewesen: Natürlich hatte sie vorher mit den anderen darüber geredet, was zu tun war, und es auch oft genug gesehen; aber sie hatte sich auch darauf verlassen, Hilfe zu haben, Guna, die sie ununterbrochen schalt, aber doch auf alles eine Antwort parat hatte, und auch die anderen, die sie vielleicht verachteten, ihr aber trotzdem geholfen hätten, wenn es soweit gewesen wäre. Aber sie waren tot. Getötet, weil sie überflüssige Figuren in einem Spiel gewesen waren, das andere, Mächtigere spielten, nach Regeln, in denen Worte wie Menschlichkeit und Moral nicht enthalten zu sein schienen. Plötzlich, von einer Sekunde auf die andere, machte sich ein dumpfer, quälender Schmerz in ihr bemerkbar, eine völlig neue Art der Pein, fast, als begriffe sie erst jetzt wirklich, was geschehen war. Sie weinte, still und fast ohne Tränen, drückte das Kind an sich und sah zu, wie es von selber fand, wonach es suchte, und fast wie ein Tier, das sich von seinen Instinkten leiten ließ, zu trinken begann. Es tat weh, aber es war doch leichter, als sie gefürchtet hatte, und es ging sehr schnell. Nach kaum zehn Minuten war Toran satt und drehte den Kopf zur Seite, und nachdem sie ihn eine Zeitlang hilflos und verwirrt angesehen hatte, knöpfte sie ihr Kleid wieder zu und legte ihn zu Boden, um ihn trocken zu machen. Ihr fiel ein, daß sie den Stoff, aus dem sie Windeln hatte schneiden wollen, auf dem Hof zurückgelassen hatte; so wie das Essen und die zusätzlichen Kleider und Erions Messer, aber sie hatte noch den Schal, und auch wenn es ihr leid tat um den kostbaren Stoff, riß sie ihn nach kurzem Zögern in zwei Teile und begann Torans Windel zu wechseln. Es war mühsam, schwierig und sehr viel unangenehmer, als sie geglaubt hatte. Sie hatte von den Frauen auf dem Hof gehört, daß es einer Mutter nichts ausmachte, ihr Kind zu säubern und trockenzulegen, aber das stimmte nicht: *Ihr* machte es etwas aus, und hinterher hatte sie das dringende Bedürfnis, sich zu waschen, aber die Kälte und Dunkelheit hielten sie davon ab, zum Fluß zu gehen, und das wenige Wasser, das sie abgekocht hatten, war verbraucht. So schob sie das Bündel mit den schmutzigen Windeln nur unter einen Busch, überlegte es sich dann aber anders und warf es ins Feuer. Vielleicht war es besser, wenn sie keine Spuren hinterließen.

Dago kam zurück, und diesmal hörte sie seine Schritte schon von weitem. Er lief und gab sich dabei keine Mühe mehr, lautlos oder auch nur leise zu sein, sondern brach rücksichtslos durch das Unterholz und langte schließlich schwer atmend neben dem Feuer an. Auf seinen Zügen lag ein gehetzter Ausdruck; sein Mantel und seine Hose waren zerrissen und verdreckt.

»Wir müssen weg!« keucht er. »Schnell! Sie kommen!«

»Sie kommen?« wiederholte Lyra verständnislos. »Wer kommt, und wen . . .«

»Die Männer, die deinen Hof niedergebrannt haben«,

unterbrach sie Dago grob. »Wahrscheinlich ist ihnen aufgefallen, daß sie jemanden übersehen haben. Oder sie haben unsere Spuren gefunden.« Er trat das Feuer aus, raffte seinen Sattel auf und begann ungeduldig mit den Augen zu rollen, als Lyra noch immer nicht aufstand. »Verdammt, beeil dich!« fauchte er. »Sie sind in spätestens einer halben Stunde hier. Wenn wir dann keinen vernünftigen Vorsprung haben, dann holen sie uns ein, ehe die Sonne aufgeht!«

Er fuhr herum, verschwand schnaubend im Unterholz und hantierte eine Weile im Dunkeln herum, ehe er zurückkam und auch Lyras Sattel vom Boden aufhob. Sie wollte sich bücken, um den eisernen Dreifuß und den Wasserkessel abzubauen, aber Dago schüttelte nur unwillig den Kopf und stieß die ganze Anordnung mit dem Fuß um. »Laß das. Wir haben keine Zeit. Und sie finden das Lager so oder so.« Er hielt den schweren Sattel mit nur einer Hand, ergriff sie mit der anderen beim Arm und zog sie hinter sich her zu der kleinen Lichtung, auf der er die Pferde abgestellt hatte. Sein eigenes Tier war bereits gezäumt, und das schwarze Schlachtroß, das sie erbeutet hatten, kam von selbst näher, als es den wuchtigen Ledersattel erkannte. Dago brauchte kaum eine Minute, um ihn aufzulegen und die eisenbeschlagenen Lederriemen festzuzurren.

Ungeduldig half er ihr in den Sattel, sprang auf den Rücken seines eigenen Pferdes und deutete mit dem Kopf in die Richtung zurück, aus der sie gekommen waren. »Bleib immer dicht hinter mir«, sagte er. »Keinen Laut, ganz egal, was passiert. Und versuch das Kind zu beruhigen!«

Sie ritten los. Dago legte ein scharfes Tempo vor und zwang sein Pferd rücksichtslos durch dorniges Unterholz und Gestrüpp, und wahrscheinlich wäre er noch schneller geritten, wenn Lyra nicht bei ihm gewesen wäre. Sie verließen den Wald, wandten sich nach Norden und sprengten eine gute Viertelstunde am Flußufer entlang, ehe Dago ihr Tempo wieder verminderte und anhielt. Das Gelände war hier nicht mehr so eben wie weiter im Süden, wo Orans Hof gelegen hatte. Sie näherten sich den Bergen, und die sanften, regelmäßig gerundeten Hügel beiderseits des Flußlaufes waren bereits die ersten Ausläufer der schneegekrönten grauen Giganten, die das Tal an drei Seiten säumten. Dago verhielt auf der Kuppe eines dieser Hügel, wandte sich im Sattel um und wartete, bis Lyra an seine Seite geritten kam. Sie war immer wieder zurückgefallen, und eigentlich war es nur ihrem Pferd zu verdanken, daß sie ihn in der Dunkelheit nicht ganz verloren hatte. Sie hatte Mühe, sich überhaupt noch im Sattel zu halten. Toran schien Zentner in ihren Armen zu wiegen, und ihr Rücken schmerzte unerträglich.

Dago blickte in die Richtung, aus der sie gekommen waren. Der Wald war zu einem verschwommenen Schatten im dunklen Ozean der Nacht geworden, der Fluß nicht mehr als eine gewundene Linie, die sich schon nach wenigen hundert Metern im Dunkeln verlor.

»Sie sind da«, murmelte Dago. »Sie sind schon fast beim Wald. Ich fürchte, unser Vorsprung ist noch kleiner, als ich dachte.«

Lyra bemühte sich nach Kräften, etwas zu sehen, aber sie konnte nichts als Schwärze und große, konturlose Schatten erkennen. Und das einzige Geräusch, das sie hörte, waren ihre eigenen rasenden Atemzüge und das Schnauben der Pferde. »Ich . . . kann nichts erkennen«, sagte sie.

Dago lachte hart. »Sehen kann man sie auch nicht«, antwortete er. »Aber sie sind da, verlaß dich darauf. Ich weiß es. *Ich* kann sie sehen.«

Lyra überlegte einen Moment. Sie glaubte Dago, denn seine Angst war zu echt, um geschauspielert zu sein. Aber seine Worte ließen nur einen Schluß zu. Die schwarzen Mörder wußten, daß sie entkommen war. Und wahrscheinlich wußten sie auch, wen sie bei sich hatte. »Aber wenn du sie sehen kannst . . .«

»Dann können sie uns auch sehen, meinst du?« unterbrach sie Dago. Wieder lachte er und schüttelte den Kopf.

»Keine Sorge, Kleines. Ich bin vielleicht nur ein kleiner Schüler der Zauberkunst, aber ein paar Tricks habe ich noch auf Lager.« Er wies nach Norden, zu den grauschwarzen Schatten der Berge. »Trotzdem müssen wir die Berge erreichen, ehe es hell wird. Sie werden unser Lager finden, und sie sind leider nicht so dumm, wie ich es gerne hätte.«

»Aber dann werden sie uns auch in den Bergen suchen.«

»Sicher«, antwortete Dago ungerührt. »Aber du scheinst diese Berge nicht zu kennen. Dort oben gibt es genug Schluchten und Höhlen, um eine ganze Armee zu verbergen. Wenn wir über den ersten Paß kommen, ehe sie uns einholen, finden sie uns nie. Es sei denn . . .«

»Es sei denn?« fragte Lyra, als Dago nicht weitersprach.

Er antwortete nicht gleich, und es war zu dunkel, um den Ausdruck auf seinen Zügen richtig deuten zu können, aber seine Stimme klang verändert, als er weitersprach. Er war sehr besorgt. »Ich verstehe nicht, wie sie unsere Spur finden konnten«, murmelte er. »Ich verstehe nicht einmal, warum sie uns überhaupt verfolgen. Sie können doch unmöglich wissen, daß ich hier bin . . .« Er überlegte einen Moment, schüttelte ein paarmal den Kopf und sah Lyra prüfend an. Für eine endlose Sekunde verharrte sein Blick auf dem Kind in ihren Armen.

»Da ist nichts, was du mir verschwiegen hast?« fragte er plötzlich. »Hat dir Erion irgend etwas gegeben oder gesagt? Irgendeinen Auftrag, ein Schmuckstück . . .«

»Nichts«, antwortete Lyra, so überzeugend, wie sie konnte. Wäre es hell gewesen, dann hätte Dago erkannt, daß sie log. So schützte sie die Dunkelheit. »Ich habe sie kaum gesehen.«

»Dann gibt es nur eine Erklärung.« Dago seufzte. »Sie müssen einen Magier bei sich haben.«

»Einen Magier?« keuchte Lyra ungläubig.

»Warum nicht? Glaubst du, unsere Seite hätte ein alleiniges Anrecht auf Magie und Zauberei? Ich habe es die ganze Zeit befürchtet, aber ich habe gehofft, es wäre anders.« Er schwieg einen Moment. Sein Pferd bewegte sich unruhig, und auch Lyras Roß begann ungeduldig zu schnauben und mit den Hufen im Boden zu scharren. Die Tiere schienen die Gefahr, die sich über ihnen zusammenbraute, deutlicher zu spüren als ihre Reiter.

»Aber wenn sie einen Magier bei sich haben, dann ... dann sind wir verloren«, stammelte Lyra. »Sie werden uns finden, und ...«

»Unsinn«, schnappte Dago. »Auch ein Magier kann nicht zaubern, mein Kind.« Er lachte. »Wir haben einen guten Vorsprung, und wir sind nur zu zweit, während sie vierzig oder fünfzig sein müssen, mindestens. Wenn wir die Berge erreichen, dann nutzt ihnen selbst ihr Magier nichts mehr. Ich habe Freunde dort oben, mit denen nicht einmal sie sich anlegen würden.«

»Das Kleine Volk«, entfuhr es Lyra. Am liebsten hätte sie sich auf die Zunge gebissen, aber die Worte waren einmal heraus und nicht rückgängig zu machen, und Dago reagierte genau so, wie sie es befürchtet hatte.

»Du weißt von den Zwergen?« fragte er überrascht.

»Ich ... habe davon gehört«, stotterte Lyra. »Sie sollen in einem Berg im Norden leben, sagt man. Bisher habe ich nicht an sie geglaubt.«

»Und jetzt glaubst du daran?« Das Mißtrauen in Dagos Stimme war nicht mehr zu überhören. Er gab sich auch keine Mühe mehr, es zu vertuschen. »So plötzlich?«

»Ich habe auch nicht an Elben geglaubt«, antwortete Lyra. »Oder an Magier.« Die Worte klangen genau nach der Ausrede, die sie waren, aber Dago gab sich für den Moment damit zufrieden und riß sein Pferd mit einem ungeduldigen Ruck herum.

»Komm«, sagte er. »Wir haben noch einen weiten Weg vor uns, bis die Sonne aufgeht.«

9

Der Paß sah aus, als hätte ein zorniger Gott ein Stück aus dem Berg gerissen und in einem Anfall von blanker Zerstörungswut ins Tal hinabgeschleudert: ein gezacktes halbes Loch, das in der sonst beinahe makellos wirkenden Wand gähnte und auf der anderen Seite des Grates in einen steil bergab führenden Hang mündete. Der Wind war eisig hier oben, wo nichts sein wütendes Heulen brach, und es kam Lyra vor, als wären sie dem Himmel während der Nacht bereits ein gutes Stück näher gekommen, denn die Wolken hingen sehr tief, und aus ihren grauen aufgeblähten Bäuchen atmeten Schneegeruch und eisige Kälte.

Sie war so müde, daß sie sich kaum noch im Sattel halten konnte. Der Berg verschwamm immer wieder vor ihren Augen, und ihr war übel vor Erschöpfung.

Sie waren ohne Pause durchgeritten, bis sich das erste Grau der Dämmerung am Himmel gezeigt hatte, aber Dago hatte sich und ihr keine Rast gegönnt, sondern darauf bestanden, daß sie erst den Paß überschritten und somit zumindest vor direkter Entdeckung sicher waren. Es war die zweite Nacht, in der sie nicht geschlafen hatte. Die letzten Stunden hatte sie sich nur noch im Sattel festgeklammert, aber selbst das würde sie bald nicht mehr können; ihre Kraft schwand jetzt so rasch, als flösse sie durch eine große Wunde aus ihrem Körper heraus. In ihrem Mund war ein widerlicher Geschmack, ihr Kopf schmerzte, und ihre Haut fühlte sich naß und klebrig an.

»Ich kann nicht mehr«, murmelte sie schwach. »Bitte, Dago – laß uns rasten. Ich . . . kann nicht weiter.«

Der junge Magier drehte sich halb im Sattel herum, ließ sein Pferd anhalten und sah ihr besorgt ins Gesicht. Auch an ihm waren die Anstrengungen der Nacht nicht ohne Spuren vorübergegangen: Seine Augen waren rot und entzündet, und der graue Schimmer auf seiner Haut war nicht nur der Widerschein der Dämmerung.

»Bitte«, flehte sie. »Nur einen Moment. Ich muß ... ausruhen.« Wie um ihre Worte zu unterstreichen, begann Toran in diesem Moment wieder zu weinen. Es war fast zwölf Stunden her, daß er getrunken und sie ihn trockengelegt hatte; nicht einmal dazu hatte Dago sie anhalten lassen, sondern nur barsch gesagt, sie solle ihn im Sattel füttern, wenn es unbedingt sein müsse. Aber sie hatte es nicht gekonnt.

Dago antwortete noch immer nicht, sondern drehte sich noch weiter um und spähte aus roten, entzündeten Augen den Weg hinab, den sie gekommen waren. Der Pfad zog sich wie eine in den Fels gehämmerte Schlange den Berg hinauf und verschwand immer wieder hinter Biegungen oder überhängenden Felsterrassen, aber er lag bereits im hellen Sonnenschein da, so daß sie ihn auf viele Meilen überblicken konnten. Von den Verfolgern war keine Spur zu sehen, so, wie Lyra auch die ganze Nacht über weder irgend etwas gesehen noch gehört hatte. Trotzdem zweifelte sie nicht daran, daß sie da waren; aber sie spürte sie, so deutlich, wie Dago mit seiner Magie ihre Anwesenheit feststellte.

»Gut«, sagte er schließlich. »Ich glaube, wir können es riskieren. Sie scheinen unsere Spur verloren zu haben.« Er lächelte matt, griff nach den Zügeln ihres Pferdes und ritt weiter. Die eisenbeschlagenen Hufe der Tiere erzeugten sonderbare widerhallende Echos an den steil aufragenden Wänden des Passes, und für einen Moment nahm der Wind den Laut auf und verwandelte ihn in ein boshaftes, höhnisches Lachen.

Lyra begann im Sattel zu wanken, und Dago mußte rasch zugreifen, um sie zu stützen, als sie vor Schwäche einfach zur Seite kippte. Er murmelte irgend etwas, stieg vom Pferd und hob sie – reichlich ungeschickt, weil er dabei mit einer Hand auch noch das Kind halten mußte – aus dem Sattel. Sie spürte kaum, wie er sie auf die Arme nahm und in den Windschatten eines Felsens trug. Erst die Kälte des eisverkrusteten Steines und die leichten Schläge, die Dago ihr versetzte, zerrissen den Schleier aus Schlaf und

Betäubung wieder, der sich um ihr Bewußtsein legen wollte. Widerstrebend öffnete sie die Augen und hob den Arm, um seine Hand wegzuschieben.

»Nicht schlafen, Lyra«, sagte er sanft. »Denk an deinen Sohn. Das Kind muß trinken, wenn es nicht sterben soll. Wir haben noch einen anstrengenden Weg vor uns.«

Sie nickte und wollte sich aufsetzen, war aber zu schwach dazu, so daß Dago ihr helfen mußte, und griff mit unsicheren, vor Kälte steifen Fingern nach den Knöpfen ihres Kleides. Dago streckte die Hand nach Toran aus, um ihn zu nehmen und zu halten, bis sie fertig war, aber sie riß den Knaben erschrocken an die Brust und starrte ihn aus wild funkelnden Augen an.

»Rühr ihn nicht an!« zischte sie. »Niemand rührt ihn an, Dago. Auch du nicht!« Ihre Stimme zitterte, und der Zorn und die Angst gaben ihr für einen ganz kurzen Moment noch einmal ein wenig Kraft.

Dago seufzte. »Du mußt wirklich Schlimmes durchgemacht haben, Kindchen«, sagte er sanft. »Ich bin dein Freund. Ich will deinem Kind nichts tun und dir auch nicht. Komm – laß mich dir helfen.« Wieder beugte er sich vor, und wieder preßte sie sich eng gegen den eisigen Fels und funkelte ihn an. Dago erstarrte, blieb einen Moment in einer erstarrten, fast schon komisch wirkenden Haltung sitzen und senkte dann mit einem neuerlichen Seufzer die Hände. »Was haben sie dir getan, daß du so mißtrauisch bist?« fragte er.

»Nichts«, antwortete Lyra. »Ich will nur nicht, daß ihn jemand anfaßt. Niemand!«

Dago musterte sie noch eine Sekunde lang, schüttelte den Kopf und stemmte sich in eine halb hockende, halb stehende Stellung hoch, einen Arm auf dem Knie gestützt. »Haben sie dich vergewaltigt?« fragte er plötzlich.

Lyra schüttelte heftig den Kopf. Ihr Kleid war jetzt offen, und sie spürte die Kälte empfindlich auf der nackten Haut, aber sie legte Toran noch nicht an, sondern drückte ihn weiter an sich, so daß sein Gesicht fest in den Stoff ihres Mantels vergraben war. Er schrie und strampelte ein bißchen, aber seine Windel war zu fest gewickelt, als daß er sich wirklich bewegen konnte. Wahrscheinlich glaubte ihr Dago nicht, und wahrscheinlich dachte er jetzt, daß man sich an ihr vergangen hatte und daß sie deshalb so hysterisch auf seine Nähe reagierte. Vielleicht war es sogar gut so. Er würde keine weiteren Fragen mehr stellen, und mit etwas Glück konnte sie ihn täuschen, bis sie die Zwerge erreicht hatten.

»Geh weg«, sagte sie. »Laß mich allein.«

Dagos Blick wurde hart. Ohne ein weiteres Wort stand er auf, ging zu den Pferden zurück und begann, sich an den Satteltaschen zu schaffen zu machen.

Vorsichtig löste sie Torans Tücher, legte ihn an die Brust und breitete einen Zipfel ihres Mantels über ihn, um ihn vor dem Wind zu schützen. Er trank sofort, und es tat nicht mehr so weh wie am Tage zuvor, auch wenn er völlig ausgehungert war und voller Gier saugte und dabei immer wieder schrie und strampelte. Als er fertig war, nahm sie ihn vorsichtig in den anderen Arm, wickelte das Tuch wieder fester zusammen und hüllte sich und ihn dann in die Decke ein, die ihr Dago wortlos gebracht hatte. Dann schlief sie ein.

Aber es war kein ruhiger Schlaf. Sie träumte, sofort nachdem sie die Augen geschlossen hatte, und sie war sich völlig darüber im klaren, daß sie träumte, aber dieses Wissen nahm dem Alptraum nichts von seinem Schrekken. Sie sah sich selbst, nackt und blutend und einen hilflos schreienden Säugling an die Brust gepreßt, über eine endlose, schneebedeckte Ebene fliehen, verfolgt von einem gewaltigen schwarzen Krieger auf einem Roß, dessen Hufe Flammen aus dem Boden schlugen. Sie rannte, so schnell sie konnte, aber ihre Füße versanken immer wieder im Schnee, und mit jedem Schritt, den sie tat, kam ihr schrecklicher Verfolger näher, bis sie den feurigen Atem seines Tieres im Nacken spürte. Plötzlich endete der Traum, so abrupt, wie er begonnen hatte, und für eine Weile schwebte sie durch ein gewaltiges schwarzes Nichts.

Dann sah sie sich selbst, als hätte sie auf geheimnisvolle Weise ihren Körper verlassen, und betrachtete sich von einer erhöhten Position aus, wie sie im Schutze des sichelförmigen Felsens dalag und Toran an sich gepreßt hielt. Plötzlich wuchs das Bild, als schwebe der unsichtbare Sphärenkörper, den sie im Traum hatte, in die Höhe, bis sie den Paß und einen großen Teil des Hanges überblicken konnte wie ein Vogel, der mit ausgebreiteten Flügeln auf dem Wind schwebt.

Sie erkannte Dago. Er schlief nicht, sondern hatte die Pferde abgesattelt und war zu Fuß zum Paß zurückgegangen, wohl, um sich noch einmal davon zu überzeugen, daß ihre Feinde noch nicht weiter herangekommen waren. Er ging sehr langsam und mit den schleifenden Schritten eines Menschen, der am Rande seiner Kraft angelangt war. Und dann sah sie die beiden Schatten.

Es waren zwei der großen, in schwarzes Eisen gepanzerten Krieger, die den Hof überfallen hatten – nicht etwa zwei *wie* sie, sondern zwei *von* ihnen, auch das wußte sie in diesem sonderbaren Traum, der immer mehr an bedrükkender Realität gewann, mit unumstößlicher Sicherheit –, und sie schlichen sich hinterrücks an Dago heran. Sie mußten die Berge an einer anderen Stelle überschritten haben oder waren vielleicht sogar schon lange vor ihnen dagewesen. Der Sturm verschluckte das Geräusch ihrer eisernen Stiefelsohlen, und die Felsen gaben ihnen Deckung.

Sie sah, wie Dago sich umwandte und wieder zurückkam, nachdem er den jenseitigen Pfad kontrolliert und nichts gefunden hatte, und wollte ihm eine Warnung zurufen, aber sie konnte es nicht, denn sie war nicht aktiv an dem Traum beteiligt, sondern spielte nur die Rolle einer Zuschauerin. Und dann erwachte sie, ganz schnell und übergangslos. Jede Spur von Müdigkeit war verflogen, und ihr Denken und Wahrnehmen war von einer nie gekannten Schärfe und Klarheit.

Sie lag ganz genau so da, wie sie es im Traum gesehen hatte. Die Pferde standen ein Stück abseits, mit zusammengebundenen Vorderläufen, damit sie nicht weglaufen oder sich auf der Suche nach Nahrung und Wasser verletzen konnten – und hinter den Felsen bewegte sich ein dunkler, massiger Schatten ...

Es war kein Traum gewesen! Es war alles wahr, ganz genau so, wie sie es gesehen hatte! So wie in der Ruine des Hofes, als sie eine Ahnung warnte, ihren Mördern zu begegnen, wenn sie das Haus verließ ...

»Dago!« schrie sie. *»Paß auf! Sie sind hinter dir!«*

Ein wütender Schrei antwortete auf ihren Ruf, und einer der beiden schwarzen Schatten erwachte zu wirbelndem Leben. Alles schien gleichzeitig zu geschehen: Dago tauchte zwischen den Felsen auf, und sie sah trotz der großen Entfernung den ungläubigen Ausdruck auf seinen Zügen, und auch der zweite Krieger wuchs hinter seiner Deckung empor und schwang plötzlich ein gewaltiges zweischneidiges Schwert.

Es war ein ungleicher Kampf, aber Dago gewann ihn trotzdem. Mit einer Schnelligkeit, die seine beiden Gegner vollkommen überraschte, zerrte er sein Schwert aus dem Gürtel, tauchte unter dem wütenden Hieb des einen Kriegers hindurch und stieß ihm die Klinge schräg von unten durch einen Spalt seiner eisernen Panzerung. Der Mann schrie auf, taumelte zurück und prallte mit weit ausgebreiteten Armen gegen den Fels, aber Dago war bereits herumgefahren, fing den Schwerthieb des anderen mit einem wuchtigen Schlag ab und trat ihm fast gleichzeitig die Beine unter dem Leib weg. Der Krieger taumelte und rang einen Moment lang mit wild rudernden Armen um sein Gleichgewicht, bis sein eigener, zentnerschwerer Panzer ihm zum Verhängnis wurde. Er stürzte, fiel mit einem dumpfen, scheppernden Laut aufs Gesicht und ließ seine Waffe los.

Dago gab ihm keine Gelegenheit, sich noch einmal zu erheben und erneut anzugreifen.

Der Kampf war vorüber, ehe er richtig begonnen hatte. Der junge Magier trat mit einem raschen Schritt von seinem getöteten Gegner zurück, drehte sich einmal um seine

Achse und sah sich mißtrauisch um, das Schwert kampfbereit in beiden Händen. Fast eine Minute blieb er so stehen, und Lyra hatte das sichere Gefühl, daß er mehr tat als nur zu sehen und zu lauschen. Dann richtete er sich auf, schob sein Schwert in den Gürtel zurück und kam mit raschen Schritten auf sie zu.

Lyra setzte sich auf, zog die Decke bis ans Kinn hoch und blickte ihm mit einer Mischung aus Erleichterung und Staunen entgegen. Sie hatte nicht die geringste Erfahrung mit allem, was mit Kämpfen zu tun hatte, aber sie hatte am eigenen Leibe gespürt, wie unmenschlich stark die maskierten Mörder waren. Die Leichtigkeit, mit der Dago mit ihnen fertig geworden war, erstaunte sie. Und sie erfüllte sie gleichzeitig mit einem tiefen, lähmenden Schrecken.

»Ich danke dir«, sagte Dago, als er neben ihr angelangt war. Sein Atem ging schnell, und vor seinem Gesicht erschienen kleine graue Dampfwölkchen, wenn er sprach. »Ohne deine Warnung hätten sie mich erwischt.«

Lyra blickte ihn aus weit aufgerissenen Augen an. »Du . . . du hast mir nicht gesagt, daß du so zu kämpfen verstehst«, sagte sie. »Du mußt ein Meister der Schwertkunst sein.«

»Unsinn.« Dago wischte ihre Bemerkung mit einer unwilligen Geste zur Seite. »Ich habe gelernt, mich zu wehren, das ist alles. Die beiden waren überrascht, als sie deinen Schrei gehört haben. Wäre es nicht so gewesen, wäre ich kaum so leicht mit ihnen fertig geworden.« Seine Augen wurden schmal. »Woher wußtest du, daß sie da waren? Als ich gegangen bin, hast du geschlafen.«

»Ich . . . habe ein Geräusch gehört«, stammelte Lyra, »und bin davon erwacht. Und da habe ich die beiden gesehen.«

Zwischen Dagos Brauen entstand eine tiefe, senkrechte Falte. Mit einer übertrieben langsamen Bewegung wandte er den Kopf und blickte zum Paß zurück, dann schüttelte er den Kopf, blickte wieder sie an und preßte zornig die Lippen zusammen. »Nein«, sagte er.

»Nein?« Lyra blinzelte irritiert. »Was meinst du damit?«

»Ich meine damit«, sagte Dago betont, »daß du nicht wissen konntest, daß ich dort drüben war. Ich habe fast eine Stunde dort oben gestanden und ins Tal hinabgesehen. Und ich meine damit, daß du die beiden gar nicht sehen konntest. Nicht von hier aus.«

Lyra blickte erschrocken an ihm vorbei zum Paß hinüber. Der erste Krieger, der auf der anderen Seite des Einschnittes gewartet hatte, war ohnehin unsichtbar für sie gewesen, und der Felsen, hinter dem der zweite gelauert hatte, hatte ihm Deckung auch in ihre Richtung geboten. Dago hatte recht. Sie hatte die beiden Männer gar nicht sehen *können*.

»Ich . . . ich weiß es nicht«, stammelte sie. »Vielleicht habe ich auch nur einen Schatten gesehen oder . . . oder ein Geräusch gehört oder . . .«

»Oder?« fragte Dago lauernd.

Lyras Verzweiflung wuchs. Warum konnte sie sich ihm nur nicht anvertrauen? Was hinderte sie daran, ihm endlich die Wahrheit zu sagen? Er hatte zur Genüge bewiesen, daß er nicht ihr Feind war.

Aber diesmal war es Dago selbst, der ihr Gelegenheit gab, ihm noch einmal auszuweichen. »Gut«, sagte er. »Ich sehe, daß du nicht reden willst, aus welchen Gründen auch immer. Und wir haben auch keine Zeit mehr zum Reden. Es tut mir leid, aber die Stunde, die du geschlafen hast, muß genügen. Wir reiten weiter.«

»Jetzt?« fragte Lyra erschrocken.

»Jetzt«, bestätigte Dago. »Glaubst du, diese beiden waren allein? Wahrscheinlich sind sie als Späher vorausgeschickt worden und wollten die Gelegenheit nutzen, gleich mit unseren Köpfen zurückzukommen, aber die anderen werden nicht lange auf sich warten lassen.«

»Aber ich verstehe das nicht«, sagte Lyra. »Gestern sagtest du doch, daß wir in Sicherheit wären, sobald wir den Paß überschritten haben, und jetzt . . .«

»Ich weiß selbst, was ich gesagt habe«, fauchte Dago zornig. »Vielleicht habe ich mich getäuscht. Oder ihr Magier ist gewitzter, als ich geglaubt habe. Jedenfalls müssen wir weiter, so schnell wie möglich.« Er seufzte, zog sein Schwert aus dem Gürtel und hielt die Klinge prüfend ins Licht. Dunkelrotes Blut schimmerte noch feucht auf dem geschliffenen Stahl, aber als er das Heft in der Hand drehte, sah Lyra die tiefe Scharte, die die Waffe abbekommen hatte. Ein haarfeiner Riß lief von ihrem Ende durch ein Drittel der Klinge und verschmolz mit dem Griff.

Dago zog eine Grimasse. »Schund«, sagte er. Dann drehte er das Schwert herum, packte es mit beiden Händen und brach es mit einem zornigen Ruck über dem Knie entzwei.

»Schund!« sagte er noch einmal. »Sie verkaufen nichts als Abfall und nennen es dann eine Waffe.« Er seufzte, und als er Lyra wieder ansah, glomm ein kleines, verzeihendes Lächeln in seinen Augen. »Es werden keine guten Schwerter mehr geschmiedet, seit die Goldenen über die Caer Caradayn herrschen«, fügte er erklärend hinzu. »Dahinter steckt Methode, weißt du? Das Schmieden von echtem Stahl ist bei Todesstrafe verboten, und die wenigen Waffenschmiede, die die alte Kunst noch beherrschen, arbeiten ausschließlich für die Mächtigen.«

»Aber warum?«

»Warum?« Dago lachte leise und hart. »Weil sie Angst haben, Lyra. Sie herrschen seit einem Jahrtausend mit Terror und Angst über dieses Land, aber ihnen selbst ist diese Angst auch nicht ganz fremd. Sie fürchten, daß das Volk eines Tages aufstehen und sie von ihrem verdammten Berg herunterfegen könnte, und sie haben solche Angst, daß sie einem ehrlichen Mann nicht einmal gestatten, ein gutes Schwert zu tragen. Die einzigen, die noch Waffen aus Stahl haben, sind ihre eigenen Krieger.« Er stieß zornig mit dem Fuß nach dem zerbrochenen Schwert. »Sieh dir diesen Tand doch an. Glaubst du, man könnte mit Waffen wie diesen gegen ihre schwarzen Mörder kämpfen? Es hätte keinen zweiten Hieb ausgehalten, ohne zu zerbrechen. Ich werde mir eines von ihren Schwertern holen – ich glaube kaum, daß sie sie noch brauchen.« Er drehte sich herum, überlegte es sich aber dann doch anders und bückte sich noch einmal, um sein zerbrochenes Schwert aufzuheben.

»Es ist besser, wenn wir keine Spuren hinterlassen«, sagte er. »Obwohl ich allmählich bezweifle, daß sie auf Spuren angewiesen sind. Ich verstehe das nicht. Ich verstehe es einfach nicht.«

»Was?« fragte Lyra. »Daß sie uns hier gefunden haben?«

Dago verneinte. »Das nicht. Das Finden ist kein Problem für einen Mann wie den, den sie bei sich zu haben scheinen.«

»Einen Magier?«

»Nicht *einen* Magier«, verbesserte sie Dago betont. »Ich war nicht ganz untätig, während wir hierher geritten sind. Ich kenne eine Menge Tricks, Spuren zu verwischen und Verfolger in die Irre zu führen, und ich habe so ziemlich jeden angewandt. Es gibt nur eine Handvoll Magier, die sie alle durchschaut und uns so todsicher aufgespürt hätten. Das ist es ja gerade, was ich nicht begreife.« Er lachte, aber es wirkte nervös und unecht. »Weißt du, es gibt eine Reihe von Leuten in Caradon, die mich mit Freuden hängen sehen würden, und die Goldenen wären auch nicht gerade unglücklich, brächte man ihnen meinen Kopf in einem Korb mit einer roten Schleife, aber für so wichtig, daß sie einen ihrer Großmeister auf meine Spur setzen, habe ich mich eigentlich bisher nicht gehalten.« Wieder sah er Lyra scharf an. »Sie müssen erfahren haben, daß ich auf dem Hof war«, fuhr er fort. »Und was immer sie dort gesucht haben, sie haben es nicht gefunden. Und jetzt scheinen sie zu glauben, daß ich es habe.«

»Und was«, fragte Lyra, und bei jedem einzelnen Wort tat ihr Herz einen schmerzhaften, wuchtigen Schlag, »sollte das sein?«

Dago zuckte die Achseln. »Wenn ich das wüßte, stünden unsere Chancen etwas besser«, sagte er. »Aber zumindest gibt es mir Hoffnung. Es scheint noch nicht alles verloren zu sein. Ohne Grund würden diese Hunde kaum einen solchen Aufstand machen.« Er seufzte. »Wenn ich nur wüßte, was sie gesucht haben ... Überlege noch einmal, Lyra. Hat die Elbin oder ihr Begleiter irgend etwas mit auf den Hof gebracht? Irgend etwas, was den Soldaten entgangen ist? Ein Schmuckstück vielleicht, oder eine Schriftrolle. Es muß einfach einen Grund für all das hier geben. Irgend etwas, das sie haben wollen und von dem sie zu glauben scheinen, daß ich es mit mir genommen habe.«

»Nein«, antwortete Lyra. »Du hast ja nichts mitgenommen. Nichts«, fügte sie mit einem matten Lächeln hinzu, »außer einem Pferd, einer herrenlosen Magd und ihrem vaterlosen Kind.«

»Ja«, seufzte Dago. »Aber so talentiert, das zu erkennen, scheint ihr Magier nun doch nicht zu sein.«

»Kannst du ihn nicht besiegen?« fragte Lyra.

Dago blickte sie einen Moment verblüfft an, und dann begann er zu lachen. »Besiegen?« wiederholte er. »Einen Magier von solcher Macht, wie sie ihn bei sich haben? Du weißt ja nicht, wovon du sprichst. Genausogut hättest du versuchen können, mit bloßen Händen gegen den Skruta zu kämpfen, Lyra.« Er wurde schnell wieder ernst. »Nein«, sagte er leise. »Ich kann ihn nicht besiegen, Lyra. Ich kann ihn nicht einmal täuschen. Der einzige Grund, aus dem wir noch leben, ist, daß sie nicht genau wissen, wo wir sind. Aber ich fürchte, selbst das wird nicht mehr lange so bleiben.«

»Wie weit ist es noch bis zu den Zwergen?« fragte Lyra.

»Zu weit, fürchte ich«, antwortete Dago. »Zwei Tage, vielleicht sogar drei, wenn das Wetter schlechter wird. Es sieht nach Schnee aus. Und ich weiß nicht einmal, ob sie uns helfen werden.«

»Sind sie denn nicht deine Freunde? Gestern sagtest du, sie wären es.«

»Gestern wußte ich auch noch nicht, daß wir von einem Großmeister der Magierloge verfolgt werden. Die Zwerge sind ein sonderbares Volk, Lyra. Sie sind niemandes Freund, glaube ich, weil niemand wirklich ihr Freund ist.

Sie sind verschlossen und voller Rätsel und so dunkel wie die Berge, in denen sie hausen. Sie mögen die Goldenen nicht, so wenig, wie die Goldenen sie lieben, aber ich weiß nicht, ob sie es auf eine offene Konfrontation ankommen lassen werden.«

Lyra schwieg einen Moment. Dago hatte mit großem Ernst gesprochen, aber sie wußte, daß er unrecht hatte. Sie würden ihnen helfen, wenn sie erfuhren, wer das Kind war, das Lyra bei sich trug. Sie hatte zwar den Dolch nicht mehr, den ihr Erion gegeben hatte, aber sie glaubte schon lange nicht mehr daran, daß sie dieses Erkennungszeichen wirklich brauchte. Vielleicht war es von Anfang an nicht nötig gewesen, und vielleicht hatte Erion ihr die Waffe nur gegeben, weil sie gewußt hatte, daß sie wenig später damit um ihr Leben würde kämpfen müssen. Und trotzdem erfüllten sie seine Worte mit einer tiefen Niedergeschlagenheit. Drei Tage! Auch ohne die mörderischen Verfolger hinter sich war das mehr, als sie beide in ihrem geschwächten Zustand durchstehen konnten, sie und Toran.

»Gibt es denn keinen anderen Weg aus diesen Bergen heraus?« fragte sie.

»O doch«, antwortete Dago düster. »Dutzende, und die meisten davon sind leichter. Aber nach allem, was bisher geschehen ist, fürchte ich, daß sie sie beobachten.« Er starrte einen Moment finster zu Boden, gab sich dann einen sichtlichen Ruck und sah mit einem erzwungen optimistischen Lächeln auf. »Noch haben sie uns nicht, nicht wahr?« sagte er. »Und solange ich dazu in der Lage bin, werde ich sie auch daran hindern. Ich wollte schon immer einmal wissen, ob die Schwarze Magie wirklich so viel stärker ist als die Weiße.« Er richtete sich auf. »Ruh dich noch einen Moment aus«, sagte er. »Ich gehe noch einmal zum Paß und bereite eine kleine Überraschung für unsere Freunde vor, falls sie wirklich so dumm sein sollten, ihn zu überschreiten. Wenn ich zurückkomme, reiten wir weiter.«

Er lächelte noch einmal – wieder mit diesem aufgesetzten, falschen Optimismus, der so leicht zu durchschauen war –, wandte sich um und ging mit schnellen Schritten zu den beiden Toten zurück. Lyra sah, wie er sich bückte und das Schwert des einen aufhob und in seinen Gürtel zu schieben versuchte, aber die lederne Hülle, in der seine eigene, schlanke Klinge gesteckt hatte, war zu schmal für das wuchtige Schwert des Kriegers, und nach kurzem Zögern band er dem Toten den Waffengurt ab und legte ihn um seine eigene Taille. Dann richtete er sich auf, sah noch einmal zu ihr zurück und verschwand hinter den steil aufragenden Felsen des Passes.

Lyra setzte sich auf, streifte die Decke, die sie wie einen zweiten Umhang über ihren Mantel gelegt hatte, von den Schultern und zog fröstelnd die Knie an den Leib. Toran begann leise zu weinen, als er die plötzliche Kälte spürte. Sie öffnete ihren Mantel und preßte ihn fest an ihre Brust, damit er ihre Körperwärme spürte, aber er quengelte weiter leise vor sich hin und wurde immer unruhiger, auch, als sie sich so herumdrehte, daß sie ihn mit ihrem Körper vor dem Wind schützte und sich leicht hin und her zu wiegen begann. Seine Haut war heiß, und als sie ihr Gesicht dicht an das seine heranbrachte, roch sein Atem nach Krankheit. Er hatte Fieber, und er mußte total entkräftet sein. Vielleicht war es so, wie Erion gesagt hatte, daß er die Kraft und Zähigkeit seines Vaters besaß, aber er war ein zwei Tage alter Säugling, und sie würde ihn umbringen, wenn er nicht bald genug Schlaf und Ruhe und vor allem zu trinken bekam.

»Du armes kleines Ding«, murmelte sie. Eine Woge der Zuneigung und Liebe erfaßte sie, trotz oder vielleicht gerade wegen der schier ausweglosen Situation, in der sie sich befanden, und doch war sie sich plötzlich darüber im klaren, daß dieses Kind nicht ihres war. Er war nicht Seran. Seran war gestorben, ehe er wirklich hatte leben können, und dieser Knabe war in ihre Obhut gegeben worden von einer Welt, die etwas von ihm erwartete, was er selbst wohl am allerwenigsten wußte.

»Vielleicht wollen sie nur deinen Namen«, murmelte sie.

Es tat auf sonderbare Weise gut, die Gedanken laut auszusprechen, und fast als verstünde er sie, hob Toran die Lider und blickte sie aus seinen dunklen, smaragdgesprenkelten Augen an, und so fuhr sie fort: »Vielleicht wollen sie wirklich nur deinen Namen, Toran. Wenn du wirklich das bist, was Erion gesagt hat, dann wirst du kein glück liches Leben führen.« Sie lächelte, löste den Knoten unter seinem Kinn und streifte den straff um seinen Kopf gewikkelten Zipfel des Tuches ab, so daß sein kahler Babyschädel mit der hohen Stirn und den spitzen Fuchsohren sichtbar wurde. Toran lächelte sie zahnlos an – es war sonderbar, sie hatte nie gehört, daß ein zwei Tage alter Säugling bereits lächeln konnte – und gab kleine, glucksende Laute von sich, und sie erwiderte sein Lächeln und spielte mit dem Zeigefinger an den dünnen weißen Haaren, die aus seinen Ohren wuchsen. »Die Schönheit hast du nicht gerade von deiner Mutter geerbt«, sagte sie spöttisch, »weißt du das? Wenn ich dich genau besehe, dann bist du eher ein häßliches Baby. Aber mach mich später nicht dafür verantwortlich, daß dein Vater ein Skruta war.« Sie lachte – sehr leise, um Toran nicht zu erschrekken –, zeichnete mit der Fingerspitze die feinen Linien seines Porzellangesichtes nach und schüttelte den Kopf. »Ein Kind«, murmelte sie. »Du bist gerade zwei Tage alt, und doch hast du schon so viel Leid und Unheil angerichtet, ohne auch nur davon zu wissen. Sie erwarten dich als Befreier, aber dein Kommen war voller Blut und Schrekken, und wahrscheinlich wirst du tot sein, ehe die Welt erfährt, daß es dich überhaupt gegeben hat.«

»Nicht, wenn ich es verhindern kann.«

Lyra erstarrte. Eine eisige Hand schien nach ihrem Herzen zu greifen und es zusammenzudrücken, und ein erschrockener Schrei drang aus ihrer Kehle. Sie hatte Dagos Schritte nicht gehört, aber er mußte schon eine Weile hinter ihr gestanden und sie beobachtet und belauscht haben. In seinen Augen glomm ein Ausdruck, der sie zutiefst erschreckte. Instinktiv hob sie die Hand und wollte das Tuch wieder über Torans Kopf streifen.

»Das ist es also«, sagte Dago. Seine Stimme bebte vor Erregung. Er ließ sich neben ihr auf die Knie sinken und riß ihren Arm mit einem so harten Ruck herunter, daß sie vor Schmerz stöhnte. Toran erschrak und begann zu weinen, aber Dago achtete nicht darauf, sondern legte die Hand unter sein Kinn und drehte seinen Kopf ein paarmal hin und her, als müsse er sich immer wieder davon überzeugen, daß er auch wirklich das war, was er zu sehen glaubte.

»Das ist es, was sie wollen«, sagte er dumpf. In seiner Stimme war kein Vorwurf, nur Erstaunen – und ein immer stärker werdender Schrecken. »Es ist Erions Kind, nicht deines«, sagte er. »Nicht du hast ein Kind bekommen, sondern die Elbin.«

»Das stimmt nicht!« widersprach Lyra. Auch ihre Stimme zitterte, und sie kämpfte mit aller Kraft gegen die Tränen, die plötzlich heiß und brennend in ihre Augen schossen. »Ich . . . habe ein Kind bekommen. Einen Sohn wie ihn. Aber er ist gestorben, und da . . .«

»Und da hat dir Erion ihr eigenes Kind gegeben, als sie erkannte, daß sie nicht mehr entkommen konnte«, sagte Dago.

Lyra nickte.

»Das ist es, was sie wollen«, murmelte Dago noch einmal. »Sie wissen, daß das Kind lebt, und sie . . .« Er stockte, hob mit einem Ruck den Kopf und starrte sie aus weit aufgerissenen Augen an. »Wie, sagtest du, ist sein Name?« keuchte er.

»Toran«, antwortete Lyra. Plötzlich war sie froh, daß das Versteckspiel vorbei war, und es war ihr auch ganz egal, ob Dago ihr Freund war oder nicht. Sie konnte einfach nicht mehr lügen.

»Toran«, wiederholte Dago ungläubig. »Hast . . . du ihm . . . diesen Namen gegeben, oder . . .«

»Nein«, antwortete Lyra fest. »Es ist der Name, den ihm seine Mutter gab, Dago. Und sein Vater.« Sie zögerte einen Moment, als sie das immer stärker werdende Entsetzen auf Dagos Zügen gewahrte, und fuhr dann fort: »Er ist der, für den du ihn hältst, Dago. Erion war seine Mutter, und Sjur sein Vater. Der Sohn einer Elbin und eines Barbaren aus Skruta.« Ihre Stimme war plötzlich ganz fest, und zum wiederholten Male, seit sie der Elbin begegnet war, fühlte sie eine Kraft in sich, die nicht ihre eigene zu sein schien. »Erion gab ihn mir, bevor sie starb, und sie sagte, ich solle ihn zu den Zwergen bringen. Ich sollte sagen, wer er ist, und sie würden mir helfen.«

Dago begann zu keuchen. Sein Gesicht verlor alle Farbe, und seine Hand grub sich so hart durch den Stoff ihres Mantels, daß sie vor Schmerz abermals aufstöhnte.

»Lyra«, stammelte er. »Weißt . . . weißt du überhaupt, wer dieses Kind ist? Bei allen Göttern – *weißt du, was du da in den Armen hältst?* Das ist nicht nur das Kind einer Elbin, sondern Toran, der Befreier! *Du trägst die Zukunft deines Landes an der Brust, vielleicht die der ganzen Welt!*« Plötzlich begann er zu lachen, schrill und hysterisch, aber als er aufhörte, glitzerten Tränen in seinen Augen, und sein Gesicht war verzerrt vor Furcht.

»Nein«, sagte er. »Du weißt es nicht. Sie hat dir nichts gesagt, wie? Sie hat dir nicht gesagt, daß dieses Kind einmal die Macht haben wird, die Welt aus den Angeln zu heben. Ihr Götter! Und ich fragte mich, warum sie uns jagen!«

»Sie wissen nicht, daß er lebt«, sagte Lyra.

»Natürlich nicht«, antwortete Dago hart. »Wenn sie es wüßten, wären wir längst tot. Aber sie wissen auch nicht, daß er nicht lebt, und allein das ist Grund genug für sie, uns zu jagen, bis sie uns haben, ganz egal, wie weit wir fliehen. Weißt du überhaupt, welche Angst die Goldenen allein vor seinem Namen haben? Sie hassen ihn mehr als alles andere, aber sie fürchten ihn auch mehr als irgend etwas sonst auf der Welt, denn dieser Knabe ist das einzige, was ihre Macht brechen könnte.«

»Wir werden zu den Zwergen gehen«, sagte Lyra. »Die Elbin hat gesagt, daß sie uns helfen werden, und . . .«

»Zu den Zwergen?« Wieder lachte Dago schrill und hysterisch. »Und du glaubst, sie ließen uns soviel Zeit, bis zum Albstein zu kommen. Wo sie fürchten müssen, wir hätten *dieses* Kind bei uns?« Er wies mit einer zornigen Geste zum Paß hinauf. »Weißt du, warum ich so schnell zurückgekommen bin?« fragte er. »Ich war noch einmal drüben, und ich habe die Brände gesehen. Sie brennen das ganze Tal nieder, und sie werden jede Spur von Leben auslöschen, auf die sie treffen. Und wenn sie dann noch immer nicht sicher sind, ihn getötet zu haben, werden sie diese Berge durchkämmen, Schritt für Schritt. Die Goldenen werden ihre ganze verdammte Armee hierher schikken, jeden einzelnen Mann, solange sie noch den Hauch eines Zweifels verspüren, daß er tot ist, Lyra! Sie werden dieses Gebirge in feurige Lava verwandeln, um dieses Kind zu vernichten!«

Es gefiel Lyra nicht, wie Dago *dieses Kind* sagte. Er sprach von ihm wie von einem Gegenstand – oder einer Waffe. Aber sie sah, daß er viel zu erregt war, um jetzt zu einem vernünftigen Gespräch in der Lage zu sein.

»Und was willst du tun?« fragte sie leise.

»Tun?« Dago wiederholte das Wort, als wisse er nicht, was er damit anfangen solle. »Uns bleibt nicht sehr viel, als weiter zu tun, womit wir angefangen haben, Lyra. Wir werden fliehen.«

»Fliehen«, murmelte Lyra. »Und wohin, Dago?«

Plötzlich lächelte er wieder, und es sah sogar beinahe echt aus. »Wohin schon?« fragte er. »Zu den Zwergen natürlich.«

10

Meile um Meile quälten sie sich höher in die Berge hinauf. Es begann zu schneien, wie Lyra befürchtet hatte, und der Wind steigerte sich langsam, aber unbarmherzig zum Sturm, aber sie kamen trotzdem gut voran, denn die Pfade, über die Dago sie führte, waren erstaunlich gut begehbar; nur einmal mußten sie absitzen und ihre Pferde ein kurzes Stück über loses Geröll und Schotter führen, ehe sie wieder aufsitzen und weiterreiten konnten. Gegen Mittag war der Paß schon längst hinter ihnen zurückgefallen, und vor ihnen reckte sich bereits ein neuer, steinerner Koloß in die Höhe, der ihnen zusätzlichen Schutz gewähren würde. Aber es wurde auch kälter, und so sehr Lyra auch den Schnee begrüßte, der ihre Spuren verwischte, so sehr fürchtete sie ihn auch, denn sein lautloses Fallen wurde dichter, je höher sie kamen, und es würde jetzt nicht mehr lange dauern, bis er die schmalen Pfade versteckte und ihr Vorankommen behinderte. Ihr einziger Trost war, daß er ihre Verfolger noch mehr behindern würde, denn in ihren schweren eisernen Rüstungen mußten sie bald jeden Schritt, den sie taten, schmerzhaft zu spüren bekommen.

»Wir müssen dort hinüber.« Dago wies auf einen schmalen, kaum wahrnehmbaren Einschnitt in der Felswand. »Danach wird der Weg leichter.« Er mußte sehr laut sprechen, damit Lyra seine Worte überhaupt hörte; der Wind hatte nicht zugenommen, aber das Labyrinth bizarr geformter Felsen, das ihren Weg säumte, hatte eine sonderbare Akustik und verwandelte sein leises Winseln in einen Chor jammernder und wehklagender Stimmen, und über all dem lag noch ein anderes, beunruhigendes Geräusch: ein dunkles, an- und abschwellendes Murmeln, das Lyra mit Angst erfüllte. Sie hatte Oran von diesen Bergen reden hören und von dem Hochtal, das sie gerade durchquerten. Er hatte es *Tal der toten Seelen* genannt, und er hatte finstere Geschichten davon zu erzählen gewußt, Geschichten, in denen der Eishauch einer kalten Winternacht und die Drohung eines Wolfsheulens schwang. Sie verstand jetzt auch die Furcht, die eine solche Umgebung in die Herzen der Menschen pflanzte. Es war nicht nur der Wind, den sie hörte. Und wenn, so bedeutete das Wort Wind mehr, als sie bisher geglaubt hatte.

»Lyra!« Dago berührte sie an der Schulter und sah sie mit gerunzelter Stirn an. »Hörst du mir überhaupt zu?«

Lyra antwortete mit einem matten Nicken, aber Dago schien den verschleierten Blick ihrer Augen richtig zu deuten und sprach nicht weiter, sondern gab ihrem Pferd nur einen auffordernden Klaps, damit es weitertrabte. Sie hatten nicht sehr viel miteinander geredet während der ganzen Zeit. Zu Anfang war es Dago gewesen, der verbissen geschwiegen hatte, und Lyra hatte schon angefangen zu fürchten, daß sie ihn nicht nur verstimmt, sondern wirklich verletzt hatte; was nicht weiter verwunderlich gewesen wäre. Aber dann hatte sie begriffen, daß er einfach Zeit brauchte, um über ihre Lage nachzudenken. Sie selbst – obgleich sie unfreiwillig die Hauptrolle in diesem bösen Verwechslungsspiel spielte, das sich das Schicksal mit ihnen erlaubte – verstand wohl noch immer am allerwenigsten. *Das Schicksal deines Landes* hatte Dago gesagt, *vielleicht der ganzen Welt*. Das waren große Worte, die sich leicht sprachen. Aber begriff sie es wirklich? Sie begriff ja nicht einmal, was diese Welt war, dieser gewaltige sonderbare Kosmos voller sonderbarer Menschen und unverständlicher Dinge, der hinter den Bergen begann. Ihre eigene Welt hatte an der steinernen Barriere, die sie zu überschreiten im Begriff standen, geendet, solange sie denken konnte. Es war eine kleine, einfache und leicht überschaubare Welt gewesen, mit kleinen Problemen, einfachen Leuten und überschaubaren Entwicklungen. Sie hatte im Frühjahr gewußt, was sie im Herbst tun würde, und im Herbst, wann der Sommer kam. Und obwohl sie sich manchmal gefragt hatte, ob das wirklich alles sei und es nichts anderes geben sollte, jenseits dieser Berge, sehnte sie sich doch nach diesem einfachen klaren Leben zurück. Es war hart und oft genug demütigend gewesen, aber sie hatte es *verstanden*. Was jetzt mit ihr geschah, verstand sie nicht. Sie verstand nicht, warum man sie verfolgte und jagte wie wilde Tiere, und sie verstand nicht, warum ein Kind sterben sollte, nur weil irgendein Herrscher in irgendeiner unendlich weit entfernten Festung Angst vor seinem Namen hatte.

Lyra schob den Gedanken von sich und versuchte, sich

ganz auf den Weg zu konzentrieren, der vor ihr lag. Irgend etwas geschah mit ihr, und dieses Etwas erfüllte sie mit einer tiefen, lähmenden Furcht. Ihre Gedanken gingen sonderbare Wege und kreisten um Fragen, die ihr niemals in den Sinn gekommen wären, und fanden Antworten, die sie noch viel weniger begriff. Es schien da eine zweite, fremde Lyra in ihr zu geben, und sie wurde stärker, mit jedem Atemzug, den sie tat. Es waren nicht nur neue Dinge, die sie erlebte, sondern es war eine neue Welt, die bisher unerkannt hinter der Wirklichkeit existiert hatte. Die Visionen, die sie zweimal gehabt hatte, waren nur ein Teil davon, aber die Veränderung ging tiefer. Irgend etwas hatte in ihr zu wachsen begonnen, als die Elbin in ihren Armen starb.

Dago griff mit einem plötzlichen Ruck in die Zügel ihres Pferdes und brachte es mit Gewalt zum Anhalten. Das Tier schnaubte zornig und begann auf der Stelle zu tänzeln, bis Lyra seinen Kopf zurückriß.

»Was ist los?« fragte sie erschrocken.

Dago deutete stumm nach Süden, und Lyra drehte sich umständlich im Sattel herum und blinzelte in die weißen Schleier, die hinter ihnen zu Boden schwebten und ihre Spur zudeckten. Im ersten Moment erkannte sie nichts; ihr Sehvermögen war ohnehin nicht mehr sehr gut, nach zwei Tagen und Nächten ohne Schlaf, und das unablässige Heulen und Jammern des Windes übte eine bizarre, desorientierende Wirkung auf ihre Sinne aus. Dago ergriff ihre Hand und hob sie an, bis sie schräg in den Himmel deutete, über die verschwommene Schattenlinie des Grates, den sie überstiegen hatten, hinaus. Dann sah sie, was er meinte. Zwischen den brodelnden grauen Wolken, die den Himmel verschlungen hatten, und dem Schatten des Berges schwebte ein winziger dunkler Punkt. Er stand nicht ruhig, sondern hüpfte hektisch auf und ab und hin und her wie eine Stubenfliege, die immer wieder gegen das Glas eines Fensters fliegt und nicht begreifen kann, was sie aufhält.

»Was ist das?« fragte sie.

»Ein Adler«, antwortete Dago. »Oder ein Falke, aber wenn, dann ein sehr großer.«

»Aber kein Vogel würde sich bei diesem Sturm aus seinem Nest wagen!« widersprach Lyra.

»Dieser schon.« Dago zog eine Grimasse und schüttelte den Kopf. Seine Finger begannen nervös am Zaumzeug zu spielen. »Sie benutzen diese Tiere als Späher, Lyra.«

»Sie?«

»Die Goldenen«, sagte Dago. »Ihre Magier vermögen Macht über den Willen der Tiere zu erlangen, und sie mißbrauchen diese Fähigkeit nach Belieben.« Er schürzte wütend die Lippen. »Sie tun wirklich alles, was sie können, um uns einzuholen.«

Lyra begriff nur langsam, was Dagos Worte bedeuteten. Die Erschöpfung war unerträglich geworden. Irgend etwas – vermutlich nichts anderes als ganz profane Angst – hielt ihren Körper wach und gab ihr die Kraft, sich weiter im Sattel zu halten, aber die Müdigkeit hatte nun ihren Geist ergriffen; während der letzten Stunde war sie mehr als einmal plötzlich hochgeschreckt und hatte gesehen, daß sie ein gutes Stück Weg geritten war, ohne es überhaupt zu merken. »Du meinst«, sagte sie schleppend, »dieser Vogel könnte uns verraten?«

Dago nickte grimmig. »Was er sieht, das sieht auch sein Meister«, sagte er. Sein Blick suchte den Himmel ab, verharrte einen Moment auf den Wolken im Osten und kehrte dann wieder zu dem Vogel zurück. Seine Augen wurden schmal, und in den Ausdruck von Erschöpfung, der sich tief in seine Züge gegraben hatte, mischte sich Sorge. Auch Lyra strengte ihre Augen an, um den winzigen Punkt hinter den weißen Schleiern des Schneetreibens erkennen zu können. Er war nicht näher gekommen, hatte sich aber auch nicht entfernt, sondern stemmte sich zäh gegen den Sturm.

»Der Sturm scheint schlimmer zu werden«, sagte Dago leise. »Unsere einzige Hoffnung. Wenn der Wind noch heftiger wird, kann er sich da oben nicht mehr halten.« Er überlegte einen Moment. »Wir brauchen ein Versteck«, sagte er. »Eine Höhle oder ...« Er stockte, drehte sich abermals im Sattel herum und wies auf eine Felsformation fünfzig Schritte talwärts. »Dort. Wir warten dort, bis der Sturm zugenommen hat oder der Vogel aufgibt.«

Der Gedanke, länger als unbedingt nötig – vielleicht für Stunden – in diesem Tal mit seinen steinernen Skulpturen und seinen Geisterstimmen zu bleiben, gefiel Lyra nicht, auch wenn die Aussicht auf eine Rast mehr als verlockend war. Es war etwas in diesem Tal, das sie abstieß, wie ein unangenehmer Geruch, den man auch nicht ignorieren konnte, so sehr man sich auch bemühte. Alle Felsen hier waren kantig und roh, es gab keine weichen Linien und Rundungen, und nicht einmal der Schnee vermochte den Schatten ihre Schärfe zu nehmen; alles war Ablehnung und Feindseligkeit, und selbst die Geisterstimmen des Windes schrien ihnen zu, zu gehen. Sie erinnerte sich plötzlich, daß Oran einmal, als er über dieses Gebirge sprach, behauptet hatte, daß ein Fluch auf ihm läge. Er hatte recht gehabt, dies war kein Ort für Menschen.

»Und wenn er uns schon gesehen hat?« fragte sie.

Dago schüttelte den Kopf. »Das hat er nicht«, behauptete er, und die Bestimmtheit, mit der er sprach, hielt Lyra davon ab, ihn zu fragen, woher er das wußte. »Aber er wird es, wenn wir noch lange hier herumstehen und ihm Gelegenheit dazu geben«, fügte er hinzu. »Komm schon. Ich würde auch lieber weiterreiten, aber die Gefahr ist zu groß, und eine Rast tut uns und den Tieren ohnehin gut.« Er lächelte aufmunternd, stieg aus dem Sattel und streckte die Arme aus, um Lyra Toran abzunehmen. Im ersten Moment zögerte sie, dann schalt sie sich in Gedanken selbst eine Närrin, reichte ihm das Kind und stieg umständlich vom Rücken ihres Pferdes. Das Tier schnaubte erleichtert, als es endlich von seiner Last befreit war, und auch Lyra genoß für einen Moment das Gefühl, wieder auf eigenen Füßen zu stehen, auch wenn ihr Rücken beinahe unerträglich schmerzte und ihre Beine unter dem Gewicht ihres Körpers nachzugeben drohten.

Dago gab ihr Toran zurück, ergriff auch die Zügel ihres

Pferdes und stemmte sich mit gesenkten Schultern gegen den Wind, als sie das kurze Stück Weg zurückgingen. Sein Blick irrte immer wieder in den Himmel und suchte den schwarzen Punkt unter den Wolken. Lyra war nicht sicher, aber es schien ihr, als käme er nun doch näher. Aber wahrscheinlich war es nur ihre Furcht, die ihn plötzlich größer und drohender erscheinen ließ.

Der kurze Weg zu den Felsen zurück wurde zu einer Qual. Das Drohen und Schreien des Windes wurde lauter, und obwohl sie dicht hinter Dago blieb und sein Körper die größte Wut des Sturmes wie ein lebender Schild brach, drang die Kälte durch ihren Mantel hindurch tief in ihre Glieder. Toran erwachte und begann leise zu wimmern, als er die Kälte spürte, die sie bisher mit ihrem eigenen Körper von ihm ferngehalten hatte. Sie wankte vor Erschöpfung, als sie in den Schutz der Felsen traten, und hier, wo der Schnee nicht hinkam, war der Boden mit einer dünnen schimmernden Schicht aus Eis überzogen, so daß sie sich mit einer Hand an Dagos Arm festklammerte, um nicht zu stürzen.

Er lächelte, führte sie behutsam in den hintersten, windgeschützten Winkel des steinernen Domes und nahm rasch eine Decke aus seinem Gepäck, auf die sie sich setzen konnte. Erst dann ging er noch einmal zurück, nahm die beiden Pferde beim Zügel und führte auch sie unter das Granitdach. Obwohl Lyra wußte, daß seine Sorge viel mehr dem Kind in ihren Armen als ihr selbst gelten mußte, empfand sie doch eine tiefe Dankbarkeit.

Minutenlang saß sie einfach da und genoß das Gefühl der Entspannung, dem sie sich jetzt endlich hingeben konnte. Jeder einzelne Muskel in ihrem Körper schmerzte, ihr war noch immer übel, und sie fror wie niemals zuvor in ihrem Leben, aber es war immer noch besser als das Reiten, das ihr Höllenqualen bereitet hatte. Sie war plötzlich froh, daß Dago nicht auf ihre Bedenken gehört und hier Unterschlupf gesucht hatte, verwunschenes Tal hin oder her. Die Müdigkeit gewann nun, da sie sich entspannen konnte, rasch Macht über sie, und sie spürte, wie ihre

Glieder plötzlich schwer wie Blei wurden, aber sie drängte den Schlaf noch einmal zurück und richtete sich an der eisigen Wand auf. Weder sie noch Dago wußte, wann sie das nächste Mal rasten konnten, und Toran hatte Hunger und mußte versorgt werden. Dago half ihr, seine Tücher zu lockern und ihn an ihre Brust zu legen, und diesmal nahm sie seine Hilfe dankbar an. Sie fühlte nicht einmal Verlegenheit, als sie sah, wie sein Blick ungeniert über ihre Brüste glitt und sich ein flüchtiges Lächeln in seine Züge stahl.

»Weißt du, daß du sehr schön bist?« fragte er plötzlich.

Lyra sah auf, nickte stumm und zog den Mantel wieder enger um die Schultern, nicht aus Scham, sondern einfach, weil ihr kalt war, aber Dago deutete die Bewegung falsch, denn sein Lächeln wurde plötzlich verlegen wie das eines kleinen Jungen. Lyra unterdrückte ein spöttisches Lächeln. In der Stadt, aus der er kam, mußten andere Sitten herrschen als hier im Tal.

»Das Kind einer Elbin und eines Skruta«, murmelte Dago kopfschüttelnd, »gesäugt mit der Milch einer Menschenfrau.«

»Was findest du so sonderbar daran?« fragte Lyra. »Er hat Hunger und muß trinken.«

Dago lachte über ihre Worte, und obwohl sie nicht verstand, was ihn daran so amüsierte, stimmte sie nach einem Moment in sein Lachen ein und ließ es zu, daß er sich mit angezogenen Knien neben sie auf die Decke hockte und seinen Kopf an ihre Schulter lehnte. Seine Nähe und Wärme taten gut. Die beiden Pferde, die den schmalen Raum zwischen den Felsplatten fast zur Gänze ausfüllten, hielten mit ihren Leibern auch den Wind ab, der Schnee und Kälte zu ihnen hereinwirbeln wollte, und Lyra fühlte ein sonderbares Gefühl der Geborgenheit. Selbst das Heulen des Windes klang mit einem Male nicht mehr drohend, sondern wie das Wehklagen des Sturmes, wenn man sicher und warm am Feuer saß und die Läden gut vorgelegt waren. Eine trügerische Wärme begann sich in ihren Gliedern auszubreiten, und ihre Gedanken flossen immer langsamer und unsinniger und drohten ihr zu entgleiten. Sie mußte achtgeben, daß sie nicht einschlief, während Toran noch trank.

»Warum hat sie uns nichts gesagt?« fragte Dago plötzlich, und nach einem kurzen Moment der Verwirrung wurde Lyra klar, daß seine Gedanken wie die ihren eigene Wege gegangen waren und er mehr mit sich selbst redete als mit ihr. »Warum hat Erion eurem Boten nicht gesagt, weshalb sie gekommen ist? Das alles hätte nicht geschehen müssen, hätten wir es gewußt.« Er lachte bitter. »Wir wären mit einer Armee gekommen, um sie zu beschützen.«

Lyra antwortete nicht auf seine Worte, obwohl er den Kopf drehte und sie fragend ansah. Sie wollte nicht antworten. Sie wollte überhaupt nicht reden, sondern einfach nur dasitzen und das Gefühl von Geborgensein und Sicherheit genießen, das ihr die Müdigkeit vorgaukelte, vielleicht zum letzten Mal in ihrem Leben. Trotzdem zuckte sie nach einer Weile mit den Achseln und sagte: »Sie hatte Angst, daß der Bote aufgehalten oder abgefangen werden konnte, glaube ich. Sie fürchtete wohl, daß seine Nachricht an die falschen Ohren gelangen könnte.«

»Mit Recht«, sagte Dago. »Obwohl sie es auch auf andere Weise erfahren haben, wie du gesehen hast. Die Goldenen sind mächtig. Manchmal glaube ich fast, sie sind mächtiger als die Elben. Obwohl das natürlich Unsinn ist«, fügte er hinzu, so rasch und in einem Ton, als müsse er sich selbst für seine eigenen Worte um Entschuldigung bitten.

»Warum nennst du sie *Die Goldenen*?« fragte Lyra; weniger aus wirklichem Interesse als vielmehr, um überhaupt irgend etwas zu sagen und der Verlockung des Schlafes Einhalt zu gebieten, die immer übermächtiger wurde.

»Jedermann nennt sie so«, antwortete Dago, »weil niemand weiß, wie sie wirklich heißen und wer sie sind.«

»Sie herrschen über das Land, und niemand weiß, wer sie sind?« sagte Lyra zweifelnd. Dagos Worte klangen nicht sehr überzeugend.

»Niemand hat je ihre Gesichter gesehen«, bestätigte

Dago. »Sie zeigen sich selten in der Öffentlichkeit, sondern verkriechen sich die meiste Zeit wie Ratten in ihrem verdammten brennenden Berg. Und wenn sie doch einmal herauskommen, dann tragen sie stets Rüstungen. Goldene Rüstungen«, fügte er in einem fast angewidert klingenden Tonfall hinzu. »Es sind sechs, und das ist schon ziemlich alles, was über sie bekannt ist. Sechs Teufel in Menschengestalt, die seit tausend Jahren ihr Volk knechten.« Er seufzte, setzte sich auf und zog fröstelnd die Knie an den Leib. »Niemand hat sie je gesehen«, sagte er noch einmal, »aber irgendwann wird der Tag kommen, an dem ich einem von ihnen die Maske vom Gesicht reißen werde. Das schwöre ich.«

Der Ernst, mit dem er sprach, erschütterte Lyra. Seine Stimme war ganz ruhig, ohne eine Spur von Haß oder Pathos, aber es war ein Versprechen, das er sich vermutlich schon unzählige Male selber gegeben hatte und für dessen Einlösung er sein Leben opfern würde, das spürte Lyra. Und trotzdem wirkten seine Worte gleichzeitig unendlich hilflos. Sie hatte gesehen, wozu er fähig war. Dago war ein Magier, dessen war sich Lyra sicher, und trotzdem flohen sie verzweifelt vor ihren Verfolgern. Wie mächtig mußten die sein, die einen Magier wie Dago in Angst und Schrekken versetzen konnten?

»Vielleicht wird es gar nicht mehr so lange dauern, bis es soweit ist«, knüpfte er nach einer Weile an seine Worte an.

Sie sah auf, als sie seinen Blick auf sich spürte, auf sich und vor allem auf dem Kind an ihrer Brust. Instinktiv legte sie die Hand schützend über Torans Gesicht. Es war eine Geste ohne wirkliche Bedeutung. Sie mißtraute Dago nicht mehr; im Gegenteil. Es tat ihr leid, daß sie ihm jemals mißtraut hatte.

Dago lächelte. »Keine Sorge, Lyra«, sagte er. »Ihm wird nichts geschehen. Wenn wir es schaffen, den Albstein zu erreichen, dann ist er in Sicherheit. Nicht einmal die Macht der Goldenen reicht aus, die Wälle der Zwergenfestung zu brechen.«

Er sprach nicht die Wahrheit. Seine Worte waren nur Ausdruck dessen, was er *wollte*, nicht, was sein würde. Sie wußte es. Und er wußte es auch, aber keiner von ihnen würde es aussprechen.

»Er ist noch ein Kind«, murmelte sie, eigentlich nur, um nicht direkt antworten zu müssen. »Ein Säugling, Dago. Was kann er euch schon nutzen?«

»Er wird ein Mann werden«, antwortete Dago. »Es wird nicht lange dauern, Lyra. Was sind zwanzig oder dreißig Jahre für ein Volk, das ein Jahrtausend gewartet hat? Wir haben Zeit, Lyra. Wir können warten, und jetzt, wo er bei uns ist, ist jeder Tag, der vergeht, ein Tag zu unseren Gunsten. Toran wird heranwachsen, und er wird der werden, auf den wir warten.«

»Auf den ihr wartet?« Lyras Worte waren voll einer Bitterkeit, die sie selbst erschreckte. »Auf ihn, Dago, oder auf seinen Namen?«

Dago starrte sie an. Für einen Moment erschien ein Glitzern in seinen Augen, und Lyra erwartete eine scharfe Antwort, aber statt dessen lächelte er plötzlich wieder, lehnte sich zurück und starrte gegen die eisglitzernde Decke ihres Versteckes. »Für ein einfaches Bauernmädchen, das sein Tal noch nie verlassen hat und nichts von der Welt zu wissen behauptet, hast du eine scharfe Zunge, Lyra«, sagte er spöttisch, aber es war ein gutmütiger Spott, der sie den Ausdruck in seinem Blick verzeihen ließ. »Du weißt nichts von dem, was man sich über Toran erzählt, nicht? Für dich ist er einfach ein Kind. Vielleicht hat dich Erion gerade deshalb auserwählt, Lyra. Aber er ist nicht *nur ein Kind*. Er ist Toran, der Befreier. Er wird die Macht der Goldenen brechen.« Er beugte sich ein wenig vor, so daß er ihr wieder ins Gesicht sehen konnte. Das Halbdunkel der Felsenhöhle überzog sein Gesicht mit grauen Schatten.

»Du täuschst dich, wenn du glaubst, daß wir nur seinen Namen brauchen, Lyra. Wäre es so, dann hätten wir die Goldenen schon vor einem Jahrtausend hinweggefegt. Du kennst Torans Geschichte nicht.«

»Dann erzähl sie mir«, sagte Lyra.

Dago warf einen Blick nach draußen, wie um sich zu überzeugen, wieviel Zeit ihnen blieb, zuckte mit den Achseln und lehnte sich wieder zurück. »Warum nicht? Du erfährst sie ohnehin, sobald wir aus diesen Bergen heraus sind, denn es ist eine Geschichte, die jedes Kind kennt. Die Mütter singen sie ihren Kindern, um ihnen die Angst zu nehmen, und die Väter erzählen sie ihren Söhnen, damit sie das Joch der Goldenen ertragen lernen.«

»Ich habe sie nie gehört«, sagte Lyra.

Dago lachte leise. »Hast du überhaupt jemals Geschichten gehört?«

»Viele«, antwortete Lyra, in einem Ton, als müsse sie sich verteidigen. »Die alte Guna hat oft erzählt, und Oran war ein gebildeter Mann, der viel über die Welt wußte.«

»Ein gebildeter Mann?« Plötzlich klang Dagos Lachen abfällig. »Ein Tölpel von Bauer, willst du sagen, der damit zufrieden war, auf einem gottverlassenen Hof in einem Tal irgendwo am Ende der Welt zu leben und sich die Nächte von seinen Mägden verkürzen zu lassen?«

Er schien zu spüren, daß seine Worte Lyra verletzten, denn er stockte einen Moment, lächelte verlegen und sah rasch zu Boden. »Verzeih«, murmelte er. »Ich wollte das nicht sagen. Nicht überall wird die Geschichte von Toran weitergegeben, weißt du? Es gibt Menschen, die die Hoffnung aufgegeben haben. Sie haben sich mit dem Joch der Goldenen abgefunden, und sie versuchen, jede Erinnerung daran, daß es einmal anders gewesen ist, auszulöschen, vielleicht, weil sie das Leben sonst nicht mehr ertragen würden. Ich habe vergessen, daß . . .«

»Es macht nichts«, unterbrach ihn Lyra. »Du wolltest von Toran erzählen.«

Dago warf ihr einen raschen, dankbaren Blick zu. »Toran«, sagte er. »Es gibt eine Legende, Lyra, die Legende von Toran, der über dieses Land geherrscht hat, bevor die Goldenen kamen. Er war ein großer König, und tausend Lieder singen von seinen Heldentaten. Natürlich ist nicht alles von dem wahr, was sich die Menschen erzählen;

wahrscheinlich«, fügte er mit einem raschen Lächeln hinzu, »sogar nur das Allerwenigste. Aber wahr ist, daß er gelebt hat und daß es dem Land und seinen Bewohnern gutging unter seiner Herrschaft. Er muß ein sehr weiser König gewesen sein, aber auch ein großer Krieger; und ein Magier.«

»Ein bißchen viel für einen einzelnen Mann, findest du nicht?« fragte Lyra.

Dago lachte. »Vielleicht. Vielleicht war er auch einfach nur ein kluger Mann, was für einen König schon mehr ist, als die meisten Länder von ihren Herrschern behaupten können. Er erschuf das Reich von Caradon so, wie es heute ist. Unter seiner Herrschaft wurde aus einem von Kriegen zerrissenen Land ein mächtiges, wohlhabendes Reich.«

»Und danach?« fragte Lyra, als Dago nicht weitersprach. »Nach seinem Tod?«

»Er starb nicht«, behauptete Dago. »Es heißt, eines Tages hätte er sein goldenes Schiff bestiegen und wäre davongesegelt und hätte vor seinem Abschied versprochen, zurückzukehren, wenn ihn sein Volk am dringendsten braucht. Ich selbst glaube nicht, daß es wirklich so war – jedenfalls, was den letzten Teil der Geschichte betrifft. Aber was ich weiß, ist, daß er zurückkehren wird und daß wir unter seiner Führung die Caer Caradayn stürmen und die Herrschaft der Goldenen beenden werden, ein für allemal.«

Lyra starrte den jungen Magier voller Entsetzen an. Dago hatte den letzten Teil der Geschichte in genau dem pathethischen Tonfall erzählt, den diese Worte verlangten, und die Beunruhigung, die sie die ganze Zeit über gespürt hatte, wuchs plötzlich zu einem Gefühl eisiger Furcht. »Aber das ist doch nur eine Geschichte!« sagte sie. »Nichts als ein Märchen, Dago. Du willst das Leben dieses Kindes aufs Spiel setzen, um eine *Legende* Wirklichkeit werden zu lassen?«

»Eine Legende?« Dago schüttelte heftig den Kopf. »Du weißt lange nicht alles, Lyra, aber du wirst den Rest erfahren, wenn wir bei den Zwergen sind. Glaubst du, die Goldenen würden ihre Mörder schicken, wenn er nicht mehr als eine Legende wäre? Glaubst du, daß sie Angst vor einem Namen haben, hinter dem nichts als Worte und ein Versprechen stehen?«

»Es wäre nicht das erste Mal, daß ein Name ein Reich zum Wanken bringt«, sagte Lyra leise, aber wieder schüttelte Dago den Kopf. »Nein, Lyra! Die Geschichte von Toran mag zur Legende verkommen sein, aber ihr Kern ist wahr. Ich kann verstehen, daß du dich dagegen wehrst, weil du dieses Kind liebst und weil du es für dich behalten willst, aber du weißt längst nicht alles. Dieses Kind ist Toran. Toran, der Befreier.«

Toran, der Befreier ... Warum erfüllten sie diese Worte so sehr mit Furcht und Abscheu? Sie liebte dieses Kind, so sehr, als wäre es ihr eigenes. Der Befreier ... Vielleicht würde es das werden, wenn es ihnen gelang, den Nachstellungen der schwarzen Mörder zu entgehen und sich zu den Zwergen durchzuschlagen und ihnen das Kind zu übergeben, wie es ihr Erion aufgetragen hatte.

Aber sie wollte es nicht. Dagos Worte hatten sie mit einem Entsetzen erfüllt, das sie innerlich aufstöhnen ließ. Und plötzlich wußte sie, was geschehen würde. Es war keine der sonderbaren Visionen, wie sie sie schon zweimal gehabt hatte, nichts von dieser fremden, beunruhigenden Kraft, die in ihr erwacht war und sie mit Angst erfüllte, und trotzdem sah sie die Zukunft plötzlich so klar vor sich, als wäre es bereits geschehen. Er war ein Kind, erst wenige Tage alt und schuldlos und leer, aber Toran würde heranwachsen, und die, die auf ihn warteten, würden ihn zu einem Helden machen. Vielleicht würde er dieses Land wirklich befreien, aber wahrscheinlicher war, daß sie ihn vorher töten würden, und wenn nicht, dann würde *er* töten. Irgendwann würde er an der Spitze eines Heeres in die Schlacht reiten und die Verlockung der Macht kennenlernen, und er würde hart und stark werden und niemals erfahren dürfen, was es hieß, einfach zu leben. Sie würden ihm seine Unschuld stehlen, dachte Lyra. Vielleicht würde er alles haben, was sich ein Mensch nur wünschen konnte, und er würde niemals begreifen, was er verloren hatte.

Und in diesem Moment faßte Lyra einen Entschluß. Seine Tragweite war ihr noch nicht klar, aber es war der Moment, in dem sie mit jener anderen Lyra verschmolz und das Bauernmädchen, das sie einmal gewesen war, verschwand. Sie begriff jetzt, daß sie diese andere Lyra im Grunde immer gewesen war. Sie war auf Orans Hof gekommen und hatte ein Leben vorgefunden, das sie in eine Rolle gezwängt hatte, aber sie war niemals sie selbst gewesen. Einmal vielleicht, als Felis sie hatte töten wollen und sie sich wehrte, aber für dieses eine Mal hatte sie teuer bezahlt. Sie hatte mehr verloren, als Dago oder irgendein anderer Mensch begreifen konnte; vielleicht nicht einmal die Elbin. Sie würde sich ihr Kind kein zweites Mal wegnehmen lassen. Sie würde es nicht zulassen. Toran war mehr als ein Findelkind, das sie für eine Weile beschützte wie eine Hündin, die als Amme für ein mutterloses Junges diente. Er war *ihr* Sohn. Der Platz in ihrem Herzen war leer gewesen, als Seran gestorben war, und Toran hatte ihn eingenommen und hatte das gleiche Recht auf die Liebe und den Schutz, die sie ihrem eigenen Kind gewährt hätte. Sie würde ihn verteidigen. Selbst wenn sie dazu gegen die ganze Welt kämpfen mußte.

Und irgend etwas sagte ihr, daß sie diesen Kampf gewinnen würde.

11

Für den Rest des Tages und auch die darauffolgende Nacht waren sie im Schutz der Felsen geblieben. Sie hatten nicht weiterreiten können; der Sturm war mit Urgewalt losgebrochen und hatte den Vogel vom Himmel gefegt, wie Dago es vorausgesagt hatte. Aber es war nicht dabei geblieben; aus den tobenden Böen war innerhalb von Augenblicken ein Orkan geworden. Sie hatten den unfreiwilligen Halt genutzt, um zu schlafen und ihren Körpern ein wenig Ruhe zu gönnen. Erst am nächsten Morgen waren sie weitergeritten, höher in die eisglitzernde Welt der Berge hinein.

Die nächsten beiden Tage verliefen beinahe ereignislos. Sie ritten, solange es der Sturm zuließ, und verbrachten die übrige Zeit im Schutze von Höhlen oder Felsspalten. Dago zeigte ein fast übermenschliches Maß an Geduld mit ihr, denn das Reiten fiel ihr mit jeder Stunde schwerer, und die Augenblicke, in denen sie einfach nicht weiter konnte und anhalten mußte, um sich auszuruhen, häuften sich. Aber er schalt sie niemals und gestattete sich nicht einmal einen ungeduldigen Blick oder ein Stirnrunzeln. Er wußte, daß sie gut für Toran sorgte, und das allein war wichtig.

Am späten Nachmittag des zweiten Tages erreichten sie einen Kamm, und Dago zügelte sein Pferd und deutete auf einen grauen, kegelförmigen Berg, der sich weit vor ihnen aus dem Dunst des Sturmes erhob.

»Der Albstein«, sagte er.

Lyra hob müde den Kopf und versuchte, die Umrisse des Berges zu erkennen, aber es gelang ihr nicht gleich. Der Sturm hatte abgenommen, und seine Kraft reichte kaum noch, den trockenen Pulverschnee um die Fesseln der Pferde zu wirbeln. Aber vor ihnen kochte und brodelte es, als wären alle Naturgeister in Aufruhr.

»Wie weit ist es noch?« fragte sie.

Dago überlegte einen Moment und zuckte dann die Achseln. »Zu weit, um ihn heute noch zu erreichen, fürchte ich«, sagte er. »Vielleicht schaffen wir es, wenn der Sturm nicht schlimmer wird.«

Lyra blickte stumm in das wirbelnde weiße Chaos, das das Tal verschluckt hatte, dann drehte sie sich um und fuhr sich mit dem Handrücken über die Augen, als könne sie die Müdigkeit auf diese Weise wegwischen. Ihr Blick glitt über die verschneite Alptraumlandschaft, durch die sie geritten waren, und so wie die Male zuvor verlor er in der weißen Einöde den Halt und begann ziellos umherzuirren, bis sie die Augen schloß. Sie hatte angefangen, die Farbe Weiß zu hassen.

»Sie sind noch weit hinter uns«, sagte Dago, als er ihren Blick bemerkte. »Keine Sorge – selbst ein Magier kann dem Sturm nicht befehlen, aufzuhören. Ich hoffe es wenigstens«, fügte er etwas leiser hinzu.

»Und wenn doch?«

»Dann wären wir kaum so weit gekommen«, antwortete Dago. »Kannst du noch weiter? Ich möchte das Tal hinter mir haben, ehe es dunkel ist.«

Lyra hätte gerne nein gesagt. Das einzige, was ihr überhaupt noch Kraft gab, war das Kind in ihren Armen. Es war nur der Gedanke an Toran, der sie immer wieder aufrecht hielt. Sie nickte.

Dago lächelte – auch dieses Lächeln hatte an Kraft und Überzeugung verloren –, gab seinem Pferd die Zügel und begann den Hang hinunter zu reiten, und Lyra folgte ihm nach kurzem Zögern. Sie kamen nicht gut voran. Der Hang war steil und unwegsam, und es mußte hier seit Tagen geschneit haben. Der trockene Pulverschnee lag so hoch, daß die Pferde bei jedem Schritt sehr tief darin einsanken, und darunter war der Boden uneben und mit Felsen und Geröll übersät, so daß ihre Tiere mehr als einmal scheuten und nur mit Gewalt zum Weitergehen zu bewegen waren. Es dauerte fast eine Stunde, ehe sie das Ende des Hanges erreichten und das schmale Tal vor ihnen lag. Der Anblick entmutigte Lyra vollends. Es war kaum eine Meile breit, aber so unwegsam, als hätte ein Riese das Land gepackt und zusammengepreßt; nicht einmal der Schnee vermochte die zahllosen Spalten und Felstrümmer vollends zu überdecken. Es würde zu einer Tortur werden, das Tal zu durchqueren.

Die Schneeböen rissen auf, als sie neben Dago weiterritt, und für einen Moment konnte sie den grauen Buckel des Albsteines sehen. Der Anblick enttäuschte sie beinahe. Sie wußte selbst nicht zu sagen, was sie erwartet hatte, aber zumindest war es nicht das gewesen. Es war ein ganz normaler Berg: grau, zerschrunden und buckelig wie ein hockender Riese, weder besonders beeindruckend noch auf andere Weise auffällig. Er war nicht einmal besonders groß. Ein paar der benachbarten Berge überragten ihn um ein gutes Stück, und er sah eher so aus, als ducke er sich angstvoll unter den Sturmböen.

Dago hielt mit einer so abrupten Bewegung an, daß Lyra zu spät reagierte und ein kleines Stück weiterritt, ehe sie ihr Pferd verhielt und zu ihm zurücksah. »Was hast du?«

Dagos Blick war starr in den Himmel gerichtet. Lyra sah ihn einen Moment verstört an, dann legte sie den Kopf in den Nacken und blinzelte ebenfalls nach oben.

Der Anblick traf sie wie ein Schlag ins Gesicht, obwohl sie ihn erwartet hatte, in jeder Minute der letzten beiden Tage. Über dem Tal kreisten zwei schwarze Punkte, und diesmal waren sie sogar so niedrig, daß Lyra die dunklen, reglos gespannten Schwingen erkennen konnte, mit denen sie auf den unsichtbaren Wogen des Windes ritten.

»Sie sehen uns!« rief sie erschrocken aus. Ihr Herz schien einen schmerzhaften Sprung zu tun, und für einen Moment verflog sogar die Müdigkeit. »Sie sehen uns, Dago«, sagte sie noch einmal. »So tu doch irgend etwas!«

Dago nickte grimmig, löste den Bogen von seinem Sattelgurt und spannte ihn mit einer einzigen, kraftvollen Bewegung. Rasch legte er einen Pfeil auf die Sehne, lehnte sich schräg im Sattel zurück und drückte gleichzeitig ein Knie durch, um festen Halt in den Steigbügeln zu finden, zog den Pfeil mit einem zornigen Ruck bis zum Ohr und ließ ihn fliegen, ohne länger zu zielen. Das Geschoß verwandelte sich in einen Schatten und schien zu verschwinden, aber kaum einen Atemzug später bäumte sich einer der Vögel auf wie von einem Fausthieb getroffen, kippte mit einem letzten, hilflosen Flügelschlagen zur Seite und stürzte wie ein Stein zu Boden.

Dago knurrte zufrieden, legte einen zweiten Pfeil auf die Sehne und spannte sie. Aber der Vogel schien aus dem Schicksal seines Kameraden gelernt zu haben, denn er hörte auf zu kreisen und begann mit wilden Schlägen seiner mächtigen Schwingen hin und her zu hüpfen, so daß es Dago unmöglich war, zu zielen. Er fluchte, nahm den Bogen herunter und jagte den Pfeil mit einem neuerlichen Fluch in den Schnee. Wütend legte er den Bogen in seine lederne Halteschlaufe am Sattel zurück und blickte zu dem Vogel hoch. »Du entkommst mir nicht, du Vieh«, zischte er. Sein Gesicht war verzerrt vor Haß; einem Haß solcher Intensität, daß Lyra einen plötzlichen, eisigen Schauer verspürte. Es schien ein völlig anderer Dago zu sein, den sie plötzlich sah, eine Seite seines Selbst, die er bisher verborgen gehalten hatte.

Wieder richtete er sich im Sattel auf, hob den linken Arm und spreizte die Hand, als wolle er nach dem Vogel dort oben am Himmel greifen. Seine Finger vollführten rasche, kompliziert aussehende Bewegungen, und seine Lippen bewegten sich, als spräche er, ohne daß Lyra allerdings auch nur den geringsten Laut gehört hätte.

Ein heller, knisternder Laut mischte sich in das Winseln des Sturmes; ein Geräusch, als zerknüllten Dagos Finger einen unsichtbaren Bogen rissigen alten Pergamentes, während sie sich langsam schlossen. Und dann geschah etwas, das ihr in diesem Moment so schrecklich erschien, daß sie es niemals wieder vergessen würde. Sie wußte, daß Dago seine Magie anwandte, um den Vogel zu töten; so, wie er es auf dem Hof getan hatte, als er von den beiden Kriegern attackiert wurde, aber es war ganz anders. Ein heller Glanz wie leuchtender Nebel kroch über Dagos Finger und hüllte seinen Arm bis zum Ellbogen ein wie ein Handschuh aus Licht, milchig wie Nebel und vom Funkeln zahlloser winziger Sterne durchsetzt, und plötzlich war etwas Schwarzes, Körperloses wie ein wogender Schatten zwischen seinen Fingern.

Lyra schrie auf, als sie die Form des Schattens erkannte. Der körperlose Rauch hatte die Umrisse eines Vogels; eines kräftigen, stolzen Tieres mit breiter Brust und starken, weit ausgebreiteten Schwingen.

»Stirb, du Vieh . . .«, flüsterte Dago haßerfüllt.

Lyra hob mit einem unterdrückten Keuchen den Kopf und starrte in den sturmgepeitschten Himmel hinauf. Der Adler hatte an Höhe gewonnen und versuchte mit kraftvollen Flügelschlägen das Tal zu verlassen. Aber irgend etwas hinderte ihn daran, eine unsichtbare, gnadenlose Macht, die seine gewaltigen Schwingen gepackt hatte und sie langsam und erbarmungslos zusammenpreßte. Wie eine unsichtbare Hand, dachte Lyra entsetzt, die nach ihm gegriffen hatte. Ungläubig irrte ihr Blick zwischen dem Vogel und Dagos Hand hin und her. Es war das gleiche Geschehen, hier wie oben am Himmel. Im gleichen Maße, in dem sich Dagos Finger wie ein tödlicher Korb um den Schatten schlossen, wurden die Flügelschläge des Vogels mühsamer; der unsichtbare Widerstand wuchs, und für einen kurzen, entsetzlichen Moment glaubte Lyra, durch das Heulen des Sturmes hindurch die schrillen Angstrufe des Tieres zu hören. Dann schloß Dago die Faust mit einem harten, wütenden Ruck, bei dem sich sein Gesicht vor Anstrengung verzerrte, der Schatten in seiner Hand hörte auf zu flattern, und der Vogel oben am Himmel wurde zu einem schwarzen Ball und begann einen rasenden Sturz zur Erde, als Dago die Hand öffnete.

Seine Finger waren voller Blut.

Lyras Blick hing wie gebannt an Dagos Hand. »Was ... was hast du ... getan?« stammelte sie. Ihr Herz raste, jeder einzelne Schlag tat weh, und in ihrem Mund sammelte sich bitterer Speichel. Sie hatte das Gefühl, sich übergeben zu müssen. »Was hast du getan?« fragte sie noch einmal. »Das ... das war ... entsetzlich!«

»So?« Dagos Blick war hart, sie las nicht die geringste Spur von Mitleid oder irgendeinem anderen Gefühl darin. »War es das?« Er riß sein Pferd mit einer wütenden Bewegung herum, drängte es an ihre Seite und hielt ihr seine blutbesudelte Linke vor die Augen. Lyra wollte den Kopf zur Seite drehen, aber Dago griff rasch und hart mit der anderen Hand zu und zwang sie, seine Finger weiter anzustarren. »Was hast du erwartet?« zischte er. »Die Männer, die diese Vögel geschickt haben, Lyra, werden uns töten. Sie werden *dich* töten, Lyra, dich und dein Kind, wenn sie auch nur die geringste Chance dazu bekommen!«

»Hör auf!« schrie Lyra. Sie versuchte, seine Hand wegzuschieben und nach ihm zu schlagen, aber er war viel zu stark für sie, und sein Zorn gab ihm zusätzliche Kraft.

»Verdammt, Lyra, wach endlich auf!« brüllte er. »Du hast Angst, und ich kann dich verstehen, aber das hier ist die Realität! Du hast Angst vor ein bißchen Blut an meinen Händen! Es ist das Blut eines Vogels, verdammt, mehr nicht. Aber sie werden *dein* Blut vergießen, wenn sie uns einholen! Deines und das deines Kindes! Was, glaubst du, tun wir hier?« Er ließ sie los und richtete sich zornig im Sattel auf. Sein Pferd begann zu tänzeln, als es seine Erregung spürte, aber Dago brachte es mit einem brutalen Ruck zur Räson und wies durch das Tal nach Süden zurück. »Wir reiten nicht zum Vergnügen durch diese Berge, Lyra«, sagte er, »sondern weil wir um unser Leben rennen müssen. Als wir auf deinem Hof waren, Lyra, da habe ich drei Männer getötet, um dich zu retten.«

»Aber es war . . .«

»Was?« unterbrach sie Dago hart. »Etwas anderes? Hast du nicht selbst einen von ihnen umgebracht, mit bloßen Händen?«

Lyra starrte ihn beinahe entsetzt an. Dago hatte bisher mit keinem Wort erwähnt, daß er gesehen hatte, was geschehen war. »Du hast ihn nicht einmal berührt«, flüsterte sie. »Du hast ihn getötet, obwohl er eine Meile entfernt war. Nur mit . . . mit deinem Willen.«

Für die Dauer eines Atemzuges blieb der harte, gnadenlose Ausdruck in Dagos Augen; dieser Schatten des Hasses, der wie eine schwärende Krankheit in seiner Seele wühlte und darauf wartete, hervorzubrechen und Gewalt über ihn zu erlangen. Dann erlosch das dämonische Feuer, und seine Lippen verzogen sich zu einem Lächeln. »Entschuldige«, sagte er. »Ich wollte dich nicht anschreien. Es tut mir leid.«

Lyra schüttelte den Kopf und wich seinem Blick aus. Sie

wollte sein Lächeln erwidern, um ihm zu zeigen, daß sie seine Entschuldigung akzeptierte, aber sie konnte es nicht, weil es nicht die Wahrheit gewesen wäre. Was sie gesehen hatte, hatte etwas in ihr zerstört. Sie hatte an das Gute in ihm geglaubt, allein, weil er auf ihrer Seite stand, und was er ihr gezeigt hatte, hatte diesen Glauben erschüttert. Sollte das Töten denn nie ein Ende haben? »Du brauchst dich nicht zu entschuldigen«, flüsterte sie. »Ich habe mich wie eine dumme Gans benommen. Es war . . . richtig, was du getan hast.«

»Aber es macht dir Angst«, sagte Dago leise. »Es ist nicht, weil ich den Vogel getötet habe, nicht wahr? Es macht dir Angst, *wie* ich es getan habe.«

Lyra sah auf. Dagos Gesicht war nicht mehr die Dämonenfratze, die sie gesehen hatte. Sie hielt seinem Blick jetzt stand, aber es war anders als vorher. Das Gefühl der Geborgenheit, die Wärme, die ihr seine Augen gespendet hatten, waren nicht mehr da.

»Du hast Angst, daß ich dasselbe mit einem Menschen tun könnte, nicht?« fragte Dago.

Sie nickte. »Könntest du es?«

»Vielleicht«, antwortete Dago. Seine Stimme war jetzt ganz leise, und plötzlich wurde sich Lyra darüber klar, daß er es ganz bewußt tat; vom ersten Moment an getan hatte. Er tat nichts ohne Absicht. Plötzlich wußte sie, daß selbst sein überraschender Ausbruch von gerade nicht impulsiv gewesen war. Das einzig Echte war der Haß gewesen, den sie gesehen hatte.

»Könntest du es?« fragte sie noch einmal.

»Ja«, sagte Dago. »Ich könnte es. Ich habe es dir schon einmal gesagt, Lyra: Töten ist leicht. Und für einen Magier noch leichter als für einen anderen. Aber ich würde es nicht tun.« Er schwieg einen Moment, schüttelte den Kopf, als hätte er etwas sagen wollen und es sich im letzten Augenblick anders überlegt, und zog ein sauberes Tuch unter dem Mantel hervor, mit dem er sich das Blut von den Fingern wischte. Dann hob er die Hand und berührte ihre Wange. Es war eine Bewegung voller bewußter

Zärtlichkeit, und trotzdem kostete es Lyra große Überwindung, nicht davor zurückzuzucken und seine Hand abermals beiseite zu schlagen.

»Ich würde es niemals tun«, sagte er noch einmal, sehr eindringlich und leise, so daß seine Worte fast vom Wispern des Windes verschluckt wurden. »Niemals, Lyra. Das ist der Unterschied zwischen ihnen und uns, glaube mir. Sie tun alles, was sie können, und mehr, als sie dürfen.«

»Und ihr könnt weniger, als ihr wollt, und tut nicht alles, was ihr müßtet?« fragte Lyra.

Dago sah sie einen Moment verwirrt an, nahm die Hand herunter und lachte befreit. »Du bist eine gute Schülerin, Lyra«, sagte er anerkennend. »Bald ist es soweit, daß ich mir überlegen muß, was ich sage. Alles wieder in Ordnung?« fügte er, plötzlich wieder ernst, hinzu.

Lyra nickte. Nichts war in Ordnung, aber sie würde nichts ändern, wenn sie jetzt weiter mit ihm stritt. Dago war der einzige Mensch, dem sie bisher hatte vertrauen können. Und in einem, längstens zwei Tagen war alles vorbei. »Der Vogel«, sagte sie, nur um auf ein anderes Thema zu kommen, »– hat er uns gesehen?«

Dago nickte.

»Und der . . . der Magier . . .«

»Auch«, bestätigte Dago. »Es ist, wie ich gesagt habe: Was sie sehen, das sehen auch ihre Herren.«

»Dann wissen sie, wo wir sind.«

»Ja. Aber sie sind noch viele Meilen hinter uns, Lyra. Selbst wenn wir hierblieben, würden noch Stunden vergehen, bis sie uns eingeholt hätten.« Er lachte leise. »Und wir werden nicht hierbleiben, mein Wort darauf.«

»Aber hat es denn überhaupt Sinn, wegzulaufen?«

Dago zuckte mit den Achseln. »Was hat sich schon geändert? Sie wissen jetzt, wo wir sind, aber das ist auch alles. Bis sie dieses Tal erreichen, sind wir schon meilenweit fort. Und ihre Vögel können uns nicht mehr suchen.«

Ein kurzer, eisiger Schauer lief über Lyras Rücken. In Dagos Stimme hatte Triumph geklungen.

»Es hat sich nicht viel geändert«, sagte Dago noch einmal. »Sie wußten ohnehin, wohin wir wollen, nur der genaue Weg, den wir gehen, war ihnen nicht klar. Jetzt wissen sie es. Das ist alles.«

Aber das war nicht alles; längst nicht. Lyra wußte es, und Dago wußte es auch, nur wagte es keiner von ihnen laut auszusprechen, um sich nicht noch das letzte bißchen Mut zu nehmen. Bisher hatten sie ein Spiel gespielt; ein Versteckspiel, wie es die Kinder auf dem Hof gespielt hatten, nur daß der Einsatz ihre Leben gewesen waren. Von jetzt an würde es ein Rennen werden. Und sie konnten es nicht gewinnen.

Schließlich war es Lyra, die ihr Pferd mit sanftem Schenkeldruck herumzwang und weiterritt, durch das Trümmertal hindurch und den gegenüberliegenden Hang hinauf. Bis Sonnenuntergang ritten sie nach Norden, schnell und mit nur einer einzigen Pause, die nötig war, um Toran zu versorgen. Der Sturm nahm ein paarmal zu und wieder ab, aber sie kamen im allgemeinen gut voran, und als es zu dämmern begann, mußte das Tal, in dem sie der Vogel gesehen hatte, fast zehn Meilen hinter ihnen liegen.

Trotzdem war der Albstein nicht sichtbar näher gerückt. Jetzt, im rasch abnehmenden Licht der Dämmerung, wirkte er größer und drohender als am Tage, und ein paarmal glaubte Lyra kleine gelbe und rote Lichter auf dem Grau seiner Felsen zu erkennen. Der Magier war immer schweigsamer geworden, und oft, wenn Lyra verstohlen zu ihm hinübersah entdeckte sie einen angespannten, nach innen gekehrten Ausdruck auf seinen Zügen, als plage ihn eine schwere Sorge.

Sie ahnte, was ihn beschäftigte. Dago lauschte mit den unbegreiflichen Sinnen eines Magiers auf die Verfolger. Und sie kamen näher. Sie wagte es nicht, ihn um eine Rast zu bitten, als die Sonne unterging und der Moment herankam, an dem sie an den Abenden zuvor Unterschlupf gesucht und sich auf die Nacht vorbereitet hatten. Dago hatte es nicht gesagt, aber es war klar, daß er beabsichtigte, bis zum nächsten Morgen durchzureiten; so lange, bis sie entweder in Sicherheit waren oder einfach vor Erschöpfung aus den Sätteln fielen.

Es wurde dunkel, aber die Dämmerung war lang genug, ihren Augen Gelegenheit zu geben, sich an das bleiche Mond- und Sternenlicht, das der Schnee reflektierte, zu gewöhnen. Die Landschaft verwandelte sich in ein bizarres Labyrinth aus weißen und graublauen Flächen, die von messerscharf gezogenen Schatten voneinander getrennt waren, und der Himmel verlor seine Tiefe und wurde zu einer endlosen Ebene voller quirlender Wolken und kalter, weißer Sterne, die wie Löcher in einem schwarzen Vorhang wirkten. Der Albstein verschwand, als die Dunkelheit die Berge erreichte und alles, was weiter als ein paar hundert Schritte entfernt war, zu grauer Konturlosigkeit verschmelzen ließ.

Sie mußten eine Stunde oder länger unterwegs gewesen sein, seit die Sonne untergegangen war, als Dago plötzlich anhielt und den Kopf schräg legte, als lausche er.

»Was ist?« fragte Lyra erschrocken. »Hörst du etwas?«

Dago gebot ihr mit einer unwilligen Geste, zu schweigen, schloß die Augen und lauschte weiter, fünf, zehn, fünfzehn endlose Herzschläge lang, in denen in der Dunkelheit rings um Lyra die gesichtslosen Scheußlichkeiten der Angst erwachten und ihre eisigen Krallen nach ihrer Seele ausstreckten.

»Sie kommen«, sagte Dago plötzlich.

»Die Soldaten?« Lyra wandte hastig den Kopf und starrte aus weit aufgerissenen Augen in das matte Schwarz, aus dem sie hervorgekommen waren, aber natürlich sah sie nichts.

»Nicht alle«, sagte Dago zögernd. »Nur . . . zwei. Vielleicht drei. Späher, die sie vorausgeschickt haben. Wir müssen sie unschädlich machen.«

Lyra schauderte. Sie wußte, was Dago mit den Worten *unschädlich machen* meinte, und sie wußte auch, daß er recht hatte und ihnen keine andere Wahl blieb. Verwirrt lauschte sie in sich hinein, aber alles, was sie fand, waren Unsicherheit und Angst. Die lautlose Stimme, die sie bisher stets gewarnt hatte, wenn sich die schwarzen Mörder näherten, schwieg diesmal.

»Wir verstecken uns hinter diesen Felsen da«, sagte Dago mit einer Kopfbewegung auf eine Ansammlung klobiger Felsbrocken links des Weges. »Schnell. Sie sind kaum mehr als eine Meile hinter uns.«

Er griff in die Zügel ihres Pferdes, als sie nicht sofort reagierte, ritt weiter und zog ihr Tier einfach hinter sich her, bis sie die Felsgruppe umrundet und in ihrem Schatten Schutz gefunden hatten. Es war keine Höhle wie die, in der sie während der ersten Nacht Unterschlupf gefunden hatten, sondern einfach eine Anhäufung von Steinen, so daß der Wind sie ungehindert weiter beuteln konnte, aber sie gab ihnen Deckung zum Weg hin, und das war alles, was Dago im Moment wollte. »Steig ab«, befahl er. »Und versuche das Kind still zu halten.«

Toran hatte sich seit einer Stunde nicht mehr gerührt, sondern schlief friedlich in ihren Armen, aber Lyra begriff Dagos Sorge; trotz des Windes, der noch immer über die Grate und Felsen strich und die Nacht mit seinem Wimmern und Wehklagen erfüllte, war jedes Geräusch weithin zu hören. Vorsichtig, mit sehr langsamen, umständlichen Bewegungen, um Toran nicht zu wecken, stieg sie vom Rücken ihres Schlachtrosses und trat in den Windschatten der Felsen. Die Wand hinter ihr glitzerte wie schwarzes Glas und atmete Kälte aus, und sie widerstand der Versuchung, sich dagegen zu lehnen und so einen Moment der Ruhe zu stehlen.

Auch Dago war abgesessen. Vorsichtig führte er sein Pferd ein paar Schritte vom Weg fort, ging zurück und zog sehr behutsam sein Schwert aus der Scheide, damit sie nicht über das Metall ihrer Hülle streifte und ein Geräusch verursachte. Dann ließ er sich in die Hocke sinken, stützte sich mit einem Arm an den Felsen ab und wartete. Lyra verspürte ein dumpfes Gefühl der Niedergeschlagenheit. Sie hatte gewußt, daß sie sie einholen würden, aber sie hatte gehofft, daß die Frist, die ihnen blieb, ein wenig länger sein würde.

Ihre Geduld wurde auf keine sehr harte Probe gestellt. Wenn ihre Verfolger wirklich eine Meile hinter ihnen gewesen waren, dann mußten sie wie die Teufel geritten sein, denn es vergingen nur wenige Minuten, ehe der Wind das harte eiserne Klappern beschlagener Pferdehufe zu ihnen trug. Dago warf ihr einen raschen, warnenden Blick zu, stand wieder auf und packte sein Schwert mit beiden Fäusten. Die Waffe wirkte klobig in seinen Händen; ihre Klinge war fast so lang wie sein Körper, und das matte Schwarz des sonderbaren Stahles, aus dem sie geschmiedet worden war, verschluckte auch den kleinsten Lichtschimmer, so daß es aussah, als hielte er ein Stück Dunkelheit in den Händen.

Die Hufschläge kamen näher, und nach einer Weile hörte Lyra, daß es drei Pferde waren: zwei von ihnen liefen annähernd im Gleichschritt, so daß es sehr schwer war, ihre Tritte zu unterscheiden, während das dritte immer wieder aus dem Takt kam und zu stolpern schien. Es mußte verletzt sein. Dago richtete sich ganz auf, straffte die Schultern und schloß für eine Sekunde die Augen. Seine Finger schmiegten sich fester um den Schwertgriff. Plötzlich wuchsen drei Schatten aus der Nacht empor.

Dago sprang mit einem lautlosen Satz auf den Weg hinaus, schwang seine Klinge mit aller Gewalt und drehte sich gleichzeitig einmal um seine Achse, um dem Hieb noch mehr Schwung zu verleihen. Lyra sah den Schlag nicht, aber sie hörte das dumpfe Krachen, mit dem er auf die eiserne Rüstung des vordersten Reiters prallte und sie durchschlug, und sie sah, wie der Mann aus dem Sattel gerissen wurde und fiel, während sein Pferd ein schrilles Wiehern ausstieß und in wilder Panik davongaloppierte. Dago taumelte durch die ungeheure Wucht des Schwerthiebes aus dem Gleichgewicht gebracht, glitt auf dem vereisten Fels aus und stürzte. Fast sofort sprang er wieder auf die Füße, aber die beiden überlebenden Reiter reagierten mit beinahe übernatürlicher Schnelligkeit. Der eine galoppierte einfach weiter und wendete sein Pferd ein gutes Stück abwärts des Weges, um Dago in den Rücken zu fallen, während der zweite mit einem so brutalen Ruck an den Zügeln riß, daß sich sein Pferd mit einem schrillen Schmerzlaut aufbäumte. Noch in der gleichen Bewegung nahm er die Füße aus dem Steigbügel und rutschte rücklings vom Rücken des Tieres herunter. Das Schwert sprang wie von selbst in seine Hand.

Dago griff ihn mit einem gellenden Kampfschrei an, aber der Gepanzerte riß sein Schwert blitzschnell in die Höhe und parierte seinen Hieb; Funken stoben, als die beiden Klingen gegeneinanderprallten.

Als Dago zu einem zweiten Angriff ansetzen wollte, war der andere Reiter heran. Brüllend schwang er seine Klinge, beugte sich im Sattel vor und zur Seite und führte einen gewaltigen Hieb nach Dagos Kopf. Der Magier duckte sich im letzten Moment unter der tödlichen Klinge, aber er verlor durch die plötzliche, ruckhafte Bewegung abermals den Halt, fiel auf den Rücken und blieb einen Moment benommen liegen. Lyra schrie vor Angst, als sie sah, wie der zweite Krieger mit hoch erhobenem Schwert auf ihn zustürmte und zum entscheidenden Schlag ausholte.

Dago entging der Klinge nur um Haaresbreite. Der schwarze Stahl schlug Funken aus dem Fels, kam in einer blitzschnellen, kreiselnden Bewegung wieder hoch und stieß ein zweites Mal nach seinem Gesicht. Gleichzeitig versuchte der Krieger, Dago seinen eisenbeschlagenen Stiefel in die Seite zu rammen. Der Magier nahm den Tritt hin, obwohl er so hart war, daß Lyra bis zu ihrem Versteck sehen konnte, wie sein Körper unter seiner Wucht erbebte, fing den Schwerthieb mit seiner eigenen Klinge auf und kam torkelnd auf die Beine. Der Krieger drang erneut auf ihn ein und trieb ihn mit wilden, unglaublich kraftvollen Hieben vor sich her, während sein Kamerad bereits wieder herangaloppiert kam, um ihm in den Rücken zu fallen.

Lyra schlug erschrocken die Hand vor den Mund, um einen Schrei zu unterdrücken. Sie wußte, daß Dago mit Geschicklichkeit und Schnelligkeit wettmachte, was er dem Eisenmann an Kraft unterlegen war, aber einen Kampf gegen zwei der schrecklichen schwarzen Krieger würde er nicht lange durchhalten. Seine Bewegungen wurden bereits langsamer, und es kostete ihn immer mehr Mühe, die wuchtig geführten Hiebe des Angreifers zu parieren oder ihnen auszuweichen. Ein paarmal versuchte er zurückzuschlagen und durchbrach die Deckung des anderen auch, aber seine Hiebe glitten harmlos vom schwarzen Eisen seiner Panzerung ab.

Der Reiter raste heran, und sein Kamerad sprang im letzten Augenblick beiseite, um ihm Platz für einen Angriff zu schaffen. Ihre Bewegungen waren schnell und so gut aufeinander abgestimmt, als hätten sie diese Art des Angriffes tausendmal geübt. Die armlange Klinge in den Händen des Berittenen sauste so schnell und zielsicher auf Dago herab, daß Lyra für einen Moment glaubte, es wäre endgültig um ihn geschehen.

Aber Dago reagierte ganz anders, als sie – und wohl auch die beiden Krieger – geglaubt hatte. Statt dem Schlag auszuweichen oder ihn abfangen zu wollen, sprang er dem heranrasenden Pferd entgegen, fiel auf die Knie und hieb nach seinen Vorderläufen.

Die schwarze Klinge schnitt mit einem dumpfen Krachen durch Fleisch und Knochen. Das Tier kreischte, brach mitten im Lauf zusammen, während sein Reiter in hohem Bogen aus dem Sattel katapultiert wurde und mit knochenbrechender Wucht gegen einen Felsen prallte.

Dago sprang auf, riß das Schwert noch einmal hoch und griff den letzten verbliebenen Krieger an. Der Mann war zurückgeprallt und starrte ihn fassungslos an. Was er sah, mußte selbst ihn erschüttern. Die Bewegung, mit der er aus seiner Erstarrung erwachte und seine Klinge hochbrachte, war ohne Kraft und fahrig. Dagos Schwert prallte mit der Schneide auf die Breitseite seiner Klinge und zerschmetterte sie, schrammte über seinen Ellbogenschutz und riß den Kettenpanzer und das Fleisch darunter bis zur Handwurzel auf. Der Krieger schrie vor Schmerz und Schrecken und fiel auf die Knie. Lyra schloß die Augen, als Dagos Klinge zum letzten Mal herabsauste.

Plötzlich wurde es still. Selbst der Wind schien für einen

Moment mit seinem unablässigen Wimmern innezuhalten, und als Dago zu ihr zurückkam, war das Knirschen von Eis und verharschtem Schnee unter seinen Stiefeln unnatürlich laut. Sie wartete auf das Stöhnen eines Verletzten oder das Schnauben eines Pferdes, aber sie hörte nichts, nur Stille, eine Stille, die tausendmal schlimmer war als der Lärm des Kampfes zuvor. Mühsam hob sie den Kopf, atmete tief ein und öffnete die Augen.

Dago stand vor ihr wie ein leibhaftig gewordener Rachedämon. Seine Kleider waren über und über mit Blut besudelt, und sein Gesicht glänzte vor Schweiß. Sein Atem ging so schnell, als ersticke er beinahe. Sie sah, wie die Adern an seinem Hals pochten und seine Augen hektisch und ziellos hin und her irrten, als könne er ihre Bewegungen nicht mehr koordinieren. Plötzlich taumelte er, ließ das Schwert fallen und brach in die Knie. Sein Kopf fiel zur Seite. Er prallte gegen den Fels, rutschte haltlos daran herab und begann leise und qualvoll zu stöhnen.

Für einen Moment überkam sie Panik. Sie kniete neben Dago nieder, streckte die Hand nach ihm aus und zog sie wieder zurück, ohne ihn zu berühren. Toran begann zu weinen, als spüre er ihre Angst. Hastig und nicht sehr sanft legte sie ihn auf eine weiche Schneewehe, deckte sein Gesicht mit einem Tuchzipfel zu und beugte sich über den Magier. Sie spürte das rasende Hämmern seines Herzens durch seine Kleider hindurch, als sie ihn berührte, und unter ihren Fingern war plötzlich warmes, süßlich riechendes Blut.

»Du bist verletzt!« rief sie erschrocken. »Du blutest!«

Dago öffnete die Augen und versuchte zu lachen, aber er brachte nur ein Krächzen zustande. An seinem Hals klaffte ein handlanger, blutiger Schnitt, und auch sein Wams begann sich an einer Seite dunkel zu färben. »Du . . . wolltest doch nicht, daß ich mit . . . magischen Waffen kämpfe«, preßte er zwischen zusammengebissenen Zähnen hervor. »Oder?«

»Red keinen Unsinn«, sagte Lyra unwillig. »Bleib still liegen. Ich hole etwas, um dir zu helfen.«

Sie wollte aufstehen, um zu den Pferden zu gehen und irgendein Stück Stoff zu holen, aber Dago hielt sie mit einem raschen Griff am Arm zurück und schüttelte den Kopf. Sein Gesicht glänzte noch immer vor Schweiß, aber als Lyra seine Stirn berührte, war sie eiskalt. »Dazu ist ... keine Zeit«, sagte er. »Diese drei waren nur ... eine Vorhut. Aber die anderen werden nicht lange auf sich warten lassen. Hilf mir aufstehen. Die paar Kratzer sind halb so schlimm.«

Er versuchte sich hochzustemmen, aber Lyra schob ihn mit sanfter Gewalt zurück. Schon der fast zärtliche Druck ihrer Hand ließ seine Lippen erneut vor Schmerz zucken. »Sei vernünftig«, sagte sie. »Du kannst so nicht reiten. Ich verbinde deine Wunden, und dann reiten wir weiter.« Ehe Dago sie erneut zurückhalten konnte, streifte sie seine Hand ab, stand auf und ging zu seinem Pferd. Hastig durchwühlte sie seine Satteltaschen, bis sie ein kleines Bündel fand, das er ihr am vergangenen Abend gezeigt hatte, als sie nach frischem Stoff für Torans Windel fragte, ging zurück und öffnete es. Sie riß einen Streifen aus ihrem Kleid, wischte damit das Blut von seinem Hals und säuberte die Wunde anschließend notdürftig mit einer Handvoll Schnee, ehe sie sich an dem Kunststück versuchte, seinen Hals fest genug zu verbinden, damit die Wunde zu bluten aufhörte, ohne ihn dabei gleichzeitig zu erwürgen. Sie war nervös und fahrig und stellte sich nicht sehr geschickt an; Dago ertrug ihre Hilfe schweigend und mit zusammengebissenen Zähnen und richtete sich gehorsam auf, als sie seinen Mantel zurückschlug und daranging, sein Wams aufzuknöpfen.

Die Wunde an seiner Seite sah übel aus. Der Schnitt war nicht sehr tief; er blutete zwar stark und klaffte weit auseinander wie ein grausiger roter Mund. Das Fleisch darunter war schwarz geworden, und als sie behutsam mit den Fingerspitzen über seine Haut tastete, fühlte sie spitze, scharfkantige Knochen.

»Du hast dir eine Rippe gebrochen«, sagte sie ernst. »Vielleicht sogar mehrere.«

»Ich weiß«, sagte Dago gepreßt. »Der Kerl hat zugetreten wie ein Pferd. Mach mir einen Verband und zieh ihn so fest, wie du nur kannst.«

Lyra sah ihn prüfend an. »Das wird sehr weh tun«, sagte sie.

»Was glaubst du, wie sie mir weh tun werden, wenn wir nicht bald hier verschwinden?« schnappte Dago. »Nun mach schon. So kann ich nicht reiten.«

Lyra zögerte noch einen Moment, dann richtete sie Dagos Oberkörper vorsichtig ganz auf und legte den Verband an, wie er es verlangt hatte. Dago keuchte, als sie den weißen Stoff mit aller Kraft straff zog, aber als sie innehielt, forderte er sie mit einer ungeduldigen Bewegung auf, weiterzumachen.

Als sie die losen Enden des Stoffes verknotete, verlor Dago vor Schmerz das Bewußtsein, aber er erwachte, ehe sie auch nur Zeit hatte, richtig zu erschrecken. Für einen Moment war sein Blick verschleiert, als er sie ansah, aber dann lächelte er schmerzlich und legte die Hand auf die ihre. »Du machst das ... sehr gut«, sagte er stockend.

»Unsinn«, sagte Lyra. »Ich verstehe nichts von solchen Dingen. Kannst du aufstehen?«

Dago nickte, rührte sich aber nicht. »Es tut mir leid, was ich gerade gesagt habe«, sagte er ernst. »Ich war häßlich zu dir.«

Lyra verstand nicht einmal, was er meinte. Sie war viel zu aufgewühlt, um sich über irgend etwas, was er gesagt hatte, Gedanken zu machen.

»Aber ich ... mußte es tun«, fuhr er fort. »Ich mußte sie mit ... dem Schwert töten. Die anderen hätten es gemerkt, wenn ich mit Mitteln der Magie gekämpft hätte.« Er schluckte, fuhr sich mit der Zungenspitze über die Lippen und sammelte Speichel in seinem Mund. »Ein begabter Magier spürt es«, fuhr er fort. »Er spürt, wenn irgendwo in seiner Nähe magische Kräfte freigesetzt werden. Ich ... ich fühle ihr Suchen schon seit Tagen.«

Lyra sah ihn fragend an, und Dago deutete mit einer kraftlosen Geste nach Süden. »Es ist wie ... wie eine Fakkel, weißt du? Du siehst damit in der Dunkelheit, aber du wirst auch gesehen.«

»Vergiß das jetzt«, sagte Lyra rasch. »Wir reiten weiter. Ich helfe dir aufs Pferd, und ...«

»Nein«, unterbrach sie Dago, leise, aber sehr bestimmt. »Es hat ... keinen Sinn mehr. Sie wissen jetzt, wo wir sind, und wir haben nicht mehr die Kraft, ihnen bis zum Albstein davonlaufen zu können, Lyra. Ich dachte, es wäre klug, auf meine Kräfte zu verzichten und einfach nur davonzulaufen, aber dieser verdammte Vogel hat alles ... zunichte gemacht.«

»Und was willst du tun?« fragte Lyra, als Dago nicht weitersprach.

»Was ich von Anfang an hätte tun sollen«, antwortete der Magier. »Ihre Übermacht ist zu groß für uns beide. Wir schaffen es nicht allein. Ich werde ... Hilfe herbeirufen. Ich hoffe nur, daß es nicht zu spät ist.«

»Hilfe? Aber wer sollte uns hier zu Hilfe kommen?«

Dago deutete auf den Albstein, der unsichtbar hinter den Schatten der Nacht vor ihnen lag. »Die, zu denen wir auf dem Weg sind«, antwortete er. »Die Zwerge. Sie werden kommen, wenn ich sie rufe. Aber du mußt mir helfen.«

»Ich?« sagte Lyra verwundert. »Aber was könnte ich ...«

»Gib mir deine Hände«, unterbrach sie Dago.

Lyra gehorchte instinktiv. Dagos Finger schlossen sich heiß und fiebrig um die ihren, und für einen Moment spürte sie nichts als die Wärme seiner Haut und den rasenden, ungleichmäßigen Rhythmus seines Herzens.

Dann war ihr, als berührten unsichtbare kalte Finger ihren Geist. Es war ein unangenehmes Gefühl, fremd und bedrohlich und sie widerstand im letzten Moment dem Impuls, ihre Hände loszureißen und ihn von sich zu stoßen. Das Tasten und Suchen in ihrem Geist wurde stärker, glitt hinab auf eine Ebene ihres Bewußtseins, die ihr selbst auf ewig verschlossen bleiben würde, und noch tiefer, tief unter ihr Denken und Fühlen und bis auf den Grund ihrer Seele. Und sie spürte, wie er fand, wonach er suchte.

Es war nichts von ihr. Es war diese fremde, starke Kraft, die sich in ihrer Seele eingenistet hatte und dort schlummerte, aber Dagos Magie weckte sie auf und verschmolz mit ihr.

Sie wußte nicht, was er tat, geschweige denn, wie. Aber sie spürte, wie er seine Kraft mit diesem erschreckenden fremden Etwas in ihrem Inneren verband und einen Ruf hinaussandte, einen gellenden Hilfeschrei, der unhörbar über die Berge hallte, immer und immer wieder, bis sich der Griff seiner Kräfte von ihren Gedanken löste und die Geisterfinger aus ihrem Schädel verschwanden. Es konnte nur Momente gedauert haben, aber Lyra kamen sie vor wie Ewigkeiten, und als Dagos Tasten und Suchen erlosch, fühlte sie sich leer und ausgesaugt. Ihrem Körper war etwas genommen worden, von dem sie bisher nicht einmal gewußt hatte, daß es da war.

»Jetzt hilf mir, aufzustehen«, sagte Dago.

Die Worte rissen Lyra abrupt in die Wirklichkeit zurück. Sie öffnete die Augen, griff haltsuchend nach seiner Schulter und zog die Hand hastig zurück, als sie merkte, daß *sie* sich plötzlich auf *ihn* stützte, und nicht umgekehrt. »Was ... was war das?« fragte sie verstört. »Was hast du getan?«

»Nicht ich«, verbesserte sie Dago. »Du warst es, Lyra. Ich habe dir nur gezeigt, was du tun mußt.«

»Aber ich ... ich weiß nichts von Magie und solchen Dingen«, antwortete sie. Dagos Worte verwirrten sie vollends. »Du mußt dich täuschen, Dago. Ich weiß nicht einmal, was Magie ist!«

Dago lächelte. »Das mußt du auch nicht«, sagte er sanft. »Es waren nicht wirklich deine Kräfte, die du gespürt hast.«

»Nicht ... meine Kräfte?« Eine dumpfe Ahnung stieg in Lyra empor, aber sie schreckte vor dem Gedanken zurück wie vor einem glühenden Eisen.

»Wie ist Erion gestorben?« fragte Dago.

»Wie?« Die Erinnerung weckte Bitterkeit in ihr. »Sie starb in ...«

»In deinen Armen, nicht wahr?« sagte Dago ruhig. »Nachdem sie dir das Kind übergeben hatte.« Lyra nickte stumm. »Sie starb in deinen Armen«, sagte Dago noch einmal, »aber sie starb nicht, ohne dir noch etwas zu geben, Lyra. Du hast es wahrscheinlich nicht einmal gemerkt, aber ein Teil ihrer Zauberkraft ist auf dich übergegangen, als sie gestorben ist.«

»Ein Teil ihrer Zauberkraft . . .« Lyra starrte den jungen Magier an, aber sie sah in Wirklichkeit nicht ihn, sondern noch einmal das schreckliche Bild, das sich ihr geboten hatte, als die Elbin starb. Hatte sie nicht einen warmen, flüchtigen Hauch wie das Streicheln einer Hand gespürt, als sie das grelle Licht sah? Verzweifelt versuchte sie sich zu erinnern, aber ihre Gedanken wirbelten wie toll durcheinander.

»Ich habe es schon lange vermutet«, sagte Dago. »Schon, als du mich vor dem Hinterhalt gewarnt hast. Aber ich wollte es dir ersparen. Es tut mir leid.«

Die Zauberkraft der Elbin . . . Dagos Worte erklärten viel, aber sie riefen auch wieder Angst und Entsetzen in ihr wach. Erion war eine Göttin gewesen, und jetzt sollte sie einen Teil ihrer Göttlichkeit in sich tragen? Dieses finstere, erschreckende *Ding* in ihrer Seele sollte Erions Erbe sein? Sie weigerte sich, es zu glauben. Auch wenn sie wußte, daß es wahr war.

»Ich weiß, was du jetzt fühlst«, sagte Dago, »und ich hätte es dir gerne erspart, aber es ging nicht anders.« Er ergriff ihre Hand und drückte sie sanft. »Du glaubst, es wäre böse und dunkel«, fuhr er fort, und sein Tonfall war mit einem Male gleichzeitig sanft und verstehend. »Aber das ist nicht wahr. Was du fühlst, ist nur das Fremde.«

Lyra entzog ihre Hand mit sanfter Gewalt seinem Griff. »Liest du meine Gedanken?«

»Das kann niemand«, sagte Dago kopfschüttelnd. »Nicht einmal die Magier der Goldenen. Aber es ist nicht sehr schwer, sie zu erraten. Kein Sterblicher erträgt es, die Seele eines Elben zu schauen. Sie sind keine Menschen, vergiß das niemals.«

»Erion hat ... mir etwas anderes gesagt«, antwortete Lyra verstört.

»Oh, die Elben sind mehr Mensch, als es die Menschen je waren«, antwortete Dago lächelnd, »wenn es das ist, was sie gemeint hat. Aber sie sind trotzdem eine andere Rasse, nicht nur ein anderes Volk. Wir könnten ihre Art zu denken nicht ertragen, so wenig wie sie die unsere. Was du spürst, ist nur ihre Fremdartigkeit, glaube mir, nichts Böses oder Schlechtes. Du brauchst nicht zu erschrekken.«

»Wird es ... bleiben?« fragte Lyra mühsam.

»Für eine Weile«, antwortete Dago. »Was ich gespürt habe, war sehr stark, denn Erion war jung und eine begabte Magierin. Aber es wird nicht für immer bleiben. Es ist wie die Kraft, die der Blitz im Boden hinterläßt, wenn er einschlägt, weißt du? Sie bleibt eine Weile erhalten, und wer kundig genug ist, sie aufzuspüren, der kann sich ihrer bedienen. Für eine kurze Zeit. Aber sie wird vergehen.«

»Ich ... ich will das nicht«, stammelte Lyra. »Ich fürchte mich davor, Dago. Kannst du mich ... davon befreien?«

»Nein«, antwortete Dago. »Und es wäre nicht gut, wenn ich es versuchen würde. Du hast keinen Grund, dich zu fürchten, Lyra. Es ist nichts Schlechtes. Es ist ein Geschenk, das Erion dir gemacht hat. Nutze es, solange du kannst.«

Nutzen? Dagos Worte ließen sie innerlich aufstöhnen. Um zu kämpfen? Um zu *töten*, nur kraft ihres Willens? Niemals.

»Erion hat dir dieses Geschenk gemacht, um das Leben ihres Kindes zu schützen«, fuhr Dago eindringlich fort. »Wirf es nicht weg, Lyra. Benutze es! Vielleicht ist es unsere einzige Chance, Toran zu retten.«

Lyra widersprach nicht mehr. Aber sie antwortete auch nicht, sondern stand schweigend auf und ging, um die Pferde zu holen.

12

Dago hatte seine Kräfte überschätzt. Es kostete Lyra mehr als nur Mühe, ihm in den Sattel zu helfen, und seine gebrochenen Rippen schmerzten so sehr, daß er sich nur mit äußerster Willensanstrengung auf dem Rücken seines Tieres zu halten vermochte. Es dauerte fast eine Stunde, ehe sie den Kamm des nächsten, nicht einmal besonders steilen Berges erklommen hatten, und als Lyra sich mit einem hilflosen Blick an ihn wandte und fragte, in welcher Richtung es weiterginge, mußte sie ihn dreimal ansprechen, ehe er überhaupt reagierte.

»Nach Süden«, sagte er. »Immer direkt auf den ... Albstein zu.« Er war blaß; seine Haut hatte die Farbe des Schnees angenommen, der sie umgab, und wenn er sprach, dann tat er es langsam und mit Pausen, in denen er hörbar nach Atem rang und den Schmerz zurückdrängte. »Es gibt hier ... keinen richtigen Weg mehr.«

Sie waren schon seit dem Morgen keinem Pfad mehr gefolgt, sondern hatten sich ihren Weg zwischen Felsen und jäh aufklaffenden Spalten selbst gesucht, wobei sie oft große und kräftezehrende Umwege in Kauf hatten nehmen müssen. Die Nacht und der Schnee schliffen die Kanten und Grate der Felsen ab und ließen die Landschaft weniger unwirtlich erscheinen, als sie war, aber das Gebirge wurde abweisender und unwegsamer, je mehr sie sich dem Albstein näherten; vielleicht würde bald der Moment kommen, an dem es überhaupt nicht weiterging und an dem ihnen nichts anderes übrigblieb, als hilflos dazustehen und auf die Verfolger zu warten.

Instinktiv wandte Lyra den Blick und sah nach Norden zurück. Aber auch diesmal sah sie nichts als verschwommene Schatten und Schwärze, die sich wie ein Vorhang vor die Welt gesenkt hatte. Selbst die Spuren ihrer eigenen Pferde verloren sich schon nach wenigen Schritten in der Nacht.

Lyra vertrieb den Gedanken und lächelte Dago aufmunternd zu. Jetzt war sie es, die ihm Mut und Kraft spenden mußte, nicht mehr er. Doch auch sie war am Ende ihrer Kraft angelangt; wenn sie vom Pferd stieg, würde sie nicht mehr die Kraft haben, wieder in den Sattel zu kommen.

Als sie weiterreiten wollten, wuchs eine Gestalt vor ihnen empor; so abrupt, als hätte sich die Erde geteilt und sie ausgespuckt. Lyras Pferd erschrak, und auch sie selbst unterdrückte im letzten Moment einen überraschten Ausruf. Aus den Augenwinkeln sah sie, wie Dago ebenfalls überrascht zusammenfuhr und seine Hand zum Schwert griff. Sein Pferd wieherte schrill.

Aber er führte die Bewegung nicht zu Ende, sondern atmete plötzlich erleichtert auf und hob die Linke zum Gruß. Die Gestalt vor ihnen erwiderte die Bewegung, aber sie kam nicht näher, sondern spähte nur mißtrauisch unter ihrer Kapuze hervor. Dago drehte sich rasch im Sattel um, griff in das Zaumzeug von Lyras Pferd und brachte das Tier mit einer kraftvollen Bewegung zur Ruhe. Dann wandte er sich wieder an den Fremden. Er brachte sogar das Kunststück fertig, ein schwaches Lächeln auf seine Züge zu zaubern.

»Sei gegrüßt, Mann des Kleinen Volkes«, sagte er. »Wir hatten die Hoffnung schon aufgegeben, Euch jemals zu sehen.«

Lyra besah sich den Fremden genauer. Er rührte sich noch immer nicht, aber er wich auch nicht zurück, als Dago sich ihm näherte und ihr Pferd dabei am Zügel mit sich führte. *Mann des Kleinen Volkes* hatte Dago ihn genannt. Er war wirklich nicht groß – aber auch nicht so klein, wie sich Lyra einen Zwerg vorgestellt hatte. Wenn er neben ihr stand, mußte er ihr ungefähr bis zur Brust reichen. Sein Gesicht verbarg sich unter der spitzen Kapuze eines braunen Flickenmantels, die er so tief in die Stirn gezogen hatte, daß nur die Spitze seines grauen Bartes sichtbar blieb.

»Wir sind die, die Euch gerufen haben«, fuhr Dago fort, als der Zwerg noch immer nicht sprach.

Der kleine Mann hörte auf, den Kopf unablässig zwischen ihm und Lyra hin und her zu wenden, und sah ihn einen Moment scharf an. Seine Stimme klang sehr tief, als er sprach; die Worte kamen ein wenig holperig, als bediene er sich einer Sprache, die er nicht gewohnt war. »Wer seid ihr, und was habt ihr in diesem Teil der Berge verloren?« fragte er. »Und wer . . .« Er stockte, kam nun doch einen Schritt näher und schlug mit einer raschen Bewegung seine Kapuze zurück. Darunter kam ein bärtiges, von tiefen Linien und Schatten durchzogenes Greisengesicht zum Vorschein, das in einer mächtigen Stirnglatze endete. »Dago?« fragte er. »Dago! Du . . .« Er stockte wieder, blinzelte ein paarmal hintereinander und atmete hörbar ein. Ein erfreutes Lächeln huschte über seine zerfurchten Züge. »Dago, mein Freund!« rief er aus. »Warum hast du nicht gleich gesagt, wer du bist? Ich wäre zehnmal schneller gelaufen, um dich willkommen zu heißen!« Mit einem raschen Schritt trat er vollends neben Dagos Pferd, hob die Arme unter dem Mantel hervor und griff die Hand des Magiers, um sie zu schütteln. »Dago! Sag, was tust du hier, in einer so unwirtlichen Jahreszeit und noch dazu bei Nacht. Und wer sind diese Frau und dieses Kind?« Er wies auf Lyra und sah ihr dabei einen Moment in die Augen. Sein Blick war ernst, aber durchaus freundlich.

»Ich fürchte, wir haben jetzt nicht die Zeit, dir alles zu erklären, Schwarzbart«, sagte Dago ernst. »Wir müssen weiter, so schnell wie möglich. Wie viele seid ihr?«

»Wie viele?« Dagos Frage schien den Zwerg zu verwirren. »Nur ich«, antwortete er. »Ich war auf dem Weg in die südlichen Minen, als ich deinen Ruf hörte. Aber ich war allein, und ich ging auch nur, um mich selbst davon zu überzeugen, daß die Schächte ordnungsgemäß versiegelt sind. Im letzten Winter hat sich eine Bärenfamilie in den südlichen Stollen zum Winterschlaf niedergelegt. Drei von uns wurden getötet, als wir im Frühjahr kamen, um die Arbeit wieder aufzunehmen.« Er schüttelte den Kopf. »Fast alle sind schon im Albstein. Der Winter kommt früh in diesem Jahr, und die Zwerge ziehen sich in ihren Bau zurück wie die Biber.« Er lachte flüchtig und wurde sofort wieder ernst. »Was ist geschehen?«

»Wir sind auf der Flucht«, antwortete Dago leise. Er deutete nach Süden. »Rattes Horden sind hinter uns her. Ich glaube jedenfalls, daß es seine Krieger sind«, fügte er hinzu, als er Schwarzbarts Erschrecken bemerkte. »Jedenfalls sind es Eisenmänner. Fünfzig oder vielleicht sogar mehr.«

»Eisenmänner?« Schwarzbart sog hörbar die Luft zwischen den Zähnen ein. »Bist du sicher, Dago?«

»Sicherer kann man nicht sein«, erwiderte der Magier grimmig. »Ich habe ein paar von ihnen getötet. Aber es sind zu viele für einen kleinen Zauberlehrling wie mich. Ich hatte gehofft, daß mein Ruf bis zum Albstein gehört würde.«

»Mit Sicherheit nicht«, sagte Schwarzbart. »Ich war kaum zwei Meilen entfernt, und auch ich war mir nicht sicher, wirklich etwas gespürt zu haben.«

»Dann haben sie ihn blockiert«, sagte Dago. »Ihre Magier sind noch mächtiger, als ich befürchtet habe. Wir brauchen ein Versteck, Schwarzbart.«

Der Zwerg begann verwirrt mit den Händen zu ringen. »Eisenmänner, sagst du? Und Magier?«

»Ja. Und sie sind nahe, Schwarzbart. Unser Vorsprung beträgt allerhöchstens noch eine Stunde. Eher weniger.«

Lyra blickte den jungen Magier erschrocken an. Sie hatte nicht gewußt, daß sie bereits *so* nahe waren.

Schwarzbart seufzte. »Es gibt keine Verstecke hier, die sicher genug wären, uns den Blicken eines Magiers zu entziehen. Aber ich kenne eine aufgelassene Mine, nicht sehr weit von hier. Der Weg ist mühsam und gefährlich, aber ein paar von den Stollen müßten noch begehbar sein.«

»Wohin führen sie?«

»Erst einmal weg von hier«, sagte Schwarzbart. »Wenn wir Glück haben, finden wir einen Stollen, der uns bis in die Minen unter dem Albstein führt. Aber auch wenn nicht, werden sie uns nicht folgen. Niemand betritt die Minen des Kleinen Volkes ohne seine Erlaubnis.«

»Auch Ratte nicht?«

»Ratte ist weit«, sagte Schwarzbart abfällig. »Und seine Krieger sind nur mutig, wenn sie einem Unbewaffneten gegenüberstehen oder in der Überzahl sind.«

»Warum streitet ihr euch nicht später darüber?« fragte Lyra. »Wenn wir noch lange warten, dann werdet ihr nämlich bald Gelegenheit haben, herauszubekommen, wer von euch recht hat.«

Dago sah sie unwillig an, und wieder flammte Zorn in seinem Blick. Wie sie war er viel zu müde, um noch anders als extrem reagieren zu können. Aber der Zwerg lächelte. Seine Augen waren in ein Netz zahlloser winziger Fältchen eingebettet, die verrieten, daß er oft und gerne lachte. »Das Mädchen hat recht, Dago«, sagte er. »Es sind drei Meilen bis zum Stollen, und die Nacht ist dunkel. Wir haben keine Zeit zu verlieren. Folgt mir.« Er drehte sich um, schlug die Kapuze wieder hoch und winkte auffordernd. Lyras Pferd trabte an, ohne daß es eines Befehles bedurft hätte. Auch die Kraft des gewaltigen Schlachtrosses hatte nachgelassen in den letzten Tagen. Es fand nichts zu fressen in dieser Welt aus Schnee und hartem Stein, und eigentlich wartete Lyra schon lange auf den Zeitpunkt, an dem es einfach stehenbleiben und sich weigern würde, sie weiter zu tragen.

Der Zwerg verschwand in der Dunkelheit vor ihnen, aber seine Spuren waren deutlich zu sehen, und das Knirschen seiner Schritte auf dem verharschten Schnee leitete sie. Lyra dirigierte ihr Pferd dichter an Dagos heran.

»Du kennst diesen Zwerg gut?« fragte sie.

»Schwarzbart?« Dago nickte. »Sehr gut. Ich kenn' ihn schon lange. Manchmal verläßt er seine Berge und besucht mich in Caradon, manchmal komme ich zu ihm. Die Zwerge sind ein eigenes und abweisendes Volk, aber wenn du einmal ihr Vertrauen gewonnen hast, sind sie die treuesten Freunde, die du dir vorstellen kannst. Und sie hassen die Goldenen fast noch mehr als wir. Schwarzbart kennt jeden Fußbreit Boden in diesen Bergen. Wenn es einen Weg gibt, den Kriegern zu entkommen, findet er ihn.«

»Der Namen, den du erwähnt hast«, sagte Lyra zögernd. »...Ratte?«

»Ja.« Ein Schatten huschte über Dagos Gesicht.

»Wer ist das?«

»Einer der sechs Goldenen«, antwortete Dago. »Es ist nicht sein wirklicher Name. Niemand weiß, wie sie wirklich heißen, so wenig, wie irgendeiner je ihre Gesichter gesehen hat. Aber ich glaube, daß es seine Krieger sind, die uns verfolgen. Sie herrschen gemeinsam, aber sie sind eigensüchtig und mißgünstig, auch untereinander. Jeder von ihnen hat seine eigenen Krieger, aus Furcht, die anderen könnten zu mächtig werden und versuchen, die Herrschaft allein an sich zu reißen.« Er lachte böse. »Aber es spielt keine Rolle, welcher von ihnen nun hinter uns her ist. Umbringen werden sie uns alle, wenn sie es können. Sie sind Teufel, Lyra, alle sechs.«

Eine gute Stunde folgten sie dem Zwerg, ohne einmal anzuhalten, dann bog Schwarzbart fast im rechten Winkel zu ihrem bisherigen Kurs ab und wandte sich nach Westen, und das Gelände wurde schwieriger. Immer öfter ritten sie am Rande von Erdspalten und Rissen entlang, mal nicht breiter als eine Hand und verästelt wie kleine erstarrte Blitze, mal fünfzehn, zwanzig Manneslängen breit und so tief, daß sich ihr Grund in Schwärze und Ungewißheit verlor, als wäre der Berg geborsten und hätte begonnen, auseinanderzubrechen. Schließlich wurde der Hang so steil, daß sie absitzen und ihre Pferde am Zügel hinter sich her führen mußten.

Lyra sah immer wieder besorgt zu Dago hinüber. Der junge Magier hielt sich tapfer, aber es war nicht mehr zu übersehen, daß ihm das Gehen immer schwerer fiel; die Hand, die er auf den Hals seines Pferdes gelegt hatte, führte das Tier nicht wirklich, sondern stützte ihn.

Schließlich – sehr lange nach Mitternacht – blieb Schwarzbart stehen und deutete auf eine steile Felswand, in deren Windschatten sie die letzte halbe Stunde marschiert waren. »Dort ist der Eingang«, sagte er. »Aber ihr müßt eure Pferde zurücklassen.«

Dago nickte und löste die Hand vom Zügel, aber Lyra zögerte noch. Wahrscheinlich hing ihr Leben von dieser Entscheidung ab, aber das Tier hatte ihr treu gedient und sie ohne zu klagen bis hierher gebracht; wenn sie es jetzt zurückließ, bedeutete das wohl sein Todesurteil.

Schwarzbart schien ihre Gedanken zu erraten. »Die Tiere finden ihren Weg schon allein«, sagte er. »Sie sind klüger als wir und wissen instinktiv, wohin sie sich wenden müssen.«

Wie um seine Worte zu bestätigen, stieß Lyras Roß in diesem Moment ein mattes Schnauben aus und hob den Kopf. Seine Augen waren entzündet und rot, aber sein Blick schien ihr zu sagen, daß der Zwerg recht hatte und sie ruhig gehen konnte. Und sie hatte ja auch gar keine andere Wahl. Schweigend trat sie zurück und sah zu, wie Schwarzbart und Dago darangingen, den Tieren Zaumzeug und Sättel abzunehmen und in einer Erdspalte zu verbergen. Die beiden Pferde verschwanden lautlos in der Nacht, als Schwarzbart niederkniete und Schnee auf das Sattelzeug häufte. »Vielleicht führen ihre Spuren die Eisernen noch eine Weile in die Irre«, sagte er. Aber seine Stimme klang nicht sehr überzeugt, und Lyra wußte, daß es nicht so sein würde. Die Krieger waren nicht auf Spuren im Schnee angewiesen, um sie zu verfolgen.

Schwarzbart führte sie weiter. Der Aufstieg zur Felswand hinauf war mühsam und überstieg beinahe Lyras Kräfte, und auch Dago schleppte sich mehr den schneebedeckten Hang hinauf, als er ging, aber Schwarzbart trieb sie unbarmherzig weiter.

Lyra sah die Höhle erst, als sie unmittelbar davor stand. Schwarzbart hatte von einer Mine gesprochen, und sie hatte unbewußt einen behauenen Tunnel oder vielleicht auch ein Tor erwartet, aber alles, was sie sah, war ein dreieckiger, schräger Spalt, kaum breit genug, um einem kräftig gewachsenen Mann Durchlaß zu gewähren. Dahinter folgte ein kurzer, schräg in die Tiefe führender Gang, dessen Decke so niedrig war, daß selbst Lyra immer wieder im Dunkeln mit dem Kopf gegen den harten Fels stieß.

»Paßt jetzt auf«, erklang Schwarzbarts Stimme vor ihnen in der Dunkelheit. »Jetzt kommen ein paar Stufen.«

Lyra ging unwillkürlich langsamer und tastete mit dem Fuß über den Boden. Trotzdem erschrak sie, als der Fels vor ihr plötzlich abbrach. Vorsichtig, die Linke gegen den rauhen Fels der Wand gepreßt, ging sie die wenigen Stufen hinab und blieb stehen, als sie Dagos Nähe vor sich spürte. Es war absolut dunkel. Mit dem Höhleneingang war auch der letzte Lichtschimmer hinter ihnen zurückgeblieben.

»Wartet«, sagte Schwarzbart. »Irgendwo hier muß es noch Fackeln geben. Ich werde Licht machen.« Er ging weiter und polterte eine Weile irgendwo vor ihnen in der Dunkelheit herum, und plötzlich glomm ein winziger, gelber Funke auf und wuchs rasch zum prasselnden Feuer einer Pechfackel heran.

Lyra blinzelte in der plötzlichen, ungewohnten Helligkeit. Schwarzbart stand nur wenige Schritte neben ihnen und entzündete eine zweite und dritte Fackel, die er wortlos an sie und Dago weiterreichte.

Lyra sah sich mit einer Mischung aus Staunen und Ehrfurcht um. Die Treppe hatte sie in eine gewaltige, kuppelförmige Höhle geführt, deren Boden so glatt war, als wäre er poliert, und deren Decke sich scheinbar unendlich hoch über ihnen erhob. Auch die Wände waren glatt und sorgsam von allen größeren Unebenheiten befreit, und im gelbroten Licht der Fackeln erkannte sie die angedeuteten Linien kunstvoll in den Fels gemeißelter Bilder. Da und dort reflektierte etwas den Schein der Flammen; Edelsteine oder Quarz, der in den natürlich gewachsenen Fels eingebettet war, und linker Hand glaubte sie eine steinerne Skulptur zu erkennen, die wie ein stummer Wächter zum Eingang hinübersah. Es erschien ihr fast unglaublich, daß all dies von Zwergen geschaffen worden sein sollte.

Schwarzbart bemerkte ihren Blick und deutete ihn richtig. Ein beinahe stolzes Lächeln huschte über seine Züge. »Es erstaunt dich, was du siehst, wie?« fragte er. »Aber das hier ist noch gar nichts. Warte, bis wir den Albstein erreichen. Diese Minen hier sind uralt und schon seit Jahrhunderten verlassen und aufgegeben.«

»Wenn wir noch lange hier herumstehen und reden, erreichen wir den Albstein nie«, knurrte Dago. Schwarzbart sah ihn verwirrt an, aber dann zuckte er mit den Achseln und ließ ein Seufzen hören.

»Du hast wie immer recht, mein Freund«, sagte er – wenn auch mit einer Spur von gutmütigem Spott – und ging weiter. Dago und Lyra folgten ihm ohne ein weiteres Wort. Sie durchquerten die Höhle und drangen in einen dreieckigen Stollen ein, breiter und höher als der, der sie hier herunter geführt hatte, aber trotzdem nur mit Mühe hoch genug für einen Menschen. Selbst für die Zwerge mußte dieser Gang niedrig und nicht sehr bequem sein; gerade im Vergleich mit der gewaltigen Höhle und vor allem, wenn sie Lasten zu transportieren hatten, wie es in einer Mine sicher an der Tagesordnung war.

Der Weg führte sanft, aber beständig nach unten, und es wurde ein wenig wärmer; nicht sehr viel, aber nach drei Tagen in Eis und Schnee spürte Lyra schon die wenigen Grade Unterschied als wohltuende Linderung. Es wurde ihr schon bald zu mühsam, Toran in der einen und die Fackel in der anderen Hand zu tragen, und sie reichte ihr Licht an Dago weiter. Toran war erwacht und bewegte sich matt unter seinen Tüchern; ab und zu ließ er ein leises, schwächliches Wimmern hören, aber seine Augen blieben geschlossen, und sein Gesicht war noch blasser geworden, als es von Natur aus war. Lyra begriff, daß ihre Flucht bald zu Ende war, so oder so. Toran war ein Kind und hatte nicht die Kraft und Zähigkeit eines Erwachsenen. Er würde sterben, wenn er nicht bald gute Pflege und ausreichend Nahrung bekam.

Sie stiegen sehr lange und sehr tief in die Erde hinab. Manchmal durchquerten sie Höhlen wie die, durch die sie die Mine betreten hatten, manchmal führte der Weg über Hunderte und Aberhunderte von Treppenstufen steil nach unten, meistens aber waren es die niedrigen, dreieckigen Gänge, durch die sie gingen. Es gab zahllose Seitengänge, die vom Haupttunnel abzweigten, und ein paarmal war unter ihren Füßen kein Fels mehr, sondern steinharte Bohlen, mit denen Schächte abgedeckt worden waren, die senkrecht in die Erde hineinführten. Alles war in einem guten Zustand; es gab nirgendwo Schmutz oder Staub.

»Die Minen sind nicht so verlassen, wie es scheint«, antwortete Schwarzbart auf eine Frage Lyras. »Es gibt Leben hier unten.«

»Leben?« Lyra erschrak. Hatte sie nicht auf dem Weg hier hinunter dann und wann ein leises Rascheln und Huschen gehört, ein Schleifen und Trappeln wie von übergroßen hornigen Rattenpfoten? »Was für . . . Leben?«

»Frage nicht«, sagte Dago, ehe Schwarzbart auf ihre Frage antworten konnte. »Wir sind nicht in Gefahr, glaube mir, aber es ist besser, wenn du nicht fragst.«

Schwarzbart lachte leise und mißtönend, als er die Verwirrung in ihrem Blick bemerkte. »Dago hat recht«, sagte er gutmütig. »Es besteht keinerlei Gefahr, wenigstens nicht für uns, aber es ist manchmal nicht gut, alles zu wissen.«

Schweigend gingen sie weiter. Die Neigung des Bodens nahm zu, und schließlich endete der Weg in einem runden, nicht sonderlich hohen Raum, von dem zahllose andere Tunnel abzweigten, wie ein Stern, dessen Strahlen in alle Himmelsrichtungen gingen. Lyra wartete darauf, daß Schwarzbart weiterging oder ihnen den Gang bezeichnete, den sie nehmen würden, aber statt dessen ließ sich der Zwerg mit einem erschöpften Seufzer zu Boden sinken und forderte sie auf, es ihm gleichzutun. Dago zögerte und blickte fast sehnsüchtig zu den dreieckigen dunklen Tunneln auf der gegenüberliegenden Seite, aber Schwarzbart reagierte nur mit einem flüchtigen Lächeln, so daß Dago resignierte und sich mit untergeschlagenen Beinen neben ihn setzte. Auch Lyra ließ sich nieder und lehnte erleichtert den Kopf gegen den kalten Stein.

»Warum bist du so ungeduldig, mein Freund?« fragte Schwarzbart. »Wir sind in Sicherheit. Selbst wenn die Eisenmänner so verrückt wären, uns hier herunter zu folgen, finden sie uns nicht. Ganz davon abgesehen«, fügte er mit einem listigen Lächeln hinzu, »daß es ihnen schlecht bekäme, versuchten sie es.«

»Ungeduldig?« Dago lachte humorlos. »Wenn sie dich drei Tage wie einen Hasen gejagt hätten, wärst du das auch, Schwarzbart.«

»Er ist verletzt«, sagte Lyra.

Schwarzbart stutzte, sah Dago einen Moment durchdringend an und wiegte den Schädel. Die Bewegung wirkte fast lächerlich. Es war Lyra bisher nicht aufgefallen, denn sie hatte kaum Gelegenheit gehabt, den Zwerg eingehend zu betrachten, aber sein Kopf war ein bißchen zu groß für seinen Körper; vielleicht eine Eigenart des Zwergenvolkes. »Schlimm?« fragte er.

»Ein Kratzer am Hals und ein paar gebrochene Rippen«, antwortete Dago und machte eine wegwerfende Geste. »Nichts, worüber du dir Sorgen machen mußt, Schwarzbart.«

Schwarzbart schwieg dazu, aber sein Blick redete eine eigene Sprache. Kopfschüttelnd schlug er seinen Mantel zurück, löste einen bauchigen Lederbeutel von seinem Gürtel und begann kleine Stückchen harten Brotes und getrockneten Fleisches zu verteilen. Lyra griff dankbar zu und begann langsam und bewußt zu kauen. Es war viel zu wenig, um ihren Hunger wirklich zu stillen.

Eine Weile beschäftigten sie sich mit nichts anderem als essen, dann fragte Schwarzbart: »Warum jagen sie dich, Dago? Sind sie endlich darauf gekommen, daß der Mann, der sie am meisten haßt und ihnen den größten Schaden zugefügt hat, direkt unter ihrer Nase lebt?«

Dago schüttelte den Kopf. »Sie suchen nicht mich«, antwortete er. »Nicht ... direkt, jedenfalls.« Sein Blick irrte unsicher zwischen Lyra und dem Zwerg hin und her. Er schien nach einer Ausrede zu suchen, um nicht die Wahrheit sagen zu müssen. Plötzlich zuckte er mit den Achseln und lächelte resignierend. »Sie sind hinter diesem Mädchen her, Schwarzbart. Hinter ihm und dem Kind, das es in den Armen hat.«

Schwarzbart blinzelte irritiert. »Rattes Eisenmänner brechen den Friedensvertrag mit meinem Volk und riskieren einen Krieg, nur um eines Kindes willen, Dago? Ich weiß, daß du mich niemals belügen würdest, aber es fällt mir trotzdem schwer, deinen Worten Glauben zu schenken, Freund.«

»Auch, wenn du weißt, daß dieses Kind Toran heißt?« fragte Dago ruhig.

Schwarzbart erbleichte. Fünf, zehn Sekunden lang starrte er Lyra und das Kind in ihren Armen aus ungläubig aufgerissenen Augen an, dann keuchte er: »Toran? Bist du . . . sicher?«

»Lyra ist nicht seine Mutter«, sagte Dago ernst. »Seine leibliche Mutter starb in ihren Armen, aber vorher nahm sie ihr das Versprechen ab, das Kind in die Obhut des Kleinen Volkes zu bringen. Es war eine Elbenfürstin, Schwarzbart. Torans Mutter war eine Elbin, und sein Vater ein Fürst aus dem Geschlecht der Skruta.«

Sehr lange sagte Schwarzbart gar nichts, sondern blickte nur weiter stumm abwechselnd Lyra und das Kind an. »Toran«, murmelte er schließlich. »Du . . . du hast recht, Dago. Wenn es so ist, dann haben wir keine Zeit zu verlieren.« Er stand auf und deutete auf einen der gleichförmigen Durchgänge an der gegenüberliegenden Seite der Höhle. Lyra fragte sich, woher er wissen mochte, welchen Gang sie zu nehmen hatten; für sie sah jeder Stollen wie der andere aus. Aber Schwarzbart schien sich seiner Sache vollkommen sicher zu sein. »Wir müssen dort entlang«, sagte er. »Dieser Gang verbindet diese Minen mit denen des Albsteines. Aber ich weiß nicht, ob er noch begehbar ist. Es ist lange her, daß einer von uns in diesen Minen war.«

»Und wenn nicht?« fragte Dago.

Schwarzbart zuckte die Achseln. »Es gibt mehr als einen Ausgang aus den Minen von Tirell«, sagte er.

Dago half Lyra, aufzustehen und Toran wieder warm in seine Tücher einzuwickeln, dann gingen sie weiter. Allmählich begann sich ihre Umgebung zu verändern: Immer öfter blieb Schwarzbart stehen, blickte aus zusammengekniffenen Augen in einen Gang und schüttelte den Kopf oder wandte sich mit einem resignierenden Achselzucken ab, um einen anderen Weg zu suchen, und hier und da sahen sie jetzt auch Staub oder scharfkantige Brocken, die aus der Decke oder den Wänden gefallen waren. Einmal drangen sie zwei-, dreihundert Schritte tief in einen Stollen ein, nur um plötzlich vor einem Gewirr von Felstrümmern und Schutt zu stehen, der ihren Weg blockierte.

Es dauerte länger als eine Stunde, bis Schwarzbart endlich aufgab. Immer wieder hatte er neue Wege ausprobiert, aber stets hatte ihnen irgend etwas das Weiterkommen verwehrt, und der Zwerg war, obgleich er sich Mühe gegeben hatte, äußerlich gelassen zu erscheinen, doch immer nervöser und mutloser geworden. Schließlich blieb er stehen, stieß wütend mit dem Fuß nach einem losen Stein und zog eine Grimasse, als er lautstark davonkollerte. »Es hat keinen Sinn«, sagte er. »Die Schächte sind zusammengebrochen, wie ich befürchtet hatte.«

»Bedeutet das, daß wir wieder hinauf müssen?« fragte Lyra. »Den ganzen Weg zurück?« Sie hätte am liebsten vor Enttäuschung geweint. Sie waren so tief unter der Erde, daß sie das Gewicht der Felsen wie eine erdrückende Last zu spüren glaubte, und das Empfinden, eingesperrt und gefangen zu sein und keine Luft mehr bekommen zu können, war in der letzten Stunde immer stärker geworden. Sie wünschte sich nichts sehnlicher, als den Himmel wiederzusehen und aus diesem Labyrinth aus Dunkelheit und Fels herauszukommen. Und trotzdem ließ sie die Vorstellung, den ganzen Weg noch einmal zurück zu gehen, innerlich aufstöhnen.

»Hinauf schon«, sagte Schwarzbart ernst, »aber nicht zurück. Es gibt einen Ausgang gleich am Fuße des Albsteines.« Er zögerte, und als er weitersprach, schwang wirkliches Mitgefühl in seiner dunklen Zwergenstimme.

»Ich weiß, wie du dich fühlst, Lyra, aber es ist das letzte Mal. Oben werden wir Hilfe bekommen. Nur noch diese eine, kurze Anstrengung, und die Mühen haben ein Ende für dich. Dago und ich werden uns darin abwechseln, das Kind zu tragen.«

Er wollte die Hände nach Toran ausstrecken, aber Lyra preßte das Kind beschützend an sich und wich einen halben Schritt zurück. Schwarzbart blickte sie erschrocken an, während Dago ein leises Lachen hören ließ.

»Gib dir keine Mühe, Schwarzbart«, sagte er. »Sie paßt besser auf ihn auf als eine Löwin auf ihr Junges. Während der ersten Tage wußte ich nicht einmal, wer er ist.«

»Wie du willst«, sagte Schwarzbart achselzuckend. »Aber dann laßt uns gehen. Wir haben schon viel zu viel Zeit hier unten verloren.«

»Warte«, sagte Dago. »Es gibt noch einen anderen Weg, Schwarzbart. Lyra hat recht – wir haben nicht mehr die Kraft, uns die ganze Strecke zurückzuschleppen. Und wahrscheinlich sind Rattes Krieger schon längst auf dem Weg hier herunter.«

»Unsinn«, widersprach Schwarzbart. »Kein Eiserner würde auch nur einen Fuß in die Minen von Tirell setzen. Nicht einmal, wenn es um sein Leben ginge.«

»Nein?« sagte Dago spöttisch. »Und wenn ich dir sage, daß sie schon seit Stunden hinter uns sind, Schwarzbart? Ich spüre ihre Nähe, genau wie sie die unsere, vergiß das nicht.«

»Das würden sie nicht wagen!« sagte Schwarzbart erregt. »Diese Höhlen sind verboten! Für Menschen und erst recht für die Goldenen und ihre Stiefellecker.«

»Aber sie verfolgen uns«, sagte Dago. »Glaube mir. Ich habe nichts gesagt, um euch nicht zu beunruhigen, und sie sind noch sehr weit hinter uns. Aber wenn wir jetzt zurückgehen, dann laufen wir ihnen direkt in die Arme.«

Schwarzbart schwieg, aber auf seinem Gesicht spiegelte sich ein wahrer Sturm einander widersprechender Gefühle. Es war nicht allein die Angst vor den Kriegern, die Lyra auf seinen Zügen sah, sondern eine Furcht, die sie sich nicht erklären konnte und die auch sie beunruhigte. Schwarzbart hatte vor irgend etwas Angst. Aber hatte er nicht behauptet, sie wären sicher?

»Wir müssen durch die Beinschlucht«, sagte Dago. »Es ist der einzige Weg.«

»Für dich vielleicht«, antwortete Schwarzbart. Seine Stimme bebte, und auf seiner Stirn glitzerte Schweiß. Seine kurzen kräftigen Finger schlossen sich immer und immer wieder um den Stiel der Fackel. »Du weißt sehr gut, daß ich nicht dorthin darf.«

»Ich bin immer noch ein Magier«, sagte Dago zornig. »Ich werde uns schützen.«

»Es sind die Geister der Toten«, widersprach Schwarzbart, »die die Ruhe dieses Ortes bewachen. Niemand kann die Toten besiegen, Dago, auch du nicht.«

»Wir werden ihnen bald Gesellschaft leisten, wenn wir zurückgehen«, knurrte Dago.

Schwarzbarts Lippen zuckten. Sein Gesicht wirkte bleich, und im flackernden Licht der Pechfackeln sahen seine Augen aus, als brannten sie. Was immer diese Beinschlucht war, dachte Lyra, schon ihre bloße Erwähnung hatte ausgereicht, den Zwerg bis ins Mark zu erschrekken.

»Gut«, sagte Schwarzbart schließlich. »Wenn keine andere Wahl mehr bleibt. Vielleicht haben die Toten ein Einsehen mit uns und lassen uns ungeschoren.« Er packte die Fackel fester, strich mit der freien Hand glättend über seinen Mantel und deutete nach links. »Folgt mir. Aber seid leise.«

13

Die Gänge begannen sich zu verändern, erst allmählich, dann immer mehr und mehr, und es war eine Art der Veränderung, die nicht mit Worten zu beschreiben, aber dafür um so furchtbarer war. Lyra war plötzlich froh, daß Müdigkeit und Erschöpfung ihren Blick trübten und sie nicht alles sah, was sie hätte sehen können. Sie versuchte auch gar nicht mehr, sich ihre Umgebung einzuprägen, sondern beschränkte sich darauf, immer dicht hinter Dago zu bleiben und einen Fuß vor den anderen zu setzen, eine Tätigkeit, die schon bald ihre ganze Konzentration und Kraft in Anspruch nahm.

Es wurde wärmer, sehr viel wärmer. Ihr Atem hörte auf, als grauer Dunst vor ihren Gesichtern zu tanzen, wenn sie sprachen, und nach einer Weile konnte sie sogar ihre Kapuze zurückschlagen und die Schnüre ihres Mantels öffnen. Toran hatte sich wieder beruhigt. Er schlief nicht, sondern lag wach und mit geöffneten Augen in ihrem Arm, aber er quengelte auch nicht mehr herum und schien wie sie die Wärme zu genießen, die der Fels ausstrahlte. Aber obwohl sie sehr angenehm war, spürte Lyra auch die Gefahr und Bedrohung, die diese Wärme brachte. Es war die Hitze eines Feuers, eines gewaltigen lodernden Feuers, mit dem der Fels tief unter ihren Füßen brannte, und sie spürte durch den massiven Boden hindurch das unmerkliche Zittern und Beben der Gewalten, die dort seit Urzeiten eingeschlossen waren und darauf warteten, hervorzubrechen, das Vibrieren von Kräften, die das Vorstellungsvermögen des Menschen schlichtweg überstiegen.

Sie erreichten eine Abzweigung, an der sich der Gang in gleich vier kleinere Stollen aufteilte, und Schwarzbart blieb stehen und sah einen Moment mißmutig von einem Durchgang zum anderen.

»Weißt du nicht weiter?« fragte Dago.

Schwarzbart zuckte mit den Achseln. Auch er hatte seinen Mantel geöffnet, und Lyra sah jetzt, daß er darunter einen silbernen Kettenpanzer trug, dazu einen Gürtel mit einer eisenbeschlagenen Scheide, in der ein kurzes, wuchtiges Schwert steckte. »Ich ... bin nicht sicher«, gestand er. »Es muß einer der beiden rechten Gänge sein, aber ...« Er stockte, runzelte die Stirn und fuhr sich mit Daumen und Zeigefinger der Rechten über das Kinn. »Wartet einen Moment hier«, sagte er. »Ich bin gleich zurück.« Ehe ihn Dago oder Lyra daran hindern konnten, war er in einem der beiden Stollen verschwunden. Seine Schritte verklangen rasch auf dem harten Boden.

Lyra seufzte, setzte sich ohne zu zögern auf den Boden und legte den Kopf gegen die Wand. Sofort wollte sie der Schlaf übermannen, aber sie drängte das Verlangen noch einmal zurück und öffnete mühsam die Augen.

Dago ließ sich neben ihr in die Hocke sinken. Er setzte sich nicht, aber er legte die Arme auf die Knie und schloß wie sie für die Dauer eines Atemzuges die Augen. »Es ist nicht mehr sehr weit«, sagte er. »Wir sind direkt unter dem Albstein. Die Sonne muß bald aufgehen«, fügte er, ohne Grund und mit einem beinahe wehleidigen Lächeln, hinzu. »Ich glaube, wir haben es geschafft.«

»Sagst du das nur, um mir Mut zu machen, oder ist es wirklich wahr?« fragte Lyra müde.

Dago antwortete nicht gleich, und sein Blick ging an Lyra vorbei in das wattige Schwarz der niemals endenden Nacht, die hier unten herrschte. Der flackernde Lichtschein ihrer Fackeln vermochte sie nicht wirklich zu vertreiben. Lyra hatte für einen Moment die absurde Vorstellung, daß das Licht, das sie hier heruntergebracht hatten, wie ein Frevel auf die Geister wirken mußte, die diese immerwährende Nacht beherrschten. Und daß sie für diesen Frevel würden bezahlen müssen.

»Du traust mir immer noch nicht«, sagte Dago leise. »Was muß ich noch tun, um dir zu beweisen, daß ich dein Freund bin?« In seiner Stimme schwang ein Ausdruck von tiefer, ehrlicher Trauer. »Ich bin es, Lyra.«

Nur um nicht antworten zu müssen, machte sie eine Kopfbewegung in die Richtung, in der Schwarzbart verschwunden war. »Wovor hat er solche Angst?« fragte sie. »Gibt es böse Geister hier unten oder Ungeheuer?«

Dago lächelte über ihre Frage. »Die Zwerge sind ein abergläubisches Volk«, sagte er. »Tapfer wie kein anderes, aber abergläubisch. Schwarzbart würde mit bloßen Fäusten auf einen Troll losgehen, aber er zittert vor einer Legende und dunklen Geschichten.« Er lächelte erneut, schüttelte ein paarmal hintereinander den Kopf und wurde wieder ernst. Nachdenklich blickte er in die Richtung, in der der Zwerg verschwunden war, setzte sich nun doch und zog ächzend die Knie an den Körper.

»Es ist eine lange Geschichte, aber es wird noch eine Weile dauern, bis Schwarzbart zurück ist«, sagte er. »Willst du sie hören?«

Lyra nickte.

»Dieser Teil der Höhlen«, begann Dago, »gehört nicht zu den Minen von Tirell. Er liegt viel tiefer, tiefer als irgendein anderer Schacht, den das Kleine Volk jemals in die Erde getrieben hat. Aber er wurde auch nicht von ihnen erschaffen, sondern von einem anderen Volk.«

»Und welchem?«

»Das weiß niemand«, antwortete Dago. »Niemand außer den Zwergen, vielleicht. Und wenn sie es wissen, so hüten sie dieses Geheimnis besser als alle anderen. Ich bin ihr Freund, aber nicht einmal ich bekomme Antwort, wenn ich nach diesen Höhlen frage. Man sagt, daß es ein Volk von Riesen gewesen sein soll, das diese Stollen und Höhlen in die Erde grub. Ein Volk, das hier im Leib der Erde geboren wurde und niemals das Licht der Sonne sah. Die Zwerge glauben, daß ihr Geschlecht in direkter Linie von ihnen abstammt. Daher wohl auch ihr Hang zu Höhlen und finsteren Stollen.« Er lächelte. »Eine schöne Legende, nicht? Aber wohl auch nicht mehr. Schwarzbart hat sie mir einmal erzählt, als er zuviel Wein getrunken hatte und seine Zunge locker war. Aber ich kenne dieses alte Schlitzohr zu gut; ich glaube nicht, daß nur ein Wort davon wahr ist. Wahrscheinlich hat er sie sich in genau dem Augenblick ausgedacht, in dem er sie mir erzählt hat, und sich im stillen darüber amüsiert, daß ich ihm glaubte. In Wahrheit kennt wohl niemand außer den Zwergen das Geheimnis dieser Höhlen. Ich glaube, außer dir und mir gibt es kaum ein Dutzend Menschen, die überhaupt von ihrer Existenz wissen. Und das ist auch gut so. Wüßten die Menschen davon, dann kämen sie her, um ihre Geheimnisse zu ergründen oder irgendwelche Schätze zu suchen. Sie würden alles vernichten.«

»Und was ist es, das sie so fürchten?« fragte Lyra.

»Die Toten«, antwortete Dago. »Das Kleine Volk bestattet seine Toten hier unten. Wenn sie sterben, dann kehren sie dorthin zurück, wo sie hergekommen sind – in die Erde. In den tiefsten Schoß der Erde, den sie kennen.« Seine Stimme wurde plötzlich sehr ernst. »Du verstehst nicht, was es für Schwarzbart bedeutet, dich und mich durch diese Höhlen zu führen«, sagte er. »Die Ruhe ihrer Toten ist ihnen heilig. Keiner von ihnen betritt jemals diese Höhlen, außer um zu sterben, und die, die ihr Schicksal ereilt, ehe sie hier herunterkommen können, werden aufgebahrt und von anderen hergebracht, die ihre Zeit nahen fühlen und sie mitnehmen können. Für deine Ohren mag das alles verrückt und lächerlich klingen, aber für die Zwerge ist dies ein heiliger Ort. Sie glauben fest daran, daß die Toten ihre Ruhe verteidigen und jeden vernichten, der es wagt, sie zu stören. Schwarzbart hätte sich eher zu Tode foltern lassen, ehe er freiwillig auch nur einen Fuß in die Beinschlucht gesetzt hätte. Wenn er es tut, dann nur, weil von unserem Überleben vielleicht das Schicksal der nächsten tausend Generationen abhängt. Ich . . .«

Er brach ab, als Schritte laut wurden und der auf und ab hüpfende Lichtpunkt von Schwarzbarts Fackel den Gang vor ihnen erhellte. Der Zwerg lief, und sein Atem ging schnell, als er bei ihnen anlangte. Seine Augen erschienen Lyra unnatürlich groß, und an seinem Hals pochte eine Ader in wildem Rhythmus. Sein Gesicht war grau vor Schrecken und Furcht, und der flackernde Lichtschein der Fackel in seiner Hand ließ schwarze Schatten über seine Haut huschen. »Es ist der richtige Gang«, sagte er. »Kommt.«

Lyra ließ sich von Dago auf die Füße helfen, und sie folgten dem Zwerg. Der Stollen war nicht sehr lang, vielleicht dreißig, vierzig Schritt, dann folgte eine weitere steinerne Treppe, die in steilen Windungen in die Tiefe führte. An ihrem unteren Ende lohte ein düsteres, rotes Licht. Lyra drückte Toran fester an ihre Brust und bedeckte sein Gesicht mit einem Zipfel seines Tuches.

Der Treppenschacht endete in einer kleinen, unregelmäßig geformten Höhle, aus der es nur einen einzigen Ausgang gab. Schwarzbart gebot ihnen mit einer Geste, stehenzubleiben, als sie den Fuß der Treppe erreichten, dann legte er den Zeigefinger über die Lippen und sah Dago und sie beinahe beschwörend an. Das Licht war heller geworden und überstrahlte nun schon beinahe den Schein ihrer Fackeln, und ein dunkles, bedrohliches Knistern war zu hören, darunter ein Rauschen und Murmeln wie von einem Fluß aus Stein. Das grelle Licht floß wie brennendes Wasser durch den Durchbruch in der gegenüberliegenden Wand und ließ Lyras ohnehin überanstrengte Augen tränen.

Sie sah nicht sehr viel, als sie die Höhle verließen, aber das Wenige, was sie sah, erweckte Furcht in ihrer Seele. Die Höhle war gigantisch, ein Dom aus Felsen, eine Meile breit und halb so hoch. Ein geröllübersäter, steiler Hang führte zu ihrem Grund herab, und der Boden war von zahllosen Spalten und großen, fransigen Kratern zerrissen, aus denen wabernder Feuerschein und gnadenlose Helligkeit emporkrochen. Es gab dünne Bäche aus Lava und brennendem Fels, und wie Springbrunnen aus Feuer erhoben sich hier und da kleine Geysire, die schmelzenden Stein und Flammen spien. Das Licht war rot, von einem boshaften, stechenden Farbton, so blendend wie das Licht der Sonne, die an einem klaren Sommertag vom Himmel schien, und die Luft stank nach Schwefel und Feuer.

Dago ergriff ihre Hand und lächelte ihr zu, um ihr Mut zu machen, aber sie sah, daß auch seine Lippen unmerklich zuckten. Ganz egal, was er vorhin gesagt hatte, hier unten schien es mehr zu geben als die Gespenster, die der Phantasie eines abergläubischen Zwergenvolkes entsprungen waren. Instinktiv ergriff sie Dagos Hand fester.

Schwarzbart machte noch einmal diese rasche, warnende Geste, still zu sein, als sie den Grund der Höhle erreichten, und deutete nach vorne. Lyra blickte aus tränenden Augen in die angegebene Richtung und glaubte einen weiteren Stollen zu erkennen, der auf der anderen

Seite aus der Höhle herausführte. Ihre Augen begannen sich an den grellroten, flackernden Schein der Lava zu gewöhnen. Die Luft brannte in ihren Lungen, und sie unterdrückte nur mit Mühe den immer quälender werdenden Hustenreiz. Und sie spürte plötzlich, was es war, das Schwarzbart so in Angst und Dago in Unruhe versetzte. Hinter den Schatten der Flammen bewegten sich andere, düsterere Schatten, und hinter den Stimmen des Feuers flüsterten andere, bösere Stimmen. Die Höhle war nicht leer.

Der Zwerg ging sehr schnell, und er sah sich immer wieder nach beiden Seiten um, wie ein Kind, das die Dunkelheit fürchtete. Lyra bemerkte eine Anzahl dunkler, in graue Tücher eingeschlagene Bündel, die zwischen den Feuerbächen oder auf Felsen lagen, und sah hastig weg.

Die Hitze begann unerträglich zu werden. Der Boden war so heiß, daß ihre Fußsohlen zu schmerzen begannen. Schwarzbart ging so schnell, daß sie beinahe rennen mußten, um nicht den Anschluß zu verlieren, und trotzdem schien das andere Ende der Höhle nicht näher zu kommen. Sie taumelte, fand im letzten Moment das Gleichgewicht wieder und schenkte Dago, der sie gestützt hatte, einen raschen, dankbaren Blick.

Als sie noch dreißig Schritt vom jenseitigen Ende der Höhle entfernt waren, löste sich ein schlanker Schatten aus der Dunkelheit des Stollens, flog in einem Halbkreis auf den Zwerg zu und verging einen halben Schritt vor ihm auf den Felsen. Schwarzbart blieb so abrupt stehen, als wäre er gegen eine unsichtbare Mauer geprallt. Die Fackel entglitt seiner Hand und erlosch.

Lyra schrie auf, als sich die beiden Krieger aus den Schatten der Felsen lösten und ihnen mit gezückten Schwertern den Weg vertraten. Hinter ihnen erwachte die Dunkelheit zu glitzernder Bewegung. Mehr und mehr Krieger traten aus dem Gang; große, in mattes schwarzes Eisen gehüllte Gestalten, bewaffnet mit gewaltigen eisenbeschlagenen Schilden und Schwertern, dreißig, vierzig, schließlich fünfzig Mann, die schweigend und im Gleichschritt aus dem Gang hervortraten und ein finsteres Spalier für den Mann bildeten, der sie führte.

»*Ratte!*« Dagos Stimme war ein hysterisches Kreischen, in dem sich Angst, Schrecken und Haß vermischten. Mit einem gellenden Schrei sprang er an Schwarzbart vorbei und riß das Schwert aus der Scheide.

Schwarzbart hielt ihn mit einem so harten Ruck fest, daß er das Gleichgewicht verlor und auf den heißen Fels stürzte. Sofort wollte er wieder aufspringen, aber Schwarzbart stieß ihn zurück und setzte einen Fuß auf das Schwert, das seiner Hand entglitten war. Sein Blick war dabei starr auf die gigantische, in fließendes Gold gehüllte Gestalt gerichtet, die zwischen den Kriegern hervorgetreten war. Lyra erschrak, als sie sein Gesicht sah.

»Du Hund«, flüsterte Schwarzbart. »Du verräterischer, feiger Hund, Ratte. Du wagst es, die Ruhe unserer Toten zu stören und das Schwert in die geheiligten Höhlen von Tirell zu bringen? Dafür stirbst du!«

Ein leises, abfälliges Lachen drang unter dem geschlossenen goldenen Visier des schimmernden Riesen hervor. Er hatte sich aus den Reihen seiner Krieger gelöst und war näher gekommen. Er war größer als die Krieger, die ihn begleiteten, eine gute Handspanne mehr als zwei Meter, dabei aber so breitschultrig, daß er fast mißgestaltet wirkte, ein Troll in der Gestalt eines Menschen. Die Rüstung, die seinen Körper von Kopf bis Fuß verhüllte, schimmerte und glänzte wirklich wie poliertes Gold, aber sie konnte es nicht sein, denn ihr Gewicht hätte wohl selbst einen Riesen wie ihn zu Boden gedrückt. An seiner Seite hing ein fast mannslanges Schwert mit einem wuchtigen, edelsteinbesetzten Knauf. Lyra begriff jetzt, warum man ihn Ratte nannte. Sein Visier war nicht glatt, wie das seiner Eisenmänner, sondern kunstvoll geschmiedet und hatte die Form eines spitz zulaufenden Rattenschädels. Es gab keine Sehschlitze oder andere Öffnungen, nur zwei daumennagelgroße, flammendrote Rubine dort, wo in dem goldenen Rattengesicht die Augen sein sollten. Lyra fragte sich, wie er sehen konnte.

»Das sind große Worte für einen Zwerg, der einer fünfzigfachen Übermacht gegenübersteht, kleiner Mann«, sagte er höhnisch. Seine Stimme drang nur verzerrt unter dem geschlossenen Helm hervor, und ihr Klang ließ Lyra frösteln. Er sprach nicht wie ein Mensch, sondern wie ein Wesen, das eine Kehle aus Stahl hatte.

»Du lästerst unsere Götter!« sagte Schwarzbart. Seine Hände zitterten und vollführten zupackende, würgende Bewegungen, die er nicht einmal bemerkte. »Du kennst die Bedeutung dieser Höhlen, Ratte, und du spuckst auf sie. Du spuckst auf unsere Götter! Das bedeutet Krieg!«

»Krieg?« Ratte lachte böse. »Zwischen dir und uns, kleiner Mann? Wohl kaum. Ihr werdet diesen ungastlichen Ort nicht lebend verlassen.«

»Krieg zwischen unseren Völkern, Ratte«, fuhr Schwarzbart mit bebender Stimme fort. »Töte mich ruhig. Aber du wirst dafür bezahlen, das schwöre ich dir.«

»Man sollte vorsichtig mit großen Worten sein, Zwerg«, antwortete der Goldene höhnisch. »Vor allem dann, wenn man keine Möglichkeit hat, sie wahr werden zu lassen. Aber vielleicht lasse ich dich sogar am Leben und sehe mir an, wie euer Volk gegen uns« – er betonte das Wort auf besonders abfällige Art – »*Krieg* führt. Es könnte ganz amüsant werden.« Seine Stimme wurde hart. »Gebt diese Frau und das Kind heraus, und ihr könnt gehen.«

Schwarzbart heulte wütend auf und griff unter seinen Gürtel, um sein Schwert zu ziehen, aber Rattes Hand vollführte eine rasche Geste, und der Zwerg taumelte wie von einem Faustschlag getroffen zurück und brach winselnd in die Knie. Sein Gesicht war plötzlich voller Blut.

Im gleichen Moment sprang Dago auf die Füße, packte sein Schwert und warf es. Die Waffe flog wie von unsichtbarer Hand gelenkt auf die goldgepanzerte Gestalt zu, traf ihre Brust – und zerbrach. Ratte taumelte nicht einmal, obwohl der Wurf stark genug gewesen wäre, einen Ochsen zu durchbohren.

»Oh«, sagte er, in einem Tonfall, als bemerke er Dagos Gegenwart erst jetzt, »dich hätte ich ja fast vergessen. Du hättest in Caradon bleiben und dort weiter an deiner Revolution basteln sollen, mein kleiner Magier. Ich fürchte, jetzt kann ich dich nicht mehr verschonen.« Wieder hob er die Hand, und wieder machte er diese rasche, kaum wahrnehmbare Bewegung. Dago stieß einen keuchenden Schmerzlaut aus und strauchelte, fing sich aber im letzten Moment wieder und ging seinerseits zum Angriff über. Blaue Funken wie kleine Elmsfeuer brachen knisternd aus seinen Fingerspitzen, vereinigten sich zu einem mächtigen, blendendweißen Blitz und rasten auf den Goldenen zu. Rattes Harnisch leuchtete wie unter einem grausigen inneren Feuer auf, und plötzlich war sein Körper in einen Mantel aus weißen und gelben Flammen gekleidet und schien zu verschwimmen. Aber es dauerte nicht einmal eine Sekunde. Ratte hob mit einem wütenden Brüllen beide Arme, und die Flammen lösten sich von seiner Rüstung, krochen wie eine brennende Flüssigkeit über seine Schultern und Arme, hüllten seine Hände ein und jagten in einem sengenden Blitz zurück zu Dago, von dem sie gekommen waren, hundertfach verstärkt und mit gnadenloser Wucht. Der junge Magier schrie auf, schlug die Hände vor das Gesicht und stürzte rücklings zu Boden.

»Schade«, sagte Ratte leise. »Das war fast zu leicht. Nach allem, was mir über dich berichtet wurde, hätte ich einen würdigeren Gegner erwartet.« Er hob den Kopf, blickte Lyra an, machte einen Schritt auf sie zu und blieb wieder stehen.

Lyra preßte Toran so fest an sich, daß er zu weinen begann. Bisher war sie allem, was geschehen war, nahezu teilnahmslos gefolgt. Sie hatte keine besondere Angst, nicht einmal wirklichen Schrecken empfunden, sondern war wie erschlagen gewesen, unfähig, irgend etwas zu fühlen oder zu denken. Jetzt, ganz langsam, erwachte die Furcht in ihrem Herzen. Ein Goldener. Sie begriff erst jetzt, wem sie gegenüberstand. Nicht irgendeinem gedungenen Mörder. Keinem Magier, wie Dago geglaubt hatte. Vielleicht nicht einmal einem Menschen. Der Mann vor ihr war Ratte, einer der sechs unsterblichen Tyrannen, die seit tausend Jahren ihr Land in Angst und Schrecken versetzten, ein Mann, gegen den selbst ein so mächtiger Zauberer wie Dago nichts als ein Kind im Vergleich zu einem Riesen war. Und sie Närrin hatte sich wirklich eingebildet, ihm davonlaufen zu können.

»Und nun zu dir«, sagte Ratte leise. »Für ein dummes Bauernmädchen hast du mich eine ziemlich lange Zeit an der Nase herumgeführt, das muß ich gestehen. Eigentlich sollte ich dich töten, aber jemand, der so tapfer ist wie du, hat eine Belohnung verdient. Ich gebe dir eine Chance. Nimm ein Messer und töte dieses Kind, und ich lasse dich am Leben. Und diesen hitzköpfigen Narren da auch.« Er deutete auf Dago, der sich leise wimmernd am Boden krümmte.

Lyra erstarrte. »Was bist du, Goldener?« fragte sie. »Man hat mir gesagt, daß du ein Ungeheuer wärest, aber nicht einmal das schlimmste Ungeheuer kann so grausam sein. Du bist kein Mensch.«

»O doch«, antwortete Ratte. Seine Stimme klang amüsiert. »Das ist es ja gerade. Und wieso Ungeheuer? Ich gebe dir die Chance, dein Leben zu retten. Das Kind da stirbt so oder so. Also?«

Lyra schwieg. Rattes Worte hatten irgend etwas in ihr zerstört, Risse in eine Mauer getrieben, die jetzt langsam zu zerbröckeln begann und hinter der irgend etwas lauerte, das vielleicht noch schrecklicher war als dieser goldene Dämon vor ihr.

»Wenn es dein Wunsch ist . . .« Der Goldene schüttelte den Kopf, starrte einen Moment zu Boden und blickte sie dann wieder aus seinen Rubinaugen an. »Aber ich werde es doch nicht tun«, sagte er plötzlich. »Ich werde dir beweisen, daß wir Goldenen gar nicht so böse sind, wie man uns nachsagt. Ich schenke euch das Leben, allen dreien. Gib mir das Kind.« Er hob den Arm und streckte auffordernd die Hand aus.

Lyra wich einen weiteren Schritt zurück. Es ging fast über ihre Kraft, dem Blick der starren Kristallaugen standzuhalten, aber sie tat es. Dann . . .

Zuerst bemerkte sie nicht einmal, was geschah. Das Licht der brennenden Felsen erfüllte die Höhle mit huschenden Schatten und verbarg den schwarzen Rauch, dersich zwischen Rattes Fingern zu bilden begann. Toran weinte plötzlich lauter, und sie fühlte, wie ein sanfter, kaum spürbarer Ruck durch seinen Körper ging. Als sie auf ihn hinabsah, bemerkte sie den schwarzen Nebel, nicht mehr als ein Hauch, der seinen Körper wie eine zweite Haut umgab. Und er begann sich langsam, ganz langsam, zusammenzuziehen ...

Lyra prallte mit einem entsetzten Schrei zurück, aber irgend etwas hielt sie fest und zwang sie, stehen zu bleiben und den Goldenen anzusehen. Hinter ihrer Stirn explodierte die Angst und machte jedes Denken unmöglich. Es war das magische Töten, die gleiche fürchterliche Waffe, mit der Dago den Vogel vernichtet hatte, die pure Willenskraft des Goldenen, die das Leben aus dem Kind in ihren Armen herauspreßte, und sie begriff auch, daß er diese Art des Tötens gewählt hatte, da er wußte, daß sie ihr die größte Qual bereitete.

Rattes Hand schloß sich langsam, im gleichen Maße, wie sich der dunkle Rauch um Torans Körper zusammenzog und seine Angstschreie schriller wurden. Er versuchte zu strampeln, aber er konnte es schon nicht mehr. Zwischen den goldverhüllten Fingern des Tyrannen wogten Rauch und Nebel, die die Form eines kindlichen Körpers angenommen hatten. Lyra schrie, wand sich in unsäglicher Qual und versuchte, den unsichtbaren Fesseln zu entkommen, die sie hielten, aber ihre Kraft reichte nicht.

Plötzlich ging es ganz schnell; anders als die Male zuvor gab es keine Ahnungen und kein Suchen und Tasten, sondern nur einen kurzen, grausam harten Ruck, als Erions Kraft in ihr erwachte und sich mit einem lautlosen Aufschrei gegen die des Magiers warf. Die geistigen Fesseln, die sie hielten, zerrissen, und fast im gleichen Moment erlosch auch der mörderische Druck auf Torans Leib.

Es war wie das Zurückschnappen eines straff gespannten Lederriemens. Irgend etwas zerschnitt das magische

Band, das den Goldenen mit Toran verbunden hatte, aber seine Kräfte erloschen nicht einfach, sondern prallten mit grausamer Wucht auf ihn zurück. Lyra registrierte alles vom Standpunkt einer unbeteiligten Zuschauerin aus, denn sie war in diesem Moment nicht mehr als ein willenloser Gast in ihrem eigenen Körper, aber sie registrierte jede Kleinigkeit, jedes noch so winzige Detail, obwohl sich alles in wenigen schrecklichen Sekunden abspielte. Ratte schrie auf, zuerst erschrocken und ungläubig, dann voller Qual und Agonie. Eine unsichtbare Faust schloß sich um seine Rüstung und begann sie zu zermalmen. Die goldenen Panzerplatten barsten, wurden zusammengeknüllt und zerquetscht wie trockenes Pergament und zerfielen zu Staub. Sein Körper zuckte wie in Krämpfen. In das Klirren und Bersten von Metall mischte sich das fürchterliche Geräusch von Knochen, die unter dem Tritt eines unsichtbaren Drachen zerbrachen, und seine goldene Rüstung war plötzlich feuerrot. Die blitzende Gestalt schien in einer Wolke aus brodelndem Nebel zu verschwinden.

Lyra sah nicht mehr, wie er stürzte. Ihre Knie gaben nach, und die Höhle begann sich vor ihren Augen zu drehen. Sie fiel, krümmte sich instinktiv zusammen, um Toran zu schützen, und verlor das Bewußtsein, ehe sie auf dem heißen Felsen aufschlug.

14

Wärme umgab sie wie eine sanfte, beschützende Hand, als sie erwachte. Im ersten Moment spürte sie ihren Körper nicht, sondern hatte das Gefühl, schwerelos in einem großen, warmen Nichts zu schweben, in dem es nur Leere und Vergessen gab. Sie war sich der Tatsache, zu erwachen, vollkommen bewußt, aber es war kein mühsames Emportasten in die Wirklichkeit; ihr Bewußtsein war ganz klar, und auch ihre Erinnerungen waren sofort präsent, mit beinahe schmerzhafter Schärfe und Intensität. Und trotzdem trennte sie noch etwas von der wirklichen Welt, eine unsichtbare Wand, die sie in diesem Kosmos aus Schwärze und Wärme gefangenhielt. Sie versuchte nicht mit Gewalt, die Fesseln des Schlafes abzustreifen; im Gegenteil – sie genoß das Gefühl, so lange es anhielt; das Bewußtsein, frei von jeder Verantwortung und Entscheidung zu sein und nicht denken zu müssen. Dann berührte eine Hand ihre Schulter, und der Schleier zerriß; sie erwachte.

Das erste, was sie sah, waren wolkige Bahnen aus gelbem und weißem Stoff, sonderbar glänzend, als wären sie mit einer dünnen Metallschicht überzogen, die hoch über ihr zu dem kunstvollen Spitzdach eines Himmelbettes zusammengesteckt waren. Vier armdicke, gedrechselte Säulen trugen dieses Dach, und die unteren Teile dieser Säulen wiederum bildeten die Eckpfosten eines gewaltigen, mit dem gleichen gelben und weißen Stoff bezogenen Bettes. Dann zerriß auch der dünne Rest des Vorhanges, den der Schlaf zwischen sie und ihre Sinne gesenkt hatte, und beruhigende Geräusche drangen an ihr Ohr; sie begann ihren Körper zu fühlen und den Stoff, auf dem sie lag. Die Bettwäsche fühlte sich kühl und wohltuend fest auf der Haut an. Behutsam strich sie mit den Fingerspitzen über den gelben Stoff. Er war glatt wie Eis, aber gleichzeitig weich und anschmiegsam; es mußte Seide sein, echte Seide, nicht die billige Imitation, die Oran Felis einmal aus Dieflund mitgebracht hatte.

»Gefällt dir der Stoff?«

Lyra schrak zusammen. Die Hand fiel ihr wieder ein, die sie geweckt hatte. Sie war ja nicht allein. Jemand war bei ihr im Zimmer, und plötzlich kam ihr zu Bewußtsein, daß sie nicht einmal wußte, wo sie war. Aus irgendeinem Grunde machte sie dieser Gedanke verlegen.

Neben ihrem Bett stand eine keine, dickliche Frau. Ihr Gesicht war rosig und feist, und das Doppelkinn gab diesem Gesicht einen behäbigen Zug, ohne daß es deshalb direkt fett gewirkt hätte. Ihre Augen blickten klein und freundlich unter buschigen weißen Brauen hervor, und das Haar war zu einem strengen Knoten zurückgekämmt, der von zwei kleinen, edelsteinbesetzten Spangen gehalten wurde. Sie trug ein einfaches, braun und blau gemustertes Kleid, das von fast bescheidenem Schnitt war, dem kundigen Auge aber trotzdem die Hand eines meisterlichen Schneiders verriet, und saß auf einem Stuhl gleich neben dem Bett, der so hoch war, daß ihre Füße den Boden nicht berührten und sie mit den Beinen baumelte. Auf ihrem Schoß lag eine zusammengerollte graue Katze, die im Schlaf schnurrte.

»Gefällt dir der Stoff?« fragte sie noch einmal. Ein gutmütiges Lächeln erschien in ihren Augen. »Das ist Seide. Hast du schon einmal in einem Bett aus Seide geschlafen?«

»Nein«, antwortete Lyra. »Ich habe noch nie wirkliche Seide gesehen, und . . .« Sie stockte, blickte ihre Hand, die fast liebkosend auf den Falten des gelben Seidenstoffes lag, erschrocken an und sah mit einem Ruck auf. Was tat sie hier überhaupt? Sie hatte Wichtigeres zu tun, als sich über Seide zu unterhalten.

»Wo . . . bin ich?« fragte sie verwirrt.

Die kleine Frau antwortete nicht gleich, und Lyra stemmte sich auf die Ellbogen hoch und sah sich mit einer Mischung aus Staunen und ganz langsam aufkeimender Furcht um.

Der Raum, in dem sie erwacht war, war sehr groß. Obwohl es das mit Abstand gewaltigste Bett war, das sie jemals gesehen hatte, und zudem auf einer drei Stufen messenden Erhöhung stand, schien es sich in der Weite des Zimmers beinahe zu verlieren, ebenso wie die anderen Möbel, die ihr sehr geschmackvoll vorkamen. Helles Sonnenlicht fiel durch ein spitzes Fenster herein, die klare, sterile Helligkeit eines Wintertages, und der warme Hauch eines Kaminfeuers streichelte ihr Gesicht. Das Knacken der brennenden Scheite verbreitete ein Gefühl von behaglicher Geborgenheit. Irgendwo, sehr weit entfernt, hörte sie gedämpften Posaunenschall und das Lachen einer dunklen Stimme, wie eine Antwort. Sie wußte nicht, wo sie war, aber sie war sicher nicht mehr in den Minen von Tirell. Dago und Schwarzbart mußten sie fortgeschafft haben, während sie bewußtlos gewesen war.

»Was ist das hier?« fragte sie noch einmal, »und was ist . . .«

»Du bist in Sicherheit«, unterbrach sie die kleine Frau. Sie lächelte wieder, und Lyra sah, daß sie sehr kleine Zähne hatte, die aussahen, als wären sie alle in der gleichen Form aus Porzellan gegossen. Zwei davon waren aus Gold. Der Anblick weckte unangenehme, quälende Erinnerungen in Lyra. Hastig verschloß sie ihren Geist vor den Bildern, die aus der Vergangenheit aufsteigen wollten.

»Du bist in Sicherheit«, sagte die Frau noch einmal, als wäre sie nicht ganz sicher, daß Lyra ihre Worte beim ersten Mal auch verstanden hatte. »Und Toran auch. Die Kinderfrau kümmert sich um ihn. Er hat alles gut überstanden. Er schläft jetzt. Aber ich lasse ihn gerne holen, wenn du es willst.« Ihre Stimme klang ein wenig unsicher; sie sprach, als hätte sie lange hier gesessen und sich überlegt, was sie sagen sollte, wenn Lyra erwachte.

»Die Kinderfrau?« Lyras Verwirrung wuchs bei den Worten der Frau noch mehr. Sie versuchte sich zu besinnen, was geschehen war, nachdem Dago den Goldenen getötet hatte, aber wo ihre Erinnerungen sein sollten, war an dieser Stelle nichts als Schwärze. Aber sie hatte das vage Gefühl von Zeit, die verstrichen war, von sehr viel Zeit. »Ich verstehe nicht . . . was bedeutet das alles?« Sie machte eine Handbewegung, die das ganze Zimmer einschloß. »Was ist das hier?«

Die kleine Frau lächelte verzeihend. »Du wirst alles erfahren«, sagte sie. »Aber nun mußt du erst einmal zu dir selbst finden, Lyra. Du bist jetzt sehr durcheinander, aber das ist ganz normal und wird bald vorüber gehen. Du hast fast eine Woche geschlafen, weißt du das?«

»Eine Woche!« Lyra setzte sich mit einem Ruck auf.

»Du bist im Albstein«, erklärte die Frau. »Im Palast der

Zwergenkönige. Niemand kann dir hier irgend etwas zuleide tun, mein Kind.«

»Und wer . . . bist du?« fragte Lyra.

»Mein Name ist Erdherz«, sagte die Fremde. »Frage jetzt nicht so viel. Die Antworten würden dich nur verwirren. Du wirst alles erfahren, aber es gibt jetzt keinen Grund mehr, irgend etwas in Eile zu tun. Wir Zwerge«, fügte sie mit einem Lächeln hinzu, »hassen es, zu hetzen. Ruh dich aus und nutze die Zeit, deine Gedanken zu ordnen. Du hast viel Schlimmes erlebt, aber jetzt ist es vorbei.«

Lyra ließ sich wieder zurücksinken, setzte sich aber nach wenigen Augenblicken wieder auf und legte ihr Kissen so zurecht, daß sie sich in einer halb aufgerichteten Position dagegenlehnen konnte. Neugierig betrachtete sie Erdherz genauer, ohne jedoch noch ein Wort zu sagen. Sie zweifelte nicht daran, daß Erdherz es gut mit ihr meinte; obwohl sie sie erst vor wenigen Augenblicken zum ersten Mal gesehen hatte, strahlte sie etwas von dem Vertrauen und der Ehrlichkeit aus, die auch Dago umgaben; aber sie hatte das sichere Gefühl, daß sie weiter nichts als ausweichende Antworten hören würde.

Sie besah sich Erdherz genauer. Die Zwergin war nicht so alt, wie sie im ersten Moment geglaubt hatte. Ihre Korpulenz gab ihr den Anschein von Behäbigkeit und Alter, und wie Schwarzbarts waren auch ihre Augen in ein Netz feiner Lachfältchen eingebettet und sahen jünger aus als der Rest ihres Gesichtes. Am Mittelfinger ihrer rechten Hand blitzte ein gewaltiger Siegelring aus Gold, der einen Adler oder einen Falken zeigte. Ein sonderbarer Wappenvogel für einen Zwerg, dachte sie. »Wer bist du?« fragte sie schließlich.

Erdherz lächelte. Sie hatte Lyras Musterung bemerkt, aber es schien sie eher zu amüsieren und war ihr nicht unangenehm gewesen. »Eine Zwergin, Kind, nur eine Zwergin«, sagte sie. »Ich habe mich um dich gekümmert, während du hier lagst und gesund wurdest. Daher weiß ich auch so viel über dich. Du hast im Fieber geredet.«

»Habe ich . . . viele Geheimnisse ausgeplaudert?«

»Keine, die nicht sicher bei mir wären«, antwortete Erdherz zweideutig, »und auch keine, die ich nicht schon gekannt hätte. Dago hat uns alles erzählt, und was er nicht wußte, das berichteten uns der Wind und die Berge.«

Lyra widerstand der Versuchung, Erdherz danach zu fragen, wie diese Worte gemeint waren. Die Zwergin schien eine Vorliebe für Rätsel zu haben. Hatte Dago nicht erwähnt, daß die Zwerge ein schwatzhaftes Volk waren, als sie Schwarzbart durch die Berge gefolgt waren?

»Toran geht es gut«, sagte Erdherz plötzlich, als hätte sie ihre nächste Frage vorausgeahnt. »Er war wie du völlig erschöpft und übermüdet, als Dago ihn brachte, aber er ist ein sehr kräftiger Knabe und hat sich gut erholt. Du kannst ihn jederzeit sehen.« Es war das zweite Mal, daß sie das sagte und ihre Stimme klang beinahe bittend. Lyra verstand nicht, warum. Sie verstand ja nicht einmal wirklich, wo sie war, obwohl Erdherz es ihr gesagt hatte. Der Albstein – was bedeutete das schon für sie? Ein Wort, mehr nicht. Vor ein paar Tagen hatte sie noch nicht einmal gewußt, daß es so etwas wie Zwerge überhaupt gab, geschweige denn eine Zwergenkönigin, die eine Festung in einem Berg bewohnte!

Erdherz stand plötzlich auf, strich sich eine Falte aus ihrem Gewand und sah zum Fenster. Die Katze sprang fauchend von ihrem Schoß auf die Bettkante und von dort zu Boden, um mit steil emporgerecktem Schwanz davonzulaufen; nicht ohne noch ein beleidigtes Maunzen hören zu lassen. Erdherz sah ihr nach und lächelte flüchtig. Eigentlich, dachte Lyra, war sie gar keine richtige Zwergin, so wenig wie Schwarzbart wirklich ein Zwerg gewesen war. Sie mochten ein wenig kleiner als ein normal gewachsener Mensch sein, aber sie waren keineswegs Gnome mit großen Köpfen und zu kurzen Armen und Beinen, und der wahre Unterschied zwischen ihnen und den Menschen lag wohl eher in der Art, in der sie lebten. Die alte Guna zu Hause auf dem Hof war nicht größer als Erdherz gewesen, dabei aber viel schlanker und von den Jahren gebeugt.

»Ich werde gehen und Dago Bescheid geben«, sagte Erdherz. »Er hat darum gebeten, sofort gerufen zu werden, wenn du erwachst. Er war in großer Sorge um dich. Es ist dir doch recht, oder?«

Lyra hatte für einen flüchtigen Moment das Gefühl, dies alles schon einmal erlebt zu haben. Sie war schon einmal aus einem Schlaf erwacht, der widernatürlich lange gedauert hatte, und damals hatte Erion an ihrem Bett gesessen und sie mit beinahe den gleichen Worten begrüßt. Vielleicht gab es nur bestimmte Worte für bestimmte Situationen, dachte sie. Aber dann erinnerte sie sich daran, wie schrecklich das gewesen war, was nach diesem Erwachen gekommen war, und plötzlich packte sie die Angst, daß es diesmal wieder so sein könnte.

Erdherz bemerkte ihr Zögern, aber sie schien es falsch zu deuten, denn sie legte nachdenklich den Kopf auf die Seite und sah sie eine Weile wortlos an. »Ich muß es nicht tun, wenn du nicht möchtest«, sagte sie sanft. »Aber es würde ihn wirklich freuen, glaube ich.« Sie lächelte weiter, aber ihre Augen wurden plötzlich ernst, beinahe traurig. »Er hat mir alles erzählt, was zwischen euch war, Lyra«, fuhr sie fort. »Weißt du, daß du ihm weh getan hast? Er ist dein Freund, viel mehr, als du glaubst.«

»Ich weiß«, murmelte Lyra. »Ich wollte ihn nicht verletzen, Erdherz. Ich weiß, daß er sein Leben für mich eingesetzt hat, auch ehe er wußte, daß das Kind, das ich bei mir hatte, Toran war. Aber es ist . . .«

Sie sprach nicht weiter; Erdherz schien auch so zu wissen, was sie hatte sagen wollen. »Aber es ist schwer, noch einem Menschen zu trauen, nach allem, was dir zugefügt wurde, nicht wahr?« sagte sie leise. Sie kam näher, griff nach Lyras Hand und drückte sie. Ihre Finger waren überraschend warm und weich, und ihre Haut fast so glatt wie die Seide, auf der sie erwacht war. »Ich kann begreifen, wie du gefühlt hast, Lyra«, sagte sie. »Du hast mehr ertragen müssen, als ein einzelner Mensch überhaupt ertragen kann, und es fällt dir schwer, überhaupt noch jemandem zu trauen. Aber Dago ist unser Freund, schon seit sehr vielen Jahren. Er ist einer der wenigen Menschen, denen es jemals geglückt ist, die Freundschaft des Zwergenvolkes zu erlangen. Ich glaube, er wäre nicht einmal in der Lage, zu lügen, selbst wenn sein Leben davon abhinge. Seine Freunde zu belügen, meine ich.«

»Und ... seine Feinde?« Lyra wußte selbst nicht, warum sie diese Frage stellte. Ihre Bedenken waren grundlos, und sie würde sich allerhöchstens lächerlich machen, wenn sie noch lange weitersprach. Und doch war das stärkste Gefühl, wenn sie sich an Dago erinnerte, die Erinnerung an den Haß, den sie auf seinen Zügen gesehen hatte. Sie mußte mit irgend jemandem darüber sprechen. Nicht mit Dago, sondern mit einem Fremden.

»Seine Feinde? Was meinst du damit?« Erdherz löste ihre Hand aus Lyras und setzte sich wieder auf den Stuhl. Plötzlich nickte die Zwergin, und ein wissendes Lächeln erschien auf ihren Lippen. »Er hat mit dir über die Goldenen gesprochen«, sagte sie. »Über die Herrscher der Caer Caradayn.«

»Er war so ... so voller Haß und Gewalt«, murmelte Lyra. »Ich habe nie einen Menschen getroffen, dessen Herz so voller Haß und Zorn war wie seines.«

»Das kommt, weil du niemals dein Tal verlassen hast«, antwortete Erdherz. »Hättest du es getan, dann wärest du vielen begegnet, die so sind wie Dago. Du hast bisher in einer anderen Welt gelebt, Lyra, aber es war nicht die wirkliche, sondern nur eine Illusion, die sich Oran und ein paar andere Männer geschaffen haben, als sie in dieses Hochtal zogen. Hast du dich nie gefragt, warum sie ihr Tal so selten verlassen und warum sie so wenig von der Welt jenseits der Berge erzählen? Caradon ist ein Reich, in dem der Haß und die Furcht gebieten, Lyra. Haß und Furcht sind die Statthalter der Goldenen, und was du in Dagos Seele gelesen hast, waren die Früchte der Saat, die die Magier seit einem Jahrtausend säen. Dagos Vater und seine Mutter wurden getötet, als er ein Kind war. Seither haßt er die Goldenen. Ich kann verstehen, daß es dich erschreckt hat, diesen Haß zu sehen. Aber der wahre Dago ist ein

Mann voller Freundschaft und Wärme. Ich glaube, er mag dich«, fügte sie mit einem Augenzwinkern hinzu.

Lyra sah verwirrt auf. Die letzten Worte der Zwergin hatten sie beinahe erschreckt. Vielleicht, weil es ihr ebenso erging. Was sie fühlte, war mehr als Dankbarkeit für den Mann, der ihr und ihrem Kind das Leben gerettet hatte. Was war das, dachte sie erschrocken. Liebe? Sie konnte diese Frage nicht beantworten, denn sie hatte niemals gelernt, was das Wort Liebe wirklich bedeutete.

»Du hast recht, Erdherz«, sagte sie. »Ich benehme mich ziemlich albern, glaube ich. Rufe ihn ruhig.«

»Nur, wenn du es wirklich willst«, sagte die Zwergin. »Weißt du, wir haben lange miteinander geredet, in den letzten Tagen. Er weiß genau, was du fühlst, und es schmerzt ihn, aber er versteht dich auch, und er respektiert deine Gefühle.«

»Und trotzdem will er mir Toran wegnehmen.« Lyra erschrak selbst über ihre Worte. Ihre Augen füllten sich mit brennender Hitze, aber sie beherrschte sich und drängte die Tränen zurück.

»Niemand will dir deinen Sohn wegnehmen, Kind«, sagte Erdherz ernst. Sie beugte sich vor und berührte wieder Lyras Finger, ließ ihre Hand jedoch diesmal auf der ihren liegen, ohne sie zu ergreifen; vielleicht, weil ihr eine solche Geste in diesem Moment zu vertraulich erschienen wäre.

»Glaube mir, Lyra«, sagte sie, »niemand will dir Toran wegnehmen. Dago am allerwenigsten. Im Gegenteil. Toran braucht eine Mutter. Wir haben eine Kindsfrau, die sich um ihn sorgt, und eine Amme, die ihm Milch gibt, aber was er nötiger hat, das ist die Liebe einer Mutter. Wer wäre wohl besser dazu geeignet als du?«

Das hatte sie nicht gemeint, und die Zwergin mußte das wissen, aber Lyra widerspach nicht. Welchen Sinn hatte es, über etwas zu reden, das unausweichlich war?

»Du hast Angst um ihn«, sagte Erdherz. »Nicht wahr? Du hast Angst, daß sie ihn töten werden, wenn sie erfahren, wer er ist. Wenn dies sein Schicksal ist, Lyra, dann wird es sich erfüllen, ob du dich dagegen wehrst oder nicht. Du kannst das Schicksal nicht aufhalten. Niemand kann das, nicht einmal die Goldenen, obwohl sie doch so mächtige Zauberer sind. Aber es ist nicht sein Schicksal. Torans Bestimmung ist, unser Land zu befreien und die Herrschaft der Tyrannei zu beenden, und wir alle werden ihm dabei helfen und ihn beschützen. Er braucht unsere Hilfe. Und vor allem deine, Lyra. Er wird keinen Schaden nehmen, das verspreche ich dir.« Ihre Worte klangen sonderbar, gleichzeitig voller großem Ernst und Pathos, und sie betonte sie zudem übermäßig, um sie besonders eindringlich klingen zu lassen. Und doch waren sie nicht wahr. Vielleicht würde Erdherz ihr Versprechen halten können, und vielleicht würde Torans *Körper* keinen Schaden nehmen, aber seine Seele würde es tun, mehr, als die Zwergin je ermessen konnte. Er würde zu einem zweiten Dago werden, einem Mann, den alle liebten und verehrten, und der innerlich verzehrt wurde vom Haß.

Lyra blinzelte die Tränen fort und versuchte zu lächeln. »Ich möchte ihn sehen«, sagte sie.

»Toran oder Dago?«

»Beide«, antwortete Lyra nach kurzem Überlegen. Vielleicht war es gut, sie beide hier zu haben, gleichzeitig, damit sie sich über ihre wahren Gefühle klarwerden konnte.

»Du bist verbittert«, sagte Erdherz plötzlich.

Lyra blickte erschrocken auf. Sah man ihr so deutlich an, was sie fühlte?

»Aber du wirst es verstehen, Kind«, fuhr die Zwergin fort, in einem sehr sonderbaren, verzeihenden Ton. Einem Ton, der Lyra ärgerte, denn es war die Art, in der ein Erwachsener mit einem uneinsichtigen Kind sprach. »Ich gehe jetzt und hole Dago und das Kind.« Damit wandte sie sich um und verließ den Raum.

Als die Tür aufging, erhaschte Lyra einen kurzen Blick auf einen niedrigen, von flackernden Fackeln erhellten Korridor. Aber sie sah auch die beiden Bewaffneten, die rechts und links der Tür standen; Zwerge wie Schwarzbart und Erdherz, aber in Kettenhemden und mit wuchtigen Helmen und Schilden. Vielleicht war es Einbildung, aber im ersten Augenblick kamen sie Lyra weniger wie eine Ehrenwache als mehr wie Gefangenenwärter vor. Natürlich war dieser Raum kein Kerker, sondern das Schlafgemach der Zwergenkönigin, wie Erdherz gesagt hatte – aber auch ein goldener Käfig war ein Käfig.

Lyra verscheuchte den Gedanken, schlug die Decke zur Seite und schwang vorsichtig die Beine vom Bett. Zuerst wurde ihr schwindelig, und sie fühlte sich ein wenig wakkelig auf den Beinen, aber das Gefühl verging rasch, und als sie die Augen wieder öffnete, durchströmte sie ein Gefühl neuer Stärke, eine Kraft und ein Wohlbefinden, das sie seit Ewigkeiten vermißt hatte.

Neugierig sah sie sich im Zimmer um und ging schließlich zu dem einzelnen Fenster auf der Südseite hinüber. Ein kalter Windhauch schlug ihr entgegen, denn das Fenster hatte kein Glas, sondern nur ein halbhohes Ziergitter, das sich bauchig nach außen wölbte und von rotbraunem Efeu umrankt war. Lyra beugte sich vor, um über die Brüstung in die Tiefe sehen zu können.

Unter ihr breitete sich ein geradezu phantastisches Panorama aus. Ihr Blick ging weit und ungehindert über die Berge, und was sie sah, war so bizarr, daß sie für einen Moment alles andere vergaß. Als sie den Albstein zum ersten Mal gesehen hatte, war er ihr klein erschienen, aber das war geradezu lächerlich. Er war hoch, unglaublich *hoch*. Unter ihr breitete sich eine Titanenlandschaft aus schneebedeckten Hängen und tiefen, mit zerklüfteter Dunkelheit gefüllten Schluchten, und durch eine Lücke in den schneebedeckten Wänden, die den Albstein umgaben, konnte sie sogar das Tal sehen; wie einen grünen verschwommenen Klecks in der weißen Landschaft. Der Anblick ließ ein flüchtiges Gefühl von Wehmut in ihr aufkommen. Dieser kleine grüne Fleck dort hinten war Vergangenheit; Teil einer Welt, mit der sie nichts mehr zu schaffen hatte. Mit einem flüchtigen Lächeln löste sie ihren Blick von dem grünen Schemen und sah nach unten. Sie hatte erwartet, sich im Inneren des Albsteines zu befinden, aber das Schlafgemach lag im obersten Stockwerk eines Turmes, der Teil einer Festung zu sein schien: Tief unter sich gewahrte sie wuchtige, zinnengekrönte Mauern, auf denen Bewaffnete patrouillierten. Die Zwergenfestung befand sich nicht im Inneren des Albsteines, sondern auf seiner Spitze, eine zum Teil gemauerte, zum Teil aus dem natürlich gewachsenen Stein des Berges herausgeschlagene Festung, die sehr groß sein mußte, denn Lyra konnte von ihrem Fenster aus nur einen kleinen Teil der ganzen Anlage übersehen. Tief unter ihr – fünfzig oder mehr Manneslängen – bewegten sich winzige Farbtupfer; Zwerge und Pferde, aber auch Menschen.

Das Geräusch der Tür riß sie aus ihren Betrachtungen. Sie drehte sich um und erkannte Dago. Aber er war nicht allein, sondern wurde von einem kräftig gewachsenen Zwerg und einer kleinen, graugekleideten Frau begleitet, die ein Kind auf den Armen trug.

Lyra erschrak, als sie den Zwerg erkannte, so sehr, daß sie für einen Moment sogar Toran vergaß, den die Zwergin auf den Armen trug. Es war Schwarzbart. Aber wie hatte er sich verändert! Der bauschige schwarze Bart, dem er seinen Namen verdankte, war über Nacht schlohweiß geworden, und auch das Haar, das seine Stirnglatze einrahmte und glatt bis auf die Schultern fiel, hatte alle Farbe verloren. Er lächelte, aber sein Lächeln vermochte nicht über den Ausdruck von Schrecken hinwegzutäuschen, der sich tief in seine Züge gegraben hatte. In seinem Blick flackerte ein unseliges Feuer, wie in den Augen eines Wahnsinnigen.

Schließlich brach Dago den Bann, indem er der Frau das Kind aus den Armen nahm, auf Lyra zukam und es ihr geben wollte; aber sie fühlte sich noch zu unsicher auf den Beinen und hatte Angst, es fallen zu lassen. Dago deutete ihr Kopfschütteln richtig und trug Toran zum Bett. Lyra folgte ihm, setzte sich auf die Bettkante und nahm das Kind vorsichtig in die Arme. In Dagos Augen leuchtete ein sonderbares Feuer auf, als er sah, wie sie den Säugling an die Brust drückte und zärtlich seine Wange streichelte.

»Er hat alles gut überstanden«, sagte er. Seine Stimme klang unsicher; er schien befangen und wußte wohl nicht so recht, was er sagen sollte. »Beinahe besser als wir«, fügte er mit einem unechten Lachen hinzu. Lyra sah auf und begegnete dem Ausdruck in seinen Augen, dann sah sie Schwarzbart und senkte hastig den Blick. Sie spürte, daß Dago von ihr erwartete, irgend etwas zu sagen, aber sie konnte es nicht; ihre Kehle war wie zugeschnürt, und plötzlich verspürte sie die gleiche Befangenheit wie der junge Magier.

Dago blickte sie noch einen Moment schweigend an, dann drehte er sich herum und wandte sich an die Kinderfrau. »Geh hinaus«, sagte er, freundlich, aber sehr bestimmt. »Ich lasse dich rufen, wenn wir deiner Dienste wieder bedürfen.«

Lyra war erleichtert, als die Zwergin nickte und ohne ein Wort den Raum verließ. Wie bei Erdherz zuvor hatte sie ihre Freundlichkeit und Güte gespürt, aber wie sie blieb sie eine Fremde, die störte.

»Wie fühlst du dich?« fragte Dago, als sie allein waren. Er setzte sich neben sie, legte den Arm um ihre Schulter und zog seine Hand hastig wieder ein wenig zurück, als sie zusammenzuckte.

»Es geht mir gut«, antwortete Lyra, ohne ihn anzusehen. »Ich ... fühle mich kräftig wie seit langem nicht mehr.«

Dago nickt. »Die Zwerge sind die besten Wundärzte und Heiler, die ich kenne«, sagte er. »Und du hast die beste Pflege bekommen, die überhaupt möglich war. Du hast mehr für sie getan, als du auch nur ahnst, Lyra.« Er lächelte, und Lyra begriff, daß seine ersten Worte nur dazu bestimmt gewesen waren, die Befangenheit zwischen ihnen zu überwinden. Er war aus einem ganz bestimmten Grund hier. Nicht nur, um nach ihr zu sehen.

»Ich weiß«, antwortete sie. »Man hat mir sogar das Zimmer der Königin gegeben.«

»Erdherz hat darauf bestanden.« Dago lächelte, als sie aufsah und erstaunt zwischen ihm und Schwarzbart hin und her blickte. »Erdherz ist ihre Königin«, sagte er. »Wußtest du das nicht?«

Sie hatte es nicht gewußt, aber sie war auch nicht sehr überrascht. Es beunruhigte sie nur. Sie hätte sich fast wohler gefühlt, wenn sie weniger ehrerbietig behandelt worden wäre.

Dago schien ihre Abwehr zu spüren, denn er nahm den Arm vollends von ihrer Schulter und rutschte ein Stück zur Seite, ohne jedoch ganz aufzustehen. Lyra dachte daran, mit welch flammenden Worten Erdherz den Magier verteidigt hatte. Nein, sie hatte keinen Grund, Dago zu mißtrauen. Eher war es so, daß *er* Grund gehabt hätte, ihr nicht zu trauen, denn sie hatte vor, ihn zu hintergehen. Der Entschluß war schon die ganze Zeit unbewußt in ihr gewesen, und was sie zu tun hatte, war ihr im gleichen Moment klargeworden, in dem Dago ihren Arm berührt hatte. Es hatte nichts mit dieser Berührung an sich zu tun oder der Vertraulichkeit, die sie beinhaltete. Eher war es wohl eine Antwort: Er wollte Vertrauen von ihr, vielleicht Liebe, aber wie konnte sie ihm auch nur eines davon geben, wo sie im gleichen Moment wußte, daß sie ihn belügen und hintergehen würde?

»Es ist ... alles so verwirrend«, sagte sie. »Was ist geschehen, Dago? Ich erinnere mich an nichts.«

»Du hast das Bewußtsein verloren, nachdem du den Goldenen getötet hattest«, sagte Dago. »Und ich habe dafür gesorgt, daß du nicht aufwachst. Schwarzbart und ich haben dich hergebracht.«

»Ich?« Lyra blickte ihn mit einer Mischung aus Unglauben und eisigem Schrecken an. »Was redest du, Dago? Du warst es, der den Goldenen ...«

»Nein«, unterbrach sie Dago. »Das war ich nicht. Und du weißt es.« Er schwieg, aber sein Blick hielt den Lyras fest und zwang sie, ihn weiter anzusehen, sein Gesicht zu betrachten. Es wirkte entspannt und nicht mehr so blaß, wie sie es in Erinnerung hatte, aber sie sah auch die zahllosen winzigen dunklen Flecke, die sich in seine Haut gebrannt hatten, schwarze runde Punkte, als wäre sein

Antlitz in einen Hagel glühender Funken geraten. Seine linke Augenbraue war weggesengt und nur noch als schwarze Linie auf der Haut zu erkennen, und als er die Hand hob, entdeckte sie die münzgroße dunkelbraune Verbrennung, die wie ein Stigma auf seinem Handrücken prangte. Plötzlich sah sie ihn wieder vor sich: wimmernd, halb bewußtlos vor Schmerz, mit schwelenden Kleidern und angesengtem Haar, wie ihn Rattes Blitz niedergeschmettert hatte.

»Stell dich endlich der Wahrheit, Lyra«, sagte Dago, mit einer Sanftheit, die nicht zu seinen Worten paßte. »Du weißt, daß ich nicht die Kraft hatte, Ratte zu besiegen. Er war ein Goldener, einer der sechs mächtigsten Zauberer, die es seit einem Jahrtausend in diesem Land gibt. Ich hätte ihn nicht besiegen können. Es war deine Kraft, die ihn schlug. Erions Erbe.«

Die Worte trafen sie wie eine schallende Ohrfeige. Natürlich hatte sie es gewußt, schon im gleichen Moment, in dem es geschah, aber wie so oft war auch diese Wahrheit leichter zu ertragen, wenn man sie einfach wegleugnete. Sie hatte es deutlich genug gespürt, dieses schreckliche, fremde Etwas, das wie ein dämonischer Parasit in ihrer Seele hockte und auf den Angriff des Goldenen reagiert hatte, als hätte es nur auf eine Gelegenheit wie diese gewartet.

Zitternd starrte sie Dago an, wandte mit einem Ruck den Kopf und warf Schwarzbart einen hilfesuchenden Blick zu. Der Zwerg hatte bisher kein Wort gesagt, sondern nur mit steinernem Gesicht zugehört, und er schwieg auch jetzt. Aber sein Blick antwortete ihr, und er sagte ihr, daß Dago die Wahrheit sprach. Der Schmerz in seinen Augen war nicht nur sein eigener, sondern auch ein Teil ihres eigenen Leides, das er mit seinen sensiblen Zwergensinnen spürte und teilte. Bebend vor Angst senkte sie den Blick und lauschte in sich hinein. Aber da war nichts mehr. Das Fremde in ihr war verschwunden, und geblieben waren nur die Erinnerungen daran. Aber schon diese Erinnerungen reichten, sie vor Angst zittern zu lassen. Sie spürte, wie Dago sie zögernd an der Schulter berührte. Als sie sich nicht wehrte, hob er auch den anderen Arm und drückte sie beschützend an sich.

»Ist es . . . vorbei?« flüsterte sie. »Ist es vorbei, Dago?«

»Ja«, antwortete er, ebenso leise und in sehr sanftem, verständnisvollem Ton. »Erinnerst du dich, was ich dir gesagt habe? Es wird eine Zeit bleiben und dann schwächer werden.« Seine Hand berührte ihr Haar und streichelte es zärtlich. »Ich wußte nicht, daß die Kraft, die dir Erion mitgab, so stark war. Sie muß geahnt haben, was geschehen würde, denn sie hat dir mehr Macht gegeben, als eine Sterbliche je hatte.«

»Aber ich will es nicht«, schluchzte Lyra. Sie versuchte mit aller Gewalt, sich zu beherrschen und nicht schon wieder vor Dago und dem Zwerg in Tränen auszubrechen.

»Das brauchst du auch nicht«, sagte Dago sanft. »Es ist vorbei, Lyra. Sie hat dir eine Waffe gegeben, um dich und ihr Kind zu schützen, aber sie ist nicht mehr da. Die Kraft hat sich verbraucht, in einem einzigen, gewaltigen Ausbruch.«

Lyra wischte sich mit dem Handrücken die Tränen fort, versuchte zu lächeln und löste sich vollends aus seiner Umarmung. Warum fühlte sie sich nur so hilflos und verwirrt?

Und plötzlich tat Dago etwas, was sie in diesem Moment als letztes erwartet hatte. Er zog sie wieder an sich, legte die Hand unter ihr Kinn und küßte sie, sehr sanft und ohne irgendwelches Verlangen; auf eine Art, die sie bei Oran niemals kennengelernt hatte. Es war eine Berührung, aus der nur Freundschaft sprach. Und – ja, sicher – auch Liebe, aber eine Liebe sonderbar fremder, verwirrender Art. Für einen ganz kurzen Moment versuchte sie sich gegen seine Umarmung zu wehren, aber dann entspannte sie sich, schloß die Augen und genoß einfach das Gefühl, einen Menschen in ihrer Nähe zu wissen, dem sie vertrauen konnte.

Und gleichzeitig trieb ihr der Gedanke, daß er *ihr* nicht vertrauen konnte, einen unsichtbaren glühenden Dolch in die Brust. Warum hatte sie nicht den Mut, ihm zu sagen, was sie wirklich fühlte? Was sie zu tun beabsichtigte?

»Wenn du dich kräftig genug dazu fühlst«, sagte Dago, nachdem er seine Lippen wieder von ihren gelöst hatte, »würde ich dir gerne die Burg zeigen. Sie wird dir gefallen. Nicht viele bekommen Gelegenheit, den Albstein und die Festung des Zwergenvolkes zu sehen.« Er lächelte. »Und es gibt eine Menge Männer hier, die begierig darauf sind, die Frau zu sehen, die ihnen Toran gebracht hat.«

»Sie ... wissen es?« fragte Lyra. »Ich meine, die ... die Nachricht ist bereits ...«

»In aller Munde«, führte Dago den Satz zu Ende. Er lachte. »Natürlich – was hast du gedacht? Eine frohe Botschaft verbreitet sich auf den Flügeln des Windes. Rattes Tod ist nicht unbemerkt geblieben, Lyra. Einer der sechs magischen Türme der Caer Caradayn ist gestürzt, und jedermann weiß, was das bedeutet.«

»So wie jeder weiß, daß es nur einen Menschen gibt, der in der Lage wäre, einen Goldenen zu besiegen«, fügte Schwarzbart hinzu. Lyra verspürte einen raschen, eisigen Schauer, als sie die Stimme des Zwerges vernahm. Wie sein Äußeres hatte sich auch seine Stimme auf furchtbare Weise verändert; er sprach jetzt flach und beinahe tonlos, und es war ein beunruhigendes Vibrieren in seinen Worten, als koste es ihn sehr große Kraft, überhaupt zu reden. Dagos Worte fielen ihr wieder ein, und plötzlich begriff sie, daß Schwarzbarts Haar nicht von ungefähr weiß geworden war. Nicht nur sie war dem Grauen begegnet, in den Höhlen tief unter dem Albstein.

Plötzlich lächelte der Zwerg, fast als hätte er ihre Gedanken erraten. »Du brauchst keine Angst zu haben, Lyra. Der Albstein ist sicher, selbst vor dem Zugriff der Goldenen. Sie mögen ahnen, was geschehen ist, aber sie wissen es nicht, und selbst wenn sie es wüßten, würden diese Mauern ihnen trotzen.« Dago bedachte ihn mit einem Blick, der nur allzu deutlich sagte, daß man darüber geteilter Meinung sein konnte, aber Schwarzbart sprach unbeeindruckt weiter: »Sie kommen von überall her, Lyra. Alle, die schon seit Jahrhunderten auf das Zeichen warten, sich endlich gegen die Goldenen zu erheben und das Joch ihrer Tyrannei abzuschütteln, und sie alle warten darauf, dir zuzujubeln.«

Instinktiv preßte sie bei diesen Worten Toran fester an sich, und Dago brachte den Zwerg mit einem raschen, warnenden Blick zum Verstummen. Als er sich wieder zu ihr umwandte, war wieder dieses sanfte, irgendwie beunruhigende Lächeln auf seinen Zügen. »Es ist noch Zeit«, sagte er. »Die Führer der Quhn Aus Dem Osten sind noch nicht angekommen, denn sie haben von allen den weitesten Weg. Und auch die Abgesandten unserer anderen Verbündeten sind noch nicht alle eingetroffen, wenn sie auch heute noch die Burg erreichen werden. Die große Versammlung ist erst für morgen anberaumt, wenn die Sonne untergeht.«

»Versammlung?« wiederholte Lyra mißtrauisch. »Welche Versammlung?«

Dago schwieg einen Moment, preßte die Lippen aufeinander und begann nervös mit dem Griff des Zierdolches zu spielen, der aus seinem Gürtel ragte. Daneben prangte der wuchtige Handschutz des schwarzen Stahlschwertes, das er noch immer trug. Er schien sich entschlossen zu haben, die Waffe zu behalten.

»Nichts«, sagte er hastig. »Mit dem Tod Rattes sind große Dinge in Bewegung gekommen. Zum ersten Mal haben wir ihnen einen Hieb versetzt, der weh tut, nicht nur einen Nadelstich. Aber das muß dich nicht kümmern, Lyra. Du hast genug durchgemacht und brauchst dir den Kopf nicht auch noch mit Politik vollzustopfen.«

Der Zwerg machte ein Geräusch, als wolle er etwas sagen, aber Dago bedachte ihn mit einem raschen, eindringlichen Blick und schüttelte den Kopf und stand auf.

»Ich glaube, es ist genug für jetzt«, sagte er. »Du brauchst noch Ruhe und vor allem Zeit für dich und Toran. Schwarzbart und ich lassen dich jetzt allein, damit du dich um deinen Sohn kümmern kannst. Wenn die Sonne untergeht, komme ich wieder.« Damit wandte er sich um und ging.

So schnell, dachte Lyra verwirrt, als liefe er vor ihr davon.

15

Die Nacht war sehr dunkel, obwohl keine einzige Wolke am Himmel war; der Mond war zu einer haardünnen Sichel geschrumpft, die kaum Licht spendete, und auch das Funkeln der Sterne wirkte weniger hell als normal. Albstein war in Schwärze getaucht, und selbst die auf Hochglanz polierten silbernen Harnische der Doppelposten oben auf den Wehrgängen waren nur als flüchtiges, mattes Blitzen vor dem Himmel zu erkennen.

Lyra hoffte inständig, daß auch die Zwerge ihrerseits nicht mehr als Schwärze sahen, wenn sie in den Hof hinabblickten. Mit angehaltenem Atem wartete sie, bis die Schritte der Zwerge auf dem vereisten Stein der Wehrgänge über ihr verklungen waren, aber selbst dann wagte sie es noch nicht, aufzustehen, sondern blieb weiter eng zusammengekauert in den Schatten des Stalles sitzen und lauschte angespannt. Obwohl es noch Stunden bis Mitternacht waren, schlief der Albstein bereits; mit der Dunkelheit hatte sich auch Stille über die zyklopischen Mauern der Zwergenfestung gesenkt, und selbst die wenigen Lichter verloschen eines nach dem anderen.

Lyra hatte eine halbe Stunde gebraucht, um den kleinen, strohgedeckten Stall zu erreichen. Das Gebäude war von allen auf dem Hof dem Tor am nächsten, aber es waren noch immer gut zwanzig Schritte, die sie überwinden mußte, zwanzig Unendlichkeiten, von denen jede einzelne ihren Plan zum Scheitern bringen konnte.

Dago war kurz vor Sonnenuntergang wiedergekommen, aber er war beinahe noch nervöser gewesen als bei seinem ersten Besuch; eine Weile hatte er über Belanglosigkeiten geredet und ihre Fragen, Toran, die Zwerge und die Zukunft betreffend, geschickt abgewehrt, bis schließlich irgendwo in einem anderen Teil der Festung ein Posaunensignal erklang und er aufsprang und erklärte, daß es Zeit für ihn wurde und irgendeine furchtbar wichtige Sache zu bereden wäre – was nicht wahr war, wie Lyra genau wußte. Totzdem hatte sie nicht widersprochen, sondern stumm eine weitere halbe Stunde abgewartet, bis die Geräusche in der Burg nach und nach in der Nacht zu versickern begannen.

Dann hatte sie Toran genommen und Erdherzens Schlafgemach verlassen.

Es war fast zu einfach gewesen. Die beiden Posten vor der Tür – über deren Gegenwart sie sich am meisten den Kopf zerbrochen hatte – waren nicht mehr dagewesen; vermutlich hatte Dago am Nachmittag gemerkt, wie eingesperrt und beobachtet sie sich gefühlt hatte, und sie fortgeschickt, und auch auf dem Weg nach unten war ihr niemand begegnet. Später, als sie sich, von Schatten zu Schatten huschend, über den Hof und auf das Tor hin zubewegt hatte, hatte sie es nicht mehr vermeiden können, mit anderen zusammenzutreffen: Zwergen und Zwerginnen, aber auch Menschen, die zu Gast auf Albstein weilten, vielleicht auch hier lebten; trotz allem, was Dago und auch Schwarzbart gesagt hatten, schienen die Zwerge ein lebenslustiges Völkchen zu sein, denn während des Tages hatte sie immer wieder Gelächter über dem Lärm der Burg gehört. Niemand hatte Notiz von ihr genommen.

Und jetzt lag das Tor vor ihr, nur noch wenige Schritte entfernt. Der Posten war auf seiner einsamen Wanderung durch die Nacht außer Sichtweite geraten. Aber sie zögerte. Es waren mehr als nur diese wenigen Schritte, die noch vor ihr lagen. Jetzt aufzustehen und zum Tor zu gehen würde ihren Verrat besiegeln. Und es war ein Verrat, ganz egal, wie sie es nannte.

Für einen Moment war sie fast in Versuchung, einfach zurückzugehen und sich in ihr Schicksal zu fügen, aber der Gedanke verging so rasch, wie er gekommen war. Wahrscheinlich hätte sie es getan, wäre es nur um sie gegangen. Sie hatte niemals wirklich zu kämpfen gelernt, und sie hätte es auch jetzt nicht getan. Aber es ging nicht nur um sie. Um sie am allerwenigsten.

Lyra stand auf, warf einen letzten Blick über die Schulter zurück und huschte geduckt zum Tor. Sie hatte Stiefel mit weichen Ledersohlen angezogen, die auf dem Kopfsteinpflaster des Hofes kaum ein Geräusch verursachten, und das ohnehin kaum hörbare Rascheln ihres Mantels wurde vom Gesang des Windes übertönt, aber ihre überreizten Nerven hörten jedes einzelne dieser winzigen Geräusche wie einen dumpfen dröhnenden Paukenschlag, der die ganze Burg aufwecken und alarmieren mußte. Ihr Herz hämmerte so schnell, daß es weh tat, als sie das Tor erreichte, und für einen Moment mußte sie sich gegen die klobigen Eichenbohlen lehnen und warten, bis der Schwindelanfall vorüber war, mit dem ihr Kopf auf die ungewohnte Anstrengung reagierte.

Das Tor – fünf Manneslängen hoch und so breit, daß drei Ochsenkarren bequem nebeneinander hindurchfahren konnten – war verschlossen, aber zu Lyras Erleichterung gab es nur einen einfachen Riegel, der die beiden gewaltigen Flügel zusammenhielt. Da er für Zwergengröße gebaut war, konnte sie ihn bequem erreichen, und ein geheimnisvoller Mechanismus, der sich irgendwo im Inneren der Wände oder auch nur hinter der Dunkelheit verbergen mochte, fing sein Gewicht auf und ließ ihn nahezu lautlos in seinen eisernen Schienen zur Seite gleiten, als sie die Schulter dagegenstemmte. Mit einem lautlosen, erleichterten Seufzer schob sie einen der Flügel auf, schlüpfte hindurch und drückte ihn hinter sich wieder zu. Mit etwas Glück würde es bis zum Sonnenaufgang dauern, bis jemand bemerkte, daß das Tor offenstand.

Als sie die Augen öffnete und sich straffte, um weiterzugehen, stand Schwarzbart vor ihr.

Sie hatte den Zwerg nicht kommen sehen oder gehört, aber sie erschrak nicht; eigentlich war sie nicht einmal überrascht. Es war zu leicht gewesen, so weit zu kommen. Hinter ihm bewegten sich die Schatten weiterer Zwerge in der Dunkelheit, dann hörte sie Hufschläge, gedämpft durch den frisch gefallenen Schnee.

»Schade«, sagte Schwarzbart leise. Er war zu weit entfernt, als daß sie sein Gesicht deutlicher denn als einen hellen Fleck unter seinem Helm erkennen konnte. »Wirklich schade, Lyra. Zum ersten Mal in meinem Leben habe ich gehofft, mich zu täuschen. Aber ich hatte recht.«

Der Zwerg kam näher, und mit ihm wuchsen auch die anderen Schemen zu den Gestalten stämmiger, in warme Fellmäntel oder blitzende Kettenhemden gekleideter Zwerge heran. Alle waren bewaffnet, und Lyra glaubte auf den Gesichtern der meisten Zorn und Ärger wahrzunehmen. Plötzlich hatte sie Angst.

»Ich . . .«, begann sie, wurde aber sofort von Schwarzbart unterbrochen, der ihr mit einer herrischen Geste das Wort abschnitt.

»Du mußt nichts sagen«, sagte er kalt. »Ich kenne deine Gründe, denn ich habe sie vorausgesehen. Ich kenne und verstehe sie, Lyra. Was nicht heißt, daß ich sie billige.« Er hob die Hand, und eine der kleinwüchsigen Gestalten löste sich aus dem Halbkreis, der sich um Lyra und das Tor gebildet hatte, und eilte geduckt auf sie zu. Lyra erkannte das graue Haar und das scharf geschnittene, strenge Gesicht wieder. Es war die Kinderfrau, die ihr am Morgen Toran gebracht hatte. Wortlos schlug sie ihren Mantel zurück, legte Toran in die ausgestreckten Arme der Zwergin und sah aus brennenden Augen zu, wie sie sich umwandte und, flankiert von vier Zwergenkriegern, in der Dunkelheit verschwand. Schwarzbart und die anderen mußten Albstein durch einen Nebenausgang verlassen haben.

»Ihr habt . . . auf mich gewartet«, sagte sie stockend.

Schwarzbart nickte.

»Wahrscheinlich habe ich mich so ungeschickt angestellt, daß ihr euch vor Lachen kaum noch halten konntet«, sagte sie bitter. »Hat es Spaß gemacht, mir zuzusehen?«

»Nein«, erwiderte Schwarzbart ernst. »Aber sehr geschickt hast du dich wirklich nicht benommen. Wußtest du nicht, daß wir Zwerge in der Nacht besser sehen als Katzen?« Plötzlich wurde er zornig. »Was hast du dir dabei gedacht, einfach fortzulaufen? Du wärest keine halbe Stunde am Leben geblieben, wenn es dir wirklich gelungen wäre, Albstein zu verlassen. Und Toran auch nicht! Weißt du, wie viele Menschen bereits gestorben sind wegen dieses Kindes? Wieviel Blut schon vergossen wurde, damit er hierher kommt? Weißt du, welchen Preis mein Volk bezahlt hat, nur damit du und dieses Kind den Albstein erreichen konntet?«

Im ersten Moment verstand Lyra nicht, was der Zwerg mit seinen Worten meinte. Aber dann fiel ihr die Beinschlucht ein, und das wenige, was Dago ihr über die Höhlen unter dem Albstein und ihre Bedeutung für das Zwergenvolk erzählt hatte. Schwarzbarts Haar war weiß geworden. Er war durch die Hölle gegangen für Toran, und jetzt hatte er mit ansehen müssen, wie sie versuchte, ihn zu nehmen und sich mit ihm in der Nacht fortzustehlen. Wie mußte er sie hassen!

»Du weißt es nicht«, fuhr Schwarzbart fort, als sie nicht antwortete. »Und du würdest es auch nicht verstehen.«

»Es tut mir leid«, sagte Lyra leise.

Schwarzbart lachte hart. »Leid!« wiederholte er. »Nun, wenn es dir so leid tut, dann werde ich dafür sorgen, daß du in Zukunft nie wieder in eine Situation kommst, in der dir irgend etwas *leid tun* muß.« Er machte eine befehlende Geste mit der Hand, und zwei seiner Krieger traten auf Lyra zu und nahmen sie in die Mitte. Ein dritter öffnete das Tor, und als sich Lyra umwandte, sah sie, daß auch der Hof, über den sie gekommen war, plötzlich von Schatten bevölkert war.

»Wohin bringst du mich?« fragte sie. »In den Kerker?« Die Worte sollten sarkastisch klingen, aber ihr fehlte die Kraft dazu, und selbst wenn es anders gewesen wäre, wäre ihr Spott an Schwarzbart abgeprallt.

»Nein«, sagte er ruhig. »Nur zurück in dein Zimmer. Aber ich sorge dafür, daß du diesmal dort bleibst.«

Sie blieb stehen und sah den Zwerg aus tränenerfüllten Augen an. »Und Toran?« fragte sie. »Wollt ihr ...« Ihre Stimme zitterte und drohte zu brechen. »Wollt ihr ihn mir wegnehmen?«

»Wegnehmen?« Schwarzbart schüttelte den Kopf, aber erst als er einen Moment über ihre Worte nachgedacht hatte. »Unsinn. Und jetzt geh.«

Lyra gehorchte. Es hatte keinen Sinn mehr, Widerstand zu leisten. Sie hatte es versucht, und sie war gescheitert. Jetzt war ihre Fähigkeit zu kämpfen erschöpft. Seltsamerweise war sie nicht einmal enttäuscht. Es war, als wäre etwas eingetreten, von dem sie ganz genau gewußt hatte, daß es geschah.

Sie gingen den Weg zurück, den sie selbst genommen hatte, aber die Gänge waren jetzt nicht mehr leer, sondern bevölkert von Männern und Frauen, die sie anstarrten, miteinander tuschelten oder auch zornig die Stirn runzelten. In einigen Gesichtern glaubte sie beinahe so etwas wie Mitgefühl zu erkennen, aber es waren nicht viele, und als sie endlich wieder das Turmzimmer erreichten und die beiden Posten, die nun wieder rechts und links der Tür standen, schweigend den Weg freigaben, fühlte sie sich wie nach einem Spießrutenlauf.

Schwarzbart öffnete die Tür, trat zur Seite und machte eine befehlende Geste, als Lyra zögerte. Ihr Herz begann wieder schneller zu schlagen, und die Luft erschien ihr stickiger und wärmer, als sie sie in Erinnerung hatte. Ganz gleich, was Schwarzbart sagte – das Zimmer war ein Kerker.

Sie waren nicht allein. Dago saß mit vor der Brust verschränkten Armen auf der Bettkante und erwartete sie, stand jedoch auf, als Lyra hinter Schwarzbart das Zimmer betrat, und eilte ihnen entgegen.

»Toran?« fragte er knapp.

»Die Kinderfrau kümmert sich um ihn«, antwortete Schwarzbart. »Es ist alles in Ordnung.«

Dago war sichtlich erleichtert, aber als er sich umwandte und Lyra ansah, war sein Gesicht wieder starr. Seine Ausdruckslosigkeit erschreckte Lyra mehr, als wäre er zornig gewesen.

»Dago«, begann sie unsicher. »Ich . . . ich mußte es tun. Versteh mich bitte.«

»Das tue ich«, antwortete Dago ernst. »Aber es war trotzdem falsch.« Er seufzte, senkte den Blick und schüttelte bedauernd den Kopf. »Falsch und ziemlich dumm, Lyra«, fuhr er fort. »Es gibt Gefahren dort draußen, die du dir nicht einmal vorstellen kannst. Der Albstein versteht sich recht gut selbst zu schützen. Niemand, der nicht hier geboren ist oder mit ausdrücklicher Billigung der Zwerge kommt, überlebt eine Nacht auf seinen Hängen.« Er sah auf, starrte sie einen Moment durchdringend an und wandte sich dann an den Zwerg.

»Laß uns allein, Schwarzbart«, sagte er leise.

Einen Moment lang blickte ihn Schwarzbart beinahe trotzig an, und seine Augen wurden dunkel vor Zorn. Aber dann drehte er sich ohne ein weiteres Wort auf dem Absatz herum und stürmte aus dem Raum. Die Tür fiel krachend hinter ihm ins Schloß, und wenige Sekunden später hörte Lyra ihn draußen auf dem Flur herumschreien, als er die Wachen anbrüllte, um seinem Zorn Luft zu machen.

»Danke, daß du ihn weggeschickt hast«, sagte Lyra. »Er . . . war sehr zornig.«

Dago lächelte wehmütig. »Schwarzbart ist ein guter Kerl und der beste Freund, den ich jemals hatte, sowohl unter den Menschen als auch unter den Zwergen. Aber er ist . . .« Er schwieg einen Moment, suchte sichtlich nach Worten und sah mit einem tiefen Seufzer zum Fenster hinüber, als berge die Dunkelheit dort draußen die Antworten auf alle Fragen. »Er ist nun einmal ein Zwerg und keiner von uns«, sagte er. »Er versteht manche Dinge nicht, und manches, was uns Menschen angeht, ist wohl auch für einen Zwerg schwer zu verstehen.«

»Er hatte recht, mir zu mißtrauen«, sagte Lyra leise. »Ich . . . schäme mich, ihn enttäuscht zu haben, Dago. Aber ich mußte es tun.«

»Schwarzbart hat dir nicht mißtraut«, antwortete Dago sehr ernst, ohne sie dabei aus dem Auge zu lassen. »Erdherz hat ihm befohlen, dich zu bewachen«, fuhr er fort, »dich und Toran. Und er hat geschworen, nicht von deiner Seite zu weichen. Er hat vor deiner Tür Wache gehalten, die ganze Woche.«

Lyra setzte dazu an, etwas zu sagen, senkte aber dann nur den Kopf und blickte mit einem wehleidigen Lächeln auf das Bett. In ihr war immer noch diese sonderbare Leere. Wenn Dago wenigstens wütend gewesen wäre!

»Ich verstehe«, flüsterte sie. Tränen stiegen in ihre Augen, und diesmal wehrte sie sich nicht dagegen.

»Verstehst du es wirklich?« fragte Dago. Sie sah auf und blickte ihn durch einen Schleier von Tränen an, und sein Gesicht erschien ihr weicher und jugendhafter als zuvor. »Glaubst du, wir hätten nicht selbst nach einem Ausweg gesucht, Lyra?«

»Einen Ausweg?« sagte sie bitter. »Für wen, Dago? Für euch oder für Toran?«

Dago seufzte. »Dieses Kind zu nehmen und damit zu fliehen ist jedenfalls keine Lösung«, sagte er. »Selbst wenn es dir gelingen sollte, die Berge zu überwinden – noch dazu im Winter, würden dich die Magier der Goldenen aufspüren, ganz egal, wo du dich versteckst. Es gibt nur einen Ort auf der Welt, an dem Toran sicher ist: Albstein.«

»Für wie lange?« fragte Lyra. »Bis morgen? Für eine Woche? Ein Jahr? Oder bis er alt genug ist, ein Pferd zu besteigen und in die Schlacht zu reiten?«

»Es wird keine Schlacht geben«, antwortete Dago. »Nicht für ihn. Er ist zu jung, Lyra, und wir können nicht weitere zwanzig Jahre warten, bis wir losschlagen. Seine Anwesenheit allein reicht, um uns Kraft zu geben. Du hattest nicht einmal so unrecht, als du mich gefragt hast, was wir wirklich brauchen – ihn oder seinen Namen. Vielleicht wäre es anders gekommen, wären wir nicht auf Ratte und seine Krieger gestoßen, aber so bleibt uns nicht die Zeit, zu warten, bis er erwachsen ist. Die Goldenen wissen, daß es ihn gibt, und sie werden alles tun, ihn zu vernichten.«

Dago log, und er mußte wissen, daß sie ihn durchschaute. Es *würde* Schlachten geben für Toran, viele sogar, denn sie würden ihn mit sich nehmen und wie eine Standarte vor sich her tragen, wenn sie gegen die Goldenen zogen, und seine Kindheit würde ein einziger blutiger Marsch von einem Schlachtfeld zum nächsten sein.

»Wissen sie es?« fragte sie leise.

»Was?«

»Die anderen«, antwortete Lyra. »Die Männer, auf die ihr wartet. Wissen sie, daß er ein Kind ist? Oder erwarten sie einen strahlenden Helden in einer goldenen Rüstung?«

»Niemand weiß es bisher«, antwortete Dago nach kurzem Überlegen. »Niemand außer Schwarzbart und Erdherz.«

Beinahe gegen ihren Willen mußte Lyra lachen, sehr leise und voller bitterem Spott, der Dago verletzte. »Dann beneide ich dich nicht um deine Aufgabe«, sagte sie. »Sie werden erstaunt sein, wenn sie erfahren, daß der Befreier, auf den sie warten, ein zehn Tage alter Säugling ist.«

»Das macht nichts«, begann Dago, aber Lyra unterbrach ihn sofort wieder, in einem so scharfen, gewollt höhnischen Ton, daß er unwillkürlich ein Stück von ihr abrückte.

»O doch, Dago«, sagte sie. »Es macht etwas. Es macht sogar eine ganze Menge. Ich bin vielleicht nur eine dumme Magd, aber ich bin keine Närrin. Erdherz und du seid in einer verzwickten Situation, denn ihr werdet euren Verbündeten erklären müssen, daß sie ihren Krieg mit einem Säugling als Heerführer gewinnen müssen.«

Dago wollte sie unterbrechen, aber sie ließ ihn gar nicht zu Wort kommen: »Du und deine Goldenen! Du hast nichts anderes im Sinn als deine verdammte Rache und deinen Haß, und diese Zwerge unterstützen dich noch darin!« Sie spürte, daß sie anfing, Unsinn zu reden, aber sie sprach trotzdem weiter, weil es erleichterte, und weil sie es nicht mehr ertrug, einfach dazusitzen und die furchtbare Hilflosigkeit zu ertragen, die sie quälte. »Aber ich werde es nicht zulassen, daß ihr sein Leben zerstört, nur weil ihr eine Legende Wirklichkeit werden lassen wollt. Ihr braucht nicht ihn. Ihr braucht eine Waffe für eure Revolution, eine Droge, mit der ihr eure Verbündeten für den Kampf stärken könnt! Und ihr würdet sogar ein unschuldiges Kind mißbrauchen, wenn es euren Plänen dienlich ist. Aber ich werde euch nicht noch dabei helfen.«

»Auch nicht, wenn du weißt, was auf dem Spiel steht?« fragte Dago. Er klang nicht verletzt oder vorwurfsvoll. Nur traurig.

Sie antwortete nicht, sondern ballte nur stumm die Fäuste und bemühte sich, seinem Blick standzuhalten. Es wäre leichter gewesen, wäre er zornig oder wütend geworden, aber alles, was sie in seinem Blick las, war Enttäuschung.

Plötzlich sah er weg, starrte wieder einen Moment aus dem Fenster und wies plötzlich zur Tür. »Komm«, sagte er. »Ich werde dir etwas zeigen. Vielleicht denkst du danach anders.«

Lyras Lippen begannen zu zittern. Die Tränen liefen heiß über ihre Wangen, und plötzlich taten ihr ihre eigenen Worte leid, denn sie wußte nur zu gut, wie ungerecht und dumm sie gewesen waren. Sie war verletzt worden, und wie ein unwissendes Kind hatte sie einem anderen weh tun müssen, weil sie den Schmerz allein nicht mehr zu ertragen geglaubt hatte.

»Es tut mir leid«, begann sie, aber diesmal war er es, der sie unterbrach.

»Das braucht es nicht, Lyra. Vielleicht ist es meine eigene Schuld. Ich habe wohl nicht erkannt, wie sehr du ihn liebst.«

»Er ist mein Sohn«, sagte sie leise, und obwohl Dago ganz genau wußte, daß das nicht stimmte, nickte er.

»Ich weiß, Lyra. Und weil ich es weiß, möchte ich, daß du mit mir kommst. Es war dumm von mir, mit dir reden zu wollen, ehe du die ganze Wahrheit weißt. Komm.«

Sie setzte dazu an, ihn zu fragen, was er gemeint hatte, aber sie spürte, daß er nicht antworten würde, und so wandte sie sich zur Tür, wartete, bis er an ihr vorübergegangen und den Riegel zurückgeschoben hatte, und trat dann hinter ihm auf den Gang hinaus.

Schwarzbart stand noch immer mit finsterem Gesicht vor der Tür und wartete auf sie, aber bis auf ihn und die beiden Posten war der Gang leer. Lyra war erleichtert, daß ihr Weg nicht wieder zu einem Spießrutenlauf wurde. Es war schon schlimm genug, in Schwarzbarts Nähe sein zu müssen; nicht, weil sie zornig auf ihn war oder ihn fürchtete, sondern weil sie ahnte, wie schwer ihn ihr Tun getroffen haben mußte. Es spielte keine Rolle, daß ihr Vorhaben mißlungen war.

Dago führte sie über ein wahres Labyrinth von Treppen und Gängen tiefer ins Innere der Festung und schließlich über einen allseits von mannshohen Wänden umschlossenen Hof in ein kleines, fensterloses Gebäude, das ziemlich genau im Zentrum Albsteins liegen mußte. Ein kurzer Gang nahm sie auf, dann traten sie in einen gewaltigen Saal, der von zahllosen Fackeln erleuchtet wurde.

Lyra blieb überrascht stehen, blinzelte einen Moment in der ungewohnten Helligkeit und sah sich mit einer Mischung aus Neugier und banger Erwartung um.

Der Raum mußte den allergrößten Teil des ganzen Gebäudes ausfüllen. Seine Wände waren mit unzähligen Bildern und Wappen geschmückt, überall brach sich das Licht blitzend auf Gold und edlen, geschliffenen Steinen, und auf einer Anzahl kleiner, aus mattem, schwarzem Stein gemeißelten Sockeln standen schimmernde Rüstungen, Ständer mit Waffen oder gläserne Kästen mit Dingen, deren genaue Bedeutung sie nicht erkannte. Von der Decke wölbten sich schwere Bahnen aus dunkelrotem Samt wie ein gewebter Wolkenhimmel.

»Was ist das?« fragte sie.

»Der Tempel Torans, mein Kind.«

Es war nicht Dago, der geantwortet hatte, und als Lyra sich umdrehte, erkannte sie Erdherz. Jetzt, da sie wußte, wen sie vor sich hatte, versetzte ihr der Anblick der stämmigen kleinen Frau einen Stich.

Aber Erdherz schien nicht zornig zu sein; im Gegenteil. Sie lächelte, auf eine fast mütterliche, vergebende Art, kam näher und machte eine Bewegung mit der Hand, die den ganzen Saal einschloß. »Alles, was aus der Zeit König Torans erhalten geblieben ist, ist hier zusammengetragen, Lyra. Seine Kleider, seine Bilder, die Rüstung, die er trug, seine Waffen. Unser Volk hütet es seit einem Jahrtausend wie einen Schatz, denn die Dinge, die du hier siehst, verkörpern die einzige Hoffnung, die den Menschen dieses Landes noch geblieben ist.«

Lyra verspürte ein rasches, unangenehmes Frösteln, obwohl die unzähligen Fackeln die Luft im Raum eher zu warm als zu kühl sein ließen. Aber plötzlich erschien ihr der Glanz der Lichter und das Blitzen und Funkeln um sie herum weniger strahlend. Die Stimme der Zwergenkönigin hatte stolz geklungen, aber Lyra fühlte sich von ihren Worten eher unangenehm berührt. Sie hatte das Gefühl, in einem Grab zu stehen.

Trotzdem drehte sie sich wieder um und blickte aufmerksam in die Runde, und wie von selbst glitt ihr Blick über die Bilder an den Wänden, Bilder, die alle das gleiche Motiv zeigten – einen hochgewachsenen, breitschultrigen Mann, mal in voller Rüstung auf einem goldgeschmückten Schlachtroß, mal in einer Jagdszene, mal mit Krone und Zepter auf einem Thron. Aber das, was sie suchte, fand sie nicht.

Es gab kein Bild von Torans Gesicht. Auf den meisten Abbildungen trug er Rüstung und Helm, und dort, wo er es nicht tat, lag sein Gesicht stets im Schatten oder wandte sich vom Betrachter ab.

Sie drehte sich zu Dago um. »Hast du mich deshalb hierher gebracht?« fragte sie. »Um mir das alles zu zeigen?«

Dago nickte. »Ja«, sagte er. »Aber nicht nur. Ich weiß, was du sagen willst.« Plötzlich lächelte er, und Lyra begriff plötzlich, daß sich hinter diesem Lächeln ein Wissen verbarg, das ihr noch verborgen war. »Dies alles hier sind nichts als tote Gegenstände«, fuhr er fort. »Dinge ohne Bedeutung, außer der, die die Menschen, die sie zusammengetragen haben, ihnen geben. Wahrscheinlich stammt nicht einmal die Hälfte davon wirklich von Toran.«

Sie sah, wie sich Schwarzbarts Miene bei diesen Worten verfinsterte, aber er schwieg, und Dago fuhr fort: »Aber es gibt hier etwas, Lyra, was wichtiger ist als all diese aufgehäufte Pracht. Etwas, das die Frage, die du mir gestellt hast, beantworten wird. Komm.«

Er machte eine einladende Geste, lächelte noch einmal aufmunternd und ging tiefer in den Raum hinein. Lyra tauschte einen unsicheren Blick mit Erdherz, aber wieder erntete sie nur dieses sanfte, wissende Lächeln, und so wandte sie sich mit einem Ruck um und folgte dem Magier.

Dago hatte den Saal durchquert und war vor einem würfelförmigen Block aus schwarzem Stein stehengeblieben. Seine Oberfläche schimmerte poliert, so daß sich ihre Gestalten als verzerrte schwarze Schatten darauf spiegelten und den Stein scheinbar mit Leben füllten. Er war gut doppelt so hoch wie ein Mann und fünfmal so breit.

»Was ist das?« fragte Lyra. Sie hatte unwillkürlich die Stimme gesenkt, und wieder verspürte sie ein eisiges Schaudern. Etwas umgab den Stein wie finsterer Atem, dachte sie. Etwas Dunkles und Machtvolles, das sie gleichzeitig abstieß und fast auf magische Weise anzog.

»Torans Schrein«, antwortete Dago ernst.

»Sein Schrein?« Lyra betrachtete den gewaltigen schwarzen Stein mit neu erwachendem Schrecken. »Aber du ... hast mir erzählt, daß er ...«

»Niemand weiß, was er enthält, Lyra«, unterbrach sie die Zwergenkönigin sanft. Sie und Schwarzbart waren ihr gefolgt, ohne daß sie es gemerkt hatte, und auch Erdherz sprach jetzt leise, als fürchte sie, die Geister dieses gewaltigen schwarzen Steinsarges zu wecken, wenn sie die Stimme nicht senkte. Vielleicht war es auch nur Ehrfurcht.

»Dieser Stein«, fuhr sie fort, »enthält Torans Geheimnis, sein Vermächtnis und Erbe an uns. Viele mächtige Magier haben versucht, ihn zu öffnen oder sein Geheimnis auf andere Weise zu enträtseln, aber keinem ist es gelungen. Wir wissen nicht, was er enthält. Aber wir wissen, daß er sich öffnen wird, sobald sein rechtmäßiger Erbe zurückgekehrt ist.«

»Der Schrein wird sich auftun, sobald Toran vor ihm steht«, fügte Dago hinzu. »Und nur für ihn, für niemanden sonst. Morgen, wenn alle unsere Verbündeten eingetroffen sind, werden wir deinen Sohn hierher bringen, Lyra. Wenn der Schrein sich öffnet, dann wissen wir, daß er der wahre Befreier ist.« Er lächelte. »Es spielt dann keine Rolle mehr, daß er ein Säugling ist, Lyra. Allein das Wissen um seine Rückkehr wird uns die Kraft geben, die Goldenen zu schlagen, glaube mir. Wenn er alt genug ist, alles zu verstehen, ist alles vorbei. Du brauchst keine Angst um ihn zu haben.«

Langsam näherte sich Lyra dem gewaltigen Schrein. Dagos letzte Worte waren nur wie durch einen Schleier an ihr Bewußtsein gedrungen; sie hatte Mühe, sie zu verstehen und ihnen einen Sinn zuzuordnen, und als es ihr gelungen war, verschwanden sie fast sofort wieder aus ihrem Gedächtnis. Es fiel ihr immer schwerer, sich dem Bann zu entziehen, den der schwarze Basalt auf sie ausübte. In ihr war plötzlich eine Stimme, ein unhörbares Locken und Wispern, als riefe der Stein selbst nach ihr, und dann schien es ihr, als würde etwas in ihr antworten. Erions Macht. Das Erbe der Elbin, das noch immer in ihr war, ungleich schwächer als zuvor, aber noch nicht ganz erloschen. Aber diesmal dachte sie den Gedanken ohne Schrecken oder Furcht, denn die Kraft, die sie fühlte, war von ganz anderer Art als das Wüten, das den Goldenen vernichtet hatte: sanft und weich und von einer Güte erfüllt, wie sie sie zuvor nur in Erions Nähe gespürt hatte.

Es war nicht ihr Wille, der ihren Arm lenkte, als sie die Hand hob und behutsam mit den Fingerspitzen über den Stein fuhr. Er war glatt wie Glas und so kalt und hart wie Stahl, und ihren Blicken bot sich nicht die geringste Unebenheit, nicht die winzigste Linie oder der kleinste Riß, und doch erschien plötzlich unter ihren tastenden Fingerspitzen eine dünne, gerade Linie, ein haarfeiner Riß, der den Fels in der Mitte spaltete und sich lautlos verbreiterte. Sie hörte, wie Dago ungläubig keuchte und Schwarzbart einen leisen, fast entsetzten Schrei ausstieß, und sie sah, wie die verzerrten Spiegelbilder auf dem Stein in hektische Bewegung gerieten, als der Zwerg auf sie zustürzen wollte und Dago ihn mit einem harten Ruck zurückriß, aber all dies registrierte sie nur am Rande. Wie in Trance hob sie auch die andere Hand und preßte sie gegen den kalten Stein, und der Riß klaffte weiter auf, wurde zu einem Spalt, dann einer handbreiten Öffnung; schließlich zu einer breiten, rechteckigen Tür.

»Lyra!« keuchte Dago. »Was . . . was hast du getan?« Seine Stimme vibrierte vor Entsetzen, aber Lyra ignorierte ihn. Sie war plötzlich Erion, verschmolzen mit dem Geist der Elbin, der sie hierher geführt hatte und ihr Handeln bestimmte. Es war Erions Wille gewesen, der sie zu diesem Schrein gebracht hatte, und ihre Kraft, die ihn öffnete. Noch einmal, zum allerletzten Mal, ehe es vollends verging, hatte ihr das Erbe der Elbin geholfen, und plötzlich wußte Lyra, daß das, was sie jetzt tat, von der Elbin vom ersten Moment an geplant gewesen war. Die tiefe Weisheit ihres Handelns war ihnen allen verborgen geblieben, selbst Dago, der ihre Macht noch am deutlichsten gespürt hatte. Er hatte es für eine Waffe gehalten. Lyra erschien es wie ein Fluch. Sie hatten sich beide getäuscht. In Wahrheit war es ein Schlüssel.

Mit gesenktem Kopf trat sie durch die Öffnung. Der Raum dahinter war sehr klein, gerade hoch genug, daß sie stehen konnte, und gerade lang und breit genug, den steinernen Sarkophag aufzunehmen, den er ein Jahrtausend lang beherbergt und beschützt hatte. Lyra spürte das Pulsieren gewaltiger magischer Energien in den schwarzen Wänden ringsum, das unsichtbare Schlagen gewaltiger Drachenschwingen, das sie schon einmal in Erions Nähe gehört hatte, und sie spürte den Atem der Zeit, die an diesen Wänden vorübergegangen war, ohne ihnen etwas anhaben zu können. Aber noch immer war sie gebannt, gefangen von einem fremden, stärkeren Willen. Sie war keine Gefangene dieses anderen Willens, sondern wurde wie ein Kind an der Hand eines Erwachsenen geführt, und sie erkannte, daß alles, was sie über Erions Magie gedacht hatte, falsch gewesen war. An der Macht der Elbin war nichts Fremdes oder gar Abstoßendes. Sie war nur Schutz und Wärme und Wissen.

Langsam trat sie neben den Sarkophag, legte die Hände auf den kühlen Stein und spürte, wie er unter ihrer Berührung erzitterte wie ein lebendes Wesen. Dann erlosch es, der Fels war wieder Fels, mehr nicht, und das Wispern der Elbenkraft in ihrer Seele wurde leiser und leiser und verstummte schließlich ganz. Sie wußte, daß es nicht wiederkommen würde.

Aber sie brauchte ihn auch nicht mehr. Erions Erbe hatte seinen Zweck erfüllt und sie hierher geführt, und als sie in den Sarkophag blickte und erkannte, was darin war, wußte sie auch, warum. Sie wußte plötzlich, warum sie hier war, und sie wußte auch, wie sie Toran retten konnte.

Im Inneren des steinernen Sarges lag eine Rüstung. Sie bestand aus einem dunkelgrünen, bodenlangen Kleid aus Samt, das um die Taille von einem breiten Gürtel zusammengehalten wurde. Hals- und Armausschnitte wurden von breiten, unglaublich fein ziselierten Goldstreifen gesäumt, der rechte Arm und die Schulter waren mit Schuppen aus Gold gepanzert, und unter den leeren Ärmeln lagen edelsteinbesetzte Handschuhe aus dem gleichen Metall, darunter weiche, bis über die Knie reichende Stiefel mit hineingearbeiteten goldenen Schienbeinschützern. Ein bizarrer, von einer Art goldenem Federbusch gekrönter Helm vervollständigte den Harnisch. Sein Visier war geschlossen, und zwischen den beiden leicht schräggestellten, schmalen Sehschlitzen war ein drittes, übergroßes Auge in dunkelblauem und weißem Email gemalt; das Zeichen der Magier, ähnlich dem auf Dagos Stirn, nur viel größer und eindrucksvoller. Daneben lag ein Schwert, sehr breit und fast so lang wie die Waffen der Eisenmänner, aber aus Gold und blitzendem, blauem Stahl gefertigt. Die Kleider wirkten sehr edel, wie für einen König gemacht, und schienen auf den ersten Blick kaum geeignet, den Schutz zu bieten, den ihr Äußeres versprach; Rüstungen wie diese waren Spielzeuge, gedacht für Paraden und höfische Anlässe, nicht für die Schlacht. Aber Lyra wußte im gleichen Moment, in dem sie das Kleid sah, daß keine von Menschenhand geschaffene Waffe diese Rüstung durchdringen würde, ganz gleich, mit welcher Kraft sie geführt wurde.

Langsam richtete sie sich wieder auf, hob die Hände und löste die schmale silberne Spange, die ihr Gewand über der Schulter hielt, streifte es ab und griff – mit bebenden Fingern, aber trotzdem sicher und ohne zu zögern – nach der goldgrünen Rüstung. Das Kleid und die metallenen Teile der Schuppenpanzerung paßten so perfekt, als wären sie eigens für sie angefertigt worden. Vielleicht waren sie es auch. Vielleicht hatten sie ein Jahrtausend hier drinnen gelegen und auf *sie* gewartet. Rasch streifte sie die Schuhe ab, schlüpfte in Stiefel und Handschuhe und band sich den breiten Waffengurt um. So schwer und wuchtig das Schwert an seiner Seite aussah, spürte sie sein Gewicht doch kaum, und als sie den wuchtigen Helm aufsetzte, hatte sie im ersten Moment das Gefühl, nur eine leichte Kappe zu tragen.

Sie schloß das Visier, überprüfte seinen sicheren Sitz und drehte sich, um den Schrein zu verlassen. Sie zögerte nicht eine Sekunde; all ihre Bewegungen waren plötzlich sicher und zielstrebig, und sie sah das, was sie zu tun hatte, so klar vor sich, als wäre es bereits geschehen. Torans Harnisch war mehr als eine Rüstung; er gab ihr die Sicherheit und Stärke, um das, was zu tun war, auch zu bewältigen. Es war ein Zaubermantel. Sie wußte, daß seine Stärke vergänglich war und vergehen würde, sobald sie ihn ablegte, und sie schauderte, als sie daran dachte, was sie vielleicht tun mußte, solange sie diese Rüstung trug. Aber wenn sie es nicht tat, würde Toran es tun müssen. Sie hatte Erions Worte nicht vergessen: *Er hat die Umsicht und Weisheit seiner Mutter und die Stärke und Unbeugsamkeit seines Vaters geerbt.* Und sie hatte nicht vergessen, was sie selbst gefühlt hatte, als sie Ratte tötete, diese furchtbare Macht, ein Menschenleben auszulöschen, nur weil sie es *wollte.* Auch Toran würde diese Macht haben, wenn er zum Mann herangewachsen war. Und die Stärke seines Vaters würde ihn befähigen, sie einzusetzen, tausendmal schlimmer, als Lyra es je erlebt hatte. Erion hatte das gewußt. Und sie hatte es nicht gewollt.

Ruhig trat sie aus dem Schrein hervor und blickte Dago, die Zwergenkönigin und Schwarzbart nacheinander an. Erdherz starrte sie an, aus weit aufgerissenen, glasig wirkenden Augen, während Schwarzbarts Züge wie versteinert wirkten. Nur in Dagos Blick glomm hinter der Furcht langsam Erkennen auf.

»Was . . .«, stammelte Schwarzbart. Lyra hob in einer raschen, befehlenden Geste die Hand und brachte ihn zum Verstummen. Dann zog sie ihr Schwert, ergriff es mit beiden Händen und richtete die Spitze nach Süden, dorthin, wo der Caradayn und die Burg der Goldenen lagen. Torans Harnisch gab ihr nicht nur Stärke, sondern auch Wissen.

»Geht hinaus«, sagte sie, »und ruft eure Freunde. Geht und sagt ihnen, daß die Zeit der Knechtschaft geendet hat. Geht und sagt ihnen, daß Toran der Befreier zurückgekommen ist!«

16

Kurz vor Anbruch des Tages legte sich der Wind, und als wäre dies allein noch nicht ungewöhnlich genug für diese Zeit des Jahres, begann sich Nebel vom Tal her die südliche Flanke des Berges hinaufzuschieben: graue, wirbelnde Schwaden, dicht über dem Boden dahintreibend und brodelnd; wie von unheimlichem Leben erfüllt. Die Luft roch nach Schnee, und die Kälte, die mit dem Nebel in die

Dämmerung kroch, schien die Gänge und Korridore Albsteins mehr denn je in die finsteren Höhlen zurückzuverwandeln, nach deren Vorbild sie errichtet worden waren. Der schneeverkrustete Fels am Fuße der Zwergenfestung verschwand mit Anbruch der Dämmerung unter brodelnden Schwaden von graugesprenkeltem Weiß, so daß es aussah, als wüchse die südliche Wand der Feste direkt aus dem Nebel, und von hier, dem Fenster des Turmzimmers aus betrachtet, war das Land bis zum Horizont hin unter weißen Schwaden verschwunden. Albstein erschien Lyra mehr denn je wie ein Zauberschloß, ein Ding aus einem Märchen, das plötzlich zu wirklichem Leben erwacht war, so, wie auch sie selbst sich noch immer wie in einem Traum gefangen vorkam. Trotz der Erschöpfung, die von ihr Besitz ergriffen hatte, hatte sie darauf verzichtet, bei den anderen am Feuer Platz zu nehmen, sondern war hier am Fenster stehengeblieben, den Blick auf das heller werdende Grau im Osten gerichtet. Es war ein sonderbarer Morgen, selbst für den Albstein. Das Klirren und Lärmen, das den Tag normalerweise mit dem ersten Lichtschein der Sonne begrüßte, blieb aus, denn die Nacht war nicht wirklich eine Nacht gewesen; keine Zeit der Ruhe. Niemand in der Zwergenfestung hatte geschlafen. Die Nachricht von dem, was geschehen war, hatte sich mit Windeseile verbreitet, und hinter fast allen Fenstern waren die Lichter bis zum Morgengrauen nicht erloschen. Der Albstein, der Lyra so still und abweisend erschienen war, hallte wider von Stimmen, von Schritten und Klirren und Geschwätz und Lachen.

Sie begriff immer noch nicht, was geschehen war, als sie Torans Schrein betreten hatte. Sie hatte mehr getan, als eine seit tausend Jahren geschlossene Tür zu öffnen und ein fünfzig Generationen altes Gewand überzustreifen.

Sie hatte eine Legende Wahrheit werden lassen.

Ihre Hände zitterten so heftig, daß sie Mühe hatte, die Tasse mit heißem Tee, die ihr Erdherz gereicht hatte, an die Lippen zu heben und zu trinken. Es war kalt hier am Fenster; das bemalte Glas strahlte einen eisigen Hauch aus, und in Ecken und Winkeln bildeten sich kleine, ineinanderlaufende Muster aus Eisblumen; selbst das Mauerwerk atmete Kälte. Die Diener hatten ein mächtiges Feuer im Kamin entfacht, aber Lyra fror trotzdem, schlimmer als zu irgendeinem Zeitpunkt ihrer verzweifelten Flucht durch die Berge, zitterte am ganzen Leibe und mußte all ihre Selbstbeherrschung aufbieten, um nicht mit den Zähnen zu klappern. Trotzdem hatte sie darauf verzichtet, zum Kamin hinüberzugehen, wie es Dago, Schwarzbart und Erdherz getan hatten.

»Es wird nicht gehen«, murmelte Dago niedergeschlagen. Es hatte einen Streit gegeben, zumindest eine lautstarke Meinungsverschiedenheit zwischen dem jungen Magier und Schwarzbart; Lyra hatte nicht verstanden, worum es ging, denn beide hatten sich in ihrer Erregtheit der Zwergensprache bedient, aber sie hatte gespürt, daß es mehr gewesen war als eine x-beliebige Meinungsverschiedenheit. Die beiden hatten sich schließlich fast angeschrien, bis Erdherz mit einem scharfen Befehl für Ruhe gesorgt hatte.

Die vier Worte, die Dago gesprochen hatte, waren die ersten seit mehr als zehn Minuten, die die Stille unterbrachen, und obwohl Dago fast flüsterte, verstand Lyra doch jede Silbe mit übernatürlicher Klarheit; so, wie all ihre Sinne plötzlich zehnmal schärfer und besser zu arbeiten schienen. Äußerlich schien sie bis auf das Zittern ihrer Hände gefaßt, aber in ihrem Innersten tobte ein Vulkan. Sie fühlte sich hilflos und verzweifelt wie nie zuvor in ihrem Leben; nicht einmal der Schmerz, den sie nach dem Verlust Serans empfunden hatte, war so schlimm gewesen wie die Qual, die sie jetzt durchmachte. Aber je mehr sie Augen und Ohren vor der Wirklichkeit zu verschließen versuchte, desto mehr drängte sich diese verhaßte Wirklichkeit ihr auf. Es hatte begonnen, als sie die Rüstung überstreifte. Sie hatte eine neue Stärke in sich gefühlt, eine Art von Kraft, die der Erions glich und doch gleichzeitig ganz, ganz anders war, irgendwie finsterer und gewalttätiger; körperlicher. Sie war von ihr gewichen, im gleichen

Moment, als sie Torans Gewand wieder ablegte; in jedem Sinn des Wortes hatte sie Kraft und Entschlossenheit abgestreift wie ein Kleid und war wieder zu dem Menschen geworden, der sie vorher war; aber die übersteigerte Sensibilität ihrer Sinne war geblieben.

»Es wird nicht gehen«, sagte Dago noch einmal. »Was ihr vorhabt, ist vollkommen unmöglich.«

Lyra wandte sich nicht um, sondern sah weiter reglos aus dem Fenster, aber sie glaubte Dagos Blicke fast wie eine Berührung zu spüren. Ein flüchtiges Gefühl von Dankbarkeit stieg in ihr auf. Was Dago tat, tat er nur für sie. Er wußte so gut wie jeder andere, daß er die Dinge nicht mehr aufhalten konnte. Keiner von ihnen konnte das. Sie hatte mit ein paar einfachen Worten eine Lawine ins Rollen gebracht, die sie alle verschlingen konnte. Wenn er jetzt versuchte, sie trotzdem aufzuhalten, dann nur, weil er glauben mochte, ihr diesen Versuch schuldig zu sein. Ihre Finger schmiegten sich fester um die Tasse. Die Wärme kroch durch den Ton in ihre Hände, aber sie vermochte die innere Kälte nicht zu besiegen. Sie trank einen winzigen Schluck, drehte sich nun doch herum und sah zu dem Zwerg hinüber.

Schwarzbart schnaubte. »Und warum nicht?« fragte er zornig. »Nirgends steht geschrieben, daß Toran ein Mann sein muß. Muß ich dir das sagen, Dago? Ausgerechnet dir?«

Lyra begriff, daß sie Zeuge der Fortsetzung des Streites von gerade wurde; einer Auseinandersetzung, die bereits auf dem Wege zu ihr begonnen hatte. Zu Lyras Verwunderung rief die Zwergenkönigin die beiden auch nicht noch ein zweites Mal zur Ordnung, sondern blickte nur mit einer sonderbaren Mischung aus Trauer und einer tiefgehenden Erschütterung auf das komplizierte Mosaik der Bodenfliesen, ohne sie indes wirklich zu sehen. Ihr Geist schien weit, weit fort zu sein.

Der Zwerg blickte für die Dauer eines Atemzuges in Lyras Richtung, als erwarte er Zustimmung von ihr. Erst als sie nicht reagierte, wandte er sich wieder an den jungen

Magier: »Selbst wenn du recht hättest, Dago«, sagte er, »so wäre es zu spät. Ein Dutzend Augen hat gesehen, was vorhin im Tempel geschehen ist, und ein Dutzend Ohren hat die Worte gehört, die sie gesprochen hat. Mittlerweile gibt es niemanden mehr im Albstein, der nicht wüßte, was geschehen ist. Und in einer Woche hat sich die Nachricht im ganzen Lande verbreitet. Du kannst einen Sturm nicht mit bloßen Händen aufhalten.«

»Nichts haben sie gesehen«, widersprach Dago erregt. »Sie haben eine Rüstung gesehen, nicht mehr.«

»Und jemanden, der sie trägt!« fügte Schwarzbart erregt hinzu. »Verdammt, Dago, mir gefällt der Gedanke so wenig wie dir, aber was geschehen ist, ist nun einmal geschehen!« Er stand erregt auf, schlug mit der geballten Faust auf den Tisch und funkelte Dago an. »Du selbst hast doch die Boten ins Land geschickt, damit sie all unsere Verbündeten zusammenrufen und die Nachricht verbreiten, daß Toran zurückgekehrt ist! Worüber beschwerst du dich jetzt?«

»Wir hätten niemals dort hinuntergehen dürfen«, murmelte Dago, als hätte er die letzten Worte Schwarzbarts gar nicht gehört. »Es war ein Fehler, Schwarzbart.«

Der Zwerg machte eine zornige Bewegung. »Unsinn. Im Gegenteil, Dago – was heute geschehen ist, das wäre sonst morgen geschehen, vor Hunderten von Zuschauern. Sei froh, daß uns noch eine halbe Nacht geblieben ist, in der wir darüber nachdenken können, wie wir das Beste aus der Lage machen. Ich begreife nicht, worüber du dich so erregst.«

Dago schnaubte, warf Lyra einen raschen, schwer zu deutenden Blick zu und wandte sich dann wieder an Schwarzbart. Auch er hatte sie angesehen, als erwarte er etwas von ihr.

»Du begreifst nicht, worüber ich mich errege?« sagte Dago. »Dann denk einmal darüber nach, was unsere Verbündeten sagen werden, wenn sie einen Blick unter dieses Visier tun!« Er deutete mit einer zornigen Geste auf das goldene Visier der Zauberrüstung, die wie ein Schläfer mit ausgebreiteten Armen auf Erdherzens Bett lag, wo Lyra sie ausgezogen hatte, sprang ebenfalls auf und begann erregt im Zimmer auf und ab zu gehen. Er war blaß vor Zorn und Erregung.

»Du kennst unsere sogenannte Armee so gut wie ich«, fuhr er in scharfem Ton fort. »Du weißt, daß nur die allerwenigsten wirklich den Mut hätten, sich gegen die Goldenen aufzulehnen. Warum, glaubst du, hat dieses Land tatenlos tausend Jahre Tyrannei ertragen? Weil sie Angst haben, Schwarzbart. Weil es normale sterbliche Menschen sind, die Angst haben, Schwarzbart, Angst vor dem Tod, Angst vor Schmerzen und vor Schwarzer Magie.«

»Nicht zu unrecht«, sagte Schwarzbart, aber Dago fuhr fort, ohne seinen Einwurf zu beachten.

»Aber es ist gerade diese Angst, auf der die Macht der Goldenen beruht!« sagte er erregt. »All ihre Zauberei und ihre schrecklichen Eisenmänner zusammen wären nicht mächtig genug gewesen, dieses Land tausend Jahre lang zu unterjochen, wären seine Menschen nicht gelähmt vor Furcht gewesen.«

Schwarzbart runzelte die Stirn, was ihn mit einem Male um fünfzig Jahre älter erscheinen ließ. »Was soll das, Dago?« fragte er. »Warum erzählst du uns Dinge, die wir längst wissen?«

Auch Lyra sah den Magier mit wachsender Verwirrung an. Dagos Worte erschienen ihr nicht so sinnlos wie dem Zwerg; sie spürte, daß er auf etwas hinauswollte. Obwohl sie Dago erst seit kurzem kannte, war ihr seine Art zu reden und zu denken doch schon vertraut wie die eines alten Freundes. Er wirkte erregt und außer sich, aber er war es nicht wirklich. Er bereitete etwas vor, so, wie ein geschickter Schachspieler mit scheinbar sinnlosen Zügen eine raffinierte Falle vorbereitete, in der sich sein Gegner fangen sollte. In das Gefühl der Hilflosigkeit in ihr mischte sich eine Spur von Enttäuschung. Warum mußte alles, was Dago tat, so berechnend sein?

»Weil du sie offenbar noch immer nicht begriffen hast«, schnappte Dago. »Verstehst du denn wirklich nicht? All diese Fürsten und Heerführer –«, er betonte die Worte so, daß sie wie bitterer Spott klangen – »all diese Ritter und Helden, die jetzt auf dem Weg hierher oder schon im Albstein sind, haben noch vor zwei Wochen vor den Goldenen gekuscht und ihre Befehle ausgeführt, ohne darüber nachzudenken. Ihre Angst war so groß, daß sie ihre eigenen Brüder und Schwestern verraten haben.«

»Um so lieber werden sie uns jetzt folgen, wenn es daran geht, ihnen die Kehlen durchzuschneiden!« sagte Schwarzbart.

»Nein«, widersprach Dago. »Nicht uns, Schwarzbart. Toran. Einer Legende. Einem Gott. Sie kommen nicht, weil du oder ich sie gerufen haben, sondern weil sie glauben, Toran der Befreier wäre zurückgekehrt.« Er schwieg einen Moment, sah wieder zu Lyra hinüber und sog hörbar die Luft zwischen den Zähnen ein. »Ihm würden sie folgen, Schwarzbart, nicht uns. Was, glaubst du, wird geschehen, wenn sie erkennen, wer wirklich in dieser Rüstung steckt?«

Er trat an das Bett heran, zögerte einen Moment und streckte die Hand nach dem grüngoldenen Kleid aus. Ein scharfer Schrecken durchzuckte Lyra bei dem Gedanken, daß er es berühren könnte. Instinktiv spannte sie sich. Aber Dago führte die Bewegung nicht zu Ende, sondern zog die Hand wieder zurück, ohne das Kleid zu berühren.

»Es wäre etwas anderes, wenn wir mehr Zeit gehabt hätten«, fuhr er fort, merklich leiser und ohne den Blick von dem goldbeschlagenen Kleidungsstück zu nehmen. »Oder wenn sie eine andere wäre. Eine Frau aus den kriegerischen Stämmen der Eisinseln oder eine Quhn. Aber das ist sie nicht, Schwarzbart. Sie ist ein einfaches Bauernmädchen, das bis vor ein paar Tagen nicht einmal wußte, daß es außerhalb ihrer Berge überhaupt eine Welt gibt.«

Er brach ab, wandte sich um und sah erst Lyra, dann den Zwerg lange und ernst an. Auf seinen Zügen lag ein müder, fast resignierender Ausdruck. »Du kennst Lyra so gut wie ich«, fuhr er fort. »Du weißt, daß sie diese Rolle nicht spielen könnte. Nicht einmal einen Tag, Schwarzbart. Sie weiß nichts vom Kämpfen und Töten und schon gar nichts von Politik und Intrigen. Unsere Gefolgsleute warten auf einen Krieger, Schwarzbart. Wie willst du ihnen erklären, daß sie statt dessen eine Heilige bekommen?«

»Vielleicht ist das noch immer besser, als ihnen ein zehn Tage altes Kind als Heerführer anzubieten«, murmelte Schwarzbart. »Was hättest du getan, wäre nicht sie in diese Rüstung geschlüpft?«

Dago antwortete nicht gleich. Sein Gesicht blieb starr, aber Lyra spürte, wie die Anspannung in seinem Inneren wuchs. Und als er weitersprach, ahnte sie die Worte voraus, als könne sie plötzlich seine Gedanken lesen.

»Niemand würde es erfahren«, sagte er, sehr leise und stockend, als müsse er sich jede einzelne Silbe mühsam abringen. »Es gibt eine Lösung, Schwarzbart. Auch jetzt noch.«

»Eine Lösung?« wiederholte der Zwerg erschrocken. »Was meinst du?«

»Jemand muß es . . . an ihrer Stelle tun«, antwortete Dago schleppend. »So, wie er es an Stelle des Kindes hätte tun müssen.«

»Du meinst . . .« Schwarzbart keuchte. Obwohl Lyra sein Gesicht nicht sehen konnte, erkannte sie, daß er bei Dagos Worten erbleichte. Seine Gestalt wirkte mit einem Male verkrampft, als hätte er Schmerzen. »Betrug?« murmelte er ungläubig. »Du glaubst, du könntest ein ganzes Volk täuschen? Du mußt von Sinnen sein, Dago!«

»Nicht betrügen«, widersprach Dago. »Es müßte jemand sein, der zuverlässig ist. Jemand, der sich in magischen Dingen auskennt und weiß, wie die Goldenen zu schlagen wären. Jemand, der ihre Schwächen kennt, Schwarzbart, und unsere eigenen Stärken. Der weiß, wie Toran gehandelt hätte.«

Er sprach schnell und so glatt, daß Lyra urplötzlich begriff, daß er sich diese Worte schon vor langer Zeit zurechtgelegt hatte.

Schwarzbart schwieg für lange, endlose Sekunden. Dann hob er die Arme, führte die Bewegung aber nicht zu Ende, sondern ließ die Hände wieder sinken und schüttelte verstört den Kopf. »Das ist . . .«

»Nicht so abwegig, wie es sich anhört«, unterbrach ihn Dago rasch. Mit einem Male wirkte er sehr nervös, und seine Stimme zitterte hörbar vor Erregung, als er weitersprach. »Wo ist der Unterschied, ob es ein Mädchen wie Lyra ist oder ein anderer, dem wir vertrauen können? Es mag in deinen Augen Betrug sein, aber das ist es nicht. Wir geben diesem Volk nur den Traum, auf den es seit einem Jahrtausend wartet, um sich von seinen Unterdrükkern zu befreien.«

Einen Moment lang sah er Schwarzbart noch fest an, dann drehte er sich mit einem Ruck um, beugte sich über das Bett und streckte die Hand nach dem mächtigen Silberschwert aus, das quer über der Rüstung lag.

»Tu es nicht!«

Dago erstarrte mitten in der Bewegung, als er Lyras Stimme hörte. Eine Sekunde lang blieb er in fast grotesk vorgebeugter Haltung stehen, die Finger eine Handbreit über dem Schwert schwebend, dann richtete er sich auf, drehte sich herum und starrte Lyra verwirrt an.

»Tu es nicht«, sagte sie noch einmal. »Es wäre dein Tod, Dago.«

»Aber . . .«

»Es wäre dein Tod«, sagte Lyra noch einmal. Ihre Stimme klang tonlos und gleichzeitig gepreßt, und sie erschrak beinahe selbst über die Worte, die gegen ihren Willen über ihre Lippen kamen. Sie löste sich von ihrem Platz am Fenster, ging mit ein paar raschen Schritten zum Bett und trat zwischen Dago und das Schwert.

»Es tötet dich, Dago«, sagte sie fest. »Schwarzbart hat recht: Du kannst nicht sein, wer du nicht bist, und du kannst nicht täuschen, wer nicht getäuscht werden darf. Niemand soll diese Rüstung berühren, außer der, auf die sie gewartet hat.«

Es waren nicht ihre Worte, die über ihre Lippen kamen,

und es war nicht ihr Wille, der ihre Hand dazu brachte, die schlanke Klinge zu ergreifen. Ein Gefühl sonderbarer Stärke durchströmte sie, als sie die Waffe hob und auf Dago zutrat, in einer Bewegung, die nicht drohend wirkte, den Magier aber trotzdem einen Schritt zurückweichen ließ. Sein Gesicht hatte alle Farbe verloren.

»Was . . . bedeutet das?« krächzte er.

»Torans Vermächtnis wird sich erfüllen«, antwortete Lyra ruhig, erfüllt von einer Kraft, die nicht die ihre war, aber stärker und stärker wurde, je länger sie das mächtige Silberschwert in Händen hielt. »Du brauchst nichts zu fürchten, Dago. Alles wird so kommen, wie es vorausbestimmt ist. Die Goldenen werden fallen, und dieses Land wird wieder frei sein. Niemand wird an Toran zweifeln.«

»Was . . . was bedeutet das?« stammelte Dago. »Was sind das für Worte, Lyra?«

»Nicht Lyra«, sagte Erdherz leise.

Dago erstarrte, blinzelte verwirrt und drehte sich mit einem hilflosen Laut zu der Zwergenkönigin um. Erdherz hatte sich von ihrem Platz erhoben, war aber am Kamin stehen geblieben.

»Das ist nicht Lyra«, sagte sie ruhig. Ihr Blick suchte Lyras und wurde für einen Moment warm und sanft wie der einer Mutter, die voller Stolz auf ihr plötzlich erwachsenes Kind sieht. Lyra hielt ihm ruhig stand, erfüllt von einer Kraft und Ruhe, die wie ein warmes pulsierendes Atmen aus dem Stahl der Zauberklinge in ihre Seele floß. Jetzt, endlich, begriff sie. Dabei war es so einfach gewesen. Die Lösung hatte zum Greifen nahe vor ihnen gelegen, im wahrsten Sinne des Wortes.

»Ich . . . verstehe nicht . . .«, murmelte Dago verstört. »Was . . . was bedeutet das? Was geht hier vor?«

Statt einer direkten Antwort trat Erdherz neben das Bett, berührte den golddurchwirkten Stoff des Kleides und lächelte. »Wir waren Narren«, sagte sie, sehr leise und mehr zu sich selbst als zu Dago. »Tausend Jahre haben wir gewartet, Dago, fünfzig Generationen, in denen nichts unseren Glauben erschüttern konnte. Und jetzt, kaum daß dieser Glaube das erste Mal auf die Probe gestellt werden soll, beginnen wir zu zweifeln? Seht ihr es denn nicht?« Sie sah auf. »Seht ihr denn nicht, daß es ein Kleid ist, das Kleid einer Kriegerin, Dago? Daß es auf sie gewartet hat, auf sie und keine andere?« Sie richtete sich auf, trat dicht an Lyras Seite und berührte ihre Hand. »Es wird alles so kommen, wie es prophezeit wurde«, sagte sie. »Torans Vermächtnis wird sich erfüllen, so oder so.«

»So oder so«, wiederholte Dago. Seine Stimme klang . . . niedergeschlagen. Beinahe enttäuscht. »Und wer wird den Preis dafür zahlen, Erdherz? Sie?« Er deutete erregt auf Lyra, die noch immer in unveränderter Haltung dastand, das Gesicht zu einer ausdruckslosen Maske erstarrt und Torans Schwert mit beiden Händen an Griff und Klinge haltend.

Erdherz antwortete nicht, und auch Lyra schwieg. Aber als sie Dagos Blick das nächste Mal begegnete, war der Ausdruck von Unglauben darin nackter, panischer Furcht gewichen.

Zweites Buch

DIE REBELLEN

17

Vor einer Stunde war eine geschlossene Abteilung von fast hundert Reitern durch den schneeverwehten Hohlweg gekommen, und seither war der Strom von Männern und Tieren nicht mehr abgerissen, die aus dem wirbelnden Schnee auftauchten, sich auf dem Vorplatz für Momente sammelten, um neue Befehle und Anordnungen entgegenzunehmen oder sich einfach umzusehen , ehe sie schließlich weitergingen und zu Farbtupfern im brodelnden Meer des Lagers wurden. Zuerst war das Lager klein gewesen, beinahe erbärmlich, die wenigen Zelte und Basthütten hatten wie verlorene Inseln in einem unendlichen weißen Ozean aus Schnee auf Lyra gewirkt, und die Handvoll Lagerfeuer, die die Nächte erhellt hatten, schienen die Dunkelheit eher zu betonen als zu durchbrechen. Aber es war gewachsen, langsam, aber beständig. Mehr und mehr Menschen waren aus allen Teilen des Landes herbeigeströmt, mal in großen, nach Hunderten zählenden Gruppen, mal einzeln oder zu zweit oder in kleinen, von Kälte und wochenlangen Märschen erschöpften Haufen, die kaum noch die Kraft besaßen, sich auf eigenen Füßen zu halten. Doch sie waren gekommen und hatten das Lager wachsen lassen. Dago hatte ihr gesagt, daß sie an die zehntausend Krieger erwarteten, aber die Zahl derer, die jetzt dort unten im Lager weilten, mußte mehr als das Doppelte betragen; und viele von ihnen hatten ihre Familien mitgebracht.

Es war viel Zeit vergangen seit jenem schicksalhaften Abend im Herzen des Albsteines. Die Tage hatten sich zu Wochen gereiht; und die Wochen zu Monaten. Der Winter war gekommen und wieder gegangen, zuerst sehr langsam, allmählich und fast unbemerkt, schleichend wie ein großes, weißes Tier, das auf lautlosen Pfoten aus Schnee die Berge und Täler überquerte und den Horizont weiß werden ließ, später dann mit Macht und laut; brüllende Schneestürme und Orkane aus Eis und brodelnder Bewegung waren gegen die Mauern des Albsteines angerannt und hatten daran gerüttelt wie unsichtbare Fäuste. Für zwei, drei Monate war er geblieben, dann hatten sich die Täler zuerst braun, kurz darauf wieder grün gefärbt, und schließlich hatte es eine letzte große Schlacht zwischen den Elementen gegeben, hatten Blitz und Sturm und wütende Fäuste aus Eis noch einmal an den uralten Mauern des Albsteines gerüttelt; drei Tage und drei Nächte lang, in denen das Fauchen und Heulen des Windes selbst innerhalb der Festung jeden anderen Laut übertönten und die Fakkeln nicht mehr ausgingen. Aber die Schlacht hatte, so wütend sie gewesen war, wie in jedem Jahr geendet; der weiße Gigant hatte verloren. Schon am nächsten Tag hielt der Frühling mit Nebel und Regen und dem ersten zaghaften Schimmer von Grün Einzug. Mit seinem ersten Licht hatten sie den Albstein verlassen und waren hierher gekommen, an den Fuß des Gebirges und in das Lager, das im Schutze der Feste von Dieflund gewachsen war.

Ein halbes Jahr, dachte Lyra. Ja – alles in allem mußte es fast ein halbes Jahr sein, seit sie Erion und Sjur in ihrem Versteck auf dem Heuboden entdeckt und sich ihr Leben auf so drastische Weise geändert hatte. Wie schnell waren diese sechs Monate vergangen – und wie viel war in ihnen geschehen!

Nicht nur die Welt, in der sie lebte, hatte sich verändert, sondern auch sie selbst. Die Zwerge hatten sich mit bewundernswertem Geschick um die Wunden gekümmert, die ihr Körper und ihre Seele davongetragen hatten; sie war gesundet, und die kräftige Nahrung und das unbarmherzige Training, dem sie sich auf Dagos Willen hin unterziehen mußte, kaum daß sie wieder die Kraft gefunden hatte, auf eigenen Beinen zu stehen, hatten ein übriges getan. Aus dem einfachen Mädchen, dem man trotz seiner natürlichen Schönheit die Schinderei ansah, die das Leben einer Großmagd bestimmte, war eine Schönheit geworden. Torans Rüstung hatte ihr Kraft und Selbstbewußtsein gegeben, beides in einem Maße, das sie sich vorher nicht einmal zu erträumen gewagt hätte. Erdherzens geduldige Unterweisungen hatten ihre Bewegungen anmutiger und natürlicher werden lassen; was nur auf den ersten Blick ein Widerspruch zu sein schien. Ihre Hände waren sehniger geworden, und die Schwielen, die sechzehn Jahre schwerer Arbeit auf ihnen hinterlassen hatten, wichen samtweicher Haut. Aber ihre Muskeln waren stärker als je; sie wurde kräftig genug, einen Mann niederzuringen, und ihr Geschick im Umgang mit Schwert, Schild und Bogen setzte selbst Dago immer wieder in Erstaunen.

Der Gedanke erinnerte Lyra daran, daß es Zeit war, hinunter ins Lager zu gehen und sich dem täglichen Martyrium zu unterwerfen, auf dem Dago und auch Schwarzbart bestanden. Mit einem lautlosen, leicht resignierenden Seufzen löste sie sich von ihrem Platz hinter der moosbewachsenen Brustwehr des Turmes und zog den Mantel enger um die Schultern, denn es war trotz des täuschend blauen Frühlingshimmels noch kühl, und sie hatte ein Kind zu stillen und konnte es sich nicht leisten, krank zu werden.

Nun, was den Schnee anging, so war der, der die Hundertschaft schwarzgekleideter Quhn wie weißer Staub begleitet hatte, der letzte dieses Jahres. Das Tauwetter hatte längst eingesetzt, selbst hier oben in den Bergen, nur hatte es irgendein launischer Wettergott noch nicht bemerkt oder versuchte wieder einmal vergeblich, dem Jahr noch ein paar Tage abzutrotzen. Morgen würde es spürbar wärmer werden, und das letzte Weiß würde von den Zinnen Dieflunds verschwinden, hatte Erdherz prophezeit. Und die Zwergin irrte sich nie, was das Wetter anging.

Sie wandte sich um, drehte das Gesicht aus dem Wind, um dem Bombardement nadelspitzer Schnee- und Regentropfen zu entgehen und lief mit raschen Schritten die gewundene Treppe hinab. Dago mochte es nicht, wenn sie zu spät zu den Stunden kam, so wenig wie Erdherz, Schwarzbart oder einer der zahllosen anderen Zwerge, Schriftgelehrten und Ammen, die untereinander um den Anteil stritten, den sie an ihrem Tagesablauf beanspruchen konnten. Sie hatte gehofft, all den Schulmeistern und Besserwissern zu entgehen, als sie den Albstein verließen und ihr Quartier nach Dieflund verlegten, aber die Quälgeister waren ihr gefolgt wie eine üble Krankheit, die man auch nicht loswurde, indem man einfach wegging. Obwohl sie behandelt wurde wie eine Königin, war sie doch gleichzeitig auch Sklavin der Rolle, die sie zu spielen hatte.

Es gab keinen Tag in der Woche, den sie für sich hatte, keine Stunde an diesen Tagen, die nicht irgendwie verplant und vergeben gewesen wäre. Sie lernte zu lesen, zu schreiben und zu rechnen, lernte ihren Körper besser zu beherrschen und die Stimmen der Natur zu verstehen; dazu noch manches andere, von dem sie nicht einsehen mochte, wozu sie es lernen sollte: die Geschichte der Welt (die – was ihre Bekanntheit anging – im Osten an den Grenzen von Skruta und im Westen an denen der Elbenwälder endete), die Namen und Lebensläufe der verschiedenen Herrscher- und Fürstenfamilien des Landes und die verwickelten verwandschaftlichen Beziehungen, in denen sie untereinander standen. Solche Dinge mochte sie nicht. Sie sah nicht ein, wozu sie sich mit solcherlei überflüssigem Wissen abplagen sollte, und hatte dies auch Erdherz gesagt. Aber die Zwergenkönigin hatte stets nur dazu gelächelt und sie ermahnt, sich in Geduld zu fassen; irgendwann würde sie alles verstehen, und vielleicht würde sie dann sogar bereuen, nicht noch mehr gelernt zu haben.

Lyra hatte es irgendwann aufgegeben zu protestieren und sich in das Unvermeidliche geschickt, so, wie sie es auch aufgegeben hatte, sich gegen die Stunden zu wehren, in denen Dago und Schwarzbart sie quälten und versuchten, aus dem einfachen Bauernmädchen, als das sie hergekommen war, eine Kriegerin zu machen. Einmal hatte sie aufbegehrt, ihm Schwert und Schild vor die Füße geworfen und ihn angeschrien: »Wozu soll ich das lernen? Ich bin nicht hier, um zu kämpfen, Dago. Ich bin keine Kriegerin, und ich will es nicht sein!« Einen Moment lang hatte er sie nur ernst angesehen. Dann hatte er Schwarzbart und die Zwerge, die bei ihnen waren, fortgeschickt, Lyra beiseite genommen und sich länger als zwei Stunden mit ihr unterhalten. Lyra erinnerte sich nicht mehr an den genauen Wortlaut dessen, was er gesagt hatte, aber er hatte mit großem Ernst und großer Eindringlichkeit gesprochen, und sie hatte hinterher nie wieder protestiert, sondern stumm alle Anstrengungen und Schmerzen ertragen. Und nach und nach begannen ihr die Stunden sogar Freude zu bereiten. Nicht, weil sie irgend etwas im Umgang mit Waffen faszinierte; seit dem Überfall auf den Hof und dem Kampf gegen Ratte und seine Eisenmänner verabscheute sie Waffen mehr denn je. Zudem brauchte sie diesen Unterricht nicht. Torans Kleid gab ihr nicht nur innerliche Stärke, sondern auch Unverwundbarkeit. Einmal, ein einziges Mal nur, hatte sie es angelegt und mit Dago gefochten, mehr aus Übermut als aus irgendeinem anderen Grund. Sie hatte ihm einen Arm gebrochen, sein Schwert zerschlagen und ihm einen tiefen, bis auf den Knochen reichenden Schnitt am Oberschenkel beigebracht, mit einem einzigen, nicht einmal mit aller Kraft geführten Streich der Zauberklinge.

Seither hatte sie das silberne Schwert nie mehr aus der Scheide gezogen.

Aber Dagos Stunden waren die einzigen Gelegenheiten, zu denen sie ihn regelmäßig sehen konnte, und manchmal, wenn es ihre Zeit zuließ, nahm er sich hinterher noch eine halbe Stunde, um mit ihr zu reden.

Diese wenigen Augenblicke waren Lyra die zwei, manchmal drei Stunden wert, die Dago sie schwitzen und sich abschinden ließ. Sie fühlte sich in seiner Nähe freier und wohler als in der Nähe irgendeines anderen, und sie hatte sich mehr als einmal gefragt, was es war, das sie für den jungen Magier aus Caradon empfand – Liebe?

Aber vielleicht war es auch nur der Umstand, daß er der

einzige Mensch war, der sie manchmal noch an ihr altes Zuhause erinnerte.

Sie hatte den Fuß des Turmes erreicht. Die kleine Bastion, in der Erdherz, Dago, Schwarzbart, sie selbst und das Dutzend führender Köpfe des Rebellenheeres untergebracht war, gehörte nicht zur eigentlichen Stadt; Dieflund wuchs wie ein gemauerter Berg eine halbe Meile über ihr aus dem Fels und war nur durch einen schmalen, wie eine steinerne Schlange den Hang hinaufgewundenen Wehrgang mit dem kleinen Kastell verbunden. Dago hatte es für besser gehalten, näher beim Lager zu bleiben, um jederzeit rasch zur Stelle sein zu können, falls Probleme irgendwelcher Art auftauchen sollten. Lyra hatte ihm nicht widersprochen; im Gegenteil. Sie war froh, das steinerne Gefängnis des Albsteines nicht mit dem Dieflunds tauschen zu müssen, denn obwohl die Stadt viel größer und heller war als die Zwergenfestung, so haftete ihr doch der Geruch von Gewalt und Tod an. Zehn Jahrhunderte lang war sie eine Bastion der Goldenen und ihrer Eisenmänner gewesen, und obwohl ihre Bevölkerung – verstärkt durch ein Heer von Zwergen und Panzerreitern aus dem Süden – die verhaßten Krieger in einer einzigen Nacht aus der Stadt geworfen hatte, schien sich der Gestank der Goldenen wie das Stigma einer widerlichen Krankheit in ihre Mauern gekrallt zu haben.

Vielleicht, dachte Lyra spöttisch, während sie zwischen den ersten Zelten hindurchtrat und den runden Platz im Herzen des Lagers ansteuerte. Vielleicht war es auch einfach so, daß sie keine Städte mochte.

Wie immer, wenn sie im Lager weilte, schlug sie das Leben mit all seiner Bewegung und seinem Lärm rasch in seinen Bann.

Aus vielen Zelten ertönten Gesang und Gelächter, überall wurde gespielt und geredet, und oft dröhnten die Trommeln und Zimbeln bis spät in die Nacht hinein, während die Lagerfeuer die Bewegungen der Tänzer erhellten. Ein unbefangener Beobachter hätte in diesem Lager wohl eher ein großes Volksfest vermutet, nicht ein Heerlager.

Nichts deutete darauf hin, daß sich diese gewaltige Menge von Männern und Frauen zusammengefunden hatte, um mit dem ersten Grün des Frühlings in den Krieg zu ziehen. Es schien keine Spur von Nervosität oder gar Furcht unter all diesen Menschen zu geben.

Es hatte lange gedauert, bis Lyra begriffen hatte, daß es gerade die Angst war, die sie zu dieser übertriebenen Fröhlichkeit und Lebensfreude veranlaßte.

Sie fühlte sich wohl unter all diesen Menschen, obwohl – oder vielleicht gerade weil – sie kaum einen von ihnen kannte. Sie wurde akzeptiert, als eines von zwanzigtausend fremden Gesichtern; niemand nahm Anstoß daran, daß sie eine Frau war, und nicht einmal ihre Waffenübungen mit Dago oder dem Zwerg erregten irgendwelche Neugier. Überraschend viele von den Kriegern, die Dagos Ruf gefolgt waren, hatten sich als Frauen erwiesen. Toran der Befreier hatte sich ein einziges Mal gezeigt, vor Wochen, als er zusammen mit dem Rat der Zwerge, Dago und den acht Führern des Rebellenheeres in das kleine Kastell am Fuße der Stadt gezogen war; seither war er verschwunden, und Lyra, das einfache Bauernmädchen, war von Zeit zu Zeit im Lager aufgetaucht, um wieder ein Mensch sein zu können, keine Göttin und keine Gefangene mehr.

Sie erreichte das mit mannshohen Bastmatten abgeschirmte Rund im Zentrum des Lagers, trat an einem Posten vorbei, der sich gelangweilt auf seinen Speer stützte, und ging mit raschen Schritten zwischen den kleinen, mit Bast- und Strohmatten abgeteilten Kammern hindurch. Die abgeteilten, nach oben offenen Kammern und Räume hallten wider vom Waffenklirren und den Rufen und Schreien der Kämpfenden, Männern und Frauen und – wie Lyra voller Schrecken gesehen hatte – auch Kindern, die sich im Umgang mit Waffen übten. Aber selbst über diesem Teil des Lagers lag eine beinahe heitere Atmosphäre, und das Klirren von Stahl wurde weit öfter von einem ausgelassenen Lachen als von Schmerzlauten unterbrochen.

Sie erreichte den Teil des Kampfplatzes, auf dem Dago

sie erwartete. Aber die hölzerne Bank, auf der er normalerweise saß und sie erwartete, war leer, und zu ihrer Enttäuschung gewahrte sie nur Schwarzbart, der – seinem Gesichtsausdruck nach zu schließen – finsteren Gedanken nachhing.

Der weißhaarige Zwerg war nicht mehr der, den sie vor einem halben Jahr in den Bergen getroffen hatte. Irgend etwas war in ihm zerbrochen. Er hatte das Reich der Toten betreten, und manchmal kam es Lyra so vor, als wäre auch er schon mehr tot als lebendig.

Sie ging bis zur Mitte des Hofes und wandte sich an Schwarzbart. »Ist . . . Dago heute nicht da?« fragte sie.

Schwarzbart schrak auf, hob den Kopf und blickte sie einen Herzschlag lang an, als bemerke er ihre Anwesenheit erst jetzt. »Nein«, antwortete er, schleppend und mit sonderbar flacher Stimme. »Er kommt auch nicht. Es wird heute keinen Unterricht geben.« Er stand auf, klopfte sich den Sand von den Kleidern und blickte sie vorwurfsvoll an. »Ich habe dich gesucht, aber du warst nicht in deinen Gemächern. So habe ich hier auf dich gewartet.«

Ein Anflug von Zorn huschte über Lyras Züge, als sie den tadelnden Unterton in Schwarzbarts Worten registrierte. Sie hatte sich um Toran gekümmert, wie jeden Tag nach dem Mittagsmahl, aber er war schneller als gewohnt eingeschlafen, und so hatte sie ihn wieder in die Obhut der Kinderfrau gegeben und war hinauf auf den Turm gestiegen, einen der wenigen Orte, in dem sie sich manchmal der Illusion hingeben konnte, allein zu sein, und es ärgerte sie, daß Schwarzbart ihr selbst diese kleine Freiheit mißgönnte. Aber sie schluckte die scharfe Entgegnung, die ihr auf der Zunge lag, im letzten Moment herunter und beließ es bei einem Achselzucken, das Schwarzbart deutlicher als alles andere sagte, was sie von seinen Worten hielt.

»Erdherz erwartet dich«, fuhr der Zwerg schließlich fort. »Komm.«

Wieder verspürte Lyra einen raschen Anflug von Ärger. Kein Wort der Erklärung, keine Begründung – nichts.

Schwarzbart hatte sie wie eine Gefangene behandelt, seit dem Moment ihres mißglückten Fluchtversuches, und daran hatte sich nichts geändert. Es war nicht so, daß der Zwerg ihr Feind war; im Gegenteil – manchmal glaubte sie zu spüren, daß er in Wahrheit eine tiefe Zuneigung zu ihr empfand. Trotzdem waren seine Worte Befehle, und er machte keinen Hehl daraus.

Aber sie schwieg auch diesmal, nickte nur knapp und wartete, bis Schwarzbart an ihr vorbeigegangen und sie mit einer ungeduldigen Geste aufgefordert hatte, ihr zu folgen.

Sie verließen den abgetrennten Teil des Lagers und wandten sich nach Westen, wieder zur Stadt hin, gingen aber zu Lyras Verwunderung nicht zum Kastell zurück, sondern steuerten ein großes, etwas abseits stehendes Zelt an, das von schwarzverhüllten Quhn-Kriegern bewacht wurde.

Lyras Verärgerung machte einer sanften, aber stärker werdenden Besorgnis Platz. Rings um sie hallte das Lager noch immer wider von Stimmen und tausendfachen Geräuschen, aber alles schien um Nuancen gedämpfter, als hätte sich der Schatten von Furcht auf die Seelen der Menschen gelegt. Nervös sah sie sich um. Nichts schien verändert, und doch ... Hier und da glaubte sie ein rasches, nervöses Flackern in einem Blick zu erkennen, Lippen, die fester zusammengepreßt waren, Bewegungen, die ein wenig zu entschlossen wirkten.

Sie blieb stehen, als sie den Kreis der Wächter erreicht hatten. »Was geht hier vor?« fragte sie. »Was bedeutet das, Schwarzbart?«

Der Zwerg machte eine ungeduldige Handbewegung. »Wir hätten mehr Zeit für Erklärungen, wärst du gewesen, wo du hingehörst, und hättest mich nicht gezwungen, eine Stunde mit der Suche nach dir zu vertun.«

Lyra wollte auffahren, aber Schwarzbart ließ sie nicht zu Wort kommen, sondern deutete mit einer gleichermaßen ungeduldigen wie warnenden Geste auf die Krieger und den zurückgeschlagenen Zelteingang. Sicher hatte der

Zwerg recht – sie taten nicht gut daran, sich in Gegenwart der Wächter zu streiten, auch wenn den Kriegern über alles strenges Schweigen befohlen war.

Ein Schwall warmer, nach brennender Kohle riechender Luft schlug ihr entgegen, als sie hinter dem Zwerg durch die Zeltplane trat. Das Innere des Zeltes war dunkel, und ihre Augen brauchten Zeit, sich an die graugrüne Dämmerung zu gewöhnen. Im ersten Moment sah sie nichts als die Schatten von zwei, drei Personen, die neben einem Drahtkorb mit glühenden Kohlen hockten und leise miteinander sprachen. Einer davon war Dago, die beiden anderen kannte sie nicht. Der Magier wirkte erregt. Trotz der Kälte trug er nur ein dünnes, um die Taille mit einem Lederriemen zusammengehaltenes Hemd, als wäre er in großer Hast aufgebrochen.

»Lyra«, begann er. »Gut, daß du da bist. Wir haben dich gesucht.«

»Ich war ... am Übungsplatz«, antwortete sie verwirrt. »Ist irgend etwas passiert?«

Dago winkte ab, ein wenig zu hastig, wie ihr schien, und tauschte einen raschen, fragenden Blick mit Schwarzbart. Der Zwerg schüttelte fast unmerklich den Kopf, und allmählich verspürte Lyra doch so etwas wie Ärger. Warum glaubte eigentlich jeder hier, sie wäre blind und taub?

»Nein«, sagte Dago. »Es ist nichts passiert. Nichts, worüber du dir Sorgen ... zu machen brauchst.« Das unmerkliche Stocken in seinen Worten entging Lyra keineswegs, aber sie tat so, als hätte sie es nicht bemerkt, und sah Dago nur fragend an. »Erdherz sucht nach mir?«

Dago nickte. »Sie und ... ich«, bestätigte er nervös. »Es sind Boten gekommen.«

»So?« antwortete Lyra spöttisch. »Wie aufregend. Ich dachte, den ganzen Winter über wären Boten gekommen.«

Dago machte eine unwillige Handbewegung. »Es ist wichtig, Lyra, wir ...«

»Haben vor allem keine Zeit mehr zum Reden«, unterbrach ihn Schwarzbart ungeduldig. »Erklär ihr später, was geschehen ist. Jetzt kommt.« Ohne viel Federlesens ergriff er Lyras Hand und zerrte sie hinter sich her auf den abgetrennten Teil des Zeltes zu. Die beiden Wachen vor dem Durchgang, zwei schwarzgekleidete Quhn, die wie reglose Schatten vor dem dunkelgrünen Stoff standen und die sie bisher nicht einmal bemerkt hatte, wichen respektvoll beiseite, aber Schwarzbart winkte nur mit einer unwilligen Geste ab, stürmte an ihnen vorüber. Lyra wußte plötzlich wieder, wo sie war, fast als wäre der Anblick der beiden Krieger der Schlüssel gewesen, der das Tor zu ihren Erinnerungen aufschloß. Sie war schon einmal hiergewesen, vor Wochen, aber das Lager ringsum hatte sein Aussehen in der Zwischenzeit ein dutzendmal verändert, so daß sie es nicht gleich wiedererkannt hatte.

»Bitte, komm jetzt!« sagte Schwarzbart ungeduldig. »Es ist wichtig, nicht nur für dich. Wir haben schon viel zu viel Zeit vertrödelt.« Wieder war in seiner Stimme der gleiche, tadelnde Tonfall, aber diesmal verspürte Lyra keinen Zorn.

Schwarzbart tat zwei rasche Schritte in den Raum hinter der Trennwand hinein, blieb stehen und setzte dazu an, etwas zu sagen, ehe er bemerkte, daß das Zelt leer und weder von der Zwergenkönigin noch ihren Dienstboten eine Spur zu sehen war. Beim Betreten des Zeltes hatte Lyra noch Stimmen aus diesem Bereich gehört. Aber es gab einen zweiten Ausgang, am hinteren Ende des halbkreisförmigen Raumes.

Enttäuscht wandte Schwarzbart sich um, machte eine wedelnde Bewegung mit der Hand und ging wieder zum Ausgang zurück. »Warte hier«, sagte er ungeduldig. »Ich bin gleich wieder da.«

Schwarzbart wartete Lyras Antwort nicht ab, sondern war bereits wieder aus dem Raum und warf die Zeltplane hinter sich zu. Gedämpft hörte sie seine Stimme. Einen Moment lang versuchte sie, die Antwort des Postens draußen zu verstehen, dann wandte sie sich um und trat zögernd weiter in den Raum hinein. Sie hatte gehofft, daß Dago ihr folgte, aber irgend etwas sagte ihr, daß er nicht kommen würde.

Das Zelt wirkte kalt und leer. Es hatte einem Nomadenfürsten gehört, der gleich mit seinem ganzen Harem angereist war, bevor Dago es entdeckt, kurzerhand beschlagnahmt und seine ursprünglichen Besitzer samt seiner elf Frauen und den nur drei Kriegern, die sich in ihrer Begleitung befanden, in eine bescheidenere Unterkunft am anderen Ende des Lagers umquartiert hatte. Ein riesiger, aus einem einzigen Felsblock gemeißelter Tisch in seiner Mitte bot mehr als zwanzig Personen Platz, und an den Wänden hatten, als Lyra das erste Mal hiergewesen war, Gemälde und kostbare Teppiche gehangen. Im Laufe der letzten Wochen hatte sich das Prachtzelt verwandelt; auf dem Tisch häuften sich nun Karten und Pergamente in scheinbar unordentlichen Stapeln, und die Gemälde und Teppiche waren großen, mit komplizierten strategischen Symbolen bekritzelten Karten des Landes oder auch einzelner Städte gewichen. Dago verbrachte einen großen Teil seiner Zeit in diesem Raum, allein oder zusammen mit den anderen Führern der Revolte, die in unregelmäßigen Abständen kamen und gingen. Das Zelt, früher unübersehbar ein Ort prachtvoller Bankette und tagelanger Sinnesfreuden, hatte sich in den letzten Wochen in ein Feldherrenquartier verwandelt.

Einmal, ein einziges Mal, nachdem Dago mit seinen Karten und Büchern hier Einzug gehalten hatte, hatte Lyra ihn auf sein Drängen hierher begleitet und ihm nahezu zwei Stunden lang dabei zugesehen, wie er Pergamente mit Zahlen füllte und kleine buntbemalte Hölzchen auf seinen Karten hin und her schob. Sie hatte begriffen, daß die Holzklötzchen auf seinen Karten wohl Armeen darstellten, die Wimpel Städte und Dörfer, die die Rebellen erobert hatten oder belagerten. Dann hatte ein Zwerg den Raum betreten und Dago mit gedämpfter Stimme etwas zugeflüstert. Er hatte eine Weile geschwiegen, ehe er wieder an den Tisch trat, eines der lustigen Holzklötzchen genommen und mit einem resignierenden Seufzer ins Feuer geworfen, wo es verbrannt war.

Etwas in ihr war zu Eis erstarrt, als sie begriff, daß sie

das Ende einer Armee miterlebt hatte. Seit diesem Abend hatte sie das Zelt nie wieder betreten, ja, sie hatte sogar versucht, jeden Gedanken daran zu vertreiben.

Das Geräusch der Zeltplane drang in ihre Gedanken, und als sie sich umwandte, erkannte sie Schwarzbart, der mit finsterem Gesicht hereingestürmt kam, dicht gefolgt von Dago, Erdherz und zwei untersetzten Zwergen, die eine mächtige, eisenbeschlagene Holzkiste zwischen sich schleppten.

Erdherz eilte auf sie zu, schloß sie kurz und heftig in die Arme und erkundigte sich nach ihrem Befinden, wie sie es immer tat, wenn sie sich sahen. Lyra dankte ihr, löste sich aus ihrer Umarmung und wartete, bis die beiden Zwerge die Kiste abgestellt hatten und wieder hinausgegangen waren. Auch Erdherz war nervös, trotz des freundlichen Lächelns, das auf ihren Zügen lag. Ihre Umarmung war nicht ganz so warm und mütterlich gewesen wie sonst.

»Was bedeutet das alles?« fragte Lyra. »Was ist geschehen, Erdherz?«

Sie hatte die Kiste im gleichen Moment erkannt, in dem die Zwerge damit hereingekommen waren; ein längliches, an einen Sarg erinnerndes Behältnis mit zwei vergoldeten Trageringen an jeder Seite und mit edlen Hölzern verziert. Früher hatte sie Erdherzens Geschmeide, ihre kostbarsten Kleider enthalten, und sicher war es eines der wertvollsten Stücke, das die Zwergenkönigin besaß.

Seit sie den Albstein verlassen hatten, enthielt sie Torans Rüstung.

Statt einer Antwort wandte sich Erdherz um, kniete neben der Truhe nieder und öffnete die beiden Schlösser. Dago half ihr, den schweren Deckel zu öffnen. Torans Gewand lag wie eine Schläferin mit über der Brust gekreuzten Armen auf dem blauen Samt, mit dem die Kiste ausgeschlagen war.

»Zieh es an«, sagte Dago. »Rasch.«

»Aber warum?« fragte Lyra, ohne sich zu rühren. »Was ist denn nur geschehen? Brechen wir auf?«

»Zum Teufel, beeilt euch!« Schwarzbarts Stimme klang

jetzt eindeutig ängstlich. »Ich weiß nicht, wie lange Malik ihn noch aufhalten kann, ohne daß er Verdacht schöpft.«

Lyra gab es endgültig auf, nach dem Grund dieser plötzlichen Aufregung zu fragen; es war eindeutig, daß ihr Dago und Schwarzbart nicht antworten wollten. Wenn sie weiter in sie zu dringen versuchte, würde sie nur Zeit verlieren. Sie würde schneller erfahren, was vorging, wenn sie tat, was Schwarzbart verlangte. Einen Herzschlag lang starrte sie den Zwerg noch zornig an, dann löste sie die Spange ihres Umhanges und ließ das Kleidungsstück von den Schultern gleiten. Erdherz half ihr, aus Kleid und Sandalen zu schlüpfen und stützte sie, als sie sich vorbeugte und das grüngoldene Kleid aus der Truhe nahm.

Wie immer spürte sie etwas wie eine sanfte, tastende Berührung, als sie den weichen Stoff des Gewandes über die Schultern streifte; die Magie dieses Zaubermantels. Rasch schlüpfte sie in Handschuhe und Stiefel, stülpte als letztes den Helm über und richtete sich wieder auf.

»Das Schwert«, sagte Dago leise. »Nimm es.«

Lyra starrte ihn an. Dago bestand nicht nur auf der Waffe, weil sie zur Rüstung gehörte wie irgendein Teil eines Kostümes. Die Art, in der er gesprochen hatte, machte klar, daß es wichtig war, daß sie dieses Schwert trug.

»Bitte«, sagte Erdherz, leise, beinahe flehend, wie es Lyra vorkam. »Nimm das Schwert, Lyra. Es ist wichtig, daß du es trägst, gerade jetzt.«

Lyra erschrak. Sie hätte nicht überrascht sein dürfen, weder über die Worte der Zwergenkönigin noch über den Zeitpunkt; sie hatte gewußt, daß er kommen würde, irgendwann mit Anbruch des Frühlings, und insgeheim hatte sie schon viel früher darauf gewartet. Der Winter hatte nicht nur das Land, sondern auch die geplante Revolte mit Eis und Schnee gelähmt; die Schlachten, von denen Dago erzählt hatte, waren im Grunde nur kleine Scharmützel gewesen. Dagos Reiter hatten den Winter genutzt, die Botschaft in alle Städte zu tragen, der Krieg war schon im Gange.

Aber sie hatte es nicht wahrhaben wollen. So, wie sie

jeden Gedanken an dieses schreckliche Zelt aus ihrem Bewußtsein verdrängt hatte, hatte sie versucht, den wahren Grund ihres Hierseins zu verleugnen. Natürlich nicht vollkommen, und natürlich nicht wirklich. Zu oft waren Männer mit Nachrichten vom Kriege in den Albstein gekommen. Trotzdem war es ihr gelungen, die Augen vor der Wahrheit zu verschließen. Für sie war der Krieg, der das Land zerriß, nicht mehr als ein Gewitter gewesen, das irgendwo über dem Horizont tobte, zu weit entfernt, um sich wirkliche Sorgen machen zu müssen. Jetzt hatte das Schicksal den Wind gedreht, und der Sturm peitschte seine schwarzen Wolken direkt in ihr Leben.

»Dann . . . ist es soweit?« fragte sie, leise und mit zitternder Stimme, obwohl sie sich Mühe gab, beherrscht und gefaßt zu erscheinen. »Wir brechen auf?«

»Noch nicht«, antwortete Erdherz. »Aber vielleicht morgen. Alles hängt davon ab, ob wir den Mann, den wir erwarten, überzeugen können. Frage jetzt nicht, Lyra. Du wirst alles erfahren.«

»Aber was soll ich tun?« fragte Lyra verzweifelt. »Was . . .«

»Nichts«, unterbrach sie Dago. »Du brauchst nichts zu tun, Lyra. Es reicht, wenn du da bist. Schwarzbart und ich werden reden.«

Hinter der Trennwand aus Stoff wurden Stimmen laut, dann Schritte, sonderbar laut und klirrend, wie von Sporen und schuppigen Metallpanzern. Eine der Wachen gab einen überraschten Laut von sich, und dann, noch ehe Dago ihre Frage vollends beantworten konnte, wurde die Zeltplane zurückgeschlagen, und drei Männer betraten den Raum.

Zwei von ihnen waren Lyra bekannt. Es waren Malik Pasha, der Führer der Quhn-Rebellen, und ein stummer, dunkel gekleideter Barbar mit verhülltem Gesicht, der sich stets in seiner Nähe aufhielt und wohl so eine Art Leibwächter darstellte, obwohl er kein Quhn war.

Der dritte . . .

Sie hatte ein Gesicht wie dieses schon einmal gesehen,

und obwohl es einer der schönsten Momente ihres Lebens gewesen war, hatte sie gebetet, es nie wiedersehen zu müssen, denn mit seiner Erinnerung waren zu viele Schmerzen und zuviel Leid verbunden.

Ein Gesicht, fast wie das eines Menschen, aber eben nur fast.

Die Haut war dünn und weiß und spannte sich sichtbar über den hochstehenden, scharfen Wangenknochen, seine Augen waren dunkel und standen schräg, was ihren Ausdruck immer ein bißchen an den einer Katze erinnern ließ, und die Pupillen waren mit silberblauem Sternenstaub gesprenkelt. Seine Ohren lagen wie angeklebt eng an den hohen, ein wenig eingefallenen Schläfen und waren mit kleinen, silberweißen Haarbüscheln bewachsen. Die gleiche Farbe hatte auch das schulterlange Haupthaar.

Es war das Gesicht eines Elben.

Lyra begann am ganzen Leibe zu zittern. Trotz der Stärke, mit der sie die Rüstung erfüllte, fühlte sie sich plötzlich elend und schwach, und in ihrem Hals saß ein bitterer, harter Kloß, der sie zu ersticken schien. Sie begriff plötzlich, warum ihr niemand gesagt hatte, welcher Art der Gast war, den sie erwarteten. Hätte sie es gewußt, hätten sie nicht einmal Dagos Zauberkräfte in dieses Zelt bekommen. Ihr Herz raste, und mit einem Male war sie froh, daß sie die schweren, goldgepanzerten Handschuhe trug, denn sie verhinderten wenigstens, daß jemand das Zittern ihrer Finger sah.

Länger als eine Minute herrschte atemloses Schweigen, in dem Lyra den schlank gewachsenen Fremden mit einer Mischung aus Neugier und Furcht ansah.

Wie alle Menschen seines Volkes war er klein und überragte selbst Schwarzbart nur um wenig mehr als eine Handbreit. Seine Haut war durchscheinend, so daß man auf den Händen und Schläfen dünne, rote Äderchen im Takt seines Herzschlages pulsieren sehen konnte, und seine Finger schienen eher dazu gedacht, eine Schreibfeder oder eine Laute zu halten als das wuchtige Silberschwert, auf dessen Griff sie ruhten.

Schließlich durchbrach Erdherz das peinlich werdende Schweigen, legte die Hände zum Zwergengruß gekreuzt über die Brust und trat einen halben Schritt auf den Elb zu. »Harleen, Fürst aus dem Geschlecht der Hochedlen von Rohn und oberster Kriegsherr des Elbenreiches«, sagte sie und neigte das Haupt in einer tiefen, fast übertrieben lange anhaltenden Verbeugung, ehe sie sich wieder aufrichtete und der Reihe nach auf Malik, Schwarzbart, Dago und zum Schluß auf Lyra wies. »Dies, Herr, sind . . .«

»Ich kenne ihre Namen«, unterbrach sie der Elb grob. Erions Stimme hatte wie das Singen des Windes im hohen Gras geklungen, dachte Lyra. Die Harleens erinnerte an Glas. »Ihr braucht Euch nicht zu bemühen, Erdherz. Wir haben schon genug Zeit mit sinnlosem Reden vergeudet, scheint mir.«

Erdherz sah verwirrt auf, aber der Elbenfürst beachtete sie schon gar nicht mehr, sondern trat an ihr vorbei und drehte den Kopf in die Runde. Er machte eine unwillige Handbewegung, bedachte Schwarzbart und Dago nacheinander mit einem raschen, abfälligen Blick und trat dann einen Schritt auf Lyra zu. Für einen Moment kreuzten sich ihre Blicke.

Es war wie eine getreuliche Wiederholung des Momentes, in dem sie Erion das erste Mal gegenübergestanden hatte, nur mit umgekehrten Vorzeichen. Obgleich die goldene Maske ihr Antlitz vollkommen verbarg, hatte sie doch das Gefühl, den Blick der silberdurchwirkten Elbenaugen bis ins Innerste zu spüren. Torans Mantel gab ihr keinen Schutz. Seine Magie versagte vor den überlegenen Kräften des Elbenfürsten; vielleicht waren sie sich auch zu gleich, um gegeneinander kämpfen oder sich behindern zu können. Alle anderen, selbst die Magier und Zauberkundigen, die im Lager weilten und sich den Rebellen angeschlossen hatten, hatte die tausend Jahre alte Maske täuschen können; den Elb nicht. Seine Blicke durchdrangen die Barriere aus Legenden und Blendwerk so mühelos, wie die eines Sterblichen durch Glas schauten. Er erblickte sie, wie sie wirklich war, eine schwache, hilflose Frau, die man in ein Kleid und eine Rolle hineingezwungen hatte, und sie fühlte die gleiche, beinahe körperliche Ausstrahlung von Wissen und Weisheit, die sie in Erions Nähe gefühlt hatte.

Aber bei Erion waren es Güte und Sanftmut gewesen, die sie gefühlt hatte.

Bei Harleen spürte sie nichts als Stärke und Entschlossenheit, ein Gefühl, das sie mehr an Sjur denn an Erion erinnerte und sie schaudern ließ.

Nach einer Ewigkeit – wie es ihr schien – beendete Harleen seine stumme Musterung und wandte sich abermals an Erdherz. Wenn er zu irgendwelchen Schlußfolgerungen gekommen war, so behielt er sie für sich; wenigstens im Moment noch. »Nun, nachdem Ihr mir vorgeführt habt, was ich sehen sollte, können wir vielleicht zum eigentlichen Grund meines Besuches kommen«, sagte er kühl. »Ich nehme an, ihr . . .« er stockte für einen kurzen Moment und machte eine knappe Handbewegung, die alle im Raum Anwesenden einschloß, ». . . seid berechtigt, im Namen eurer Anhänger zu sprechen?«

»Wir reden in Torans Namen, Herr«, sagte Dago. Er sprach leise und hatte wie alle außer Lyra den Blick gesenkt. Und dennoch klang er ein wenig trotzig. In seiner Stimme war ein Ton wie in der eines Kindes, das einem Erwachsenen widersprechen will, sich aber noch nicht ganz sicher ist, ob es den Mut dazu auch aufbringt. Aber er war nicht vor Schrecken gelähmt und taub, wie es Harleen gewohnt sein mochte, wenn er mit Sterblichen sprach.

Der Elb hatte Dagos Worte ganz genau so verstanden, wie sie gemeint gewesen waren. Er runzelte die Stirn und sah den jungen Magier einen Herzschlag lang auf seltsame Art an, als könne er sich nicht entscheiden, ob er nun über diese Unverschämtheit in Zorn geraten oder lachen sollte, überging dann aber seine Bemerkung.

»Nun, Herrin des Kleinen Volkes«, sagte er zu Erdherz, »ich bin nicht gekommen, um Euch einen Höflichkeitsbesuch abzustatten oder Freundlichkeiten auszutauschen.

Es herrscht Unruhe im Land. Ich kam an verbrannten Dörfern und geschleiften Städten vorbei, und auf vielen Dächern begrüßte mich das Schwarz der Totenflagge.«

Dago und Schwarzbart tauschten verwirrte Blicke, und auch Lyra spürte einen raschen, schmerzhaften Stich bei Harleens Worten. Die Mischung aus Ehrfurcht und Schrecken, die sein Anblick in ihr hervorgerufen hatte, wurde in immer stärkerem Maße von Mißtrauen abgelöst. Worauf wollte der Elb hinaus?

»Ich . . . verstehe nicht, was Ihr damit sagen wollt, Herr«, sagte Dago »Ihr müßt doch wissen . . .«

»Was?« Harleen fuhr mit einer scharfen, aggressiven Bewegung herum, die Dago instinktiv einen halben Schritt zurückweichen ließ.

»Was?« wiederholte er hart. »Was müßte ich wissen, Dago?«

Dago zögerte. Lyra hatte noch nie zuvor einen so gleichzeitig erschrockenen wie verwirrten Ausdruck auf seinen Zügen gesehen. Es dauerte einen Moment, bis er sich so weit gefaßt hatte, auf Harleens Frage antworten zu können.

»Der . . . Augenblick«, sagte er stockend, »auf den wir seit tausend Jahren gewartet haben, ist gekommen. Wir werden das Joch der Tyrannen abschütteln.«

»So?« erwiderte Harleen hämisch. »Ihr plant also einen Aufstand.«

»Wir planen ihn nicht, Herr«, sagte Schwarzbart, wesentlich fester und ruhiger als Dago. »Er ist bereits in vollem Gange. In wenigen Tagen wird das Heer auf die Caer Caradayn marschieren.«

Lyra erschrak fast über den herausfordernden Ton in der Stimme des Zwerges, aber gleichzeitig spürte auch sie eine immer stärker werdende Abneigung gegen Harleen. Der Anblick des Elben hatte sie erschreckt und gelähmt. Aber sie war in diesem Moment nicht nur Lyra, das Bauernmädchen, sondern auch die Trägerin von Torans Mantel, und die verzauberte Rüstung gab ihrer Seele im gleichen Maße Kraft, wie sie das Schwert ihrem Arm verlieh.

Fast als hätte Harleen ihre Gedanken gelesen, drehte er sich in diesem Moment herum und sah sie einen Moment lang scharf an. Der Ausdruck auf seinem Gesicht war nicht zu deuten, und sein Blick war noch immer so kalt und abschätzend wie zuvor, aber Lyra glaubte auch eine ganz kleine Spur von Unsicherheit darin zu erkennen.

»Ihr müßt von Sinnen sein«, sagte der Elb schließlich, ohne den Blick von Lyras geschlossenem Visier zu nehmen, aber wieder an Erdherz gewandt. Plötzlich war Lyra sicher, daß es reine Berechnung war, sie und nicht die, mit denen er redete, anzusehen. Es war demütigend, und sie fühlte Zorn.

»Von diesem jungen Hitzkopf und einem närrischen Zwerg habe ich nichts anderes erwartet. Aber Ihr, Erdherz? Glaubt Ihr wirklich, dieses Land retten zu können, indem Ihr es in einem Meer von Blut ertränkt?«

Einen Moment lang herrschte fast atemloses Schweigen. Harleen hatte nicht laut gesprochen, aber Schwarzbart und Erdherz fuhren zusammen wie unter einem Schlag.

Einzig Dago zeigte keine sichtbare Regung; allenfalls ein rasches Runzeln der Stirn, als hätte der Elb nur etwas ausgesprochen, was er längst vorausgeahnt hatte.

Schließlich war es Malik, der als erster das Schweigen brach. Er trat einen Schritt auf den Elb zu, neigte demütig das Haupt und sagte: »Verzeiht, Herr, wenn wir Eure Worte nicht gleich verstehen, aber . . . wir hatten gehofft, daß Ihr mit . . . besserer Nachricht zu uns kommt.«

Harleen schürzte abfällig die Lippen und schien einen Moment zu überlegen, ob er dem Quhn überhaupt antworten solle. Der Blick, mit dem er das Oberhaupt der Nomaden musterte, war der, den Oran für einen verkrüppelten Sklaven gehabt hatte, den man ihm zum Kauf anbot; irgend etwas zwischen Ekel und Verachtung.

»Bessere Nachricht?« sagte er. »Habt Ihr vielleicht geglaubt, ich käme mit tausend meiner Bogenreiter, um mich diesem Wahnsinn anzuschließen?« Er schnaubte, drehte sich mit einem Ruck ab und trat an den mit Karten und Zeichnungen übersäten Tisch heran. Dann nahm er eines der Pergamente zur Hand, sah kopfschüttelnd darauf und knüllte es mit einer zornigen Bewegung zu einem Ball zusammen.

»Wahnsinn!« schnappte er. »Ich habe gehört, was mir meine Kundschafter berichteten, aber ich wollte es nicht glauben. Doch jetzt sehe ich, daß jedes Wort wahr ist, und noch viel mehr. Was seid Ihr? Erwachsene Männer oder Kinder?« Mit einer zornigen Bewegung fegte er einen Teil der Karten und Blätter vom Tisch, fuhr herum und funkelte Dago an. »Seid Ihr von Sinnen, Dago? Man hat mir berichtet, daß Ihr ein Heißsporn seid und zur Tollkühnheit neigt, aber man hat mir auch gesagt, daß Ihr klug und wissend wie kaum ein zweiter Eurer Gilde sein sollt. Und jetzt sehe ich das hier! Glaubt Ihr denn im Ernst, Ihr könntet die Goldenen auf diese Weise besiegen?«

Dagos Lippen bebten. Harleen war schließlich nicht irgendwer, sondern ein Elbenfürst, und Lyra konnte sich nur zu gut an ihre eigenen Gefühle erinnern, als sie das erste Mal einem dieser Lichtgeschöpfe gegenübergestanden hatte. Sie wäre gestorben vor Schreck, hätte Erion damals auch nur in halb so scharfem Ton mit ihr geredet, wie es Harleen jetzt tat.

»Wir werden sie schlagen«, sagte Dago. »Einer von ihnen ist bereits tot, und die anderen werden folgen, Herr.«

»Narr«, sagte Harleen kalt. »Einer von ihnen ist tot, wie? O ja, ich habe davon gehört, welche Heldentat ihr vollbracht habt.« Plötzlich bekam seine Stimme einen höhnischen Tonfall. »Es war wirklich eine Meisterleistung, Dago, den Schwächsten von ihnen aus seinem Bau und hierher zu locken, in eine Falle, in der Euch Eure ganze Kraft und die Magie des Zwergenvolkes zur Verfügung stand.«

»Ratte war . . .«, begann Dago, wurde aber sofort wieder von Harleen unterbrochen, der in scharfem Ton weitersprach: »Ratte, mein lieber junger Freund, war der schwächste der sechs Goldenen, und es waren nicht Eure Kräfte, die ihn besiegten, oder die dieses jungen Dinges, das Ihr für Eure Pläne ausnutzt, sondern die einer Elbin. Selbst ich hätte ihn besiegen können, oder Ihr allein, hättet Ihr Zeit und Gelegenheit gehabt, Euch auf den Kampf vorzubereiten. Warum sagt Ihr Euren Verbündeten nicht, was sie wirklich tun werden? Warum sagt Ihr ihnen nicht, daß sie die fünf mächtigsten und ältesten Magier, die jemals gelebt haben, angreifen sollen, noch dazu im Zentrum ihrer Macht, wo ihnen unglaubliche Hilfsmittel zur Verfügung stehen? Warum sagt Ihr ihnen nicht, daß Ihr eine Ameise zertreten habt und Euch jetzt anschickt, einen wütenden Bullen zu reizen?«

»Unser Heer . . .«, begann Dago, aber wieder unterbrach ihn der Elbenfürst.

»Euer Heer!« rief er abfällig. »Sie werden Euer lächerliches Heer in alle Winde verstreuen und diese Berge mit Eurem Blut rot färben, und Ihr wißt es, Dago. Ihr wollt Euer Volk befreien? Es in den sicheren Tod zu führen ist ein recht sonderbarer Weg zur Freiheit, scheint mir.«

Dago schluckte ein paarmal. Sein Gesicht war jetzt fast so bleich wie das des Elben. Der junge Magier brodelte innerlich vor Wut. Aber noch beherrschte er sich.

»Wir . . . rechneten mit Eurer Hilfe, Herr«, sagte er gepreßt. »Die Goldenen sind auch die Feinde Eures Volkes.«

»Natürlich sind sie das«, antwortete Harleen unwirsch. »Und trotzdem sind wir nicht töricht genug, sie mit Waffengewalt angreifen zu wollen.«

»Wir fürchten sie nicht«, begehrte Malik auf. »Im Gegenteil. Wir sind ihnen an Zahl zehn zu eins überlegen, und unsere Krieger brennen darauf, ihnen endlich heimzuzahlen, was sie an Erniedrigung und Furcht erleiden mußten.«

»Geschwätz«, unterbrach ihn Harleen kalt. Malik erbleichte, aber der Elb hatte sich schon wieder an Dago gewandt und fuhr in scharfem Tonfall fort: »Ich muß Euch enttäuschen, wenn Ihr wirklich in dem Glauben wart, ich käme hierher, um Euch die Hilfe meines Volkes anzubieten, Dago. Das Gegenteil ist der Fall. Ich verbiete es. Ich verbiete diese närrische Revolution. Ihr werdet dieses Land nicht ins Unheil stürzen, wenn ich es verhindern kann.«

Eine sonderbare Ruhe ergriff mit einem Male von Lyra Besitz. Bisher war sie der Unterhaltung nur als Zuhörerin gefolgt, weder von Harleen noch von einem der anderen wirklich beachtet, denn es war nicht sie, deren Anwesenheit gebraucht wurde, sondern nur das Kleid, das sie trug. Die Legende, die es symbolisierte. Mit einem Male war es anders.

»Verzeiht, edler Harleen«, sagte sie, »aber Ihr habt uns nichts zu verbieten.«

Harleen erstarrte. Einen Moment lang blieb er in Dagos Richtung gewandt stehen, dann drehte er sich um, mit ruckhaften, seltsam mühevollen Bewegungen, als müsse er gegen einen unsichtbaren Widerstand ankämpfen, und blickte sie verblüfft an. »Was ... hast du gesagt?« stammelte er.

»Ihr habt es verstanden, edler Harleen«, sagte Lyra ruhig. Sie empfand keinen Schrecken, keine Angst mehr vor Harleen oder dem, was er darstellte, sondern nur eine sanfte Verwunderung, jemals Angst vor ihm gehabt zu haben. Auf den Gesichtern der anderen machte sich Entsetzen breit, als sie weitersprach, aber Lyra hätte die Worte nicht einmal mehr zurückhalten können, wenn sie es gewollt hätte.

»Wir ehren Euch als Gast und Herrscher eines befreundeten Landes, edler Harleen«, fuhr sie fort, »doch auch das Gastrecht hat Grenzen. Dort, wo Ihr herkommt, mögen Eure Worte Befehl sein. Hier sind sie es nicht.«

Harleens Augen blitzten. Es war nur die Überraschung gewesen, die ihn gelähmt hatte. Jetzt, als er die Stimme erkannte, die unter der goldenen Maske hervor zu ihm sprach, gewann seine Überheblichkeit rasch wieder die Oberhand. »Was unterstehst du dich, Weib?« schnappte er. »Bist du dir bewußt, mit wem du redest?«

Lyra nickte. Aus den Augenwinkeln sah sie, wie Dago, der schräg hinter den Elben getreten war, wild zu gestikulieren begann, um sie zum Schweigen zu bringen, aber sie mißachtete die stumme Warnung und fuhr fort: »Ich weiß es, edler Harleen, aber Ihr scheint nicht zu wissen, mit wem *Ihr* redet.«

Harleen keuchte; ein seltsam schriller Ton, in dem sich Zorn und Erheiterung mischten und in dem bereits etwas von dem Triumph mitschwang, den er bei seinen nächsten Worten empfinden mußte. »Du mußt verrückt geworden sein, Kind, wenn du glaubst, daß ich auch nur einen Moment lang auf diesen Mummenschanz hereinfalle. König Toran ist zurückgekehrt, um das Volk aus der Knechtschaft zu führen – lächerlich. Dein Kleid und die goldene Larve sind vielleicht gut, die Bauerntölpel zu täuschen, die da draußen zusammengekommen sind, um dir in den Tod zu folgen. Aber nicht mich. Ich weiß, wer und was du bist.«

»Dann seid Ihr blind, Harleen«, antwortete Lyra eisig. »Ihr habt recht – ich bin nur ein einfaches Bauernmädchen, das nichts von Politik und Kriegführen weiß. Aber ich bin auch Toran, der die Goldenen stürzen wird.«

»Du trägst sein Kleid«, antwortete Harleen. »Was glaubst du, wird es dir nutzen, wenn du vor Drache und seinen Feuerkriegern stehst?«

»Das Kleid, das ich trage, ist das Kleid Torans«, antwortete Lyra betont, seine Frage dabei bewußt ignorierend, denn sie spürte, daß er nur aus Unsicherheit geredet hatte, nicht, weil er wirklich von dem überzeugt war, was er sagte. »Ihm werden sie folgen, Harleen«, fuhr sie fort, »nicht mir oder Dago oder Erdherz. Und sie werden siegen; ob mit oder ohne Eure Hilfe.«

»Eine Legende!« begehrte Harleen auf. »Ein Traum! Was nutzt es dir, unverwundbar zu sein, wenn die, die du führst, fallen werden?«

»Ein Traum, vielleicht«, bestätigte Lyra. »Aber es waren schon immer die Träume, die die Welt verändert haben, Harleen. Es war ein Traum, der diesem Volk die Kraft gab, ein Jahrtausend Tyrannei und Leid zu ertragen, und es wird ein Traum sein, der ihnen jetzt den Mut gibt, dieses Joch abzuschütteln.«

Der Elb antwortete nicht mehr. Es waren nicht Lyras Worte, die ihn verstummen ließen; sie waren weder besonders geschickt gewählt noch sehr eindrucksvoll. Aber Harleen spürte die Kraft, die hinter ihnen stand, den unbeugsamen Willen, zu tun, was vorausbestimmt war, und zu siegen. Er mußte erkennen, daß es nicht ihre Kraft war, sondern etwas, das tausend Jahre geschlummert und auf diesen Moment gewartet hatte, zu alt, als daß er sein wahres Wesen begreifen, und zu mächtig, als daß er es besiegen konnte. Was Lyra auf seinem Gesicht las, waren nicht mehr Zorn und Unglauben, sondern Schrecken und Erschütterung.

»Wir erwarten keine Hilfe von Euch oder dem Volk der Elben«, fuhr sie fort. Vor Augenblicken noch hatte sie sein Anblick erstarren lassen; jetzt bereitete es ihr fast Freude, ihm weh zu tun. »Aber wenn Ihr Euch nicht an unserem gerechten Kampf beteiligen wollt, so verlangen wir Euer Stillhalten. Ihr habt kein Recht, diesem Volk die Freiheit zu verwehren, für die es tausend Jahre lang gelitten hat. Vielleicht ist es nur ein Traum, und vielleicht werden wir und alle, die uns folgen, sterben. Aber wenn, dann ist es unsere Entscheidung und unsere Verantwortung, nicht die Eure. Schließt Euch uns an oder geht zurück in Eure Wälder und laßt uns unseren Kampf kämpfen.« Sie schwieg einen Moment, hob die Hand und wies zum Ausgang. »Geht jetzt, Harleen«, sagte sie. »Geht in Euer Quartier und denkt über meine Worte nach. Morgen früh, wenn die Sonne aufgeht, erwarte ich Eure Antwort.«

18

»Es ... tut mir leid«, sagte Lyra leise. Eine dumpfe Verzweiflung hatte von ihr Besitz ergriffen. Sie war den Tränen nahe und hätte sich selbst ohrfeigen können.

»Ich ... wollte das nicht«, flüsterte sie. »Ich wollte Harleen nicht beleidigen, aber ...« Sie brach ab, als sie bemerkte, daß Dago ihre Worte gar nicht hörte, sondern nur weiter stumm und wie gelähmt dastand. Seine Kiefer waren so heftig aufeinandergepreßt, daß sie fast fürchtete, seine Zähne würden brechen. Schweiß stand in kleinen glitzernden Perlen auf seiner Stirn, trotz der Kälte, die durch die dünnen Zeltwände gekrochen war und ihren Atem dampfen ließ.

Sie war allein mit Dago zurückgeblieben; Erdherz und Schwarzbart waren dem Elbenfürsten nachgelaufen, um die Wogen zu glätten und vielleicht noch das Schlimmste verhindern zu können, und auch Malik Pasha und sein Begleiter hatten das Zelt verlassen, nachdem sie Lyra noch einen Moment voller Schrecken angestarrt hatten. Selbst die Geräusche der Wachen drüben im anderen Teil des Zeltes waren verstummt; es herrschte Totenstille.

Lyras Hände zitterten, als sie Helm und Handschuhe abstreifte und beiseite legte. Die Anstrengung, die silberne Spange des Waffengurtes zu lösen, überstieg fast ihre Kräfte. In ihren Gedanken herrschte Aufruhr. Was hatte sie getan? Was war in sie gefahren, diese Worte zu sprechen, Worte, die den Elbenfürsten wie Schwerthiebe getroffen haben mußten. Beinahe flehend sah sie auf und blickte Dago an, der noch immer in unnatürlich verkrampfter Haltung vor dem Tisch stand, die rechte Hand auf der steinernen Platte gestützt und den Blick ins Leere gerichtet. Niedergeschlagen wandte sich Lyra ab und löste die zierlichen Kupferspangen über ihren Schultern. Ihre Finger zitterten, und sie fühlte sich, als hätte sie Fieber.

Dago schwieg weiter, während sie sich langsam entkleidete, die Rüstung in den Zwergensarg zurücklegte und das einfache graue Gewand überstreifte, mit dem sie gekommen war. Erst als sie sich nach dem Mantel bückte, erwachte er aus seiner Starre, kam mit sonderbar schleppenden Schritten heran und half ihr. Seine Haut fühlte sich kalt an, als er den Mantel über ihre Schultern legte und seine Finger dabei ihre Wange streiften.

»Warum sagst du nichts?« fragte Lyra. »Warum schreist du mich nicht an? Warum schlägst du mich nicht?«

Dago lächelte mild, schüttelte den Kopf und entwand sich mit sanfter Gewalt ihrem Griff. »Du kannst nicht dafür«, sagte er, ganz leise und mit einer Spur von Trauer. »Es ist nicht deine Schuld, Lyra. Ich ... hätte es besser wissen müssen.«

»Ich habe alles verdorben«, behauptete sie. Warum antwortete er nicht? Begriff er denn nicht, daß sein Schweigen und seine sanfte Vergebung tausendmal schlimmer waren als jeder Vorwurf, schlimmer, als wenn er sie geschlagen hätte, sie angeschrien oder verdammt? Wieder spürte sie diesen harten, bitteren Kloß in der Kehle, und ihre Augen begannen zu brennen. Torans Kleid hatte ihr Stärke verliehen, eine Stärke, die sogar der des Elbenfürsten ebenbürtig gewesen war, aber wie bei einer Droge, deren Wirkung nachläßt, war der Zusammenbruch danach um so schlimmer.

»Vielleicht«, murmelte Dago. »Ich ... glaube es nicht. Und wenn, dann ist es nicht deine Schuld.« Er lächelte wieder, und wieder wirkte es unecht und traurig, senkte den Kopf und blickte einen Moment auf den geschlossenen Deckel der Zwergentruhe hinab. Seine Mundwinkel zuckten, und seine Finger bewegten sich, ohne daß er es zu bemerken schien; eine Bewegung voller Wut, als würde er irgend etwas packen und zerquetschen.

»Ich war ein Narr, Lyra«, flüsterte er. »Wenn jemanden die Schuld trifft, dann mich. Ich hätte es nicht erlauben dürfen.«

»Was?« fragte sie. »Daß ich mit Harleen spreche?«

Dago sah mit einem hörbaren Seufzen auf und starrte sie an. »Nein«, sagte er. »Ich hätte verhindern müssen, daß du dieses verdammte Kleid jemals anziehst. Ich hätte nicht auf Erdherz und diesen starrsinnigen Zwerg hören sollen, Lyra. Ich habe gewußt, daß eine solche Katastrophe passieren würde, und ich habe nichts getan. Erinnerst du dich an den Morgen, nachdem du den Schrein geöffnet hast?«

Sie nickte. Sie hatten nicht mehr über das, was vorgefallen war, geredet, keiner von ihnen. Niemand hatte auch nur eine Andeutung darüber gemacht; sie alle hatten sich bemüht, so zu tun, als wäre dieser Moment niemals gewesen. Aber natürlich erinnerte sie sich, an jede Sekunde, jedes Wort, das gesprochen worden war, jede Geste.

»Ich hatte recht mit dem, was ich sagte«, fuhr Dago aufgebracht fort, den Blick noch immer starr auf sie gerichtet, aber in Wahrheit noch immer ohne sie wirklich zu sehen. »Du kannst es nicht. Niemand kann von dir verlangen, daß du die Rolle eines Gottes spielst, Lyra.« Er richtete sich vollends auf, drehte sich zu ihr herum und legte ihr sanft die Hände auf die Schultern, aber es war keine Wärme in dieser Berührung, und sie streifte seine Hände ab. Er trat zurück.

»Ich habe versagt«, murmelte sie. »Ich habe alles . . . alles verdorben.«

»Unsinn«, widersprach Dago. »Wenn jemand versagt hat, dann Erdherz und ich. Wohl mehr ich, denn ich hätte wissen müssen, was geschieht. Wir haben uns geirrt, Lyra. Dieser Mantel – Torans Rüstung . . .« Er seufzte, schüttelte den Kopf und sah wieder auf die geschlossene Kiste herab. »Vielleicht ist es gut, was jetzt geschehen ist«, fuhr er nach einer Pause fort. »Er ist nicht der Zaubermantel, für den wir ihn gehalten haben. Er macht dich stark, Lyra, wahrscheinlich sogar unverwundbar. Vielleicht schützt er dich sogar vor der Magie der Goldenen. Aber in Wahrheit bleibst du trotzdem die, die du bist.«

»Eine Närrin«, sagte Lyra schluchzend. »Das wolltest du doch sagen.«

Seltsamerweise lächelte Dago. »Nein«, sagte er. »Ganz und gar nicht, Lyra. Im Gegenteil – ich . . . bin froh, daß es so und nicht anders gekommen ist. Ich glaube, ich könnte es nicht ertragen, dich in eine schwertschwingende Amazone verwandelt zu sehen, sobald du dieses verfluchte Kleid überziehst.«

In seinem Blick war die gleiche, ungläubige Angst wie damals, als sie Ratte in den Minen von Tirell gegenübergestanden hatte. Die gleiche Angst, die sie gesehen hatte, als sie den Goldenen vernichtete, sie allein, ohne die Hilfe der Zauberrüstung oder Torans Schwert, sondern nur kraft ihres Willens. Damals hatte er für einen Moment Angst vor ihr gehabt, panische Angst, und er hatte sie niemals ganz überwunden.

Plötzlich lief ein Zucken über seine Züge, und sie konnte direkt sehen, wie er die düsteren Erinnerungen und Gedanken mit Gewalt von sich schob und sich zu einem Lächeln zwang.

»Es ist alles in Ordnung, Lyra«, fuhr er in verändertem Tonfall fort. »Wir hatten beide recht, Schwarzbart und ich, und wir haben uns beide getäuscht. Du bleibst du selbst, ganz egal, ob du dieses Kleid oder Torans Rüstung trägst, und das allein zählt.« Er lächelte, aber es sah bitter und häßlich aus. »Wir haben uns blenden lassen. Die Verlokkung war zu groß. Wir haben vergessen, wer du wirklich bist.«

»Wer ... bin ich denn?« fragte Lyra. Sie meinte diese Frage ehrlich. Sie wußte nicht mehr, wer sie war. Sie war zum Spielzeug des Schicksals geworden, eines grausamen, harten Schicksals, das sie nicht mehr verstand und auf das sie nur noch mit Zorn und Schmerz reagieren konnte. Es war nicht genug, daß es ihr ihre Heimat genommen hatte, ihr Leben und jeden Menschen, den sie gekannt und geliebt hatte. Sie begann Dinge zu sagen, die sie nicht wollte, die sie nicht einmal verstand. Der Dämon, der mit ihr spielte, nahm ihr nun auch noch das letzte, was ihr geblieben war: ihr Selbst.

»Wer du bist?« Dago lächelte. »Torans Mutter, Lyra. Nur Torans Mutter. Vielleicht haben wir zuviel verlangt, von einer Legende.«

Sie wollte antworten, aber Dago trat rasch auf sie zu, schloß sie in die Arme und preßte sie an sich. Seine Umarmung war sehr fest, viel fester, als nötig gewesen wäre, und für einen Moment tat sie fast weh.

»Es ist alles in Ordnung«, murmelte er. »Du hast nichts verdorben. Im Gegenteil.« Seine Hand löste sich von ihrem Nacken und drückte ihr Kinn mit sanfter Gewalt nach oben. Sein Blick bohrte sich in den ihren, und für einen Augenblick schienen seine Augen riesig und dunkel zu werden, wie zwei Seen, unendlich tief und warm, in denen sie sich verlor.

Dann küßte er sie.

Es kam so unerwartet, daß Lyra im ersten Moment erstarrte und ihn von sich schieben wollte, aber Dago hielt sie fest, preßte sie beinahe mit Gewalt an sich, und ihr Widerstand brach. Nach einer Sekunde wurden ihre Lippen weich. Sie wehrte sich nicht mehr, sondern erwiderte seinen Kuß, und schließlich war er es, der sich von ihr löste und sie sanft von sich schob. Ein warmes, gleichzeitig quälendes wie unendlich süßes Kribbeln raste im Rhythmus ihres Herzschlages durch ihren Körper. Instinktiv wollte sie ihn erneut an sich ziehen, aber Dago ergriff ihre Handgelenke und hielt sie fest.

Sein Blick flackerte. Er wirkte betroffen, verwirrt und schuldbewußt, als wäre ihm plötzlich klargeworden, was er getan hatte.

»Ich . . . verzeih«, murmelte er verstört. »Ich habe mich hinreißen lassen.«

Lyra entrang sich seinem Griff, legte die Hände um seinen Nacken und wollte ihn erneut an sich ziehen, aber Dago wehrte sie abermals ab, schüttelte den Kopf und trat weiter zurück.

»Es darf nicht sein«, sagte er. »Verzeih, Lyra. Ich habe . . . für einen Moment vergessen, wer ich bin. Und wer du bist.«

»Wer ich bin?« flüsterte sie verstört. »Aber wer bin ich denn? Ich bin ich, Dago, keine andere. Du hast es selbst gesagt!«

»Du bist Torans Mutter«, antwortete er.

»Aber das ändert doch nichts!« sagte sie verzweifelt. »Ich . . .«

Dago unterbrach sie mit einem raschen Kopfschütteln. »Du bist . . . zu wichtig. Es geht nicht. Nicht jetzt, Lyra. Vielleicht . . . später. Wenn alles vorbei ist.«

Später. Aber es würde kein Später geben, das wußte sie. Sie konnte ihre Gefühle nicht zurückhalten. Dago hatte den Funken in ihr zu brüllender Glut erweckt, ein Feuer, das sie vielleicht ersticken, aber nicht aufbewahren konnte. Sie konnte sich ihre Liebe nicht einteilen wie einen Beutel Goldmünzen, die sie nach Belieben ausgeben konnte. Wenn alles vorbei war, wie Dago gesagt hatte, würde wirklich alles vorbei sein.

»Ich muß . . . gehen«, sagte Dago stockend. »Es gibt viel zu tun. Gerade jetzt.«

Sie begriff, daß er versuchte, das Thema zu wechseln, und gab auf.

»Was wird Harleen tun?« fragte sie.

Dago zuckte mit den Achseln. »Wer will das sagen?« Plötzlich lachte er. »Nichts, vermutlich. Er wird schäumen und toben und beleidigt wieder abziehen.«

»Ihr habt auf seine Hilfe gezählt, nicht?« fragte Lyra.

Dago überlegte einen Moment. Dann schüttelte er den Kopf. »Nicht wirklich«, sagte er. »Die Unterstützung der Elbenreiter wäre wichtig und hilfreich gewesen. Sie und Maliks Quhn sind die einzigen wirklichen Krieger, die auf unserer Seite stehen. Harleen hatte nicht ganz unrecht, weißt du? Wir sind ihnen zehn zu eins überlegen, auch ohne die Elbenreiter, aber es sind zehn Bauern gegen einen Eisenmann. Das Verhältnis könnte schlechter stehen für die Goldenen. Aber wir können nicht verlangen, daß sie sich in unseren Kampf mischen.«

»Aber er tut es.«

»Harleen ist ein Narr«, sagte Dago. »Ein Elb und ein mächtiger Zauberer, aber trotzdem ein Narr, sich einzubilden, dies alles hier mit einem Befehl rückgängig machen zu können. Wir könnten gar nicht mehr zurück, selbst wenn wir es wollten. Er weiß es.«

»Aber warum ist er dann gekommen?« fragte Lyra. Es fiel ihr schwer, sich auf Dagos Worte zu konzentrieren. In ihrem Inneren tobte ein Sturm von Gefühlen.

»Ich weiß es nicht«, antwortete er. »Vielleicht hat er seine Macht überschätzt. Vielleicht haben sie einfach nur

Angst vor den Goldenen.« Er seufzte übertrieben. »Je mehr ich darüber nachdenke, desto sinnloser erscheint mir dieser Auftritt«, murmelte er. »Vielleicht war es nur eine Geste.« Er zuckte mit den Achseln. »Wir werden es erfahren, früher oder später. Und jetzt komm. Es gibt Arbeit, und für dich wird es Zeit, dich um deinen Sohn zu kümmern.«

»Wir brechen auf, nicht?«

Dago schwieg einen Moment, dann nickte er, aber es wirkte unwillig, als wäre ihm ihre Neugier plötzlich lästig. »Ja«, sagte er. »Jetzt, wo klar ist, daß wir von den Elben keine Unterstützung zu erwarten haben, gibt es keinen Grund mehr für uns, länger zu bleiben. Die Männer sind des Wartens allmählich müde und werden unruhiger, und der Winter ist vorüber – nicht nur für uns.«

»Haben wir . . . überhaupt noch eine Chance?« fragte Lyra.

Dago nickte. Es wirkte nicht sehr überzeugt. »Sicher«, sagte er. »Wir können sie schlagen. Wir sind zahlreich genug, sie zu besiegen, wenn wir den Caradayn erreichen, ehe sie Zeit finden, ihr Heer zu sammeln und uns auf offenem Felde anzugreifen.« Dago sprach leise, mit ins Leere gewandtem Blick und großem Ernst. Daß er praktisch das Gegenteil dessen sagte, was er noch vor wenigen Augenblicken behauptet hatte, schien er dabei nicht einmal zu bemerken.

Sie sprachen nicht weiter, und nach wenigen Augenblikken wandte sich Dago wortlos um, und sie verließen das Zelt. Lyra schlug die Kapuze ihres Mantels hoch und ging schnell und mit gesenkten Schultern neben Dago durch das Lager, denn der Wind war noch schärfer geworden, und in die wimmernden Böen mischten sich immer öfter eisige Regentropfen, die wie dünne spitze Nadeln in ihr Gesicht stachen.

Das Lager bot den gewohnten Anblick, während sie den Hang zum Kastell hinaufgingen, aber trotzdem schien etwas verändert: Alles war eine Spur düsterer, das Lachen weniger echt und die Schatten bedrohlicher.

Sie erreichten den Turm. Dago verabschiedete sich mit einem hastigen Nicken von ihr und verschwand in den düsteren Gängen der Festung. Auf ihrer Zunge breitete sich ein bitterer Geschmack aus, während sie langsam die Treppe zu ihrem Gemach hinaufstieg.

19

Dago hatte recht gehabt – die Zeit war wie im Fluge vergangen, und es war die Stunde, sich um Toran zu kümmern. Die Kinderfrau hatte bereits dreimal nach ihr gefragt, und auf dem Bett lagen frische Windeln und Tücher bereit, daneben allerlei Gefäße und irdene Töpfe mit Salben und Pudern und Mixturen, die die Zwerge für Torans Pflege angefertigt hatten; bunte Tiere aus Stoff und Fell und kleine, mit Watte oder weicher Erde gefüllte Bälle, nach denen er greifen und seine Geschicklichkeit daran üben konnte.

Der Anblick heiterte sie auf, und als die Zwergin, die sich tagsüber um Torans Wohl kümmerte, nach wenigen Augenblicken kam und ihr den Knaben brachte, waren der Schmerz und die Verwirrung fast vergessen; alles, was jetzt noch zählte, war das Kind in ihren Armen, und all die große Politik, die Intrigen und schicksalsschweren Entscheidungen, deren Zeuge sie geworden war, erschienen ihr unwichtig gegen ein einziges Lächeln des Knaben. Obwohl er gerade erst ein halbes Jahr alt war und wenig mehr als ein paar unsinnige Töne zustande bringen konnte, strahlte er eine spürbare Ruhe aus. Es genügte, ihn in den Armen zu halten, um für Momente alles Leid und alle finsteren Erinnerungen vergessen zu können.

Dankbar nahm sie das Kind aus den Armen der Zwergin entgegen, ging zum Bett zurück und betrachtete ihn einen Augenblick lang aufmerksam, wie sie es immer tat, ehe sie ihn trinken ließ. Er hatte sich schon daran gewöhnt und plärrte nicht mehr direkt los, sondern erwiderte ihren Blick aus seinen eine Spur zu großen Augen ruhig und auf eine seltsam wissende Art.

Toran hatte sich verändert, seit sie mit ihm aus dem Tal geflohen war. Und es war mehr als die rasche Veränderung, der Kinder seines Alters normalerweise unterlagen. Der elbische Teil seines Erbes war jetzt nicht mehr so deutlich sichtbar; er glich auf den ersten Blick weit mehr einem Menschen- als ein Elbenkind. Seine Haut war dunkler geworden, und die spitzen Fuchsohren verschwanden fast vollends unter seinem dichten, jetzt schwarzblauen Haar. Seine kleinen Händchen hatten überraschend viel Kraft, und auch die Farbe seiner Augen hatte sich abermals geändert. Sie waren jetzt schwarz und noch immer leicht geschlitzt wie die einer Katze, aber zu groß für wirkliche Elbenaugen, und die gesprenkelten Einschlüsse in seinen Pupillen flirrten in allen nur denkbaren Gold- und Silbertönen, wie Luftblasen in einem Bernstein. Er war sehr groß für ein Kind seines Alters und dabei ungemein kräftig. Und er trank viel. Was Lyra ihm geben konnte, reichte schon lange nicht mehr, seinen kräftigen Appetit zu stillen. Drei-, manchmal viermal am Tage fütterte ihn die Kinderfrau zusätzlich mit einem Brei aus Ziegenmilch, aufgeweichtem Brot und geheimen zwergischen Ingredienzien, der seinen Hunger stillte und ihn zusehends an Gewicht und Stärke zunehmen ließ. Wenn sie ihn an den Händen hielt und vorsichtig zu Boden setzte, dann stand er, wenn auch noch schwankend, und er reagierte deutlich auf den Klang ihrer Stimme; er lachte, wenn sie fröhlich war, und runzelte wie in einer kindlichen Imitation eines Erwachsenen die Stirn, wenn sie ihn schalt. Manchmal schien es ihr fast, als verstünde er sie, und wenn sie von Traurigkeit ergriffen wurde und weinte, hob er manchmal die Hände, als wolle er sie streicheln und ihren Schmerz teilen. Manchmal war er ihr unheimlich. Es war das Erbteil seines Vaters, das ihn schneller als ein Menschenkind wachsen ließ.

Sjur . . . Der Klang dieses Namens mischte sich bitter in ihre Gedanken, und zum ersten Mal seit Monaten wieder erinnerte sie sich an sein Gesicht; seltsamerweise war es ein lächelndes Gesicht, das sich in ihren Gedanken mit seinem Namen verband, obwohl sie ihn niemals wirklich lächelnd gesehen hatte. Er war ein Skruta, und Skruta war nur ein anderes Wort für Gewalt und Tod und Furcht, und trotzdem weigerten sich ihre Gefühle, diese Worte mit der Erinnerung an Sjur in Zusammenhang zu bringen. Aber was wußte sie denn überhaupt über ihn, sein Leben, seine Gefühle und sein Volk? Nichts. In all den zahllosen Stunden, in denen ihre Lehrer sie mit Wissen und Zahlen vollgestopft hatten, hatte sie kaum mehr über das Volk der Skruta erfahren, als daß es existierte. Sie kannte die Grenzen seines Landes und wußte die Daten der Kriege zu nennen, die die Skruta mit dem Reich geführt hatten, bevor die Goldenen kamen, und die der zahllosen kleineren Überfälle und Feldzüge, die sie gewagt hatten, nachdem die Herrschaft der sechs Magier begann, das war alles. Ihre Lehrer sprachen nicht über die Skruta und antworteten auch nicht auf Fragen; es war, als existiere dieses Volk für sie gar nicht, und wenn, dann nur in der Art finsterer Dämonen, von denen man wußte, aber nicht sprach, so wenig wie man über die Pest oder eine anrüchige Krankheit sprach. Und noch weniger als über sein Volk wußte sie über Sjur selbst. Sie hatte ihn vergessen. Sie hatte seinen Sohn Tag für Tag im Arm gehalten und ihr Leben für ihn riskiert, aber sie hatte vergessen, wer er wirklich gewesen war. Das Schicksal war wie ein Wirbelsturm in ihr Leben gefahren und hatte sie in diese fremde, aufregende Welt geschleudert, sie vom Bettlermädchen zur Königin aufsteigen lassen, und sie hatte ihn, Erion, ja, selbst das Leben, das sie zuvor geführt hatte, vergessen.

Bitterkeit überkam sie; ein Hadern mit dem Schicksal, ohne daß sie wußte, was es eigentlich war, das sie quälte. Sie versorgte Toran und spielte anschließend eine Stunde mit ihm, wie sie es jeden Tag tat, aber ihre Gedanken wandelten auf eigenen Pfaden, irgendwo weit, weit weg. So, wie ihr das Lager düsterer vorgekommen war, schien auch Torans Lachen heute weniger herzlich, und die Wärme, die sie bei seinem Anblick empfand, wurde vom Stachel des Zweifels vergiftet. Nach einer Weile schlief Toran ein, aber sie legte ihn nicht wie sonst auf das Bett, sondern hielt seinen kleinen warmen Körper weiter an sich gepreßt, als wäre plötzlich sie es, die des Schutzes seiner Nähe bedurfte.

Als die Kinderfrau schließlich von selbst kam, um ihn in sein Zimmer zurückzubringen, schickte sie sie mit ein paar groben Worten fort und verjagte auch die beiden Zwerge, die vor ihrer Tür herumlungerten und darauf warteten sie in den Schulraum zu geleiten. Sie wollte an diesem Abend nicht lernen; Schwarzbart würde ihr einen strengen Vortrag halten und zürnen, aber sie würde sich diesen Abend stehlen und für sich behalten.

Auch unten im Lager hatte sich Unruhe ausgebreitet, als Lyra – es war kurz vor Sonnenuntergang – ans Fenster trat und auf das steinerne Oval tief unter sich hinabsah. Dago hatte gesagt, daß sie am nächsten Morgen aufbrechen würden, aber das bedeutete, daß die Vorbereitungen für den Marsch ins Ungewisse schon jetzt begannen. Selbst wenn die allermeisten dort unten nur ihre Waffen und Sättel aufzuheben brauchten – es waren einfach zu viele Menschen, als daß sie nur aufzustehen und loszugehen bräuchten. Es würde Tage dauern, ehe der letzte das Tal verlassen hatte.

Das Geräusch der Tür drang in ihre Gedanken, und sie drehte sich herum, darauf gefaßt, Schwarzbart zu erblicken, der gekommen war, um sie wegen der ausgefallenen Stunden zu schelten. Aber hinter ihr stand nicht der Zwerg, sondern Harleen.

»Du brauchst keine Angst zu haben«, sagte der Elbenfürst rasch. Er hob beruhigend die Hand und kam näher, blieb aber stehen, als er sah, daß sie angstvoll zurückwich und sich mit dem Rücken gegen die Wand preßte.

»Keine Angst, Kind«, sagte er noch einmal. »Ich bin nur hier, um mit dir zu sprechen, weiter nichts.«

Instinktiv spürte sie, daß er die Wahrheit sprach. Bei aller Überheblichkeit und Härte schien ihr Harleen doch ein aufrechter Mann zu sein, der die falschen Ansichten vertreten mochte, aber niemals log. Der Odem der Gefahr, den sie in seiner Nähe wie einen üblen Geruch zu spüren glaubte, wurzelte nur in seiner Persönlichkeit, nicht in seinen Absichten.

»Was . . . wollt Ihr von mir, Herr?« fragte Lyra stockend. »Und wie kommt Ihr hier herein? Die Wachen . . .«

»Du vergißt, wer ich bin«, unterbrach sie Harleen. »Eine einfache Wache vermag mich kaum aufzuhalten, so wenig wie eine verschlossene Tür.« Er stockte, als wäre ihm bei diesen Worten etwas eingefallen, drehte sich herum und legte den Riegel vor die Tür, ehe er erneut auf sie zutrat und erst in einem Schritt Entfernung stehenblieb.

»Keine Sorge«, sagte er lächelnd, als er den abermaligen Schrecken auf ihren Zügen bemerkte. »Ich will wirklich nur mit dir reden, sonst nichts. Ich möchte nur nicht, daß uns jemand überrascht. Es würde nicht in meine Pläne passen, wüßte jemand, daß ich hier bin.«

Er wirkte jetzt sehr viel freundlicher als zuvor, und wenn er auch noch weit von der Wärme und Sanftmut Erions entfernt war, so kam er dem Bild, das sich die meisten von einem Elben machen mochten, doch sehr viel näher als der harte, fordernde Krieger, als den er sich am Nachmittag gegeben hatte.

»Ist das der Knabe?« fragte er, während er sich vorbeugte und die Hand nach dem Tuch ausstreckte, das Torans Gesicht verbarg.

Lyra preßte Toran enger an sich. »Das ist mein Sohn«, sagte sie.

Harleen zog die Hand wieder zurück und runzelte enttäuscht die Brauen. »Ich wollte ihn nur sehen.« Er klang eher verletzt als zornig. »Mehr nicht. Ich würde einem Kind nichts zuleide tun, Lyra. Schon gar nicht dem einer Elbin.«

»Ihr . . . wißt von . . . von Erion?« entfuhr es Lyra. Bei allem, worüber sie gesprochen und nachgedacht hatte, war ihr niemals in den Sinn gekommen, daß der Elbenfürst die Wahrheit auch nur ahnen könne.

Harleen lächelte überlegen. »Natürlich«, sagte er. »Nichts, was in unserem Land vorgeht, bleibt unseren Blicken auf Dauer verborgen. Ich kannte Erion gut, ehe sie ... uns verlassen hat.«

»Ehe sie floh, wolltet Ihr sagen.« Ein wenig wunderte sich Lyra selbst, woher sie den Mut nahm, auf diese Weise mit dem Elbenherrscher zu reden.

»Wenn dir dieses Wort lieber ist«, antwortete Harleen achselzuckend. »Ehe sie mit diesem Skruta floh, bitte. Ich war bei denen, die ihr gefolgt sind, mußt du wissen. Sie hat dir doch erzählt, daß sie verfolgt wurde?«

Lyra nickte. »Ja. Ich wußte nur nicht, daß es Männer ihres eigenen Volkes waren, vor denen sie sich versteckte.« Irgend etwas störte sie an den Worten des Elben; aber sie wußte nicht, was. Da war ein Bild, ein Teil einer Erinnerung, die sie nicht wirklich zu fassen imstande war, das seiner Behauptung widersprach.

»Wir kamen zu spät«, sagte Harleen. »Erion und der Skruta haben ihre Spuren sehr gründlich verwischt. Als wir den Hof erreichten, war bereits alles vorbei. Trotzdem wußten wir natürlich, was geschehen war.« Er lächelte wieder, kam näher und hob noch einmal die Hand nach Torans Gesicht, jetzt aber sehr langsam und erst, nachdem sie ihm mit einem stummen Nicken die Erlaubnis dazu gegeben hatte. Behutsam zog er die Tücher auseinander, blickte auf den schlafenden Knaben herab und lächelte erneut; und zum ersten Mal, seit Lyra ihn kannte, wirkte es ehrlich; beinahe menschlich.

»Er ist ein hübscher Knabe«, sagte er. »Stark und trotzdem zart und voller Sanftmut – spürst du das auch?«

Lyra nickte überrascht. Harleens Stimme hatte sich vollkommen verändert und klang jetzt wirklich so, wie man sich die Stimme eines Elben vorstellte: voller Sanftheit und Wärme.

Plötzlich nickte er. »Ja«, stellte er fest, »du spürst es auch. Ich glaube, Erion hat eine gute Wahl getroffen, den

Knaben in deine Obhut zu geben. Du bist ihm eine ebenso gute Mutter, wie sie selbst es sein könnte.«

In deine Obhut ... Obwohl es Lyra immer schwerer fiel, sich Harleens Ausstrahlung zu entziehen, fiel ihr die Wahl von Harleens Worten auf. »Er ist ... mein ... Sohn«, sagte sie in einem Ton, der den Elb aufblicken und sie einen Moment mit gerunzelter Stirn ansehen ließ. Dann schüttelte er den Kopf, beugte sich abermals vor und streichelte Torans Wange.

»Nein, Lyra«, sagte er, beinahe sanft. »Das ist er nicht. Er ist der Sohn einer Elbin und eines Barbaren aus Skruta. Er ist zur Hälfte unser Feind und zur Hälfte auch einer von uns. Er ist kein Mensch, Lyra. Dein eigenes Kind ist gestorben, und du hast dir dieses dafür genommen. Aber es ist nicht dein Kind.«

Lyra starrte ihn an. Sie wollte etwas sagen, aber sie konnte es nicht. Harleens Blick machte sie auf eine sanfte, gewaltlose und doch unwiderstehliche Art willenlos. Als er weitersprach, fiel ihr der sonderbare Singsang auf, in dem seine Stimme erklang; ein monotones, einlullendes Auf und Ab, das ihren Willen nicht brach, sondern sich irgendwie unter den Mauern aus Furcht und Abwehr hindurchmogelte, die sie um ihren Geist errichtet hatte, und ihre Widerstandskraft erlahmen ließ. Und mit einem Male wußte sie, was sie an diesen Worten gestört hatte, woher der Geruch der Lüge gekommen war, der ihren Klang begleitete. Plötzlich sah sie das Bild ganz deutlich vor sich: Erions Kleider waren zerfetzt gewesen. Blut auf Sjurs Schild und Schwert. Sie waren verwundet worden. Sie hatten gegen die, die sie verfolgten, gekämpft. Aber es war zu spät. Ihre Kraft war erlahmt. Das Wissen um Harleens Lüge nutzte nichts mehr.

»Es ist nicht dein Kind«, fuhr Harleen fort. »Toran ist der Sohn einer Elbin, Lyra. Er wurde dir anvertraut, damit du ihn schützt und behütest, bis die kommen, zu denen er gehört. Nur anvertraut, Lyra, nicht auf Dauer gegeben. Das verstehst du doch, oder?«

Sie nickte. Schweiß trat auf ihre Stirn, gleichzeitig fühlten sich ihre Hände eiskalt und wie gelähmt an. Harleens Worte schienen von Sekunde zu Sekunde an Kraft und Eindringlichkeit zu gewinnen, und seine Augen hielten ihren Blick unbarmherzig fest. Sie war wehrlos, ihr Geist nicht mehr als ein Spielzeug, das der hypnotischen Kraft des Elbenfürsten hilflos ausgeliefert war.

»Du wirst uns den Knaben ausliefern«, sagte er. »Toran gehört uns.«

Für einen Moment flammte noch einmal so etwas wie Widerstand in Lyra auf. Harleen rührte an den Grundfesten ihrer Existenz, verlangte das einzige, wofür sie überhaupt noch lebte: ihr Kind. Er wollte Toran, und das Entsetzen, das diese Vorstellung in ihr wachrief, sprengte für einen Moment selbst die hypnotische Fessel, die sich um ihren Geist geschlungen hatte.

»Nein!« sagte sie. »Er . . . er gehört mir!«

»Er gehört zu seinem Volk!« herrschte sie Harleen an. »Du wirst den Knaben an mich ausliefern, morgen früh, in Gegenwart Dagos. Du wirst ihn mir geben, und ich werde ihn zu seinem Volk bringen. Es ist das beste für ihn.«

Lyra begann am ganzen Leibe zu zittern. Harleens Worte trafen wie Hammerschläge in ihr Denken, zerschmetterten jeden Rest von freiem Willen und Widerstand, und seine Augen schienen zu riesigen, flammenden Feuerrädern zu werden, die sich schneller und schneller vor Lyras Blick drehten. Ihr Mund war trocken, und ein Gefühl eisiger, lähmender Kälte kroch von innen heraus in ihren Körper und betäubte sie. Der Griff, mit dem sie Toran umklammerte, war mit einem Male so fest, daß er erwachte und vor Schmerz leise zu wimmern begann.

»Du wirst mir den Knaben geben«, sagte Harleen noch einmal. »Du wirst vergessen, daß ich jemals hier war, und du wirst vergessen, was ich gesagt habe, aber du wirst mir Toran ausliefern, freiwillig und ohne Widerspruch. Es wird dein Entschluß sein, ein Entschluß aus freien Stükken, und nichts, was irgendeiner zu dir sagt oder tut, wird dich darin schwankend machen können. Morgen früh, wenn wir uns das nächste Mal sehen, wirst du es tun.«

»Das ... kann ich nicht«, stammelte Lyra. Ihre Stimme war schwach, ohne Kraft und kaum zu hören. Sie zitterte.

Harleen runzelte unwillig die Stirn, nahm ihr Toran aus den Armen und legte ihn achtlos aufs Bett, wie einen leblosen Gegenstand. Dann kam er zurück, ergriff sie bei den Schultern und zwang sie, ihn anzusehen. Seine Haut fühlte sich kalt an, und sein Griff tat weh.

»Du wirst tun, was für deinen Sohn das beste ist, und ihn mir geben, damit ich ihn mitnehme zu seinem Volk, wenn ich heimkehre«, sagte er. »Du wirst es tun, Lyra. Es ist das beste für dein Kind.«

Toran begann zu weinen. Seine Stimme war hoch und schrill, und ihr Klang schnitt wie ein Messer in den Vorhang aus grauen Spinnweben, der sich um Lyras Denken gelegt hatte, ihre Sinne betäubte und ihren Willen völlig lähmte.

»Du wirst es tun!« sagte Harleen wieder. Diesmal waren seine Worte Befehle, harte, gnadenlose Peitschenhiebe, unter denen sie sich krümmte wie unter Schmerzen. Toran schrie lauter, als spüre er ihre Pein. Ihre Hände glitten an seinen Armen empor, zerrten kraftlos an seinen Schultern und wanderten mit fahrigen, zitternden Bewegungen an seiner Brust herab.

»Du wirst es tun, Lyra«, sagte Harleen, immer und immer wieder. »Es hat keinen Zweck, sich zu wehren. Du bist stark, aber nicht stark genug für mich. Gib auf!«

Toran schrie. Seine Stimme überschlug sich. Alles wurde unwirklich, gleichzeitig begann sie winzige Ausschnitte der Wirklichkeit mit phantastischer Klarheit zu erkennen: Harleens Hände, die ihre Schultern hielten, seine Augen, die ihren Blick lähmten, sein Mund, der diese grausamen, bösen Worte flüsterte. Etwas Hartes, Kaltes war plötzlich unter ihren Händen, und Torans Schreie gellten furchtbar in ihrem Schädel.

»Du wirst es tun!« sagte Harleen noch einmal. »Sag es, Lyra. Sag mir, daß du tun wirst, was ich verlange. Sag es!«

Ihre Hand schloß sich um den Dolch und riß ihn aus Harleens Gürtel. Sie schrie wie von Sinnen, wankte zurück und zur Seite und sprengte Harleens Griff mit einem verzweifelten Schlag. Der Dolch zuckte an seinem Körper empor, zerschnitt das weiße Leder seines Hemdes vom Gürtel bis zum Halsausschnitt und hinterließ einen dünnen, blutigen Kratzer in seiner Haut. Harleen brüllte, versuchte zurückzuweichen und prallte gegen die Wand.

Wie durch wogende Nebel sah Lyra, wie sich der Elbenfürst krümmte, einen keuchenden Laut ausstieß und die Hand zum Schwert senkte.

Die Bewegung war irrsinnig schnell; fast nur ein Flimmern, dem der Blick nicht mehr zu folgen vermochte.

Doch die Lyras war noch rascher.

Harleen hatte sein Schwert nicht einmal halb aus der Scheide, als die Dolchspitze seine Kehle berührte. Der Elb erstarrte, als der rasiermesserscharfe Stahl seine Haut ritzte. Eine einzelne, dunkelrote Träne quoll aus der Wunde und lief an seinem Hals herab, seltsam dunkel auf der hellen Haut des Elbenfürsten. Seine Augen weiteten sich, aber diesmal prallte der geistige Angriff ab, zerbarst wie ein gläserner Pfeil an der Mauer, die sich plötzlich um Lyras Denken errichtet hatte. Plötzlich waren Schwäche und Furcht verflogen. Für einen ganz kurzen Moment spürte sie eine Woge tödlicher Kälte durch ihren Leib rasen, dann wurde sie hinweggefegt von einer noch stärkeren Welle brodelnder Wut. Sie wollte ihn töten.

»Gebt mir eine Gelegenheit«, sagte sie mit zitternder Stimme. »Gebt mir einen Anlaß, Harleen, und es wird mir ein Vergnügen sein, Euch die Kehle durchzuschneiden.«

»Bist du . . . verrückt geworden?« krächzte Harleen. Er versuchte weiter zurückzuweichen, aber Lyra folgte ihm und verstärkte gleichzeitig den Druck ihrer Klinge. Die Wunde an Harleens Hals wurde größer und begann stärker zu bluten.

»Ich wollte, ich wäre es!« keucht sie. »Ich wollte, das, was ich erlebt habe, wäre nicht wahr, Harleen.« Ihr Gesicht glänzte vor Schweiß. Die Hand, die den Dolch hielt, begann zu zittern. Harleen stöhnte und bog den Kopf in den Nacken, so weit er konnte, aber die Messerspitze folgte der Bewegung unbarmherzig.

»Nimm ... das Messer ... herunter«, flüsterte Harleen. Die unnatürliche Haltung, zu der die tödliche Klinge ihn zwang, machte seine Stimme zu einem lächerlichen Krächzen. »Du weißt nicht, was ... du tust.«

Lyras Lippen zuckten, und für eine endlose, schreckliche Sekunde spürte sie den Willen zu töten in sich; die gleiche, mörderische Kraft, die Ratte vernichtet hatte. Sie hatte geglaubt, das Fremde in ihr wäre erloschen, aber das stimmte nicht. Ihre Muskeln spannten sich zum letzten, entscheidenden Stoß. Harleen stieß einen halblauten, würgenden Schrei aus, drehte den Kopf mit einem Ruck zur Seite und versuchte, ihre Hand herunterzuschlagen. Lyra fing den Hieb mit dem freien Arm auf, warf sich mit ihrem ganzen Körpergewicht gegen ihn, zwängte ein Bein zwischen seinen Leib und die Wand und trat ihm wuchtig in die Kniekehlen; gleichzeitig griff ihre Hand nach seiner Schulter. Ihr Daumen grub sich unter sein Schlüsselbein und drückte zu, mit aller Kraft, ganz wie Dago es ihr gezeigt hatte. Harleen versuchte sich zu wehren, aber seine Kraft reichte nicht. Er war ein Krieger, aber trotz allem ein Elb, nicht größer als Lyra selbst und noch zarter gebaut, und sie war stark wie ein Mann und willens, diese Kraft auch einzusetzen. Ihr Daumen bohrte sich tiefer in seine Schulter, drehte sich mit einem plötzlichen, harten Ruck und brach sein Schlüsselbein. Harleen schrie auf, sank auf die Knie und begann zu wimmern.

Langsam nahm Lyra das Messer herunter, trat mit einem Keuchen zurück und senkte den Blick. Ihre Hände zitterten mit einem Male so stark, daß der Dolch ihren Fingern entglitt und klirrend zu Boden fiel. Harleen sank vollends in sich zusammen und preßte die Rechte gegen den Hals. Zwischen seinen Fingern quoll Blut hervor und besudelte das weiße Leder seiner Handschuhe.

»Verzeiht, Herr«, murmelte Lyra. »Ich ... habe die Kontrolle verloren. Es tut mir leid.« Sie hob den Dolch auf, warf ihn mit einer übertrieben heftigen Bewegung auf den Tisch hinter sich und trat, ohne Harleen anzusehen, an ihm vorbei zum Bett. Toran hatte aufgehört zu schreien, im gleichen Moment, in dem sie Harleens geistige Fessel gesprengt hatte. Aber er war wach und sah sie aus großen, schreckhaft geweiteten Augen an.

»Es ist alles in Ordnung, mein Liebling«, flüsterte sie. »Er wird dir nichts tun.«

Ihr Gaumen war noch immer so trocken, daß sie kaum sprechen konnte, und ihren Beinen schien plötzlich die Kraft zu fehlen, das Gewicht ihres Körpers weiter zu tragen. Sie wankte, ließ sich auf die Bettkante sinken und griff mit zitternden Fingern nach Torans Hand. Die Berührung tat seltsam gut und schien ihr Kraft zu geben.

Harleen beobachtete sie und Toran mit finsteren Blicken, und eine leise Stimme begann Lyra zuzuflüstern, daß es ein Fehler gewesen war, ihn nicht getötet zu haben, und daß sie ihn eigentlich hassen müßte. Aber selbst dazu fehlte ihr die Kraft. Harleens geistiger Angriff hatte sie ausgelaugt.

Müde hob sie den Kopf, fuhr sich mit der Hand über die Augen und sah den Elben an. »Ihr seid verletzt, Herr«, sagte sie. »Das tut mir leid. Ich bitte Euch um Vergebung für den Schmerz, den ich Euch in meinem Zorn zugefügt habe.« Ihre Erregung war vollkommen verflogen. Sie sprach jetzt ruhig, und auch ihre Hände zitterten nicht mehr. Aber ihre Stimme war kalt wie Eis, und selbst die höfliche Wahl ihrer Worte klang wie eine Herausforderung. Er hatte versucht, ihr Toran zu nehmen, das einzige, wofür sie überhaupt noch lebte. Sie hätte ihn hassen müssen, aber sie konnte es nicht. Alles, was sie empfand, war eine grenzenlose Verachtung.

Harleen schwieg noch immer. Es gab auch nichts, was er hätte sagen können. Erst jetzt, als ihre Gedanken nicht mehr dem Willen des Elben ausgeliefert waren, begriff Lyra, welches Risiko der Elb eingegangen war. Er hatte mit höchstem Einsatz gespielt, und er hatte verloren. Und er war klug genug, sich jetzt nicht mehr zu wehren.

»Ich werde nach einem Arzt schicken, der sich um Eure Wunden kümmert, Herr«, sagte Lyra nach einer Weile. Sie stand auf und wollte zur Tür gehen, aber der Elb hielt sie mit einem raschen Kopfschütteln zurück und erhob sich wankend auf die Knie. Die Wunde auf seiner Brust hatte bereits aufgehört zu bluten.

»Das ist nicht nötig«, sagt er gepreßt. »Eure Ärzte vermögen nichts, was ich nicht besser könnte.«

»Wie Ihr meint«, antwortete Lyra kühl. »Unter diesen Umständen scheint es mir das klügste, wenn Ihr jetzt geht, Herr. Ich werde niemandem erzählen, was hier geschehen ist, darauf habt Ihr mein Wort. Aber es ist wohl besser, wenn Ihr uns verlaßt. Ihr habt mir die Antwort, die ich haben wollte, bereits gegeben. Es ist nicht mehr nötig, bis zum Sonnenaufgang zu warten.«

Harleen starrte sie einen Moment wortlos an. Sein Blick sprühte vor Haß und Wut, aber er wagte es nicht, Lyra noch einmal auf die gleiche Weise anzugreifen wie zuvor. Sie würde ihn töten, wenn er es auch nur versuchte, das wußte er. Mit einem wütenden Ruck nahm er die Hand herunter, wischte den blutbesudelten Handschuh am Mauerwerk ab und stürmte aus dem Zimmer.

20

Der Himmel war grau und versprach wieder einmal Regen, und der Wind, der in unberechenbaren Böen in die Gesichter blies, brachte einen eisigen Hauch wie einen letzten Gruß des vergangenen Winters mit sich. Lyra fror auf ihrem Pferd, aber das war etwas, woran sie sich allmählich zu gewöhnen begann. Irgendwann während der vergangenen zehn Tage hatte sie vergessen, wie es war, nicht zu frieren.

Ihr Blick tastete über das braungrüne Muster des Tales,

folgte ein Stück weit den Windungen des Flusses und blieb für die Dauer von zwei, drei Atemzügen auf den verschwommenen grauen Linien der Stadt an seinem jenseitigen Ufer hängen. Sie wirkte wie ein zusammengedrückter Spielzeugwürfel aus grauem Lehm, aber sie mußte gigantisch sein, wenn sie über die große Entfernung überhaupt noch sichtbar war. Zwei Tage, hatte Dago gesagt. In zwei Tagen würden sie Dakkad erreicht haben; eine richtige Stadt mit richtigen Häusern, mit Betten und Kaminen und geheizten Zimmern. Ihr Rücken schmerzte, und wie fast immer in den letzten anderthalb Wochen wünschte sie sich zurück in ihr Tal oder wenigstens nach Dieflund. Selbst die düsteren Gänge und Hallen des Albsteines, die sie mit Schrecken und Widerwillen erfüllt hatten, erschienen ihr jetzt verlockend; sie hätte alles darum gegeben, wieder dorthin zurückkehren zu können.

Mit dem Aufbruch des Heeres hatte sich ihr Leben abermals drastisch verändert. Der Schnee, der am Morgen von Harleens Ankunft im Lager gefallen war, war der letzte des Jahres gewesen, ganz wie Erdherz es vorausgesagt hatte. Aber es war kalt geblieben, und statt des Schneetreibens hatte es zu regnen begonnen und seit diesem Tage kaum mehr wirklich aufgehört. Die Temperaturen waren kaum gestiegen. Mit jedem Tag, den sie weiter nach Süden ritten, war ihr die Kälte quälender vorgekommen, mit jedem Schritt das Schaukeln des Pferderückens unangenehmer und mit jedem Abend, der kam, die Schatten ein wenig tiefer und bedrohlicher.

Ihr Pferd schnaubte, und für einen Moment kehrten Lyras Gedanken in die Gegenwart zurück, als ein Schatten zwischen den Büschen hervortrat, einen Moment stehenblieb und dann, so still, wie er gekommen war, wieder verschwand. Sie sah dem Mann nach und versuchte, auf seine Schritte zu lauschen, aber das Wispern des Windes und das Rauschen ihres eigenen Blutes in den Ohren verschluckten jeden anderen Laut.

Wieder suchte ihr Blick die Stadt unten im Tal, verharrte einen Moment auf ihren grauen Wänden und glitt dann weiter. Es fiel ihr schwer zu glauben, daß seit ihrem Auszug aus Dieflund wirklich erst zehn Tage vergangen sein sollten. Alles wirkte so anders, so verändert und fremd: Die Welt, die sie zuvor noch nie gesehen hatte, war düsterer und feindseliger, als sie sein durfte; der Krieg, den sie nach Süden trugen, warf seine Schatten voraus, und selbst das Land schien sich zu ducken, wo der gigantische Heereszug auftauchte. Auch das Tal unter ihr wirkte tot, trotz des Friedens, der über seinen Grenzen lag. Da und dort kräuselte sich Rauch aus einem Schornstein und zerfaserte im Wind, aber die meisten Häuser lagen dunkel und wie ausgestorben da und waren es wohl auch; wie so viele, an denen sie vorübergeritten waren. Der Winter ging, aber es war ein stiller, toter Frühling, dem er wich. Dagos Erzählungen und Berichte hatten eine furchtbare Realität gewonnen mit jedem Schritt, den sie ihr Pferd nach Süden gebracht hatte. Es war eine Sache, von Krieg und Schlachten zu reden und zu hören, und eine andere, sie zu sehen; an ausgestorbenen Dörfern und niedergebrannten Gehöften vorbeizureiten, in Häusern zu übernachten, die nur noch aus niedergebrannten Grundmauern bestanden.

Lyra versuchte die düsteren Gedanken zu verscheuchen und konzentrierte sich ganz darauf, auf dem schwankenden Sattel nicht den Halt zu verlieren. Sie hatten erst vor einer Stunde das Nachtlager abgebrochen und waren weitergeritten, aber sie war schon jetzt wieder müde, und sie spürte jeden einzelnen Schritt des Pferdes als unangenehme Erschütterung. Der Weg, den sie in den letzten anderthalb Wochen zurückgelegt hatten, war nicht immer leicht gewesen; sie hatten Flüsse durchquert und Gebirge überschritten, sich durch unwegsame Wälder gekämpft und mit den Tücken des Sumpfes gerungen. Mehr als ein Tier war unter der Belastung zusammengebrochen, und mehr als ein Reiter war plötzlich und still aus dem Sattel geglitten und liegengeblieben; vielleicht, um nie mehr aufzustehen. Ihr Vormarsch hatte Hunderte von Leben gefordert, noch ehe der erste Pfeil abgeschossen, das erste Schwert zum Kampf aus der Scheide gezogen worden war. Und er war langsamer vonstatten gegangen, als sie gehofft hatten. Der Weg nach Caradon, von einem einzelnen Reiter mit einem schnellen Pferd in wenig mehr als einer Woche zu bewältigen, war erst zur Hälfte überwunden, und das schwierigste Stück lag noch vor ihnen. Das Heer war ein Gigant, ein schwerfälliger, verwundbarer Gigant, der sich wie ein plumper Riesenwurm durch das Land schlängelte. Es hatte drei Tage gedauert, bis der letzte der mehr als zwanzigtausend Krieger, aus denen er bestand, das Tal verlassen hatte; und es würde zehn Tage dauern, ehe sich das Heer am Fuße des Caradayn wieder gesammelt hatte. Oder das, was davon übrig war.

Sie hatte den Hang überwunden, und das Pferd blieb von selbst wieder stehen. Sein Schweif peitschte nervös, und sein Atem ging schwerer, als er nach dem kurzen Stück Weges gedurft hätte. Das Tier war unruhig.

Lyra fuhr sich nervös mit dem Handrücken über die Augen, versuchte die Müdigkeit wegzublinzeln und spähte aufmerksam nach beiden Seiten. Der Wald, der den nördlichen Teil des Tales beherrschte, wuchs an dieser Stelle wie ein grüner Teppich den Hang hinauf und gewährte ihnen Deckung, aber er bot auch genügend Verstecke für einen möglichen Hinterhalt; sie kam sich beobachtet und belauert vor, und die Nervosität ihres Pferdes begann sich allmählich auch auf sie zu übertragen. Dago hatte nur ausweichend geantwortet, als sie ihn gefragt hatte, was sie in diesem Tal erwartete.

Aber es war ihm nicht gelungen, seine Beunruhigung ganz zu verheimlichen. Dakkad, die Stadt dort unten im Tal, war fest in der Hand der Rebellen, wie die meisten Städte in diesem Teil des Landes. Aber sie waren auch näher am Caradayn als je zuvor, und trotz der zehn oder zwölf Tagesritte, die noch zwischen diesem Tal und dem brennenden Berg der Magier lagen, mochte der Einfluß seiner finsteren Herrscher durchaus bis hierher reichen. Die Unruhe, die sich unter den Männern ausgebreitet hatte, war Lyra nicht entgangen. Irgend etwas würde geschehen, in diesem Tal, das spürte sie. Das Tal von Dakkad war ein Nadelöhr, die einzige Stelle auf Hunderte von Meilen, an der ein so gewaltiges Heer wie das ihre die natürliche Barriere der Berge überschreiten konnte. Die Goldenen wären Narren, würden sie nicht versuchen, sie an dieser Stelle anzugreifen und aufzuhalten.

Links von ihr teilte sich das Unterholz abermals, und eine ganze Abteilung schwarzgekleideter Quhn-Reiter trat auf den Hang hinaus. Der Mann an ihrer Spitze hob die Hand zum Gruß und nickte; Lyra erwiderte die Geste, zögerte einen Moment und lenkte ihr Pferd dann nach links, auf ihn und seine Begleiter zu. Während der letzten zehn Tage waren ihr die dunkelgekleideten Reiter mit den verhüllten Gesichtern zu Vertrauten geworden; das Unbehagen, das sie in der ersten Zeit wie die meisten Fremden in der Nähe der schweigsamen, stolzen Nomaden befallen hatte, war einem Gefühl des Vertrauens und der Wärme gewichen. Ein winziger Rest von Distanz und Furcht war geblieben; nicht nur bei ihr. Die zweihundertfünfzig Reiter, die ihre und Dagos Leibwache bildeten, waren zugleich die einzigen, die ihr Geheimnis kannten; die wußten, daß Toran der Befreier und Lyra die Schwertfrau, ein und dieselbe Person waren.

Sie erreichte den kleinen Trupp, zügelte ihr Pferd und nickte ihm noch einmal zu. Ein flüchtiges Lächeln erschien in den dunklen Augen des Quhn und erlosch wieder. »Dago sucht nach Euch, Herrin«, sagte er. Lyra hatte keinen Schritt in den letzten zehn Tagen getan, der nicht von einem Dutzend aufmerksamer Augen beobachtet worden wäre; an ihrer Rolle als Gefangene hatte sich nicht viel geändert, seit sie Dieflund verlassen hatten. Die Ketten, die sie banden, waren nur nicht mehr so deutlich sichtbar, aber ebenso fest. Lyra hatte es aufgegeben, sich dagegen zu wehren.

»Warum?« fragte sie.

»Es ist nicht gut, wenn Ihr Euch zu weit vom Troß entfernt, Herrin«, antwortete der Krieger. »Nicht hier. Dieses Tal ist . . « Er brach ab, suchte einen Moment nach Worten und zuckte mit den Achseln. »Es gefällt mir nicht«, sagte er schließlich. »Ihr solltet Euch nicht so weit von den anderen entfernen. Die Wälder können voller Feinde stecken.«

Lyra widersprach nicht, sondern wendete gehorsam ihr Pferd und folgte dem Dutzend schwarzgekleideter Reiter tiefer in den Wald hinein.

Sie kamen nicht gut voran. Der einsetzende Tau hatte den Boden aufgeweicht, und Tausende von Hufen hatten ihn in einen knöcheltiefen Morast verwandelt, in dem die Pferde immer wieder aus dem Tritt kamen und zu stolpern drohten. Tiefhängende Äste peitschten ihnen in die Gesichter, und auf den Bäumen lag noch ein Rest von Schnee, der wie kalter weißer Staub auf sie herabrieselte. Sie passierten eine kleine Lichtung, auf der die Spuren eines Kampfes zu sehen waren, zwei, vielleicht drei Tage alt: ein zerbrochenes Schwert, der Kadaver eines Pferdes, halb im braunen Morast des Bodens eingesunken, Teile einer Rüstung, ein Schild ...

Lyra sah rasch weg, aber das Bild blieb vor ihren Augen, und der Schrecken, mit dem es sie erfüllt hatte, wurde eher tiefer. Sie selbst hatte das Echo der Schlacht bisher nur von weitem gehört. Trotz allem hatte der Krieg sie noch nicht wirklich eingeholt, sondern sich nur dann und wann einmal als entfernter Kampflärm, mit dem Flackern von Bränden in der Nacht oder dem Rauch eines brennenden Dorfes irgendwo weit hinter dem Horizont gemeldet. Aber sie hatte seine Spuren gesehen, immer und immer wieder.

Schließlich wich die Stille des Morgens dem Geräusch von Menschen und Tieren, die sich irgendwo vor ihnen bewegten, und nach weiteren Minuten erschienen die ersten Reiter zwischen den Schatten der Bäume.

Dago erwartete sie. Auch sein Verhalten hatte sich verändert, seit sie den Paß überschritten hatten und Kurs auf Dakkad nahmen. Er war ernster geworden. Ernster und stiller.

Ihre Begleiter fächerten auseinander, während Lyra ihr Pferd in unverändertem Tempo weitertraben ließ, bis sie an Dagos Seite war. Sie ritt auch dann schneller weiter, so daß er sich ihrer Geschwindigkeit anpassen mußte, aber zu Lyras Enttäuschung reagierte Dago nur mit einem flüchtigen Stirnrunzeln darauf, und das Gefühl kindlichen Triumphs, das für einen Moment in ihr aufgekommen war, wandelte sich in Beschämung. Dago ging ihr seit der Szene in seinem Zelt aus dem Wege, wo und wann er nur konnte, aber er behandelte sie trotzdem wie eine Freundin; sie hatte kein Recht, sich ihm gegenüber wie ein störrisches Kind zu benehmen. Abrupt zügelte sie ihr Pferd und wartete, bis sich die Schritte der beiden Tiere einander angeglichen hatten.

»Du hast mich rufen lassen?«

Er nickte, setzte sich ein wenig bequemer im Sattel zurück und warf einen langen, besorgten Blick zu den tiefhängenden Regenwolken über den jenseitigen Bergen, ehe er antwortete. »Ja. Einer der Kundschafter hat mir berichtet, daß du dich weit vom Heer entfernt hast. Ich möchte das nicht. Wir sind zu tief in Feindesland, um noch ein Risiko einzugehen.« Dago wich ihrem Blick aus, weil er fürchtete, etwas darin zu entdecken, wogegen er sich nicht mehr wehren konnte. Der Kampf, der nach ihrem Gespräch mit Harleen seinen Anfang genommen hatte, war noch lange nicht vorbei.

»Und um mir dies zu sagen, schickst du ein Dutzend Reiter hinter mir her?« fragte Lyra scharf. Dagos Worte ärgerten sie jetzt doch, und der Klang ihrer Stimme ließ keinen Zweifel daran, wie zornig sie war.

»Auch«, antwortete Dago, noch immer, ohne sie direkt anzusehen. »Aber auch aus einem anderen Grund. Wir werden morgen bei Sonnenuntergang Dakkad erreichen.«

»Ich weiß. Und?«

Dago zögerte; nur eine Sekunde, aber sie spürte, wie ungern er weitersprach. »Ich möchte, daß . . . du Torans Kleid anlegst, wenn wir in die Stadt einreiten«, sagte er stockend. »Es wäre besser, wenn die Männer dich so sehen.«

»Hier?« fragte Lyra. »Wozu, Dago? Es sind noch viele Tage bis Caradon, und . . .«

»Es ist besser«, unterbrach sie Dago ernst. »Dakkad ist der letzte Sammelpunkt, diesseits der Berge. Die Krieger müssen dich sehen.«

Eine Zeitlang ritten sie schweigend nebeneinander her. Die Luft roch nach Regen und Kälte, und die regelmäßigen Schritte des Pferdes begannen eine seltsam einschläfernde Wirkung auf sie auszuüben; sie mußte alle Konzentration aufbieten, damit ihr nicht die Augen zufielen.

Plötzlich tauchte ein kleiner Punkt über ihnen aus den Wolken auf, und sie glaubte die Umrisse von Flügeln zu erkennen, eine Bewegung wie das Schlagen mächtiger Schwingen, die sich gegen den Sturm stemmten. Das Tier zog einen torkelnden Kreis hoch über ihnen, stieß für einen Moment steil herab und verschwand dann wieder hinter wirbelndem Grau.

»Ist es das, was dir Sorge macht?« fragte Lyra.

Dago wirkte für einen Moment überrascht. »Wie ... kommst du darauf?« fragte er stockend.

Lyra runzelte unwillig die Stirn und deutete nach oben, dorthin, wo der Adler hinter brodelnden Sturmwolken schwebte. »Sei nicht albern, Dago«, sagte sie ärgerlich. »Dieser Vogel kommt von den Goldenen. Ist es das, was dich nervös macht?«

»Nein«, erwiderte Dago. »Nicht dieser Vogel allein. Sie beobachten uns schon den ganzen Winter über. Ich glaube nicht, daß wir auch nur einen Schritt gemacht haben, von dem sie nicht wissen. Es ist dieses Tal, das mir nicht gefällt.«

»Du fürchtest einen Angriff?«

Dago schwieg einen Moment. Seine Kiefer mahlten, und in seinen Augen erschien ein fast hilfloser Ausdruck. »Ich weiß es nicht«, murmelte er schließlich. »Es sind eine Menge kleiner Trupps gesichtet worden, in den letzten Tagen. Aber nicht genug für einen direkten Angriff.« Er schüttelte den Kopf und seufzte tief. »Fast wäre es mir lieber, wenn sie es endlich täten. Sie werden uns erwarten, wenn wir versuchen, das Tal wieder zu verlassen, aber das ist es nicht, was mir Sorge bereitet.«

Lyra nickte, schwieg aber weiter. Sie hatte mit Schwarzbart darüber gesprochen, und der Zwerg war von der gleichen Sorge erfüllt gewesen wie Dago jetzt – ihre eigenen Spähervögel hatten zwei große Heereszüge gesichtet, die auf und hinter den jenseitigen Pässen Aufstellung zu nehmen begannen, und wahrscheinlich zogen sich jetzt überall in den Bergen und auch hinter ihnen kleinere und größere Truppen der Goldenen zusammen, die ihnen den Fluchtweg abschneiden und ihnen in den Rücken fallen sollten, wenn es zur Schlacht kam. Aber genau wie Dago war der Zwerg nicht über diesen Umstand besorgt gewesen; mit dieser ersten Schlacht hatten sie gerechnet, und sie waren stark genug, sie zu gewinnen. Und wenn sie diese Berge erst einmal überwunden hatten, dann gab es zwischen ihnen und Caradayn nichts mehr, was sie noch aufhalten konnte.

Aber vielleicht war es gerade das, was Dago und den Zwerg beunruhigte. Ihr Plan war einfach und mußte es sein, denn zu einem langen Feldzug hatten sie weder die Kraft noch die nötigen Mittel: Den Winter über hatten sie jeden Mann, der sich ihnen anzuschließen bereit war, um sich geschart, und noch ehe der letzte Schnee von den Bergen geschmolzen war, würden sie am Fuße des Caradayn stehen und die Festung der Magier stürmen. Es würde kein langer Krieg werden, sondern ein einziger, mit aller Macht geführter Schlag, der über Sieg oder Niederlage entschied. Trotz der Verluste, die sie bisher hatten hinnehmen müssen, wuchs das Heer unaufhörlich, und Dago hoffte, mehr als dreißigtausend Mann hinter sich zu haben, wenn sie den Berg der Magier stürmten.

Schweigend ritten sie nebeneinander her, während sich die Pferde geduldig ihren Weg ins Tal suchten und die Wolken beharrlich tiefer sanken. Es wurde kälter, und das dumpfe Echo des Donners klang jetzt näher und drohender. Schließlich begann es zu regnen; die Männer duckten sich tiefer über die Hälse ihrer Tiere, und der Boden verwandelte sich in braunen Morast. Es würde Mittag werden, ehe sie den Talgrund endgültig erreicht hatten, und

Abend, ehe der Fluß vor ihnen lag, an dessen Ufer entlang sie nach Dakkad reiten würden. Der Gedanke an die Stadt kam Lyra mit jedem Schritt unwirklicher vor; und der, gekleidet in das grüne Prachtgewand Torans und unter dem Jubel von zehntausend Kehlen durch ihre Tore reiten zu sollen, geradezu lächerlich. Sie begriff, warum Dago wollte, daß sie wie im Triumphzug nach Dakkad kamen – der Weg hierher hatte mehr Kraft gekostet, als er geglaubt hatte; er brauchte diesen Triumphzug, um die Männer wieder aufzurichten, das Gift des Zweifels und der Mutlosigkeit, das sich bereits in den Herzen vieler eingenistet haben mochte, zu vertreiben.

Länger als eine Stunde quälten sie sich weiter den Hang hinab, eingehüllt in Schweigen und die Kälte des lautlos strömenden Regens, und jeder für sich in seine eigenen, brütenden Gedanken versunken, als plötzlich ein seltsam heller Ruf aus dem Wald vor ihnen erscholl und Dago mit einem Ruck den Kopf hob. Der schlaffe Ausdruck auf seinen Zügen wich plötzlicher Anspannung, und Lyra sah, wie seine Hand wie von selbst zum Sattel kroch und nach dem Schwert tastete, das daran befestigt war.

Der Laut wiederholte sich; eine vage, einzeln nicht erkennbare Bewegung ging durch die Reihen der schwarzgekleideten Reiter, und Lyra spürte, wie binnen Sekunden aus dem Haufen müder, zerschlagener Männer eine kampfbereite Armee wurde.

»Was ist geschehen?« fragte sie erschrocken. »Was bedeutet das, Dago?«

Dago wollte antworten, aber bevor er dazu kam, wurde das Unterholz wenige Dutzend Schritte vor ihnen gewaltsam beiseite gedrückt, und ein Reiter sprengte auf den Waldweg hinaus. Lyra erschrak, als sie sah, in welchem Zustand Mann und Tier waren. Das Pferd taumelte vor Schwäche und wäre fast gestürzt. Sein Fell war mit weißem, flockigem Schweiß bedeckt, und aus seinem Maul tropften Blut und Schaum.

Auch sein Reiter befand sich in bemitleidenswerter Verfassung. Sein schwarzer Umhang war zerfetzt und über und über mit Schlamm und Blut bedeckt. Der linke Arm hing verdreht von der Schulter und mußte gebrochen sein, und das schwarze Tuch, das sein Gesicht verhüllte, war blutig und zerrissen. Er hockte weit nach vorne gebeugt im Sattel und schien sich nur noch mit letzter Kraft auf dem Rücken des Tieres zu halten. Als er sein Tier neben dem Dagos zügelte, begann er zu wanken und wäre aus dem Sattel gestürzt, hätte Dago nicht blitzschnell zugegriffen und ihn aufgefangen.

»*Whekashin?*« fragte Dago hastig. »*Tremen shet!*«

Der Quhn hob mühsam den Kopf und antwortete in der gleichen Sprache; leiser als Dago und mit bebender, erschöpfter Stimme, die Worte nicht viel mehr als ein Flüstern, das Lyra kaum verstanden hätte, selbst wenn sie der Sprache mächtig gewesen wäre. Dago sprach weiter mit ihm, aber die Stimme des Quhn verlor rasch an Kraft, und obwohl Lyra nur erraten konnte, was er sagte, spürte sie, wie seine Worte zusammenhangloser wurden und sich seine Sinne mehr und mehr zu verwirren begannen. Der dunkle Fleck auf seinem Gesichtstuch wuchs, und in dem weißen Schaum auf dem Pferdehals erschienen plötzlich kleine, runde rote Punkte.

»Dago!« keuchte sie. »Er . . . er stirbt!«

Dago reagierte nicht auf ihre Worte, sondern fuhr fort, mit leiser, aber eindringlicher Stimme auf den Krieger einzureden. Der Mann versuchte zu antworten, aber seine Worte kamen immer stockender, und die Pausen dazwischen, in denen er qualvoll nach Atem und Kraft rang, wurden länger. Sein Körper zitterte. Plötzlich schrie er, bäumte sich im Sattel auf und warf sich zurück, so abrupt und heftig, daß er Dagos Griff entglitt und rücklings zu Boden stürzte. Sein Pferd kreischte und rannte in blinder Panik davon, brach aber schon nach wenigen Schritten zusammen und blieb mit zuckenden Vorder- und Hinterläufen liegen.

Dago sprang mit einem Fluch aus dem Sattel und kniete neben dem Gestürzten nieder. Der Mann war mit dem Gesicht in den Schlamm gefallen, und der braune Morast drang ihm in Mund und Nase. Er hustete qualvoll, versuchte sich herumzuwälzen und keuchte vor Schmerz. Seine Lippen stammelten ein einzelnes, immer und immer wiederkehrendes Wort, und als Dago ihm mit einem Zipfel seines Umhanges das Gesicht abwischte, hob er die Hand und krallte die Finger in seine Schulter. Sein Blick flackerte, irrte an Dago vorbei und blieb auf Lyras Gesicht hängen. Für einen ganz kurzen Moment wurden seine Augen noch einmal klar.

»Flieht, Herrin!« keuchte er, nun in einer Sprache, die auch Lyra verstand. »Ihr müßt ... Euch in Sicherheit bringen. Sie ... wissen, daß Ihr hier seid. Reitet ... fort!«

»Sie?« wiederholte Lyra verwirrt. »Wen meinst du damit? Was ist geschehen?« Sie zwang ihr Pferd herum und wollte aus dem Sattel springen, aber Dago hielt sie mit einer befehlenden Geste zurück und schüttelte den Kopf. Lyra gehorchte.

Dago ließ den Krieger vorsichtig zurücksinken, winkte einen der Quhn herbei und stand auf. »Kümmert Euch um ihn«, sagte er.

Der Quhn nickte, kniete wortlos neben dem Sterbenden nieder und sah ihm in die Augen. Lyra war sich nicht sicher, aber sie glaubte, ein schwaches, zufriedenes Glimmen im Blick des Verletzten zu erkennen.

Dann blitzte Stahl in der Hand des zweiten Quhn auf. Ein reißender Laut erklang, und der Verwundete fiel mit einem letzten, beinahe erleichterten Seufzer zurück.

Lyra erstarrte, aber wieder hielt sie Dago mit einer Geste und einem raschen, beschwörenden Blick zurück, und sie schwieg abermals und blickte ihn und den Nomadenkrieger nur mit wachsendem Entsetzen an. Dago wechselte ein paar Worte mit dem Krieger, nickte, drehte sich herum und starrte für die Dauer eines Herzschlages an Lyra vorbei ins Leere. Seine Augen schienen zu brennen, als er wieder in den Sattel stieg und sein Pferd mit einem unnötig heftigen Ruck herumzwang. Zwei, drei Quhn-Krieger kamen herbeigeritten und stellten Fragen in ihrer raschen, Lyra unverständlichen Sprache. Dago antwortete, und

Lyra sah, wie die Krieger zusammenfuhren. Da und dort wurde ein erschrockener Ausruf laut, und wieder lief eine nervöse, zuckende Bewegung durch die Masse der Reiter. Hände senkten sich auf Schwerter und Lanzen. Metall klirrte, als Schilde und Bögen von den Sattelgurten gelöst und Schwerter aus den Scheiden gezogen wurden.

»Bei allen Göttern, Dago, was . . . was bedeutet das?« murmelte Lyra. Ihre Stimme zitterte. Ein Gefühl eisigen, ungläubigen Entsetzens hatte von ihr Besitz ergriffen. Ihre Hände klammerten sich so fest um den Zügel, daß es weh tat. »Was hat er getan?« murmelte sie. »Warum hat er ihn . . . umgebracht?«

»Nicht umgebracht«, antwortete Dago, ohne sie anzusehen. »Er starb, Lyra. Niemand hätte ihm noch helfen können. Er hat ihm einen gnädigen Tod gewährt, das ist alles.«

»Er hat ihn ermordet!« begehrte Lyra auf, so laut, daß ein paar der Quhn in ihrer unmittelbaren Nähe die Köpfe hoben und sie anblickten. »Er hat ihn umgebracht, Dago! Dieser Mann brauchte Hilfe, und . . .«

»Er hat alle Hilfe bekommen, die wir ihm geben konnten, Herrin«, unterbrach sie eine Stimme. Lyra fuhr im Sattel herum und blickte in das Gesicht des Kriegers, der den Verletzten getötet hatte. Seine Augen waren beinahe ausdruckslos. »Ihr kennt unsere Sitten und Gebräuche nicht, Herrin«, fuhr er, sehr leise, fort. »Deshalb ist Euer Entsetzen verständlich. Ich tat, was getan werden mußte. Keiner von uns hatte das Recht, ihn länger als nötig leiden zu lassen. Er hat den Tod aus der Hand eines Kameraden empfangen, und es war ein ehrenvoller Tod.« Er sah sie noch einen Moment lang ernst an, dann drehte er sein Pferd herum und verschwand.

Lyra blickte ihm nach, aber eine innere Stimme sagte ihr, daß es besser war, jetzt nicht weiter über dieses Thema zu reden, so stark ihr Entsetzen auch war. In der Stimme des Quhn hatte eine Warnung geschwungen, sich nicht in Dinge zu mischen, die sie nichts angingen und von denen sie nichts verstand.

Verwirrt wandte sie sich wieder an Dago. »Was ist … geschehen?« fragte sie stockend. Sie hatte Mühe, ihre Stimme unter Kontrolle zu halten. Sie wußte, welche Botschaft der Krieger gebracht hatte, aber sie fürchtete sich trotzdem davor, sie aus Dagos Mund zu hören.

»Eine Falle«, antwortete Dago. »Wir sind in eine verdammte Falle geritten!« Er ballte zornig die Faust und schlug sich so wuchtig auf den Oberschenkel, daß sein Pferd erschrocken wieherte und zu tänzeln begann. »Sie sind angegriffen worden, nur ein paar Meilen von hier. Er war der einzige, der entkommen konnte. Uns bleibt nicht viel Zeit.« Er schüttelte noch einmal den Kopf, sah sie an, als wolle er weitersprechen, seufzte aber dann nur und deutete mit einer knappen Geste nach vorne. »Reiten wir.«

21

Die Pferde fielen in einen halbschnellen, kräftesparenden Galopp. Ein Teil der Quhn löste sich von der Hauptgruppe und fiel zurück, um nach Verfolgern Ausschau zu halten und ihnen den Rücken zu decken, während sich die anderen zu einem Kreis aus Leibern und Waffen um Dago, sie und das halbe Dutzend Packpferde sammelten. Bäume und Unterholz flogen an ihnen vorüber, und der Regen nahm noch zu und peitschte ihnen ins Gesicht.

Lyra beugte sich so tief über den Hals ihres Pferdes, wie sie konnte, aber die Regentropfen stachen weiter wie dünne spitze Nadeln in ihre Augen; sie sah kaum noch etwas und überließ es allein dem Pferd, seinen Weg zu finden. Dagos Gestalt vor ihr wurde zu einem auf und ab hüpfenden Schatten, und das dumpfe Hämmern der Pferdehufe schien irgendwo in ihrem Schädel immer und immer widerzuhallen. Ein sonderbar körperliches Empfinden von

Gefahr machte sich in ihr breit, und tief am Grunde ihrer Seele begann eine lautlose Stimme zu wispern, nicht weiterzureiten, kehrtzumachen und vor der Gefahr davonzulaufen.

Mit zusammengebissenen Zähnen, das Gesicht aus dem Wind gedreht und die Schenkel mit aller Kraft gegen den Leib ihres Pferdes gepreßt, spornte sie ihr Tier zu noch größerer Schnelligkeit an und versuchte an Dagos Seite zu gelangen. Er sah auf, lächelte ebenso flüchtig wie falsch und streckte die Hand nach der Trense ihres Pferdes aus, um das Tier näher an das seine heranzudirigieren.

»Wohin reiten wir?« schrie Lyra. Sie wollte sich aufrichten, aber der Regen traf ihr Gesicht wie eine eisige Hand, und sie beugte sich rasch wieder vor.

»Zum Fluß!« rief Dago. »Schwarzbart erwartet uns mit seinen Zwergen am Ufer! Wenn wir aus diesem Wald herauskommen, ehe sie uns eingeholt haben, haben wir eine Chance!«

Er log. Es war ein halber Tagesritt bis zum Fluß, und selbst wenn sie die Verfolger nicht eingeholt hatten, ehe sie den Talgrund und damit offenes Land erreichten, würden ihre Pferde das mörderische Tempo nicht mehr lange durchhalten. Die Tiere waren so erschöpft wie ihre Reiter, während ihre Verfolger vielleicht seit Tagen auf sie gewartet hatten und ausgeruht sein mußten.

Und die Gefahr lag vor ihnen.

»Wir müssen . . . zurück!« rief Lyra. »Nicht weiter, Dago! Es ist . . . eine Falle!«

Dago sah auf, runzelte die Stirn und musterte sie mit einem halb überraschten, halb besorgten Blick. Aber er reagierte nicht auf ihre Worte, sondern jagte mit unvermindertem Tempo weiter. Rings um sie herum dröhnte der Wald unter dem Hämmern von mehr als tausend Hufen, und wieder glaubte Lyra ein dumpfes, lautloses Wispern im Echo der Hufschläge zu hören, ein drängendes Mahnen und Rufen, nicht weiter zu reiten, umzukehren, so schnell sie konnte.

»Kehr um!« keuchte sie. Orangerote Flammen tanzten

vor ihren Augen. »Kehr um, Dago!« flehte sie. »Wir müssen ... zurück. Nicht dorthin!«

Dago starrte sie an, und plötzlich wandelte sich der Ausdruck von Verwirrung in seinem Blick zuerst in Schrecken, dann in Angst. Er richtete sich auf, hob die Rechte und rief ein Wort in der Sprache der Quhn. Gleichzeitig zog er die Zügel an; sein Pferd fiel von scharfem Galopp in einen raschen, unregelmäßigen Trab, warf den Kopf in den Nakken und begann protestierend zu wiehern, und für einen Moment brauchte er seine ganze Aufmerksamkeit, um das bockende Tier wieder unter Kontrolle zu bekommen.

Lyras Blick begann sich zu verschleiern. Alles, was sie sah, schien plötzlich hinter einem Schleier aus wirbelndem, klarem Wasser zu verschwimmen; ihr wurde übel. Irgendwo vor ihnen schimmerte es hell durch die Bäume, die Rufe der Quhn drangen wie Laute aus einer fremden Welt zu ihr, irreal und falsch, und der Schmerz in ihrem Nacken wurde schlimmer, im gleichen Maße, in dem das lautlose Schreien in ihrer Seele an Macht gewann.

Dago sagte irgend etwas, aber sie verstand ihn nicht. Er wiederholte seine Frage, zuckte mit den Achseln und griff nach ihrem Zügel. Unterholz und Gebüsch splitterten, als sich die kleine Armee im rechten Winkel von dem Waldweg wegbewegte, auf das Schimmern zwischen den Bäumen zu. Ein, vielleicht zwei Dutzend Reiter sprengten voraus und brachen in einer weit auseinandergezogenen Kette auf die Lichtung hinaus.

»Nicht!« wimmerte Lyra. »Geht nicht ... dorthin.«

Der Regen traf sie wie eine Ohrfeige, als sie neben Dago auf die Lichtung hinausritt. Sie stöhnte, schloß für einen Moment die Augen und sank kraftlos auf den Pferdehals hinab. Der Schmerz in ihrem Nacken ebbte ab, aber dafür spürte sie plötzlich eine Leere in sich, die auf ihre Art schlimmer war als die Furcht zuvor. Rechts und links von ihr und Dago brachen die Quhn auf die Lichtung heraus und formierten sich zu einem dreifach gestaffelten, geschlossenen Kreis aus Schwertern und Schilden und Speeren.

»Also?« schnappte Dago. »Was ist los, Lyra? Was willst du sagen?«

Er schrie fast, aber sie hörte seine Stimme kaum. Es war anders als die Visionen, die sie zuvor gehabt hatte: keine Bilder, kein Traum, der sich plötzlich in erschreckende Wirklichkeit verwandelte. Sie richtete sich auf, fuhr sich mit dem Handrücken über das Gesicht, um sich den Regen aus den Augen zu wischen, und blickte an Dago und den Quhn vorbei über die Lichtung. Plötzlich sah sie alles mit übernatürlicher Klarheit, nahm sie jeden Baum, jeden Busch, der die Lichtung säumte, jeden Strauch, jedes Blatt wahr, sah sie Dinge, die unsichtbar waren, und hörte sie Laute, die unhörbar waren.

Und dann ...

Es war wie der Schlag einer Axt. Sie schrie auf, kippte nach vorne und klammerte sich mit einer instinktiven Bewegung fest, wäre aber trotzdem aus dem Sattel gestürzt, wäre nicht plötzlich ein Reiter neben ihr aufgetaucht; ein starker Arm, der sie zurückriß, während Hände nach den Zügeln ihres Pferdes griffen und das scheuende Tier zur Ruhe zwangen. Sie schrie weiter, begann um sich zu schlagen und trat nach dem Mann, der ihr helfen wollte. Ein grausamer Schmerz grub sich wie eine weißglühende Eisenklaue in ihren Nacken. Dagos Gesicht tauchte vor ihr auf, aber es war wie eine Fratze, der Mund zu einem bösen Hohngrinsen verzerrt und die Augen voller Haß. Der Wald schien in einer grellen Farbexplosion zu zerfließen, und plötzlich verwandelte sich Dagos Gesicht, wurde zu einer flachen, stachelbesetzten Larve aus glänzendem Eisen, in die die grausame Karikatur eines menschlichen Antlitzes gehämmert war. Schwarzes Eisen schimmerte durch den Boden, irgendwo war das grelle, unangenehme Blitzen von Sonnenlicht, das sich auf poliertem Gold brach ...

Lyra bäumte sich auf, sprengte den Griff des Quhn mit einem verzweifelten Schlag beider Arme und schrie weiter. Der Wald zog sich um sie zusammen wie eine erstikkende Mauer, das Licht wurde schwächer, und plötzlich schienen Hände nach ihr zu greifen, schreckliche, stählerne Hände, die wie peitschende Fühler direkt aus dem Boden wuchsen und . . .

Dago versetzte ihr eine Ohrfeige, so hart, daß ihr Kopf in den Nacken flog und ihre Lippe aufplatzte. Aber der Schmerz zerbrach den furchtbaren Bann; plötzlich war Dagos Gesicht wieder Dagos Gesicht, die Bäume wieder Bäume . . . Und aus den Schatten der Angst wurden Bilder . . .

Sie keuchte, sank kraftlos nach vorne und war plötzlich dankbar für die Hände, die sie auffingen, ehe sie stürzen konnte.

»Was ist geschehen?« Dago packte sie grob bei den Schultern, schüttelte sie ein paarmal und zwang sie, ihn anzusehen. »Lyra! Was ist los? Was hast du?«

»Eine . . . Falle«, stammelte sie. »Flieht. Die Lichtung ist . . . Falle. Eisenmänner . . .«

Dago erbleichte, starrte sie für die Dauer eines Herzschlages aus ungläubig geweiteten Augen an und fuhr dann mit einer plötzlichen, abgehackt wirkenden Bewegung im Sattel herum. Ein gellender, weit schallender Schrei brach über seine Lippen, und wie zur Antwort brach der dreifache Ring der Quhn auseinander und verwandelte sich in ein langgestrecktes, spitzes Oval, dessen schmaleres Ende nach Süden wies, zur anderen Seite der Lichtung hin. Irgendwo zwischen den Büschen dort drüben blitzte Sonnenlicht auf nassem Gold.

Und dann explodierte der Wald.

Eine Feuersäule schoß zwischen den Stämmen empor, drückte die Baumkronen mit Urgewalt auseinander und versengte, was sich ihr in den Weg stellte, schleuderte Äste, Buschwerk und dunkle, verstümmelte Körper Dutzende von Metern weit in die Luft, verbrannte sie mit ihrem Flammenatem, ehe sie wieder zu Boden stürzen konnten. Eine unsichtbare Faust schlug aus dem Wald und riß Männer und Tiere zu Boden, und plötzlich verwandelten sich die Quhn, die den Bäumen am nächsten standen, in Fackeln, verbrannten wie trockenes Laub im Feuer eines

Vulkanes. Die Druckwelle raste weiter, schleuderte Menschen und Tiere zu Boden und erreichte Lyra und Dago. Ihre Pferde bäumten sich auf, als die Hitzwelle wie der Atem eines zornigen Feuergottes ihre Haut versengte.

Lyra verlor den Halt. Sie fiel, spürte einen betäubenden Schlag zwischen den Schulterblättern und rollte verzweifelt aus der Reichweite der wirbelnden Hufe.

Rings um sie herum verwandelte sich die Lichtung in ein Chaos aus zusammenbrechenden Tieren und Männern und Schreien, und die Luft stank plötzlich nach Feuer und brennendem Haar. Eine zweite Feuersäule brach wie ein flammenspeiender Geysir aus dem Wald, ein wenig weiter nördlich, dort, wo sich die Hauptmasse der Quhn befinden mußte, und eine neue, noch furchtbarere Hitze- und Druckwelle fegte über die Lichtung und ließ Männer und Tiere zusammenbrechen. Schmerz- und Schreckensschreie steigerten sich zu einem fürchterlichen Crescendo in Lyras Ohren. Sie wälzte sich herum, stemmte sich auf die Knie und schlug die Hände gegen die Schläfen und schrie. Aber der Laut ging in einem dritten, ohrenbetäubenden Brüllen unter, als der Wald abermals auseinanderbrach und Flammen und verstümmelte schwarze Körper gebar, Männer, die mit brennenden Kleidern auf die Lichtung hinaustaumelten, Pferde, die mit schwelendem Haar und loderndem Sattelzeug aus dem Unterholz barsten und zusammenbrachen oder blind vor Schmerz und Panik Mensch und Tierniederrannten.

Lyras Schrei erstickte, als ihr Mund plötzlich voller bitter schmeckendem Schlamm und Erdreich war, und eine unsichtbare glühende Pranke schien ihren Rücken zu zerfetzen. Sie bäumte sich auf, wurde ein zweites Mal in den Schlamm gepreßt, riß mit einem verzweifelten Ruck den Kopf in den glühenden Wind und bekam endlich Luft. Ihre Lungen brannten. Jeder Atemzug schien wie Lava zu sein, und die Hitze trieb ihr die Tränen in die Augen. Sie schrie, verbarg das Gesicht zwischen den Armen und versuchte Dago irgendwo zu entdecken, aber alles, was sie sah, waren tanzende Schatten und Flammen und brennende Männer. Gold blitzte unter dem Widerschein von Flammen, und ein gewaltiger, drohender Schatten bewegte sich aus dem Chaos heraus auf sie zu. Sie schrie, und das Bild zerplatzte und wurde zu dem, was es wirklich war: Dago, der sich taumelnd erhoben hatte und vor ihr stand. Auf seiner Wange glänzte eine große, rotleuchtende Brandblase. Blut lief über sein Gesicht.

Er schrie irgend etwas, zwang sie mit einer raschen Bewegung auf die Füße und drückte ihr etwas in die Hand. Instinktiv schloß sie die Finger darum und spürte das Gewicht von kaltem Stahl, der mit Leder umwickelt war, sah den Widerschein von Feuer auf einer meterlangen, beidseitig geschliffenen Klinge, aber Torans Schwert blieb ein fremdes, nutzloses Stück Metall in ihrer Hand, von dem sie nicht wußte, wozu es gut war. Sollte sie gegen die Flammen kämpfen?

Dago ergriff sie so fest bei der Schulter, daß es schmerzte, und versetzte ihr gleichzeitig einen Stoß in den Rücken, der sie vorwärts und vom Rand des brennenden Waldes wegtaumeln ließ. Sein Gesicht war eine Grimasse aus Schrecken und Furcht in dem brodelnden Chaos, in das sich die Welt verwandelt hatte.

»... auf!« verstand sie seine Stimme über dem Toben des Sturmes und dem Brüllen und Bersten des brennenden Waldes. »Es sind Eisenmänner, Lyra! Du hattest recht! Es ist eine Falle!« Flammen warfen zuckende rote Blitze über die Lichtung, und dicht hinter Dago brach ein Quhn mit schwelender Kleidung zusammen.

Dago zerrte sie rücksichtslos mit sich. Der Wald erbebte noch immer unter den Einschlägen des magischen Feuers, und wo der Weg und der Großteil ihrer Truppe gewesen war, erhob sich längst eine weißglühende Flammenwand, tausendmal heißer, als es gewöhnliches Feuer sein durfte. Plötzlich meinte Lyra ein sanftes, vibrierendes Beben unter ihren Füßen zu spüren. Um sie herum liefen Menschen und Tiere in wilder Panik durcheinander, und mehr als nur ein Reiter wurde von seinem eigenen Pferd zu Tode geschleift oder von wirbelnden Hufen niedergeworfen.

Als sie die Lichtung zur Hälfte überquert hatten, brach wenige Schritte neben Dago der Boden auf. Es war, als bäume sich die Erde selbst wie ein verwundeter Drachen empor; ein dumpfer, sonderbar trockener Donnerschlag erklang, und plötzlich verblaßte Dagos Gestalt zu einem flachen flimmernden Schatten vor dem gleißenden Hintergrund der Feuersäule, die wie ein lodernder Geysir emporschoß. Lyra sah, wie Dago die Hände in die Luft warf und auf die Knie sank und sich wieder hochstemmte, erneut fiel und auf Händen und Knien weiterkroch, dann spürte sie einen Schlag, der sie von den Füßen riß und ihr fast das Bewußtsein raubte.

Als die Benommenheit wich, stand das weite Oval der Lichtung in Flammen. Die Hitze trieb ihr Tränen des Schmerzes in die Augen, überall waren Feuer, Schreie und schwarze, brennende Dinge, die sich ihr Bewußtsein weigerte, als das zu erkennen, was sie waren, reiterlose Pferde, die blind vor Angst und Schmerz hin und her liefen, Männer, die verletzt waren oder denen der Schrecken den Verstand geraubt hatte. Dann entdeckte sie Dago, und der Anblick löste endlich die Lähmung, die von ihr Besitz ergriffen hatte. Mit einem erschrockenen Ruf stemmte sie sich hoch, kroch, Torans Schwert noch immer in der Rechten, auf Händen und Knien über den schlammigen Boden und sank mit einem Keuchen neben Dago zusammen.

Er war ohne Bewußtsein, aber er lebte. Seine Brust hob und senkte sich in schnellen, ungleichmäßigen Stößen, und als sie ihn auf den Rücken wälzte und seinen Kopf anhob, öffnete er die Augen und starrte sie an. Im ersten Moment war sein Blick leer, und alles, was sie darin las, war Angst. Dann blitzte Erkennen auf; er keuchte und umklammerte ihren Oberarm so fest, daß sie vor Schmerz aufstöhnte.

»Lauf!« keuchte er. »Lyra, flieh! Lauf weg! Sie . . . wollen dich!«

Lyra löste seine Hand, richtete sich auf und zerrte Dago ebenfalls auf die Füße. Hinter ihr zerriß ein neuerlicher, gleißender Blitz den Tag, und für einen Moment spiegelte sich sein grausames Licht in Dagos Augäpfeln und verlieh seinem Gesicht das Aussehen eines Totenschädels, in dem ein höllisches Feuer brannte. Er versuchte, sich zu wehren und ihre Hand abzuschütteln, aber er war zu schwach. »Lauf ... weg«, stammelte er. »Laß mich ... hier und ... lauf. Sie ... wollen ... dich!«

Lyra ignorierte seine Worte, sah sich gehetzt um und lief los, Dago wie ein willenloses Kind hinter sich herzerrend.

Im Zickzack rannten sie über die Lichtung, während um sie herum immer neue Flammenwände in die Höhe schossen. Lyra taumelte vor Erschöpfung, ließ Dagos Arm los und fuhr sich mit der Hand über die Augen, um die blutigen Schleier fortzuwischen. Flammen und Rauch verwandelten die Lichtung in ein Kaleidoskop des Todes; der Boden schien an Dutzenden von Stellen aufzubrechen und mit feurigen Armen nach ihnen zu greifen, und in ihren Ohren gellten die Todesschreie der Männer und Tiere, die rings um sie starben, aber sie rannte weiter, blind vor Angst und Schmerzen, jagte wie von Furien gehetzt weiter und ignorierte das immer stärker werdende Grauen.

Das Grollen und Krachen der Explosionen verstummte allmählich. Die Lichtung und der jenseitige Waldrand brannten an zahllosen Stellen, aber es war jetzt nur noch der Schein normaler Flammen, nicht mehr das magische Höllenfeuer, mit dem die unsichtbaren Verfolger sie angegriffen hatten. Lyra taumelte noch ein paar Schritte weiter und fiel auf die Knie. Ihr Herz jagte, als wolle es jeden Moment zerspringen, und in ihrer Kehle wühlte ein scharfer, nach Kupfer schmeckender Speer.

Länger als eine Minute blieb sie so reglos auf den Knien hocken, nach vorne gesunken und die Hände auf die Schenkel gestützt, um nicht vollends zu stürzen, während der Wald und die Lichtung allmählich aufhörten, sich um sie zu drehen, und sich ihr hämmernder Pulsschlag allmählich beruhigte.

Als sie den Blick hob, bot sich ihr ein Bild unbeschreiblichen Grauens.

Bäume und Unterholz waren geknickt und zerborsten, als hätten Riesenfäuste auf sie eingeschlagen, und hinter den Flammen schienen schwarze Körper zu zucken und sich in unerträglicher Qual zu winden. Die Lichtung selbst glich einem Schlachtfeld. Dutzende von Kratern gähnten dort, wo vor Minuten noch Morast und spärliches Gras und Buschwerk gewesen waren, überall lagen Tote und Sterbende. Kaum die Hälfte der Männer, die sie und Dago begleitet hatten, hatte den Angriff überlebt. Keiner saß noch im Sattel, und nur die allerwenigsten hatten noch die Kraft, sich auf den Beinen zu halten.

Und es war erst der Anfang.

Wer immer ihnen diese Falle gestellt hatte, würde sich nicht mit dem zufriedengeben, was geschehen war. Im Gegenteil. Was sie erlebt hatte, war nur der Beginn des Angriffes gewesen.

Als sie den Blick wandte und zum anderen Ende der Lichtung hinübersah, erwachten die Schatten zwischen den Bäumen zu schwarzem, glänzendem Leben. Ein riesiges, nachtschwarzes Streitroß schob sich auf die Lichtung hinaus, ein Tier wie ein Alptraum, schwarz und gigantisch und mit rotleuchtenden bösen Augen, in schwarzes Eisen und reißende Stacheln gepanzert, und auf seinem Rücken . . .

Lyra erstarrte.

Plötzlich wurde die Vergangenheit wieder lebendig. Mit einem Male war sie nicht mehr auf der Lichtung im Tal von Dakkad, sondern wieder zu Hause auf Orans Hof, war sie nicht mehr länger Lyra, die Heldenmutter und Botin Torans, sondern nur noch Lyra, das Mädchen, das nicht begriff, was geschehen war. Es war das fünfte Mal, daß sie einen der schwarzen Mörder sah, aber der Schrekken war so tief und lähmend wie beim allerersten Mal.

Der Reiter war ein Gigant. Ein flammendroter Umhang floß wie Blut von seinen Schultern bis weit über die Kruppe des Pferdes, auf seiner Stirn, eine Handbreit über den schmalen Sehschlitzen seiner Maske, prangte eine gemeine Verhöhnung von Dagos Magierauge, ein goldenes, weit starrendes Dreieck, in dessen Pupille ein flammendroter Stein eingelassen war. Seine linke, stahlgepanzerte Hand hielt ein Schwert, gegen das selbst Torans Zauberklinge lächerlich wirkte.

Er war nicht allein. Hinter und neben ihm lösten sich weitere schwarze Gestalten aus dem Wald – zehn, zwanzig, dreißig; der Aufmarsch war rasch und beinahe lautlos, und dann standen mehr als fünfzig gewaltige, schwarzgepanzerte Eisenreiter vor dem Waldrand.

»Zu spät«, flüsterte Dago neben ihr. Seine Stimme klang sonderbar flach, und als Lyra den Blick von den Eisernen löste und ihn ansah, wirkte sein Gesicht bleich und verkrampft; seine Mundwinkel zuckten.

Lyra stand auf, schmiegte sich schutzsuchend an Dagos Seite und wich Schritt für Schritt vor den Reitern zurück. Der Kopf ihres Anführers bewegte sich ruckartig wie der einer Schlange hin und her, und obwohl Lyra seine Augen hinter den schmalen Schlitzen seines Visiers nicht erkennen konnte, spürte sie ihre Blicke wie eine unangenehme Berührung.

Die Reiter rührten sich nicht, während Lyra und Dago Schritt für Schritt weiter zur Mitte der Lichtung zurückwichen; auch dann nicht, als die überlebenden Quhn, die noch die Kraft hatten, aufzustehen, sich ebenfalls um sie zu scharen begannen und die Waffen hoben.

Warum auch? dachte Lyra bitter. Sie waren den Eisenmännern an Zahl noch immer überlegen, fast hundert Mann gegen fünfzig der schrecklichen schwarzen Reiter, aber sie waren hundert verletzte, bis ins Mark verängstigte, erschöpfte Männer, gegen fünfzig stahlgepanzerte Dämonen, deren einziger Lebenszweck im Kämpfen und Töten bestand, fünfzig Mörder, von denen jeder allein in der Lage war, eine kleine Armee aufzureiben oder eine Stadt zu stürmen. Sie brauchten sich nicht zu beeilen; im Gegenteil. Ihre Opfer saßen in der Falle: Hinter ihnen brannte der Wald, und der Weg nach vorne war von der Mauer der Eisenmänner versperrt.

»Dago«, flüsterte sie. »Tu etwas. So tu doch etwas!!«

Dago lachte, ein schriller, krächzender Laut, der fast wie ein Schrei klang. Er bückte sich nach einem toten Quhn und löste den achteckigen schwarzen Schild von seinem Arm. Die Bewegung schien wie ein Signal auf die Eisenmänner zu wirken. Ihr Anführer richtete sich ein wenig im Sattel auf, hob das Schwert und legte es flach über seine Oberschenkel, und sein Pferd setzte sich in Bewegung.

»Hier.« Dago drückte ihr den Schild in die Hand, sah beunruhigt zu den langsam näherkommenden Eisernen hinüber und half ihr mit bebenden Fingern, die ledernen Halteriemen am Arm zu befestigen. »Wir versuchen sie aufzuhalten«, sagte er gehetzt. »Wenn wir getrennt werden sollten, dann versuche dich zu Schwarzbart und seinen Zwergen durchzuschlagen. Dort bist du sicher. Nicht einmal Krake würde es wagen, die Zwerge auf offenem Felde anzugreifen.«

Lyra starrte ihn an. »Krake?« murmelte sie. Plötzlich fiel ihr das goldene Magierauge auf der Stirn des Eisenreiters wieder ein. »Du ... du meinst, er ist ... das da ist einer der Goldenen?«

Dago schüttelte hastig den Kopf. »Nein«, antwortete er. »Aber ich kenne diesen Mann – oder wenigstens die Rüstung, die er trägt. Es ist der Kommandant von Krakes Leibgarde. Und wo die ist, ist ihr Herr nicht weit.« Sein Gesicht verzerrte sich vor Wut. »Das kleine Feuerwerk gerade war eine Kostprobe seine Macht.«

Er schien noch weitersprechen zu wollen, aber in diesem Augenblick stieß einer der Quhn einen gellenden Kampfschrei aus, riß seinen Speer in die Höhe und stürmte den Eisernen entgegen. Der Krieger schrie vor Zorn und vielleicht auch Furcht, riß den Arm zurück und schleuderte seinen Speer. Es war ein Wurf von unglaublicher Gewalt, der den Eisernen trotz seiner Rüstung durchbohrt hätte, hätte er getroffen. Aber der Eisenmann drehte im letzten Moment den Oberkörper zur Seite, riß seinen Schild in die Höhe und wehrte den Speer ab. Beinahe gleichzeitig gab er seinem Pferd die Sporen und sprengte auf den Quhn los.

Der Nomadenkrieger riß den Säbel aus dem Gürtel, packte die Waffe mit beiden Händen und spreizte die Beine, um den Anprall des Eisernen zu erwarten. Wahrscheinlich spürte er nicht einmal, wie er starb. Die gewaltige Klinge des Eisenmannes zerschmetterte sein Schwert wie Glas, zertrümmerte seinen Helm und spaltete seinen Schädel.

Ein vielstimmiger, entsetzter Aufschrei ging durch die Reihen der Quhn. Noch ehe der Körper ihres getöteten Kameraden zu Boden fiel, flogen die ersten Speere durch die Luft. Bogensehnen sirrten, und ein ganzer Hagel von Pfeilen und Bolzen regnete auf die Eisernen und ihre Pferde herab. Aber auch die Eisenmänner erwachten aus ihrer scheinbaren Starre. Wie in einer gewaltigen, lautlosen Explosion spritzten sie auseinander, duckten sich über die Hälse ihrer Schlachtrösser oder rissen ihre Schilde hoch, um dem tödlichen Regen zu entgehen; gleichzeitig wurde aus ihrem gemächlichen Vormarsch ein rasender, unaufhaltsamer Ansturm. Nur ein einziger von ihnen stürzte, als sich sein Pferd getroffen aufbäumte und ihn abwarf, der Rest traf wie eine stählerne Faust auf die Front der Quhn und zerschmetterte sie.

Der Kampf wurde mit gnadenloser Härte geführt. Die Quhn versuchten mit Schnelligkeit und Mut wettzumachen, was ihnen ihre Gegner an Kraft und Panzerung voraushatten, aber sie waren zu wenige, und es gab nichts, wohin sie sich hätten zurückziehen können, um dem Wüten der Eisernen zu entgehen; schon der erste, ungestüme Anprall der Eisenmänner kostete fast ein Viertel der Nomadenkrieger das Leben und trieb die anderen in alle Richtungen auseinander.

Alles schien unglaublich schnell zu geschehen. Die Lichtung verwandelte sich in einen brodelnden Hexenkessel, in dem sie keine einzelnen Bewegungen mehr wahrzunehmen vermochte, sondern nur noch ein gewaltiges Toben und Stürmen aufeinanderprallender, ringender Leiber und blitzender Waffen. Dago brüllte vor Zorn und Angst, sprang einen Schritt nach vorne und riß in einer beschwörenden Geste die Arme über den Kopf, das Schwert an Griff und Spitze gepackt. Ein dumpfer, berstender Laut erklang, und die Rüstungen von drei, vier Eisenmännern zerbarsten wie von Hammerschlägen getroffen. Der schwarze Tod raste weiter, zermalmte einen Mann samt seinem Pferd und schmetterte einen weiteren aus dem Sattel. Dann waren sie heran; Hunderte, wie es Lyra vorkam. Dagos Wutschrei ging in einem keuchenden Schmerzlaut unter, als eine schwarze Klinge auf sein Schwert krachte und ihn zu Boden schleuderte. Blitzschnell rollte er herum, sprang wieder auf die Füße, schlug nach den Fesseln eines heranrasenden Pferdes und tötete seinen Reiter, als er vom Rücken des zusammenbrechenden Tieres geschleudert wurde.

Ein schwarzer Riese tauchte neben Lyra auf, schwang einen gewaltigen Morgenstern und schrie vor Enttäuschung auf, als sie unter der tödlichen Eisenkugel hindurchtauchte. Torans Schwert zuckte in einer blitzartigen Bewegung nach oben, folgte der sirrenden Kette und zerschmetterte sie, traf den Oberschenkel des Reiters und zerschnitt das fingerdicke Eisen seiner Panzerung. Der Mann keuchte vor Schmerz, stürzte aus dem Sattel und kam mit einer unglaublich behenden Bewegung wieder auf die Füße.

Hinter ihr schrie Dago wie von Sinnen, und ein Blitz aus schwarzem Nebel streifte eisig ihr Gesicht, traf den Eisenmann und ließ ihn wanken.

Aber er fiel nicht, sondern taumelte nur ein paar Schritte zurück, fing sich mit einem zornigen Knurren wieder und riß seine gewaltige Klinge aus dem Gürtel. Dagos Macht war erlahmt, er konnte nur noch verletzen, nicht mehr töten. Lyra schrie auf, stolperte zurück und riß instinktiv den Schild in die Höhe, als sie eine Bewegung aus den Augenwinkeln gewahrte.

Der Schlag schien ihr den Arm aus dem Gelenk zu reißen. Sie strauchelte und schrie abermals vor Schmerz. Ein schwarzer Schatten wuchs gigantisch und tödlich über ihr empor.

Die Bewegung, mit der Torans Schwert nach oben und

durch die Panzerung des Eisenmannes fuhr, war nicht die ihre. Es war die Klinge selbst, der Geist dieses magischen Stückes Stahl, der mit einem plötzlichen Schlag zum Leben erwachte. Sie schrie erneut und wollte die Klinge loslassen, aber sie konnte es nicht. Ihre Finger schienen mit dem lederbezogenen Griff des Zauberschwertes verwachsen zu sein. Wie eine Puppe wurde sie auf die Füße gerissen. Die Klinge sirrte herum, zerschnitt Schild, Panzerung und Arm eines zweiten Eisenmannes und enthauptete noch in der gleichen Bewegung einen dritten.

Ein Schlag traf ihre Schulter. Sie spürte einen brennenden Schmerz, der sich wie ein glühender Draht ihren Rücken und den Hals hinaufzog, fuhr herum und begegnete dem Blick eines Eisenmannes, dessen Augen sich hinter den schmalen Sehschlitzen seiner Maske ungläubig geweitet hatten. Plötzlich erlosch das grausame Feuer darin, und sie sah nur noch Angst, dann klaffte der schwarze Eisenhelm in einer bizarr langsamen Bewegung auseinander, der Harnisch darunter färbte sich rot, als die Zauberklinge wie ein silberner Blitz herabsauste.

Torans Schwert wütete wie ein Dämon, der aus einem jahrtausendelangen verwunschenen Schlaf geweckt worden war, hackte, zerschlug, schnitt, stach, verstümmelte. Der Blutdurst der Klinge schien unstillbar.

Aber ihre eigene Kraft versiegte. Sie spürte, wie das Toben des Zauberschwertes jedes bißchen Kraft aus ihrem Körper saugte, sie verzehrte wie ein Feuer, das sich selbst verbrannte. Sie taumelte, fiel auf die Knie und wurde durch die wütende Bewegung des Schwertes wieder in die Höhe gerissen, tötete einen weiteren Angreifer und fiel erneut. Das Schwert tobte wie ein zorniger Gott, aber sie hatte nur die Kraft eines Menschen, nicht die Unverwundbarkeit, die ihr Torans Gewand verliehen hatte. Die Klinge war nur ein Teil der magischen Rüstung, und die Energien, die sie normalerweise zu einem Werkzeug fast göttlicher Macht werden ließen, mußten durch die schwachen Kräfte ihres eigenen, menschlichen Körpers ersetzt werden. Sie würde sterben, wenn sie dem Toben des Zauberschwertes keinen Einhalt gebieten konnte. Torans Schwert würde sie verzehren.

Verzweifelt versuchte sie ihre Hände vom Griff der Klinge zu lösen, aber es ging nicht, das Schwert zuckte und bebte weiter wie ein lebendes Wesen unter ihren Fingern, und ein weiterer Eisenmann erstickte an seinem eigenen Blut, als seine Spitze seine Kehle zerriß wie die Pranke eines Raubtieres.

Irgend etwas traf ihre Seite. Im ersten Moment verspürte sie nichts als einen dumpfen Schlag, dem ein Gefühl sonderbar wohltuender Schwäche und Lähmung folgte. Dann explodierte ein grausamer Schmerz in ihren Rippen. Sie fiel auf die Knie, starrte einen Moment aus tränenerfüllten Augen auf den klaffenden Riß in ihrer Seite, und kippte langsam nach vorne. Sie hatte mit der Kraft einer Göttin gekämpft, aber sie hatte vergessen, daß sie noch immer den verwundbaren Körper eines Menschen hatte. Das Band zwischen ihr und dem Schwert zerriß; plötzlich war die Zauberklinge nichts weiter als ein Stück toten, nutzlosen Stahls, das ihren Händen entglitt.

Für einen Moment spürte sie einen furchtbaren, unerträglichen Schmerz, der sich wie eine weißglühende Schlange tiefer und tiefer in ihren Leib grub. Dann begann etwas Dunkles nach ihren Gedanken zu greifen; sie krümmte sich, preßte die Hände auf die blutende Wunde und wartete auf den Tod, auf ihn oder wenigstens den barmherzigen Griff der Bewußtlosigkeit.

Aber sie starb nicht, und auch die Erlösung einer Ohnmacht wurde ihr nicht gewährt. Nach einer Weile ebbte der furchtbare Schmerz unter ihren Rippen ab; und auch die schwarze Hand löste sich von ihren Gedanken; sie konnte wieder sehen und hören, und aus den kichernden Schatten vor ihren Augen wurden wieder Menschen.

Der Kampf war vorüber. Plötzlich fiel ihr das Schweigen auf. Es war still, viel stiller, als es hätte sein dürfen. Das Stöhnen und Wimmern der Sterbenden, das zu einem Schlachtfeld gehörte wie der Leichengeruch und das Blut, war verstummt, und selbst das Prasseln der Flammen auf der anderen Seite der Lichtung klang gedämpft, unwirklich, wie durch einen unsichtbaren Schleier gemildert. Die Eisernen bildeten einen drohenden Kreis um sie und Dago und das knappe Dutzend Quhn, das das Schlachten überlebt hatte, aber auch sie bewahrten vollkommenes Schweigen. Nicht einmal das Klirren ihrer Rüstungen war zu vernehmen.

Dago richtete sich stöhnend neben ihr auf. Sein Gesicht war mit Blut und Morast besudelt, und seine Waffenhand schien gebrochen. Sein Blick tastete über die Reihe der stumm dastehenden Eisenmänner, blieb einen Moment am Visier ihres hünenhaften Anführers hängen und glitt weiter, über die Lichtung zum jenseitigen Waldrand. Lyra folgte ihm.

Ein Dutzend gigantischer Reiter brach lautlos und drohend aus dem Wald, alle in mattschwarzes Eisen und blutiges Rot gekleidet wie der Mann mit dem goldenen Magierauge, der vor ihnen stand, jeder einzelne ein Riese. Und zwischen ihnen, auf einem Pferd, das so absurd groß und muskulös gewachsen war, daß es schon beinahe mißgestaltet wirkte, ritt ihr Herr.

Krake.

Der zweite der sechs goldenen Magier, die das Land seit einem Jahrtausend beherrschten und unterjochten, ein Gigant aus schimmerndem Gold, von einer düsteren Aura der Macht umgeben. Die gewaltige goldene Larve vor seinem Gesicht war die absurde Karikatur des Tieres, dessen Namen er trug; faustgroße, aus mattem Silber geschmiedete Augen über einem schrecklichen zahnbewehrten Papageienschnabel, unter dem goldgewebte Oktopusarme über den blitzenden Brustharnisch bis zum Gürtel fielen. Auf seinen Armen und Beinen blitzen kleine, hellgoldene Kreise wie Saugnäpfe, und sein Umhang war an den Handgelenken mit den Armen befestigt wie eine absurde Schwimmhaut. Sein Pferd schien sich unter der Last des Gold- und Edelsteinschmuckes, mit dem es behängt war, kaum mehr bewegen zu können. Er trug keine sichtbaren Waffen, aber das machte seine Erscheinung eher noch drohender, verlieh ihm eine Ausstrahlung von Gewalt, die es nicht mehr nötig hatte, demonstriert zu werden.

Plötzlich begriff Lyra, was Harleen gemeint hatte, als er über die Goldenen sprach; über Ratte und den Unterschied zwischen ihm und den anderen. Ratte war ein Magier gewesen, ein böser, mächtiger Zauberer, der Furcht und Schrecken verbreitete.

Krake war ein Gott.

Ein finsterer Gott, ein Gott des Todes und der Furcht, aber ein Wesen von unbeschreiblicher Macht und Gewalt. Und dieses Ungeheuer hatte sie töten wollen? Mit nichts anderem als einem Zaubermantel und einer verwunschenen Klinge als Waffe und allenfalls noch einem tausend Jahre alten Traum? Lächerlich!

Sie begriff plötzlich, daß dieser ganze Kampf, die Falle, die er ihnen gestellt hatte, daß das Morden und die Flammen und das sinnlose Gemetzel an den Quhn nichts als ein Spiel gewesen waren. Er hätte sie die ganze Zeit über vernichten können, mit einem einzigen Gedanken.

»Krake!« flüsterte Dago neben ihr. Seine Stimme bebte vor Haß, und in seinen Augen loderte plötzlich wieder dieses verzehrende, grausame Feuer, das sie schon einmal an ihm beobachtet hatte. Irgend etwas war in ihm, vor dem sie zurückschreckte, noch immer. Etwas, das ihn stärker mit Krake und seiner finsteren Aura verband, als Lyra jetzt schon begreifen mochte. »Krake!« wiederholte er. »Du Bestie. Du verdammtes ... Ungeheuer!« Seine Hand suchte im Schlamm, fand das Schwert und krampfte sich um seinen Griff.

Lyra fuhr blitzschnell herum und drückte sein Handgelenk herunter. Dago stöhnte wie unter Schmerzen, stieß sie von sich und riß die Klinge aus dem Morast. Lyra warf sich erneut nach vorn und umklammerte mit aller Kraft seinen Arm.

»Laß mich!« brüllte er. »Ich bringe ihn um. Wenn ich dieses Monstrum vernichte, hat es sich gelohnt, Lyra. Laß mich los!« Er begann zu stammeln, sank plötzlich nach vorne und krümmte sich wie unter einem Hieb. Seine

Hand öffnete sich, das Schwert entglitt seinen Fingern und fiel zurück in den Morast.

»Du Narr«, sagte Krake leise. Seine Stimme war nur ein Hauch, der dumpf unter der geschlossenen goldenen Maske hervordrang, aber die Worte waren trotzdem und trotz der großen Entfernung, die noch zwischen ihnen lag, so deutlich zu vernehmen, als stünde er neben ihnen.

»Was muß ich noch tun, damit du begreifst, daß du verloren hast, du hitzköpfiger junger Tor?« fragte er. »Vielleicht sollte ich dich am Leben lassen, damit du siehst, wie deine lächerliche Rebellenarmee zerschlagen wird.«

Lyra sah mühsam auf. Die Bewegung verlangte große Kraft von ihr; ihr Körper war leer, ausgelaugt vom Toben des Schwertes und zerfressen vom Schmerz. Und Krakes Gegenwart lähmte sie zusätzlich. Für einen Moment suchte sie fast verzweifelt nach einer Andeutung der Macht, die ihr geholfen hatte, Ratte zu vernichten, aber in ihrem Inneren war nichts als dumpfe Verzweiflung und Leere. Und sie begann zu ahnen, daß ihr Erions Kräfte nicht einmal geholfen hätten, hätte sie noch darüber gebieten können. Das goldene Ungeheuer vor ihr war tausendmal mehr Magier, als es Ratte jemals gewesen war. Nicht einmal die Kräfte einer Elbin konnten ihn bezwingen.

Der Blick der riesigen schimmernden Krakenaugen löste sich von Dago und richtete sich auf Lyra. Es war wie die Berührung von weißglühendem Stahl. Woher sie die Kraft nahm, ihm standzuhalten, wußte sie nicht.

»Und du, kleine Närrin?« fragte Krake. Seine Stimme klang fast heiter; belustigt auf eine grausame Art. »Bist du zufrieden mit dem, was du erreicht hast?«

Lyra antwortete nicht, aber dafür stemmte sich Dago noch einmal hoch und starrte den Magier voller Haß an. »Du wirst sterben«, sagte er gepreßt. »Du kannst mich vernichten und alle hier umbringen. Du kannst mich töten und Lyra und jeden, der hier ist, aber am Ende wirst du sterben. Eure Zeit ist abgelaufen. Du wirst sterben, so wie Ratte gestorben ist. Die Caer Caradayn wird fallen.«

»Ratte!« Krake lachte spöttisch. »Ratte war ein ebensolcher Narr wie du, Dago, euch in den Minen von Tirell angreifen zu wollen. Genaugenommen hast du uns einen Dienst erwiesen, uns von einem Toren wie ihm zu befreien. Aber begehe nicht den Fehler, mich mit ihm zu verwechseln. Wer wird eure Revolte anführen, wenn du nicht mehr da bist? Welche Armee wird die Caer schleifen, wenn meine Krieger dieses lächerliche Heer vernichtet haben, Dago? Und wer wird Torans Kleid tragen, wenn die junge Närrin an deiner Seite stirbt?«

Alles kam Lyra mit einem Male sinnlos und vergebens vor. Krakes Worte trafen sie wie Peitschenhiebe, denn sie waren wahr, und sie machten ihr klar, auf welch tönernen Füßen ihr Vorhaben gestanden hatte. Sie hatte die Welt retten wollen, mit nichts als einem Stück Tuch und einem verzauberten Schwert, und ein lächerlicher Hinterhalt, eine flüchtige Bewegung von Krakes Hand, ein einziger Befehl an seine Krieger machte alles zunichte. Was würde geschehen, wenn ihr Heer auf die vereinigte Macht aller fünf überlebenden Magier traf? Trotzdem hob sie noch einmal den Blick, starrte das goldene Krakengesicht an und sagte: »Mein Sohn, Krake. Töte mich, und er wird dich vernichten.«

»Dein Sohn?« Krake lachte leise. »Der Bankert eines Skruta und einer Elbenschlampe, die so dumm war, nicht einmal zu merken, daß sie nur Teil in einem Spiel war? Du glaubst, ich hätte Angst vor einem Säugling?«

»Ob jetzt oder in zwanzig Jahren, das spielt keine Rolle«, sagte Dago erregt. »Er wird vollenden, was wir angefangen haben, Krake. Er wird es . . .«

Der Magier unterbrach ihn mit einer befehlenden Handbewegung, schwieg einen Moment und deutete dann auf den Mann mit dem Magierauge, den Kommandanten seiner Garde.

»Tötet sie«, sagte er.

Der Eisenmann senkte demütig das Haupt, drehte sich mit einer fast bedächtigen Bewegung wieder zu Dago und ihr herum und hob das Schwert mit beiden Armen hoch über den Kopf.

Er führte die Bewegung niemals zu Ende. Etwas Dunkles, Kleines sirrte eine Handbreit über Dagos Kopf hinweg, traf den Helm des Eisernen mit ungeheurer Wucht und bohrte sich knirschend durch das goldene Dreieck zwischen seinen Augen. Der Schlag war so gewaltig, daß der Riese wie von einem Fausthieb getroffen drei, vier Meter weit zurücktaumelte, ehe er dann rücklings zu Boden stürzte.

Krake stieß einen gellenden Schrei aus, aber seine Stimme ging im boshaften Summen weiterer Geschosse unter, die plötzlich wie ein Schwarm mörderischer eiserner Insekten aus dem Wald heraus und unter die Eisenmänner fuhren. Vier, fünf der eisernen Giganten sanken tödlich getroffen zu Boden, und plötzlich bäumte sich der Krieger unmittelbar neben dem Goldenen im Sattel auf, griff sich an den Hals und fiel tot von seinem Pferd.

Dann erschienen die Reiter.

Es ging zu schnell, als daß Lyra auch nur einen klaren Gedanken fassen oder sich fragen konnte, wer sie waren oder woher sie kamen. Dutzende, dann Hunderte von riesenhaften, in braune und schwarze Umhänge gehüllte Gestalten brachen plötzlich wie brüllende Racheengel aus dem Wald, Bolzen und Pfeile in unaufhörlichen Strömen auf die Eisenmänner und ihren Herrn schleudernd. Der Wald erbebte unter dem Hämmern Hunderter und Aberhunderter Hufe, und die Schreckensschreie der Eisernen vergingen im zornigen Brüllen ungezählter rauher Kehlen.

Es war wie eine getreuliche Wiederholung des Gemetzels, das die Eisenmänner unter Malik Pashas Männern angerichtet hatten, nur mit umgekehrten Vorzeichen. Die Angreifer fuhren wie ein Wirbelsturm unter die schwarzen Krieger, töteten die Hälfte von ihnen schon mit ihrem ersten, ungestümen Angriff und begannen wie von Sinnen unter den Überlebenden zu wüten. Das Heer teilte sich in einer gewaltigen, fließenden Bewegung, überrollte die Eisenmänner, die dem Pfeil- und Bolzenhagel entronnen waren, und bildete plötzlich eine neue, mit einem Male wieder nach außen gewandte Mauer aus Leibern und Waffen um Lyra und die Quhn, während die zweite, größere Hälfte mit gellendem Kampfgebrüll auf Krake und seine Garde zustürmte.

Der goldene Magier starrte den so plötzlich aufgetauchten Feinden einen Herzschlag lang starr entgegen; Lyra konnte seine Fassungslosigkeit beinahe sehen. Dann schrie er auf, riß sein Pferd mit einer brutalen Bewegung herum und preschte davon. Zwei Mann aus seiner Garde begleiteten ihn, während sich die anderen den Angreifern in schierem Todesmut entgegenwarfen.

Es war, als versuchten sie nur mit den Händen eine Lawine aufzuhalten. Die Reiter waren ihnen an Waffen und Panzerung hoffnungslos unterlegen, aber ihre Zahl überstieg die der Eisenmänner um das Fünfzigfache. Das knappe Dutzend Krieger, das sich ihnen in den Weg zu stellen versuchte, wurde einfach niedergeritten, und die, die den ersten Angriff überlebten, starben Sekunden darauf unter einem wütenden Hagel von Schwerthieben und Stichen. Der Trupp verlangsamte noch nicht einmal seine Geschwindigkeit, sondern brach wie eine Springflut aus Fleisch und Stahl durch den Waldrand und raste hinter dem Magier her.

Erst als der letzte Reiter verschwunden war, gelang es Lyra, ihren Blick vom Waldrand zu lösen und sich wieder auf das Geschehen in ihrer unmittelbaren Umgebung zu konzentrieren.

Die Eisenmänner, die die Quhn niedergemacht hatten, waren tot. Ihre Körper lagen verkrümmt und verstümmelt wie wirre Haufen blutig zerschlagenen Schrotts da, gefallen unter Hieben, die von einer ein Jahrtausend alten Wut bestimmt gewesen waren. Der Anblick löste Übelkeit in Lyra aus. Einige Männer stachen und schlugen noch immer auf die Toten ein oder ließen ihre Pferde auf dem zermalmten Eisen der Rüstungen herumtrampeln, sie spürte die Wut der Männer, einen Zorn, der schlimmer war als der der Eisernen, ja, selbst schlimmer als der Haß Dagos.

Sie sah weg und versuchte aufzustehen, aber ihre Knie gaben unter dem Gewicht ihres Körpers nach, sie fiel abermals und wäre vornüber gestürzt, wäre da nicht plötzlich eine Hand gewesen, die sie hielt. Eine gewaltige, unglaublich starke Hand.

Sie starrte auf die Hand hinab, die ihren Arm hielt, eine Hand, so groß wie ihr Gesicht, mit dunkler, sonnengebräunter Haut und Muskeln, die sich wie knotige Stricke wölbten. Dann, zitternd und erfüllt von einer Mischung aus Angst und aberwitziger Hoffnung, sah sie auf und blickte in das Gesicht des Mannes, der sie gefangen hatte.

Es war einer der Fremden. Er war abgesessen, ragte aber noch immer wie ein Gigant über ihr empor, weit über zwei Meter groß und mit Schultern, die jedes Kleidungsstück gesprengt hätten. Sein Gesicht war so groß wie seine Hände, breit und von raubtierhafter Wildheit und unglaublicher Kraft bestimmt. Das Gesicht eines Tieres, das in Menschenhaut geschlüpft war. Das Antlitz eines Barbaren.

Eines Barbarenprinzen.

Denn sie kannte dieses Gesicht. Dieses Gesicht und die großen, stahlblau blickenden Augen, deren sanfter Ausdruck so gar nicht zu der Härte und Wildheit auf seinen Zügen passen wollte . . .

»Sjur!« flüsterte sie.

22

Er war so groß wie Sjur, und er war wie er ein Fürst seines Volkes. Aber er war nicht Sjur. Sein Name war Bjaron, und das Wilde, Barbarische war stärker in ihm als in Erions Gemahl; er war schwerer, massiger und womöglich noch stärker, aber seine Kraft war von direkterer, unbeholfenerer Art, und seinen Bewegungen fehlte das schwerelose Gleiten, das die Sjurs so sehr von der eines Menschen unterschieden hatte. Bjarons Kraft war eher die eines Bären, wo Sjur Lyra an eine Raubkatze erinnert hatte. Die Illusion war nach wenigen Augenblicken vergangen.

Schlußendlich siegte die Schwäche doch, und dunkle Bewußtlosigkeit umfing Lyra und ließ sie in Bjarons Armen zusammenbrechen. Aber sie lag in Dagos Schoß, als sie aus der Ohnmacht erwachte.

Für einen Moment hatte sie Schwierigkeiten, in die Wirklichkeit zurückzufinden; der Himmel drehte sich über ihr wie ein rasendes Karussell. Dann stach eine glühende Nadel in ihre Seite, und das Brennen riß sie endgültig aus ihrem Traum; sie wußte wieder, wo sie war.

Jemand hatte eine Decke über ihre Beine gebreitet, und geschickte Hände machten sich an der Wunde an ihrer Seite zu schaffen; schnell und routiniert wie die eines Menschen, der ganz genau weiß, was zu tun ist und wie es zu tun ist, aber auch sehr grob. Der Schmerz hatte sie geweckt, und sie mußte die Zähne zusammenbeißen, um nicht aufzustöhnen. Sie hätte es gedurft; sie war eine Frau und verletzt und hatte das Recht, Schmerz zu zeigen, aber trotz allem war plötzlich ein absurder Stolz in ihr, der sie daran hinderte, sich in Gegenwart der Skruta-Krieger gehenzulassen, und so schluckte sie den Schmerzlaut herunter, der über ihre Lippen kommen wollte, und verzog nur kurz und heftig das Gesicht. Instinktiv wollte sie nach dem Schmerz in ihrer Seite greifen, aber die gleiche Hand, die ihr den Schmerz zufügte, drückte ihren Arm grob zurück, und sie versuchte es kein zweites Mal.

Sie spürte, daß nicht sehr viel Zeit vergangen war. Die Ohnmacht war nicht sehr tief gewesen; im Grunde nicht mehr als ein Schwächeanfall, bei dem ihr für wenige Momente schwarz vor Augen geworden war.

Die Lichtung war voller Männer; Skruta in erdbraunen oder schwarzen Umhängen, die sich um die Verwundeten kümmerten, die Tiere zusammentrieben oder Waffen und andere Dinge vom Schlachtfeld aufhoben.

Der Schmerz wurde schlimmer, als der Skruta den Verband angelegt hatte und ihr zerrissenes Kleid zusammenknotete, aber Lyra verbiß sich noch immer jeden Klagelaut, richtete sich – sehr vorsichtig und von Dago gestützt – in eine halbwegs sitzende Stellung auf und sah den breitschultrigen Krieger dankbar an.

Sein Blick war ernst, aber in seinen Augen stand die gleiche, freundliche Sanftmut, der gleiche Ausdruck von Menschlichkeit, der sie schon an Sjur hoffnungslos verwirrt hatte.

»Fühlst du dich besser?« fragte er. Seine Stimme war sehr leise, und sie ahnte, daß er sie absichtlich dämpfte – er mußte für seine Verhältnisse beinahe flüstern –, um sie nicht zu erschrecken, aber sie spürte trotzdem die Kraft und Selbstsicherheit darin und nickte.

»Der Schnitt ist nicht sehr tief«, fuhr Bjaron fort und lächelte. »Aber ich fürchte, es wird ziemlich weh tun, wenn du reiten willst. Ich kann dir später eine lindernde Salbe auftragen, aber im Moment mußt du die Zähne zusammenbeißen und es ertragen.«

»Es wird schon gehen«, sagte Dago rasch. Seine Worte waren von einer Schärfe, die Lyra nicht verstand. Sie drehte den Kopf, setzte sich weiter auf und sah ihn überrascht an. Sie mochte es nicht, wenn ein anderer an ihrer Stelle antwortete. Nicht einmal bei Dago. Vielleicht gerade bei ihm nicht.

Aber der junge Magier schien ihren Blick nicht einmal zu bemerken. Sein Gesicht war eine Maske aus Schmutz und halb erstarrtem Blut, auf dem keine Regung zu erkennen war, aber seine Augen blitzten, während er den Skruta anstarrte. »Ihr habt recht, Bjaron«, fuhr er in eisigem Ton fort. »Die Wunde ist schmerzhaft, aber nicht sehr gefährlich. Die Zwerge werden sie besser versorgen, als es Eure Heilkundigen könnten.«

Bjaron mußte die Herausforderung in Dagos Worten hören, aber er reagierte nicht darauf, sondern nickte nur, stand mit einer federnden Bewegung auf und rieb sich die Handflächen an den Hosenbeinen sauber. »Wie Ihr meint«, erwiderte er. »Die Heilkunst der Zwerge ist unübertroffen. Aber es ist ein weiter Weg bis zum Fluß hinunter. Ich wollte dem Mädchen unnötige Schmerzen ersparen.« Er hob die Schultern, drehte sich um und wollte gehen, aber Dago rief ihn in scharfem Ton zurück.

»Bjaron!«

»Ja?« Der Skruta lächelte noch immer, aber seine Augen waren jetzt kalt. Dago erwiderte seinen Blick voller Zorn. Lyra schauderte. Sie spürte das lautlose Duell, das für Sekunden zwischen diesen beiden ungleichen Männern stattfand, nur zu deutlich. Aber sie wußte nicht zu sagen, wer es gewann, und schließlich löste Dago behutsam die Hände von ihrer Schulter, stand ebenfalls auf, wischte sich den gröbsten Schmutz aus dem Gesicht und trat einen Schritt auf den Barbarenfürsten zu. Seltsam – in Gegenwart anderer Männer war ihr Dago immer groß und imposant erschienen, trotz seiner Jugend und der manchmal fast linkischen Art. Neben dem Skruta wirkte er wie ein Zwerg. Aber seine Stimme war sehr fest, und der herausfordernde Ton darin war eher noch stärker geworden und strafte seine Worte Lügen.

»Ich danke Euch, daß Ihr uns gerettet habt, Bjaron«, sagte er steif. »Ohne Euer Eingreifen wären wir jetzt tot.«

Bjaron nickte spöttisch. »Das ist gut möglich. Aber Ihr braucht Euch nicht gleich vor lauter Dankbarkeit zu überschlagen, wißt Ihr?«

In Dagos Augen blitzte es erneut auf. Zornig trat er einen weiteren Schritt auf den Skruta zu, hob den Arm und deutete mit einer wütenden Bewegung auf die Lichtung hinaus. »Ich bin Euch dankbar, Skruta«, sagte er erregt. »Ich frage mich nur, wie viele unserer Männer noch leben könnten, hättet Ihr eher eingegriffen. Wie lange habt Ihr am Waldrand gestanden und zugesehen, wie sie unsere Krieger niedergemacht haben? Von Anfang an?«

Lyra fuhr wie unter einem Hieb zusammen und starrte mit wachsendem Schrecken abwechselnd von Bjaron zu Dago und zurück, aber keiner der beiden Männer schien sie in diesem Moment auch nur zu bemerken. Bjaron lächelte noch immer, aber er wirkte mit einem Male viel weniger freundlich als selbst noch vor Augenblicken. Eine Spannung erfüllte seine Gestalt, die nicht zu sehen, aber dafür um so deutlicher zu spüren war.

»Ihr habt es gewußt?« fragte er schließlich, ohne direkt auf Dagos Frage zu antworten. Seine Stimme klang fast gelangweilt.

Der junge Magier nickte wütend, dann schüttelte er ebenso heftig den Kopf. »Nicht gewußt«, antwortete er. »Ich habe gespürt, daß Ihr und Eure Leute hinter uns wart. Aber ich hielt Euch für Eiserne.« Seine Stimme begann zu zittern. »Warum habt Ihr nicht eher eingegriffen? Hat es Euch Freude bereitet, zuzusehen, wie meine Männer niedergemetzelt wurden?«

Statt einer Antwort hob Bjaron plötzlich den Arm, hielt Dagos Kopf mit seiner gewaltigen Pranke fest und fuhr mit dem Daumen über seine Stirn, als würde er einen Fleck von einem Glas reiben. Dagos wütende Gegenwehr schien er nicht einmal zu registrieren. Dago schlug nach ihm, aber in Bjarons Pranken war er nicht mehr als eine Puppe in den Händen eines Kindes.

»Ein Magier«, sagte Bjaron und stieß Dago von sich. »Das erklärt natürlich alles. Ich habe mich gefragt, wie es Euch gelungen ist, allein fast ein Dutzend dieser Kreaturen zu töten.« Er streckte erneut die Hand nach Dago aus, aber der Magier schlug seinen Arm wütend beiseite und wich zurück.

»Warum habt Ihr so lange gezögert?« schnappte Dago. »Wart Ihr nicht sicher, für welche Seite Ihr Partei ergreifen solltet, oder hat es Euch einfach Freude bereitet, Skruta?«

Bjarons Lächeln gefror endgültig zu einer Grimasse, als er hörte, wie Dago das letzte Wort betonte. »Nein«, sagte er kalt. »Sie sind unsere Feinde, kleiner Mann, genau wie eure – aber das heißt nicht automatisch, daß ihr unsere Freunde sein müßt. Ich weiß nicht, wie ihr es handhabt, Mensch, aber bei uns machen gemeinsame Feinde aus Fremden nicht gleich Blutsbrüder.«

Dago ballte mit einem zornigen Ächzen die Fäuste und

machte einen halben Schritt auf ihn zu. Bjaron spannte sich.

»Hört auf!« sagte Lyra scharf. Der befehlende, harte Ton in ihrer Stimme erschreckte sie fast selbst, und auch Bjaron und Dago wandten verwirrt die Köpfe und blickten auf sie herab. Dago wirkte verstört, aber im gleichen Moment auch alarmiert, während Bjaron sie ansah, als bemerke er ihre Gegenwart erst jetzt, aber auch mit einer Spur von Ärger. Ganz offensichtlich war er es nicht gewohnt, von einer Frau unterbrochen zu werden. Die Freundlichkeit, mit der er sie zuvor behandelt hatte, war nicht mehr als die gewesen, die er auch seinem Pferd oder einem Hund hätte angedeihen lassen, das wurde ihr klar, als sie seinen Blick sah. Sie war enttäuscht.

»Ich bitte euch, hört auf zu streiten«, sagte Lyra noch einmal. Sie stand auf, tat einen unsicheren Schritt auf Dago zu und ignorierte seine hilfreich ausgestreckte Hand. Ein sonderbarer Zorn erfüllte sie, für den sie selbst keine Erklärung wußte.

»Verzeiht ihm, Herr«, sagte sie, zu Bjaron gewandt. »Aber seine Erregung ist nicht grundlos. Viele von den Männern, die hier gestorben sind, waren unsere Freunde. Und du«, sie wandte sich an Dago, »solltest dich mäßigen. Ohne Bjaron und seine Krieger wären wir jetzt tot, tot oder Schlimmeres. Er wird seine Gründe gehabt haben, abzuwarten.« Sie wußte selbst nicht, warum sie ausgerechnet Bjarons Partei ergriff, und der Blick, den sie dem Skruta zuwarf, war beinahe flehend. Sie hatte mehr getan, als sich einfach in einen Streit einzumischen; viel mehr. Dago würde sie verachten, wenn der Skruta keine zufriedenstellende Erklärung abgeben konnte.

»Die hatten wir in der Tat«, antwortete Bjaron, schleppend und nach einer Pause, in der er sie mit neuem Respekt von Kopf bis Fuß musterte. »Wir wollten nicht die Eisenmänner, sondern ihren Anführer.« Er wandte sich wieder an Dago. »Ein Teil meiner Reiter war dabei, die Lichtung zu umgehen und diesem verfluchten Magier den Fluchtweg abzuschneiden. Hättet Ihr sie noch wenige

Augenblicke hingehalten, dann wäre die Falle zugeschnappt. Aber wir kriegen ihn auch so.«

»Das bezweifle ich«, antwortete Dago zornig. »Ihr könnt froh sein, wenn Ihr Eure Männer lebend wiederseht, Bjaron. Krake ist kein kleiner Zauberlehrling wie ich.«

»Und meine Krieger keine Memmen wie Eure Begleiter«, erwiderte Bjaron beleidigt.

Dago atmete scharf ein, aber er war immerhin klug genug, nicht mehr zu widersprechen, weil der Streit albern zu werden begann und sie im Grunde wohl beide einsahen, dem anderen Unrecht getan zu haben.

Nach einer Weile senkte er betreten den Blick.

Bjaron wandte sich um, ging zu seinem Pferd und löste den Wasserschlauch vom Sattelgurt. »Du mußt durstig sein, Mädchen«, sagte er, während er Lyra den Schlauch hinhielt. »Trink. Aber sei vorsichtig. Der Wein ist stark.«

Lyra griff dankbar zu, setzte den Schlauch an die Lippen und trank, zuerst mit großen, gierigen Schlucken, dann, als der erste, quälende Durst gelöscht war, vorsichtiger. Der Wein brannte ihre ausgedörrte Kehle hinab wie Säure, aber er löschte ihren Durst, und sie spürte die belebende Wirkung des Getränkes fast augenblicklich wie eine warme, prickelnde Woge. Er hatte nicht übertrieben – der Wein war stark.

Bjaron nahm den Schlauch zurück, fuhr mit dem Handrücken über das Mundstück und sah Dago auffordernd an. »Ihr auch?«

Dago schien nicht sehr durstig, aber er schluckte tapfer.

»Krake, sagtet Ihr«, murmelte Bjaron, als Dago ihm den Schlauch zurückgab. »Seid Ihr sicher, daß er es war?«

Dago nickte. »Vollkommen. Wer diese Bestie einmal gesehen hat, der vergißt sie nie wieder. Warum fragt Ihr?«

»Weil mir meine Späher berichteten, daß Spinnes und Krötes Männer drüben in den Bergen aufmarschieren«, antwortete Bjaron nachdenklich. »Wenn Ihr recht hättet, Dago, dann würde das bedeuten, daß wir . . .«

»Gleich dreien von ihnen gegenüberstehen«, führte

Dago den Satz zu Ende. »Natürlich. Was habt Ihr erwartet, Bjaron? Dieses Tal ist unser Sammelpunkt, und der Paß dort drüben ist zugleich der letzte Ort zwischen hier und Caradon, an dem sie uns noch wirksam aufhalten könnten. Sie werden mit aller Macht versuchen, uns hier zum Kampf zu zwingen.«

»Warum habt Ihr es dann nicht umgangen, wenn Ihr all das wißt?« fragte Bjaron stirnrunzelnd. »Dieses Tal kann zu einer Falle für Eure Armee werden.«

»Weil uns nicht genug Zeit bleibt«, antwortete Dago. »Der Weg um die Berge herum dauert drei Monate, Bjaron. Unsere Männer können nicht neunzig Tage marschieren und dann eine Festung stürmen, die nahezu unangreifbar ist. Ich führe ein Heer aus Menschen, Bjaron, keine Skruta, wie Ihr.«

Bjaron schien widersprechen zu wollen, aber dann sah er Dago nur mit einem Blick an, als wäre ihm plötzlich etwas Neues an ihm aufgefallen, runzelte abermals die Stirn und murmelte: »Ein Magier . . . natürlich! Ein junger, ungestümer Magier, der selbst einen Skruta mit bloßen Fäusten angreifen würde, ließe man ihn. Genauso hat man mir Euch beschrieben. Ihr müßt Dago sein.«

»Der bin ich«, antwortete Dago überrascht. »Ihr . . . habt von mir gehört?«

»Von Euch gehört?« Bjaron schnaubte. »Ich bin hier, weil ich Euch suche. Euch und den Träger von Torans Kleid.«

Lyra sah verwirrt auf, aber Dago warf ihr einen raschen, fast beschwörenden Blick zu und zog Bjarons Aufmerksamkeit mit einer hastigen Handbewegung wieder auf sich. »Ihr habt mich gesucht?« wiederholte er. »Wozu? Was tut Ihr hier in diesem Teil des Landes?«

Die Frage schien Bjaron zu verärgern, denn sein Ton war wieder merklich kühler, als er antwortete: »Ich bin nicht aus Langeweile hier, Dago, oder nur, weil mir das Kämpfen Spaß macht, sondern als Abgesandter. Das Triumvirat meines Volkes schickt mich, mit einer offiziellen Botschaft für Euch und Torans Propheten.«

Propheten? dachte Lyra. Das Wort war neu. Aber es zeigte, daß ihr Geheimnis nicht halb so gut gewahrt geblieben war, wie Dago und Schwarzbart gehofft hatten.

»Wir bieten Euch unsere Unterstützung an«, fuhr Bjaron fort, als Dago nicht reagierte, sondern ihn nur mit wachsender Neugier anblickte. Eine steile Falte erschien über seinen scharf gezeichneten Brauen. »Die Männer, die Ihr hier seht, sind nur die Vorhut eines weit größeren Heeres, das einen halben Tagesritt nördlich von hier steht. Zehntausend Bewaffnete, bereit, sich mit Euren Heeren zu vereinen, um die Goldenen zu schlagen.«

»Zehntausend!« murmelte Dago. Sein Blick flackerte. »Zehntausend Krieger, Bjaron! Wißt Ihr, was Ihr da sagt?«

Bjaron lächelte verzeihend. »Natürlich weiß ich es, Dago. Die Armee der vereinten Königreiche von Skrut steht hinter diesem Berg bereit. Ein Wort von Euch genügt, und sie schließen sich Euch an.«

»Dann ... dann waren die Spuren, die unsere Späher gesehen haben, die Eures Heeres?«

Bjaron nickte. »Ja.«

»Aber sie ... sie sind angegriffen worden!« mischte sich Lyra ein. »Der Mann, der zu uns zurückkam, war tödlich verwundet.«

»Ich weiß«, antwortete Bjaron ernst. Eine Spur von Bedauern schwang in seinen Worten mit. »Ein kleiner Trupp von Krakes Kreaturen, die zwischen uns und Eure Späher gerieten. Es waren unsere Spuren, die Eure Männer sahen, aber die Reiter, denen sie begegneten, waren Eisenmänner.« Er seufzte. »Ein schlimmer Irrtum, aber ein verständlicher. Vermutlich hätte ich die gleichen falschen Schlüsse gezogen wie sie, wäre ich in ihrer Lage gewesen.«

»Dann ... dann wäre all das hier nicht ... nicht passiert, wären wir nicht vor Euch geflohen!« stammelte Dago.

»Wahrscheinlich nicht«, antwortete Bjaron. »Aber es ist nicht Eure Schuld.«

»Ich Narr«, murmelte Dago, als hätte er Bjarons Worte

gar nicht gehört. »Ich hätte umkehren sollen. Ich habe sie in den Tod geführt! Ich . . .«

»Nicht, Dago«, sagte Lyra sanft. »Es macht die Männer nicht wieder lebendig, wenn du dich quälst. Es ist genauso meine Schuld. Ich hätte dich warnen müssen.«

»Aber das hast du!« keuchte Dago. Seine Stimme zitterte. »Du . . . du hast die Gefahr gespürt, so wie zuvor. Du . . . du hast es gewußt, Lyra. Und ich habe nicht auf dich gehört.«

»Aber das stimmt doch gar nicht«, widersprach Lyra. Sie fühlte sich hilflos, denn sie wußte, daß Worte das, was jetzt in Dago vorgehen mochte, nicht lindern konnten. Mehr als zweihundert Männer waren gestorben, weil er vor denen, die gekommen waren, um ihnen zu helfen, davongerannt war.

»Doch«, murmelte Dago. »Du hast es gewußt, und ich hätte es spüren müssen.«

Bjaron starrte abwechselnd von Dago zu Lyra und verstand offensichtlich nicht die Hälfte von dem, was er hörte.

»Verzeiht Dago, Bjaron«, sagte Lyra mühsam. »Er ist . . .«

»Erschöpft und verwirrt, ich weiß«, unterbrach sie der Skruta unwillig. »Vielleicht bereitet es Euch auch Freude, Euch mit Selbstvorwürfen zu quälen. Aber ich bin nicht hier, um wie ein Weib über Dinge zu klagen, die nun einmal geschehen und nicht mehr zu ändern sind, sondern zu verhindern, was geschehen kann.« Seine Stimme wurde fordernd. »Wie ist Eure Antwort, Dago?«

Dago sah auf, aber sein Blick schien geradewegs durch den Skrut-Krieger hindurchzugehen. Seine Hände zitterten.

»Euer . . . Angebot kommt sehr überraschend, Bjaron«, sagte er schließlich, schleppend und mit einem fast flehenden Blick in Lyras Richtung. »Es ehrt uns, aber ich . . . ich kann nicht allein über eine Frage von solcher Bedeutung entscheiden. Ihr müßt das verstehen. Ich . . . brauche ein wenig Zeit.«

Bjarons Haltung versteifte sich. Aber er äußerte kein Zeichen von Unmut oder Ärger, sondern allerhöchstens Ungeduld. »Ich verstehe«, sagte er knapp. »Ihr müßt mit Euren Verbündeten reden, ob sie die Hilfe von Skrut annehmen, nicht wahr? Ihr habt Angst, daß wir in den Pausen zwischen den Schlachten eure Frauen vergewaltigen und eure Kinder verschleppen.« Seine Worte waren vollkommen frei von Zorn; es war eine Feststellung, mehr nicht.

»Unsinn«, widersprach Dago, eine Spur zu hastig, um wirklich überzeugend zu klingen. »Das sind Geschichten, mit denen man kleine Kinder erschreckt, Bjaron, und Ihr wißt das. Ihr seid uns als Freunde und Gäste willkommen, aber ich . . .« Er stockte wieder, suchte einen Moment vergeblich nach Worten und schüttelte schließlich hilflos den Kopf.

»Es kommt einfach zu überraschend, Bjaron. Ich muß mit Toran reden, ehe ich Euch eine Antwort geben kann.«

Bjaron lachte hart. »Toran? Torans Propheten, meint Ihr. Der Legende, die Ihr zum Leben erweckt habt, um den Schwächlingen in Eurer Gefolgschaft Mut zu machen. Haltet mich nicht für dumm, Dago. Ich weiß sehr wohl, wer der wahre Kopf dieser Revolte ist.«

Dago zuckte zusammen wie unter einem Hieb. »Das ist nicht wahr«, sagte er.

Bjaron schürzte abfällig die Lippen. »Ihr solltet einen Mann, der Euch gerade das Leben gerettet hat, nicht wie einen Narren behandeln, Dago. Aber wie Ihr wollt – führt mich zu ihm, und ich werde selbst mit ihm reden.«

Lyra war der Unterhaltung bisher schweigend gefolgt; so wie vorher ein Stück abseits stehend und nicht nur in diesem Sinne ausgeschlossen. Bjarons Aufmerksamkeit ihr gegenüber war im gleichen Moment erloschen wie sein Ärger. Er hatte begriffen, daß Dago es für richtig hielt, wenn sie sich einmischte, und er hatte dies akzeptiert; trotzdem blieb sie für ihn eine Frau. Sie war nicht wichtig in dieser Unterredung.

Um so überraschter war der Skruta, als sie jetzt abermals zwischen ihn und Dago trat und mit einer Geste seinen Blick auf sich zog.

»Das ist nicht mehr nötig, Bjaron«, sagte sie leise. Sie sah aus den Augenwinkeln, wie Dago abermals zusammenfuhr und sich ein Ausdruck von Entsetzen auf seinen Zügen breitmachte.

»Dago braucht nicht zu Torans Propheten zu gehen, um ihn um Erlaubnis für irgend etwas zu bitten, Bjaron«, sagte sie. »Er hat sein vollstes Vertrauen, dessen könnt Ihr gewiß sein.«

Der Skruta verzog abfällig die Lippen und hob die Hand, als wolle er sie einfach beiseite schieben. »Was weißt du davon, Weib?« schnappte er. »Kennst du ihn denn?«

Lyra sah ihn nur ernst an und sagte: »Ich kenne ihn, Bjaron. Er steht vor Euch.«

Sie wußte nicht, was sie erwartet oder Dago befürchtet hatte – Unglauben, Spott, vielleicht Zorn. Aber alles, was sie auf seinen Zügen las, war ein eisiger, plötzlicher Schrecken, der ihn zu lähmen schien.

»Du?« murmelte er schließlich. »Du bist ... ich meine ... Ihr ... Ihr seid ...«

»Ich bin Lyra«, antwortete Lyra fest. »Die Mutter Torans und Behüterin seines Schwertes.« Um ihre Worte zu unterstreichen wandte sie sich um, hob das glänzende Schwert vom Boden auf, wischte mit einem Zipfel ihres Kleides Schlamm und Blut von der Klinge und hielt es dem Skruta auf ausgestreckten Armen entgegen.

Der Barbarenkrieger ächzte. Er streckte die Hand aus, als wolle er den schimmernden Stahl der Klinge berühren, zog die Finger dann aber im letzten Moment wieder zurück und starrte Lyra mit wachsender Verwirrung an. »Ihr?« stammelte er wieder. »Eine ... eine Frau?«

Lyra hielt seinem Blick stand. »Ich bin alles, was ich Euch bieten kann«, sagte sie zornig. »Wenn Ihr mit Toran selbst verhandeln wollt, dann kommt in zwanzig Jahren wieder. Wenn Euch das zu lange ist, dann müßt Ihr schon mit mir vorlieb nehmen.« Sie drehte das Schwert herum, schob es in die Scheide an ihrem Gürtel und sah dem Skruta herausfordernd in die Augen. Sie mußte den Kopf dazu in den Nacken legen, weil er sie um so viel überragte; trotzdem hatte sie plötzlich das Gefühl, daß er der Kleinere war, nicht umgekehrt.

»Torans Schwert«, murmelte Bjaron. »Ihr tragt das Schwert.«

»Und seinen Mantel«, sagte Lyra und fügte mit einem raschen, wehmütigen Lächeln hinzu: »Zumindest dann und wann.«

Wieder starrte Bjaron sie für endlose Sekunden voller Unsicherheit und Schrecken an. Dann fuhr er zusammen, trat einen halben Schritt zurück, fiel vor ihr auf die Knie, ergriff ihren Arm und preßte die Lippen auf ihre Hand.

»Herrin!« flüsterte er.

Lyra zog ihre Hand mit einem Ruck zurück und gebot Bjaron mit einer Geste, aufzustehen. »Was soll das, Bjaron?« fragte sie unwillig. »Vor einer Minute hast du mich noch Mädchen genannt, und jetzt kriechst du vor mir im Staub?«

»Verzeiht, daß ich Euch nicht erkannt habe«, sagte Bjaron, noch immer mit gesenktem Blick und sehr leiser, bebender Stimme.

»Es ist gut, Bjaron«, sagte sie müde. »Es gibt nichts, wofür Ihr Euch entschuldigen müßtet; im Gegenteil. Ich bin es, die in Eurer Schuld steht.« Bjaron wollte widersprechen, aber sie ließ ihn gar nicht erst zu Wort kommen, sondern deutete mit einer weit ausholenden Geste auf die Lichtung hinaus. »Wir haben im Augenblick Wichtigeres zu tun, als uns gegenseitig unsere Hochachtung zu beteuern, denke ich.«

Bjaron widersprach nicht.

»Laßt uns später über alles reden, Bjaron«, fuhr sie fort. »Dago hat recht – eine Entscheidung wie diese muß gründlich überlegt werden. Seid unsere Gäste, bis wir wissen, was zu tun ist.«

Bjarons Gesicht war wie aus Stein, als er den Kopf senkte und nickte. Einen Moment lang sah er sie noch an, aber dann wandte er sich nur wortlos um, stieg in den Sattel und preschte quer über die Lichtung davon.

Müde drehte sie sich herum und sah Dago an. Plötzlich sah auch er erschöpft und matt aus, als wäre es nur noch der Zorn auf den Skruta gewesen, der ihn aufrecht hielt. Seine Hände zitterten, und Lyra sah erst jetzt, daß auch er verwundet war und aus einem halben Dutzend kleiner Schnitt- und Schürfwunden blutete. Erschrocken trat sie auf ihn zu und streckte die Hände aus, aber Dago schüttelte nur den Kopf, und sie blieb stehen. Er schwieg, doch auf seinem Gesicht war noch immer der gleiche Ausdruck von Schrecken. Und noch etwas. Etwas, das Lyra erst nach Sekunden erkannte. Er wirkte enttäuscht; enttäuscht auf eine stille, verletzte Art, dachte sie.

Plötzlich begriff sie, daß sie ihn gedemütigt hatte.

»Du ... findest es nicht richtig, was ich getan habe«, sagte sie stockend.

Dago lächelte. Es wirkte sehr bitter. »Spielt es eine Rolle, was ich richtig finde und was nicht?« fragte er.

»Du bist ...«

»Ich bin nichts«, unterbrach er sie, plötzlich scharf und laut. »Ich bin nur ein kleiner Zauberlehrling, der zu gehorchen hat. Wenn du entschieden hast, daß es besser ist, dem Skruta die Wahrheit zu sagen, dann steht es mir nicht zu, daran zu zweifeln.«

»Bitte, Dago ...«, begann sie, aber wieder unterbrach sie Dago mit einem eisigen Blick.

»Ich habe zu tun, Herrin«, sagte er kalt. »Wenn Ihr mich entschuldigen würdet? Ihr könnt mich ja rufen lassen, wenn Ihr Befehle für mich habt.« Mit einem Ruck wandte er sich um, entfernte sich ein paar Schritte und kniete neben einem verletzten Quhn-Krieger nieder.

Lyra starrte ihm aus brennenden Augen nach. Der plötzliche Ausbruch war so überraschend gekommen, daß sie noch gar nicht wirklich begriff, was geschehen war. Sie verstand nicht, warum Dago so extrem auf ihr Tun reagierte; ja, sie verstand nicht einmal, warum er überhaupt darauf reagierte. Bjaron wußte nun, wer sie war – und? Es wäre ohnehin nur eine Frage von Stunden gewesen, bis er die Wahrheit erfahren hätte; spätestens in dem Moment, in dem sie das Heerlager der Zwerge erreichten.

Oder war es wirklich nur der Umstand, daß sie ihn gedemütigt hatte? War er vielleicht nur zornig, weil sie – die Frau – ihn – den Mann – in Gegenwart des Skruta bloßgestellt hatte?

Sie drehte sich herum und hielt nach dem Skruta Ausschau. Zumindest in einem Punkt stimmten sie wohl alle drei überein – sie hatten keine Zeit zu verlieren. Krake war vielleicht für den Moment in die Flucht geschlagen, aber er würde wiederkommen, und trotz der Skruta-Reiter waren sie ihm so gut wie schutzlos ausgeliefert, wenn er seine ganze Magie und die Macht seiner furchtbaren Eisenmänner gegen sie aufbot.

Sie entdeckte Bjaron auf der anderen Seite der Lichtung und ging zu ihm hinüber.

Bjaron war nicht wieder abgesessen, sondern rief den Kriegern vom Sattel aus in rascher Folge Befehle zu. Seine Männer hatten die frei herumlaufenden Tiere eingefangen und die Verwundeten versorgt, so gut es im Augenblick möglich war. Es waren nicht viele; die Eisenmänner hatten unter ihnen gewütet wie Wilde. Von den zweihundertfünfzig Mann lebten noch zwei Dutzend. Aber auch zahlreiche Skruta waren verwundet; sie hatten die Eisenmänner niedergerannt wie eine Lawine, doch die Schwerter der Eisernen hatten einen hohen Blutzoll gefordert, obwohl der Kampf nur wenige Augenblicke gedauert hatte. Die Skruta hatten die Toten in der Mitte der Lichtung zusammengetragen und begannen, Holz und Reisig zu sammeln, um sie zu verbrennen, wie es bei ihrem Volk üblich war, und sehr viele der reglosen Körper trugen die fleckigen Umhänge der Barbarenkrieger.

Der Anblick ernüchterte Lyra. Mit einem Male kam ihr der Streit zwischen Dago und Bjaron sinnlos und lächerlich vor, ebenso lächerlich wie Dagos alberne Verletztheit. Sie hatten um Dinge wie Ehre und Würde gestritten, während Männer ihrer beiden Völker bereits Seite an Seite gekämpft hatten und gestorben waren! Sie sah zu Dago zurück. Er kniete noch immer neben dem verletzten Quhn, aber sein Blick irrte immer wieder über die Lichtung; er mußte ebenso empfinden wie sie. Nein – es war kein wirklicher Streit gewesen. Er würde vergessen sein, wenn sie weiterritten.

Bjarons Reiter umgaben Dago, sie und die zwanzig Nomadenkrieger wie ein lebender Schutzwall, aber das Gefühl der Sicherheit, das dieser Anblick in ihr hätte auslösen sollen, blieb aus: Sie kam sich vor wie eine Gefangene auf einer Insel der Pein, die an allen Seiten von einem braunschwarzen Ozean geradezu überschäumenden Lebens eingeschlossen war.

Bjaron bemühte sich nach Kräften, so zu tun, als übersehe er sie, aber Lyra entgingen die kleinen, nervösen Blicke keineswegs, die er immer wieder in ihre Richtung warf, wenn er dachte, sie würde es nicht merken, während Lyra die Gelegenheit nutzte, die breitschultrigen Krieger aus dem Osten eingehend zu mustern. Es war ein sehr sonderbares Gefühl – die Männer waren ausnahmslos groß und muskulös wie Riesen, und jeder einzelne schien von der gleichen, nur scheinbar gebändigten Wildheit und Kraft erfüllt zu sein wie Bjaron und Sjur; sie waren laut und roh und ihre Bewegungen viel zu schnell und unkontrolliert, voller Kraft, die nicht wirklich gebändigt war und sich in jeder noch so kleinen Geste Ausdruck verlieh.

Nach einer Weile wandte Lyra sich wieder um und ging zu Dago zurück. Als er ihre Schritte hörte, sah er auf und blickte sie für die Dauer eines Herzschlages ernst an. Dann lächelte er.

Aber es wirkte nicht echt.

23

Der Fluß lag wie ein mattes Band aus geschmolzenem Pech unter ihnen, gewaltig wie eine Schlucht und ebenso tief, ein Schacht, der Licht und Geräusche verschluckte und die Welt in zwei Hälften teilte. An seinem jenseitigen Ufer war nichts mehr; nur Schwärze. Wäre das leise, aber trotzdem machtvolle Rauschen nicht gewesen, das durch die Nacht zu der kleinen Reitergruppe unweit des Waldrandes drang, dann hätten sie ihn wirklich für eine Schlucht halten können, denn die Welt war zu einer finsteren Kulisse flacher schwarzer Scherenschnitte geworden, nachdem die Sonne untergegangen war.

Es war ein sonderbarer Tag gewesen, dachte Lyra matt. Sie hatten den Talgrund unbehelligt erreicht und waren nicht noch einmal angegriffen worden, aber sie alle hatten die unsichtbaren Augen gespürt, die sie aus den Schatten heraus belauert hatten. Der Tag war ... irgendwie unwirklich gewesen; die Sonne war aufgegangen, aber es war nicht richtig hell geworden, denn das schaumige Meer aus grauschwarzen Wolken am Himmel hatte ihr Licht zu einem grauen Schimmer gedämpft, und es war Lyra so vorgekommen, als hätten sie den Tag auf geheimnisvolle Weise verfehlt und wären nach zwölf Stunden Dämmerung wieder in die Nacht hineingeritten; eine Nacht zudem, die tiefer und lichtloser war als jede, an die sich Lyra zu erinnern vermochte. Nicht einmal in den Minen von Tirell hatte sie eine so vollkommene Finsternis erlebt wie die, die jenseits des Flusses auf sie lauerte. Es schien etwas Drohendes in dieser Dunkelheit zu sein.

Vor wenigen Minuten erst hatte der Sturm mit seinem Wüten innegehalten; und gleichzeitig hatte der Regen aufgehört, aber in der Luft lag noch ein unsichtbarer, trotzdem aber deutlich fühlbarer Hauch des Unwetters, das seine Kraft längst nicht verbraucht hatte, sondern nur Atem für ein erneutes Losbrechen sammelte.

Lyras Pferd begann unruhig zu schnauben, und Dago warf ihr einen raschen, warnenden Blick zu. Hastig beugte sie sich im Sattel vor, streichelte den Hals des Tieres und versuchte, es zu beruhigen; mit nur mäßigem Erfolg. Der Großteil von Bjarons Reitern war – zusammen mit den zwei Dutzend Quhn, die Krakes Angriff überlebt hatten – im Wald hinter ihnen zurückgeblieben, und nur Dago, Bjaron und eine Handvoll seiner Skruta-Reiter hatten sich auf die Böschung hinausgewagt. Das Pferd war unruhiger geworden, je weiter sie sich dem Fluß näherten. Vielleicht spürte es die Nähe der anderen; vielleicht war es auch einfach nur erschöpft.

Dago runzelte verärgert die Stirn, als das Tier fortfuhr, den Kopf hin und her zu werfen und mit den Vorderhufen den schlammigen Boden aufzuwühlen. Mit einer ruckhaften Bewegung stieg er aus dem Sattel, kam auf Lyra zu und legte ihrem Pferd die flache Hand auf die Nüstern. Lyra konnte nicht erkennen, was er tat – aber das Tier begann für einen ganz kurzen Moment zu zittern und stand dann plötzlich still. Für den Bruchteil eines Atemzuges spürte sie die Anwesenheit von Magie.

»Keinen Laut mehr jetzt«, sagte Dago streng, ehe er sich umwandte und zu seinem Tier zurückging. Lyra blickte ihm stirnrunzelnd nach, gleichermaßen verärgert wie bedrückt. Natürlich hatte er recht – nicht nur sie spürte, daß irgend etwas hier nicht so war, wie es sein sollte. Vor ihnen war nicht die geringste Spur von Leben zu gewahren, und der einzige Laut, den sie seit zehn Minuten hörte, war das gedämpfte Rauschen und Murmeln des Flusses zwei Pfeilschußweiten unter ihnen. Aber nach dem ohrenbetäubenden Gebrüll des Sturmes erschien nicht nur ihr die Stille doppelt tief; jedes Geräusch schien unnatürlich laut und mußte weithin zu hören sein. Und die Nacht stank geradezu nach einer Falle.

Dago wurde wieder zu einem Schatten, und Lyra wandte ihre Aufmerksamkeit erneut dem Fluß zu. Wie lange war es her, daß Bjarons Späher losgeritten war, um nach den Zwergen zu suchen? Nicht sehr lange – zehn, allerhöchstens fünfzehn Minuten, aber Lyra schien es, als wären Stunden vergangen.

Sie war müde, und die Erinnerung an den kräftezehrenden Ritt, der hinter ihnen lag, kam ihr vor wie an einen Alptraum. Sie waren nicht noch einmal angegriffen worden – nicht von lebenden Gegnern. Dafür hatte sich ihnen die Natur mit all ihrer Macht in den Weg gestellt. Die Wolken waren im Laufe des Tages noch weiter auf die Berge herabgesunken, fast als würden sie von einer unsichtbaren Hand zu Boden gedrückt, und aus dem Wind war ein Sturm, aus dem Schneeregen ein tobender Eisorkan und aus dem Winseln und Heulen des Windes ein ohrenbetäubendes Gebrüll geworden, das jedes Wort verschluckte und es fast unmöglich machte, sich anders als schreiend zu verständigen. Es war kalt, so kalt, daß Lyra trotz des fellgefütterten Mantels, gegen den sie ihren Umhang eingetauscht hatte, am ganzen Leib zitterte, und der unaufhörliche Regen hatte den Boden so aufgeweicht, daß die Pferde selbst auf den vorher festgefahrenen Wegen immer wieder bis über die Fesseln einsanken; ihr Tempo war mehr und mehr gesunken, und sie hatten den Fluß nicht am späten Nachmittag, sondern erst kurz vor Mitternacht erreicht.

Und die Zwerge waren nicht da.

Es wäre nicht einmal nötig gewesen, einen Späher vorauszuschicken, aber der Skruta-Führer hatte darauf bestanden, und Dago war zu müde, sich erneut wegen einer Nichtigkeit mit ihm zu streiten. Dabei mußte auch Bjaron klar sein, daß sie das Zwergenheer nicht einfach verfehlt hatten; das Tal von Dakkad war riesig, und die Wolkendecke über ihren Köpfen verschluckte selbst den kleinsten Lichtschimmer, aber selbst hier wäre ein Lager von fünftausend Zwergenkriegern und ihren Tieren und Wagen und Zelten schwerlich zu übersehen gewesen. Geschweige denn zu überhören.

Der Laut gedämpfter Hufschläge drang in ihre Gedanken und ließ sie aufsehen. Ein Reiter näherte sich; schnell und ohne den geringsten Versuch, leise zu sein. Wenn es der Skruta war, den Bjaron vorausgeschickt hatte, dachte Lyra erschrocken, dann mußte irgend etwas passiert sein, denn der Mann hatte sich so lautlos wie ein Schatten bewegt.

Der Schatten kam rasch näher. Lyra hörte ein einzelnes Wort in der dunklen Sprache der Skruta, dann lösten sich Bjaron und einer seiner Begleiter und nach unmerklichem Zögern auch Dago aus ihrer Deckung und ritten dem Mann entgegen.

Einer von Bjarons Kriegern wollte sie aufhalten, als auch Lyra ihr Pferd in die gleiche Richtung lenkte, aber er ließ die Hand sofort wieder sinken und gab den Weg frei, als er sie erkannte und ihrem Blick begegnete. Bjaron hatte ihnen also gesagt, wer sie war. Nun – warum auch nicht?

Der Späher hatte sein Pferd gezügelt und angehalten, und als Lyra in den lockeren Halbkreis von Männern ritt, der ihn umgab, hatte er bereits mit seinem Bericht begonnen. Sie konnte nicht verstehen, was er sagte, aber er sprach schnell und war völlig außer Atem, und sie roch den scharfen Schweiß seines Pferdes. Das Tier schnaubte unablässig; seine Flanken zitterten. Er mußte das Letzte von ihm verlangt haben. Dabei konnte er nicht sehr weit geritten sein.

»Was hat er gesagt?« fragte Dago, als der Mann eine kurze Pause einlegte, um Atem zu schöpfen. »Wo sind die Zwerge?«

Bjaron sah auf und runzelte unwillig die Stirn, aber dann erkannte er Lyra, und in den scharfen Ausdruck auf seinen Zügen mischte sich ein schüchternes Lächeln. »Eure Verbündeten sind angegriffen worden«, antwortete er. »Von Eisernen.«

»Woher will er das wissen?« schnappte Dago.

»Ganz einfach«, antwortete Bjaron spitz. »Sie sind noch da. Etwa ein Dutzend von ihnen lagern noch unten am Ufer. Dort, wo eigentlich Eure Zwerge sein sollen, Dago.« Der spöttische Unterton seiner Worte war nicht zu überhören, aber diesmal überging Dago die Herausforderung.

»Haben sie ihn gesehen?« fragte er erschrocken.

Bjaron stellte dem Reiter eine entsprechende Frage in seiner Muttersprache. Der Mann antwortete mit einem Kopfschütteln, wies dann aber in die Richtung zurück, aus der er gekommen war, und fügte ein paar Worte in schnellem, gehetztem Tonfall hinzu. Bjaron wartete, bis er geendet hatte, ehe er sich wieder an Dago wandte. Er wirkte erregt.

»Gesehen haben sie ihn nicht«, sagte er. »Aber Vendell ist sicher, daß sie von uns wissen. Von uns oder euch. Aber das bleibt sich gleich.«

»Warum?«

Bjaron zuckte die Achseln. »Es hat einen Kampf gegeben«, sagte er. »Die Zwerge sind in die Flucht geschlagen worden, aber die Eisernen haben sie nicht verfolgt. Was glaubt Ihr wohl, warum nicht?«

»Unsinn«, rief Dago verärgert. »Schwarzbart hatte annähernd fünftausend Zwerge bei sich ...«

»Von denen tausend erschlagen unten am Flußufer liegen«, unterbrach ihn Bjaron, aber Dago ignorierte seine Worte und sprach unbeeindruckt weiter: »... die wohl kaum vor einem Dutzend Eisenmänner geflohen sind, Bjaron. Weiß der Teufel, was die Eisernen da unten machen – mit uns hat es jedenfalls nichts zu tun.«

»Warum fragen wir sie nicht?« fragte Bjaron.

Dago schüttelte den Kopf. »Der Kampf heute morgen war schon sinnlos genug«, sagte er. »Wir sind nicht hier, um unsere Kräfte in sinnlosen Gemetzeln zu vergeuden, Bjaron.«

»Ein Dutzend dieser Kreaturen zu vernichten, ist nicht sinnlos«, entgegnete der Skruta. Seine Stimme bebte vor Haß. Mit einer ruckhaften Bewegung drehte er sich im Sattel herum und wandte sich in seiner Muttersprache an den Späher. Der Mann nickte, riß sein Pferd herum und verschwand eilig in der Dunkelheit.

»Was habt Ihr ihm gesagt, Skruta?« fragte Dago mißtrauisch.

Bjarons Lippen verzogen sich abfällig.

»Das geht Euch zwar nichts an, Zauberer«, sagte er betont, »aber bitte – ich habe ihm befohlen, fünfzig Mann zu nehmen und die Eisernen zu töten.«

Dago fuhr auf. »Das verbiete ich!« sagte er erregt, aber Bjaron unterbrach ihn mit einer herrischen Geste.

»Ihr habt mir nichts zu verbieten, Dago«, erwiderte er, nicht sehr laut, aber in einem Ton, der so kalt und gefühllos war, daß er selbst Dago zum Erbleichen brachte. »Ich habe Euch meine Hilfe angeboten, Dago – habt Ihr das schon vergessen? Ihr habt sie abgelehnt; gut. Wie kommt Ihr darauf, mir jetzt Befehle erteilen zu wollen?«

»Das ... das war etwas anderes«, erwiderte Dago unsicher. »Ich kann eine solche Entscheidung gar nicht treffen; selbst wenn ich es wollte. Aber Ihr vergeudet das Leben Eurer Männer und Eure Kräfte, wenn Ihr sie blindwütig gegen jede schwarze Eisenrüstung anrennen laßt, die Ihr seht.« Obwohl er mit jedem Wort recht hatte, klang seine Verteidigung lahm.

»Das ist vielleicht Eure Meinung, Dago«, antwortete Bjaron ruhig. Seine Erregung war verflogen, aber der Ernst, mit dem er jetzt sprach, gab seinen Worten beinahe mehr Gewicht, als hätte er geschrien. »Wir sind nicht hier, weil wir Euer Volk so sehr lieben, Dago, oder weil wir der Welt beweisen wollen, daß die Reiter aus Skruta in Wahrheit keinen anderen Lebenszweck kennen, als Gutes zu tun. Wir hassen diese Bestien so sehr wie ihr, Dago, wenn nicht mehr. Jeder einzelne Mann meines Heeres ist freiwillig hier, und jeder würde freiwillig und mit Freuden sein Leben geben, wenn er dabei auch nur einen der schwarzen Mörder mitnehmen könnte.«

Lyra blickte den breitschultrigen Skruta beinahe bestürzt an. In seiner Stimme hatte ein Haß geklungen, der sie schaudern ließ. Was mochten die Goldenen und ihre schwarzen Handlanger diesem Volk angetan haben, daß es sie so haßte? dachte sie.

Bjaron schien ihren Blick zu spüren, denn er wandte den Kopf und sah sie an, aber in seinen dunklen Augen war auch jetzt nichts als Kälte und Entschlossenheit; nichts mehr von der Ehrerbietung, die sie vorher darin gelesen hatte. Und sein Blick sagte noch weit mehr als die Worte, die er Dago entgegengeschleudert hatte. *Das hier ist unsere Sache*, sagte er. *Und mischt euch nicht ein, denn sie geht euch nichts an.*

Dago antwortete nicht, aber seine Miene verdüsterte sich weiter, und als er schließlich nach endlosen Sekunden das Schweigen brach, machten seine Worte deutlich, daß er die unausgesprochene Warnung in Bjarons Worten verstanden hatte. Aber er gab noch nicht auf, sondern wechselte nur die Taktik. »Das gibt doch keinen Sinn«, sagte er. »Wenn sie wüßten, daß wir hier sind, wären sie längst geflohen, Bjaron. Auch die Eisernen sind keine Selbstmörder.«

»Vielleicht rechnen sie nicht mit uns«, erwiderte Bjaron hochmütig.

Dagos Miene verdüsterte sich noch weiter. »Möglicherweise habt Ihr recht«, antwortete er steif. »Aber wir waren zweihundertfünfzig Mann, ehe wir uns begegnet sind, Bjaron, vergeßt das nicht. Auch zweihundertfünfzig Quhn sind mehr als genug, ein Dutzend Eiserner zu besiegen.«

Bjaron seufzte. »Ich verstehe nicht, worauf Ihr hinauswollt, Dago«, sagte er.

»Daß das da unten vielleicht eine Falle ist!« begehrte Dago auf. »Begreift Ihr das wirklich nicht, Ihr starrsinniger Esel? Entweder ist es ein Trupp Versprengter, dann lohnt es nicht, sie anzugreifen, denn sie werden wie die Hasen laufen, sobald sie uns auch nur hören. Oder sie wissen wirklich, daß wir kommen – und dann verratet mir irgendeinen Grund, warum sich ein Dutzend Eisenmänner mit zweihundert Skruta anlegen sollten?«

Bjaron beendete die Diskussion mit einer wütenden Handbewegung. »Genug«, sagte er. »Wir haben schon mehr Zeit mit Reden vergeudet, als gut ist. Wir töten die Eisenmänner und überschreiten den Fluß. Später habt Ihr Zeit genug, darüber nachzudenken, ob wir vielleicht eine Vereinbarung treffen, in der Ihr mir und meinen Männern Befehle erteilen dürft.« Damit riß er sein Pferd herum und sprengte zum Wald zurück, in dessen Schutz die Hauptmacht seines Heeres zurückgeblieben war. Auch die anderen Skruta wandten sich einer nach dem anderen ab und verschwanden in der Nacht, und nach wenigen Augenblicken waren Dago und Lyra allein.

»Dieser Narr!« zischte Dago. »Dieser verdammte Narr! Stark wie ein Ochse – und genausoviel Hirn!« Er drehte sich im Sattel um, starrte Lyra einen Moment lang aus zornfunkelnden Augen an und schlug wütend mit der Faust auf den Sattelknauf. Sein Pferd schnaubte erschrokken, und Dago brachte es mit einem wütenden Ruck an den Zügeln zum Schweigen. »Es geschähe ihm recht, wenn er in eine Falle liefe.«

»Das meinst du nicht ernst!« sagte Lyra erschrocken.

Dago fuhr zusammen. Für einen Moment wirkte er beinahe verlegen, wie jemand, der mit sich selbst gesprochen und zu spät bemerkt hatte, daß er nicht allein war. Dann lächelte er. »Natürlich nicht«, sagte er hastig. »Aber ein kleiner Dämpfer könnte diesem Heißsporn nicht schaden.« Er schüttelte den Kopf. »Verdammt, Lyra – genau das ist der Grund, warum ich gezögert habe, sein Hilfsangebot sofort anzunehmen. Diese Skruta bestehen nur aus Kraft und Muskeln, und sie bilden sich ein, es gäbe nichts, was ihrer Stärke widerstehen kann.«

»Gibt es denn etwas?« fragte Lyra leise. Sie meinte diese Worte ehrlich; die Stunden, die sie inmitten der Skruta geritten waren, hatten sie in eine andere Welt blicken lassen, eine Welt, die ihr bisher verschlossen gewesen war. Sjur war ihr wie ein Dämon vorgekommen, damals, als er so unvermittelt in ihr Leben gebrochen war, eine lebende Lawine aus Fleisch und Muskeln und purer Kraft, die durch nichts aufzuhalten war. Bjarons Männer, das war Sjur mal zweihundert, und der Gedanke, weitere zehntausend – zehntausend! – dieser gigantischen Reiter in ihrer Nähe zu wissen, überstieg einfach ihre Vorstellungskraft. Selbst die Macht der Goldenen erschien ihr lächerlich dagegen. Aber schon Dagos nächste Worte machten ihr klar, wie naiv dieser Gedanke war.

»Du hast gesehen, wie er die Goldenen haßt«, sagte

Dago leise. »So sehr wie wir, wenn nicht noch mehr. Glaubst du, es würde so etwas wie die Caer Caradayn oder die Goldenen noch geben, wenn Kraft allein reichte, sie zu vernichten?«

Einen Moment lang sah Lyra ihn verstört an, dann wandte sie den Blick, zwang ihr Pferd mit sanftem Schenkeldruck herum und begann, die Böschung hinunterzureiten. Dago folgte ihr, und schon nach wenigen Schritten lösten sich weitere Schatten aus dem Samtschwarz der Nacht und schlossen sich zu einem lebenden Schutzwall um sie und den Magier zusammen. Lyra verspürte ein rasches, heftiges Gefühl von Dankbarkeit.

Aber es verging schnell, und je weiter sie sich dem unsichtbaren Flußufer näherten, desto mehr ergriffen Furcht und Bedrückung von ihr Besitz.

24

Langsam näherten sie sich der Stelle, an der Schwarzbarts Zwergenheer auf sie hatte warten sollen. Die Nacht schien noch dunkler zu werden; selbst die kleinsten Lücken in der Wolkendecke schlossen sich nun und verschlangen auch noch das letzte bißchen Licht, so daß sie bald selbst den Rücken des unmittelbar vor ihr reitenden Mannes kaum mehr von der Farbe der Nacht unterscheiden konnte, aber sie spürte trotzdem, daß sie sich dem Fluß jetzt rasch näherten. Das Rauschen des Wassers wurde stärker, und schon von weitem wehte der charakteristische Geruch des Schlachtfeldes mit dem Wind zu ihnen heran: das süßliche, schwere Aroma von Blut und Tod, das sie schon einmal gerochen hatte; in jenem Tal am anderen Ende der Welt, auf Orans Hof.

Der Gedanke versetzte ihr einen scharfen, schmerzhaften Stich. Obwohl sie absolut nichts erkennen konnte, gaukelten ihr ihre Erinnerungen die Bilder von Toten und Erschlagenen vor, aufgerissenen Augen, gebrochen und blind und mit einem Ausdruck tiefsten Entsetzens, der sich noch über den Tod hinaus in ihren Blick gebrannt hatte.

Es dauerte einen Moment, bis ihr klar wurde, daß es Zwergenaugen waren, die sie sah. Die Bilder stammten nicht aus ihrer Erinnerung; das war bloß der Auslöser gewesen, der Schlüssel, der die Tür in ihrem Geist öffnete. Die dumpfe Bedrückung, das Gefühl von Furcht und Niedergeschlagenheit und Grauen in ihrem Inneren kam nicht nur von ihrer Erschöpfung. Sie näherten sich einem Ort der Gewalt, einem Ort, der ein sinnloses Morden und Schlachten erlebt hatte, erst vor wenigen Stunden, und es waren die Seelen der Erschlagenen, deren Wehklagen sie hörte. Erions Erbe wurde stärker in ihr, je weiter sie nach Süden kam.

Der Fluß kam näher, und die Nacht füllte sich weiter mit Schatten. Es erstaunte Lyra, wie lautlos sich die Skruta zu bewegen vermochten. Zusammen mit den Quhn und den versprengten Nachzüglern, die im Laufe des Tages zu ihnen gestoßen waren, waren sie noch immer fast zweihundert, trotz der fünfzig Mann, die sich vom Haupttrupp gelöst hatten, um auf Bjarons Befehl den Eisernen in den Rücken zu fallen und ihnen den Fluchtweg abzuschneiden. Aber sie bewegten sich nahezu lautlos: der morastige Boden, der ihren Marsch während des Tages zu einer Qual gemacht hatte, dämpfte jetzt die Schritte ihrer Pferde, und zudem stand der Wind günstig und wehte jeden Laut, den Mensch oder Tier trotz aller Vorsicht verursachten, vom Fluß und den Eisenmännern fort.

Mit den Kampfreitern aus dem Norden war eine sonderbare Veränderung vonstatten gegangen. Am Morgen hatte Lyra sie als laut und roh und ungestüm erlebt, eine Horde undisziplinierter Barbaren, die nur aus purer Kraft und der Tünche von Zivilisation bestand. Jetzt fand sie sich plötzlich inmitten eines Heeres. Die Männer waren wieder zu Schatten geworden, und die Dunkelheit hatte selbst die

Gesichter ihrer Bewacher verschluckt, aber Lyra fühlte die Spannung, die plötzlich von den riesigen Reitern aus Skruta Besitz ergriffen hatte. Sie machte ihr Angst.

Dago hielt an, als sie das Flußufer erreicht hatten. Ein eisiger Hauch wehte von der Wasseroberfläche herauf und vertrieb den Leichengestank des Schlachtfeldes wenigstens für Augenblicke; hier und da brach sich Licht, von dem sie nicht wußte, woher es kam, auf den Wellen, und das Geräusch des Wassers war zu einem machtvollen, dumpfen Rauschen angestiegen. Dunkle Körper lagen im Uferschlamm, mattschwarzes Eisen, das zerbrochen war, aber auch andere, Gestalten wie die von Menschen, nur etwas kleiner, gedrungener ...

Lyra war mit einem Male froh, nicht weiter als ein paar Schritte sehen zu können. Mit aller Kraft, die sie noch aufbringen konnte, schob sie den Gedanken von sich.

»Wie kommen wir hinüber?« fragte sie Dago und deutete auf den Fluß. »Gibt es eine Furt?«

Dago verneinte, starrte einen Moment auf die rasend schnell dahinrauschenden schwarzen Fluten und wies dann mit einer Kopfbewegung nach vorne, in die Richtung, in der Bjaron mit dem Hauptteil seiner Männer verschwunden war. »Es gibt eine Brücke«, sagte er. »Nur ein paar hundert Schritte von hier.« Er schwieg einen Moment. »Schwarzbarts Zwerge hatten den Auftrag, sie zu bewachen«, fügte er dann hinzu.

Das Eingeständnis überraschte Lyra. Dago hatte es aus verschiedenen Gründen bisher stets vermieden, ihr mehr als das unumgänglich Nötige über den Fortgang des Krieges zu erzählen; daß er jetzt – wenn auch nur indirekt – zugab, daß sich nicht alles so entwickelte, wie er es geplant hatte, setzte sie in Erstaunen. Sie verstand nichts von Dingen wie Taktik und Kriegsführung; aber daß eine verlorene Brücke einen ganzen sorgsam ausgeklügelten Plan zunichte machen konnte, war selbst ihr klar.

Ein dunkler, abgehackter Schrei wehte wie der Ruf eines Vogels durch die Nacht zu ihnen, dann ertönte ein dumpfer, splitternder Schlag.

»Sie greifen an«, sagte Dago gepreßt. »Dieser Narr!«

Wieder wehte ein Schrei aus der Dunkelheit heran, dann noch einer, plötzlich das schrille Wiehern eines Pferdes, das mit einem dumpfen Aufprall und dem Knirschen von Metall endete, und mit einem Male war die Nacht erfüllt vom Lärmen und Krachen eines Kampfes. Dago fuhr zusammen wie unter einem Hieb, und auch Lyra sah mit plötzlicher, neuer Sorge auf und blickte aus weit aufgerissenen Augen dorthin, wo der Kampflärm erscholl. Sie sah nichts, aber wie bei ihrer Annäherung an das Schlachtfeld wußte sie doch, was vor ihr geschah, als hätte sie plötzlich außer ihren normalen menschlichen Sinnen noch andere.

Es war ein bizarrer, durch und durch unwirklicher Kampf. So wie am Morgen auf der Lichtung griffen die Skruta-Reiter mit der Wut reißender Ungeheuer an, und das Flußufer hallte wider vom Krachen und Bersten aufeinanderprallender Waffen und Männer, von Wut- und Schmerzensschreien und dem Klirren von Stahl, aber die Nacht tauchte alles in tiefste Dunkelheit.

Aber trotz allem begann sie zu ahnen, daß nicht alles so verlief, wie Bjaron geplant hatte. Seine Männer hatten das Lager der Eisernen in großem Bogen umgangen und waren ihnen in den Rücken gefallen, ganz wie er es geplant hatte, aber sie mußten auf größeren Widerstand gestoßen sein als berechnet.

Ein Reiter tauchte wie ein Gespenst aus der Nacht auf, riesig und voller Blut und Schmutz. In seiner Hand blitzte ein gewaltiges Schwert, die Klinge rot von Blut, und auf seiner Stirn prangte eine frische Schnittwunde. Bjaron. Sein Atem ging keuchend, und auf seinem Gesicht lag ein gehetzter Ausdruck. Und Wut.

»Eine Falle!« keuchte er. »Sie haben uns erwartet, Dago«

»Erwartet?« wiederholte Dago erschrocken. »Was soll das heißen?«

»Es sind Hunderte«, stieß Bjaron hervor. »Ich weiß nicht, wie viele – aber mehr, als Vendell gesehen hat. Sehr viel mehr. Zu viele für uns. Wir müssen zurück.« Er deutete mit dem Schwert in die Richtung, aus der sie gekommen waren: den Fluß hinauf. »Schnell. Ich weiß nicht, wie lange meine Männer sie aufhalten können.« Seine Augen waren groß vor Schrecken. »Sie kämpfen wie die Teufel«, keuchte er. »Sie müssen im Dunkeln sehen können.«

Erneut näherte sich der Kampflärm wie eine brüllende Woge, und diesmal glaubte Lyra direkt zu hören, welch verzweifelte Anstrengung es den Skruta-Reitern bereitete, den Ansturm der Eisernen noch einmal zu bremsen und sie zurückzuwerfen. Bjarons Hand krampfte sich so fest um das Schwert, daß seine Gelenke knackten.

»Ihr hattet recht, Dago«, sagte er wütend. »Es ist eine Falle. Sie müssen genau gewußt haben, daß wir kommen. Ich hätte auf Euch hören sollen.«

Dago unterbrach ihn mit einer fast zornigen Geste. »Jetzt ist kaum der richtige Zeitpunkt, darüber zu reden, Bjaron«, sagte er. »Versucht, Eure Leute den Weg zur Brücke freikämpfen zu lassen. Wenn wir über den Fluß sind, können wir sie aufhalten, ganz egal, wie groß ihre Übermacht ist.«

»Und Ihr glaubt, daran hätten sie nicht gedacht?« schnappte Bjaron. Er klang zornig, aber es war ein Zorn, der aus Angst und Schrecken geboren war und nicht Dago galt. »Wir müssen zurück – wenn wir den Wald erreichen, sind wir gerettet.«

Lyra drehte sich im Sattel herum und starrte in die Dunkelheit. Hinter ihnen war nichts, nur ein schwarzer Schlund, der die Hügel verschlungen hatte, durch die sie gerade geritten waren und in dem selbst jeder Laut zu versickern schien; eine Schwärze von solcher Dichte, daß ihre Augen zu schmerzen begannen. Sie wollte sich schon wieder abwenden, doch ... *dann ballte sich die dunkelheit vor ihr zu mattglänzender schwärze zusammen, amorphe knochige fäuste aus finsternis und lichtschluckendem eisen bildend es war als würde die nacht zu dunklen körpern gerinnen und unter dem schweigen drang das monotone stampfen hunderter und aberhunderter schwerer pferdehufe heran das klirren von waffen und das dumpfe raunen eines gewaltigen stahlgepanzerten heeres aus hunderten und hunderten und aberhunderten männern und in seinem zentrum wie ein böses loderndes auge ein goldener fleck von der farbe der sonne und mit flammenaugen* ... und Lyra begann im Sattel zu wanken, stieß einen kleinen, halberstickten Schrei aus und kippte zur Seite. Bjaron fing sie auf.

»Herrin! Was ist mit Euch?«

Lyra stemmte sich hoch und fand mühsam wieder aus eigener Kraft Halt im Sattel, aber Bjaron beugte sich weiter zu ihr herüber, bereit, sie sofort wieder aufzufangen, und als sie aufsah, blickte sie direkt in seine Augen. Für einen Moment waren sich ihre Gesichter ganz nahe, und ein absurdes, vollkommen sinnloses Gefühl von Freundschaft und Sicherheit überkam Lyra.

»Nicht zurück«, sagte sie. »Wir dürfen nicht zurückreiten, Bjaron. Sie warten auf uns. Das ist die wirkliche Falle.«

Der Skruta starrte erst sie und dann Dago an und wirkte mit einem Male sehr hilflos. Dago ächzte, starrte sie genau wie Bjaron einen Moment aus ungläubig aufgerissenen Augen an und blickte dann an ihr vorbei in die Nacht. Sein Blick erlosch. Sekundenlang lauschte er in sich hinein, dann erwachte er mit einem Ruck aus seiner Trance und blickte Bjaron an. »Sie hat recht«, sagte er knapp. »Sie sind hinter uns, Bjaron. Keine zwei Meilen mehr entfernt.«

»Sie?« Bjaron schüttelte hilflos den Kopf. »Aber wer, ich meine, wieso ...«

»Das spielt jetzt keine Rolle mehr«, unterbrach ihn Dago hastig. »Sie sind da, glaubt es mir, Bjaron. Wenn wir umkehren, reiten wir ihnen direkt in die Schwerter.«

»Woher wollt Ihr das wissen?« schnappte Bjaron. Er hatte seine Unsicherheit längst nicht überwunden. Seine Hände begannen zu zittern. Trotz der Dunkelheit sah Lyra, wie sein Gesicht unter der Kruste von Blut und Schmutz alle Farbe verlor.

Und als Lyra in seine Augen sah und seinem Blick begegnete, wußte sie, daß sie und Dago sich in der Einschätzung Bjarons getäuscht hatten. Es *gab* etwas, vor dem der riesige Mann aus dem Osten Angst hatte.

»Woher wißt Ihr das?« fragte er noch einmal.

»Unwichtig«, schnappte Dago. »Ich weiß es eben. Verdammt, Bjaron, hört wenigstens jetzt auf meinen Rat. Ich erkläre Euch alles später – wenn wir noch Gelegenheit dazu bekommen, heißt das.«

Bjaron starrte ihn einen weiteren Augenblick lang beinahe haßerfüllt an, dann nickte er, riß sein Pferd mit einer so harten Bewegung herum, daß das Tier vor Schrecken und Schmerz kreischte, und preschte los. Lyra, Dago und ihr lebender Schutzwall folgten ihm dichtauf.

Der Schlachtenlärm wogte wieder in einer trägen Wellenbewegung auf sie zu, begann sich zu entfernen und kam erneut näher, als sie auf ihn zuritten, und für einen kurzen, schreckerfüllten Moment glaubte Lyra vor und neben sich Gestalten zu erkennen, verschwommene Schatten, die miteinander rangen, die kämpften und töteten und getötet wurden. Wieder gelang es den Skruta, die Eisernen zurückzutreiben, aber diesmal entfernte sich das Zentrum des Kampfes nicht sehr weit von ihnen. Irgend etwas flog auf sie zu und klatschte in den Fluß, und plötzlich griff sich einer der Reiter zu ihrer Rechten an die Brust und fiel wie ein Stein vom Pferd. Lyra schrie vor Schrekken, preßte die Augen zu und wünschte sich, auch die Ohren verschließen zu können vor diesem fürchterlichen Lärm, den Geräuschen des Gemetzels, durch das sie ritten, ohne mehr als Schatten und die Ahnung von Bewegungen erkennen zu können. Mit Ausnahme des Kampfes gegen Krake war es die erste Schlacht, die sie erlebte, und Lyra begriff in diesem Moment, daß sie die Bedeutung dieses Wortes bisher nicht einmal geahnt hatte. Die Nacht hallte wider vom an- und abschwellenden Lärm des Kampfes, und nach einer Weile glaubte sie eine gewisse Regelmäßigkeit darin zu entdecken, wie den Pulsschlag eines gewaltigen, bösen Herzens. Sie sah nichts von all dem Schrecklichen, das längs des Flußufers geschah, aber vielleicht war das gerade das Schlimme – daß sie nichts sah, sondern nur Geräusche hörte, Laute vom Tod und von Schmerzen und Sterben, zu denen ihre Phantasie die Bilder schuf, Bilder, die tausendmal schlimmer waren, als es die Wirklichkeit jemals sein konnte.

Ihr Pferd griff mit einem Male schneller aus, als der saugende Lehm unter seinen Hufen hartem Holz wich. Sie hatten die Brücke erreicht und ritten noch ein gutes Stück auf den Fluß hinauf, um vor verirrten Pfeilen oder Bolzen sicher zu sein, ehe Dago das Zeichen zum Anhalten gab. Bjaron sprengte zurück zum Ufer, und ein paar Sekunden lang hörte Lyra ihn Befehle in der dunklen Sprache der Skruta rufen, dann kam er zurück und brachte sein Tier mit einem harten Ruck neben Dago zum Stehen.

»Sie halten sie auf«, sagte er. »Aber ich weiß nicht, wie lange. Es sind sehr viele. Die Hälfte meiner Leute ist bereits tot oder verwundet.« Sein Blick suchte für einen Moment den Lyras, dann wandte er sich wieder Dago zu. »Was erwartet uns dort drüben?« fragte er mit einer Geste über den Fluß. »Ist das andere Ufer sicher?«

Dago setzte automatisch zu einer Antwort an, aber dann drehte er sich statt dessen zu Lyra und sah sie an. »Nun?«

Im ersten Moment verstand Lyra nicht, was er von ihr wollte, dann begriff sie voller Schrecken. Sie konnte ihre Gabe nicht steuern – wußte er das denn nicht? Die Visionen waren wie ein Fluch, der kam und ging, wie es ihm gefiel.

»Ich ... ich kann nicht«, flüsterte sie. »Bitte, Dago ...«

»Du mußt«, sagte Dago eindringlich. »Du kannst es, Lyra. Du hast es bisher nur nicht gewußt, das ist alles. Bitte – versuche es. Unser aller Leben hängt vielleicht davon ab.«

Lyra schluckte und wandte sich dann nach Süden.

Lyra konzentrierte sich. Ihre Gefühle waren in Aufruhr wie selten zuvor, aber sie versuchte es mit aller Gewalt, starrte in die schwarze Wand über dem Fluß, versuchte sie mit Blicken zu durchdringen und lauschte gleichzeitig in sich hinein.

Nichts. Sie war leer. Die unhörbare Stimme war verstummt, und in ihr war nur Angst. Aus brennenden

Augen starrte sie auf den Fluß hinaus, konzentrierte sich mit aller Macht und versuchte, jede noch so winzige Kleinigkeit zu erkennen. Die Brücke schwang sich in kühnem Bogen über die schwarzglänzenden Fluten, an einer Seite von Stützbalken getragen, die nach den Regeln einer bizarren, fremdartig anmutenden Architektur erbaut waren. Das von zahllosen Füßen glattpolierte, nasse Holz glänzte wie Metall, aber überall waren dunkle häßliche Flecke, und hier und da lagen Tote, Eiserne und auch Zwerge, von der Dunkelheit zu formlosen schwarzen Klumpen verschmolzen, die sich nur noch in ihrer Größe unterschieden. Aber vor ihnen, nur wenige Schritte entfernt, war eine schwarze Wand, Finsternis fast greifbarer Intensität, hinter der das Nichts oder auch alle Gefahren der Welt lauern mochten. Selbst der Fluß war unsichtbar; wäre das Zischen und Klatschen der Strömung nicht gewesen, hätte die Brücke auch genausogut ins Nichts hinausführen können.

Sie versuchte es noch einmal, ballte die Fäuste und schloß die Augen, spannte jeden einzelnen Muskel in ihrem Körper und versuchte, die furchteinflößende Macht, die sie noch viel weniger verstand als Dago oder Bjaron, herbeizuzwingen, schrie in Gedanken verzweifelt in die Leere hinaus und hatte ein kurzes, intensives Gefühl von Gefahr, ohne es mit einem Bild oder einem konkreten Gedanken in Verbindung bringen zu können.

»Da . . . ist . . . etwas . . .«, sagte sie, unendlich mühsam und stockend. Ihre Kehle schmerzte, weil sie so verkrampft war. Ihre eigene Stimme klang fremd und erschreckend in ihren Ohren.

»Was?« fragte Bjaron alarmiert. »Eiserne?«

Verzweifelt versuchte Lyra, das Gefühl noch einmal und deutlicher herbeizuzwingen, das Bild, das so kurz in ihrem Geist aufgeblitzt war, daß sie es nicht wirklich erkannt, sondern nur mit einem Teil ihres Unterbewußtseins aufgenommen hatte, noch einmal und deutlicher zu sehen. Es ging nicht. Sie wußte nicht, was es war. Aber das Empfinden von Gefahr wurde intensiver. Sie wußte nicht, was dort vorne war. Sie wußte nur, was es nicht war.

»Nein«, sagte sie. »Keine . . . Eisernen. Ich . . . weiß es nicht.« Mit einem Male wich die Spannung aus ihr. Sie wankte, fiel im Sattel nach vorne und fand im letzten Moment am Sattelknauf Halt.

»Es tut mir leid, Dago«, murmelte sie. »Ich . . . kann nicht. Es tut mir leid.«

»Was heißt das?« fragte Bjaron scharf. »Wir müssen wissen, was . . .«

»Ihr habt doch gehört, daß es nicht geht!« fiel ihm Dago ins Wort.

Bjaron schwieg einen Moment, aber in seinem Gesicht arbeitete es. »Laßt es sie noch einmal versuchen«, sagte er. »Verdammt – ich denke nicht daran, in eine neue Falle zu reiten! Sie muß es noch einmal tun!«

»Willst du sie umbringen, du Narr?« brüllte Dago. »Reite doch zurück, wenn du dich fürchtest, Skruta! Deine schwarzen Freunde werden sich freuen, dich wiederzusehen!«

Lyra sah erschrocken auf. Dagos und Bjarons Gesichter waren gleichermaßen vor Wut verzerrt; beide hatten die Hände auf die Waffen gesenkte, und für einen winzigen Moment sah es so aus, als würden sie sich aufeinanderstürzen, ungeachtet der Situation, in der sie sich befanden.

Dann enspannte sich der Skruta. »Gut«, sagte er zornig. »Dann müssen wir auf meine Weise erkunden, was uns dort erwartet. Vendell! Para ta kasch!«

Die letzten vier Worte galten einem seiner Krieger, und Lyra begriff zu spät, was er mit denen davor gemeint hatte. Der Skruta riß sein Pferd herum, trieb ihm die Fersen in die Seiten und sprengte los.

»Nein!« schrie Lyra. »Ruf ihn zurück, Bjaron! Er reitet in den Tod!«

Aber es war zu spät. Das dumpfe Hämmern der Hufeisen brach plötzlich ab. Eine einzelne, schreckliche Sekunde lang herrschte ein fast übernatürliches Schweigen, dann hörten sie das panikerfüllte Kreischen eines Pferdes und dann ein helles, fürchterliches Klatschen, als stürze ein schwerer Köper aus großer Höhe ins Wasser.

Bjaron krümmte sich wie unter einem Schlag. Für einen Moment verzerrte sich sein Gesicht, aber als er aufsah, hatte er sich wieder in der Gewalt; alles, was Lyra noch auf seinen Zügen las, war Entschlossenheit. Langsam zog er sein Schwert, ritt an Lyra und Dago vorbei und verschwand in der Dunkelheit, wie Vendell vor ihm. Er ritt nicht sehr weit, dem Geräusch der Hufschläge nach zu schließen, und er kam bereits nach wenigen Augenblicken zurück. Seine Lippen waren zu einem schmalen, blutleeren Strich zusammengepreßt, und die Hand mit dem Schwert hing kraftlos herunter.

»Nun?« fragte Dago, als der Skruta wieder neben ihnen angelangt war, aber keine Anstalten machte, von sich aus zu reden, sondern weiter mit leerem Blick in die Richtung starrte, aus der der Schlachtenlärm wie eine höhnische Begleitmusik heranwehte.

»Die Brücke ist zerstört«, antwortete Bjaron. »Deshalb haben sie auch keinen Versuch gemacht, uns an ihrem Betreten zu hindern.« Er ballte hilflos die Linke zur Faust. »Wozu auch?«

Dago starrte ihn einen Moment lang erschrocken an, dann gab er Lyra ein Zeichen, ihm zu folgen, und ritt weiter auf die Brücke hinauf.

Sie kamen nur wenige Schritte weit. Die Wand aus lichtverschlingender Dunkelheit wich im gleichen Tempo vor ihnen zurück, in der sie sich ihr näherten, aber das glatte Holz der Brücke war mit einem Male dunkel und verkohlt und von großen häßlichen Sprüngen wie Narben durchzogen, dann endete der Steg in einem zusammengestauchten Gewirr geborstener Balken und zersplitterter Eisenträger, als hätte eine Gigantenfaust die Brücke in der Mitte gepackt und zermalmt.

Lyra starrte lange und wortlos auf das zersplitterte Ende der Brücke. Die Dunkelheit war gerade weit genug vor ihnen zurückgewichen, sie den gegenüberliegenden Rand der Lücke erkennen zu lassen; als wolle die Nacht sie verspotten; ihr zeigen, wie wenig dazu gehörte, aus Siegern Verlierer und aus Träumen den Tod zu machen. Fünf Meter Holz, die ein Jahrhundert lang über den Fluß geführt hatten und jetzt nicht mehr da waren – das war alles. Genug, ihr Leben zu beenden und vielleicht das Schicksal eines ganzen Volkes zu verändern. Seltsamerweise hatte sie gar keine Angst, obwohl sie mit aller Klarheit wußte, daß die zersplitterten Stümpfe vor ihr das Ende bedeuteten. Sie empfand es einfach nur als ungerecht, nicht nur ihr, sondern der Welt gegenüber, daß diese lächerlichen fünf Meter Holz, die plötzlich nicht mehr da waren, all ihre Pläne zunichte machen sollten.

Nach ein paar Augenblicken richtete sich Dago mit einem sonderbar müde klingenden Seufzer im Sattel auf, gebot ihr mit einer Handbewegung zu bleiben, wo sie war, und ritt zu Bjaron zurück. Lyra sah ihm nach, und erneut geschah etwas Sonderbares – vorhin, als der Skruta-Krieger und dann Bjaron hierher zum Rand der Brücke geritten waren, hatte die Dunkelheit ihre Gestalten nach wenigen Schritten verschlungen; jetzt konnte sie Dago und auch den Skruta-Führer in aller Deutlichkeit erkennen. Es war, als wäre die Dunkelheit nur aus einer Richtung undurchdringlich, wie einer jener Spiegel, durch den man von einer Seite hindurchsehen konnte.

Bjaron blickte dem Magier aus brennenden Augen entgegen, hob sein Schwert und deutete zurück zum Ufer. »Nun?« sagte er. »Bleibt Ihr hier und wartet, bis sie Euch holen, Dago, oder zieht Ihr es vor, mir zu folgen und wie ein Mann im Kampf zu sterben?« Der Kampflärm war wieder näher gekommen, hatte aber gleichzeitig an Intensität verloren; der Kampf wurde jetzt auf beiden Seiten eher mit stummer Verbissenheit als der überschäumenden Wut vom Anfang geführt. Die Skruta hatten eingesehen, daß sie einem Gegner gegenüberstanden, dem sie nicht gewachsen waren, und die Eisernen beschränkten sich ihrerseits offenbar darauf, die Barbarenkrieger vor sich herzutreiben und den Kampf hinauszuzögern, bis ihre Hauptmacht eingetroffen war. Das Flußufer war voller dunkler, nur schattenhaft erkennbarer Gestalten, und auch auf der Brücke drängten sich jetzt Reiter.

»Nein«, antwortete Dago. »Weder das eine noch das andere, Skruta.« Er atmete hörbar ein, straffte die Schultern und drehte sich im Sattel herum, um zu Lyra und der zerstörten Brücke zurückzusehen. Obwohl die Entfernung viel zu groß und die Nacht zu dunkel dafür war, schien Lyra für einen Moment den Blick seiner Augen wie die Berührung einer unsichtbaren Hand zu spüren; und obwohl sie sich dagegen wehrte, schauderte sie.

»Was soll das heißen?« fragte Bjaron.

»Es ... wäre sinnlos, kämpfen zu wollen«, antwortete Dago zögernd. »Wir würden alle getötet, Bjaron. Die Übermacht ist zu groß. Selbst für Eure Krieger.«

»Wollt Ihr hier warten, bis sie uns niedermachen wie Schlachtvieh?« schnappte Bjaron gereizt. »Ihr ...«

»Es gibt eine Möglichkeit«, unterbrach ihn Dago. »Vielleicht. Es ist eine verzweifelte Chance, aber wir sind in einer verzweifelten Lage.«

»Was habt Ihr vor?« fragte Bjaron mißtrauisch. »Einen Eurer Zaubertricks?«

»Nein«, sagte er. »Ihr würdet es so nennen, aber es ist eher ...« Er brach ab, schwieg einen Moment und zwang sein Pferd dann mit einer abrupten Bewegung, erneut auf der Stelle kehrtzumachen. »Ruft Eure Leute zurück«, sagte er. »Sie sollen die Brücke schützen und uns die Eisernen vom Hals halten, aber mehr nicht. Und haltet Euch bereit. Der Weg wird nicht lange offen sein.«

Bjaron starrte ihn verblüfft an, aber Dago gab keine weiteren Erklärungen mehr von sich, sondern ritt ohne ein weiteres Wort an Lyras Seite zurück. Als er näherkam, sah sie, daß sein Atem so schnell ging, als wäre er meilenweit gelaufen. Seine Augen waren groß. Vor Furcht? dachte Lyra erschrocken. Und wenn, dann Furcht wovor?

»Ich brauche deine Hilfe«, sagte er.

»Wobei? Was ... hast du vor?«

Dago deutete mit einer fordernden Geste auf das Schwert in ihrem Gürtel. »Nimm es in die Hand.«

Lyra gehorchte. Sie verstand nicht im geringsten, was Dago im Sinn hatte, aber sie spürte, daß es zwecklos wäre, ihm Fragen zu stellen. Und daß vielleicht mehr als nur ihr Leben davon abhing, daß sie gehorchte. Stumm zog sie die Klinge aus dem Futteral und hielt das Schwert, den Arm angewinkelt, um sein Gewicht besser ausbalancieren zu können, gerade vor sich. Dago beugte sich zur Seite, legte die Linke auf die beidseitig geschliffene Klinge und packte zu; so fest, daß sie beinahe fürchtete, er könne sich trotz der schweren ledernen Handschuhe verletzen. Wortlos ergriff er mit der anderen Hand ihre Linke und drückte erneut mit aller Kraft zu. Lyra unterdrückte mit Mühe einen Schmerzlaut.

»Was . . . soll ich tun?« fragte sie stockend.

»Gar nichts«, antwortete Dago. »Aber wehr dich nicht. Und sei still.« Er lächelte, sehr nervös und so verkrampft, daß es eher zu einer Grimasse geriet, fuhr sich nervös mit der Zungenspitze über die Lippen und schloß die Augen.

Seine Züge erschlafften. Sein Atem, der gerade noch hektisch und schnell gewesen war, beruhigte sich in Sekunden; sie konnte sehen, wie die Spannung von ihm abfiel wie ein getragenes Kleidungsstück, und mit einem Male verspürte auch Lyra ein sonderbares Gefühl der Ruhe; eine Trägheit und Schwere des Körpers, die nichts mit ihrer Erschöpfung zu tun hatte, sondern von außen in ihn eindrang wie eine betäubende Woge. Es war kein sehr angenehmes Gefühl, und sie versuchte instinktiv, sich dagegen zu wehren, aber die Müdigkeit erreichte ihre Gedanken und ihren Willen und lähmte auch sie. Es war anders als das erste Mal, damals in den Bergen hinter dem Albstein, als Dagos Geist sich mit ihrem verbunden hatte, um neue Kraft zu schöpfen. Diesmal bezog er die Energie, die er brauchte, nicht aus ihr; sie war nicht mehr als ein Werkzeug, das Tor, durch das er Kraft aus einer anderen, viel machtvolleren Quelle bezog; eine Macht, die dunkel und böse und lauernd war und vor der sie zutiefst erschrak. Aber sie war nicht fähig, irgendwie in das Geschehen eingreifen zu können, denn Dagos Magie lähmte sie in jedem Augenblick stärker. Sie sah und hörte weiter mit jener fast übernatürlichen Klarheit, was rings um sie herum vorging, aber sie war mit einem Male unfähig, in irgendeiner Form darauf zu reagieren. Dagos Bann dämpfte selbst ihre Gefühle. Angst und Schrecken und Furcht wurden unwichtig, waren zwar weiter da, aber nur noch wie etwas, das sie wahrnahm, ohne wirklich daran beteiligt zu sein. Sie kam sich vor wie ein Gast in ihrem eigenen Körper.

Sekundenlang geschah nichts.

Dann begann das Schwert in ihrer Hand zu leuchten. Zuerst war es nur ein Hauch von Licht, blasser als der Schimmer von Sternenschein, der sich auf der Klinge brach, aber es gewann rasch an Intensität, leuchtete erst gelb, dann weiß und schließlich in einem grellen, in den Augen schmerzenden Blauweiß und tauchte den Fluß, die Männer hinter ihr und das zersplitterte jenseitige Ende des Steges in schattenloses gleißendes Licht. Verschwommene Geisterschemen führten einen spöttischen Tanz in dem Gleißen auf, Körper ohne Konturen und Masse, die sich stets auflösten, wenn sie versuchte, sie zu erkennen, als wollten sie sie narren. Der gleißende Schein der Zauberklinge riß asymmetrische Lichtsplitter aus dem Fluß. Ein bleicher, unwirklicher Dunst begann sich aus den schäumenden Wassermassen zu lösen, unnatürlich schnell und dem Heulen des Windes Hohn sprechend.

Dago begann zu zittern. Seine Lippen öffneten sich wie zu einem Schrei, aber alles, was sie hörte, war ein mühsames, halb ersticktes Keuchen. Seine Augen waren jetzt wieder geöffnet, aber sie wußte, daß er sie nicht wahrnahm; sein Blick war auf einen imaginären Punkt irgendwo hinter ihr gerichtet, und auf seiner Stirn perlte Schweiß. Ein halblautes, knisterndes Geräusch drang in das Rauschen des Wassers und den Schlachtenlärm, und mit einem Male lag ein Geruch wie nach einem Gewitter in der Luft. Das Schwert vibrierte unter ihren Fingern, der Griff wurde warm, dann heiß, aber sie konnte die Hand nicht von ihm lösen; ihre Finger hingen wie festgeklebt an dem lederumwickelten Gold.

»Dago!« stöhnte sie. »Was . . . was tust du?«

Der junge Magier antwortete nicht. Sein Gesicht hatte sich vollends in eine Grimasse verwandelt, und seine Lippen bewegten sich, als flüsterten sie Worte, brachten aber keinen Laut hervor. Der graue Dunst unter ihnen wurde dichter, wogte und brodelte wie kochender Dampf und ballte sich zusammen, bis der Fluß unter einer grauweißen zuckenden Nebelschicht verschwunden war und nur noch sein Rauschen durch das unwirkliche Grau drang.

»Jetzt!« keuchte Dago. Ehe Lyra wirklich begriff, was er mit seinen Worten gemeint hatte, preßte er seinem Pferd die Sporen in die Seiten, und sein und auch Lyras Tier setzten sich gehorsam in Bewegung – und traten über den zersplitterten Rand der Brücke hinaus!

Sie stürzten nicht.

Unter den Hufen der Tiere war nichts, nur wogender, grauer Nebel, unheimlich und wabernd, in dem es immer wieder blau und grün und rot aufleuchtete, in Schattierungen und Tönen, die sie noch nie zuvor gesehen hatte, als wäre es wirklich ein Wolkenhimmel, in dem ein Gewitter tobte. Ihr Herz begann zu rasen, trotz des magischen Bannes, den Dago auf sie gelegt hatte.

Dann war wieder festes Holz unter den Hufen ihrer Pferde. Sie ritten ein Stück weit von der eingebrochenen Stelle fort und hielten an, aber Dago entspannte sich nicht, sondern schien sich im Gegenteil noch weiter zu konzentrieren; sein Körper verkrampfte sich, bis er vornüber gebeugt im Sattel hing, und sein Griff war jetzt so fest, daß Lyra ernsthaft fürchtete, ihre Hand würde brechen.

Dago stöhnte. Speichel lief aus seinem Mundwinkel, ohne daß er es überhaupt zu bemerken schien. Sein Gesicht war bleich, und an seinem Hals pochte eine Ader. Mühsam drehte er sich herum. »Bjaron!« rief er. »Komm herüber! Ruf deine Leute und komm! Ich weiß nicht, wie lange es hält!«

Der Skruta war bis zum jenseitigen Rand der Lücke herangekommen und starrte aus ungläubig aufgerissenen Augen abwechselnd auf die wirbelnden Nebelfetzen und Dago. Endlich erwachte er aus seiner Erstarrung und gab seinem Tier die Zügel, aber das Pferd weigerte sich, den Fuß auf einen Boden zu setzen, den es nicht sehen konnte; vielleicht spürte es auch den Abgrund, der unter der brodelnden Decke aus Nebel und Magie lauerte. Es scheute, warf mit einem schrillen Wiehern den Kopf zurück und versuchte auszubrechen; selbst, als Bjaron die Sporen einsetzte. Bjaron versetzte ihm einen wütenden Schlag mit der Breitseite des Schwertes, aber das Tier bockte nur noch stärker und warf seinen hünenhaften Reiter um ein Haar ab.

»Seine Augen!« rief Dago. »Verbindet ihm die Augen, damit es nicht sieht, was vor ihm ist! Bei allen Göttern, Bjaron – beeilt Euch!«

Bjaron brachte das bockende Tier mit einem brutalen Ruck am Zügel zur Ruhe, riß sich den Umhang von den Schultern und bedeckte mit einem Zipfel des schwarzen Stoffes seine Augen. Das Tier stampfte noch einen Moment unruhig mit den Hinterläufen, beruhigte sich aber, und als Bjaron es das nächste Mal zwang, nach vorne zu gehen, setzte es gehorsam einen Huf vor den anderen und trabte über die magische Brücke zu ihnen herüber.

»Bei allen Teufeln!« keuchte Bjaron, als er neben ihnen angelangt war. »Was habt Ihr getan, Dago? Wie . . .«

»Das ist jetzt unwichtig!« unterbrach ihn Dago. Seine Stimme war kaum mehr zu verstehen, und Lyra fuhr wie unter einem Hieb zusammen, als sie in sein Gesicht blickte. Es war vor Anstrengung verzerrt. Das tätowierte Magierauge auf seiner Stirn schien zu glühen. »Wir müssen weg hier«, stöhnte er. »Ruft . . . Eure Leute . . . zurück, Bjaron.« Plötzlich wankte er, kippte zur Seite und fiel schwer gegen Lyra, ließ das Schwert und ihre Hand aber noch immer nicht los. Die Klinge glühte immer heller, und es kam Lyra so vor, als begänne ihr Licht zu pulsieren. Sein Schein wirkte mit einem Male bösartig; Schlangenlicht, das Gift verstrahlte und krank machte.

Bjaron beugte sich hastig vor, richtete den Magier wieder auf und wollte seine Hand von der Klinge lösen, aber Dago wehrte mit einem Kopfschütteln ab, fand sein

Gleichgewicht wieder und bedeutete Bjaron mit Blicken, sie zum Ufer zu führen. Der Skruta griff gehorsam nach seinen Zügeln und führte ihre Pferde weiter den hölzernen Steg hinab. Dann fuhr er herum und riß in einer befehlenden Geste das Schwert hoch. Lyra konnte nicht genau erkennen, was geschah, aber etwas im Echo des Kampfes änderte sich, und als sie das Ende der Brücke erreichten, tauchten die ersten Skruta-Reiter hinter ihnen aus der Nacht auf und sprengten in vollem Galopp auf die Nebelbrücke zu.

Sie erreichten das jenseitige Ufer und enfernten sich eine halbe Pfeilschußweite von der Brücke, ehe Dago anhielt und mühsam den Kopf hob, um zurückzublicken. Die gewaltige Konstruktion war wieder im Schwarz der Nacht verschwunden, aber die magische Brücke, die Dago errichtet hatte, leuchtete in einem unheimlichen, inneren Licht und ließ sie zumindest erahnen, was sich auf dem hölzernen Steg abspielte. Lyra nahm alles nur noch schemenhaft wahr; die Lähmung wurde stärker, und die Wirklichkeit schien im gleichen Maße zu verblassen, in dem das Pulsieren der magischen Klinge schneller und aggressiver wurde. Die Skruta hatten jeden Widerstand aufgegeben und flohen in wildem Galopp, und hinter ihnen brandeten die Eisenmänner heran wie eine gewaltige, kompakte Masse aus schwarzem Stahl.

Dago stöhnte. Sein Griff wurde noch fester, aber seine Finger zitterten jetzt, und seine Kraft war plötzlich von anderer, verzweifelterer Art, und Lyra sah, wie dunkles Blut unter seinem Handschuh hervorquoll und bizarre Linien auf die Klinge malte, die er noch immer umklammert hielt. Mit einemmal ließ er ihre Linke los, fuhr mit einem Schrei im Sattel hoch und richtete die zur Faust geballte Hand auf die Brücke. Ein einzelner, in blauweißem Licht strahlender Funke löste sich aus der Klinge des Zauberschwertes, hüpfte, winzige schwarze rauchende Brandflecke auf Dagos Hand und Arm hinterlassend, seine Schulter hinauf, raste den anderen Arm hinab und durch seine Faust und schoß wie eine millimetergroße, blendendweiße Zwergensonne in irrsinnigem Zickzack auf die Brücke zu. Ein unglaubliches Krachen erscholl, als der Höllenfunke in das morsche Holz fuhr. Flammen zerrissen die Nacht, als das Geländer mit einem einzigen, machtvollen Schlag Feuer fing, aber der Funke raste weiter, sprang in irrwitzigem Hin und Her zwischen den flüchtenden Skruta-Kriegern hindurch, streifte einen von ihnen und verbrannte ihn zu Asche und verschwand in der Nebelbrücke, die Dago geschaffen hatte.

Einen Herzschlag lang schien die Zeit stehenzubleiben.

Dann explodierte der Fluß.

25

Um die Mittagsstunde des nächsten Tages erreichten sie Dakkad, nach einer Nacht und einem Morgen, die so unwirklich wie endlos gewesen waren.

Lyra erinnerte sich kaum mehr, was am Fluß weiter geschehen war. Das magische Feuer hatte nicht nur die Brücke mit allem, was sich darauf befand, verschlungen, sondern selbst das Wasser des Flusses in Brand gesetzt, so daß die Nacht für kurze Zeit dem Licht eines künstlichen, aus Flammen und Hitze geschaffenen Tages gewichen war, aber mit Dagos Angriff auf die Brücke und die Eisernen war die magische Kraft des Zauberschwertes erloschen; im gleichen Moment hatte er das Bewußtsein verloren, und auch Lyras Kräfte waren geschwunden. Die Nacht war voller Feuer und Lärm und brennender Männer gewesen, und sie erinnerte sich, daß Bjaron vorsichtig das Schwert aus ihrer verkrampften Hand gelöst und in die Scheide an ihrem Gürtel zurückgeschoben hatte, während sich zwei seiner Begleiter um Dago kümmerten, der vom Pferd gefallen war.

Was danach kam, wußte sie nicht mehr genau zu sagen:

Sie war nicht bewußtlos geworden wie Dago, aber in ihren Erinnerungen waren die Stunden danach wie ein Alptraum, in dem sich Wirklichkeit und Visionen und lange Perioden schmerzhafter Dunkelheit, in der nur Angst und ein gräßliches Gefühl der Leere und des Ausgebranntseins miteinander vermischten. Irgendwann war sie eingeschlafen, aber die Bilder hatten sie bis in ihre Träume verfolgt und sie schon nach wenigen Minuten wieder erwachen lassen; müder und erschöpfter als vorher.

Der Morgen war so gekommen, wie der vergangene Tag gegangen war – die Wolkendecke über ihren Köpfen war nicht aufgerissen, sondern nur ein wenig heller geworden. Sie sahen Dakkad erst, als sie weniger als eine Pfeilschußweite von ihrem Tor entfernt waren.

Niemand hielt sie auf, als sie durch das Tor ritten. Es gab zwar Wächter, aber die Männer sprangen hastig beiseite oder wagten sich erst gar nicht aus ihren Schilderhäusern heraus, als sie die Reiter erkannten, die in Lyras Gefolge waren. Wie alles, was sie erlebt hatte, seit sie in dieses Tal gekommen war, erschien ihr auch Dakkad alptraumhaft. Die Häuser und Türme waren von einer fremden Architektur, und so wie die Stadt selbst schienen auch ihre Bewohner allesamt grau und geduckt und fremd: Sie bewegten sich schnell, hektisch und mit den abgehackten, nervösen Bewegungen von Menschen, die ihr Leben lang ständig in Furcht waren, und die Angst, die sie in den wenigen Blicken las, die sie auffing, kam nicht nur durch den Anblick der Skruta-Reiter. Es war der gleiche, bedrückende Effekt, den sie schon in Dieflund beobachtet hatte, nur viel, viel stärker. Dakkad war befreit worden, aber ein Jahrtausend Tyrannei und Knechtschaft hatte seine Spuren in den Gesichtern der Menschen hinterlassen.

Auch Bjaron entging die bedrückte Stimmung nicht, die über der Stadt lag. Er ritt dicht neben Lyra, hoch aufgerichtet und mit gestrafften Schultern, so daß nur ein sehr aufmerksamer Beobachter die Spuren der Entbehrungen und Schmerzen in seinem Gesicht entdeckt hätte, aber sein Blick irrte unstet hierhin und dorthin, und seine Rechte lag auf dem Schwertgriff. Aber er schwieg verbissen; selbst als Lyra ihn ansprach, antwortete er nur mit einem Kopfnicken.

Lyras Verbitterung stieg, je weiter sie in die Stadt vordrangen. Die Männer und Frauen, die die Straßen bevölkerten, wichen angstvoll vor den siebzig blutbesudelten Riesen zurück, und mehr als ein Fensterladen und eine Tür wurden hastig vor ihnen zugeschlagen. Aber sie spürte die Blicke dahinter wie kleine glühende Messer im Rücken. Es war ein irritierendes Gefühl, und es tat weh. Sie hatte nicht erwartet, von einer blumenwerfenden Menge mit Hurra-Rufen empfangen zu werden – aber sie hatte auch nicht erwartet, daß die einzigen Gefühle, die sie spürte, Furcht und Feindseligkeit waren. Sie kamen immerhin als Befreier; jeder der Männer in ihrer Begleitung hatte sein Leben riskiert, um den Menschen in dieser Stadt nach einem Jahrtausend der Unterdrückung die Freiheit zu bringen. Warum hatten sie Angst vor ihnen?

Sie drangen ein paar Straßen tief in die Stadt vor und hielten an, um sich zu orientieren. Lyra fühlte sich hilflos, und sie war Bjaron im stillen dankbar dafür, daß er ihre Hilflosigkeit zu spüren schien und sie nicht nach dem Weg fragte, sondern sich statt dessen an einen der überlebenden Quhn wandte. Dago hatte ihr nur gesagt, daß sie nach Dakkad reiten würden, nicht, wen sie hier treffen wollten, oder wo. Nicht einmal, wozu sie überhaupt hierhergekommen waren. Wieder kam ihr schmerzhaft zu Bewußtsein, wie wenig sie im Grunde über das wußte, was sie hier tat. Vielleicht war sie wirklich nicht mehr als ein Symbol. Eine lebende Standarte.

Bjaron berührte sie am Arm und deutete nach vorne, als sie aufsah. Die Straße erweiterte sich vor ihnen zu einem runden, kopfsteingepflasterten Platz, auf dessen gegenüberliegender Seite ein grauer Koloß aus zyklopischen Felsquadern in die Höhe wuchs: die Wehrmauer der inneren Festung Dakkads, fensterlos und massig wie ein Berg und fast ebenso hoch. Ein gewaltiges, aus riesigen Bronzeplatten gefertigtes Tor durchbrach diesen gemauerten

Fels, und in seinem unteren Drittel hatte sich eine kleinere, aber immer noch aus zwei doppelt mannshohen Flügeln bestehende Tür geöffnet.

Ein gutes Dutzend Reiter war herausgetreten, Männer mit Schilden und Speeren und Bögen, die sie zwar nicht gespannt, aber doch mit aufgelegten Pfeilen griffbereit in den Händen hielten. Bjaron deutete mit einer Kopfbewegung nach rechts, und als Lyras Blick der Geste folgte, sah sie auch dort Krieger. Hinter den Zinnen der Wehrmauer brach sich ein verirrter Lichtstrahl auf Metall, und Lyra mußte sich nicht herumdrehen, um zu wissen, daß auch hinter ihnen Bewaffnete aufgetaucht waren.

»Ein reizender Empfang«, knurrte Bjaron. »Begrüßen Eure Leute ihre Verbündeten immer mit der Waffe in der Hand?«

Einen Moment lang wußte sie nicht, ob sie belustigt oder verärgert reagieren sollte, aber dann zuckte sie nur die Schultern. »Was wollt Ihr?« fragte sie. »Es ist Krieg.« Dann wandte sie sich um und blickte wieder zu den Reitern auf der anderen Seite des Platzes hinüber. Sie waren nicht nähergekommen, aber Lyra konnte ihre Blicke spüren.

Und ihre Angst. Vielleicht war es ein Fehler gewesen, gleich zusammen mit Bjaron und seinen Männern nach Dakkad zu kommen. Sie hätte einen der Quhn vorausschicken sollen, damit er ihr Kommen ankündigte. Mit einem Male fiel ihr ein, daß sie nicht einmal wußte, an wen sie sich wenden sollte. Sie kannte niemanden in dieser Stadt. Aber es war zu spät für solche Überlegungen. Sie ließ ihr Pferd weitertraben, so daß Bjaron sich beeilen mußte, wollte er nicht den Anschluß verlieren und hinter ihr ankommen.

Es war ein gutes Dutzend Reiter, das sie am Tor der Inneren Festung erwartete: zwei von ihnen Frauen in Rüstung und Harnisch, die anderen Männer, auf die unterschiedlichste Weise gekleidet und bewaffnet, aber alle mit dem gleichen, grimmig-entschlossenen Ausdruck auf den Zügen. Lyra konnte die Spannung beinahe sehen, die über der kleinen Gruppe lag. Vielleicht war sie schon zu lange mit Bjaron und seinen Reitern zusammen, vielleicht war sie auch bisher einfach nur zu müde oder die Umstände ihres Kennenlernens zu außergewöhnlich gewesen – aber sie begriff erst jetzt wirklich, daß die Skruta Angst verbreiteten, wo immer sie auftauchten. Sie hatte sich im nachhinein albern und hysterisch gescholten, bei Sjurs Auftauchen auf ihrem Hof so tödlich erschrocken zu sein, aber sie sah jetzt, daß es diesen bis an die Zähne bewaffneten Kriegern vor ihr keinen Deut anders erging. Das Wort Skruta bedeutete Angst.

Einer der Wartenden löste sich aus der Gruppe, kam ihnen ein Stück entgegen und hob die Hand, um sie zum Anhalten zu bewegen. Als er den Arm wieder herunternahm, erkannte sie ihn.

»Schwarzbart!« entfuhr es Lyra. »Du bist hier! Du lebst!« Mit einem Satz war sie aus dem Sattel und eilte dem Zwerg entgegen, blieb aber abrupt stehen, als sie seinem Blick begegnete. Schwarzbart erkannte sie, daran bestand kein Zweifel; aber der Blick, mit dem er ihr entgegensah, war kalt, kalt und beinahe feindselig, sie sah nicht die geringste Spur von Freude oder wenigstens Erleichterung, sie noch am Leben und unverletzt zu sehen.

Der Zwerg hatte sich verändert, auf erschreckende Weise; schien in den wenigen Tagen, die sie sich nicht gesehen hatten, um die gleiche Anzahl von Jahren gealtert zu sein. Er trug einen einteiligen Kettenanzug aus geflochtenen Eisenringen, dazu passende, ebenfalls mit Eisen verstärkte Handschuhe und Stiefel; eine Rüstung, die ihn wie ein gedrungenes Bündel aus Eisen und Kraft aussehen ließ, und in seinem Gürtel stak neben dem Schwert die gewaltige, beidseitig geschliffene Axt, die so unvermeidlich zu ihm zu gehören schien wie das weiße Haar und der strähnige graue Bart. Das Gesicht des Zwerges war grau und von Schmerz und Entbehrungen gezeichnet. Sein linker Arm hing in einer hastig zusammengeknoteten Schlinge, und seine Rüstung war zerschrammt: blind geworden und über und über mit Schmutz und Schlamm und eingetrocknetem Blut besudelt.

»Ihr kennt euch?« fragte Bjaron. Er war ebenfalls abgesessen, überragte den Zwerg aber trotzdem noch um mehr als Haupteslänge.

Lyra nickte. »Ja. Sehr . . . sehr gut sogar.«

»Das erleichtert vieles«, sagte Bjaron. »Ihr . . .«

»Was tust du bei diesen Männern?« sagte Schwarzbart, als existiere der Skruta gar nicht. »Und wo ist Dago? Wo sind die anderen?«

Bjaron wollte bei dem scharfen Ton des Zwerges auffahren, aber Lyra warf ihm einen raschen, mahnenden Blick zu, und er schwieg. Schwarzbarts Blick bohrte sich in den Lyras, und erneut ließ sie Kälte in den dunklen Augen des Zwergenkriegers schaudern. Um seine Lippen lag ein verbissener, harter Zug, den sie noch nie zuvor an ihm bemerkt hatte.

»Keine Sorge, Schwarzbart«, sagte sie hastig. »Diese Männer sind unsere Freunde. Sie sind auf unserer Seite. Wir wären tot, wenn sie uns nicht geholfen hätten.«

Schwarzbart sah Lyra fragend an. »Und Dago? Und die anderen?«

»Die . . . die meisten Quhn sind tot«, antwortete Lyra stockend. »Dago ist bei uns. Aber er ist verwundet.«

»Schlimm?« fragte Schwarzbart.

Lyra senkte für einen Moment den Blick. »Ich weiß es nicht«, gestand sie. »Wir sind angegriffen worden. Ohne seine Hilfe wären wir jetzt tot. Er ist ohne Besinnung.«

Schwarzbart starrte sie einen Herzschlag lang an, dann drehte er sich halb herum und rief einem seiner Begleiter ein einzelnes, scharf klingendes Wort in der Zwergensprache zu. Der Mann drehte sein Pferd herum und verschwand in der Festung; Lyra hörte ihn drinnen rufen. Wenige Augenblicke später drang der gedämpfte Hall eines Posaunensignals durch die mannsdicken Mauern. »Man wird sich um die Verwundeten kümmern«, sagte Schwarzbart und wandte sich dann – zum ersten Mal – an Bjaron, um hinzuzufügen: »Auch um Eure, Skruta.«

»Das ist nicht nötig«, antwortete Bjaron steif. »Wir haben unsere eigenen Heilkundigen, Zwerg. Einen Stall für die Tiere und Unterkunft für mich und meine Krieger ist alles, was ich verlange.«

Zu Lyras Erstaunen ging Schwarzbart nicht auf den herausfordernden Ton des Barbaren ein, sondern lächelte sogar. »Wie Ihr meint, Skruta. Ihr . . .«

»Sein Name ist Bjaron«, unterbrach ihn Lyra. Allmählich begann sie Schwarzbarts herablassende Art wirklich zu ärgern, und sie glaubte Bjaron mittlerweile gut genug zu kennen, um zu wissen, daß die Gelassenheit, die er an den Tag legte, nur gespielt war. Wenn sie Schwarzbart nicht in seine Schranken verwies, dann würde er es tun. Und ein Streit zwischen den Skruta und Schwarzbart war im Augenblick das allerletzte, was sie sich leisten konnten.

Schwarzbart verzog abfällig die Lippen. »Wie Ihr meint, Bjaron«, wiederholte er betont. »Vielleicht ist es gut, wenn Ihr selbst für Eure Verwundeten sorgen könnt. Es sind viele Kranke und Verletzte in der Stadt, und unsere Ärzte kommen kaum dazu, sich den nötigsten Schlaf zu gönnen. Trotzdem wird es schwer sein, Euren Wunsch zu erfüllen. Einen Stall für die Pferde finden wir, aber Eure Leute werden bei den Tieren schlafen müssen; mit Ausnahme der Verletzten. Dakkad platzt aus den Nähten vor Menschen. Die Innere Festung ist vollkommen überfüllt.«

Das war gelogen, und Schwarzbart gab sich nicht einmal sonderliche Mühe, seine Worte überzeugend klingen zu lassen. Die Burg, vor deren Tor sie standen, war im wahrsten Sinne des Wortes gigantisch; ganz egal, wie viele Menschen sich in ihrem Inneren aufhielten – siebzig Männer mehr oder weniger würden wohl kaum mehr ins Gewicht fallen.

Und auch Bjaron mußte die Ausrede erkannt haben, denn der Ausdruck auf seinen Zügen verdüsterte sich noch mehr. Zornig trat er einen halben Schritt auf den Zwerg zu und blieb wieder stehen; ein Mann zu Fuß neben einem Berittenen, der trotzdem noch größer war als sein Gegenüber.

Aber Schwarzbart ließ sich nicht von der imponierenden Erscheinung des Skruta beeindrucken. Obwohl er im Sattel saß, mußte er den Kopf in den Nacken legen, um Bjaron in die Augen sehen zu können, aber Lyra entdeckte nicht die geringste Spur von Furcht oder wenigstens Respekt in seinem Blick. Im Gegenteil. Die Art, in der er Lyra gefragt hatte, was sie bei diesen Männern machte, hatte deutlich genug gesagt, wie sehr er die Skruta verachtete.

»Wenn Ihr solche Angst vor uns habt, hättet Ihr uns nicht in die Stadt einreiten lassen sollen, Schwarzbart«, sagte Bjaron zornig. »Oder habt Ihr einfach nur vergessen, die Tore zu schließen?«

»Keineswegs«, antwortete Schwarzbart kalt. »Unsere Späher berichteten uns schon vor einer Stunde, daß Ihr kommt, Bjaron. Aber es interessierte mich, zu erfahren, was eine Bande von Scrooht-Barbaren in diesem Tal verloren hat.«

»Wir waren auf der Suche nach einer Zwergenarmee«, antwortete Bjaron spitz. »Aber wir fanden nur Tote und die Spuren ihrer Flucht.«

»Bitte hört auf«, mischte sich Lyra ein. »Es wird sich eine Lösung finden, aber streitet jetzt nicht miteinander. Was die Männer jetzt brauchen, ist vor allem Ruhe und ein Quartier, Schwarzbart, ganz gleich welches. Sie sind unsere Verbündeten. Dago und ich verdanken ihnen unser Leben.«

Schwarzbart schenkte ihr einen finsteren Blick. Aber nicht einmal der Zorn darin war echt, und wieder spürte sie nichts als Kälte und Verbitterung. »Wie Ihr meint, Herrin«, sagte er spöttisch, ließ sein Pferd auf der Stelle kehrtmachen und deutete zum Tor. »Dann folgt uns. Euren Männern, Bjaron, wird ein Quartier zugewiesen werden, Ihr selbst werdet uns begleiten.«

Es war ein Befehl, und genausogut hätte er auch sein Schwert ziehen und Bjaron für festgenommen erklären können. Bjaron fuhr zusammen, als hätte er einen Schlag ins Gesicht bekommen, und durch die Reihen der Skruta-Krieger hinter ihrem Rücken lief ein zorniges Murren. Lyra sah aus den Augenwinkeln, wie sich ein paar der Männer spannten. Hände senkten sich auf Schwertgriffe und Speere, und ein paar Pferde begannen nervös auf der Stelle zu tänzeln, als sie die plötzliche Veränderung spürten.

Auch Schwarzbarts Begleiter wirkten mit einem Male wacher und sprungbereiter als noch vor Sekunden. Nur ein Wort, dachte Lyra, ein winziger Funke, ein falscher Blick oder eine zu hastige Bewegung, und die beiden ungleichen Heere würden sich aufeinanderstürzen.

»Erweist uns die Ehre und nehmt unsere Einladung an, Bjaron«, sagte Lyra, hastig und so laut, daß auch die Männer hinter ihr die Worte verstehen mußten. »Dakkad ist nicht groß genug, all Euren Leuten Unterkunft zu gewähren, aber Euch als einem Edlen Eures Volkes steht natürlich ein Quartier in seinen Mauern zu.«

Bjarons Augen schienen zu brennen, als er sie anstarrte. Sein Gesicht war verzerrt, und sein rechter Arm zitterte, als böte er all seine Kraft auf, das Schwert nicht aus der Scheide zu reißen und sich damit auf den Zwerg zu stürzen. Dann entspannte er sich, nickte abgehackt und ging zu seinem Pferd zurück. Lyra atmete auf; gleichzeitig fühlte sie sich hilfloser als je zuvor. Hörte der Wahnsinn denn niemals auf?

Zwei Schritte hinter Schwarzbart ritten sie in die Innere Festung. Das Tor wurde nicht weiter geöffnet, und als sie es durchschritten, sah Lyra, daß auch dahiner noch nicht der eigentliche Hof lag, sondern ein gewaltiger, fenster- und türloser Gang, fünfzehn Schritte lang und von einem riesigen, nur zu einem Drittel hochgezogenen Fallgitter abgeschlossen. Erst dahinter lag der eigentliche Burghof.

Lyra hatte Gewaltiges erwartet, aber kein festes Bild von dem gehabt, was sie sehen würde. Trotzdem unterdrückte sie nur mit Mühe einen erstaunten Ausruf, als sie neben Bjaron und Schwarzbart auf das gepflasterte Rechteck des Innenhofes hinausritt.

Das unregelmäßige Rechteck, um das sich Häuser, Schuppen, Türme und gewaltige, quaderförmige Gebäude reihten, über deren Bestimmung sie nicht einmal Vermutungen anzustellen wagte, war beinahe dreimal so groß wie Orans ganzer Hof, und schon der kleinste seiner acht

Türme mußte doppelt so hoch und viermal so massig sein wie der gewaltige Fluchtturm Dieflunds – und der war ihr wie ein gemauertes Gebirge vorgekommen, als sie ihn zum ersten Mal gesehen hatte. Mehr als hundert Männer gingen den verschiedensten Beschäftigungen nach; trotzdem wirkte der Platz leer und verlassen. Die Wächter, die hoch oben auf den Wehrgängen patrouillierten, waren nur als blitzende Lichtpunkte zu erkennen, und als sie den Kopf in den Nacken legte und zur Spitze des höchsten Turmes hinaufsah, schienen seine Zinnen nahezu mit den tiefhängenden Gewitterwolken zu verschmelzen. Entsetzt fragte sie sich, wie es den Rebellen jemals möglich gewesen war, diese Festung zu erobern.

Sie überquerten den Hof, saßen ab und gaben ihre Pferde in die Obhut einiger Knechte, die auf einen stummen Wink Schwarzbarts herbeigeeilt kamen. Lyra strauchelte, als sie hinter dem Zwerg die steinernen Stufen zum Haupthaus hinaufging. Schwäche überkam sie wie eine schwarze, saugende Woge. Für einen Moment schwanden ihr die Sinne, und als sie wieder sehen und fühlen konnte, lag sie wie ein krankes Kind in Bjarons Armen und blickte in Schwarzbarts Augen. Der Zwerg war ein paar Stufen über ihr stehengeblieben, so daß sich sein Gesicht auf gleicher Höhe mit dem des Skruta befand. Für eine Sekunde glaubte sie Sorge in seinem Blick zu erkennen, aber dann begriff sie, daß es die gleiche Art von Sorge war, die er über ein krankes Pferd oder beim Anblick einer beschädigten Bogensehne empfunden hätte.

Müde hob sie den Arm und versuchte, Bjarons Hand beiseite zu schieben, aber sein Griff war wie Eisen; so hart, daß es weh tat. Gleichzeitig empfand sie seine Berührung auf sonderbare Art als wohltuend. Trotzdem versuchte sie sich in seinen Armen aufzurichten. »Laßt mich herunter, Bjaron. Es ... geht schon wieder.«

Der Skruta ignorierte ihre Worte. »Sie braucht Schlaf, Schwarzbart«, sagte er. »Und einen guten Arzt.«

»Später«, antwortete Schwarzbart grob. »Zuerst muß ich euch noch ein paar Fragen stellen.«

»Hat das nicht Zeit bis später?« schnappte Bjaron.

»Nein, das hat es nicht«, antwortete Schwarzbart kalt. »Nach so vielen Stunden spielen wenige Minuten wohl keine Rolle mehr. Auch ich bin seit drei Tagen wach und sehne mich nach einem Bett, aber es ist wichtig.« Er machte eine unwillige Geste. »Und jetzt laßt sie herunter, Bjaron. Sie kann selbst gehen. Und es würde ziemlich lächerlich aussehen, wenn Ihr die Trägerin von Torans Mantel wie eine kranke Katze vor die Füße ihrer Gefolgsleute legt, oder?«

Bjarons Blick nach zu schließen, hätte er Schwarzbart für diese Worte lieber das Genick gebrochen; aber er gehorchte und stellte Lyra vorsichtig auf die Füße, bereit, sie sofort wieder aufzufangen, sollten ihre Kräfte abermals versagen.

Wärme schlug ihnen entgegen, als sie das Gebäude betraten und durch die hohe, von zahllosen Türen und einer gewaltigen Freitreppe beherrschte Vorhalle gingen. Das Haus war voller Leben und widerhallender Geräusche, aber Lyra nahm nichts von alledem wirklich wahr, sondern konzentrierte sich mit aller Macht darauf, einen Fuß vor den anderen zu setzen und nicht den Anschluß an den Zwerg zu verlieren, der in scharfem Tempo ausschritt.

Schwarzbart geleitete sie durch einen kurzen Gang, öffnete eine Tür und trat mit einer einladenden Geste beiseite, um sie vorbeizulassen. Dahinter lag ein großer, von einem hell brennenden Kaminfeuer behaglich geheizter Raum. Ein knappes Dutzend Männer saß an einem rechteckigen Tisch und blickte bei ihrem Eintreten auf; in einem von ihnen erkannte sie Malik Pasha, in zwei weiteren die Führer anderer Volksstämme, die sich Dago und ihr angeschlossen hatten, ohne daß sie sich jemals die Mühe gemacht hatte, ihre Namen im Gedächtnis zu behalten. Drei oder vier der Männer am Tisch trugen Verbände, und in allen Gesichtern war der gleiche Schrecken und die gleiche, tiefe Erschöpfung zu lesen wie in dem Schwarzbarts. Auf dem Tisch standen Speisen und Krüge mit

Wein, und die Luft roch trotz des halb geöffneten Fensters schlecht und verbraucht. Sie waren mitten in eine Versammlung geplatzt, die schon sehr lange andauern mußte.

Schwarzbart führte sie und Bjaron zum Ende der Tafel und deutete wortlos auf zwei freigebliebene Stühle. Sie setzten sich, während der Zwerg den Tisch umrundete und an seinem entgegengesetzten Kopfende Platz nahm. Die Gespräche, die bei ihrem Eintreten abrupt verstummt waren, kamen auch jetzt nicht wieder auf, aber Lyra glaubte ein vielstimmiges Tuscheln und Wispern zu hören, und obwohl sie die Augen geschlossen hatte, glaubte sie die Blicke, die ihr und Bjaron zugeworfen wurden, fast zu spüren.

Jemand beugte sich von hinten über sie und hielt ihr mit einem fragenden Blick einen Becher hin. Lyra griff automatisch danach und ließ ihn um ein Haar fallen. Sie hatte nicht einmal mehr die Kraft, das Trinkgefäß zu halten.

Erschöpft ließ sie sich zurücksinken, legte den Kopf gegen die harte Lehne des Stuhles, der für einen viel größeren Besitzer als sie geschaffen war, und versuchte vergeblich, die Müdigkeit wegzublinzeln. Nachdem sie eine Woche lang ununterbrochen gefroren hatte, erschien ihr die Wärme des Kaminfeuers unangenehm und erstikkend. Mit beiden Händen griff sie nach dem Becher und trank nun doch, aber ihr Gaumen fühlte sich hinterher genauso ausgetrocknet und rissig an wie zuvor.

»Fühlst du dich jetzt kräftig genug, mit uns zu reden?«

Es dauerte einen Moment, bis Lyra begriff, daß Schwarzbarts Worte ihr galten; und dann noch einmal Sekunden, ehe sie die Kraft fand, zu nicken.

»Es tut mir leid, wenn ich dir noch nicht gestatten kann, dich auszuruhen«, fuhr der Zwerg fort. »Aber es ist wichtig. Was ist geschehen?«

»Wir ... sind angegriffen worden«, sagte Lyra schleppend. »Als wir den Paß überschritten hatten. Wir waren noch nicht einmal richtig im Tal, als wir in einen Hinterhalt gerieten.«

»Eiserne?« fragte Schwarzbart.

Lyra nickte. »Zuerst«, sagte sie. »Dann tauchte Krake selbst auf. Wir wären verloren gewesen, wären Bjaron und seine Reiter nicht im letzten Moment gekommen.« Sie stockte einen Moment, trank wieder einen winzigen Schluck und sah unsicher zu Malik hinüber. »Deine ... deine Männer haben tapfer gekämpft, Malik Pasha«, sagte sie stockend. »Aber sie hatten keine Chance.«

»Sie sind tot?« fragte Malik. Die Ruhe in seiner Stimme war nicht echt. Zweifellos hatte er lange vorher gewußt, daß nur eine Handvoll seiner Krieger in Lyras Begleitung zurückkehrten, so wie jeder hier im Raum, aber es noch einmal aus Lyras Mund zu hören schien ihn zu treffen wie ein Hieb.

»Alle bis auf ein Dutzend«, antwortete Bjaron an Lyras Stelle. »Aber sie haben tapfer gekämpft, Malik. Ich habe selten Menschen Eures Volkes so kämpfen sehen wie sie. Sie hätten die Eisernen geschlagen, wenn dieser verfluchte Magier nicht gekommen und sie mit Zauberei getötet hätte.«

»Weiter«, sagte Schwarzbart. »Was geschah dann?«

»Das kann ich genausogut beantworten wie sie«, sagte Bjaron laut, ehe Lyra Gelegenheit fand, auf die Frage zu antworten. »Warum quält ihr sie? Gebt ihr endlich die Ruhe, die sie braucht. Verdammt, wollt Ihr sie umbringen, Zwerg?« Er beugte sich erregt vor und funkelte Schwarzbart an, aber wieder hielt der Zwerg seinem Blick gelassen stand.

Bjarons Ausbruch überraschte Lyra. Sie war ihm dankbar für den Versuch, aber sie verstand nicht, warum er sich plötzlich in solchem Maße für sie einsetzte. Vielleicht nur, weil sie eine Frau war und er glaubte, sie beschützen zu müssen?

»Laßt nur, Bjaron«, sagte sie leise. »Es dauert ohnehin nicht mehr lange.« Mit dem letzten bißchen Kraft, das sie ihrem geschundenen Körper noch abtrotzen konnte, richtete sie sich in ihrem Stuhl auf, stützte die Ellbogen auf die Tischplatte und verschränkte die Hände vor dem Kinn.

Dann erzählte sie; knapp, mit leiser, stockender Stimmme, aber ohne irgend etwas von Wichtigkeit auszulassen. »Was danach geschah, weiß ich nicht mehr genau«, schloß sie, nachdem sie von Dagos Angriff auf die Brücke und der Explosion magischer Energien erzählt hatte. »Wir sind die Nacht und den halben Tag durchgeritten, um Dakkad zu erreichen.«

»Ihr seid nicht noch einmal angegriffen worden?« vergewisserte sich Schwarzbart. Lyra schüttelte den Kopf, und der Zwerg wandte sich nun doch an Bjaron: »Habt Ihr Eiserne gesehen, nach dem Kampf an der Brücke?«

»Eiserne?« Bjaron schüttelte heftig den Kopf. »Hier? Diesseits des Flusses?«

»Diesseits des Flusses, vor und hinter und neben Dakkad«, bestätigte Schwarzbart mit steinerner Miene. »Ihr hättet sie sehen müssen, Skruta. Sie sind überall. Die Stadt wird belagert. Schon seit zwei Tagen.«

»Belagert?« wiederholte Bjaron; in einem Tonfall, als zweifele er an Schwarzbarts klarem Verstand.

»Ihr glaubt mir nicht?«

Bjaron schwieg einen Moment. »So kraß würde ich es nicht ausdrücken«, sagte er dann. »Mir und meinen Männern ist nichts aufgefallen, wenn ich auch zugebe, daß das nicht sehr viel besagen muß. Bei diesem Wetter hätten wir quer durch ein Heerlager der Eisernen marschieren können, ohne es zu merken.« Er lächelte flüchtig und sah sich demonstrativ im Raum um. »Andererseits habe ich mir eine belagerte Stadt immer . . . etwas anders vorgestellt.«

»Und doch ist es so, wie ich sage«, antwortete Schwarzbart ruhig. »Steigt auf Euer Pferd und versucht, die Stadt zu verlassen, und Ihr werdet sehen, was ich meine. Es ist uns nicht anders ergangen als Euch – auch wir wurden angegriffen und mußten uns zurückziehen.«

»Das Tal wimmelt von Eisernen«, bestätigte der Mann neben ihm. »Schwarzbarts Zwerge und Eure Männer sind nicht die einzigen, die in einen Hinterhalt geraten sind, Bjaron. Meine Truppe wurde zur Hälfte aufgerieben, Maliks Quhn-Armee existiert praktisch nicht mehr, und

Renderons Lanzenreiter verbluten vermutlich gerade bei dem Versuch, den Südpaß zurückzuerobern.«

Bjaron starrte ihn an. »Wißt Ihr, was Ihr da sagt?« fragte er leise. Seine Stimme bebte.

»Sehr genau, Skruta«, antwortete Schwarzbart. »Ich weiß nicht, auf welchem Wege Ihr und Eure Reiter über die Berge gekommen seid, aber von unseren Truppen war die Gruppe von Dago die letzte, die das Tal von Dakkad noch betreten konnte.«

»Wie viele sind es?«

»Mehr als die Hälfte unseres Heeres«, antwortete Schwarzbart. »Weit über zehntausend Krieger, Bjaron. Und die Eisernen greifen uns an, wo immer sie uns sehen.«

»Und sie schlagen uns, wo immer sie uns treffen«, fügte Malik Pasha düster hinzu. »Ganz gleich, wohin sich unsere Truppen wenden, sie werden angegriffen und zurückgetrieben oder vernichtet.«

»Und Dakkad?«

»Ist der einzige Ort, an dem sie uns nichts tun. Die einzige Richtung, in die sie unsere Männer marschieren lassen, ohne sie anzugreifen«, antwortete Schwarzbart. »Aber nur in eine Richtung, Bjaron. Sie sind wie gute Wachhunde, wißt Ihr? Sie lassen jeden herein, aber keinen mehr hinaus.«

Sekundenlang blickte Bjaron fast hilflos in die Runde, dann wandte er sich wieder an den Zwerg. »Habt Ihr versucht, auszubrechen? Es ist leicht, eine kleine Gruppe anzugreifen und niederzumachen, aber ein großes Heer ...«

»Wir haben es versucht«, unterbrach ihn der Mann neben Schwarzbart, der schon einmal das Wort ergriffen hatte. »Vor zwei Tagen, vor einem Tag, und heute bei Sonnenaufgang.« Er lächelte bitter. »Wäre die Sicht besser, Bjaron, hättet Ihr die Toten sehen müssen. Wir haben fast tausend Mann verloren.« Er schüttelte heftig den Kopf. »Nein – niemand, der diese Stadt einmal betreten hat, verläßt sie wieder.«

»Begreift Ihr jetzt, warum ich Euch gefragt habe, ob Ihr Eiserne gesehen habt, Bjaron?« fragte Schwarzbart. »Dieses ganze Tal ist nichts anderes als eine verdammte Falle. Eine Falle, die sie seit Monaten sorgfältig vorbereitet haben müssen. Und Dakkad ist der Speck darin.« Er beugte sich vor, hob seinen Becher und prostete Bjaron spöttisch zu. »Willkommen bei den Mäusen, Skruta.«

26

Lyra schlief den Rest des Tages, die darauffolgende Nacht und noch bis weit in den nächsten Morgen hinein. Sie fror, als sie erwachte, aber ihr Bettzeug war klamm, und der unangenehme Geruch von kalt gewordenem Schweiß drang in ihre Nase. Sie trug noch immer das gleiche Kleid, mit dem sie Dakkad erreicht hatte, denn sie war einfach zu müde gewesen, um sich noch auszuziehen.

Sie war nicht allein. Ein Mädchen von vielleicht zwanzig Jahren saß auf einem Schemel am Fußende ihres Bettes, den Kopf gegen die Wand gelehnt und die Augen geschlossen. Ihre Hände lagen nebeneinander auf den aufgeschlagenen Seiten eines Buches, und ihre tiefen, gleichmäßigen Atemzüge verrieten, daß sie eingeschlafen war. Lyra setzte sich vorsichtig auf, schlug die Decke zurück und schwang die Beine vom Bett; leise, um das schlafende Mädchen nicht zu wecken. Es war sehr still in der Kammer, so still, daß ihr selbst das Knacken und Prasseln der brennenden Scheite im Kamin über die Maßen laut erschien. Das Licht war düster, grau und flackernd wie die vorsichtige Helligkeit der Dämmerung, so daß das Kaminfeuer außer seiner Wärme auch noch sichtbares Licht spendete, und im ersten Augenblick dachte sie, es wäre noch früher Morgen. Dann sah sie zum Fenster hinaus und erkannte, daß es beinahe Mittag war.

Vorsichtig setzte sie sich auf, bewegte prüfend Arme und Beine und sah an sich herab. Ihr Kleid bot ein Bild des Jammers. Es war zerschlissen und starrte vor Schmutz.

Ihre Glieder fühlten sich noch immer so schwer und müde an wie am Tage zuvor; aber es war eine ganz andere, wohltuende Art der Schwere, und die Müdigkeit, die sie verspürte, war von beinahe angenehmer Art. Sie fuhr sich mit dem Handrücken über die Augen, sah einen Moment unentschlossen zum Fenster und ging dann zum Kamin, um die Hände über die prasselnden Flammen zu halten. Die Wärme tat gut und hatte eine belebende, prikkelnde Wirkung; nach ein paar Minuten stand sie wieder auf, ging zum Bett zurück und betrachtete das schlafende Mädchen genauer. Sie mußte jünger sein als sie; Lyra korrigierte ihre Schätzung von vorhin um zwei, wenn nicht drei Jahre nach unten. Sie war sehr schlank, blaß und hatte dünnes, rabenschwarzes Haar, dessen Schnitt ihr ein fast knabenhaftes Aussehen verlieh. Ihr Kleid war einfach und nicht sonderlich sauber, und an ihrem Hals war ein zweifingerbreiter, gerader Ring rot entzündeter Haut; Lyra muß te daran denken, wie ihr Dago vor nicht allzulanger Zeit erzählt hatte, daß die Stadthalter der Goldenen ihre Sklaven mit einem eisernen Halsring zu kennzeichnen pflegten. Sie hatte es nicht geglaubt – schließlich war sie selbst als Sklavin aufgewachsen, und bei aller Härte Orans wäre eine solche Demütigung auf seinem Hof unmöglich gewesen. Der Anblick aber bewies, daß Dagos Behauptung wahr war. Und wenn er in diesem Punkt die Wahrheit gesagt hatte, dann gab es auch die anderen Greuel, von denen er berichtet hatte, und ...

Das Mädchen mußte ihre Nähe spüren, denn es erwachte plötzlich. Einen Moment lang blieb ihr Blick leer, dann erkannte sie Lyra und fuhr mit einem erschrockenen Laut in die Höhe. »Herrin! Ich .. ich muß eingeschlafen sein. Verzeiht mir, ich ...«

Lyra unterbrach sie mit einem raschen Kopfschütteln. »Es macht nichts, Kind«, sagte sie. »Du brauchst keine Angst zu haben. Ich weiß, wie lang eine Nacht sein kann, wenn man sie neben einer Schlafenden verbringt.« Sie lächelte. »Hat Schwarzbart dir aufgetragen, bei mir zu wachen?«

Die Sklavin nickte. Ihre Augen waren groß und dunkel vor Angst; es waren die Augen einer Sklavin, dachte Lyra bedrückt. Und die einer, die weniger Glück gehabt hatte als sie. Zweifellos hatte ihr Schwarzbart eingeschärft, kein Auge zuzutun und bei Lyra zu wachen, ganz egal, wie lange es dauerte. Jetzt hatte sie Angst.

»Wie ist dein Name, Kleines?« fragte sie.

»Lajonis.« Das Mädchen senkte den Blick.

»Du brauchst dir wirklich keine Vorwürfe zu machen, eingeschlafen zu sein«, sagte Lyra beruhigend. »Ich werde niemandem etwas davon sagen, wenn es das ist, was du fürchtest. Schon gar nicht Schwarzbart.«

»Das ... ist sehr freundlich von Euch, Herrin«, sagte Lajonis stockend. »Schwarzbart ist ... ein sehr strenger Mann.«

»Schwarzbart ist ein alter Grobian, der keine Ahnung hat, wie man das Wort Benehmen überhaupt buchstabiert«, sagte Lyra. »Schon gar nicht einer Frau gegenüber. Aber er hat noch keinem den Kopf abgerissen, soviel ich weiß«, fügte sie mit einem Augenzwinkern hinzu. Sie deutete auf den Stuhl, auf dem das Mädchen gesessen hatte. »Hast du die ganze Nacht über mich gewacht?«

»Seit gestern abend«, bestätigte Lajonis. »Schwarzbart hat mir verboten, Euch zu wecken. Aber ich soll ihn sofort rufen, wenn Ihr von selbst wach werdet. Wenn Ihr wollt, dann ... dann gehe ich jetzt gleich und hole ihn.« Ihre Stimme bebte ganz sacht; sie sprach beinahe flehend, und Lyra begriff, daß sie mit aller Macht nach einem Vorwand suchte, gehen zu können. *Warum hat sie Angst vor mir?* dachte sie verwirrt.

Einen Moment lang hielt Lajonis ihrem Blick stand, dann senkte sie abermals den Kopf und begann wie ein verlegenes Kind mit der Fußspitze über den Boden zu scharren. »Kann ich jetzt ... gehen?«

Lyra sah demonstrativ an sich herunter und rümpfte die

Nase. »Natürlich«, sagte sie. »Aber ich wäre dir dankbar, wenn du mir vorher ein neues Kleid besorgen würdest. Das hier ist vielleicht noch gut, um damit den Boden zu scheuern, aber mehr auch nicht. Und ein Bad wäre auch nicht schlecht. Ich rieche wie ein Pferd.«

»Euer Kleid ist doch sehr schön«, sagte Lajonis.

»Unsinn«, widersprach Lyra. »Es ist ein Fetzen, und ...« Sie sprach nicht weiter. Mit einem Male fiel ihr auf, wie ähnlich sich die Situationen doch waren: Es war nur wenige Monate her, daß sie selbst beinahe die gleichen Worte zu Erion gesagt und fast wörtlich die gleiche Antwort bekommen hatte. Und es war nicht nur dieses alberne Kleid: Sie hatte Lajonis *Kind* und *Kleines* genannt, obgleich sie selbst nur wenig älter war als das Sklavenmädchen, so, wie Erion sie wie ein Kind behandelt hatte, obwohl auch sie nur wenige Jahre älter gewesen war. Und Lajonis akzeptierte ihren Ton so selbstverständlich, wie sie damals die Überlegenheit der Elbin respektiert hatte.

Lajonis bemerkte ihr Zögern und deutete es falsch, und wieder wurde der Anteil von Furcht in ihrem Blick größer. »Im Nebenzimmer steht ein Bad für Euch bereit, Herrin«, sagte sie hastig. »Ich werde frische Kleider für Euch holen, während Ihr badet. Ihr braucht nur zu rufen, wenn Ihr mich braucht.«

Damit wandte sie sich um und verließ das Zimmer, so schnell, daß es fast wie eine Flucht aussah. Lyra drehte sich um und verließ das Zimmer durch die zweite Tür.

Die Kammer dahinter war leer bis auf einen gewaltigen gußeisernen Zuber, in dem parfümiertes Wasser vor sich hin dampfte, und einer einfachen Holzbank, auf der ein zusammengefaltetes weißes Handtuch und ein frisches Stück Seife bereit lagen. Unter dem fünfbeinigen Kessel prasselte ein mächtiges Feuer, und trotz des offenstehenden Fensters perlte Wasser in winzigen Tröpfchen von den Wänden; es war so warm, daß Lyra fast augenblicklich der Schweiß ausbrach und sie das Kleid gar nicht schnell genug vom Leibe bekam.

Für die nächste halbe Stunde dachte sie weder an die

Goldenen, noch an Dago oder Schwarzbart oder sonst irgend etwas, sondern genoß es einfach, sich im heißen Wasser zu aalen. Das heiße Wasser war wunderbar auf der Haut und tat wohl wie eine streichelnde Hand, und die Seife mußte für eine Königin gemacht worden sein, denn sie roch so köstlich, daß sie mit nichts zu vergleichen war, was sie zuvor kennengelernt hatte, nicht einmal im Albstein, wo man sie wie Erdherz selbst behandelt hatte. Sie wusch sich ausgiebig das Haar, einmal, um den gröbsten Schmutz herauszubekommen, ein zweites Mal, um es wieder so seidig und glänzend werden zu lassen wie früher, und dann noch zweimal, einfach, weil ihr der Geruch der Seife so gefiel und der Schaum sich angenehm auf der Haut anfühlte. Für einen kurzen, köstlichen Moment spürte sie, was das Wort Luxus bedeuten konnte – nämlich nicht nur goldene Trinkbecher und seidene Gewänder und Ringe aus Edelstein, sondern auch so etwas Profanes wie ein heißes Bad und ein Stück Seife. Sie war beinahe zornig, als Lajonis nach einer halben Stunde schüchtern an die Tür klopfte und eintrat, ohne auf eine Antwort zu warten.

»Verzeiht, Herrin«, sagte sie. »Aber Schwarzbart erwartet Euch. Ich habe Euch frische Kleider und einen Kamm gebracht.«

Sie schloß die Tür hinter sich, nahm das Handtuch von der Bank und hielt es in die Höhe, als Lyra widerwillig aus dem Zuber stieg.

Lajonis sagte kein Wort, während sie ihr beim Ankleiden half, aber sie drängte trotzdem auf sanfte, aber sehr nachdrückliche Weise zur Eile, und nach kaum fünf Minuten verließ Lyra ihre Kammer; zwar noch immer mit nassem, unansehnlich strähnigem Haar, aber gekleidet wie ein Königin und so entspannt und gut gelaunt wie schon seit Wochen nicht mehr.

Die Sklavin führte sie über einen langen, menschenleeren Flur, dann eine wie ein Schneckenhaus eng gewundene Treppe hinauf in die Turmkammer, in der Schwarzbart auf sie wartete. Der Zwerg sah noch erschöpfter aus als am Vortage; vielleicht fiel es ihr auch jetzt erst wirklich auf:

Die Ringe unter seinen Augen waren tiefer und dunkler geworden, und seine Haut war so blaß, als hätte er eine schwere Krankheit hinter sich. Er trug noch immer die gleichen Kleider und hatte nur Schwert und Streitaxt abgelegt, und Lyra war fast sicher, daß er sich keine Sekunde Schlaf gestattet hatte, seit sie ihm das letzte Mal begegnet war. Seine Bewegungen waren von der schnellen, hektischen Art eines Menschen, der vollkommen übermüdet ist und die Grenzen seiner Kraft schon lange überschritten hat. Es waren Bewegungen wie Lyra sie aus den letzten Tagen des Erntemondes kannte.

»Du hast lange geschlafen«, sagte er anstelle einer Begrüßung. »Ich hoffe, du hast dich einigermaßen von den Strapazen erholt.«

Lyra nickte. Der Zwerg blickte sie einen Moment lang an, als warte er auf eine Antwort, dann kam er rasch ein paar Schritte näher und wandte sich an Lajonis. »Es ist gut, Mädchen«, sagte er. »Du kannst es jetzt holen.«

Lajonis nickte und entfernte sich rückwärts gehend. Schwarzbart wartete schweigend, bis sie wieder allein waren, dann ging er zurück zum Fenster, stützte die Fäuste auf der niedrigen Brüstung auf und starrte einen Moment auf den Burghof hinab.»Es tut mir leid, wenn ich gestern grob zu dir war«, sagte er. »Aber ich war verwirrt. Die Ankunft der Skruta . . . .« Er drehte sich zu ihr um. »Du warst am längsten mit dem Skruta zusammen, Lyra. Sagt er die Wahrheit? Gibt es diese zehntausend Reiter, von denen er sprach?«

Ohne daß Lyra genau sagen konnte warum, versetzten sie Schwarzbarts Worte in Rage. »Der Skruta«, sagte sie scharf, »hat einen Namen, Schwarzbart. Er heißt Bjaron. Und ich weiß nicht, ob es diese Reiter gibt oder nicht. Ich habe sie nicht gesehen. Aber welchen Grund sollte er wohl haben, hierherzukommen und uns seine Hilfe anzubieten, wenn das Heer, das er dazu braucht, nicht existiert?«

Ihr Zorn prallte von Schwarzbart ab, so wie jedes Gefühl, das nicht Haß oder Verbitterung war, an einer unsichtbaren Wand um seinen Geist abzuprallen schien.

Er schien ihn nicht einmal zu bemerken, und für einen Moment fragte sich Lyra erschrocken, ob der Zwerg überhaupt noch lebte. Die Veränderung, die mit ihm vonstatten gegangen war, seit er die Minen von Tirell gesehen hatte, war ihr niemals so stark zu Bewußtsein gekommen wie jetzt. Dagos Ausspruch, daß etwas in ihm dort unten gestorben war, war mehr als bloß dahingesagt gewesen; er stimmte.

»Dago traut ihm nicht«, sagte Schwarzbart. »Und ich . . .«

»Du hast mit Dago gesprochen?« unterbrach ihn Lyra. »Wie geht es ihm?«

Zum ersten Mal, seit sie diesen Raum betreten hatte, stahl sich so etwas wie ein Lächeln auf Schwarzbarts Lippen. Aber nur für einen Moment. Dann erschlafften seine Züge wieder zu einer Grimasse der Müdigkeit und Verbitterung. »Er ist erschöpft, aber nicht verletzt«, sagte er. »Du kannst gleich mit ihm reden. Ich habe das Mädchen geschickt, um ihn zu holen. Aber gedulde dich noch einen Moment. Wenn Lajonis zurück ist, wirst du alles erfahren. Ich möchte mehr von dir über den Skruta – über Bjaron – wissen.«

»Ich wüßte nicht, was ich dir erzählen könnte«, antwortete Lyra grob. »Warum fragst du ihn nicht selbst? Ich habe kaum mehr mit ihm gesprochen als Dago; eher weniger. Nach dem Kampf an der Brücke haben wir keine zehn Sätze mehr miteinander gewechselt.«

»Es geht nicht darum, was er dir erzählt hat«, sagte Schwarzbart. »Worte können lügen, das solltest du mittlerweile gelernt haben. Ich möchte einfach wissen, was du von ihm hältst.«

»Seit wann interessiert es dich, was ich von irgendwem oder irgend etwas halte?« sagte Lyra, die immer zorniger wurde. Sie verstand absolut nicht mehr, worauf Schwarzbart hinaus wollte. Was sollte sie, ein einfaches Mädchen, wohl über Bjaron wissen, was selbst Dago mit all seiner Zauberkraft verborgen geblieben war? Trotzdem antwortete sie: »Ich glaube, er sagt die Wahrheit. Er ist ein ehrlicher Mann.«

»Er ist ein Skruta«, sagte Schwarzbart, in einem Ton, als schlösse das eine das andere aus.

»Du hast mich nach meiner Meinung gefragt, oder?« schnappte Lyra. »Ich glaube, daß sein Angebot ehrlich gemeint war. Ich habe ihn im Kampf erlebt, ihn und seine Männer.«

»Und das hat dich beeindruckt?«

»Das hat es ganz und gar nicht; im Gegenteil. Es hat mir Angst gemacht.«

Schwarzbart zog spöttisch die Augenbrauen hoch, und Lyra fügte, in viel schärferem Ton, hinzu: »Hast du jemals einen Mann aus Skruta kämpfen sehen, Schwarzbart?«

»Nein«, sagte Schwarzbart. »Aber das . . .«

»Dann weißt du auch nicht, was ich meine«, fuhr Lyra erregt fort, »denn hättest du es, hättest du genausoviel Angst gehabt wie ich. Aber ich habe gesehen, wie sehr sie die Eisernen hassen. So sehr, daß sie ihr eigenes Leben wegwerfen, wenn sie dafür auch nur einen von ihnen vernichten können. Sie sind hier, weil sie die Goldenen ebenso hassen wir ihr.« Sie erschrak. Sie hatte sagen wollen: Weil sie die Goldenen ebensosehr hassen wie *wir*. Aber ihre Zunge hatte ihr einen Streich gespielt. Oder war es etwas anderes gewesen?

»Das bezweifelt niemand«, sagte Schwarzbart unwirsch. »Aber das bedeutet nicht, daß sie sich an das Abkommen, das sie uns vorschlagen, halten werden, wenn der Kampf vorüber ist.«

»Das ist euer Problem«, antwortete Lyra kühl. »Du hast mich um meine Meinung über Bjaron gefragt, und ich habe sie dir gesagt. Mehr kann ich nicht tun. Ich verstehe nichts von Politik und euren Intrigen.«

Sie sah, wie sich Schwarzbarts Blick umwölkte. Der Zwerg setzte zu einer zornigen Entgegnung an, aber in diesem Moment wurde die Tür in ihrem Rücken geöffnet, und Lajonis kam zurück. In den Armen hielt sie ein kleines, in weiße und gelbe Seidentücher eingeschlagenes Bündel. Und sie war nicht allein, sondern wurde von Dago begleitet; einem sehr müde und mitgenommen aussehenden Dago, der aber bis auf einen schmalen weißen Verband um die Rechte unverletzt zu sein schien. Er lächelte, als er Lyras Freude bemerkte, kam auf sie zu und schloß sie kurz in die Arme. Dann ergriff Dago sie an den Schultern, drehte sie mit sanfter Gewalt herum und schob sie auf Lajonis zu, die neben der Tür stehengeblieben war.

»Dort ist noch jemand, der auf dich wartet«, sagte er lächelnd.

Verwirrt sah Lyra von Lajonis zu Dago und zurück. Das Sklavenmädchen betrachete Dago mit einer Mischung aus Furcht und vorsichtiger Neugier, aber dann hob sie das Bündel, das sie in den Armen trug, und hielt es Lyra mit einem Lächeln hin.

In den weißen Seidentüchern lag ein Kind.

Ein Kind mit einem schmalen, wie aus weißem Glas geformten Gesicht und schlanken Fuchsohren. Als es die Lider öffnete, blickte Lyra in zwei Augen von der Farbe der Sonne und flirrendem Sternenstaub.

»Toran!« flüsterte sie ungläubig. »Aber wie kommt er hierher? Er ist doch ...« Sie preßte den kleinen warmen Körper fest an sich und drehte sich zu Schwarzbart um, starrte ihn fassungslos an und blickte dann wieder auf das schmale Elbengesicht des Kindes herunter. Toran lachte, so wie er es fast immer tat, wenn er sie sah; und nicht nur sie. Er war ein ausgesprochen freundliches Baby.

»Das war der Grund, warum ich dich gestern mittag bat, mich zu begleiten«, sagte Schwarzbart, so überraschend sanft, daß Lyra unwillkürlich aufsah. »Ich wollte ihn dir schon gestern geben. Aber nachdem du bei der Beratung fast eingeschlafen wärst, erschien es mir doch besser, dich erst einmal gründlich ausschlafen zu lassen.«

»Lajonis hat sich um ihn gekümmert«, fügte Dago hinzu. »Sie versteht es gut, mit Kindern umzugehen.«

Lyra warf dem schwarzhaarigen Mädchen einen raschen, dankbaren Blick zu und wandte sich wieder an Schwarzbart. »Ich verstehe das nicht. Er ... er ist doch im Albstein zurückgeblieben«, sagte sie. »Warum ist er jetzt hier? Wo ist Erdherz?«

Sie wußte nicht, was es war – aber sie spürte, daß sie irgend etwas furchtbar Falsches gesagt haben mußte, denn Dagos Lächeln erlosch übergangslos und machte einem Ausdruck schmerzhafter Bedrückung Platz, und auch der bittere Zug auf Schwarzbarts Gesicht kam zurück. »Es gibt keinen Albstein mehr«, sagte er, ganz leise und ohne Lyra dabei anzusehen. »Wir mußten ihn hierherbringen lassen. Wir hätten es von Anfang an tun sollen.« Seine Stimme war flach und vollkommen ausdruckslos.

»Was ... bedeutet das?« fragte sie erschrocken. »Was soll das heißen, Schwarzbart: *Es gibt keinen Albstein mehr*?«

Schwarzbart antwortete nicht. Statt dessen drehte sich jago wieder herum und sah sie aus brennenden Augen an. »Die Eisernen haben die Festung angegriffen und geschleift. Fast alle, die zurückgeblieben sind, sind tot. Auch ...« Er stockte, und Lyra wußte schon, was er sagen würde, bevor er weitersprach. Trotzdem taten seine Worte weh wie der Stich eines weißglühenden Messers. »Auch Erdherz.«

»Erdherz?« wiederholte sie fassungslos. »Erdherz ist ... ist tot? Die Königin ist tot?« Ihre Hände begannen zu zittern, und ihr Schmerz schien sich auf das Kind in ihren Armen zu übertragen, denn Toran blickte sie einen Moment aus seinen großen, viel zu wissenden Augen an und begann dann leise zu weinen. Lyra hörte es kaum. »Erdherz ist tot?« sagte sie noch einmal.

»Sie starb mit dem Albstein«, sagte Schwarzbart ruhig. Er war ganz gefaßt; seine Stimme bebte jetzt, aber nur vor Schwäche und Müdigkeit, nicht durch den Schmerz, den die Worte ihm bereiten mußten. »Sie haben die Burg angezündet, nachdem sie sie nicht zur Gänze erobern konnten. Erdherz und alle, die bei ihr waren, sind in den Flammen umgekommen.«

Mit einem Male verstand sie seine Verbitterung, zehnmal besser als bisher die Härte, die sie in seinem Blick gelesen hatte. Sie entschuldigte sich in Gedanken für alles, was sie ihm gesagt und über ihn gedacht hatte, aber sie sprach nichts von alledem aus, weder zu diesem noch zu irgendeinem anderen Zeitpunkt. Sie versuchte auch nicht, ihn zu verstehen, denn das konnte sie nicht. Schwarzbart hatte mehr verloren als eine Königin und eine Burg.

»Wann?«

»Vor zwei Tagen«, antwortete Dago. »Fast zur gleichen Zeit, zu der sie uns angegriffen haben.« Er ballte zornig die Fäuste. »Sie haben überall im gleichen Moment zugeschlagen, Lyra. Nicht nur hier, sondern überall im Land.«

»Vor . . . vor zwei Tagen?« Lyra sah den jungen Magier verstört an. »Aber es ist eine Woche bis zum Albstein!«

»Es gibt Wege, die schneller sind als die, die du kennst«, antwortete Dago geheimnisvoll, und fügte, ehe sie Zeit fand, eine entsprechende Frage zu stellen, hinzu: »Aber sie sind gefährlich. Der Mann, der Toran hierherbrachte, bezahlte dafür mit seinem Leben.«

»Du hast gesagt, der Albstein wäre unangreifbar«, murmelte sie.

Schwarzbarts Augen schienen zu brennen, als er antwortete. »Das war er. Niemals hätten es die Goldenen gewagt, die Hand gegen ihn zu erheben. Aber jetzt . . .« Er stockte, und für einen Moment verlor er nun doch die Kontrolle über sich. Seine Hände ballten sich zu Fäusten und begannen zu zittern, und sein Gesicht zerfiel zu einer Grimasse aus Haß und Ohnmacht.

»Sie sind verzweifelt, Lyra«, sagte Dago, als der Zwerg nicht weitersprach, sondern nur dumpf an ihr vorbei ins Leere starrte. »Die Zwerge und Maliks Quhn waren die letzten Völker, denen sie wenigstens noch die Illusion von Freiheit gelassen haben, denn beide waren zu stark und zu stolz, um sie unterwerfen zu können. Und sie zu vernichten, wäre sie zu teuer gekommen. Sie waren auch keine Gefahr, solange sie den Rest des Landes unter ihrer Kontrolle hatten. Aber jetzt ist das anders. Ganz gleich, wie dieser Aufstand endet, Lyra, das Land wird hinterher nicht mehr das sein, was es vorher war. Es wird der letzte Kampf sein, Lyra, und sie wissen es. Sie können nur vollständig gewinnen oder vollständig vernichtet werden. Der Albstein war ein Stachel in ihrem Fleisch, der weh getan hat, aber nicht sonderlich gefährlich war. Jetzt hat er sich entzündet, und sie müssen ihn herausreißen, wenn er sie nicht umbringen soll. Selbst, wenn sie dabei einen Arm verlieren. Es ist ein Kampf auf Leben und Tod.« *Auf Leben und Tod* ... Sie wiederholte die Worte ein paarmal in Gedanken, aber sie verloren dadurch nichts von ihrem höhnischen Klang. Auf Leben und Tod ... Das Leben eines Volkes gegen das von sechs machthungrigen Ungeheuern. Der Einsatz in diesem Kampf war nicht sehr fair verteilt.

»Verstehst du jetzt, warum ich gezögert habe, Bjarons Angebot anzunehmen, und es noch immer tue?« fragte Dago. »Es ist nicht nur Stolz. Ich mag Bjaron nicht, das stimmt, und es behagt mir nicht, mich mit Skruta verbünden zu müssen, um meine Ziele zu erreichen; auch das stimmt. Aber es spielt keine Rolle. Bjarons Krieger würden diesen Krieg für uns entscheiden, denn nicht einmal die Eisenmänner wären ihnen gewachsen.«

»Warum zögerst du dann noch?« fragte Lyra.

»Weil wir nur diese eine Chance haben, Lyra«, antwortete Dago erregt. »Und weil ich es mir nicht leisten kann, sie zu verspielen. Ich würde mich mit dem Teufel selbst verbünden und ihm mit Freuden meine Seele verschreiben, wenn er mir die Caer Caradayn als Preis böte: Aber es geht hier nicht nur um mich. Wenn wir die Goldenen schlagen und zu spät merken, daß wir uns die falschen Verbündeten gesucht haben, dann wird es zu spät sein. Dieses Land ist jetzt schon ausgeblutet, und das Schlimmste liegt noch vor uns. Wir werden nicht mehr die Kraft haben, uns gegen sie zu wehren.«

»Ist es ... wirklich so schlimm?« fragte sie stockend. Dago wollte sich abwenden, aber sie hielt seinen Blick fest; sie wollte keine Ausflüchte mehr hören, sondern die *Wahrheit*.

»Schlimmer«, sagte Dago leise. Er seufzte, tauschte einen langen, schwer zu deutenden Blick mit Schwarzbart. Lyra trat neben ihn, als er ihr winkte.

»Es ist also schlimmer geworden«, sagte sie nach einer Weile.

Dago nickte; gleich darauf schüttelte er den Kopf. »Nein«, sagte er. »Nicht schlimmer. Sie konzentrieren nur ihre Macht. Bisher haben sie sich darauf beschränkt, uns zusammenzutreiben wie eine Schafherde. Jetzt warten sie.«

»Warten? Worauf?«

Dago zuckte mit den Schultern. »Ich weiß es nicht«, sagte er. »Aber ich spüre, daß sie irgend etwas tun werden.« Plötzlich wurde er zornig, ballte die Faust und schlug damit so heftig gegen die Scheibe, daß das Glas vibrierte. »Verdammt, ich fühle mich hilflos wie ein Kind! Wir sind ihnen immer noch zehn zu eins überlegen, und sie spielen mit uns, wie es ihnen beliebt! Jeder Mann, den wir in diesen verdammten Nebel hinausschicken, stirbt oder verschwindet einfach, und ich fühle genau, daß sie irgendeine Teufelei vorbereiten. Aber ich weiß nicht, was.«

»Du ... du bist ein Magier, und ...«

»Humbug!« unterbrach sie Dago. »Ich bin nichts gegen sie. Ein Stümper, der nicht weiß, an welcher Seite er ein Schwert anfassen muß, gegen deinen Skruta-Helden.«

Die Worte taten weh, um so mehr, weil er sie nicht absichtlich gewählt hatte, um Bjaron zu verletzen, sondern weil sie Lyra verdeutlichten, wie sehr er den Skruta verachtete. Aber sie tat so, als hätte sie sie nicht gehört.

»Das stimmt nicht, Dago. Du hast mir immer wieder gesagt, daß du nichts als ein Zauberlehrling bist, aber nach dem, was du am Fluß getan hast ...«

»Das war nichts«, unterbrach sie Dago erneut. Seine Stimme zitterte vor Wut. »Es mag dich beeindruckt haben, aber es war nichts. Nicht so viel gegen die Macht der Goldenen.« Er schnippte mit den Fingern. »Verwechsele nicht Gewalt mit Magie, Lyra. Zerstören ist einfach. Man muß kein Zauberer sein, um einige von den Dingen zu lernen, die du gesehen hast. Jedermann kann die geheimen Mächte der Natur entfesseln, um zu zerstören.« Er ballte zornig die Faust. »Hast du schon vergessen, wie ich versagt habe, als wir Ratte gegenübergestanden haben? Und Harleen hatte recht – er war ein Schwächling gegen die anderen fünf. Und trotzdem hätte er mich getötet, wenn *du* ihn nicht vernichtet hättest.« Er sah sie an, sehr lange und mit einem Ausdruck in den Augen, den Lyra nicht deuten konnte.

»Du brauchst keine Angst zu haben, Lyra«, sagte er schließlich sanft, in jener sonderbaren, fast melancholischen Tonart, in der man mit jemandem spricht, dessen Schmerz man teilt. »Du bist sicher, solange du Dakkad nicht verläßt. Die Stadt ist uneinnehmbar. Selbst für die Goldenen.«

»Du?« wiederholte sie. »Was meinst du damit, Dago – *du* bist sicher, solange du die Stadt nicht verläßt?«

Dago antwortete nicht, sondern sah weg, und auch Schwarzbart wich ihrem Blick aus und starrte an ihr vorbei in die Flammen des Kaminfeuers, als gäbe es dort etwas Besonderes zu beobachten.

»Ihr wollt . . . gehen«, sagte Lyra schließlich, als keiner von beiden Anstalten machte, ihr zu antworten. »Ihr plant einen Ausfall. Obwohl ihr wißt, daß es Selbstmord ist.«

»Kein Selbstmord«, unterbrach sie Dago, »sondern das einzige, was uns übrig bleibt, so wie die Dinge liegen. Ich gebe zu, daß es eine verzweifelte Idee ist, aber wenn wir hierbleiben und warten, was sie als nächstes tun, werden wir sterben. Alle.«

»Und so vielleicht nur wenige, nicht wahr?« Lyra atmete hörbar ein. »Ihr wollt sie angreifen. Nachdem du mir vor Augenblicken erklärt hast, daß jeder, der die Stadt verläßt, stirbt. Nachdem . . .«

»Lyra, bitte . . .«

». . . Schwarzbart Bjaron gestern erklärt hat, daß diese Stadt eine Falle ist und tausend seiner besten Zwergenkrieger gefallen sind, als sie einen Ausfall versuchten. Nachdem wir alle nur durch ein Wunder Krake und seinen Männern entkommen sind und nachdem . . .« Ihre Stimme versagte. Sie hatte schnell und zum Schluß immer lauter gesprochen und schließlich beinahe geschrien. Und eigentlich war es auch nicht mehr als ein Schrei gewesen, ein verzweifelter Aufschrei ohne wirklichen Inhalt. Nichts von dem, was sie sagen konnte, half aus dieser Lage. Dago war vielleicht so tollkühn, wie Bjaron behauptete, aber er war kein Narr. Einen Entschluß wie diesen würde er sich mehr als gründlich überlegt haben.

Dago drehte sich zu Schwarzbart herum. »Laß uns allein«, bat er.

Der Zwerg ging, aber Dago schwieg weiter und ging an Lyra vorbei zum Fenster. Ein Schwall eisiger, nach Nebel und Feuchtigkeit riechender Luft schlug ihr entgegen, als er den Flügel mit einem scharfen Ruck öffnete und ihr winkte, neben ihn zu treten. Toran begann zu weinen, als er die plötzliche Kälte spürte, und Lyra blieb einen Moment stehen, um seine Tücher fester zusammenzuziehen und sein Gesicht mit einem Zipfel der weißen Seide vor dem eiskalten Wind zu schützen, ehe sie zu Dago ging und in den Hof hinuntersah.

Der Burghof unter ihr war zur Größe einer Puppenstube zusammengeschrumpft, und der Regen verwandelte das gemauerte Geviert in einen gewaltigen, rechteckigen Spiegel, die Menschen darauf nicht mehr als Farbflecke, deren Bewegungen durch die große Höhe abgehackt und hektisch wie die kleiner bunter Käfer erschienen. Hinter den Zinnen der inneren Wehrmauer streckten sich die Dächer der Stadt wie eine Landschaft rechtwinkeliger grauroter Hügel, und weit im Süden tobte noch immer das Gewitter über den Bergen. Der Nebel war viel dichter geworden, und fast, als hätte das buntbemalte Bleiglas sie bisher davor geschützt, fühlte sie den finsteren Odem der Goldenen plötzlich viel intensiver; es war nicht mehr das vage Gefühl der Bedrohung, das während des Rittes hierher wie ein düsterer Druck auf ihrer Seele gelastet hatte, sondern ein intensives, angstmachendes Empfinden von Gefahr; wie eine unsichtbare Faust, die über dem Tal lastete und sich langsam, aber unaufhaltsam herabsenkte.

»Spürst du es?« fragte Dago leise.

Sie nickte, trat vom Fenster zurück und ging fröstelnd zum Kamin, aber die Flammen hatten kaum die Kraft, die tödliche Kälte in ihrer Seele zu vertreiben.

Dago schloß das Fenster, kam auf sie zu und legte die Hände auf ihre Schultern. Seine Finger waren kalt wie das Glas, das sie berührt hatten. Er wollte sie umarmen, aber Lyra entzog sich seinem Griff und tat so, als wäre das Kind in ihren Armen der Grund, und Dago tat so, als merke er nichts.

»Wann?« fragte sie leise.

»Heute Abend«, antwortete Dago. »Sobald die Sonne untergeht, brechen wir auf.«

»Und wenn sie wieder aufgeht, seid ihr tot«, fügte Lyra bitter hinzu.

Dago schwieg dazu, aber die Traurigkeit in seinem Blick wurde größer. »Es tut mir leid, Lyra«, sagte er. »Ich . . . hätte dir so gern mehr Zeit gegeben, aber ich fürchte, es ist jetzt schon beinahe zu spät. In jeder Stunde, die wir warten, sterben dort draußen unsere Männer. Und mit jedem Toten wächst die Macht der Goldenen.« Er schluckte, ballte plötzlich die Fäuste und preßte die Lippen aufeinander, bis sie wie zwei dünne weiße Narben in seinem Gesicht aussahen.

»Und du glaubst, es würde irgendeinem von ihnen nutzen, wenn du dich auch noch opferst?« fragte Lyra.

»Wir haben eine Chance«, sagte Dago leise. »Ich weiß, daß sie nicht groß ist, aber sie ist da.« Er lächelte traurig. »Ich glaube, ich kann herausfinden, wo Krake, Spinne und Kröte sich verborgen halten«, fuhr Dago fort. »Ein so gewaltiger Zauber wie dieser kann nicht von einem einzelnen Magier gesponnen werden, nicht einmal, wenn er die Rüstung eines Goldenen trägt. Wenn ich ihr Versteck aufspüren kann, haben wir eine Chance.«

»Und was . . . willst du tun?« fragte sie. »Ganz allein dort hinausreiten und die Goldenen angreifen?«

»Die Goldenen sind nicht die einzigen, die sich mit Magie auskennen«, antwortete Dago. »Zwölf meiner besten Schüler werden mich begleiten. Ich weiß, es ist lächerlich gegen die Macht dieser drei, aber ihre Kräfte müssen geschwächt sein, und mit etwas Glück sind sie so abgelenkt, daß sie nicht einmal merken, was wir tun.«

Lyra trat einen Schritt zurück. »Was, wenn ihr in eine Falle reitet und du nicht wiederkommst?«

»Dann wird sich ein anderer finden, der meinen Platz einnimmt«, antwortete Dago, so rasch, daß Lyra klar wurde, daß er nur auf diese Frage gewartet hatte. »Ich bin nicht der einzige Mann in diesem Heer, der ein Schwert führen und eine Karte lesen kann, und ich bin nicht der einzige Magier, der die Goldenen haßt. Ich bin unwichtig, so unwichtig wie jeder einzelne Mann in diesem Heer.«

»Das ist nicht wahr! Du bist . . .«

»Ich bin vielleicht zufällig der, dem sie folgen«, unterbrach sie Dago. »Und ich bin vielleicht zufällig der Mann, den du zu lieben glaubst, aber weder das eine noch das andere spielt irgendeine Rolle. Wenn ich sterbe, wird ein anderer an meiner Stelle das Heer gegen Caradon führen; vielleicht sogar besser, als ich es könnte. Sie folgen nicht *mir,* sondern nur dem, was sie in mir sehen wollen. Vielleicht sterbe ich, vielleicht auch nicht – glaubst du wirklich, das spielt irgendeine Rolle?«

Seine Worte machten sie betroffen. Plötzlich sah sie Dago mit ganz anderen Augen als noch vor Sekunden. Sie kam sich schäbig vor, gemein und niederträchtig, daß ihre Angst um ihn nichts anderes als die Angst um einen *Besitz* gewesen war. Wie oft hatte sie selbst gesagt – und es auch wirklich so gemeint –, daß sie bereit war, ihr Leben zu opfern, um der Zukunft ihres Kindes willen – und wie konnte sie ihm verübeln, daß er bereit war, das gleiche zu tun, um sein *Land* zu retten?

»Dann . . . dann laß mich mit dir gehen«, sagte sie stokkend. »Gemeinsam können wir sie schlagen. Wenn ich Torans Rüstung und sein Schwert trage, dann . . .« Sie verstummte, als sie den Ausdruck in seinem Blick sah.

»Du weißt, daß das nicht geht«, sagte er sanft. »Was ich über mich und die anderen gesagt habe, das gilt nicht für dich. Es gibt in diesem Tal nur zwei Menschen, die *wirklich* wichtig sind, und das bist du und dein Kind. Ohne dich und Toran würde dieses Heer auseinanderwehen wie trokkene Blätter im Wind.«

»Das ist . . .«

»Das ist die Wahrheit, Lyra. Du bist die einzige, die Torans Rüstung tragen kann, und Toran ist der einzige, der Toran *ist*. Ihr werdet gebraucht. Ich nicht.«

Er kam näher, nahm ihr behutsam Toran aus den Armen, trug ihn zu einer gepolsterten Bank neben den Kamin und legte ihn vorsichtig so hin, daß er nicht herunterfallen konnte. Erst dann trat er wieder auf sie zu, schloß sie in die Arme und preßte sie an sich, so fest, daß es beinahe schmerzte. Seine Lippen näherten sich den ihren, und es kostete Lyra schier unendliche Überwindung, nicht den Kopf zur Seite zu drehen. Aber er spürte die Kälte, die in ihrem Inneren war, und ließ nach wenigen Augenblikken von selbst ihre Arme los. Über seinem linken Auge zuckte ein Nerv, aber sein Gesicht blieb ausdruckslos. Wenn ihm ihr Verhalten weh tat, so überspielte er es meisterhaft.

»Und wenn du nicht wiederkommst?«

»Ich werde wiederkommen«, versprach Dago, und fügte hinzu: »Und sei es nur, weil ich nicht will, daß dieser Tölpel von Skruta zu oft in deiner Nähe ist.« Dann wurde er wieder ernst. »Schwarzbart wird mit dir und deinem Sohn hier warten«, sagte er leise. »Wenn wir keinen Erfolg habei, wird er dich fortbringen, auf dem gleichen Wege, auf dem Toran hierher kam. Ich hoffe, daß es nicht nötig sein wird, denn der Weg ist gefährlich und unangenehm. Aber wenn mir etwas zustößt, dann ist deine Gesundheit und die des Kindes noch viel wichtiger. Dann mußt du nämlich an meiner Stelle das Heer zum Caer Caradayn führen. Du siehst, du hast allen Grund, mir Glück zu wünschen.« Er lachte wieder, und wieder auf diese traurige, unaufrichtige Art, streckte abermals die Arme aus und zog sie an sich; und diesmal war seine Bewegung so fordernd und voller Kraft, daß sie es nicht wagte, Widerstand zu leisten.

Aber noch während sie die Berührung seiner Lippen auf ihren fühlte und vergeblich versuchte, irgend etwas außer dem Schmerz seiner viel zu kraftvollen Umarmung dabei zu empfinden, wußte sie, was sie tun würde.

27

Lyra straffte die Schultern, überzeugte sich mit einem raschen Blick davon, daß der graue Regenmantel, den sie übergeworfen hatte, ihr Kleid vollkommen bedeckte, und trat aus dem Schatten der Festungsmauer hinaus. Ein schwacher, aber sehr unangenehmer Geruch nach Fäulnis und Abfällen schlug ihr entgegen, als sie bis auf einen halben Schritt an den gemauerten Uferstreifen des Kanals herantrat und stehenblieb. Ihr Blick wanderte an dem schmalen, präzise wie mit einem Lineal gezogenen Wasserweg entlang, verharrte einen Moment auf den rostzerfressenen Stäben des Gitters, durch das sich das Wasser gurgelnd in einen unterirdischen Abfluß ergoß, und tastete wie eine unsicher suchende Hand an der Mauer hinauf, verharrte wieder, um das aus schwarzen Schatten gemalte Rechteckmuster der Zinnen zu begutachten, und glitt schließlich nach Süden, dorthin, wo hinter der Mauer aus Magie und Furcht, die sich um Dakkad aufgetürmt hatte, die Berge thronten. Es war, als würde sich eine eiskalte Hand um ihr Herz legen und es ganz langsam zusammenpressen; trotz der Kälte und Kraft, die sie überkommen hatte, als sie das grüne Gewand anzog. Diesmal saß der Schmerz zu tief, als daß selbst Torans Rüstung ihn vollkommen hätte vertreiben können. Die Nacht hatte die von ewigem Eis gekrönten Gipfel der steinernen Giganten vollends verschlungen, und selbst das Gewitter, das seine Wut jetzt lautlos und viel weiter im Süden austobte, vermochte die Wand aus Schwärze nicht mehr zu durchdringen, die Dakkad umgab. Die Dunkelheit war abermals intensiver geworden, obwohl Lyra dies kaum noch für denkbar gehalten hatte. Es gab eine Steigerung von Schwarz, zumindest in dieser Nacht. Der Nacht der Entscheidung.

Sie nahm eine Bewegung aus den Augenwinkeln wahr und schrak aus ihren Gedanken hoch. Aber es war nur Lajonis, die ihr gefolgt war und jetzt, zitternd und in einen viel zu dünnen Mantel gehüllt, im Windschatten der Mauer stehenblieb und sie unschlüssig ansah. In ihren Armen lag ein schmales, in warme wollene Decken eingehülltes Bündel, und abermals schoß ein kurzer, scharfer Pfeil durch Lyras Herz. Sie vermied es, das Kind anzusehen, als sie sich vollends umwandte und Lajonis entgegentrat.

»Du kommst spät«, sagte sie.

»Verzeiht, Herrin«, antwortete Lajonis. »Aber es ging nicht anders. Schwarzbart kam in Euer Gemach, kaum daß Ihr gegangen wart.«

»Schwarzbart?« Lyra erschrak. »Was wollte er? Hat er etwas gemerkt?«

»Nein. Er verlangte Euch zu sprechen, aber ich habe getan, was Ihr mir aufgetragen habt, und gesagt, daß Ihr müde gewesen und früh zu Bett gegangen wäret und niemanden zu sehen wünscht – und ihn ganz besonders nicht.« Sie lächelte flüchtig. »Er war sehr zornig und hat eine Weile gepoltert und getobt, als wollte er die ganze Burg aufwecken, aber dann ist er gegangen. Er wird kaum vor Sonnenaufgang merken, daß Ihr ... daß wir nicht mehr da sind«, verbesserte sie sich hastig.

Lyra nickte zufrieden. »Das hast du gut gemacht. Und jetzt komm – wir haben schon zuviel Zeit verloren.« Sie lächelte Lajonis noch einmal aufmunternd zu, sah sich mißtrauisch auf dem weiten, menschenleeren Rechteck des Hofes um, dann gingen sie los, nebeneinander und den Schlagschatten der Mauer als Deckung nutzend, bis sie das Tor beinahe erreicht hatten. Ihr Herz begann schneller zu schlagen, und ihre Hände wurden feucht, als sie sich dem halb hochgezogenen Fallgitter und dem kleinen, gemauerten Wachhäuschen daneben näherten.

Ein Schatten löste sich aus dem Torgewölbe, vertrat ihr und Lajonis den Weg und hob in einer herrischen Geste die Hand, führte die Bewegung aber dann nicht zu Ende: einer der beiden Wächter, der ihre Schritte gehört hatte und sie ansprechen wollte, ehe er sie erkannte. Jetzt war er unschlüssig, was er tun sollte. »Gut, daß ich Euch treffe«, sagte sie, noch ehe der Mann Gelegenheit fand, seine Überraschung zu überwinden. »Ich muß hinaus in die Stadt, aber der Gedanke, es allein und bei dieser Dunkelheit tun zu müssen, behagt mir nicht. Ein wenig männlicher Schutz könnte nicht schaden. Ihr und Euer Kamerad werdet uns begleiten.« Das war ein geradezu haarsträubender Unsinn, das wurde ihr im gleichen Augenblick klar, in dem sie ihre eigenen Worte hörte, aber das spielte keine Rolle. Wichtig war einzig, daß sie sprach und dem Mann keine Zeit gab, über das nachzudenken, was er hörte. Es war nicht sehr fair, die Autorität einer Halbgöttin gegen einen einfachen Mann wie diesen Soldaten auszuspielen. Aber es wirkte.

»Ich ... weiß nicht recht«, murmelte der Wächter. »Wir dürfen unseren Posten nicht verlassen, und ...«

»Es dauert nur einen Augenblick«, unterbrach ihn Lyra. Sie deutete auf den zweiten Wächter, der neugierig aus seinem Schilderhäuschen herausgetreten war und jetzt mit offenem Mund zu ihr und Lajonis hinüberstarrte, dann auf das geschlossene Tor am anderen Ende des Gewölbeganges. »Euer Kamerad kann dort beim Tor zurückbleiben und uns im Auge behalten.« Sie schwieg gerade lange genug, um ihre Worte wirken zu lassen, lächelte plötzlich und deutete auf Lajonis, die mit gesenktem Kopf an ihre Seite getreten war und Toran an die Brust preßte; wie durch Zufall so, daß keiner der beiden Männer sein Gesicht sehen konnte. »Ihr werdet einer jungen Mutter nicht verwehren, ihrem Bräutigam seinen Sohn zu zeigen, oder?«

Der Mann maß Lajonis mit einem irritierten Blick; gleichzeitig machte sich so etwas wie Erleichterung auf seinen Zügen breit. Trotzdem sträubte er sich noch einen Augenblick. »Eigentlich darf niemand die Festung verlassen«, sagte er. »Aber wir ...«

Wieder unterbrach ihn Lyra mit einer genau berechneten Mischung aus Ungeduld und Verständnis. »Ich weiß«, sagte sie. »Warum sonst würden wir uns wie die Diebe in der Nacht aus dem Tor schleichen wollen?« Sie lächelte, aber gleichzeitig schwang eine ganz leise Spur von Drohung in ihrer Stimme mit, als sie weitersprach. »Gebt Eurem Herz einen Ruck, Soldat. Der Verlobte dieses Mädchens wartet draußen auf sie, und es ist vielleicht das letzte Mal, daß sie sich sehen können. Habt Ihr denn gar kein Gefühl? Kommt schon – niemand wird etwas bemerken. Und wenn doch, werde ich Euch entschuldigen und sagen, daß Ihr auf meinen Befehl gehandelt habt.« *Und wenn Ihr es nicht tut, wird man erfahren, daß Ihr meinen Befehl mißachtet habt,* fügte ihr Blick hinzu. Ohne ein weiteres Wort ging sie an ihm vorbei auf das Tor zu, und nach einer weiteren Sekunde des Zögerns löste sich der Mann mit einem Ruck von seinem Platz, eilte an ihr vorüber und entriegelte die kleine Schlupftür in der gewaltigen Bronzeplatte. Gebückt traten sie hinter ihm durch die schmale Öffnung.

Der Nebel lag wie eine herabgestürzte Wolke auf dem gewaltigen Vorplatz der Festung, grau und wogend und von unheimlichem, flackerndem Leben erfüllt; selbst die Häuser auf der anderen Seite des Platzes waren nur als blasse Schemen zu erkennen. Die Kälte nahm zu und legte sich wie eine Hand aus Glas auf ihre Haut.

Der Wächter gebot Lajonis und ihr mit einer Geste, stehenzubleiben, legte die Hand auf das Schwert und sah sich nervös um. Was er sah, gefiel ihm nicht, und wahrscheinlich spürte er den Pestgestank des Bösen so deutlich wie Lyra, wenn er seine Bedeutung auch nicht wirklich verstand. Aber das mochte es eher schlimmer machen. Als er sich zu ihnen herumdrehte, sah Lyra, daß er Angst hatte.

»Hier ist niemand, Herrin«, sagte er.

»Natürlich nicht«, antwortete Lyra ungeduldig. »Glaubt Ihr, er würde hier vor dem Tor stehen, wo ihn die Wächter oben auf der Mauer sehen könnten? Er wartet dort drüben, bei den Häusern. Kommt.« Ohne seine Antwort abzuwarten, zog sie Lajonis am Arm mit sich und ging los, so schnell, daß dem Krieger gar keine Wahl blieb, als ihr zu folgen. Rasch überquerte sie den Platz, blieb einen Moment stehen und sah sich um, als müsse sie sich orientieren. Ein Schatten trat zwischen zwei Häusern hervor, winkte hastig mit der Hand und verschmolz wieder mit dem Nebel. Diesmal war es Lajonis, die einfach loslief, ohne auf irgendeine Antwort zu warten; schnell und gebückt und mit kleinen, trippelnden Schritten, das Kind wie einen Schatz mit beiden Händen an sich gepreßt. Lyra und der Soldat folgten ihr, etwas langsamer und in geringem Abstand. Der Mann wurde zusehends nervöser. Wahrscheinlich bereute er seinen Entschluß, ihrem Drängen nachgegeben und das Tor geöffnet zu haben, und wahrscheinlich suchte er krampfhaft nach einem Vorwand, auf der Stelle kehrtmachen und in die Festung zurückkehren zu können. Seine Hand spielte nervös am Schwertgriff, und sein Blick irrte unstet nach beiden Seiten. Der Nebel machte ihm Angst.

Sie gingen schneller, um nicht den Anschluß an Lajonis zu verlieren, und bogen dicht hinter dem Mädchen in die Gasse ein. Der Nebel war hier noch dichter und hing wie ein grauer Vorhang zwischen den Häusern, und die feuchtkalten Schwaden schienen selbst das Geräusch ihrer Schritte zu verschlucken.

Trotzdem war er nicht dicht genug, die zwei Dutzend riesiger Schatten zu verbergen, die die Gasse ausfüllten. Schatten, die zu groß für die von Menschen waren.

Der Soldat blieb abrupt stehen, und Lyra sah den Schrecken auf seinem Gesicht, als er die Männer erblickte; und das Entsetzen, als er begriff, daß er in eine Falle gelockt worden war. Aber er kam nicht einmal mehr dazu, einen Schreckensruf auszustoßen. Eine gewaltige Pranke schnellte aus der Dunkelheit auf ihn zu und erstickte seinen Schrei, dann griff eine zweite, nicht minder große Hand nach seinem Hals und berührte ihn beinahe sanft im Nacken. Der Mann keuchte, verdrehte die Augen und erschlaffte.

Lyra atmete erleichtert auf, als Bjaron den Mann behutsam zu Boden gleiten ließ. Ihre Hände begannen plötzlich zu zittern, und ihr Herz jagte, schnell und so hart, daß sie jeden einzelnen Schlag mit beinahe schmerzhafter Wucht fühlte. Sie spürte erst jetzt, unter welcher Anspannung sie gestanden hatte. Trotz der Kälte perlte plötzlich Schweiß auf ihrer Stirn. Die Anstrengung, sich herumzudrehen und Bjaron zu helfen, den Mann in den Schatten des Hauses zu legen, überstieg fast ihre Kräfte. Sie war auch unnötig, denn für den gigantischen Skruta war das Gewicht des Mannes nicht mehr als das eines Kindes; ihre Hilfe störte ihn höchstens. Trotzdem nickte er dankbar und ließ es zu, daß sie neben ihn niederkniete und den Kopf des Bewußtlosen so drehte, daß er nicht mit dem Gesicht in den Rinnstein geraten und ertrinken konnte, hilflos, wie er war. Bevor sie aufstand, legte sie noch einmal die Fingerspitzen auf seine Halsschlagader und lauschte einen Moment auf seinen Pulsschlag.

Bjaron lächelte nachsichtig. »Keine Sorge«, sagte er. »Ihm fehlt nichts. Man wird ihn bald finden.«

»Ich hoffe es«, antwortete Lyra ernst. »Es wäre schlimm, wenn wir einen Toten auf unserer Flucht zurücklassen würden.« Sie stand auf, blickte einen Moment in die grauen Nebelschwaden hinein und musterte die Schatten, die sich unruhig dahinter bewegten. Es waren viele. Viel mehr, als sie vermutet hatte. »Wie viele Eurer Männer begleiten uns, Bjaron?«

»Alle«, antwortete der Skruta. »Auch die Verwundeten – aber wir werden uns trennen, sobald wir aus der Stadt heraus sind. Ich möchte sie nicht in der Stadt zurückgelassen haben, wenn Schwarzbart erfährt, was wir getan haben.«

Lyra sah ihn ernst an. »Noch könnt Ihr zurück, Bjaron«, sagte sie.

Bjarons Blick war beinahe mitleidig. »Zurück?« fragte er. »Wohin, Herrin? Sollen wir zurück in die Löcher kriechen, die Schwarzbart uns zugewiesen hat, und darauf warten, daß sie kommen und uns töten?« Er schüttelte heftig den Kopf. »Wir können nicht zurück, und wir wollen es auch nicht. Wir hätten niemals hierherkommen dürfen.«

Wieder vergingen Sekunden, in denen Lyra schweigend

an ihm vorbeisah und die riesigen Schattenreiter hinter dem Nebel musterte. Der Anblick hätte ihr Mut machen müssen, aber er tat es nicht; im Gegenteil. Alles, was sie empfand, war eine immer stärker werdende Niedergeschlagenheit. Und Angst. Angst davor, einen Fehler zu machen. Wer war sie, daß sie sich anmaßte, Schicksal zu spielen?

»Habt Ihr ihnen gesagt, was sie erwartet?« fragte sie.

»Natürlich. Ich habe es jedem einzelnen überlassen, mir zu folgen oder sich zu unserem Heer durchzuschlagen. Sie wissen, welcher Gegner uns erwartet.«

»Und trotzdem folgen sie mir? Obwohl sie wissen, daß sie in den Tod reiten?«

Bjaron gab ein Geräusch von sich, das im ersten Moment wie ein Lachen klang, aber in Wirklichkeit etwas ganz anderes war. »Der Tod«, wiederholte er. »Ich glaube nicht, daß Ihr es versteht, Herrin, aber für uns bedeutet dieses Wort nicht dasselbe wie für Euch. Wenn wir hier zurückbleiben, ist er uns ebenso gewiß wie dort draußen, vielleicht sogar sicherer. Und wenn ich die Wahl habe, mich hier wie ein Tier zu verkriechen und auf das Ende zu warten oder mit dem Schwert in der Hand zu sterben, dann ziehe ich den Tod im Kampf vor.«

Mit einem Ruck wandte sich Lyra um und ging zu Lajonis hinüber. Das Mädchen war vor den schweigenden Skruta zurückgewichen, so weit es konnte, und stand zitternd da, Toran gegen die Brust gepreßt und bleich vor Angst. Ihre Augen waren weit vor Furcht, als sie erst Lyra, dann den Bewußtlosen und dann wieder Lyra anstarrte. »Ist er . . . tot?« fragte sie stockend.

»Unsinn«, antwortete Lyra. Sie lächelte aufmunternd und versuchte, ihrer Stimme einen möglichst beiläufigen Ton zu verleihen. »Er wird in einer Stunde aufwachen und denken, der Himmel wäre ihm auf den Kopf gefallen, aber das ist auch alles. Keine Angst – Bjaron ist kein Mörder.«

Lajonis blickte erst den riesigen Skruta, dann Lyra an, aber die Furcht in ihrem Blick blieb. Es dauerte einen Moment, bis Lyra begriff, daß es nicht die Angst vor dem

Barbaren aus Skruta war, die sie in ihren Augen las. Ein dünner, scharfer Schmerz bohrte sich in ihre Brust.

»Du weißt, was du zu tun hast«, sagte sie leise. »Du wartest zwei Tage, keine Stunde länger. Wenn ich bis dahin nicht zurück bin, bringen dich Bjarons Männer aus dem Tal.«

Lajonis schwieg noch immer, aber ihre Augen schimmerten plötzlich feucht, und mit einem Male fühlte auch Lyra einen harten, stacheligen Kloß in der Kehle, der sie am Sprechen hinderte und auch ihr die Tränen in die Augen trieb. Trotzdem spürte sie keinen Schmerz, nichts von der Verzweiflung, die sie erfüllt hatte, als sie am Nachmittag mit Lajonis gesprochen und ihr gesagt hatte, was sie tun würde. Alles, was sie spürte, war ein tiefes Gefühl des Betrogenseins. Und des Betrügens. Es war so ungerecht, dachte sie. So verdammt ungerecht, ihr, Toran und diesem unschuldigen Mädchen gegenüber, das nichts anderes getan hatte, als im falschen Moment am falschen Ort geboren worden zu sein. Sie hatte kein Recht, ihr Leben zu zerstören. Und sie hatte keine andere Wahl, als es zu tun.

»Ihr ... Ihr wollt wirklich nicht wissen, wohin ... wohin wir gehen?« fragte Lajonis schließlich. Ihre Stimme zitterte und war halb von Tränen erstickt, und wie stets, wenn er Schmerz oder Furcht in seiner Nähe spürte, begann auch Toran leise zu weinen.

»Nein«, sagte sie. »Niemand darf es wissen, Lajonis, nicht einmal ich. Nicht einmal die Männer, die dich begleiten. Sie werden dich aus dem Tal bringen und dich beschützen, solange es nötig ist, aber du wirst ihnen nicht sagen, wohin du gehst.« Sie starrte einen Moment zu Boden, dann griff sie unter ihren Mantel und zog einen prall gefüllten Lederbeutel hervor, den sie Lajonis hinhielt.

»Nimm«, sagte sie, als das Mädchen zögerte. »Es ist Geld. Genug, um dir und Toran ein sorgenfreies Leben zu sichern.« Sie kam sich selbst schäbig dabei vor, aber es war das einzige, was sie noch tun konnte, so grausam es war. »Wahrscheinlich wirst du es nicht brauchen«, fügte sie hinzu, als Lajonis noch immer zögerte, nach dem Beutel zu greifen, »aber es ist besser, du behältst es, bis ich zurück bin.«

»Und wenn . . . wenn nicht?« murmelte Lajonis.

Wenn nicht, dachte Lyra, *dann flehe ich die Götter an, daß du ihm eine bessere Mutter bist, als ich es sein konnte, mein Kind.* Aber das sprach sie nicht aus. Statt dessen trat sie wortlos auf Lajonis zu, umarmte gleichzeitig sie und das Kind an ihrer Brust und wandte sich schnell ab.

Bjaron war lautlos hinter sie getreten, während sie mit Lajonis gesprochen hatte, ein Gigant, der sich wie ein zum Leben erwachter Alptraum vor dem brodelnden Grau des Nebels abhob, und obwohl die Nacht sein Gesicht in eine konturlose helle Fläche verwandelte, spürte Lyra, wie verlegen und nervös der Riese plötzlich war. Es schien ihm peinlich zu sein, daß er ihre Worte belauscht hatte.

»Reiten wir«, sagte sie.

Der Skruta lächelte, schwang sich mit einer kraftvollen Bewegung in den Sattel und deutete auf die beiden reiterlosen Pferde hinter sich. »Schnell jetzt«, sagte er. »Wir haben nicht viel Zeit. In zehn Minuten wird der Mann dort drüben am Tor anfangen, sich Sorgen zu machen. Bis dahin müssen wir aus der Stadt sein.« Er beugte sich vor, packte Lajonis ohne sichtliche Anstrengung und setzte sie wie ein Kind in den Sattel. Lyra ging hastig zu dem zweiten Pferd und zog sich auf seinen Rücken, ehe der Skruta mit ihr auf die gleiche Weise verfahren konnte. Umständlich löste sie die Schnallen ihres Regenmantels, schalt sich in Gedanken eine Närrin, ihn nicht ausgezogen zu haben, bevor sie in den Sattel stieg, und streifte das Kleidungsstück von den Schultern. Bjaron blickte sie einen Moment mit undeutbarem Gesichtsausdruck an, als das Goldgrün ihrer Rüstung darunter zum Vorschein kam, und als sie Helm und Handschuhe aus ihrem Beutel nahm und überstreifte, glaubte sie beinahe so etwas wie Angst in seinen Augen zu entdecken. Aber nur für einen Moment.

Die Welt schrumpfte zu einem schmalen, rechteckigen Ausschnitt zusammen, als sie das Visier ihres goldenen Helmes herunterklappte, und im gleichen Moment verschwanden die Kälte und die unangenehme Berührung des Nebels wie weggezaubert. Ein fast berauschendes Gefühl von Macht und Unbesiegbarkeit machte sich in ihr breit, schnell und brodelnd wie kochende Lava, die aus ihrer Seele hervorbrach und alle anderen Empfindungen davonspülte. Es war die Magie dieser Rüstung, der Zauber, der in ihrem Schwert und dem Helm und dem grüngoldenen Stoff des Kleides eingewoben war und den sie kannte, aber er war stärker, hundertmal stärker und direkter als bisher.

Bjaron hob die Hand und rief ein einzelnes, gedämpftes Wort in seiner Muttersprache, und eine halbes Dutzend Reiter zwang seine Pferde herum und bildete einen lebenden Schutzwall rings um Lajonis und das Kind in ihren Armen, während die anderen nahezu lautlos hinter Lyra und ihn traten. Lyra verspürte noch einmal ein rasches Gefühl von Bedauern, als das schwarzhaarige Mädchen hinter den Skruta-Reitern verschwand. Bedauern und ein bißchen auch Zorn, daß ihnen so wenig Zeit geblieben war; viel, viel weniger noch als Erion damals. Und für einen ganz kurzen Moment fragte sie sich, ob sie Lajonis vielleicht das gleiche angetan hatte wie die Elbin ihr. Dann ritten die Skruta los und verschmolzen mit dem Nebel und der Nacht, und im gleichen Augenblick erlosch der Gedanke, und ihre Seele erstarrte zu Stahl.

»Das war sehr tapfer von Euch, Herrin«, sagte Bjaron leise, und in seiner Stimme war plötzlich eine Sanftheit, die sie diesem finsteren Riesen bisher nicht zugetraut hatte.

»Tapfer?« Lyra schüttelte den Kopf. »Tapfer ist, was dieses Mädchen getan hat, Bjaron. Was ist so tapfer daran, Mut zu zeigen, wenn einem nicht die Wahl bleibt, feige zu sein?«

Bjaron lächelte, wurde aber sofort wieder ernst. »Habt Ihr Euch wirklich alles genau überlegt?« fragte er.

»Nein«, gestand Lyra lächelnd. »Es gibt nichts zu überlegen. Schwarzbart wird toben und Gift und Galle spucken, wenn er begreift, was passiert ist, aber welche Rolle spielt das schon? Wenn wir Erfolg haben und zurückkehren, wird er es nicht wagen, irgend etwas gegen mich zu unternehmen.«

Bjaron schwieg, aber er wirkte mit einem Male sehr nachdenklich. Sekundenlang blickte er schweigend in die Richtung, in der Lajonis verschwunden war. »Meine Männer werden auf sie achtgeben«, sagte er schließlich. »Ihr wird nichts geschehen, Herrin. Ihr nicht, und auch dem Kind nicht.«

Lyras Augen begannen zu brennen, und der Schmerz wühlte sich tiefer in ihre Brust. Für einen Moment war sie froh, daß sie das Visier geschlossen hatte und er ihr Gesicht nicht sehen konnte. Wer von ihnen war hier eigentlich das Ungeheuer? dachte sie. Er, der Mann aus dem Osten, der Skruta, denen man nachsagte, raubgierige Bestien zu sein, deren ganzer Lebensinhalt das Morden und Plündern war – oder sie, die Mutter, die ihren eigenen Sohn fortgegeben hatte und nicht einmal fähig war, um ihn zu weinen?

»Reiten wir«, sagte sie noch einmal. Sie zwang ihr Pferd mit einem unnötig harten Ruck herum, stieß ihm rücksichtslos die Sporen in die Seite und sprengte los; so abrupt, daß Bjaron und seine Begleiter für einen Moment zurückfielen und sie erst einholten, als sie aus der Gasse heraus war und auf die breitere, nach Süden und zum Tor führende Hauptstraße einbog.

Minutenlang ritten sie wie von Furien gehetzt dahin, in einem rasenden, rücksichtslosen Galopp, vier Geister, die die Nacht und der Nebel ausgespien hatten. Die Stadt lag wie ausgestorben vor ihnen, denn die Kälte und der Nebel hatten Menschen und Tiere von den Straßen getrieben. Bjaron hatte seine Männer in kleinen Gruppen längs der Straße postiert, und ihre Zahl wuchs im gleichen Maße, in dem sie sich der Stadtmauer und dem Tor näherten, denn immer wieder lösten sich einzelne Reiter aus einer Nebenstraße oder tauchten urplötzlich aus dem Nebel auf.

Als sie das Tor erreichten und ohne anzuhalten hindurchpreschten, waren sie mehr als fünfzig.

28

Die Visionen waren deutlicher geworden, je näher sie den Bergen gekommen waren. Deutlicher und schlimmer.

Zuerst war es nicht mehr als ein dumpfes, quälendes Gefühl von Furcht gewesen; ein körperloser Druck, der sich auf ihre Seele gelegt hatte und ihr das Atmen schwer werden ließ, wie ein Schmerz, der noch nicht vollends erwacht war, den sie aber bereits spürte. Dann hatte er zugenommen, und das Empfinden von Gefahr war zu einem lautlosen Schrei in ihrem Inneren angeschwollen.

Und schließlich waren die Bilder gekommen – zerfetzte, verschwommen wirkende Ausschnitte einer Landschaft wie aus einem Alptraum zuerst, unwirklich und grau und rot und von furchtbaren körperlosen Dingen erfüllt, Impressionen des Grauens, über denen die Furcht wie ein pulsierendes rotes Licht gelegen hatte, später mehr und deutlichere Einzelheiten, wenn auch ohne Zusammenhang; wie kleine, aus der Wirklichkeit herausgerissene Bruchstücke der Welt. Und dann, während der letzten Meilen, hatte sie es ganz deutlich gesehen: ein winziges Dorf, fast nicht mehr als ein Hof, um den sich eine Handvoll ärmlicher, fensterloser Katen wie eine Herde kleiner grauer Schafe drängten, in die Flanke eines Berges geschmiegt und bar jeden Lebens.

Jetzt lag es wirklich vor ihnen, noch halb verborgen hinter treibenden grauen Nebelfetzen und so still und tot wie in ihrer Vision.

Bjaron hatte die Männer anhalten lassen, um ihnen eine letzte Rast zu gönnen, und die Nacht war vom unruhigen Schnauben und Stampfen der Pferde und den schweren Atemzügen der drei Dutzend Krieger erfüllt wie von wispernden Geisterstimmen, dazwischen klangen die Geräusche des Windes, der sich hoch über ihnen an unsichtbaren Felszacken und Graten brach und sein unheimliches Lied sang. Der Nebel wob zerrissene graue Netze um die Gestalten der Männer und ihre Tiere, und wenn sie die Augen schloß, dann sah sie das Tal und das winzige Bergdorf vor sich wieder, aber verzerrt, mit sonderbar falschen, unangenehmen Winkeln und absurd tiefen Schatten. Erneut – zum wievielten Male eigentlich? – fragte sie sich, ob sie dies alles wirklich erlebte oder ob es nicht nur eine Täuschung war, ein nicht enden wollender, böser Alptraum, den ihr die Magie der Goldenen geschickt hatte. Vielleicht war dies die Waffe der goldenen Zauberer, das Geheimnis ihrer wahren Macht. Vielleicht vermochten sie die Grenzen zwischen Wirklichkeit und Traum zu verwischen.

»Seid Ihr sicher, daß sie dort unten sind?« fragte Bjaron. Er sprach sehr leise und flüsterte fast; trotzdem fuhr Lyra zusammen und sah erschrocken zum Hof hinab. Für einen Moment hatte sie die absurde Vorstellung, daß man seine Worte dort unten hören mußte. Dann nickte sie. Sie *war* sicher. Der Hof lag wie ausgestorben unter ihnen, aber sie fühlte die Nähe der Goldenen wie einen bohrenden Schmerz.

Aber da war noch etwas. Etwas, das sie kannte, ohne daß sie wußte, woher. Es war nicht die Nähe Dagos. Seine Magie war ihr so vertraut wie seine Stimme oder sein Gesicht. Es war . . . etwas Fremdes.

Trotzdem nickte sie. »Ich bin sicher.«

Der Skruta sah sie weiter zweifelnd an, drehte sich aber dann mit einem Ruck im Sattel herum und wies mit einer knappen Geste nach Westen. Ein Teil seiner Männer drehte seine Pferde herum und verschwand nahezu lautlos in der Nacht.

Bjarons Gesicht war wie eine Maske aus Stein, als er das Schwert aus dem Gürtel zog.

Lyras Pferd begann unruhig mit den Vorderläufen zu stampfen, als es ihre Erregung spürte. Seine Flanken zitterten. Weißer Schaum troff aus seinem Maul, und sein Atem ging rasselnd und schwer. Die Tiere hatten mehr gegeben, als sie eigentlich konnten, und obwohl es Skruta-Pferde waren, gewaltige, breitbrüstige Tiere, seit zahllosen Generationen dazu gezüchtet, Giganten zu tragen und tagelang zu galoppieren, war nicht eines unter ihnen, das ihr noch kräftig genug erschien, auch nur eine einzige Meile weiter durch diesen Alptraumnebel zu laufen. Die grauen Schwaden verschluckten nicht nur jeden Laut und alles Licht, sondern saugten auch die Kraft aus den Körpern der Tiere, und für einen Moment fragte sich Lyra besorgt, ob es Bjarons Männern vielleicht ebenso erging. Unwillkürlich sah sie auf und musterte die schweigende Doppelreihe von Reitern hinter sich; aber alles, was sie sah, waren Kraft und Stärke und eine schwer in Worte zu fassende Wildheit, als wären diese Männer nicht nur aus Fleisch und Blut, sondern auch aus fleischgewordenem Zorn erschaffen. Vielleicht, dachte sie mit einem sanften Gefühl der Überraschung, daß ihr dieser Gedanke ausgerechnet hier und ausgerechnet jetzt kam, war es das, was Erion ihr mit ihren Worten hatte sagen wollen: Sie und die Skruta und die Elben mochten eins sein, aber wenn, dann waren die Menschen das Fleisch, die Elben die Seele und die Skruta die Kraft.

Sie griff nach den Zügeln und wollte losreiten, aber Bjaron hielt sie mit einer befehlenden Geste zurück. »Noch nicht«, sagte er. »Meine Männer umgehen den Hof. Wir warten auf ihr Zeichen.«

Lyra fragte sich im stillen, wie dieses Zeichen aussehen mochte, wo doch kaum der Hof selbst inmitten des grauen Nebelozeans zu erkennen war, aber sie schwieg und faßte sich gehorsam in Geduld.

Bjaron starrte weiter nach unten, und erneut spürte Lyra ein leises Bedauern. Sie hatte gehofft, mit ihm reden zu können. Aber er sprach nicht mit ihr, so, wie er während der ganzen Nacht keine zehn Sätze mit ihr gewechselt hatte. Es tat ihr leid, aber sie glaubte zu spüren, daß sie Bjarons Verhalten nicht als Ablehnung werten durfte. Es war wohl seine Art, sich auf den Kampf zu konzentrieren.

Nach einer Weile legte Bjaron plötzlich den Kopf auf die Seite und schloß einen Moment die Augen, als würde er lauschen. Dann nickte er, hob die Hand und deutete mit dem Schwert auf den Hof hinunter.

Langsam ritten sie los.

Die Hufe ihrer Pferde verursachten helle, weithin hörbare klackende Echos auf dem abschüssigen Hang, als sie in einer weit auseinandergezogenen Kette auf das Gehöft zuritten. Der Wind drehte sich und frischte gleichzeitig auf, aber statt der Kälte, die Lyra erwartet hatte, wehte ihnen ein warmer, von einem scharfen brandigen Aroma erfüllter Hauch entgegen. Der Nebel trieb auseinander und zerfaserte zu großen fransigen Wolkengebilden.

Lyra lenkte ihr Pferd instinktiv näher an das Bjarons heran, wie ein Kind, das die Nähe eines Erwachsenen suchte, weil es Angst hatte. Sie empfand keine Furcht, denn davor schützte sie die Zauberrüstung, und trotzdem vermittelte ihr Bjarons Nähe ein wohltuendes Gefühl der Sicherheit und des Beschütztseins; vielleicht allein durch seine Größe.

Vorsichtig näherten sie sich der Ansammlung winziger Hütten vor dem Hof. Als sie das erste Gebäude passierten, sah Lyra, daß es nur noch eine Ruine war: Die talwärtige Wand und ein Teil des Daches standen noch, der Rest war wie von einer Riesenfaust zusammengepreßt worden und anschließend verbrannt; ein formloser schwarzer Haufen, aus dem verkohlte Balken wie die Knochen eines Riesentieres herausragten. Das Feuer mußte sein Werk mit der Gewalt und Plötzlichkeit eines Blitzes getan haben, denn auf der geschwärzten Lehmwand waren deutlich die Umrisse eines Menschen zu sehen: ein heller Umriß mit verschwommenen Rändern, wo ein lebender Körper die Hitze aufgefangen hatte und zu Asche verbrannt war. Lyra schloß die Augen, aber das Bild verschwand nicht, sondern brannte sich mit der gleichen Wucht in ihre Erinnerungen, mit der es sich in die Hauswand gefressen hatte.

Sie ritten weiter, erreichten das nächste Haus und sahen die gleichen Bilder: Wände und Balken, die von unbeschreiblichen Gewalten pulverisiert waren, die Spuren einer Hitze, die ihr Begriffsvermögen überstieg. Die Blitze fielen ihr ein, die sie über den Bergen gesehen hatten; und das unheimliche Glühen und Leuchten des Nebels.

»Bei allen Göttern«, flüsterte Bjaron, »was ist hier geschehen?«

Statt einer Antwort deutete Lyra nach vorne, vorbei am Hof und zu den Felsen, die ihn wie ein gewaltiger steinerner Schild an drei Seiten umgaben. Während der wenigen Augenblicke, die vergangen waren, seit sie losgeritten waren, hatte der Wind den Nebel fast völlig aufgelöst, wenigstens hier, und sie konnten das jenseitige Ende des winzigen Felsentales deutlich erkennen.

Die Verheerung beschränkte sich nicht nur auf die Handvoll Hütten des Dorfes; im Gegenteil. Was immer hier geschehen war, mußte den allergrößten Teil seiner Wut dort drüben ausgetobt haben, über und hinter dem Hof. Fels war geborsten, wie von gewaltigen Hammerschlägen zermalmt und von einem Spinnennetz ineinanderlaufender schwarzer Risse durchzogen. Dunkle Linien wie die Brandspuren gewaltiger Blitze durchzogen den grauen Basalt, und hier und da war der Felsen gar geschmolzen und zu schwarzer glitzernder Lava erstarrt. Ein Geruch wie nach heißem Stein hing in der Luft, und der Boden knirschte unter den Hufeisen ihrer Tiere wie gesplittertes Glas.

Langsam näherten sie sich dem Hof. Bjarons Reiter waren auseinandergewichen und bildeten einen weiten, sanft nach vorne gekrümmten Viertelkreis, nur da unterbrochen, wo sie Ruinen oder wie von gewaltigen Explosionen auseinandergeschleuderten Trümmern ausweichen mußten. Lyra erkannte mehr Einzelheiten, als sie sich der brusthohen Einfriedung des Hofes näherten. Auch hier war der Boden verbrannt, dunkel und verkohlt wie nach den Einschlägen von Blitzen, und hier und da glitzerte schwarzes gesprungenes Glas durch die graue Ascheschicht, in die sich der Mutterboden verwandelt hatte; Erde, die unter unfaßbaren Gewalten zu Lava zerschmolzen und wieder erstarrt war. Die äußere Seite der Mauer war verkohlt und schwarz, an zahllosen Stellen eingestürzt oder zerlaufen wie weiches Wachs und zu bizarren Formen erstarrt. Der Hof befand sich im Zentrum eines gewaltigen, unregelmäßigen Kreises geschändeter Erde, auf der auch in zehntausend Jahren kein Leben mehr Fuß fassen würde.

Bjaron berührte sie am Arm und deutete stumm nach links, und als Lyra in die angegebene Richtung sah, erkannte sie einen verkrümmten, fast bis zur Unkenntlichkeit verstümmelten Körper. Dann sah sie, daß es zwei Leiber waren, die vom Toben des Feuers zu einer verkohlten Masse zusammengebacken worden waren. Ein Pferd und sein Reiter.

Einen Moment lang starrte Lyra aus schreckgeweiteten Augen auf das furchtbare Bild und wünschte sich weit, weit weg. Dann überwand sie ihren Ekel, lenkte ihr Pferd mit sanftem Schenkeldruck herum und näherte sich dem Toten.

Das Tier war verkohlt und unter der Gewalt des Feuers zur Größe eines Ponys zusammengeschrumpft, seine Glieder waren steif wie aus verbranntem Holz geschnitzt, die Metallbeschläge des Sattelzeugs geschmolzen, während sein Reiter fast unverletzt schien. Sein Kopf stand in seltsam falschem Winkel von den Schultern ab, und ein wenig eingetrocknetes Blut hatte eine wirre Zickzacklinie über seine Stirn gemalt. Das Feuer hatte ihm nichts anhaben können, aber er hatte sich das Genick gebrochen, als sein Pferd zusammenbrach. Sein Gesicht war dunkel und von den Spuren eines ebenso harten wie ausschweifenden Lebens gezeichnet. Lyra kannte den Mann nicht. Aber sie erkannte das schwarze Dreieck verbrannter Haut zwischen seinen Brauen; dort, wo vorher ein violettes, dreieckiges Auge in seine Stirn tätowiert gewesen war.

Der Mann war ein Magier.

Einer der zwölf Magier, die Dago begleitet hatten. Sie war nicht dabeigewesen, als er die Stadt verließ, und hatte keinen der Männer gesehen, die mit ihm gingen. Aber er hatte ihr erklärt, warum sie – ihn selbst mitgerechnet – dreizehn sein mußten, obwohl sie es nicht hatte wissen wollen. Dreizehn war eine der magischen Zahlen, eine Kombination, die irgendeine unverständliche zauberische

Bedeutung haben sollte. Genutzt, dachte sie bitter, hatte es zumindest diesem Mann nichts.

»Ist das einer von ihnen?« fragte Bjaron.

Lyra nickte. »Ja«, sagte sie leise. »Das ist einer von Dagos Begleitern. Sie waren hier, Bjaron.« Sie wollte weiterreiten, aber Bjaron fiel ihr rasch in die Zügel und deutete abermals mit der Hand, diesmal nach vorne, durch die schmale Bresche in der Einfriedung.

Auch jenseits der Mauer war der Boden verbrannt, wenn auch längst nicht mehr so schlimm wie hier. Die Wut der Blitze hatte noch gereicht, die Erde zu schwärzen und jedes Leben zu grauer Asche zu verbrennen; aber nicht mehr, sie in Glas zu verwandeln, und die Brandspuren nahmen zum Haus hin ab und verschwanden schließlich ganz. Nur hier und da liefen breite, braunschwarze Linien wie die Spuren feuriger Hände auf das Haus zu und berührten es, braune Flecken wie Explosionen dunkler Farbe in dem weißen Kalk seiner Wände hinterlassend. Aber das Gebäude selbst war unbeschädigt.

Der Tote neben ihnen war nicht der einzige. Der Platz jenseits der Mauer war übersät mit Leichen, Männern in schwarzen, zerborstenen Rüstungen aus Eisen, die in unnatürlichen Haltungen dalagen, wie von einem ungeheuerlichen Sturm niedergeworfen und so erstarrt, wie sie gestürzt waren. Und auf halber Strecke zwischen dem Haus und der Mauer lag ein glitzerndes, formloses Ding, das . . .

Lyras Herz schien einen schmerzhaften Sprung zu machen, als sie erkannte, worauf Bjaron gedeutet hatte.

Es war eine Rüstung. Ein Harnisch aus purem Gold, wie von einer Götterfaust zusammengedrückt und zermalmt und anschließend von unvorstellbarer Hitze verbrannt, bis das Metall geschmolzen und zu matten Tränen wiedererstarrt war.

Die Rüstung eines Goldenen!

»Er hat es tatsächlich geschafft«, murmelte Bjaron. »Dieser verdammte Draufgänger hat es tatsächlich geschafft, Herrin! Er . . . er hat sie erwischt!«

Lyra nickte. Ihr Gaumen fühlte sich so trocken an, daß sie kaum zu sprechen vermochte, und ihr Herz hämmerte wild und unregelmäßig.

»Ja«, sagte sie leise. »Er hat es geschafft, Bjaron. Aber es sind drei. Und dort liegt nur ein Toter.«

Der Skruta überlegte einen Moment. »Das stimmt«, sagte er. »Aber ich glaube nicht, daß sie noch leben. Wäre es so, dann wären wir vermutlich schon tot, Herrin.« Er richtete sich im Sattel auf und machte eine weit ausholende Geste mit dem Schwert, die das gesamte Tal einschloß. »Seht Euch um«, sagte er leise. »Ich wage mir nicht vorzustellen, was hier geschehen ist. Aber was immer es war, es ist unmöglich, daß irgendein lebendes Wesen *das hier* überstanden hat.«

Er mußte wissen, was seine Worte für Lyra bedeuteten, denn plötzlich wich er ihrem Blick aus und wirkte betroffen, als wäre ihm zu spät eingefallen, was er überhaupt sagte.

Irgendein lebendes Wesen, wiederholte Lyra in Gedanken. Vielleicht hatte er recht, und sie fanden nur einen Hof voller Leichen; so, wie sie schon einmal einen niedergebrannten Hof gefunden hatte. Vielleicht waren in diesen drei ärmlichen Hütten vor ihr jetzt auch die letzten Reste ihrer Zukunft verbrannt. Einer Zukunft, die sie in Wahrheit nie gehabt hatte. Plötzlich war sie froh, die Zauberrüstung zu tragen und den Schmerz, der irgendwo in ihrem Inneren wühlte, nur zu ahnen. Beinahe verzweifelt zog sie ihr Schwert aus dem Gürtel und wartete auf die magische Kraft der Waffe, die Stärke, die ihr die Berührung des geschmiedeten Silbers immer gegeben hatte. Ihre Rüstung war mehr als ein normaler Harnisch. Sie schützte nicht nur nach außen, sondern machte sie auch innerlich hart und stark, und diesmal schrak sie nicht vor dem eisigen Hauch zurück, der jedes Gefühl aus ihrer Seele vertrieb, sondern begrüßte ihn, klammerte sich daran wie eine Ertrinkende an einen Strohhalm. Der Nebel trieb weiter auseinander, als sie neben Bjaron durch die Lücke in der Umfriedung ritt und auf das Haus zuhielt. Der unheimliche Dunst floh wie ein großes lautloses Tier bei ihrem Näherkommen und bildete eine wogende graue Wand jenseits der Mauer, ein Tal im Tal, das die Welt zu einem winzigen Kreis verbrannter Erde zusammenschrumpfen ließ. Ein warmer, unheimlicher Hauch schlug ihr entgegen; sie roch verbranntes Holz, das sonderbar bittere Aroma geschmolzener Erde und den Gestank von verkohltem Fleisch. Und der Atem der Magie war noch immer spürbar. Sie hielten an, als sie sich dem Haus auf weniger als zehn Schritte genähert hatten. Bjaron wartete, bis seine Krieger herangekommen waren und sich zu einem zum Haus hin offenen Kreis um ihn und Lyra formiert hatten, dann bildete er mit den Händen einen Trichter vor dem Mund und stieß einen schrillen, abgehackten Vogelruf aus, der beinahe sofort von der jenseitigen Seite des Hofes erwidert wurde. Wenige Augenblicke später wurden auf der Rückseite des Gebäudes Hufschläge laut, und kurz darauf stießen auch die Männer, die das Gehöft umgangen hatten, wieder zu ihnen.

Bjaron stellte ein paar rasche Fragen in seiner Muttersprache, die von den Männern der Reihe nach mit einem stummen Kopfschütteln beantwortet wurden. Dann wandte er sich wieder an Lyra. »Der Hof scheint verlassen, Herrin«, sagte er. »Wenn dort im Gebäude niemand mehr ist, dann sind wir zu spät gekommen.« Es klang, als wäre er froh, wenn es so wäre.

Ohne ein weiteres Wort stieg er aus dem Sattel, löste den Schild von seinem Rücken und befestigte ihn an seinem linken Arm. Mit der Hand, die das Schwert hielt, griff er an seinen Helm und zog den Kinnriemen straffer. Auf einen lautlosen Wink des Skruta hin stieg ein halbes Dutzend weiterer Krieger aus dem Sattel, griff zu Schwert und Schild und nahm im Halbkreis hinter ihm Aufstellung. Langsam näherten sie sich dem Haus, während Lyras Blick an ihnen vorbei zur Tür fiel und sich daran festsaugte. Mit einer fast verzweifelten Anstrengung versuchte sie, das geschwärzte Holz zu durchdringen, die Visionen und Bilder, vor denen sie sich bisher so gefürchtet hatte herbeizuzwingen und zu erkennen, was sich dahinter verbarg, obwohl sie wußte, daß die Macht, die ihr geliehen worden war, nicht ihrem Willen unterstand, und jeder Versuch, sie mit Gewalt heraufzubeschwören nur Übles zur Folge haben konnte. Und plötzlich sah sie *gold und schwarz und ein flüchtiges blitzen von weiß wie splitter reiner farbe in schatten und nacht und wogende nebel eingewobene* Bilder von schrecklicher Klarheit. Bilder aus einer Welt, die ihr bis zu diesem Moment noch immer unverständlich und verborgen geblieben war. Es war nichts, in dem sie irgendeinen Sinn erkennen konnte, aber sie erkannte *jede noch so winzige einzelheit mit der übernatürlichen schärfe und detailtreue des wahnsinns erkannte amorphe dinge die zu scheußlichen klumpigen gebilden zusammenflossen körper und umrisse bildeten wie mit unsichtbaren händen nach ihr griffen sie verlachten und verhöhnten und krallen der furcht in ihr bewußtsein schlugen wie raubtiere ihre fänge in das fleisch ihrer opfer und trotz allem spürte sie die gefahr das lautlose lauern und abwarten und die ungeheure schweigende macht, die jenseits dieser tür lauerte wie eine spinne in ihrem netz die sich ihres opfers lange sicher war und es nur genoß den augenblick des zuschlagens noch weiter hinauszuzögern ihr wild weiter in dem bewußtsein seines sieges zu belassen um dann um so grausamer zuzuschlagen.* Es war nichts Reales, was sie sah, aber etwas in ihrer Seele schrak davor zurück wie vor der Berührung weißglühenden Eisens, und sie fühlte die *GEFAHR! GEFAHR! GEFAHR!* die dort drinnen lauerte, die Falle, die genau in diesem Augenblick zuschlug, lautlos und tödlich wie eine unsichtbare Faust, die sich auf den winzigen Hof herabsenkte, um alles Lebende darauf zu zerschmettern. Sie spürte all dies mit der Wucht einer Explosion in sich, eine Flut von Wissen, die in ihr Bewußtsein drang, zuerst Schrecken und Angst und dann die furchtbare Einsicht, alles verdorben und Bjaron und seine Männer in den sicheren Tod geführt zu haben. Lyra krümmte sich wie unter einem Hieb, geschüttelt von einem furchtbaren, reißenden Schmerz, der wie ein Messer durch ihren Leib fuhr *und ein graues formloses etwas das sich zu einer abscheulichen grimasse zusammenball-*

te. Sie wollte schreien, hinter Bjaron herstürzen oder ihm wenigstens eine Warnung zurufen, aber sie konnte nichts von alledem, sondern sank, ganz langsam, wie von unsichtbaren Händen gehalten, im Sattel nach vorne, ihr ganzer Körper ein einziger, knochenbrechender Krampf, ihre Seele ein Chaos aus Furcht und Entsetzen und dem lähmenden Wissen, einen schrecklichen, nicht wiedergutzumachenden Fehler begangen zu haben. Rote Nebel aus Blut begannen vor ihren Augen zu tanzen, und die Gestalten Bjarons und seiner Begleiter begannen zu zerfließen wie Spiegelbilder auf klarem Wasser, in das ein Stein geworfen worden war. Und plötzlich kamen die Bilder ohne ihr Zutun, schlugen mit der Wucht von Hämmern in ihren Geist, als könne sie die Tür, die sie zu jener anderen, verbotenen Welt aufgestoßen hatte, nun nicht mehr schließen, und sie sah *blitzendes gold und grimassen aus schwarzem eisen eine rote flamme aus stahl und eine kralle wie eine goldene fünfbeinige spinne die nach ihr griff und etwas tief in ihrer seele zu suchen und zermalmem trachtete.* Sie schrie auf, ließ Schwert und Schild fallen und stürzte endgültig im Sattel nach vorne, sah wie in einer blitzartigen Vision wahnsinnsverzerrter Wirklichkeit, wie Bjaron und seine Begleiter herumfuhren und einer der Skruta auf sie zusprang, um sie aufzufangen, aber nicht schnell genug war und sie verfehlte. Sie spürte den Aufprall kaum, obwohl sie unglücklich fiel und – mit einem Teil ihres Bewußtseins, der frei von allen Gefühlen und Empfindungen arbeitete und nur registrierte, nicht wertete – spürte, wie ihre linke Hand brach und warmes Blut den goldenen Handschuh füllte, aber *die kralle schloß sich weiter langsam und mit unbarmherziger macht wie das ferntöten das sie bei dago und dem goldenen erlebt hatte nur tausendmal schlimmer und gieriger von vibrierender lust am töten und quälen erfüllt und stark wie die hand eines gottes,* und der Schmerz steigerte sich zu brüllender Agonie. Blut lief über ihr Gesicht und drang wie rote Tränen durch die Ritzen des goldenen Visiers. Sie schrie, bäumte sich auf, und schleuderte einen Skruta, der sich nach ihr bücken wollte, wie ein Spielzeug zur Seite, warf sich herum und griff in blinder Raserei nach einem Stein, zermalmte ihn und stürzte abermals. Bjaron rief etwas in seiner Muttersprache, packte sie bei den Schultern und fiel mit einem keuchenden Laut nach hinten, als ihre Hände in einem blinden Reflex hochkamen und seine Brust trafen. Die Kralle des Goldenen wühlte und grub noch immer in ihr, eine Dämonenfaust, *mächtig genug selbst den schutz der zauberrüstung zu überwinden und sie zu töten wie ein kind das es gewagt hatte einen riesen anzugreifen und ...*

... dann war es vorbei.

Sie blieb reglos liegen, leer, unfähig, zu denken, zu fühlen oder zu sprechen. Der Schmerz und die Angst waren fort, übergangslos und plötzlich, die Tür in ihrem Geist wieder geschlossen. Dann holte sie die Wirklichkeit wieder ein: Sie hörte die aufgeregten Rufe der Männer, spürte Bjarons Hände mit verzweifelter Kraft an ihrem Visier reißen, dann sah sie sein Gesicht über sich, aber nur einen schmalen Ausschnitt: Stirn, Augen und einen Teil der Nase. Es füllte die schmalen Sehschlitze ihres Helmes aus wie eine neuerliche, aber völlig andere Art des Grauens. In seinen Augen stand die nackte Furcht.

»Herrin!« keuchte er immer wieder. »Was ist mit Euch? Was ist geschehen?«

Mühsam schob Lyra seine Hand zur Seite, setzte sich auf und fiel um ein Haar wieder zur Seite, als sie ihre gebrochene Hand belastete. Ein schneidender Schmerz zuckte durch ihren Arm und verwandelte ihre Schulter in flammende Lava. Sie wimmerte. Blut lief aus ihrem Mund, und sie spürte erst jetzt, daß sie sich auf die Zunge gebissen hatte.

»Ihr seid verletzt!« keuchte Bjaron. »Bei allen Göttern, Herrin, Ihr ...«

»Das ... spielt jetzt keine Rolle mehr, Bjaron«, murmelte sie. Der Schmerz erlosch. Ein lautloses Zittern schien durch den grüngoldenen Stoff ihres Kleides zu fließen, wie das Beben eines verwundeten Tieres, das den Schmerz abschüttelte und sich wieder aufrichtete. Ihre Schulter wurde kalt. Eine prickelnde Woge aus Kälte und Betäubung floß ihren Arm herab und erstickte den Schmerz in ihrer Hand, und im gleichen Maße, in dem er erlosch, wich jedes Gefühl aus ihrer Seele. Ganz kurz nur registrierte sie, daß der unsichtbare Schild, den sie selbst geöffnet hatte, sie jetzt wieder schützte, und sie den Preis dafür erst später würde zahlen müssen, dann erlosch auch dieser Gedanke, und sie war nicht länger Lyra, sondern wieder Toran, Toran der Befreier, Trägerin seiner Rüstung und seines Schwertes. *Eine Waffe,* dachte sie kalt. Mehr war sie nie gewesen. Mehr hatte sie niemals sein sollen.

Bjarons Gesicht war eine einzige Maske des Entsetzens, als sie vollends aufstand, sich nach ihrem Schwert bückte und die Waffe mit einer übertrieben kraftvollen Bewegung aufhob.

»Was ist geschehen, Herrin?« murmelte er verstört. »Was . . . bedeutet das?«

»Wißt Ihr das wirklich immer noch nicht, Ihr Narr?« fragte eine leise Stimme hinter ihm.

Bjaron schrak zusammen, fuhr mit einer unglaublich schnellen Bewegung herum – und erstarrte.

Die Tür des Bauernhauses hatte sich lautlos geöffnet, und eine schmale, ganz in milchiges Weiß und fließendes weiches Silber gekleidete Gestalt war ins Freie getreten. Ihr Gesicht lag im Schatten und war nicht mehr als eine konturlose weiße Fläche, in der nur die Augen wie zwei matte Kristalle blitzten.

Aber Lyra mußte es nicht sehen, um es zu erkennen. Sie hatte seine Anwesenheit gespürt, lange bevor sie das Dorf erreicht hatten, und sie hatte gewußt, wer sie hier erwartete, nur hatte sich irgend etwas in ihr dagegen gesträubt und verhindert, daß die Erkenntnis wirklich an ihr Bewußtsein drang. Jetzt, als sie seine Stimme hörte, konnte sie selbst das nicht mehr. Die Möglichkeiten, sich vor der Wirklicheit zu verkriechen, waren nicht unbegrenzt. Sie konnte die Augen schließen oder wegsehen, aber sie konnte nicht die Ohren vor seiner Stimme verschließen, und sie konnte ihre Erinnerung nicht daran hindern, ihr das schmale, fuchsohrige Gesicht und die harten Augen zu zeigen, die zu dieser Stimme gehörten.

Mit einer Bewegung, die eigentlich nur noch Trotz war, hob sie das Schwert waagerecht vor die Brust und trat an Bjaron vorbei und dem Elb entgegen.

»Harleen«, sagte sie leise. »Habt Ihr Euch endlich entschieden, für welche Seite Ihr Partei ergreifen wollt?«

»Harleen?« Obwohl sie Bjaron nicht sehen konnte, spürte sie, wie sich der Skruta wie unter einem Hieb krümmte. »Harleen?« stieß er hervor. »Das . . . das ist Harleen, der . . . der oberste Kriegslord der Elben?«

Harleen gab einen Laut von sich, der irgendwo zwischen einem Lachen und einem abfälligen Schnauben lag, und trat aus dem Schatten des Hauses heraus. Lyra sah, daß die Tür hinter ihm weiter offen stand. Gestalten bewegten sich im Inneren des Hauses; mattschimmerndes Schwarz und ein flüchtiges Blitzen von Gold. Jemand litt dort drinnen. Sie fühlte die Berührung einer Qual, die die Grenzen des Vorstellbaren überstieg. Niederlage. Vollkommene, kompromißlose Niederlage, ein Geschlagensein schlimmer als der Tod. Der Gedanke, versagt zu haben, war nicht aus ihr gekommen. Sie hatte nur sein Echo gespürt, nur einen schwachen Hauch. Nicht sie war es gewesen, die einen Fehler begangen hatte. Plötzlich wußte sie, daß Dago dort drinnen war.

Sie konzentrierte sich auf Harleen.

Der Elb hatte sich verändert, seit sie sich das erste Mal begegnet waren. Seine Züge waren härter geworden, als wäre er in den Tagen, die seither vergangen waren, um die gleiche Anzahl von Jahren gealtert, und seine Augen sahen nun wirklich aus wie perfekte, aber tote Nachbildungen aus geschliffenem Edelstein. Auch die letzte Spur von Gefühl war daraus gewichen. Seine Kleider waren von der gleichen Farbe wie damals, vielleicht waren es sogar die gleichen, und trotzdem erinnerte das makellose Weiß seines Mantels jetzt viel mehr an Eis und ließ ein Gefühl der Kälte und Distanz entstehen, das den Elb wie eine unsichtbare Mauer umgab.

»Harleen«, stammelte Bjaron hinter ihr. »Die Elben. Ihr seid ...«

»Tut mir einen Gefallen und bringt diesen stammelnden Idioten zum Schweigen«, sagte Harleen kalt. »Es gibt Wichtigeres zu bereden.«

Lyra warf Bjaron einen raschen, warnenden Blick zu und hob die Hand, und obwohl sie kaum damit gerechnet hatte, beherrschte sich der Skruta tatsächlich und schwieg. Aber vermutlich war es eher der Schock, den der Anblick des Elben für ihn bedeuten mußte.

Harleen deutete eine Verbeugung an. »Ich danke Euch, Herrin«, sagte er spöttisch. »Es freut mich zu sehen, daß wenigstens Ihr vernünftig seid.«

Lyra machte eine zornige Geste. »Was wollt Ihr, Harleen?« fragte sie scharf. »Mich verspotten? Könnt Ihr Euch nicht einmal jetzt diesen billigen Triumph verkneifen?«

Harleens Lächeln wurde eine Spur kälter. »Ihr wißt, weshalb ich hier bin«, sagte er. »Ich habe Euch gesagt, daß wir uns wiedersehen. Es tut mir leid, daß es unter solchen Umständen sein muß. Aber ...« Er sprach nicht weiter, sondern blickte Lyra einen Herzschlag lang aus brennenden Augen an, als versuche er die goldene Maske vor ihrem Gesicht zu durchdringen, dann trat er von der Tür zurück.

Hintereinander traten vier gigantische Gestalten aus dem Haus, und obwohl Lyra gewußt hatte, was sie sehen würde, drang auch über ihre Lippen ein entsetzter Schrei.

Die Zeit blieb stehen. Lyra hatte geglaubt, das höchstmögliche Maß an Entsetzen und Furcht kennengelernt zu haben, aber das stimmte nicht, und sie begriff plötzlich, daß es immer eine Steigerung gab, daß das Böse unendlich und die Furcht zu gewaltig war, sie jemals zur Gänze erfahren zu können.

Die Männer waren so groß wie Bjarons Krieger, aber das schwarze Eisen ihrer Rüstungen ließ sie massiger und schwerer erscheinen; sie schienen viel weniger Menschen, als vielmehr gestaltgewordener Haß und Gewalt zu sein, keine lebenden Wesen, sondern Maschinen, dazu geschaffen, um zu töten. Und im gleichen Moment, in dem die vier Eisenmänner hinter dem Elb erschienen, erwachte rings um den Hof der Nebel zu lautlosem, schwarzem Leben und spie Krieger aus, Titanen in klirrendem schwarzen Eisen, die schnell und drohend näherkamen und einen undurchdringlichen Wall aus Stahl und blankgezogenen Schwertern jenseits der Mauer bildeten.

Bjaron brüllte, als hätte ihn ein Schwerthieb getroffen. »Verrat!« kreischte er. »Der verdammte Elbenhund hat uns verraten!« Mit einem gurgelnden Schrei schleuderte er seinen Schild davon, packte sein Schwert mit beiden Händen und sprang gleichzeitig auf den Elb zu.

Harleens Handbewegung war fast nicht zu sehen, aber Bjarons Schrei verwandelte sich plötzlich von Wut- in Schmerzgebrüll. Wie von einem Hammerschlag getroffen, torkelte er zurück, brach mit einer beinahe grotesk anmutenden Drehung in die Knie und krümmte sich weiter. Das Schwert zerbrach in seinen Händen. Blut schoß ihm aus Nase und Mund, und mit einem Male wurde sein Schreien zu einem fürchterlichen Gurgeln und Stöhnen.

»Hört auf, Harleen!« rief Lyra. »Ich bitte Euch!«

Der Elb lachte, schleuderte Bjaron mit einer fast nachlässigen Bewegung des kleinen Fingers vollends hintenüber und verzog die Lippen. Plötzlich fuhr er herum, schrie auf und stieß die Hände nach vorne, als schiebe er eine unsichtbare Last von sich, und Lyra spürte die Welle knisternder magischer Energie, die an ihr vorüber und auf die Skruta-Reiter zujagte. Eine unsichtbare Sense raste über den Hof und traf die Krieger, mähte sie nieder wie Korn und ließ Männer und Tiere wie in einer Explosion aus Schmerzens- und Angstschreien, stürzenden Körpern und splitterndem Eisen zusammenbrechen. Es ging unglaublich schnell. Nur Sekunden, nachdem Bjaron gestürzt war, lag seine Armee verletzt und blutend im Staub.

Lyra starrte den Elb an. Ihre Augen brannten, aber es waren Tränen der Wut, die ihren Blick verschleierten. Ihre Hand krampfte sich so fest um den Schwertgriff, daß die

Klinge zu zittern begann, als Harleen die Arme senkte und sich wieder zu ihr herumdrehte.

Einen Moment lang blieb der Blick der schimmernden Kristallaugen des Elben auf ihrem Schwert haften. Dann schüttelte er sanft den Kopf. »Versucht es nicht, Lyra«, sagte er, sehr leise und sehr ernst. »Ich weiß, wie stark Ihr seid. Aber ich bin nicht hier, um zu kämpfen.«

Lyra senkte langsam das Schwert. Der Hof war erfüllt vom Kreischen der Pferde und dem Stöhnen verletzter Männer, eine Sinfonie des Schreckens, die Harleens Worten einen ganz neuen, höhnischen Klang verlieh. Und trotzdem wußte sie, daß er die Wahrheit sprach.

Neben ihr stemmte sich Bjaron wimmernd auf die Knie, versuchte vollends aufzustehen und fiel mit einem Schrei vornüber. Sein Gesicht war blutbesudelt. Selbst aus seinen Augenwinkeln lief Blut, und seine Hände waren zu Krallen geworden, verkrampft und hart wie nutzlose Anhängsel aus Holz und Blut. Lyra fragte sich, woher er die Kraft nahm, sich noch einmal hochzustemmen. »Du Hund«, würgte er hervor. »Du . . . verdammter, verräterischer Elbenhund. Töte mich! Bring mich um, wenn du dieses Tal lebend verlassen willst. Töte mich, bevor ich dich umbringe!« Wimmernd vor Schmerz, die Hände vor der Brust verkrampft und das rechte Bein nachschleifend, versuchte er auf den Elb zuzukriechen. Harleen verzog ärgerlich die Lippen und stieß ihn mit dem Fuß in den Staub zurück.

»Ich kenne Euch nicht, Skruta«, sagte er abfällig. »Aber Ihr scheint mir nicht der Mann, dem man ein Heer anvertrauen sollte, sondern nur ein jämmerlicher Narr. Ich will Euch nicht töten. Weder Euch noch Eure Männer; im Gegenteil. Ihr habt es mir zu verdanken, wenn Ihr überhaupt noch am Leben seid.« Wütend trat er einen Schritt zurück und gestikulierte zu Bjarons Kriegern hinüber. »Was gerade geschehen ist, war nur eine Warnung, Skruta, und ich rate Euch, sie ernst zu nehmen. Ihr seid für niemanden wichtig. Es spielt keine Rolle, ob ihr lebt oder sterbt.«

»Hund«, wimmerte Bjaron. »Du verdammter Verräter. Du . . . du stehst auf ihrer Seite. Du . . .«

»Ich stehe niemals auf irgend jemandes Seite«, unterbrach ihn Harleen kalt. »Außer auf meiner eigenen. Ich glaube nicht, daß Ihr das versteht, Skruta, und deshalb habe ich in der einzigen Sprache mit Euch geredet, derer Ihr mächtig zu sein scheint. Wenn Ihr in dem Glauben hierhergekommen seid, diesen Kampf mit Gewalt gewinnen zu können, dann sollt Ihr spüren, was es heißt, Gewalt zu erleiden. Ich hoffe, es ist eine lehrreiche Erfahrung für Euch.«

»Es ist genug, Harleen«, unterbrach ihn Lyra. »Ihr habt ihn besiegt. Müßt Ihr ihn auch noch erniedrigen?«

Einen Moment lang blitzte Zorn in Harleens Augen auf, aber als er ihr antwortete, war seine Stimme wieder so ruhig und gefühllos wie vorher. »Ihr habt recht«, sagte er. »Dieser Narr ist es nicht wert, kostbare Zeit an ihn zu verschwenden.« Er drehte sich zum Haus und hob befehlend die Hand. »Kommt heraus!«

Die vier Krieger rechts und links des Einganges traten beiseite, und weitere Eisenmänner verließen das Haus. Und hinter ihnen trat eine gigantische, in blitzendes Gold eingeschmolzene Gestalt auf den Hof hinaus.

Bjaron schrie gellend auf und versuchte abermals, auf die Füße zu kommen, aber seine Kraft reichte nicht mehr; er stürzte erneut und blieb wimmernd liegen.

»Krake!« murmelte Lyra. Ihre Stimme klang flach, nur ein heiseres, fast vollkommen ausdrucksloses Flüstern, und so fühlte sie sich auch: leer, kalt, erstarrt durch den Anblick der goldenen Krakenfratze und betäubt von der Woge finsterer, zerstörerischer Macht, die diese schimmernde Gestalt ausstrahlte. Der Blick der roten Rubinaugen des Magiers bannte sie, drang mit fast spielerischer Leichtigkeit durch ihre Maske und sondierte ihre geheimsten Gedanken und Wünsche, ehe er sich fast gelangweilt wieder abwandte.

Hinter dem Magier trat eine zweite goldverhüllte Gestalt ins Freie. Er war so groß wie Krake, aber schlanker, und seine Bewegungen waren abgehackt und rasch wie die seines Wappentieres, einer gewaltigen, aus Gold und Edelsteinen gefertigten Spinne, die seinen Harnisch zierte. Um seine Schultern floß ein Mantel aus unendlich dünnen, wie ein Spinnennetz in ineinanderlaufenden Spiralen gewobenen Fäden.

Plötzlich wurde sie sich der Tatsache bewußt, daß sie noch immer das Schwert in der Hand hielt, und im gleichen Moment begriff sie, wie lächerlich sie wirken mußte, im Angesicht dieser beiden goldschimmernden Giganten. Was hatte sie geglaubt, zu sein? Eine Waffe? O ja, das war sie, solange sie diesen Mantel trug und dieses Schwert führte, eine furchtbare Waffe; so, wie ein Kieselstein eine furchtbare Waffe war, für eine Ameise. Sie war nichts.

Sie wußte nicht, wie lange sie dagestanden und die beiden goldenen Magier angestarrt hatte, bis einer der Goldenen endlich das Schweigen brach. »Sprecht, Elb«, sagte er.

Harleen nickte. »Ihr seid hierhergekommen, um zu kämpfen, Lyra«, begann er. Seine Stimme bebte vor Konzentration, und Lyra hatte plötzlich das sichere Gefühl, daß auch für ihn mehr auf dem Spiel stand, als sie bisher geahnt hatte. »So, wie dieser Narr Dago vor Euch. Aber es ist unmöglich, gegen die Macht der Goldenen zu kämpfen, glaubt mir Alles, was Ihr findet, wenn Ihr es versucht, ist der Tod.«

Lyra starrte ihn an, drehte sich mit einer bewußt langsamen Bewegung herum und blickte auf den verstümmelten goldenen Körper, der ein Stück abseits lag. Harleen schnaubte, als er ihren Blick bemerkte und begriff, was sie damit sagen wollte.

»Ihr denkt, es wäre ein Sieg«, sagte er. »Aber Ihr täuscht Euch. Dago konnte sie überraschen, und er konnte sie in einem Moment angreifen, der günstig für ihn war. Eine solche Gelegenheit wird es kein zweites Mal geben, weder für ihn noch für Euch, Lyra.«

»Vielleicht«, antwortete Lyra. »Aber dann werden andere kommen. Glaubt Ihr wirklich, ich hätte nach allem noch Angst vor dem Tod?«

Harleen schnaubte. »Angst vor dem Tod! Hört auf, die

Heldin zu spielen, Lyra, denn Ihr wißt nicht, was Ihr redet. Es wird keine anderen mehr geben, wenn Ihr tot seid.«

»Erwartet Ihr, daß ich Euch um mein Leben anflehe?«

»Nein. Es wäre dumm, so etwas zu glauben. Ich erwarte nur, daß Ihr vernünftig seid und begreift, wie sinnlos und schädlich Euer Tun ist.« Er sah Krake an. Der Magier nickte. »Als ich hörte, was hier geschieht, kam ich sofort zurück«, fuhr Harleen fort. »Ich stehe nicht als Verbündeter der Goldenen vor Euch, Lyra, oder als Verräter, wie dieser närrische Skruta glaubt, sondern als Unterhändler.«

»Was gäbe es, was Ihr mir bieten könntet?« fragte Lyra. »Ich bin in Eurer Gewalt. Was könnte ich Euch geben, das Ihr Euch nicht nehmen könntet, ohne dafür zu zahlen?«

Die Frage war an die Goldenen gerichtet gewesen, aber wieder war es Harleen, der antwortete. »Den Frieden«, sagte er. »Beendet diesen wahnsinnigen Krieg, den Ihr nicht gewinnen könnt, und geht nach Hause.«

»Mehr nicht?« Sie versuchte vergeblich, ihrer Stimme den höhnischen Klang zu verleihen, nach dem die Worte verlangten.

Harleen blieb ernst. »Mehr nicht«, sagte er.

»Und was bietet Ihr dafür?«

»Euer Leben, Lyra. Euer Leben und das all Eurer Leute.« Er schwieg einen Moment, dann hob er die Hand und deutete erst auf den Leichnam Krötes, dann auf die Wand aus brodelndem, grauem Nebel hinter ihnen. »Ich kam zu spät, um Dagos selbstmörderischen Angriff verhindern zu können, und es tut mir leid, denn es sind viele tapfere Männer dabei gestorben. Aber ich kann verhindern, daß unzählige andere ebenso sinnlos sterben. Wie viele Eurer Krieger sind Euch in dieses Tal gefolgt, Lyra? Zehntausend? Fünfzehntausend?« Er nickte. »Wohl eher noch mehr. Ich biete Euch fünfzehntausend Leben gegen Euer Versprechen, den Krieg zu beenden.«

»Ihr überschätzt mich«, sagte Lyra, aber Harleen unterbrach sie sofort mit einer ärgerlichen Geste.

»Keineswegs, Lyra. Aber begeht bitte Eurerseits nicht den Fehler, mich zu unterschätzen. Ich kenne Euch und Euren Wert. Vielleicht besser als Ihr selbst. Ihr und Euer Kind seid das Herz dieser sogenannten Revolution; es liegt in Eurer Macht, sie zu beenden.«

Lyra sah einen Moment lang unsicher zu den beiden Goldenen hinter Harleen hinüber. Sie hätte ihren rechten Arm dafür gegeben, nur einen Blick hinter die goldenen Masken der beiden Männer werfen zu können. »Selbst wenn Ihr recht hättet, Harleen«, antwortete sie schließlich, wieder an den Elb gewandt. »Warum sollte ich das tun?«

»Weil Ihr keine andere Wahl habt, wenn Ihr nicht Tausende und Abertausende in einen ebenso sinnlosen wie schrecklichen Tod schicken wollt«, antwortete Harleen verärgert. »Begreift Ihr denn immer noch nicht, daß Ihr verloren habt? Euer Aufstand ist beendet. Nicht einer Eurer Krieger verläßt dieses Tal lebend, gegen den Willen Spinnes und Krakes. Ihr habt bereits verloren – Ihr habt es nur noch nicht gemerkt.«

»Glaubt ihm nicht, Herrin«, stöhnte Bjaron. »Er ... er lügt. Wenn es so wäre, dann hätten sie uns bereits getötet. Uns alle.«

»Narr«, sagte Harleen abfällig. »Warum, glaubst du ...«

»Ihr müßt gestehen, Harleen«, unterbrach ihn Lyra rasch, »daß seine Worte nicht einer gewissen Logik entbehren.«

Harleen schnaubte. »So?«

»Beweist nicht Euer Hiersein allein, daß wir nicht auf so verlorenem Posten stehen, wie Ihr behauptet?« Sie deutete auf Krake. »Wir haben ein Heer gegen sie aufgestellt. Wir haben ihre Truppen angegriffen und vernichtet, und wir haben ihre Städte gestürmt und ihre Vasallen verjagt oder getötet. Warum sollten sie uns wohl schonen, wenn sie sich ihres Sieges wirklich so sicher wären?«

Harleen schwieg einen Moment. Sein Gesicht verdüsterte sich, und wieder hatte Lyra das sichere Gefühl, daß er auf unhörbare Art mit den beiden Goldenen sprach. »Ich stehe nicht auf der Seite der Goldenen, Lyra«, sagte er.

»Auch wenn es im Moment den Anschein haben mag. Ich kam hierher, um diesem sinnlosen Töten ein Ende zu bereiten. Aus dem gleichen Grund, aus dem ich nach Dieflund kam. Ihr habt mein Angebot, als Vermittler aufzutreten, ausgeschlagen.«

»Ich kann mich nicht erinnern, es gehört zu haben«, sagte Lyra kalt.

Harleen lächelte und machte eine wegwerfende Handbewegung. »Sagen wir, daß mir die Umstände nicht günstig erschienen. Vielleicht habe ich auch einen Fehler gemacht und Euch unterschätzt, aber das spielt jetzt keine Rolle. Das einzige, was zählt, ist, daß Krake und Spinne darin eingewilligt haben, mich mit Euch verhandeln zu lassen.«

»Und warum? Warum sollten sie einen Sieg verschenken, den sie so sicher haben?«

»Weil er mehr schaden als nutzen würde«, gestand Harleen. »Weil dieser ganze Krieg niemandem etwas anderes bringt als Tod und Leid und Schmerzen. Ganz egal, wie er enden mag, es wird keinen Sieger geben, Lyra, nur Verlierer. Welchen Nutzen bringt es, über ein Land zu herrschen, dessen Städte verbrannt sind und dessen Volk ausgeblutet ist? Sie könnten euch schlagen, aber was ist das für ein Königreich, in dem es keine Untertanen, sondern nur noch Tote gibt? Sie haben nichts zu gewinnen, in diesem Krieg.«

»Ihr macht es mir leicht, Euer Angebot auszuschlagen, Harleen.«

»Glaubt Ihr?« Er sah sie einen Moment ernst an, dann seufzte er, schüttelte den Kopf und fuhr sich müde mit der Hand über die Augen. »O ja – Ihr glaubt es wirklich. Ihr glaubt wirklich, daß das Phantom, das Ihr Freiheit nennt, all diese Opfer wert wäre.«

»Phantom? Ist das alles, was dieses Wort für Euch bedeutet?« fragte Lyra erschrocken.

»Was sonst?« Harleens Stimme wurde beinahe sanft. »Freiheit. Freiheit, Lyra – was heißt das? Ein großes Wort, sicher, ein Wort, das Ihr gern und oft benutzt; manchmal ein wenig zu oft, wie mir scheint. Aber was heißt es? Was bedeutet es wirklich? Die Freiheit, zu sterben? Die Freiheit, Euch Eure eigenen Tyrannen zu wählen?« Er lächelte schmerzlich. »Ihr habt viel gelernt, seit Ihr aus Eurem Tal herausgekommen seid, Lyra, aber lange nicht genug. Ihr wißt nichts davon, wie das Leben und die Welt wirklich sind. Freiheit! Wißt Ihr, wie viele Menschen gestorben sind, nur um dieses so gewaltig klingenden Wortes willen? Welche Art von Freiheit ist es, für die Ihr kämpfen wollt; für die Ihr bereit seid, ein ganzes Volk in den Tod zu führen?«

»Gibt es denn mehrere Arten von Freiheit?« fragte Lyra.

»O ja, mein Kind«, antwortete der Elb. »Es sind Kriege geführt worden, weil jede Seite glaubte, die wahre Freiheit zu besitzen. Welche Art von Freiheit ist die richtige, Lyra? Eure? Meine? Die der Goldenen? Die Eures Skruta-Freundes? Keine davon ist es wert, ihretwegen zu sterben, glaubt mir.«

Lyra fühlte sich immer unbehaglicher. Harleen hatte sie auf ein Terrain gelockt, auf dem sie ihm unterlegen war, hilflos wie ein Kind. Sie hätte sich niemals auf dieses Gespräch einlassen sollen. »Vielleicht«, sagte sie unsicher. »Aber vielleicht ist es auch etwas, dessen Wert man vergißt, wenn man es hat.«

»Und das man überschätzt, wenn man es nicht hat«, erwiderte Harleen. »Es gibt Dinge, die nur erstrebenswert sind, solange man sie nicht besitzt. Habt Ihr sie einmal, stellt Ihr bald fest, daß sie ihren Preis nicht wert waren. Und Ihr . . .«

Einer der Goldenen – Spinne – trat plötzlich vor und schnitt ihm mit einer ungeduldigen Geste das Wort ab. »Genug!« befahl er. »Sagt ihr, warum wir hier sind und was wir verlangen. Es ist genug kostbare Zeit vertan.«

Harleen nickte und wandte sich wieder an Lyra. Plötzlich begriff sie, daß auch er Angst vor den beiden goldenen Giganten hatte. Vielleicht mehr als sie.

»Ihr werdet zurück nach Dakkad reiten«, sagte er. Seine

Stimme klang jetzt wieder kalt und fordernd, er machte keine Vorschläge, sondern befahl. »Ihr werdet das Heer auflösen und Eure Krieger nach Hause schicken. Die besetzten Städte werden an ihre rechtmäßigen Herrscher zurückgegeben, alle Gefangenen sind sofort in Freiheit zu setzen, und Ihr müßt Eure Waffen abliefern.«

»Mehr nicht?« fragte Lyra spöttisch. »Keine Geiseln? Keine Massenhinrichtungen der Rädelführer? Wollt Ihr nicht noch Dagos und meinen Kopf als Dreingabe?«

Statt einer Antwort hob Harleen die Hand, und zwei der schwarzen Eisenmänner wandten sich lautlos um und verschwanden im Haus. Als sie wenige Augenblicke später wieder zurückkamen, waren sie nicht mehr allein.

Eine blutende, in ein zerfetztes goldgrünes Gewand gekleidete Gestalt taumelte zwischen ihnen, klein wie ein Kind zwischen den Gestalten der schwarzen Eisengiganten und wankend vor Erschöpfung. Einer der Eisenmänner versetzte ihm einen Stoß in den Rücken, der ihn auf Lyra zutorkeln und in die Knie brechen ließ. Im letzten Moment fing er den Sturz ab, stemmte sich keuchend in eine halb sitzende, halb liegende Stellung hoch und blickte sie an. Sie erkannte ihn erst, als sie dem Blick seiner Augen begegnete.

»Dago!« entfuhr es Lyra. Ihr Herz schien einen Schlag zu überspringen. Eine Woge eiskalter, hilfloser Wut breitete sich in ihrem Inneren aus, als sie sah, in welch schrecklichem Zustand sich der junge Magier befand. Er lebte. Er lebte und war bei Bewußtsein, aber das war auch alles. Seine Hände waren verbrannt, als hätte er glühendes Eisen angefaßt, die Haut verkohlt und mit großen, nässenden Flecken rohen roten Fleisches übersät. Sein Gewand hing in Fetzen, wo es nicht verbrannt oder dunkel und hart von Blut geworden war, und sein Gesicht war eine einzige Maske der Qual, so entsetzlich verzerrt, daß Lyra all ihre Kraft aufwenden mußte, um nicht mit einem Schrei wegzusehen. Wie bei dem Toten, den sie vor dem Hof gefunden hatten, war das tätowierte Magierauge auf seiner Stirn weggebrannt.

»Da habt Ihr Euren Dago«, sagte Harleen kalt. »Nehmt ihn mit Euch nach Dakkad und pflegt ihn gesund. Keinem ist an seinem Tod gelegen, oder an Eurem.«

Sekundenlang starrte sie Harleen haßerfüllt an, dann kniete sie neben Dago nieder, legte das Schwert aus der Hand und berührte seine Stirn. Dago zitterte. Ein würgender, unendlich schmerzerfüllter Laut drang über seine Lippen, und seine Kraft versagte, als er die Hand heben und nach der ihren greifen wollte. Er wäre gestürzt, hätte Lyra ihn nicht im letzten Moment aufgefangen. Aber sein Blick war klar, als er sie ansah, und das unstete Flackern darin war der Ausdruck grenzenlosen Entsetzens, nicht der des Wahnsinns, wie sie zuerst geglaubt hatte.

»Er hat ... recht, Lyra«, flüsterte er. »Wir haben ... verloren. Ich habe versagt. Ich ... ich habe sie alle in ... in den Tod geführt.«

»Unsinn«, sagte Lyra unwirsch. »Was redest du da?«

»Es wäre besser, Ihr würdet ihm glauben«, sagte Harleen ruhig. Lyra starrte ihn aus brennenden Augen an, aber der Elb hielt ihrem Blick gelassen stand. »Sagt ihr, was geschieht, wenn sie nicht aufgibt, Dago.«

»Was soll das heißen?« fragte Lyra alarmiert.

»Eine ... Falle«, murmelte Dago. Er stöhnte, krümmte sich unter einem plötzlichen Schmerzanfall und schloß die Augen. Seine Hände schlossen sich so fest um Lyras Arm, daß sie den Druck durch das Metall ihrer Rüstung hindurch spürte. So, wie sie seinen Schmerz und seine Verzweiflung durch den magischen Schutz des Mantels hindurch fühlte. »Das ganze Tal ist ... eine Falle«, stammelte er. »Der ... der Nebel, Lyra. Er wird sie alle töten. Sie ... sie haben einen Zauber gewoben, der ... der Nebel. Gott, was ... was habe ich getan?«

»Der Nebel?« Lyra sah auf und musterte die graue, unheimliche Wand, die den Hof umschloß, mit neuer Furcht. Mit einem Male kam ihr ihr Wogen und Wabern viel drohender und gefährlicher vor als bisher. Es war etwas Aggressives und Böses in diesem Nebel, etwas wie ein großer lauernder Geist, unendlich fremd und gefährlich.

»Ist das wahr?« fragte sie leise.

Harleen nickte ernst. »Es ist wahr. Warum wohl, glaubt Ihr, haben drei Goldene die Sicherheit der Caer Caradayn verlassen? Nur um ein wenig Nebel und schlechtes Wetter zu zaubern?« Er lachte humorlos. »Wenn die Sonne das nächste Mal aufgeht, wird das Tal von Dakkad zu einem Grab werden, Lyra. Der Nebel wird jede Spur von Leben aus diesem Tal tilgen.«

»Das . . . das ist teuflisch«, murmelte Lyra. »Das ist . . .«

»Nichts als die Frucht dessen, was Ihr selbst gesät habt«, unterbrach sie Harleen. »Ihr habt an Dinge gerührt, an die nicht gerührt werden darf; jetzt zahlt Ihr den Preis dafür. Was habt Ihr geglaubt, was geschieht, wenn Ihr einen Drachen reizt, Ihr Närrin?«

Lange starrte sie den Elb an. Sie vergaß Bjaron und seine Reiter, die Goldenen und die schweigende Armee der Eisenmänner, die den Hof umstellt hatte, war blind und taub für alles, was rings um sie herum war; es gab nur Harleen und Dagos verbrannten, zitternden Körper unter ihren Händen, und den Nebel. Den Nebel, der all ihre Hoffnungen verschlungen hatte, die Falle, in der sie sich bewegten wie Fische in vergiftetem Wasser, der Tod, der jeden einzelnen Menschen in diesem Tal bereits in seinen Klauen hielt, ohne daß er es ahnte. Für einen unendlich kurzen Moment dachte sie daran, ihr Schwert zu nehmen und die beiden goldenen Ungeheuer vor sich anzugreifen, aber die Idee war aus purer Verzweiflung geboren und erlosch so schnell, wie sie gekommen war. Sie hatte Spinnes Macht gespürt, und sie hatte gespürt, wie unendlich überlegen schon dieser eine Magier ihr war. Und dabei war es nichts als eine Warnung gewesen.

»Und . . . Toran?« flüsterte sie, ohne Harleen anzusehen.

»Er wird mit mir gehen«, antwortete Harleen. »Das Kind ist der Preis für den Frieden, Lyra. Aber ihm wird nichts geschehen. Er wird dort aufwachsen, wo er hingehört – bei seinem Volk. Dort, wo er von Anfang an hingehört hätte.« Harleen schürzte die Lippen. »Das alles hier war so unnötig, Lyra. All der Schmerz, all dieses sinnlose Töten und alles Leid wären nicht gewesen, wäre dieses Kind bei seinem Volk geblieben. Aber ich gebe Euch mein Wort, daß ihm kein Leid geschehen wird. Niemandem ist an seinem Tod gelegen.«

Er log. Der Blick seiner Augen verriet ihn, und hätte er es nicht getan, wäre es die stumme Präsenz der beiden goldenen Magier gewesen. Und er wußte, daß sie die Lüge erkannte. Sie konnten ihn nicht am Leben lassen, nicht hier und erst recht nicht in der Distanz und Sicherheit des Elbenreiches. Sie würden Toran töten, und wenn sie ihn nicht umbrachten, dann würden sie ihn auf andere Art zerstören und ihm vielleicht Dinge antun, die schlimmer als der Tod waren. Sie würden es tun, weil sie es tun mußten. Das war der wahre Preis für das Leben ihrer Krieger. Ein geringer Preis: ein Leben gegen das von fünfzehntausend. Und doch war er zu hoch.

Langsam, unendlich langsam und mühevoll, als drücke eine unsichtbare Last auf ihre Schultern, streckte sie die Hand nach dem Schwert aus und richtete sich auf. Das silberne Schwert zitterte in ihrer Hand, aber ihre Stimme war fest, als sie Harleen antwortete: »Niemals, Harleen.«

Der Elb schien überrascht. Er mußte geglaubt haben, ihren Widerstand vollends gebrochen zu haben. Dieser plötzliche, neue Widerspruch irritierte ihn.

»Niemals«, sagte Lyra noch einmal, viel lauter und fester, so daß ihre Stimme weithin über den Hof schallte. »Ihr könnt Dago und diese Männer hier und mich töten, aber niemals werdet Ihr Toran bekommen. Ihr habt recht – wir sind unwichtig, und niemandem ist mit unserem Tod gedient. Euch und Euren goldenen Herren am allerwenigsten. Tötet uns. Vernichtet uns, und andere werden kommen und unsere Stelle einnehmen. Solange Toran lebt, wird immer ein anderer an seiner Stelle kämpfen.«

Harleen wirkte auf sonderbare Weise traurig, als er antwortete. »Auch er wird sterben, wenn der Nebel sein Werk tut, Lyra. Du weißt das, und du weißt, daß deine Worte leer sind.«

Lyras Augen begannen stärker zu brennen. Zorn und ein fast körperlich schmerzendes Gefühl der Hilflosigkeit machten sich in ihr breit. »Dann tötet mich«, sagte sie. »Vielleicht habt Ihr recht, und wir hatten diesen Krieg schon verloren, ehe wir ihn angefangen haben, aber ich werde Euch nicht auch noch helfen, Euren Triumph in vollen Zügen auszukosten. Wenn Ihr meinen Sohn haben wollt, dann kämpft um ihn. Zieht Euer Schwert und tötet mich, und ich gebe Euch mein Wort, daß Euch niemand aufhalten wird, wenn Ihr nach Dakkad geht und den Knaben fordert.«

Harleen wirkte verblüfft. Dann lachte er, wenn auch sehr unsicher. »Ihr seid verrückt«, sagte er. »Was soll der Unsinn? Das ist nicht der Moment für dramatische Gesten. Und erst recht nicht für Albernheiten.«

»Kämpft!« verlangte Lyra, sprang auf ihn zu und schlug nach ihm, so daß Harleen sich mit einem hastigen Sprung in Sicherheit bringen mußte. Etwas begann sich in ihr zu rühren . . . *tief unendlich tief am grunde ihrer seele eine dunkle böse macht die sie für tot gehalten hatte und die in wahrheit nur verpuppt und schlafend auf den moment gewartet hatte neu und tausendmal stärker hervorzubrechen.* Kalt. Sie fühlte sich nur noch kalt. *das berühren und tasten und suchen wurde stärker aber noch war es nicht soweit noch fehlte etwas irgend etwas.*

»Zum Teufel, was soll das?« keuchte Harleen. Er hatte sein Schwert gezogen, machte aber noch immer keine Anstalten, sie anzugreifen, sondern schlug ihre Klinge mit einem wütenden Hieb beiseite und funkelte sie an. Dann erlosch der Zorn in seinem Blick und machte einem Ausdruck von Verachtung und Mitleid Platz.

Als sie das nächste Mal nach ihm schlug, wich er nicht mehr zurück, sondern drehte blitzschnell den Oberkörper zur Seite und ließ ihre Klinge ins Leere stechen; gleichzeitig zuckte sein Schwert herab und schlug mit der Breitseite so wuchtig auf ihre Waffenhand, daß sie mit einem Schmerzensschrei zurückprallte und das Schwert fallenließ. Harleen knurrte wie ein gereizter Hund, stand plötzlich nicht mehr neben, sondern hinter ihr und trat ihr wuchtig in die Kniekehlen. Instinktiv versuchte sie, den Sturz mit den Händen aufzufangen, aber sie hatte ihr gebrochenes Gelenk vergessen: Ein grellweißer Schmerz zuckte wie eine Lohe feuriger Lava durch ihren Arm und schleuderte sie für einen Moment an den Rand der Bewußtlosigkeit. Als sie ihre Umgebung wieder bewußt wahrnahm, lag sie auf dem Rücken und blickte in Harleens Gesicht.

»Du ärmliche kleine Närrin!« zischte der Elb. »Du hast dich entschieden, die Rolle einer Göttin zu spielen – dann lerne auch zu verlieren! Du willst sterben, wie? Du willst, daß ich dich töte, weil du dein Leben wegwerfen willst und nicht den Mut hast, es selbst zu tun. Aber das werde ich nicht tun. Ich werde keine Märtyrerin aus dir machen, und ich werde dir auch nicht helfen, den leichteren Weg zu wählen und zu sterben. Du bist es nicht wert.«

Lyra versuchte sich aufzurichten, aber einer der beiden Goldenen trat plötzlich an Harleen vorbei auf sie zu und schleuderte sie mit einem Fußtritt zurück. Sie spürte keinen Schmerz, denn davor schützte sie die Rüstung noch immer, aber die Erniedrigung fraß sich wie eine glühende Messerklinge in ihre Seele ... *und die spannung wuchs aber es war anders als bisher anders als die male zuvor da sie die magische macht der zauberrüstung gespürt hatte und obwohl sie wußte, wie sinnlos es war, warf sie sich ...* mit einem Schrei herum und griff noch einmal nach dem Schwert. Krakes gepanzerter Fuß senkte sich auf ihre Hand und hielt sie fest, und gleichzeitig schlug eine glühende Kralle in ihre Gedanken und verwandelte die Welt in ein grelles Schmerzgemälde.

»Hört auf«, sagte Harleen hastig, als Krake mit einer wütenden Bewegung den Kopf wandte und ihn aus seinen gefühllosen Rubinaugen anstarrte: »Sie ist es nicht wert. Sie hat keinerlei Bedeutung mehr, Herr. Sie war nur ein Werkzeug.«

Nur ein Werkzeug. Die Worte hallten wie ein höhnisches Echo immer und immer wieder hinter ihrer Stirn, und der Schmerz und das Gefühl der Erniedrigung steigerten sich zu purer seelischer Agonie. *Nur ein Werkzeug,* hämmerten ihre Gedanken. *Nur ein Werkzeug.* Immer und immer und immer wieder. Und mit jedem Mal, mit dem sie Harleens Worte hörte, starb ein Stückchen von ihr, wurde die Kälte, die sie erfüllte, tiefer. *Nur ein Werkzeug.* Vielleicht war sie das wirklich gewesen, von Anfang an. Vielleicht hatte sie nur eine Rolle gespielt, eine Rolle in einem Stück, dessen Szenen schon vor seinem Beginn in allen Einzelheiten geschrieben gewesen waren, und vielleicht war es wirklich so, daß ihr Part in diesem Spiel nur der einer Statistin war. Eine ungeheure, brüllende Kraft floß wie aus unsichtbaren Schleusen in ihre Seele, etwas, das der Gewalt Krakes ebenbürtig, wenn nicht sogar überlegen war, aber sie spürte, daß es nicht mehr Erions sanfter Zauber war, sondern die entfesselten, finsteren Gewalten der Rüstung, der Fluch, der in dieses grüngoldene Prachtgewand eingewoben war und der nicht König Torans Erbe darstellte, sondern die Kraft von tausend Jahren Haß, einem Jahrtausend Furcht und Verbitterung, was sie fühlte, war wie das Erwachen eines Drachen, und für einen ganz kurzen Moment glaubte sie ihn wirklich zu sehen: gigantisch und rot und aus Flammen und Haß gemacht, mächtig genug, die Welt zu verschlingen und böse, böse, böse . . . Es war Magie, aber es war jene Seite der Magie, vor der Dago sie gewarnt hatte: die finstere, zerstörende Seite, die, die nur töten und brennen und vernichten konnte. Sie würde werden wie die Goldenen, wenn sie sich ihrer bediente. Sie würde an dieser Macht zerbrechen, vergehen wie eine Motte, die dem Feuer eines Vulkans zu nahe gekommen war. Sie wußte, daß die Kräfte der Rüstung, einmal wirklich entfesselt, sich niemals mehr dorthin zurückziehen würden, wo sie tausend Jahre lang geschlummert hatten. Aber sie war ja *nur ein Werkzeug,* und vielleicht war der einzige Grund, aus dem dieses gräßlich-schöne Kleid gerade sie und nicht eine Holzpuppe als Trägerin auserwählt hatte, der, daß sie ein lebendes Wesen und imstande war, sich zu bewegen. Welche Rolle spielte ihr Schicksal?

Ihr letzter Rest von Widerstand erlosch, und im gleichen

Moment übernahm der Geist der Rüstung das vollkommen, was einmal Lyra gewesen war, und der Drache entfaltete seine Schwingen.

Ihre Hand schloß sich um das Schwert. Krakes Fuß wurde beiseite geschleudert. Der Goldene taumelte, und sie fühlte seinen Schrecken wie einen gellenden Schrei in ihren Gedanken, den unbeschreiblichen Schock, der ihn durchfuhr, als er erkannte, welchem Feind er wirklich gegenüberstand, dann sprang sie auf, blieb einen Moment auf den Knien hocken, ergriff Torans Schwert mit beiden Händen und riß die Waffe gerade nach oben.

Der silberne Stahl glitt so mühelos durch Krakes Rüstung, als zerschneide sie Samt, nicht goldgepanzertes Eisen.

Krake taumelte. Ein gurgelnder, halberstickter Laut drang unter seinem goldenen Visier hervor. Seine Hände griffen ziellos in die Luft, krümmten sich zu Krallen und waren plötzlich ohne Kraft; sie konnte spüren, wie die unheilige finstere Macht, die den Magier ein Jahrtausend lang am Leben erhalten hatte, dahinschmolz. Ihre Hände klammerten sich weiter um den Schwertgriff, stießen die Klinge tiefer in seinen Leib, und während sie aufstand und glitzerndes Blut dunkle Tränen auf den Stahl ihres Schwertes malte, kippte Krake zur Seite; starr wie ein menschengroßes Standbild aus Gold und schon tot, ehe sein Körper den Boden berührte. Das Schwert glitt mit einem leisen, seufzenden Geräusch aus dem Riß, den es in seine Rüstung geschlagen hatte, und richtete sich auf Harleen, rasch und ohne ihr Zutun; es war die Waffe, die die Bewegung ihres Armes lenkte, nicht umgekehrt. Eine Sekunde lang verharrte die Spitze des Schwertes dicht vor seiner Kehle, dann bewegte sie sich weiter, zielte auf den zweiten, goldenen Dämon und hackte nach seinem Gesicht. Spinne sprang mit einer beinahe grotesk aussehenden Bewegung zurück, entging einem zweiten Hieb des Zauberschwertes um Haaresbreite und riß seine eigene Waffe aus dem Gürtel. Dicht vor seiner Brust prallten die beiden Klingen funkensprühend aufeinander. Die Wucht des Hiebes war so gewaltig, daß Lyra und der Goldene gleichzeitig zurück und von den Füßen gerissen wurden.

Schreie zerrissen die Stille, und die Nacht verwandelte sich plötzlich in einen tobenden Hexenkessel aus Lärm und Bewegung und Schreien, dem Klirren aufeinanderprallender Waffen und dem Brüllen von Menschen und Tieren. Sie fiel, rollte herum und sah im Aufspringen, wie die Eisenmänner wie eine schwarze Flut auf den Hof drangen und Bjarons Krieger angriffen. Etwas Dunkles, Scharfes flog an ihr vorüber und bohrte sich mit furchtbarer Kraft durch den Harnisch eines Eisernen, und plötzlich war Bjaron neben ihr, brüllend und das Schwert eines Eisenmannes mit beiden Fäusten schwingend. Ein weißer Schemen wuchs vor ihm in die Höhe und griff ihn an, und Lyra erstarrte mitten in der Bewegung und sah dem Kampf der beiden ungleichen Gegner zu. Harleens Waffe schien lächerlich gegen die Titanenkräfte des Skruta, und wie beim ersten Mal verließ er sich auf seine Magie, die Gewalt seines Geistes, um die von Bjarons Körper zu überwinden.

Es war wie ein Ringen zwischen Geist und Körper. Das Fleisch gewann. Harleen schrie plötzlich auf, taumelte rückwärts und riß verzweifelt das Schwert in die Höhe, um Bjarons Hieb abzuwehren. Dann war das Schwert des Elbenfürsten verschwunden, zusammen mit der Hand, die es geführt hatte, und Harleen starrte entsetzt auf den blutenden Stumpf seines rechten Armes und verschwand aus Lyras Blick, als sie herumwirbelte und sich erneut auf Spinne stürzte.

Der Goldene war bis zum Haus zurückgewichen und stand mit dem Rücken an der Wand. Ein halbes Dutzend seiner schwarzen Kreaturen hatte sich wie ein lebender Schutzwall vor ihm aufgebaut.

Lyra spürte seinen Angriff, ehe er erfolgte. Irgend etwas brach aus den Dimensionen des Wahnsinns hervor in die Wirklichkeit, raste lautlos und unsichtbar auf sie zu und hüllte sie ein, zerrte und riß an ihrer Rüstung und versuchte vergeblich, sie zu durchdringen. Es war nicht ihr

Kampf; nicht ihre Kraft, die sich gegen die des Goldenen stemmte, und sie war kaum mehr als eine unbeteiligte Zuschauerin in dem Ringen von Gewalten, die sich ihrem Begreifen entzogen. Flammen liefen über ihre Rüstung, weiße und rote und blaue Elmsfeuer zuckten aus ihrem Visier, sprangen wie neckische Feuerkinder über ihre Hände und Arme; rings um sie herum begann der Boden zu schwelen, dann zu brennen.

Aber Torans Kleid hielt dem Angriff stand, und sie spürte, wie der Drache, den sie entfessel hatte, nach Spinnes Kraft griff, sich ihr nicht beugte, sondern sie fast gierig aufsaugte und zu seiner eigenen machte, wie er mit jedem Hieb, jeder Anstrengung des Magiers, ihn zu schwächen, nur stärker und stärker wurde. Macht, ein Gefühl von Macht, *unglaublicher Macht* ergriff wie ein Rausch von Lyra Besitz. Spinnes Gestalt schrumpfte von den Dimensionen eines Gottes zu normaler menschlicher Größe zusammen, und mit einem Male kam ihr die barbarische Pracht seiner Rüstung nur noch häßlich vor; nicht mehr drohend. Der Drache schlug abermals mit den Flügeln, und noch immer war es nur Spiel, nur ein vorsichtiges Ausprobieren seiner Kräfte, die längst noch nicht vollkommen entfesselt waren.

Mit einem gellenden Schrei riß sie die Linke hoch; der Handschuh erwachte zu eigenem Leben und zwang ihre Finger, sich zu spreizen, rasch und ruckhaft, und der Drache fing die Bewegung auf, verstärkte sie um das Tausendfache und schleuderte die Eisenmänner wie in einer lautlosen Explosion auseinander.

Der zweite Hieb galt dem Goldenen.

Spinnes Rüstung dröhnte wie unter einem Hammerschlag. Der goldene Gigant krümmte sich, fiel auf die Knie und stürzte schwer gegen die Wand. Das Schwert entglitt seinen Händen und klirrte zu Boden. Lyra schrie triumphierend auf, war mit einem Satz bei ihm und ließ das Schwert auf seinen Nacken niedersausen.

Der goldene Panzer zersplitterte wie Glas. Spinne kreischte vor Schmerz und Angst und fiel zur Seite; die Bewegung ließ ihre Klinge abgleiten, und der Hieb tötete ihn nicht, riß aber seine Seite vom Hals bis zur Taille auf. Das zolldicke Gold der Rüstung zerriß wie dünnes Blech. Stoff und weiches, verwundbares Fleisch kamen darunter zum Vorschein; dann Blut.

Aber noch immer war der Magier nicht geschlagen.

Wieder spürte Lyra das Heranrasen unsichtbarer Gewalten. Flammen hüllten sie ein, und mit einemmal war die Welt nur noch rot und heiß und voller Schmerz. Sie taumelte, wich einen Schritt vor dem sterbenden Magier zurück und kämpfte um ihr Gleichgewicht. Dieser zweite Angriff war schlimmer als der erste; die Angst und das Wissen, zu sterben, gaben Spinne noch einmal Kraft, genug Kraft, selbst den Drachen zurückzuschleudern. Wieder glaubte sie ihn zu sehen, ein gewaltiges rotes Tier, das sich unter Schmerzen krümmte und sich plötzlich mit einem Wutschrei aufbäumte. Einen Moment stand sie verkrümmt da, reglos, eingehüllt in ein engmaschiges, zischendes Gitternetz dünner weißblauer Linien aus Licht und tödlicher, lebenfressender Energie, das Netz der Spinne, das die Konturen ihres Körpers nachzeichnete, sich um ihre Glieder schmiegte, pulsierte, sich zusammenzog – und erlosch.

Lyra taumelte. Diese ungeheuerliche Kraft war noch immer in ihr, die Macht der Rüstung ungebrochen, aber gleichzeitig spürte sie eine betäubende Woge von Schwäche, als hätte Spinnes Angriff irgend etwas in ihr getroffen, das nicht durch die Magie des Kleides geschützt war, etwas, das dem Drachen unwichtig erschien und das geopfert werden konnte: ihr Selbst. Das, was trotz allem noch Lyra, das Mädchen, geblieben war. Das Schwert wurde schwer in ihrer Hand. Sie wankte, fiel auf ein Knie herab und fing den Sturz im letzten Moment mit der linken Hand ab. Auf ihrer Zunge war plötzlich der Geschmack von Blut, und mit einemmal fühlte sie auch die dünnen glühenden Schmerzpfeile wieder, die ihre gebrochene Hand durch ihren Arm jagte. Spinnes Zorn wühlte und grub wie eine glühende Bärenpranke in ihrem Geist. Sie schrie, stürzte zu Boden und kroch blindlings weiter. Die Gestalt des Magiers zerrann zu einem mattgoldenen Fleck vor ihren Augen, eingebettet in ein wogendes Meer aus Nebel und Schwärze und Schmerz. Er starb. Was sie fühlte, war sein Schmerz und der eisige Griff des Todes. Er war kein Magier mehr; kein Dämon, dessen Dasein allein ausreichte, Schrecken und Tod zu verbreiten. Kein Gott mehr, sondern nur noch ein sterbender Mann. Sein Inneres lag so deutlich wie ein aufgeschlagenes Buch vor ihr, aber alles, was sie in seinen Gedanken las, war Angst. Nichts mehr von der Bosheit und dem Haß, die ihn einst erfüllt hatten; nur noch Angst. Die Todesangst eines Menschen, der sich für unsterblich gehalten hatte.

Langsam, unendlich langsam und mühevoll, kroch sie auf den Magier zu, bis ihre Hände das zerfetzte Gold der Rüstung berührten, wimmernd vor Schmerz und Todesangst, die aus seinem Geist zu ihr herüberflossen. Sie hätte nie gedacht, daß das Sterben so grauenvoll sein konnte. Und sie war unfähig, ihren Geist zu verschließen. Seine Macht hatte ihr nichts anhaben können, aber seinem Sterben war sie ausgeliefert.

Noch einmal regte sich der Drache in ihr. Ihre rechte, unverletzte Hand drehte das Schwert, hielt seinen Griff wie den eines Dolches – und stieß zu.

Spinnes gedanklicher Todesschrei schien ihren Schädel zu sprengen. Seine Hand verkrallte sich in ihr Visier, als sich Lyras Schwert in sein Herz senkte. Sie begriff zu spät, daß es mehr war als der blinde Reflex eines Sterbenden, sondern ein letzter, berechnender Akt der Rache.

Für einen unendlichen, zeitlosen Augenblick spürte sie ein absurdes Gefühl des Triumphes, dann begriff sie, daß es sein Triumph war, die allerletzte Empfindung seines erlöschenden Geistes, versuchte verzweifelt, seinen Arm beiseitezuschlagen und sich abzuwenden, und spürte, daß sie zu langsam war.

Spinnes Rüstung verging in einer lautlosen Explosion gleißenden, unerträglich hellen weißen Lichtes. Für Bruchteile einer Sekunde glaubte sie direkt ins Herz einer lodernden weißen Sonne zu blicken, dann fraßen sich Licht und Schmerz wie Säure in ihre Augen, dann nichts mehr.

29

Eine Woche lang lag sie auf Leben und Tod, und es war eine Zeit ohne Zeit: Schlaf, betäubend und leer wie Zeiten des Todes, Bewußtlosigkeit voller düsterer Visionen und Fieberphantasien und kurze, meist von Schmerzen und tanzender Angst erfüllte Perioden des Wachseins wechselten sich miteinander ab, manchmal so rasch, daß sie nicht wußte, ob der Gedanke, den sie gerade gedacht hatte, nun ein Teil ihres Traumes oder des vorhergehenden Tages oder nur seit einem Moment Vergangenheit war. Sie wußte nicht, was geschehen war – das weiße Licht, das sich so grausam in ihre Augen gefressen hatte, hatte sie nicht verletzt; nicht körperlich. Aber Spinne hatte irgend etwas getan, in seiner allerletzten Sekunde, und dieses Etwas wühlte und grub und fraß in ihr wie ein unsichtbares schleichendes Gift; es wollte sie töten, als wäre der schwarze Strudel, der Spinnes Bewußtsein verschlungen hatte, noch immer nicht ganz zur Ruhe gekommen.

Trotz allem war das Schicksal gnädig mit ihr, denn sie litt kaum Schmerzen; wenn sie wach und sich ihres Körpers vollkommen bewußt war, spürte sie nichts außer einer bleiernen, aber sehr wohltuenden Müdigkeit und einem sanften Druck in ihrer linken Hand. Manchmal, wenn sie die Augen aufschlug und sah – was nicht immer der Fall war, denn ein paarmal schrak sie auf und glaubte, erwacht zu sein, fand sich aber trotzdem in einer Welt voller Schwärze und erstickender Dunkelheit, in der nur manchmal grelle, verschiedenfarbige Blitze aufzuckten und wieder erloschen – aber ein paarmal, als sie wirklich erwachte, war Schwarzbart bei ihr, ein- oder zweimal auch Bjaron, ohne daß sie mehr als einen flüchtigen Blick auf sein Gesicht erhaschte, ehe sie wieder einschlief, und einmal glaubte sie Lajonis' Gesicht zu erkennen, war sich aber nicht sicher.

Stets aber saß Dago an ihrem Bett, und stets spürte sie die Berührung seiner Hand.

Sein Anblick stellte für sie die einzige Möglichkeit dar, das Verstreichen der Zeit zu erkennen. Als sie das erste Mal erwachte und ihn ansah, war sein Gesicht eingefallen und von häßlichen roten Brandblasen entstellt; später verschwanden sie und machten kleinen, blaßroten Narben Platz, die nicht mehr vollends verschwinden würden, und der Ausdruck von Schmerz – körperlichem Schmerz – wich aus seinen Augen und machte einem anderen, viel tiefer sitzenden Leid Platz. Die Schnelligkeit, in der sein Körper sich von den Wunden erholte, sagte ihr, daß sehr viel Zeit verstreichen mußte, während sie dalag und darauf wartete, endlich zu erwachen.

Sie schlief sehr viel und sehr tief und meistens ohne zu träumen, aber die Zeiten dazwischen waren schlimm; die, in denen sie nicht schlief, aber auch noch nicht wach war, sondern auf dem schmalen Grat zwischen Sein und Illusion entlangbalancierte, in einem Reich der Schatten und Visionen, in denen sie Fieberphantasien und andere, schlimmere Dinge plagten. Die Fieberträume, die voller sinnloser Dinge und gestaltloser Angst waren, ließen im Laufe der Tage nach, aber es gab noch etwas, etwas, das kein Kind des Fiebers und kein Traum war, sondern etwas gleichermaßen Neues, wie auf furchtbare Weise Vertrautes. Es war immer die gleiche Szene, aber sie sah sie jedesmal aus einem anderen Blickwinkel, vielleicht auch aus anderen Augen. Sie wurde im gleichen Maße deutlicher, in dem die Fieberträume und Wahnvorstellungen nachließen.

Sie sah einen Drachen. Ein gigantisches, flammendrotes Tier, stark und groß wie ein Berg, das auf einer gewaltigen, schwarzverbrannten Ebene hockte, den Schädel in den Himmel gereckt und die gewaltigen Kiefer halb geöffnet, als wolle es nach der Sonne beißen. Seine Schwingen waren gewaltig wie die Segel großer Schiffe und glitzerten wie Stahl, der mit Blut überzogen war, und unter seinen Klauen barst der Fels. Eine Weile saß er reglos da, nur der riesige Schweif peitschte von Zeit zu Zeit, dann entfaltete er die Flügel und schwang sich in die Luft, um hoch über den Wolken dahinzufliegen, und sie flog mit ihm, unsichtbar und körperlos, aber an ihn gefesselt und unfähig, irgendeinen Einfluß auf den Verlauf dieses Traumes zu nehmen, der kein Traum war, sondern etwas, das ihr vielmehr wie eine Botschaft, vielleicht auch eine Warnung vorkam, schwebte neben und über seinen titanischen Schwingen über den Wolken und blickte auf die Welt herab. Es war keine Welt, wie sie sie jemals gesehen hatte. Berge und Länder waren schwarz und zu Glas geworden, die Flüsse ausgetrocknet, wie tief eingeschnittene steinerne Narben, Wälder zu bizarren Labyrinthen schwarzverkohlter ast- und blattloser Strünke geworden, die Städte zu rauchenden Trümmerhaufen; nirgends eine Spur von Leben. Selbst das Meer war tot. Dann begriff sie, daß es ihre Welt war, die sie sah, und daß es der Atem des Drachen gewesen war, der sie verbrannt hatte. Schließlich tauchte weit vor ihnen am Horizont etwas auf, das sie nicht genau erkennen konnte, etwas aus Gold und Schwarz und blitzendem Eisen, und der Drache spannte sich und schwang sich höher in die Luft, um seinen flammenden Atem auch darauf zu schleudern; aber ehe es soweit war, wachte sie stets auf oder glitt in einen anderen Traum hinüber, und wenn sie den Drachen das nächste Mal sah, begann alles von vorne.

Schließlich erwachte sie wirklich.

Anders als die Male zuvor war es kein Blick durch eine unsichtbare Trennwand in die Wirklichkeit, sondern ein echtes Erwachen; ganz kurz, bevor sie die Augen aufschlug, hatte sie ein sonderbares Gefühl von Endgültigkeit, dann griff eine Hand nach der ihren, und die schwarzen Schleier vor ihrem Blick lösten sich auf und machten dem Anblick eines kleinen, behaglich eingerichteten Zimmers Platz. Wie zuvor, wenn sie erwacht war, war Dago bei ihr. Er saß auf einem gepolsterten Stuhl neben ihrem Bett, ein wenig zur Seite und nach vorne gebeugt, und blickte mit einer Mischung aus Sorge und mühsam unterdrückter Müdigkeit auf sie herab. »Hallo, Heldin«, sagte er. »Endlich ausgeschlafen?«

»Wie lange ... habe ich geschlafen?« fragte Lyra. »Wo sind wir? In Dakkad? Was ist geschehen?«

»Wir sind zurück in Dakkad«, bestätigte er. »Es ist alles in Ordnung, Lyra. Die Goldenen sind tot.«

»Spinne ...«

»Wird nie mehr ein Netz weben«, unterbrach sie Dago.

»Was ist geschehen?« fragte sie.

Dago schwieg einen Moment, und irgendwie, ohne daß Lyra dieses Gefühl begründen konnte, erschien er ihr plötzlich traurig. »Du erinnerst dich nicht?« fragte er.

Sie schüttelte den Kopf. »Ich ... weiß nicht. Es war ... es ging alles so schnell. Was ist mit Harleen und den Eisernen und – Bjaron?«

»Es ist alles in Ordnung«, sagte Dago noch einmal, irgendwie hastig und in fast beschwörendem Tonfall, als wolle er etwas herbeireden, einfach indem er es oft genug sagte. »Spinne und Krake sind tot. Du hast sie vernichtet.« Er lächelte, um seine Worte zu bekräftigen, ließ sich wieder zurücksinken und rutschte auf seinem Stuhl hin und her, wie jemand, der zu lange reglos auf dem gleichen Fleck gesessen hatte. Er wirkte sehr müde.

Eine sonderbare Beklemmung begann sich zwischen ihnen auszubreiten. Es gab so viel, was sie fragen und erfahren wollte, aber Lyra fühlte sich – absurd genug nach einer Woche Schlaf – müde und erschöpft, fast zu matt zum Denken. Und da war etwas, was ihn bedrückte.

»Was ist geschehen?« fragte Lyra nach einer Weile. »Die Eisenmänner – haben Bjarons Krieger sie besiegt?«

»Das war nicht mehr nötig«, sagte Dago. »Du weißt nicht viel über sie, nicht?«

»Du hast mir nie viel erzählt.«

»Es war vorbei, als Spinne starb. Sie ... sie sind nur so

lange gefährlich, wie ihre Herren leben. Sie verschwanden, als du den Goldenen getötet hast.«

»Wie lange liege ich hier schon so nutzlos herum?«

Dago lächelte. »Eine Woche. Schwarzbart ist euch mit einer Hundertschaft seiner Zwergenkrieger gefolgt, als er euer Verschwinden bemerkte. Sie haben uns zurückgebracht.«

»Wie gut, daß ich bewußtlos war«, sagte Lyra, spöttisch, aber doch mit einer hörbaren Spur von Ernst. »So ist mir wenigstens Schwarzbarts Zorn erspart geblieben. War er sehr wütend?«

»Nicht darüber, daß du mir gefolgt bist«, antwortete Dago. »Im Gegenteil. Er . . . war von Anfang an gegen meinen Plan, die Goldenen anzugreifen, und wollte, daß du gehst.«

»Ich? Ein dummes Mädchen, das . . .«

Dago schnitt ihr mit einer Handbewegung das Wort ab. »Nicht du«, sagte er. »Torans Rüstung. Er kannte die Macht der Rüstung so gut wie ich, und er kannte meine Macht wohl besser als ich selbst. Er wußte, daß ich versagen würde, und wollte, daß du an meiner Stelle gehst. Ich habe es abgelehnt.«

»Und warum?«

»Warum . . .» Dago zuckte mit den Achseln und starrte die Wand über ihrem Kopf an. »Ich weiß es nicht«, gestand er. »Vielleicht aus Stolz. Oder aus Dummheit. Spielt das jetzt noch eine Rolle? Ich habe mich geirrt, und er hatte recht. Ohne dich wären wir alle tot. So wie die Männer, die mich begleitet haben.« Den letzten Satz hatte er fast geflüstert, und Lyra spürte, wie schmerzhaft die Erinnerung war, die die Worte heraufbeschworen.

»Sind sie . . . alle tot?« fragte sie. »Alle zwölf?«

Dago nickte. »Alle. Ich war ein Narr, mir einzubilden, eine Chance gegen sie zu haben, Lyra. Schwarzbart war zornig, aber sein Zorn galt mir, nicht dir. Um ein Haar hätte ich alles verdorben.«

»Ihr habt Kröte getötet«, erinnerte sie.

»Getötet!« Dago machte ein abfälliges Geräusch. »So

kann man es kaum nennen. Es war genau, wie Harleen gesagt hat: Wir haben sie überrascht, in einem für sie ungünstigen Moment, das war alles. Es war reines Glück.«

»Ich glaube nicht, daß man einen Magier wie Kröte mit Glück besiegen kann«, erwiderte Lyra, aber eigentlich tat sie es nur, um überhaupt etwas zu sagen und das Gespräch nicht wieder einschlafen zu lassen.

»Auch ein Kind kann einem Skruta einen Dolch ins Herz stoßen, wenn er nicht darauf gefaßt ist«, sagte Dago. »Und mehr war es nicht. Unsere Magie reichte gerade, sie ein wenig zu täuschen. Uns anzuschleichen wie die Diebe und einen von ihnen aus dem Hinterhalt zu töten.« Sein Blick wurde hart. »Ich habe versagt, Lyra. Ich habe versucht, einen Berg mit bloßen Händen zu versetzen, aber der Berg hat Feuer gespien. Die Männer sind alle tot, und auch ich wäre es, hätte Harleen nicht um mein Leben gebeten. Und wärst du nicht gekommen.«

Ein Gefühl von Bitterkeit breitete sich wie der Geschmack von kaltem Eisen auf ihrer Zunge aus.

Sie setzte sich auf und versuchte ihre Hand aus seiner zu lösen, aber Dago hielt sie fest. Wieder spürte sie, wie angespannt der junge Magier war.

»Warum hast du es getan?« fragte er plötzlich.

»Was?«

»Lajonis.« Dago atmete hörbar ein, und die Berührung seiner Hand schien kälter zu werden. Seine Finger zitterten. »Du hast sie fortgeschickt, zusammen mit Toran.«

Das also war es. Die Spannung. Der ... Zorn, den sie wie eine vibrierende Kraft unter seiner gespielten Ruhe spürte, die Nervosität und Angst, die seinen Gleichmut Lügen strafte.

»Ihr habt sie gefunden.«

Dago nickte. »Natürlich. Sie sind nicht einmal aus der Stadt herausgekommen. Bjaron war ein Narr, sich einzubilden ...«

»Bjaron kann nichts dafür«, fiel ihm Lyra ins Wort. »Es war allein meine Idee, Dago. Er hat nur getan, worum ich ihn gebeten habe.«

»Dann war er ein Narr, deinem Wunsch zu entsprechen«, sagte Dago aufgebracht. »Wie weit wäre sie gekommen? Eine Meile? Zwei?« Er ballte zornig die Faust und schlug sich auf die Oberschenkel. Dann beruhigte er sich, so schnell, wie er zornig geworden war.

»Ihr habt dem Mädchen doch nichts getan?« fragte Lyra.

»Natürlich nicht. Sie konnte wohl am wenigsten dafür. Wenn überhaupt, dann trifft mich die Schuld. Ich hätte wissen müssen, daß du dem allen nicht gewachsen bist.« Plötzlich begann seine Stimme zu zittern. »Es . . . es tut mir so leid, Lyra. Es war falsch von mir, dich zu zwingen, in dieser grausamen Farce mitzuspielen. Mein Gott, ich gäbe mein Leben, könnte ich es rückgängig machen.«

Einen Moment lang schwieg sie, dann zwang sie ihre Lippen zu einem Lächeln. »Es ist keine Farce«, sagte sie. »Und es gibt nichts, was dir leid tun müßte. Wir haben gewonnen, Dago. Vier der sechs Magier sind tot, und . . .«

Sie sprach nicht weiter, als sie den Ausdruck in seinen Augen sah. Der Schmerz war noch immer darin, und er war größer geworden. Plötzlich begriff sie, daß sie die ganze Zeit von zwei verschiedenen Dingen geredet hatten, ohne es zu merken.

»Was ist geschehen, Dago?« fragte sie. »Wir . . . wir haben doch gesiegt, oder?«

»Sie sind tot«, bestätigte Dago. »Wenn es das ist, was du meinst. Wir haben gesiegt. Aber der Preis war zu hoch.«

»Wovon . . . wovon sprichst du?« fragte Lyra. Ein banges Gefühl breitete sich in ihr aus; sie hatte irgend etwas vergessen, oder wußte es und war nicht fähig, es als das zu deuten, was es war.

»Du erinnerst dich nicht?« flüsterte Dago. Plötzlich preßte seine Hand ihre Finger so heftig zusammen, daß sie unter dem Schmerz aufstöhnte. Und jetzt spürte sie auch, wie intensiv seine Berührung war. Ihre Hand lag nicht einfach in der Dagos, und sein Griff ging weit über eine rein körperliche Berührung hinaus. Ihre Finger waren ineinander verflochten, und da war noch etwas: Sie hatte das gleiche Gefühl schon zweimal gehabt, einmal unten am Fluß und das andere Mal Monate zuvor in den Bergen jenseits des Albsteines, als sich ihre Geister miteinander verbunden hatten und er ihre Kraft nutzte. Diesmal war es umgekehrt – irgend etwas floß von ihm zu ihr hinüber, dunkel, kraftvoll und im schnellen, pulsierenden Rhythmus seines Herzschlages. Dann begann sich sein Griff zu lösen, sehr behutsam und zögernd, und der Strom pulsierender roter Kraft wurde schwächer, riß aber noch nicht ganz ab.

»Spinne«, murmelte Dago, sehr leise und ohne sie anzusehen. »Du hast ihn getötet, aber er hat . . . Er . . .« Seine Stimme versagte. Er brach ab, drehte mit einem Ruck den Kopf weg und atmete plötzlich schwer. »Es tut mir so leid, Lyra.«

»Was tut dir leid?« fragte sie alarmiert. Dago antwortete nicht, aber nach einer Weile hob er den Arm und verbarg das Gesicht in der Hand.

Und plötzlich begriff sie, daß er weinte. »Dago, bitte – was . . . was ist geschehen?«

Seine Hand löste sich weiter aus der ihren, und die Berührung seiner Finger war jetzt nur noch wie ein kühler, unwirklicher Hauch. Ein unsichtbarer Schatten legte sich über das Zimmer, verwischte seine Konturen und ließ Dagos Gesicht zu einem hellen Fleck werden.

»Ich weiß, wie stark du bist«, sagte er. »Du hast es mehr als einmal bewiesen, Lyra. Aber du wirst jetzt all deine Kraft brauchen. Vielleicht mehr, als du hast.«

»Was hat er getan?« fragte sie. Ihre Stimme war ganz ruhig. »Sag es mir, Dago. Ganz gleich, was es ist – ich will es wissen. Muß ich sterben? Ist es das, was du mir sagen willst?«

Dago sah sie an, schüttelte beinahe unmerklich den Kopf und atmete hörbar ein. Dann ließ er ihre Hand los.

Und rings um sie herum erlosch die Welt.

Ein lautloser Vorhang aus Schwärze senkte sich vor ihre Augen, Dunkelheit von beinahe stofflicher Intensität, totaler und allumfassender, als sie es jemals zuvor erlebt hatte.

Gewaltiger als die Schwärze in den Minen von Tirell und grausamer als die magische Nacht, die die Goldenen heraufbeschworen hatten. Sie hatte den Gedanken schon einmal gedacht, vor nicht sehr langer Zeit, und wie ein höhnisches Echo hörte sie ihn noch einmal – es gab eine Steigerung von Schwarz, so, wie es eine Steigerung von Schmerz gab, von Verzweiflung, von Hilflosigkeit. Es gab immer eine Steigerung. Das Unvorstellbare, das Unerträgliche war immer nur so lange total, bis man die nächsthöhere Stufe der Pein erreicht hatte.

So wie jetzt. Sie hatte geglaubt, die Grenzen ihrer Leidensfähigkeit erreicht zu haben. Sie hatte geglaubt, das totale Entsetzen zu empfinden, als sie Spinnes Sterben teilte, die totale Hoffnungslosigkeit, als sie Dago zwischen ihm und Krake auf den Knien liegen sah. O ja, das hatte sie geglaubt. Bis zu diesem Moment. Bis Dagos Hand ihre Finger losließ und seine Magie erlosch. Bis sie begriff, was das grausame Gefühl des Triumphes bedeutet hatte, das sie bei Spinnes Tod gespürt hatte, bis sie verstand, daß sein letzter, verzweifelter Griff nach ihrem Gesicht mehr als das Aufbäumen eines sterbenden Körpers gewesen war, seine in Gold eingeschmolzenen Finger in den Sehschlitzen ihres Visiers mehr als ein verzweifeltes Um-sich-schlagen, sondern grausame, brutale Rache. Bis sie begriff, was der grellweiße Feuerball bedeutet hatte, der sich so grausam in ihre Augen fraß und ihr Bewußtsein auslöschte. Ja, dachte sie mit einer kalten, betäubenden Ruhe, all das hatte sie geglaubt. Bis zu diesem Moment.

Bis sie begriff, daß sie blind war.

Blind!

Blind! dachte sie, immer und immer und immer wieder, plötzlich erfüllt von einem grenzenlosen, lähmenden Entsetzen. Nein – nicht Entsetzen, denn dazu war der Schock zu groß, der Schrecken zu unerwartet und plötzlich. Was sie spürte, war jene absurde Art von Unglauben, die dem tiefer sitzenden Schrecken des wirklichen Begreifens vorausgeht, eine Kälte wie von gefrorenem Glas, das sich rasch und lautlos in ihr ausbreitete. Blind! Blind! Blind!

Das Wort brannte sich wie ein weißglühendes Folterinstrument in ihre Gedanken, ein Schwerthieb, der ihr Leben von einer Sekunde auf die andere zerschmetterte. Blind.

Für Minuten, die Jahrhunderte waren, saß sie einfach da, starr, gelähmt, jeder einzelne Muskel in ihrem Körper verkrampft und schmerzhaft, und wartete darauf, den Verstand zu verlieren. Dieses Wort, diese fünf winzigen, grausamen Buchstaben, hallte immer und immer wieder hinter ihrer Stirn, begleitete jeden Gedanken wie ein höhnisches Echo und flüsterte ihr zu, daß sie jetzt endlich den Beweis dafür hatte, daß es Dinge gab, die schlimmer als der Tod waren.

»Es tut mir so leid, Lyra. Ich ... ich wollte, ich könnte etwas tun. Irgend etwas, das ...« Dagos Stimme war kaum mehr als ein Flüstern, und sie klang, als wäre er Millionen Meilen entfernt, wie ein Echo aus einer anderen Welt, in der sie vielleicht irgendwann einmal gelebt hatte und aus der sie verstoßen worden war, endgültig und unwiderruflich. Einer Welt, in der es Licht und Helligkeit und Wärme und Sonne gab. Menschen. Nicht nur Stimmen und Geräusche, sondern Gesichter, die zu den Stimmen gehörten, Körper, die die Geräusche verursachten ...

Eine sonderbare Kälte überkam sie. Ganz langsam erloschen Angst und Verzweiflung, aber nur, um einer tiefen, betäubenden Ruhe Platz zu machen, einem Gefühl, das nichts mit Mut oder Tapferkeit zu tun hatte, sondern nur einen verzweifelten Versuch ihres Bewußtseins darstellte, sich zu schützen, nicht hinüber in die Welt des Wahnsinns zu gleiten. Der wirkliche Schmerz würde später kommen. Sie hatte Angst davor.

Sie sah auf, drehte den Kopf und blickte aus ihren erloschenen Augen in die Richtung, aus der seine Stimme kam, spürte seine Nähe und bildete sich für einen winzigen, verzweifelten Augenblick ein, seine Umrisse wie einen schwarzen Schattenriß vor einem noch schwärzeren Hintergrund zu erkennen. Natürlich war er nicht da.

»Ich möchte ... aufstehen«, sagte sie. Ihre Hand tastete

in die Richtung, in der sie ihn vermutete. Stoff raschelte, dann spürte sie die Berührung seiner Finger, glatt wie Metall und kalt wie Eis, und für einen kurzen Moment verzweifelter Hoffnung wartete sie darauf, die Dunkelheit zerreißen und seine Gestalt aus den schwarzen Nebeln auftauchen zu sehen. Aber die Schwärze blieb; diesmal war seine Berührung nur eine Berührung, mehr nicht.

»Es tut mir leid«, sagte Dago noch einmal, aber jetzt mit anderer Betonung und so, als hätte er ihre Gedanken gelesen. Es war wohl auch nicht sehr schwer, sie auf ihrem Gesicht abzulesen, dachte sie. »Ich kann dir helfen, zu sehen, aber es ... ist sehr ermüdend. Und gefährlich.«

»Gefährlich?« Lyra unterdrückte im letzten Moment ein bitteres Lachen. Was gab es schon, was ihr noch zustoßen konnte? Dann begriff sie, daß es gefährlich für ihn war, und fühlte sich schuldig.

Dago half ihr, aufzustehen, ließ ihre Hand los und hantierte einen Moment neben ihr, dann schmiegte sich der weiche Samt eines Mantels um ihre Schultern. Dago führte sie zum Fenster, öffnete die Flügel und lenkte ihre Hand, damit sie die Brüstung umfassen konnte. Der Stein fühlte sich gleichzeitig rauh und glatt unter ihren Fingern an, polierter weißer Marmor, in den die Zeit einen Teil der Spuren wieder hineingegraben hatte, die Menschenhände zu entfernen versuchten. Im ersten Moment kam ihr der Gedanke albern und überflüssig vor, aber dann begriff sie, wie wichtig solche Empfindungen in Zukunft für sie sein würden.

Das Leben, das auf sie wartete, würde von Gedanken wie diesem bestimmt werden; von Empfindungen und Dingen, die sie bisher nicht einmal bewußt zur Kenntnis genommen hatte. Statt Gesichter würde sie Stimmen erkennen müssen, den Rhythmus von Schritten anstelle von Gestalten, winzige Nuancen und Betonungen anstelle einer verräterischen Miene, eines unachtsamen Blickes, die Glätte eines Steines anstelle seiner Farbe. Es würde eine Welt des Kleinen werden, ein Universum der Nebensächlichkeiten. Jetzt, wo sie von der wirklichen Welt abgeschnitten war, mußte sie sehen, wie sie mit dem Rest zurecht kam. Ja, es würde ein sehr genügsames Leben werden. Sie würde wie eine Bettlerin von den Brosamen leben, die von den Tischen der Wirklichkeit herunterfielen. Und nach einer Weile würde sie vielleicht sogar dankbar dafür sein.

Sie straffte mit einer fast trotzigen Bewegung die Schultern und drehte den Kopf so, daß sie die wärmenden Strahlen der Sonne auf der Wange spürte. Mit dem Sonnenlicht und seiner Wärme drang auch kalter Wind herein, aber sie genoß selbst ihn, war er doch eine weitere Empfindung, etwas, das sie fühlen konnte. In einer Welt der Schwärze und des Schweigens war selbst das Unangenehme etwas Positives, denn es war wenigstens etwas, das war.

Sie hörte, wie Dago sich hinter ihr bewegte, und wurde sich der Tatsache bewußt, daß sie länger als fünf Minuten geschwiegen hatte; eine Ewigkeit für Dago, der reglos neben ihr stand und wartete, daß sie irgend etwas sagte. Einen Moment lang versuchte sie sich einzureden, daß der Schmerz, den Dago verspürte, ebenso groß war wie der ihre, und sie wußte auch, daß es so war. Trotzdem blieb der Gedanke irgendwie irreal.

»Erzähl mir alles«, bat sie. »Was ist geschehen, nachdem ich Spin... nachdem die Magier getötet waren.«

»Das spielt doch jetzt keine Rolle«, sagte Dago, aber sie unterbrach ihn mit einem heftigen Kopfschütteln und sagte noch einmal: »Ich möchte alles wissen, Dago. Bitte.«

Dago seufzte. Dann nickte er. Sie sah die Bewegung nicht, aber sie hörte ein sanftes Schleifen, wie das Geräusch von Haar, das über Stoff gleitet, und für einen Sekundenbruchteil blitzte Erstaunen in ihr auf, wie schnell ein verlorener Sinn von anderen wettgemacht werden konnte. Dann begriff sie, daß es unmöglich war. Nichts als Einbildung.

»Es gibt nicht viel zu berichten«, sagte Dago. »Mit Spinnes Tod vergingen auch die Eisernen. Sie sind...« Er zögerte. Sein Schweigen war wie ein Loch in der Wirklichkeit, ein Augenblick verlorener Zeit. Auch daran würde sie sich gewöhnen müssen. »Es besteht keine Gefahr mehr«, fuhr er schießlich mit veränderter Betonung fort. »Die Pässe sind frei. Zwischen uns und Caradon ist jetzt nichts mehr. Vielleicht ein paar versprengte Trupps von Schlanges Eisenmännern. Aber die werden es kaum wagen, sich uns entgegenzustellen. Und wenn doch, besiegen wir sie.«

»Dann haben wir gewonnen?« Wie leer die Worte klangen. Der Sieg bedeutete ihr nichts mehr. Vielleicht war es mit allen großen Dingen so. Es gab Blickwinkel, aus denen betrachtet sie mit einem Male gar nicht mehr so groß waren.

»Gewonnen?« Dago seufzte, kam näher und berührte sie an der Schulter, zog die Hand aber sofort wieder zurück. Ein leises, durch Entfernung und Wind gedämpftes Raunen drang vom Burghof herauf. Das Klirren und Stampfen von Pferden und Stiefeln. »Nein«, sagte er. »Gewonnen haben wir noch nicht, Lyra. Noch lange nicht. Schlange und Drache leben noch, und . . .«

»Und du wirst nicht eher ruhen, bis auch der letzte von ihnen vernichtet ist, nicht?« unterbrach sie ihn. Ihre Worte mußten ihm weh tun, denn sie waren ungerecht und entsprangen nur ihrer Verbitterung; sie wußte, daß sie in diesem Moment nicht anders handelte als ein verletztes Tier, das sich in irrsinnigem Schmerz windet und blind nach der Hand beißt, die es streicheln wollte. Aber es war ihr egal. Dago würde es verstehen. Und wenn nicht – nun, auch das war ihr gleich, in diesem Moment.

»Wir müssen es«, sagte Dago sanft. »Ob einer oder sechs, Lyra, spielt kaum eine Rolle. Die Gefahr wird niemals besiegt sein, solange die Caer Caradayn nicht gefallen ist. Wir haben noch nicht gewonnen. Aber wir werden es.«

Seine Worte erreichten ihr Bewußtsein nur zögernd. Verzerrt und leise und mit falscher, höhnischer Betonung, und als hätten sie etwas in ihr ausgelöst, sah sie noch einmal das winzige Bergdorf vor sich, Spinne und Krake und die Eisernen, und plötzlich begriff sie, was Dagos Worte wirklich bedeuteten. Mit Spinnes Tod waren auch die Eisernen vergangen. *O ja*, dachte sie bitter, *eine elegante Art, es auszudrücken.* Sie waren tot. Vernichtet. Wie Figuren in einem gräßlichen Schachspiel der Götter vom Brett genommen, mit einem einzigen Schwertstreich. Und sie war der Arm gewesen, der das Schwert geführt hatte. Ein Bild blitzte vor ihr auf: rote Flammen vor verbrannter Erde – der Drache aus ihrem Traum. Sein Schatten hatte sie in die Wirklichkeit verfolgt. Er schien sie anzugrinsen.

Sie hob die Hand und hielt sie vor das Gesicht, als könne sie sie noch sehen. Ja – sie hatte all diese Männer getötet, sie allein. Ihr Leben war untrennbar mit dem ihres Herrn verbunden gewesen, und als sie die Goldenen getötet hatte, hatte sie auch sie erschlagen. Nicht nur die Krieger unten im Hof, die sie gesehen hatte, sondern auch die anderen, die, die unten im Tal gewesen waren, die Truppen, die die Pässe blockierten ... Tausende von Leben waren ausgelöscht, und die Schuld daran traf sie so direkt, als hätte sie jeden einzelnen mit eigener Hand ermordet. Und das Töten würde weitergehen. Sie war es so leid. So unendlich leid. Es waren zu viele gestorben, und jedes einzelne Leben war so wichtig. Sie hatte das Gefühl, weinen zu müssen, aber nicht einmal mehr das konnte sie, denn ihre Augen waren verbrannte Kugeln aus Narbengewebe, die keinen Schmerz spürten und keine Tränen mehr weinen konnten.

»Was ist mit Harleen geschehen?« fragte sie, sehr leise und mit bebender, uralt klingender Stimme. Sie mußte reden, reden und Antworten lauschen, sich irgendwie ablenken, um nicht denken zu müssen. Nicht den Verstand zu verlieren.

»Er ist verschwunden«, antwortete Dago. »Bjaron hat ihn verwundet, aber er konnte entkommen.« Er seufzte. »Leider.«

»Hättest du ihn lieber tot gesehen?«

»Natürlich nicht. Aber er wird wiederkommen, Lyra. Harleen ist nicht der Mann, der eine Demütigung vergißt, die so schwer war wie diese. Er hätte Bjaron niemals sehen dürfen. Und erst recht hätte es nicht zu diesem Kampf kommen dürfen.« Seine Stimme änderte sich, aber sie wußte nicht zu sagen, in welcher Richtung. »Manchmal habe ich das Gefühl, die ganze Welt geht in Flammen auf«, flüsterte er. »Und ich bin schuld daran.«

»Und Bjaron?«

»Er ist hier. Schwarzbart hat ihn gefangensetzen lassen, aber er lebt und ist unverletzt.«

»Gefangen? Warum?« Sie drehte sich herum, blickte in seine Richtung und streckte die Hand aus, aber diesmal blieb seine Berührung aus; er erwiderte die Geste nicht. Sekunden später hörte sie Schritte und wußte, daß er begonnen hatte, unruhig im Zimmer auf und ab zu gehen.

»Die Situation ist komplizierter, als du vielleicht verstehst«, murmelte er schließlich. »Schwarzbart hält ihn für einen Verräter, was natürlich Unsinn ist, aber Tatsache ist nun einmal, daß er in unseren Diensten stand, als er Harleen verletzte.«

Im ersten Moment glaubte Lyra nicht, was sie hörte. Ein eisiger, ungläubiger Schrecken machte sich in ihr breit. War er denn wirklich so kalt? War das wirklich Dago, den sie da reden hörte? »Harleen hätte uns getötet, wäre Bjaron nicht gewesen!« flüsterte sie.

Sie konnte Dagos unwillige Handbewegung hören. »Unsinn«, sagte er. »Ich hasse Harleen für das, was er getan hat, aber ich respektiere seine Gründe, auch wenn ich sie nicht billige. Er hat aus edler Absicht gehandelt. Und selbst wenn es so wäre, wie du gesagt hast – Harleen würde es aus einem anderen Blickwinkel sehen, glaubst du nicht? Bjaron ist ein Skruta, und Elben und Skruta sind Todfeinde, solange die Welt besteht. Und um ein Haar hätte ein Scrooth den obersten Kriegslord der Elben erschlagen. Dieser Krieg hier ist nichts gegen das, was geschehen wäre, hätte Bjaron ihn wirklich getötet, Lyra.«

»Laß ihn frei«, bat Lyra.

»Das geht nicht so . . .«

»Laß ihn frei«, sagte Lyra noch einmal, sehr viel schärfer

und im Ton eines Befehles. Dago schwieg einen Moment, dann zerbrach sein Widerstand. »Wie du willst«, flüsterte er. Aber sie spürte, daß es nicht Lyra war, deren Wunsch er sich beugte, sondern Torans Mutter, deren Befehl er entgegennahm. Sekundenlang stand sie schweigend da und wartete, daß er irgend etwas sagte, aber die Stille blieb, als hätte sie irgend etwas zerstört mit ihren Worten. Wahrscheinlich hatte sie es.

»Und dann schicke Lajonis mit Toran zu mir«, fuhr sie schließlich fort. »Ich möchte sie ...« Sie zögerte. »Ich möchte sie sehen.«

Als Dago das Zimmer verließ, hatte sie das sichere Gefühl, daß er froh war, gehen zu können. Sekundenlang blieb sie noch reglos stehen, wo sie war, dann tastete sie sich mit unsicher ausgestreckten Händen zu ihrem Bett zurück, ließ sich auf die Kissen fallen und weinte, lautlos und lange und ohne eine einzige Träne.

30

Manchmal kam Dago zu ihr, und manchmal – sehr selten und immer nur für kurze Minuten, nach denen sie die Schwärze jedesmal um so härter traf – berührte er ihren Geist und ließ sie sehen. War er nicht da, dann saß Lajonis an ihrem Bett, manchmal auch, wenn sie schlief oder Toran versorgte oder mit anderen Dingen beschäftigt war, eine andere Dienerin, und oft kamen auch Bjaron und andere zu ihr, um mit ihr zu reden und ihr Trost zuzusprechen; oder das, was sie dafür halten mochten.

Tagsüber war sie so gut wie niemals allein. Aber die Nächte waren die Hölle. Sie schlief viel und nicht mehr zu den Zeiten, die sie gewohnt war, denn es gab keinen Unterschied mehr zwischen Tag und Nacht, sondern nur noch ewige Dunkelheit, und manchmal lag sie nachts stundenlang wach und wartete, daß es Morgen wurde und die Festung rings um sie herum erwachte; wartete auf die Geräusche des Tages und fühlte sich vom Schweigen der Nacht betrogen. Sie begann diese stillen Stunden zwischen Sonnenunter- und -aufgang zu hassen. Und die ganze Zeit war die Verzweiflung wie ein stummer Begleiter bei ihr.

Am vierten Tag nach ihrem Erwachen stand sie mit Bjaron hinter den Zinnen des höchsten Turmes der Stadt. Es war warm geworden, selbst hier oben, wo nichts die Kraft der Windböen brach, und die Laute, die von tief unten zu ihr drangen, klangen allesamt friedlich und sanft, obgleich es Laute des Krieges waren: das schwere Stampfen zahlloser Stiefel, das Hämmern eisenbeschlagener Hufe, das Klirren von Waffen und Kommandos, dahinter, leiser und von der inneren Wehrmauer der Festung gedämpft, das monotone, an- und abschwellende Raunen der Stadt, der Pulsschlag Dakkads, der jetzt freier und fröhlicher klang.

Lyra hatte sich erstaunlich schnell von ihren Verletzungen erholt. Ihr linker Arm hing noch in einer Schlinge, um das verletzte Gelenk zu schonen, aber der Knochen war bereits verheilt; die Heilkunst der Zwerge hatte wieder einmal Wunder bewirkt, und außer einer sanften, von Tag zu Tag mehr weichenden Schwäche war nichts mehr zurückgeblieben. Und den verbrannten Narben, wo ihre Augen sein sollten.

Jemand berührte sie an der Schulter, und sie fühlte die Nähe Bjarons, ehe ihr die Kraft der Berührung zu Bewußtsein kam. Unwillkürlich lächelte sie. Trotz alledem, was geschehen war, hatte sich eines nicht geändert – in seiner Gegenwart kam sie sich noch immer klein und verloren vor, aber sie fühlte sich in Bjarons Nähe auch gleichzeitig sicher und beschützt, ganz wie ein Kind in der Nähe eines Erwachsenen.

»Ja?« sagte sie.

»Soll ich ... soll ich Euch einen Mantel bringen, Herrin?« fragte der Skruta stockend. »Der Wind ist kühl.«

Lyra schüttelte mit einem neuerlichen Lächeln den Kopf. Es war nicht kühl, und Bjarons Worte waren nur

Ausdruck seiner Unbeholfenheit: Er wollte mit ihr reden, fand aber nicht die richtigen Worte, um zu beginnen. »Nein«, sagte sie. »Aber du kannst mich zur Mauer führen.« Sie streckte die Hand aus und wartete, bis Bjaron ihre Finger mit einer seiner gewaltigen Pranken ergriffen hatte. Dann sagte sie: »Was ist heute für ein Tag, Bjaron? Ist es . . . schön?«

Bjarons Griff verstärkte sich für einen Moment so sehr, daß er schmerzte, dann fühlte sie, wie sich sein Körper entspannte, und hörte einen einzelnen, schweren Atemzug. »Es ist sehr schön, Herrin«, antwortete er, während er sie zu den Zinnen führte und ihre Hand weiter hielt, bis sie sicher hinter der Brustwehr stand und mit der Linken Halt an dem rauhen Stein einer Zinne gefunden hatte.

»Sehr schön?« Sie drehte das Gesicht in den Wind und blickte in die Richtung, in der sie die Berge vermutete. »Und das ist alles?«

»Ich . . . verstehe nicht, Herrin«, antwortete Bjaron verstört.

»Erzähl mir, was du siehst«, verlangte Lyra. »Wie sieht der Himmel aus. Scheint die Sonne, oder ist es bewölkt? Kann man die Berge sehen?«

»Man kann sie sehen. Sie sind . . .« Bjaron schwieg einen Moment, und sie hörte, wie er sich neben ihr bewegte, ohne sich von der Stelle zu rühren. Sie brachte ihn in eine unangenehme Situation, mit ihren Worten, das war ihr klar. Aber sie wollte wissen, wie die Welt war, wollte wenigstens Worte haben, mit denen sie die Leere vor ihren Augen füllen konnte, wenn ihr die Bilder schon verwehrt waren.

Als Bjaron weitersprach, klang seine Stimme verändert, viel sanfter und leiser, als sie es gewohnt war. »Der Himmel ist sehr hell«, sagte er. »Blau, aber mit einem Stich ins Türkis, und die Sonne hat einen Hof, obwohl keine einzige Wolke zu sehen ist.«

»Sprich weiter«, bat Lyra, als er abbrach. »Das ist schön. Erzähl mir von den Bergen.«

Das Rascheln von Stoff, dann ein kurzes Empfinden von

einem schweren Körper, der sich bewegte. Bjaron drehte sich herum. Sie mußten auf der falschen Seite des Turmes stehen. Dann fiel ihr ein, daß Dakkad im Zentrum des Tales lag.

»Man sieht sie kaum«, sagte der Skruta leise. »Die Luft ist sehr klar, aber es sieht aus, als läge Nebel über den Bergen. Die Gipfel sind voller Schnee, und der Fels sieht aus wie blindes Eisen. Dort oben herrscht noch immer der Winter.«

»Sie erinnern dich an deine Heimat, nicht?« fragte Lyra.

Bjaron nickte überrascht. Sie hörte es. »Ja. Woher ... wißt Ihr das?«

Lyra lächelte. »Man hört es an deiner Stimme. So wie du von diesen Bergen und dem Himmel sprichst, spricht ein Mann nur von seiner Heimat.«

»Es ist ... ein wenig wie in Skruta«, bestätigte Bjaron verwirrt. »Aber auch ganz anders.«

»Erzähl mir davon«, bat Lyra. »Erzähl mir alles über Skruta.«

Bjaron schwieg sekundenlang, und Lyra spürte, wie schwer es ihm fiel, ihrer Bitte zu enstprechen. Und wie gerne er es dann tat. »Es ist anders dort«, sagte er. »Anders als dieses Tal, anders als das Land, das Ihr kennt. Kälter. Wilder und rauher. Aber auch schöner. Wenigstens für einen Skruta.«

»Es muß dir schwergefallen sein, von dort wegzugehen.«

»Das ist es«, bestätigte Bjaron. »Mir und jedem einzelnen Mann in meiner Begleitung. Es gibt eine Redewendung bei uns in Skruta: man sagt, es ist ein kleiner Tod, das Land zu verlassen. Wir gehen nicht gerne hierher. Oder irgendwohin.«

»Und doch habt ihr es getan.«

»Die Aufgabe ist zu wichtig«, antwortete er ernst. »Für viele von uns wird es der große Tod sein, gegen die Goldenen zu kämpfen, aber wir tun es gerne. Die Goldenen bedrohen nicht nur euch, sondern uns alle, auch die Elben und das Volk von Skruta.«

»Bisher haben sie euch in Frieden gelassen.«

»Das haben sie nicht«, erwiderte Bjaron, und in seiner Stimme klang Zorn. »Das ist es, was alle glauben sollen, selbst wir, aber es stimmt nicht. O ja, wir haben Verträge mit ihnen – sie lassen uns in Ruhe, solange wir die Grenzen von Skruta nicht überschreiten, und sie sehen weg, wenn es zu kleineren Zwischenfällen kommt. Aber in Wahrheit haben sie bereits angefangen, uns zu versklaven, schon vor Jahrhunderten. Wir sind ein freies Volk, Lyra, und sie können so etwas wie Freiheit nicht dulden, wollen sie nicht ihre eigene Macht aufs Spiel setzen. Wenn wir diesen Krieg verlieren, werden wir irgendwann genauso ihre Sklaven sein wie Euer Volk. Vielleicht erst in weiteren tausend Jahren, aber es wird so kommen.«

»Tausend Jahre«, murmelte Lyra. »Das ist eine lange Zeit. Lohnt es, sein Leben aufs Spiel zu setzen, für eine so weit entfernte Zukunft?«

Bjaron schnaubte. »Unser Leben zählt nicht. Das Leben eines einzelnen zählte nie, wenn es um das Wohl der Gemeinschaft ging.« Seine Worte waren frei von Pathos; es war eine reine Feststellung, mehr nicht, und sie kam Lyra gleichzeitig erschreckend wie weise vor. Dann begriff sie, daß sie nichts von beiden war. Nur fremd.

»Was werdet ihr tun, wenn Dago euer Angebot ablehnt?« fragte sie.

»Nichts«, erwiderte der Skruta. »Wir sind nicht als Eroberer hier. Wenn er das nur begreifen würde, dieser junge Narr. Wir waren es niemals.«

Diesmal war es Lyra, die sekundenlang schwieg. »Oran«, sagte sie schließlich, »der Mann, bei dem ich ... aufgewachsen bin, erzählte von einem Krieg. Von einem Krieg zwischen den Bewohnern dieses Landes und den Skruta.«

Bjaron lachte. »Sicher. Wir sind ein kriegerisches Volk, Herrin. Versucht nicht, es zu verstehen. Ihr könntet es nicht; so wenig, wie ich jemals verstehen kann, was an der Vorstellung eines Lebens in Beschaulichkeit und Ruhe verlockend sein soll. Wir leben schnell und hart und gut, und wir verachten die, die anders denken. Aber wir sind keine Eroberer. Wir könnten nicht außerhalb von Skruta leben, so wie Ihr nicht bei uns leben könntet.«

»Bist du sicher?«

»Das bin ich«, antwortete Bjaron mit großem Ernst. »Skruta würde Euch töten. Seine Stürme würden Euch erfrieren lassen, seine Sommer verbrennen, und seine Weite würde Euch erschlagen. Und dieses Land hier . . . ich beginne mich bereits jetzt unwohl zu fühlen. Es ist friedlich, aber es ist eine Friedfertigkeit, die tötet. Wenigstens einen Skruta.« Er seufzte. »Wir sind keine Eroberer, Herrin«, sagte er noch einmal.

»Und doch hat Dago Angst vor euch.«

Bjaron lachte. »Ich weiß. Dabei ist er in seinem Innersten selbst ein halber Skruta, ohne es zu wissen. Dieser kleine Mann und ich sind uns ähnlicher, als er ahnt. Und trotzdem hat er Angst vor uns. Jedermann hat Angst vor uns. Wir sind ihnen zu groß, zu stark und zu fremd. Ihr fürchtet uns so wie die Elben, nur daß ihr es bei den Elben Ehrfurcht nennt und euch einredet, sie wären eure Freunde.«

»Haßt du sie?«

»Die Elben? Nein. Harleen ja. Ich wollte, ich hätte ihn getötet, statt nur verwundet.«

»Dago glaubt, er würde wiederkommen«, sagte Lyra.

»Das wird er. Er oder ein anderer, aber kommen werden sie, die Elben – was habt Ihr erwartet? Die Welt wird neu verteilt werden, wenn die Caer Caradayn gefallen ist, und sie werden kommen und ihren Teil davon fordern.«

»Jetzt hörst du dich an wie Dago«, sagte Lyra.

»Ich habe niemals gesagt, daß er im Unrecht ist. Er ist ein kluger Mann. Und trotzdem ein Narr.«

»Weil er dein Angebot nicht annimmt?«

»Es werden sehr viele sterben, wenn er versucht, Caradon zu erobern«, sagte Bjaron anstelle einer direkten Antwort. »Ihr kennt diese Stadt nicht, aber Dago sollte es besser wissen. Er ist dort geboren und aufgewachsen.«

»Ich weiß«, sagte Lyra. »Er sagte, sie wäre wie Dakkad. Nur größer.«

»Zehnmal größer«, erwiderte Bjaron zornig. »Und hundertmal stärker, mit Eisenmännern hinter ihren Zinnen. Eine Festung, wie es keine zweite auf der Welt gibt. Nicht einmal die Hohe Feste der Elben ist annähernd so stark.«

»Die Goldenen sind geschwächt«, wandte Lyra ein. »Vier von ihnen sind tot, und ...«

». . . und Schlange und Drache leben noch«, unterbrach sie Bjaron erregt. »Vielleicht wäre es anders, stündet Ihr Spinnes Männern gegenüber oder denen Krötes oder Krakes. Aber Draches Krieger allein sind zehnmal gefährlicher als die der anderen fünf Magier zusammengenommen. Dago ist ein Narr, wenn er glaubt, die Festung nehmen zu können, ohne seine halbe Armee dabei aufzureiben. Draches Feuerkrieger werden Caradon in ein Meer von Blut verwandeln.«

Draches Feuerkrieger ... Lyra schauderte. Ein flüchtiges Bild in Rot und Feuer blitzte hinter ihrer Stirn auf und erlosch wieder. War es wirklich Zufall, daß sie von dem roten Flammenboten geträumt hatte und daß sie den Atem des Drachen wie einen feurigen Hauch in ihrer Seele gefühlt hatte, als sie mit Spinne kämpfte?

Der Gedanke stimmte sie traurig. Das Gespräch mit Bjaron hatte sie abgelenkt, sie den Schmerz in ihrer Seele für einen kurzen köstlichen Moment vergessen lassen, aber jetzt holte sie die Wirklichkeit wieder ein; die Verzweiflung war wieder da, schlimmer als vorher.

Auch Bjaron schien zu spüren, daß sich etwas in ihr änderte. Vielleicht sah er es ihr auch an. Sie hatte ihre Züge nicht mehr in der gewohnten Weise unter Kontrolle, seit sie nicht mehr sehen konnte. »Es ... es tut mir leid, wenn ich ... wenn ich irgend etwas Falsches gesagt habe«, sagte er stockend. »Ich wollte Dago nicht ...«

»Das ist es nicht«, unterbrach ihn Lyra. »Es hat ... nichts mit dir zu tun, Bjaron. Ich ...«

Sie brach ab, als sie Schritte hörte, und auch Bjaron atmete erleichtert auf, ganz offensichtlich froh, der Peinlichkeit des Augenblickes auf diese Weise entgehen zu können. War das ihre Zukunft? dachte sie. Würde sie nicht einmal mehr das Recht haben, Trauer zu empfinden, ohne andere damit in Verlegenheit zu bringen? Aber ihre Stimme klang beherrscht, als sie fragte: »Wer kommt?«

»Dago«, antwortete Bjaron. »Wenn Ihr wollt, lasse ich Euch allein.«

»Bleib ruhig«, sagte Lyra, und fügte beinahe trotzig hinzu: »Du störst nicht.« Die Schritte kamen näher, und sie drehte sich herum, blieb jedoch weiter dicht an die Mauer gepreßt stehen. Dagos Schritte kamen näher und brachen dicht vor ihr ab.

»Störe ich?« Seine Stimme klang schneidend, und seine Worte dienten keinem anderen Zweck, als zu verletzen. Sie wußte nur nicht, wen.

»Nein«, antwortete Bjaron kühl. »Ich wollte ohnehin gerade gehen. Jetzt, wo Ihr hier seid, ist meine Anwesenheit wohl nicht mehr erforderlich.« Aber er ging nicht, sondern trat im Gegenteil einen halben Schritt näher an Lyra heran, und wieder glaubte sie für einen Moment fast zu sehen, wie er und Dago sich anstarrten, zwei so ungleiche Männer, wie man sie sich nur vorstellen konnte, und doch so ähnlich wie Brüder. Wenn auch feindliche Brüder. Trotz der Worte, die Lyra noch vor Augenblicken aus seinem Mund gehört hatte, gab sich Bjaron keine sonderliche Mühe, seine Abneigung Dago gegenüber zu verheimlichen.

»Du solltest nicht hier sein«, sagte Dago plötzlich, und es dauerte eine Sekunde, bis Lyra begriff, daß die Worte ihr galten und er den Skruta schlichtweg ignorierte. »Lajonis hat dich gesucht. Es ist Zeit, daß du dich um deinen Sohn kümmerst.«

Ein scharfer Tadel klang in seiner Stimme; aber er galt wohl eher der Tatsache, daß sie sich in Bjarons Begleitung befand, als ihrer Abwesenheit unten. Lajonis konnte sich zehnmal besser um Toran kümmern als sie. Was konnte sie schon tun, außer ihn zu halten und sein Gesicht zu streicheln. Sie sah ja nicht einmal mehr, ob er lachte oder traurig war.

Plötzlich packte sie Wut, rasender, sinnloser Zorn. Was

bildete er sich ein, sie wie ein Kind zu maßregeln, noch dazu vor Bjaron? Er war eifersüchtig, und vielleicht mit Grund, aber nicht mit Recht. Er hatte seine Chance gehabt, mehr als einmal – was erwartete er?

»Ich fühle mich durchaus kräftig genug, ein wenig frische Luft zu ertragen«, antwortete sie kühl. »Bjaron kann mich zurückbringen, wenn ich müde werde. Deine Sorge ist überflüssig.«

Dago atmete scharf ein, und sie spürte, wie sich auch Bjaron neben ihr spannte. Irgendwann, dachte sie, würden sich die beiden einfach aufeinanderstürzen und sich gegenseitig umbringen.

»Das wird nicht möglich sein«, antwortete Dago gepreßt. »Ich bin hier, weil ich Euch gesucht habe, Bjaron. Es sind Skruta-Reiter im Tal gesehen worden. Sehr viele.«

Bjaron lachte, ein kehliger, boshaft klingender Laut. »Was habt Ihr erwartet, Magier?« fragte er. »Die Frist, wann ich zurückkehren wollte, ist längst abgelaufen. Seid froh, daß nur ein paar Reiter gesehen worden sind und nicht das ganze Heer vor den Toren dieser Stadt aufgetaucht ist.«

Sie konnte beinahe hören, wie Dago erbleichte. »Ihr droht mir?« fragte er.

»Drohen?« Wieder lachte der Skruta. »Ich drohe niemals, Dago. Drohungen sind dumm, wenn man sie nicht wahrmachen kann, und überflüssig, wenn man es kann. Das Heer hatte Befehl, zehn Tage auf meine Rückkehr oder eine Nachricht von mir zu warten, und diese Frist ist lange vorbei. Die Männer werden unruhig. Seid Ihr nur gekommen, um mir das zu sagen? Dann habt Ihr Euch den Weg umsonst gemacht.«

»Nein«, antwortete Dago. »Wir haben beraten, was zu tun ist.«

»Und?« Bjarons Stimme klang fast gelangweilt. »Zu welchem Ergebnis seid Ihr gekommen?« Er lachte. »Wollt Ihr meinen Schwertarm leihen oder lieber abschneiden?«

»Wir haben noch nicht endgültig entschieden. Ich habe Euch gesucht, weil wir mit Euch zu reden haben. Die Zeit wird knapp. In zwei Tagen werden wir Dakkad verlassen, und bis dahin will ich sicher sein, auf welcher Seite Ihr steht. Und jetzt laßt uns gehen.« Plötzlich trat er auf Lyra zu, ergriff ihre Hand und zog sie herum, so heftig und fordernd, daß sie um ein Haar nach ihm geschlagen hätte. Beinahe empfand sie Abscheu, als sie begriff, wie wenig diese Geste ihr selbst galt, der Frau, die sie einmal für ihn gewesen war, und wie sehr er sie – wenigstens in diesem Moment, in dem er Bjaron gegenüberstand – nur mehr als Besitz betrachtete: Sie war nur noch ein Ding, das ihm gehörte, und der fast schmerzhafte Ruck, mit dem er sie zwang, ihm zu folgen, war nur der Ersatz für den Hieb in Bjarons Gesicht, zu dem ihm der Mut fehlte.

Aber sie schwieg und schluckte auch diesen neuerlichen Schmerz stumm herunter.

Aber das Gefühl des Benutztwerdens blieb, während Dago sie schweigend die gewundene Treppe im Inneren des Turmes hinunterführte, und als er die Tür zu ihrer Kammer öffnete und wartete, bis Lajonis aufgestanden war und ihre Hand ergriff, hatte sie mehr denn je das Gefühl, wie ein lebloses Ding weitergereicht zu werden.

Bitterkeit machte sich in ihr breit und vertrieb die Verzweiflung, während Lajonis sie zu ihrem Stuhl unter dem Fenster führte, sie wie ein hilfloses Kind an den Schultern ergriff und mit sanfter Gewalt auf die Sitzfläche niederdrückte. Das Mädchen ging, um Toran zu holen, aber selbst als sie das vertraute Gewicht des Kindes in den Armen fühlte, seine Wärme spürte und das leise, fröhliche Babylachen hörte, als Toran ihr Gesicht erkannte und sie begrüßte, fühlte sie sich nur leer. Nutzlos.

Mit mechanischen Bewegungen streichelte sie Toran, setzte ihn behutsam auf ihren Schoß und hielt ihm die ausgestreckten Finger der Rechten hin, um ihn damit spielen zu lassen. Er war nichts als ein totes Gewicht auf ihrem Schoß. Sie wartete, wartete auf das Gefühl der Wärme, die Woge alles hinwegfegender Liebe und Zärtlichkeit, die sie sonst immer in seiner Nähe verspürt hatte, aber sie kam nicht, nur der Schmerz wurde stärker, die Dunkelheit vor ihren Augen massiver. Ihre Kehle war verkrampft und fühlte sich an wie Eisen. Sie hätte geweint, hätte sie es gekonnt.

Nach einer Weile hob Lajonis Toran vorsichtig von ihrem Schoß herunter, trug ihn zum Bett und kam zurück. Toran begann protestierend zu weinen; Lyra hörte, wie er mit den Beinen strampelte und zornig um sich schlug.

Lajonis kniete neben ihr nieder und löste vorsichtig ihren linken Arm aus der Schlinge. Es tat weh. »Laßt mich nach Eurer Hand sehen«, sagte sie. »Der Verband muß erneuert werden.« Lajonis' Stimme bebte, und als Lyra die Rechte hob und über ihr Gesicht tastete, fühlte sie eine einzelne, heiße Träne über ihre Wange rinnen. Lajonis schauderte unter ihrer Berührung, aber sie ließ sie geschehen; nicht weil sie Lyra, Torans Mutter und Trägerin seiner Rüstung war, sondern weil sie blind war, und weil man einem Blinden die Vertrautheit einer solchen Berührung gestattete.

»Du weinst«, sagte sie leise. »Warum?«

Lajonis zog geräuschvoll die Nase hoch, schob ihre Hand nun doch zur Seite und griff wieder nach ihrem linken Arm. »Es ist nichts«, sagte sie. »Ich habe mich gestoßen.«

»Das ist eine ziemlich plumpe Lüge, findest du nicht?«

Lajonis schwieg. Ihre Haut fühlte sich heiß und fiebrig an, als sie den Verband löste und ungeschickt an den verknoteten Lederriemen zupfte, mit denen die hölzerne Schiene an ihrem Gelenk befestigt war. Lyra zuckte zusammen. »Das tut weh«, sagte sie.

Lajonis zog erschrocken die Hand zurück und stand auf. »Ich werde ein Messer holen«, sagte sie. Sie ging, kramte einen Moment irgendwo herum und kam wieder. Kaltes Eisen zerschnitt die dünnen Lederriemen, dann huschten die Finger des Mädchens geschickt und kundig über ihre Haut und tasteten nach dem Knochen darunter. Es tat weh, aber Lyra rührte sich nicht. Was bedeutete Schmerz?

»Der Knochen ist gut verheilt, Herrin«, sagte Lajonis.

»Aber ich werde die Schiene trotzdem erneuern. Die Hand muß richtig ausheilen.«

»Wozu?« fragte Lyra matt.

»Wozu?« Lajonis stand auf, kniete dann wieder nieder und atmete hörbar aus. Ihr Atem ging schneller, und Lyra spürte, wie sehr ihre Hände zitterten, als sie sich vorbeugte und sie beinahe zärtlich berührte. »So etwas dürft Ihr nicht sagen, Herrin«, murmelte sie. Ihre Stimme zitterte. Sie weinte, aber sie gab sich alle Mühe, es lautlos zu tun.

»Und warum nicht?« erwiderte Lyra bitter. »Sag mir, wozu diese Hand noch heilen soll, Lajonis. Wozu brauche ich sie noch? Zum Reiten? Zum Arbeiten? Um Türen zu öffnen oder einen Berg zu besteigen?« Ihre Worte waren pures Selbstmitleid, aber hatte sie nicht das Recht dazu? »Sage mir, wozu ich noch leben soll, Lajonis.«

»Bitte, Herrin«, flehte Lajonis. »Sprecht nicht so. Ihr ... Ihr seid jetzt verzweifelt, aber Ihr dürft nicht aufgeben!«

»Warum darf ich nicht aufgeben?« flüsterte sie. »Weil ich gebraucht werde?« Sie lachte; bitter und am Rande der Tränen. Selbst Dago hatte sie nur noch benutzt. Vielleicht die ganze Zeit über. Vermutlich saß er jetzt irgendwo in der Festung mit Schwarzbart und Bjaron zusammen und dachte nicht einmal an sie, und wenn, dann nicht an sie, sondern nur an das, was sie darstellte. Eine Puppe. Ein Werkzeug, wie Harleen gesagt hatte.

»Denkt an Euer Kind«, sagte Lajonis, aber die Worte klangen leer, und um ein Haar hätte Lyra gelacht. Wußte das Mädchen überhaupt, was es gesagt hatte? *Denkt an Euer Kind!* Das war alles, was sie tun konnte. Sie konnte an Toran *denken,* ihn befühlen und auf seine Stimme hören, und das war alles. Sie würde ihn nie wieder sehen. Ihre verbrannten Augen zerstörten auch sein Leben. Er würde heranwachsen, vom Säugling zum Kind, zum Jungen und schließlich zum Mann werden, aber für sie würde er immer das Kind bleiben, als das sie ihn gekannt hatte, sein Bild erstarrt für alle Zeiten. Der Gedanke machte sich selbständig, spann sich gegen ihren Willen weiter und zeigte ihr, wie die Zukunft aussehen würde, die sie erwartete: Nichts mehr würde sich ändern, sie würde nie wieder irgend etwas Neues sehen, keine Veränderung spüren, sondern nur die Erinnerungen haben. Bald würden die Bilder verblassen, die Zeit würde sie verzerren und sie schließlich auch noch dieses letzten Schatzes berauben. Sie würde nichts von dem erleben, wofür sie gekämpft hatte. Sie war bereit gewesen, ihr Leben für die Zukunft ihres Kindes zu opfern, aber jetzt war ihr diese Zukunft genommen; sie war gefangen auf einer Insel der Dunkelheit, an der die Zeit vorüberfloß, ohne sie zu berühren.

»Es gibt nichts mehr, was ich für ihn tun könnte«, flüsterte sie. »Ich habe versagt, Lajonis.«

»Nein, Herrin, das habt Ihr nicht! Ihr . . .«

»Ich habe versagt«, sagte Lyra noch einmal, ganz ruhig und mit einer Bestimmtheit, die sie selbst überraschte. Die Welt begann zu zerfließen. Wirklichkeit und Angst vermischten sich zu einem grauen, klebrigen Gespinst, wie Nebel, der aus dem Nichts kam und das Zimmer zu füllen begann. Das Atmen fiel ihr schwer. *War das der Wahnsinn?* Trotzdem sprach sie mit der gleichen, fast übernatürlichen Ruhe weiter: »Ich habe versucht, ihm eine Mutter zu sein, Lajonis, aber ich war zu schwach. Ich habe versucht, mich selbst zu vergessen und nur noch für ihn zu leben, aber ich kann es nicht. Es tut mir leid.« Ein bitterer Geschmack breitete sich auf ihrer Zunge aus. Sie zitterte. »Wenn er dich eines Tages fragen sollte, Lajonis, wer seine Mutter war, dann sage ihm das. Sage ihm, daß sie zu schwach war und daß es ihr leid tat. Mehr nicht.«

Lajonis schrie vor Schrecken auf, als sie sich nach vorne warf, ihren Arm ergriff und ihre Hand mit aller Kraft herumdrehte, mit der Linken das Messer ergriff, mit dem sie die Schiene losgeschnitten hatte, und gleichzeitig aufsprang. Alles ging unglaublich schnell, und die Verzweiflung gab ihr eine Kraft, der das Mädchen nichts entgegenzusetzen hatte. Lajonis fiel nach hinten und zog sie halbwegs mit sich, aber der Dolch wurde ihrer Hand entrissen; die rasiermesserscharfe Klinge zerschnitt Lyras Hand bis auf den Knochen, aber sie spürte den Schmerz nicht, sondern warf sich zur Seite, versuchte Lajonis weiter von sich zu stoßen und den Dolch gleichzeitig herumzudrehen. Ihre linke Hand war taub und gehorchte ihr nicht mehr; sie fiel vollends, verlor die Waffe und warf sich mit einem Schrei nach vorne, spürte glitschiges Blut und einen plötzlichen, reißenden Schmerz in der Hand, dann ertastete ihre Rechte etwas Hartes, Schneidendes. Sie keuchte, packte zu und riß den Dolch mit aller Kraft in die Höhe.

Lajonis schrie vor Entsetzen. Ein Schlag traf Lyras Gesicht und warf ihren Kopf herum, und die Messerklinge verfehlte ihre Kehle und biß wie eine stählerne Schlange in ihre Schulter. Dann war Lajonis über ihr, klammerte sich mit aller Kraft an ihren Arm und versuchte ihr den Dolch zu entreißen. Irgendwo polterten Schritte. Jemand schrie. Lyra schlug blind mit dem freien Arm nach Lajonis, spürte, wie sie traf, und riß gleichzeitig die Hand mit dem Dolch herum. Lajonis keuchte vor Schmerz, als das Messer über ihre Seite schrammte und sich Lyras Herz näherte, aber die Angst gab ihr noch einmal zusätzliche Kraft; verzweifelt bog sie Lyras Arm zurück, packte die Messerklinge mit der bloßen Hand und versuchte ihr die Waffe zu entringen. Draußen auf dem Gang wurden die Schreie lauter, dann wurde die Tür aufgestoßen, und schwere Schritte polterten auf dem Boden. Lyra bäumte sich auf, schüttelte das Mädchen ab und verlor das Gleichgewicht. Sie fiel zur Seite, begrub die Hand mit dem Messer unter sich und rollte sich auf den Rücken, aber Lajonis war mit einem Schrei wieder über ihr und versuchte ihr die Waffe zu entreißen. Lyra stieß blindlings zu und spürte, wie die Klinge Stoff zerschnitt und auf Fleisch traf und warmes Blut über ihre Hände lief.

Eine ungeheuer starke Hand griff nach ihrem Arm und entrang ihr das Messer. Lajonis' Gewicht verschwand von ihrer Brust, dann fühlte sich Lyra von einer zweiten, ebenso kräftigen Hand an der Schulter ergriffen und hochgehoben. Sie schrie, schlug um sich und tobte wie eine Irrsinnige, aber der Mann, der sie hielt, war zu stark. Eine

Hand klatschte in ihr Gesicht, und jemand begann ihren Namen zu schreien, und dann war das Zimmer plötzlich voller Stimmen. Ein Dutzend Hände hielten sie, sanft, aber sehr fest, und ein halbes Dutzend Stimmen begannen gleichzeitig auf sie einzureden.

Sie brach zusammen. Es war nicht so, daß sie das Bewußtsein verlor – sie registrierte weiter, was um sie herum vorging, aber es war, als wäre ihr Denken gespalten, in einen winzigen, hilflosen Teil, der hörte und roch und fühlte, und einen anderen, viel, viel größeren, der erfüllt war von Angst und Verzweiflung und grenzenlosem Schmerz. Jemand hob sie hoch und trug sie zum Bett, und geschickte Hände machten sich an ihrer Schulter und der linken Hand zu schaffen; beide waren zerschnitten und bluteten und taten weh, aber es war ein unwirklicher Schmerz, der einem anderen zu gehören schien.

Das vertraute Gefühl von Dagos Gegenwart war in ihr, als sie erwachte. Seine Hand hielt ihre Finger, und sein Geist war in ihrem: Sie konnte sehen. Für die Dauer eines Atemzuges begegneten sich ihre Blicke, und sie las Sorge und Angst und dann vorsichtige Erleichterung in den dunklen Augen Dagos; dann noch etwas: einen Ausdruck grimmiger Entschlossenheit, der sie erschreckte, obwohl sie ihn sich nicht erklären konnte. Das Bild war flach und verschwommen und ohne den Luxus von Farbe, und es zerfaserte zu den Rändern hin, so daß sie eigentlich nur sein Gesicht klar erkennen konnte, umgeben von einem Kreis immer unschärfer werdender Schatten, in dem sich graue und schwarze Dinge bewegten, als blicke sie durch eine staubverkrustete Scheibe, in die sie mit dem Daumen ein Guckloch gerieben hatte. Trotzdem war es Licht, ein reales Bild, keine Vision und kein aus Angst und Verzweiflung geborenes Trugbild.

Um so härter traf sie der Gedanke, daß es nur Momente dauern würde. Der Wahnsinn, der für Augenblicke seine Hand nach ihr ausgestreckt hatte, war auch eine Zuflucht gewesen.

»Alles wieder in Ordnung?« fragte Dago. Seine Lippen

bewegten sich kaum, als er sprach, aber Lyra spürte, wie seine Finger zitterten; die Anstrengung, sie sehen zu lassen, ging beinahe über seine Kräfte. Auf seiner Stirn glitzerte Schweiß, und der kleine Fleck aus Helligkeit vor ihren Augen begann zu flackern und schrumpfte zusammen. Erschrocken verstärkte sie ihren Griff, wie um das Bild festzuhalten, und Dago deutete die Geste richtig und tat irgend etwas in ihrem Geist: Das Bild stabilisierte sich, und da und dort gewahrte sie einen Spritzer blasser Farbe.

Mühsam nickte sie, und nach einer weiteren Sekunde, in der er sie mißtrauisch und mit wachsender Sorge angeblickt hatte, machte Dago ein Zeichen mit der Linken, und die Hände, die sie hielten und auf das Lager herunterdrückten, verschwanden. Ein flüchtiges Lächeln erschien auf Dagos Zügen und erlosch wieder.

»Ich glaube, ich ... ich muß mich entschuldigen«, sagte Lyra. Es fiel ihr schwer, zu reden. Dem Toben folgten Erschöpfung und Müdigkeit, aber die gleiche Macht, die ihre Raserei besänftigt hatte, hinderte sie nun daran, sich in die barmherzige Umarmung der Bewußtlosigkeit sinken zu lassen.»Ich habe mich ziemlich dumm benommen, fürchte ich Es ... es tut mir leid.«

»Es muß dir nicht leid tun. Ich war es, der einen Fehler gemacht hat.« Er stockte, aber nur für einen Moment. »Ich habe nicht gewußt, daß es so schlimm für dich sein würde.«

»Ich war hysterisch«, murmelte Lyra, plötzlich von dem absurden Bedürfnis erfüllt, sich verteidigen zu müssen, obwohl es niemanden gab, der sie angriff. »Es ... es schien mir alles keinen Sinn mehr zu haben, und ...«

»Ich habe dir schon einmal gesagt«, unterbrach sie Dago, »daß du dich nicht zu entschuldigen brauchst. Es tut mir leid, daß ich so blind war, nicht zu sehen, wie sehr du leidest. Ich hätte es wissen müssen.« Er sah sie jetzt an, aber seine Stimme war noch immer ruhig und flach und ohne jedes echte Gefühl. Warum war er so kalt? dachte Lyra.

»Was?« fragte sie. »Daß ich so feige sein würde?«

»Daß du nicht so stark bist, wie ich gehofft habe«, antwortete Dago. »Vielleicht haben wir alle zuviel von dir verlangt. Auch du selbst.«

Lyra wollte widersprechen, aber in diesem Moment bewegte sich etwas am Rande ihres Gesichtsfeldes, dann wuchs der flackernde Fleck blasser Farben, und sie erkannte Schwarzbart. Hinter ihm bewegten sich andere Schatten, und plötzlich fielen ihr wieder all die kleinen Laute und Geräusche auf, die die ganze Zeit um sie herum gewesen waren. Sie war nicht allein mit Dago und dem Zwerg. Das Zimmer war voller Menschen.

»Wir können beginnen«, sagte Schwarzbart, »wenn du es wirklich tun willst.« Er sah Lyra an, aber die Worte galten Dago; der junge Magier nickte, ließ für einen winzigen Moment ihre Hand los und griff wieder zu, ehe die Schwärze vollends über ihr zusammenschlagen konnte. Wieder fiel Lyra der angespannte Ausdruck auf seinen Zügen auf. Sie hatte ihn bisher nicht beachtet und unbewußt auf die Konzentration geschoben, die es ihn kosten mußte, die Bilder in ihren Geist zu zaubern. Jetzt ahnte sie, daß es etwas anderes war.

»Was habt ihr vor?« fragte sie.

Dago antwortete nicht, aber über Schwarzbarts Züge huschte ein rasches, humorloses Lächeln. Seine Augen blieben kalt. »Nichts, was dich erschrecken müßte«, sagte der Zwerg, sprach aber nicht weiter, als ihm Dago einen mahnenden Blick zuwarf und die linke Hand hob.

»Bringt das Gewand«, verlangte Dago.

»Das Gewand?« Lyra erschrak. »Torans Gewand?«

Dago ignorierte ihre Frage, wandte sich halb um und machte eine befehlende Geste zu jemandem, der außerhalb des kleinen Kreises aus Schatten stand, in dem sie sehen konnte. Lyras Herz begann rascher und angstvoller zu pochen. Torans Gewand, dachte sie. Die Rüstung des Befreiers. Es gab nur einen Grund, aus dem Dago nach der goldenen Zauberrüstung schicken konnte, so wie es auf der Welt nur einen Menschen gab, der sie zu tragen vermochte. Der Gedanke, die Rüstung – aus welchem Grund auch immer – noch einmal überzustreifen, erfüllte sie mit Grauen. »Was habt ihr vor?« fragte sie noch einmal. »Was bedeutet das, Dago?«

»Schweig, Weib!« unterbrach sie Schwarzbart. Seine Stimme bebte jetzt vor Zorn. Hinter ihm bewegten sich Schatten, verschwommen wie durch dichten Nebel betrachtet, aber nicht undeutlich genug, sie nicht erkennen zu lassen, daß sie alle auf gleiche Weise gekleidet waren wie Dago: in die grüngoldenen, fließenden Gewänder der Magierkaste. Plötzlich wußte sie, daß es zwölf waren; dreizehn, wenn sie Dago mitrechnete. Ihre Angst wuchs.

»Bitte, Dago«, murmelte sie. »Was bedeutet das? Was habt ihr vor?«

»Zum Teufel, ich habe gesagt, du sollst den Mund halten, Weib! Hast du noch nicht genug Unheil angerichtet?« raunzte Schwarzbart. Und seltsamerweise rief ihn Dago diesmal nicht zur Ordnung, sondern starrte weiter an Lyra vorbei ins Leere, als wären seine Gedanken weit, weit fort.

Lyras Augen füllten sich mit Tränen, und plötzlich kam sie sich so hilflos vor wie ein kleines Kind, das von seinen Eltern gescholten wurde, ohne zu wissen, warum. »Warum haßt du mich so?« flüsterte sie mit tränenerstickter Stimme.

»Hassen? Dich?« Schwarzbart kreischte fast. »Du überschätzt dich, Lyra. Du bist nichts als ein dummes Weib, das nicht für sein Tun verantwortlich ist. Ich verachte dich nicht einmal. In diesem Punkt gebe ich Dago recht – wir hätten wissen müssen, daß du nicht soviel Kraft hast, wie wir hofften.« Seine Augen blitzten vor Zorn und straften seine Worte Lügen. »Es ist dein Leben, Lyra. Du kannst es wegwerfen, wann und wie immer es dir beliebt. Aber du hattest nicht das Recht, die Zukunft dieses Landes fortzuwerfen. Hast du je daran gedacht, daß es hier um mehr als dein lächerliches Leben geht? Hast du an deinen Sohn gedacht, als du versuchtest, dich zu töten?«

»Er ist nicht mein Sohn«, flüsterte Lyra. Schwarzbart erbleichte, aber sie fuhr fort, ehe er Gelegenheit zum Antworten fand: »Ich habe versucht, ihm eine Mutter zu sein, Schwarzbart, aber ich habe versagt. Ich habe an ihn gedacht, das mußt du mir glauben. Vielleicht mehr als an alles andere. Ich habe versucht, ihm Schmerzen und Leid zu ersparen, aber alles, was ich getan habe, hat die Dinge nur schlimmer gemacht.«

»Papperlapapp!« zischte Schwarzbart erregt. »Nichts als leere Worte, mit denen du deine Feigheit entschuldigen willst.«

»Schwarzbart, hör auf!« sagte Dago scharf. Aber der Zwerg ignorierte ihn, ballte zornig die Fäuste und fuhr fort: »Ja, du hast recht – ich verachte dich. Ich habe vom ersten Tag an gewußt, wie du wirklich bist, und ich habe gewußt, daß so etwas passieren würde. Ich verachte dich nicht, weil du feige warst, Lyra. Niemand wird als Held geboren, und niemand kann mehr geben, als er hat. Wenn ich dich verachte, dann, weil du selbstsüchtig warst. Du hast nur an dich gedacht, an dich und dein lächerliches Leben und sonst nichts. Was wäre mit Toran geschehen, wenn du tot wärst?«

»Und was geschieht jetzt mit ihm?« fragte Lyra leise. »Was kann ich schon für ihn tun, das Lajonis oder irgendeine andere Magd nicht tausendmal besser könnte?«

»Du kannst leben!« grollte Schwarzbart. »Meinetwegen schneide dir die Kehle durch, aber warte damit, bis du es auf den Ruinen der Caer Caradayn tun kannst!«

»Es reicht!« unterbrach ihn Dago. Schwarzbart wollte abermals fortfahren, aber Dago sprang plötzlich auf und ließ ihre Hand los; Schwärze hüllte sie für einen Moment ein, dann hörte sie einen raschen, erregten Wortwechsel in einer unverständlichen Sprache. Als sie wieder sehen konnte, war Schwarzbarts Antlitz zu einer stummen Maske der Wut erstarrt, aber er schwieg, und seine geballten Fäuste wirkten jetzt eher hilflos. Dagos Gesicht flammte vor Zorn.

Eine Zeitlang verfielen sie – jeder für sich – in verbissenes Schweigen. Schwarzbart stand einfach da und starrte ins Leere, während Dago ihre Hand hielt und dafür sorgte, daß sie sehen konnte und die Dunkelheit sie nicht abermals verschlang. Minuten vergingen, bis sie endlich das Geräusch von Schritten hörte und jemand neben Dago trat und ihm etwas überreichte: grün und flammendes Gold und ein armlanger gefrorener Blitz aus Silber. Torans Rüstung und Schwert.

Auf einen stummen Wink Dagos hin traten zwei Männer hinter Lyras Bett und halfen ihr, sich aufzurichten und das Kleid auszuziehen. Dago ließ ihre Hand los, und für einen Moment erlosch das Zimmer vor ihren Augen, aber sie glaubte trotzdem zu sehen, wie er die Rüstung auseinanderfaltete, Schwert und Helm und Handschuhe behutsam auf dem Bett neben ihr drapierte und seinen Gehilfen einen stummen Wink gab. Ein elektrisierender, unangenehmer Schauer lief durch ihren Körper, als sie den glatten Samt der Zauberrüstung auf der Haut fühlte, und als sie in die Handschuhe glitt, hatte sie das Gefühl, in erstarrtes Feuer zu greifen.

Als er ihr den Helm überstreifte, hob sie die Hand und hielt seinen Arm fest. »Warum tust du das?« flüsterte sie. Ob Dago begriff, daß ihre Stimme vor Angst bebte, nicht vor Schwäche? Jedesmal, wenn sie diese verfluchte Rüstung angezogen hatte, war etwas Schreckliches geschehen, waren Menschen gestorben oder hatten sich die Dinge zum Bösen hin gewendet. Sie wollte sie nicht mehr tragen, nicht einmal, wenn ihr Leben davon abhinge.

Dago drückte ihre Hand mit sanfter Gewalt beiseite, befestigte den Helm auf den Schulterstücken der Rüstung und klappte das Visier nach oben. »Es muß sein«, sagte er knapp, und dann fügte er mit hörbarem Widerwillen hinzu: »Ich brauche die Kraft, die diesem Kleid innewohnt. Und ich weiß nicht einmal, ob sie ausreicht.«

»Was . . . willst du tun?« fragte sie ängstlich.

»Dir das zurückgeben, woran dir mehr gelegen scheint als an deinem Leben und an dem deines Kindes und an dem hunderttausend anderer, die bereit waren, für dich zu sterben«, sagte Schwarzbart an Dagos Stelle.

Es dauerte Sekunden, ehe Lyra begriff. Und als sie es verstand, glaubte sie es nicht. »Du meinst, du . . . du . . .« Sie richtete sich auf, starrte abwechselnd Dago und den Zwerg an und begann vor Schrecken zu taumeln. Dago drückte sie mit sanfter Gewalt auf das Bett zurück, aber sie richtete sich sofort wieder auf und starrte ihn entsetzt an. »Du meinst, du . . .«

»Er wird dich sehen machen«, sagte Schwarzbart dumpf.

Lyra hatte das Gefühl, von einer unsichtbaren eisigen Hand im Nacken gepackt zu werden. Dagos Gesicht begann vor ihren Augen zu zerfließen; sie spürte, wie er seine Anstrengungen verstärkte, aber das Chaos hinter ihrer Stirn machte seine Magie zunichte und verzerrte die Bilder, die sie empfing. Dann löste sich seine Hand mit einem Ruck von ihr, und Dunkelheit hüllte sie ein. Sie merkte es kaum.

»Ist das . . . wahr?« flüsterte sie. Sie hob die Hand und tastete nach Dago. Sie fand ihn nicht, und die Geräusche, die sie hörte, verrieten ihr, daß er ihrer Hand auswich. Sie ließ den Arm sinken. »Ist das wahr?« fragte sie noch einmal; leiser und mit letzter, erstickter Kraft.

Sie hörte, wie Dago nickte. »Ja«, sagte er. »Ich werde es versuchen. Ich weiß nicht, ob es mir gelingt, und ich weiß nicht, ob du es überlebst, aber ich werde es versuchen.«

»Aber – aber warum?« flüsterte Lyra. Hinter ihrer Stirn schien ein Vulkan auszubrechen. Freude, Hoffnung, Angst, Zorn und ein Dutzend anderer widerstrebender Gefühle brachen wie in einer flammenden Eruption aus ihr hervor. »Warum hast du . . . warum hast du nicht . . .« Sie begann zu stammeln, ballte die Fäuste und schlug beide Hände vor die Augen; so heftig, daß grelle Schmerzblitze die ewige Nacht vor ihr zerrissen.

»Weil es noch nie getan worden ist, du Närrin«, antwortete Schwarzbart an Dagos Stelle. »Und weil du wahrscheinlich dabei sterben wirst, oder er. Vielleicht auch ihr beide.«

»Schwarzbart!« Dagos Stimme war scharf wie ein Peitschenhieb, und plötzlich begriff Lyra, daß er die Verbindung unterbrochen hatte, weil er nicht wollte, daß sie sein Gesicht sah.

»Schwarzbart! Schwarzbart!« äffte Schwarzbart ihn nach. »Zum Teufel, Dago – wie lange soll ich noch schweigen und zusehen, wie sie alles zerstört, worum wir gekämpft haben? Was muß noch geschehen, bis du begreifst, daß ...«

»Es reicht, Zwerg«, sagte eine Stimme von der anderen Seite des Bettes her. Bjarons Stimme. Sie hatte nicht einmal gewußt, daß er im Zimmer war. »Noch ein Laut, und ich werfe dich eigenhändig hinaus.«

Schwarzbart antwortete wütend, und der Skruta erwiderte irgend etwas und lachte rauh, aber Lyra hörte ihre Worte kaum mehr, sondern starrte, zitternd und mit aller Kraft um ein letztes bißchen Selbstbeherrschung kämpfend, in die Richtung, aus der sie Dagos Nähe spürte. »Ist das wahr?« flüsterte sie. »Stimmt es, was Schwarzbart gesagt hat? Daß ... daß du dabei sterben kannst?«

»Unsinn!« Dagos Stimme klang ein wenig zu überzeugend, um die Lüge verbergen zu können. »Schwarzbart ist eine alte Unke; du kennst ihn. Er ist nicht glücklich, wenn er keine Katastrophen voraussagen kann.«

Lyras Hand kroch langsam über die Bettdecke, berührte seine Finger und klammerte sich daran fest. Dagos Haut war kalt und schweißfeucht, und das Licht, auf das sie wartete, kam nicht. Sie begriff, daß er seine Konzentration für andere Dinge brauchte. Wenigstens versuchte sie sich einzureden, daß es so war.

»Ich werde es tun, wenn du es wirklich willst«, sagte Dago leise. »Aber Schwarzbart hat recht – es ist noch niemals getan worden, und nicht einmal ich weiß, was geschehen wird. Vielleicht wirst du wieder sehen können. Aber vielleicht stirbst du auch.«

»Und du tust es trotzdem?« fragte Lyra. »Obwohl ich so ... so wichtig bin?« Sie versuchte, ihrer Stimme einen bitteren Klang zu verleihen, aber es mißlang. »Obwohl Schwarzbart und ...«

»Ich wußte nicht, wie viel es für dich bedeutet«, unterbrach sie Dago. Seine Finger lösten sich von ihrer Hand, berührten ihr Gesicht und strichen fast zärtlich über ihre Wangen. Aber es war nur Mitleid, was sie spürte, keine Liebe.

»Ich habe versucht, es zu begreifen, aber ich fürchte, ich kann es nicht. Für einen Magier ist es nicht so schlimm, nicht zu sehen, weißt du? Es gibt andere Wege der Wahrnehmung, andere Sinne. Ich glaube, ich kann nicht begreifen, was es bedeutet ... was es heißt, blind zu sein.«

»Nein«, sagte sie nur. »Das kannst du nicht.«

»Du hättest es wieder versucht, nicht wahr?«

Sie hatte einfach nicht mehr die Kraft, ihn zu belügen. Sie nickte.

»Und darum werde ich es tun«, sagte Dago. »Wenn du selbst bereit bist, dein Leben zu riskieren, dann habe ich nicht das Recht, dir diese Chance vorzuenthalten. Ich ... ich dachte, ich hätte es, aber ich habe mich getäuscht.«

So, wie er geglaubt hatte, ihr die Chance auf ein Leben in Licht und Wirklichkeit vorzuenthalten? dachte sie. Gott, er hatte es gewußt, die ganze Zeit über hatte er gewußt, daß es eine Chance für sie gab, eine Möglichkeit, wieder sehen zu können – und er hatte es ihr verschwiegen, weil er sie nicht in Gefahr bringen wollte!

»Was geschieht, wenn ... wenn ich sterbe?«

»Mit uns?«

Sie nickte, hob die Hand und griff nach seinen Fingern, die noch immer auf ihrer Wange lagen. Aber alles, was sie fühlte, war das kalte glatte Metall ihrer Handschuhe.

»Ich weiß es nicht«, gestand Dago nach kurzem Überlegen. »Wir sind zu weit gegangen, um jetzt noch zurück zu können. Wir werden die Goldenen schlagen. Aber der Preis wird sehr hoch sein.«

Er zog seine Hand zurück, atmete hörbar ein und fuhr in verändertem, gezwungen sachlichem Tonfall fort: »Es wird sehr weh tun. Aber es wird nicht lange dauern. Und ich brauche deine Hilfe.«

Er beugte sich über sie, ergriff ihre Oberarme und preßte

sie mit sanfter Gewalt zurück in die Kissen. Lyra hörte, wie die anderen Magier rings um das Bett herum Aufstellung nahmen, dann war das Zimmer eine Zeitlang voller Geräusche: dem Rascheln von Stoff, Atemzügen, dem Klirren von Metall und dem unruhigen Scharren harter Stiefelsohlen auf dem Steinboden. Dago begann Worte in einer unverständlichen, seltsam bedrohlich klingenden Sprache zu murmeln, zuerst sehr leise und stockend, dann schneller und flüssiger und lauter, und nach und nach nahmen die anderen Magier seine Worte auf, bis aus dem Murmeln und Raunen ein atonaler, an- und abschwellender Wechselgesang geworden war, ein bizarrer Kanon aus sinnlos erscheinenden Silben und Lautballungen, mit denen das Echo einer uralten, längst vergangenen Zeit heraufzuwehen schien.

Dago beugte sich tiefer über sie, legte die linke Hand auf ihre Brust, bis seine gespreizten Finger ihr Herz zu umfassen schienen, dann berührte er mit Daumen und Zeigefinger ihre Augen.

Im ersten Moment spürte sie gar nichts. Sie lag da, starr vor Anspannung und Furcht und mit angehaltenem Atem, und wartete auf den Schmerz, von dem er gesprochen hatte, und ihre Konzentration ließ sie jedes noch so winzige Geräusch mit phantastischer Klarheit wahrnehmen, jeden Luftzug und die Anwesenheit der dreizehn Magier, die ihr Bett umstanden, mit fast körperlicher Intensität fühlen.

Dann schlug ein weißglühender Blitz direkt in ihre Augen, fraß sich mit Zähnen aus Feuer eine glühende Bahn durch ihr Gehirn und explodierte irgendwo in ihrem Schädel, füllte ihn mit Feuer und Licht und Hitze und unerträglichem Schmerz. Sie wollte schreien und sich aufbäumen aber Dagos Hände waren plötzlich wie stählerne Klammern, die sie mit furchtbarer Gewalt auf das Bett zurück drückten. Ein schwerfälliges, heißes Zucken lief durch den grünen Samt ihrer Rüstung, und plötzlich zog sich das Kleid wie ein würgendes lebendes Wesen um sie zusammen. Ihr Herz setzte aus, und dann war sie ... *nicht mehr in ihrem zimmer in dakkad nicht einmal mehr in ihrer welt son-*

dern stand allein und nackt auf einer unendlichen leeren ebene gefangen unter einem leeren öden himmel der sich wie ein metallener dom über einer verbrannten welt spannte das einzige leben war sie – und der drache sie stand ihm gegenüber ein staubkorn gegen die größe eines gottes ein nichts gegen die wut eines zum leben erwachten zürnenden berges starrte zu seinem gewaltigen rotgeschuppten schädel empor unfähig sich zu rühren oder auch nur zu denken gelähmt von seiner gegenwart der drache bewegte sich und die erde schien unter seinem gewicht aufzustöhnen sie sah daß der boden barst wo er seine gewaltigen krallen in den fels grub und sie sah berge stürzen als sein titanischer schweif zuckte und meere verdunsten als sich seine ungeheuren schwingen entfalteten der gewaltige rachen des ungeheuers öffnete sich und sein atem war wie feuer das sie verbrannte sein grollen wie das stöhnen zusammenstürzender berge sein blick wie heißer wind der direkt aus der hölle emporwehte langsam hob der drache eine seiner schrecklichen klauen berührte ihr gesicht und tastete nach ihren augen sie schrie vor angst und schmerz aber sein blick lähmte sie noch immer sie konnte nicht einmal die hände heben um seine krallen beiseite zu schlagen dann erreichte die lähmung ihre kehle und sie konnte nicht einmal mehr schreien.

dann fanden die krallen des drachen ihr gesicht gruben sich durch ihre lider zerrissen ihre augen und wühlten sich tiefer in ihren schädel hinein bis die pein die erst die grenzen des vorstellbaren dann die grenzen des erträglichen erreichten und überschritten . . . und sie mit einem gellenden Schrei Dagos Hände zur Seite schlug, sich wie in einem irrsinnigen Krampf auf dem Bett aufbäumte und um sich zu schlagen begann. Licht, grellweißes, gnadenloses Licht marterte ihre Augen, und plötzlich griffen zahllose Hände nach ihr, preßten ihre Arme und Beine auf das Bett zurück, jemand schlug ihr leicht auf die Wangen, und ein Gesicht erschien über ihr; ein Mund formte Worte, die sie nicht verstand, und jemand zwang ihre Lippen auseinander und flößte ihr eine bitter schmeckende, heiße Flüssigkeit ein. Sie sah, wie . . .

sah?!

Der Drache schlug ein zweites Mal zu, hart und erbarmungslos wie ein Gott. Etwas in ihr zerbrach. Plötzlich erschlaffte sie, ein Vorgang, der fast genauso schmerzhaft war wie der furchtbare Krampf zuvor. Sie empfand – nichts. Keine Freude, keinen Schrecken, keine Euphorie. Nicht einmal Erleichterung.

Sie konnte sehen. Sehen.

Sie war nicht länger blind. Sie hatte das Universum der Schwärze wieder verlassen und den Schritt zurück in die Welt der Sehenden getan. Sie konnte wieder sehen!

Langsam, unendlich langsam, richtete sie sich auf, hob die Hände vor das Gesicht und bewegte die Finger, starrte sie endlose Sekunden lang an und kämpfte vergeblich gegen die Tränen, die plötzlich ihre Augen füllten. Sie sah!

Dann fiel ihr die Stille auf. Die Männer waren von ihrem Bett zurückgetreten, und als sie den Kopf hob und an ihnen vorbei sah, erblickte sie Schwarzbart und Bjaron, die nebeneinander vor der Tür standen und sie schweigend anblickten. Auf den Zügen des Skruta machte sich ein Ausdruck vorsichtiger Hoffnung breit, während das Gesicht Schwarzbarts zu Stein erstarrt schien. Nur seine Augen flammten. Und es war keine Verachtung, keine Erleichterung und kein Haß, den sie in seinem Blick las, sondern blanke Wut. Es war, als erstarre ein winziger Teil von ihr zu Eis, unter diesem Blick. Erst nach einer Weile begriff sie, daß er nicht ihr galt.

Erschrocken wandte sie den Kopf.

Dago war neben dem Bett zu Boden gesunken und lag in seltsam verkrümmter Haltung auf den Steinfliesen, die Arme wie in einem Krampf gegen den Körper gepreßt und das Gesicht abgewendet. Er stöhnte leise, und seine Hände öffneten und schlossen sich immer wieder, wobei seine Fingernägel mit einem Geräusch wie Kreide auf einer Schiefertafel über den Boden scharrten. Sein grüngoldenes Kleid war dunkel vor Schweiß, und als einer der Magier neben ihm niederkniete und ihn an der Schulter berührte, krümmte er sich wie unter einem Hieb und schlug seine Hand beiseite.

»Dago, was . . . was ist mit dir?« murmelte Lyra. Der Eissplitter in ihrer Brust begann zu wachsen. Irgendwo, noch tief unter ihren Gedanken verborgen, erwachte ein ungeheurer Schrecken, ein Gefühl des Entsetzens, das alles bisherige in den Schatten stellte.

Schwarzbarts Gesicht war wie Stein, als er um das Bett herumtrat und neben Dago niederkniete. Behutsam schob er die Hände unter Dagos Schultern, drehte ihn herum und bettete seinen Oberkörper in seinem Schoß. Seine Hände, die Lyra immer so rissig und grob wie Stein vorgekommen waren, streichelten Dagos Schläfen in einer unendlich zarten, beschützenden Geste.

Und als sie in Dagos Augen blickte, wußte sie, was es war, das in ihr heranwuchs.

Sein Gesicht war eine Grimasse, Schmerz und Schrecken und eine erst langsam aufdämmernde Erkenntnis, der ein grenzenloses Entsetzen folgen würde. Seine Augen waren unnatürlich weit aufgerissen, und er starrte sie an, aber er sah sie nicht.

Er würde nie wieder etwas sehen; mit diesen Augen.

Mit ihren Augen.

»Bist du zufrieden?« fragte Schwarzbart. Er sprach ganz leise; niemand außer Lyra selbst und ihm konnte die Worte hören, aber in ihren Ohren war es wie ein Schrei. Sie sah ihn an und begann zu zittern, denn sie hatte noch nie in ihrem Leben eine solche Verachtung und Wut gespürt.

»Das . . . das wußte ich nicht«, flüsterte sie. »Ich wußte nicht, daß . . .« Sie schluchzte, streckte die Hand nach Dagos Gesicht aus und führte die Bewegung nicht zu Ende, als sie sah, wie seine erloschenen Augen der Bewegung zu folgen versuchten.

»Natürlich wußtest du es nicht«, sagte Schwarzbart böse. »Er hat mir verboten, dir zu sagen, was er vorhat. Mir und allen anderen. Er hatte Angst, du würdest nein sagen.«

Der kalte Splitter in ihrem Herzen war zu einem Eisberg herangewachsen. Sie fühlte . . . nichts. Vielleicht den schwachen Hauch eines Entsetzens, das zu groß war, um es schon jetzt wirklich erfassen zu können.

Wie aus großer Entfernung registrierte sie, wie zwei der grüngekleideten Magier Dago aufhoben und aus dem Zimmer führten, während die anderen schweigend ihre Utensilien zusammenzuräumen begannen und Dinge taten, die sie nicht verstand und deren bloße Ahnung sie mit grenzenlosem Schrecken erfüllte. Langsam hob sie die Hände, tastete mit den Fingerspitzen über ihre Augen und wartete darauf, irgend etwas zu fühlen. Eine Sekunde lang hatte sie das absurde Bedürfnis, die Fingernägel in die Augen zu krallen und sie herauszureißen. Dann vertrieb sie den Gedanken. Was hätte es genutzt?

Sie spürte kaum, wie die Magier einer nach dem anderen gingen, bis sie mit Schwarzbart und dem Skruta allein waren. Schwarzbart starrte sie unverwandt an, sagte aber nichts mehr und wich ihrem Blick aus, als sie ihn ansah, aber seine ganze Gestalt war ein einziger Vorwurf. Eine Sekunde lang preßte sie die Lider zusammen und wünschte sich, wieder blind zu sein. Dago. Er war der letzte gewesen, der letzte in der unendlichen Kette derer, die sie getroffen und denen sie Unglück gebracht hatte. Es hatte mit Erion und Sjur begonnen und seither nicht mehr aufgehört, aber es hatte erst dieses letzten, grauenvollen Opfers bedurft, um ihr die Augen zu öffnen und sie erkennen zu lassen, was sie wirklich war: nicht die Befreierin. Kein weiblicher Messias, keine Erlöserin, sondern ein Todesengel. Sie war verflucht, Leid und Unheil zu bringen. Wem sie begegnete, der starb oder zahlte einen vielleicht noch schlimmeren Preis. Wie in einer bizarren Vision sah sie sich selbst, gekleidet in das verfluchte grüngoldene Gewand Torans, an der Spitze des Heeres die Mauern der Caer Caradayn stürmend, ein tödlich-schöner Racheengel, der Freiheit predigte und die, die ihm gefolgt waren, in einem Meer von Blut ertränkte. Warum hatte Dago sie nicht sterben lassen?

Langsam stand sie auf und starrte auf den Zwerg vor sich herab, ehe sie sich, noch immer mit langsamen, gezwungen wirkenden Bewegungen, zu Bjaron umwandte und dem Skruta fest in die Augen blickte.

»Geht, Bjaron«, sagte sie. »Laßt Euch ein Pferd geben und reitet zu Euren Männern. Sagt Ihnen, daß wir Euer Angebot annehmen. In drei Tagen brechen wir auf.«

Zehn Tag später erreichten sie Caradon und überrannten seine Mauern im ersten Sturm.

Der Krieg war vorüber.

Drittes Buch

DER DRACHE

31

Über der Stadt brannte der Himmel.

Es war ein Feuer ohne Hitze, nur Licht und gleißender roter Schein, aber es war schlimmer als ein wirkliches Feuer, denn die Flammen, die wie brüllender Drachenatem gegen die Unterseiten der Wolken leckten, waren Haß und Drohung, und das Licht, das Caradons Nacht zur gräßlichen Parodie eines Tages machte, war Blutlicht; es gab nur noch Rot und Schwarz und alle nur denkbaren Schattierungen dazwischen. Es war ein Licht, das die Bewegungen der Männer und Tiere abgehackt wirken und den Fels des Caradayn wie Stahl aufleuchten ließ.

Die Nacht, die sich über die Stadt gesenkt hatte, war keine wirkliche Nacht, sondern eine Verlängerung des Tages mit falschen Farben und falschen Vorzeichen. Die Flammen, die der Caradayn gegen die Wolken schleuderte, narrten das Auge; wo Dunkelheit sein sollte, war der rote Widerschein des Feuers, und wo Stille herrschte, erschuf das Zucken der Flammen bizarre Bewegung und bedrohliche Schatten. Der Drache war geschlagen, aber nicht besiegt, und das Toben im Innern des Brennenden Berges war wilder denn je. Ab und zu erzitterte der Berg wie ein großes lebendes Wesen, und die Erschütterung pflanzte sich als dumpfe Vibration bis in die Stadt hinein fort und ließ den Balkon unter Lyras Füßen erbeben, und weiter oben, auf halbem Wege zur Spitze und den zerbröckelnden Mauern des Caer Caradayn hin, lösten sich immer wieder kleinere Steinlawinen und polterten zu Tal, manchmal Männer und Tiere mit sich reißend. Tief gezackte Schlünde im schwarzen Granit des Berges hinterließen diese Lawinen, aus denen ätzende Dämpfe oder dünne, hitzeflirrende Bäche aus geschmolzenem Stein quollen.

Es sah aus, als blute der Berg.

»Nicht mehr lange, Herrin«, flüsterte Bjaron neben Lyra. Seine Stimme klang gepreßt, und obwohl er sich alle Mühe gab, äußerlich gelassen zu erscheinen, spürte sie die Nervosität, die den riesigen Skruta erfüllte, mit fast körperlicher Intensität. Die Worte galten viel weniger ihr als ihm selbst; er hätte sie auch gesprochen, wenn er allein gewesen wäre. »Der nächste Angriff treibt sie zurück zur Festung.«

Lyra nickte knapp, sah dem Skrut-Fürsten einen Herzschlag lang in die Augen und wandte ihre Aufmerksamkeit dann wieder der Schlacht zu, die eine halbe Meile über ihnen tobte, scheinbar lautlos unter dem Brüllen der Flammen, die der Caradayn in den Himmel schleuderte.

Sie fragte sich, woher Bjaron wußte, was dort oben geschah; welche Seite den Sieg davontrug. Die träge, zangenförmige Bewegung, in der die Skruta die flüchtenden Eisenmänner während der letzten zwei Stunden Schritt für Schritt den Berg hinauf und weiter auf die schwarze Faust des Schlangenturmes zugetrieben hatten war aus der Entfernung nur als bizarres Spiel von Schatten und Bewegung zu erkennen; von hier unten betrachtet sah es aus, als kröchen zwei große schwarze Tiere langsam aufeinander zu, wobei das eine das andere Stück für Stück weiter auf den flammenden Schlund des Berges zutrieb und es dabei auffraß; die Schlacht war nichts als finstere Bewegung, ein mit menschlichen Augen nicht zu deutendes Hin und Her dunkler Körper, in das der Feuerschein des Bergs immer wieder gezackte rote Wunden schlug.

Aber gleichzeitig wußte sie auch, daß Bjaron recht hatte. Der Kampf tobte seit dem frühen Morgen mit ungebrochener Wut. Schlanges Eisenmänner hatten jeden Meter Boden zwischen dem Fuß des Berges und dem Caer Caradayn mit zäher Verbissenheit verteidigt, aber die Übermacht war zu gewaltig, selbst für die Krieger eines Magiers. Der Berg war übersät mit Toten, und nur die allerwenigsten trugen das schwarze Eisen von Schlanges Armee, und trotzdem hatte es am Ausgang des Kampfes keinen Zweifel gegeben; nicht eine Sekunde lang. Sie hatten gesiegt.

Gesiegt ... Sie versuchte vergeblich, dem Wort den Beiklang von Triumph – oder wenigsten Erleichterung – abzugewinnen, den es versprach. Vor wenigen Stunden waren Dago und sie nebeneinander durch das geborstene Haupttor Caradons geritten, und allein der Anblick ihrer gründgoldenen Rüstung hatte ausgereicht, auch den letzten Widerstand der Verteidiger zu brechen. Die wenigen Eisenmänner, die dem Wüten der Skrut- und Quhn-Reiter entkommen waren, hatten sich in Panik zur Flucht gewandt, und die menschlichen Verteidiger der Stadt sahen rasch ein, wie sinnlos es gewesen wäre, sich gegen die erdrückende Übermacht des Rebellenheeres stellen zu wollen.

Lyras Blick löste sich von der lautlosen Schlacht, die auf halbem Wege zwischen der Stadt und dem Himmel tobte, und suchte die Stadt, die wie ein riesiger steinerner See unter ihnen lag und mit ihren roten Ziegeldächern das Zucken der Flammen reflektierte. Das Haus war nicht das höchste Caradons, aber es lag auf der Kuppe eines der neun Hügel, auf denen die Haupstadt erbaut worden war, so daß von dem kleinen Balkon an seiner Südseite aus drei Viertel der Stadt zu überblicken waren: ein gewaltiges, im eingeschränkten Sichtbereich der Nacht scheinbar bis zum Horizont reichendes Marmormuster aus Grau- und Schwarztönen, wie mit einem Lineal gezogenen Straßenschluchten und Kanälen und dunklen, bizarr ineinandergeschachtelten Umrissen, die eher an eine Landschaft aus Felstrümmern als an eine von Menschenhand erschaffene Stadt erinnerten. Jetzt, schon spät in der Nacht, schien die Stadt, die tagsüber vor Leben und Lärm und Bewegung überquoll, wie ein gewaltiges schlafendes Tier unter ihr zu liegen; nur hier und da funkelten Lichter wie kleine, verschlafen blinzelnde Augen.

Aber es war eine trügerische Schläfrigkeit, und es war

eine Art von Ruhe, die Lyra mehr als alles mit einer sonderbaren Melancholie erfüllte. Die Schwere, die sie selbst wie eine bleierne Last in den Gliedern fühlte, war nichts als körperliche Müdigkeit, der Preis, den sie für den Gewaltritt bezahlen mußte, der sie aus dem Tal von Dakkad hierher gebracht hatte. Nicht die Entspannung, die dem Sieg folgte.

Sie war sich nicht sicher, ob sie wirklich gesiegt hatten, sah sie von der rein militärischen Bedeutung dieses Wortes ab. Die Stadt lag ihr zu Füßen, nicht nur in körperlichem, sondern auch in übertragenem Sinne, der verbissene Widerstand der Eisernen war nichts als ein letzter sinnloser Versuch, das Ende noch einmal um wenige Stunden hinauszuschieben. Caradons Stärke war die seiner Mauern gewesen. Seine Wälle waren zehnmal so hoch wie die Dakkads und so unerstürmbar wie der Himmel; jedenfalls waren sie es gewesen, bis zu diesem Morgen. Bjarons Reiter hatten nicht nur eine Festung gestürmt, sondern auch eine Legende zerstört. Ja, dachte sie noch einmal und jetzt fast von einem Gefühl der Niedergeschlagenheit erfüllt, sie hatten gesiegt. Aber es war ein Sieg ohne Triumph, ja, sie empfand nicht einmal Zufriedenheit, sondern nur Schwermut und eine vage Trauer, während sie auf die geschändete Stadt hinunterblickte.

Caradon war trotz allem eine schöne Stadt gewesen; eine Stadt der Gewalt und des Hasses vielleicht, aber trotzdem ein Monument der Macht; das steingewordene Wort der Götter. Sie hatten diese Kraft gebrochen, aber Lyra kam sich vor wie eine Frevlerin. Caradon war gefallen, aber es war gefallen wie ein großes, starkes und gleichzeitig unendlich schönes Tier; sein Tod bereitete ihr keine Freude, sondern Schmerz.

Und sie hatten sie auch nicht wirklich besiegt, dachte sie, sondern allerhöchstens geschändet. Ein Teil der Stadt war niedergebrannt und gähnte wie eine schwarze Brandwunde im Häusermeer, und wäre das Licht besser gewesen, hätte sie auch in den scheinbar unbeschädigten Vierteln der Stadt überall die Spuren von Bränden und

Kämpfen sehen können. Die Eisernen hatten eine Spur aus Vernichtung und Tod hinter sich zurückgelassen, ein breiter verbrannter Pfad, der sich wie eine schwarze Narbe durch die Stadt zog und am Fuße des Caradayn endete. Sie hatten gesiegt. Dago, und wohl auch Bjaron, hätten sie ausgelacht, hätte sie irgend etwas anderes behauptet, als daß sie gewonnen hatten. Der Krieg war vorüber. Nur das Kämpfen und Töten ging weiter.

Ihr Blick wanderte wieder nach oben, suchte aber diesmal nicht die Festung und die Schlacht, die sich ihren Toren näherte, sondern den Berg selbst.

Der Anblick hatte nichts von seiner bizarren Faszination verloren. Der Caradayn erhob sich wie ein gestaltgewordener Alptraum über der Stadt; ein Gigant, eine halbe Meile hoch und glatt wie aus Stahl gegossen. Der Mond hing einem bleichen Knochengesicht mit zwei asymmetrisch gemusterten Hälften gleich am Himmel, vor das sich ab und zu die dunklen Schatten von Wolken schoben, als schlösse er abwechselnd einmal das eine, dann das andere Auge. Von Westen her trieben immer neue, schwarze Wolkenfronten heran, die Unterseiten in rote Lohe getaucht und bauchig und schwer, als sammelten sie sich über der Stadt, um Flammen zu gebären.

Vielleicht würden sie es tun, wenn der Augenblick der Entscheidung kam, dachte sie. Die Goldenen waren besiegt, und sie mußten wissen, daß sie besiegt waren – aber was sollte sie hindern, wie verzweifelt um sich beißende Tiere noch einmal all ihre Macht zu entfesseln, um die, die Schuld an ihrer Niederlage trugen, mit sich in den Untergang zu reißen?

Etwas von Lyras Gedanken mußte sich auf ihrem Gesicht widerspiegeln, denn Bjaron, der bis jetzt schweigend neben ihr gestanden und aus zusammengekniffenen Augen abwechselnd zum Gipfel des Caradayn und auf die Dächer der still daliegenden Stadt geblickt hatte, richtete sich plötzlich auf, lächelte flüchtig und hob die Hand, als wolle er ihr den Arm um die Schultern legen, tat es aber dann doch nicht.

»Es ist bald vorbei«, sagte er. »Morgen zu dieser Stunde ist dies alles hier nur noch ein übler Traum.«

Lyra sah ihn an, erwiderte sein Lächeln und versuchte einen Moment, irgendeine passende Antwort zu finden. Dann beließ sie es bei einem bloßen Nicken.

Sie wußten beide, daß es nicht so sein würde. Tief unter ihnen, verborgen hinter den Schatten der Nacht, die sich in die Straßen und Gassen Caradons zurückgezogen hatten und sie zu schwarzen Rissen im roten Meer der Stadt werden ließen, sammelten sich ihre Krieger zum letzten, entscheidenden Angriff. Wenn die Sonne das nächste Mal aufging und den roten Flammenschein des Drachenatems vertrieb, würden sie den Caradayn stürmen, sich mit Bjarons Skrut-Reitern vereinen und die beiden letzten verbliebenen Türme der Zauberfestung nehmen. Und Lyra wußte, daß sie siegen würden. Sie hatte Bjarons Krieger im Kampf erlebt, und sie hatte – wenn auch nur von weitem – gesehen, wie sie die Mauern Caradons überrannt hatten. Es gab nichts, was diesen Männern widerstehen konnte. Nicht einmal die Macht der Goldenen.

Und trotzdem würde die Caer Caradayn niemals zu einem Traum verblassen. Ein Ungeheuer, das tausend Jahre lang geherrscht hatte, war nicht einfach vergessen, nur weil man es erschlug. Vielleicht würde es noch einmal tausend Jahre dauern, ehe die Spuren seiner Schreckensherrschaft getilgt waren. Vielleicht würde es auch nie vergessen sein.

Trotzdem sagte sie: »Sicher, Bjaron, das wird es«, zog den Mantel enger um die Schultern und wandte sich wieder um. Beinahe instinktiv rückte sie dabei ein winziges Stück näher an den Skrut-Fürsten heran, und beinahe ebenso instinktiv rückte Bjaron um die gleiche Distanz wieder von ihr ab. Lyra preßte die Lippen aufeinander und sah weg. Ob er wußte, wie sehr sie sich nach ein wenig Wärme sehnte?

Einen Moment lang verharrte ihr Blick noch auf dem titanischen, von flammender roter Lohe gekrönten Schatten des Caradayn, dann drehte sie sich vollends um, trat ins

Haus zurück, wartete, bis der Skruta ihr gefolgt war,und schloß sorgfältig die Balkontür hinter Bjaron.

Die Kälte und der Wind blieben hinter ihnen zurück; trotzdem bekam sie eine Gänsehaut, und ihre Finger zitterten so stark, daß sie zum Kamin hinüberging und die Hände einen Moment lang über die Flammen hielt, ehe sie sich abermals umwandte, den Mantel abstreifte und ins Nebenzimmer zurückging, in dem Dago auf sie und den Skruta wartete.

Als sie das Zimmer betrat, saß Dago mit dem Gesicht zur Tür in seinem Sessel, die Hände flach nebeneinander auf dem Schoß und die Augen weit geöffnet, als könne er noch sehen. Sein Blick war so klar wie der eines Gesunden, und seine Augäpfel folgten sogar ihrer Bewegung, als sie die Tür hinter sich schloß und zum Tisch ging, um sich einen Becher Wein einzugießen.

Der Anblick versetzte ihr einen tiefen, schmerzhaften Stich, und für einen Moment war sie froh, daß er ihr Gesicht nicht wirklich sehen und den Schmerz darauf erkennen konnte. Dago spielte die Rolle des Sehenden perfekt; so perfekt, daß mit Ausnahme der Männer, die dabei gewesen waren, als er sein Augenlicht verlor, niemand bisher auch nur gemerkt hatte, daß er blind war. Es war wirklich so, wie er gesagt hatte: Einem Magier standen andere Mittel und Wege zur Verfügung, seine Umgebung wahrzunehmen. Aber das änderte nichts daran, daß Lyra wußte, daß ihm seine Augen nichts mehr als Schwärze zeigten.

Und daß sie wußte, daß es ihre Schuld war.

Sie vertrieb den Gedanken, nippte an ihrem Becher und füllte dann einen zweiten, um ihn Dago zu bringen. Der junge Magier lächelte dankbar und nahm das silberne Trinkgefäß entgegen, trank jedoch nicht, sondern griff nach ihren Fingern und hielt sie fest, als sie die Hand zurückziehen wollte. »Deine Hände sind kalt«, sagte er. »Du warst draußen?«

Lyra nickte, dann fiel ihr ein, daß er die Bewegung nicht sehen konnte, und sie fügte ein hastiges »Ja« hinzu. »Ich habe . . . ich war einen Moment draußen auf dem Balkon, um einen klaren Kopf zu bekommen.« Sie entzog ihm jetzt doch ihre Hand; sanft, aber mit gerade genug Kraft, ihn spüren zu lassen, daß er sie nur noch mit Gewalt festhalten konnte. Dago ließ ihre Finger los.

»Du hast dir die Stadt angesehen.« Er nickte, hob den Becher an die Lippen und lächelte flüchtig. »Caradon ist eine schöne Stadt, nicht?«

»Es ist dunkel«, antwortete Lyra. »Man sieht nicht sehr viel. Es . . . es regnet«, fügte sie hinzu. Ihre eigene Stimme klang flach und fremd in ihren Ohren, und sie begann sich unbehaglich zu fühlen. »Es wird aufhören«, murmelte Dago. »Sobald die Goldenen besiegt sind. Sie wehren sich noch. Aber wir werden siegen.«

Seltsam, wie sehr er Bjaron ähnelte, als er diese Worte sprach, dachte Lyra. Aber sie antwortete nicht, sondern starrte ihn über den Rand ihres Bechers hinweg an und versuchte vergeblich, dem Blick seiner erloschenen Augen zu entrinnen.

»Ich habe Bjaron draußen getroffen, Dago. Er wartet im Nebenzimmer auf uns.«

Dago lächelte. »Traut er sich nicht herein, dein Skruta? Du solltest ihm sagen, daß ein blinder Mann keine Gefahr mehr für ihn darstellt. Oder trauert er noch immer darum, nicht bei seinen Kriegern auf dem Berg sein und Eisenmänner erschlagen zu dürfen?«

Lyra überging die Bemerkung und tat so, als hätte sie sie nicht gehört. Seit sie Dakkad verlassen hatten, hatte sich Dagos Verhältnis zu dem Skruta gewandelt. Früher hatte er ihn gefürchtet; vielleicht auch verachtet, aber trotz allem noch respektiert. Jetzt schien er ihn zu hassen. Aus einem Grund, den sich Lyra nicht erklären konnte, klang seine Stimme immer so, als mache er ihn für sein Schicksal verantwortlich, wenn er von Bjaron sprach.

»Eine Abordnung aus Caradon ist angekommen«, sagte sie. »Wir müssen hinunter.«

»Eine Abordnung?« Dago lachte leise. »Vermutlich, um uns den goldenen Schlüssel der Stadt zu überreichen.«

Lyra lächelte. »Vielleicht.«

»Vielleicht auch, um uns zu versichern, daß sie alle auf unserer Seite stehen und nur darauf gewartet haben, endlich befreit zu werden«, fuhr Dago fort, und plötzlich klang seine Stimme böse und war so voller Haß, daß Lyra schauderte. Dago erhob sich. Er bewegte sich ein wenig ungeschickt, und sie griff instinktiv zu, um ihn zu stützen, aber er schob ihre Hand zur Seite und schüttelte den Kopf. Wenn sie allein waren – und nur dann – spürte sie seine Behinderung. Was immer er tat, um sehen zu können, mußte ihm große Anstrengung bereiten. Waren sie allein, dann ließ er sich gehen. Natürlich war das sein gutes Recht, und trotzdem erfüllte es Lyra mit Zorn, denn sein ungeschicktes Stolpern und Umhertasten war schlimmer als jeder Vorwurf, den er mit Worten ausdrücken konnte. Manchmal wünschte sie sich, er würde es tun, denn sein Schweigen quälte sie mehr als alles andere. Spürte er es denn nicht? Dann rief sie sich mit Macht ins Gedächtnis zurück, daß er nichts dafür konnte, und sofort machte sich ein leises nagendes Gefühl von Schuld in ihr breit. Er wußte nichts von ihren Gedanken; ahnte nichs von dem Schmerz, den er ihr zufügte, aber allein daß sie es dachte, bereitete ihr Qual. Und der Schmerz steigerte ihren Zorn. Ein Teufelskreis, aus dem es kein Entrinnen gab.

Schweigend wartete sie, bis er aufgestanden und zum Bett hinübergegangen war, um Mantel und Helm anzulegen. Den wuchtigen goldgefaßten Schwingenhelm streifte er ohne Mühe über, aber den Mantel zog er verkehrtherum an, mit der gefütterten Seite nach außen.

Lyra schüttelte wortlos den Kopf, löste sich von ihrem Platz neben der Tür und ging noch einmal zu ihm zurück, um ihm zu helfen. Ihre Augen waren heiß und brannten, aber sie wagte es nicht einmal, zu weinen, so lange er dabei war.

32

Die Illusion, sich in einem behaglich eingerichteten Heim zu befinden, zerplatzte wie eine Seifenblase, als sie auf den Korridor hinaustraten. Die beiden Zimmer, die Dago und sie bewohnten, waren groß, beinahe schon eine Spur zu groß, um noch wirklich behaglich zu sein, und so kostbar eingerichtet wie die Gemächer eines Königs. Das Haus war ein Palast. Es hatte irgendeinem Edelmann aus Caradon gehört, jemandem, dessen Macht so groß und dessen Reichtum so unermeßlich war, daß Lyra gar nicht erst versucht hatte, beides zu verstehen, und seine Pracht hatte selbst den Sturm aus Feuer und Krieg überdauert, der über diesen Teil der Stadt hinweggefegt war; der Brandgeruch, der sich in Tapeten und Stoffen eingenistet hatte und der feine, schwarze Staub, der wie ein öliger Film auf Möbeln und Türen und Fenstern lag, betonten den Reichtum eher noch, der in diesem Gebäude protzige Gestalt angenommen hatte.

Aber der Schritt auf den breiten, von zahllosen Fackeln noch immer taghell erleuchteten Korridor hinaus schien gleichermaßen ein Schritt in eine andere Welt zu sein. Auch in diesem Haus hatte es Kämpfe gegeben, wie in so vielen Caradons, und als Lyra und Dago das Gebäude betreten hatten, hatten Bjarons Krieger gerade die Leichen eines halben Dutzends Eiserner aus dem Haus geschafft; die Leibgarde des Mächtigen, der diese Gebäude bewohnt und wie viele Edle der Stadt unter dem Schutz der Goldenen gestanden hatte. Er war mit unter den Toten gewesen, die die Skruta aus dem Haus getragen hatten.

Lyra versuchte, sich von der bedrückenden Erinnerung freizumachen, straffte die Schultern und ging ein wenig schneller, mit leicht erhobenem Haupt und ausdrucksloser Miene, so, wie Dago und Schwarzbart ihr beigebracht hatten, sich zu bewegen, wenn sie nicht Lyra, sondern die Mutter Torans war. Der Geruch von zu vielen Menschen, die zu lange auf zu engem Raum zusammengedrängt waren, schlug ihr entgegen, und in die Geräusche, die aus den unteren Etagen zu ihr emporwehten, mischte sich eine dumpfe Ahnung von Leid und Erschöpfung. Sie gingen eine breite, aus weißem Marmor und Gold gebaute Treppe hinunter, deren Geländer auf der einen Seite eingebrochen und in die Halle hinabgestürzt war, durchquerten einen Saal im Erdgeschoß, der früher sicher einmal prachtvoll gewesen war: ein gewaltiges Rechteck voller Spiegel und Bilder und kostbarem Brokat, das jetzt aber eher einem Feldlazarett ähnelte, denn Dago hatte kurzerhand die Möbel hinauswerfen und die am ärgsten verwundeten Krieger hereinschaffen lassen, damit sich Schwarzbarts Zwerge ihrer annahmen. Ein jämmerliches Quartier für eine Königin, dachte sie, während sie, neben Dago und vor dem Skruta, der einen Schritt hinter ihnen ging und sie wie ein stummer Schatten überragte, den Hof überquerte und auf das kleine, zwar noch zum Haus gehörende, aber ein wenig abseits liegende Nebengebäude zusteuerte. Aber auch ein angemessenes, für eine Siegerin. Alle Pracht und aller Jubel, der ihnen begegnet war, täuschten sie nicht darüber hinweg, daß sie als Eroberer gekommen waren. Dies hier war Caradon, nicht Dakkad und schon gar nicht Dieflund. Sie hatten die Stadt im Sturm genommen und unterworfen, aber sie waren als Besatzer gekommen, nicht als Befreier, wie in den anderen Städten. Und sie spürte den Unterschied. Die Stadt lehnte sie ab, und der Respekt und die vereinzelten Hochrufe, die sie bei ihrem Einzug vernommen hatte, waren aus Furcht geboren. Caradon war nicht nur die Stadt am Fuße des Caradayn; nicht einfach ein beliebiger Ort, über den sich zufällig die schwarzen Zinnen der Caer erhoben, sondern die Stadt der Goldenen. Und sie spürte die Ablehnung, die ihr und Dago entgegenschlug, mit jedem Atemzug. Vielleicht hätten sie nicht hierherkommen sollen.

Die Abordnung der Städter bestand aus vier Personen – einem Mann in einer prachtvollen, rotgolden gemusterten Robe, wie sie sie schon mehrmals in der Stadt gesehen hatte, ohne indes zu wissen, was sie bedeutete, grauhaarig und hager, dabei aber von so kleinem Wuchs, daß er selbst Schwarzbart nur um Fingerbreite überragte, hinter ihm zwei jüngere, zwar ebenso kostbar, aber weniger prachtvoll gekleidete Männer, die zu Lyras Erstaunen noch Schwerter und Dolche im Gürtel trugen und ihr mit unverhohlenem Haß entgegenblickten, und ein altes, in ein nur auf den ersten Blick schäbig aussehendes graues Gewand gekleidetes Weib.

Die Alte irritierte Lyra. Sie sah nicht aus wie jemand, der zu den Mächtigsten einer Stadt wie Caradon gehörte, sondern wirkte mit ihrem strähnigen grauen Haar und den faltigen Wangen eher wie eine verhutzelte alte Hexe. Ihre Augen waren kalt und hatten die Farbe von schmutzigem Eis, und ihre Finger, die nervös wie kleine graue Spinnen am Saum ihrer Schürze zupften, sahen aus wie aus knotigem alten Holz geschnitzt. Sie war die einzige, die Lyras Blick mehr als eine Sekunde standhielt. Aber nicht sehr viel mehr.

Lyra blieb stehen, bis Bjaron die Tür hinter ihr und Dago wieder geschlossen hatte und erneut an ihre Seite getreten war, und auch die vier Fremden, die ihr Gespräch bei ihrem Eintreten abrupt unterbrochen hatten, verfielen für Augenblicke in betretenes Schweigen, während Lyra sie und sie ihrerseits sie und ihre beiden Begleiter musterte. Lyra fragte sich, was in ihren Köpfen vorgehen mochte, während sie sich gegenüberstanden; diese drei Männer und die alte Frau, von denen sie nicht einmal die Namen kannte, geschweige denn ihren Rang, die aber zweifelsfrei zu den Mächtigen der Stadt gehört haben mußten. Jetzt fanden sie sich – vielleicht zum ersten Mal in ihrem Leben – als Besiegte wieder, noch immer stolz, aber geschlagen und dem Willen ihrer Bezwinger auf Gedeih und Verderb ausgeliefert. Ob sie Angst haben? dachte sie. Vermutlich. Dago kannten sie wohl alle, wenn nicht persönlich, so doch zumindest vom Namen her, denn er war ein Sohn Caradons, während sie dem Skruta wohl vor allem Furcht und Haß entgegenbrachten. Sie sah, wie sich die

Augen des Grauhaarigen vor Furcht verdunkelten, als er zu Bjaron aufsah, und für einen Moment empfand sie eine boshafte Befriedigung über die Angst, die den Ausdruck von Hochmut auf seinen Zügen ablöste. Dago hatte ihr nur wenig über Caradon erzählt; erstaunlich wenig, wenn sie bedachte, daß es seine Heimatstadt war. Aber das wenige, was sie gehört hatte, hatte ein deutliches Bild der Festungsstadt gezeichnet. Diese Männer hier waren ebenso ihre Feinde wie die beiden Goldenen oben in der schwarzen Festung. Sie gaben sich nicht einmal Mühe, es zu leugnen. Warum auch?

Nein – alles, was diese vier Menschen für Dago und Bjaron empfanden, waren Haß und Verachtung für den einen und Furcht und Verachtung für den anderen. Die unbekannte Größe war sie; sie und das grüngoldene Kleid, das sie trug.

Als wäre dieser Gedanke ein Stichwort gewesen, löste sich der Blick des Grauhaarigen von Bjaron und glitt – nach einem kurzen, haßerfüllten Aufblitzen in Dagos Richtung – über ihre Gestalt. Lyra hätte viel darum gegeben, für einen kurzen Moment durch seine Augen sehen zu können. Sie selbst war erschrocken, als sie ihr Bild in einem der geborstenen Spiegel unten in der Halle erblickt hatte – der Zehn-Tage-Ritt vor die Mauern Caradons war auch an ihr nicht spurlos vorübergegangen: Torans Prachtgewand war verstaubt, das Gold seiner Metallteile blind geworden; sie selbst hatte an Gewicht verloren, auch und vor allem im Gesicht. Sie wirkte hager und – zusätzlich übermüdet, wie sie jetzt war – krank, und ihr Haar war unansehnlich und stumpf wie schwarzes Stroh.

»Du bist also Lyra«, sagte der Grauhaarige plötzlich. Er sprach leise, und seine Stimme hatte einen überraschend vollen, angenehmen Klang, den sie bei einem Mann seines Wuchses gar nicht erwartet hätte. Sie klang irgendwie ... sanft.

Lyra nickte instinktiv und wollte antworten, aber Dago kam ihr zuvor. »Ganz recht, Klovis«, sagte er, hart und eine Spur zu laut, um nicht beleidigend zu sein. »Das ist

Lyra. Torans Mutter und Trägerin seines Kleides. Bist du nur gekommen, um das zu fragen?«

Klovis' Mundwinkel zuckten. Für eine Sekunde glaubte Lyra abermals Zorn in seinem Blick aufflammen zu sehen, dann aber machte sich ein sonderbar wehleidiges – und ein bißchen trauriges – Lächeln auf seinen Zügen breit. Es war die Art von Trauer, dachte Lyra verwirrt, die ein Vater empfinden mochte, der plötzlich feststellen muß, daß sein eigenes Kind zu seinem Feind geworden ist. Von allen Reaktionen, die sie von ihm erwartet hätte, war dies die unwahrscheinlichste.

»Was wollt ihr?« schnappte Dago, als Klovis ihn nur anblickte, statt auf seine Frage zu antworten. »Seid ihr hier, um euch uns offiziell zu unterwerfen?«

Klovis seufzte. »Du bist noch immer so voller Zorn, wie du warst, als du gegangen bist, Dago«, sagte er. »Genügt es dir nicht, die Stadt deiner Väter erobert zu haben?«

»Nein«, antwortete Dago böse. »Ich will dich im Staub sehen, Klovis. Du trägst noch immer den Mantel des Statthalters, und du bist noch immer so überheblich und stolz wie damals! Wenn du in der Hoffnung gekommen bist, du bräuchtest nur das Haupt vor mir und Lyra zu neigen, und alles wäre beim alten, dann täuschst du dich. Du wirst vor mir kriechen, vor mir und den Augen der ganzen Stadt.«

Dago wollte auffahren, aber Lyra sagte schnell: »Ich entnehme Euren Worten, daß Ihr ihn kennt, Mächtiger. Ist das richtig?«

Klovis lächelte bitter. »Das stimmt, Lyra«, sagte er. »Wir kennen uns seit langer Zeit. Dago war einmal wie ein Sohn für mich. Aber das ist eine lange Geschichte . . .«

»Die niemanden interessiert und nicht hierher gehört«, unterbrach ihn Dago. Seine Stimme zitterte vor Erregung, und der Blick seiner weit geöffneten Augen war so starr in den des Edelmannes gerichtet, daß Lyra für einen winzigen, absurden Moment ernsthaft glaubte, er könne wieder sehen. Dann zerrann der Gedanke, so rasch, wie er gekommen war.

»Vielleicht hat Dago recht«, sagte sie. »Es gibt Wichtigeres zu bereden, und unsere Zeit ist knapp bemessen. Wer seid Ihr, und was wollt Ihr?«

»Mein Name ist Klovis«, antwortete Klovis, »Statthalter und oberster Richter von Caradon und Beauftragter der Herren der Caer Caradayn. Wenigstens«, fügte er mit einem raschen, bitteren Lächeln hinzu, »war ich das bis vor wenigen Stunden. Diese beiden sind Fernet und Varg, meine ältesten Söhne, und dies –« er deutete nacheinander auf die beiden jüngeren Männer neben sich, dann auf die Alte – »ist Sölva.«

Lyra folgte jeder seiner Gesten mit Blicken. Die beiden Söhne des Statthalters erschienen ihr instinktiv unwichtig; Männer mit den glatten, noch unfertigen Gesichtern von Zwanzigjährigen, die in Luxus und Macht aufgewachsen waren und nicht wußten, was Leben überhaupt bedeutete. Bei der Alten fiel es ihr sonderbar schwer, sie einzuschätzen. Ihr zerfurchtes Gesicht und das graue Gewand gaben ihr etwas Würdiges und Wichtiges, und irgend etwas an ihrer Erscheinung erinnerte sie an die alte Guna, ohne daß sie sagen konnte, was, oder daß dieser Vergleich irgendeinen Sinn gemacht hätte. Gleichzeitig spürte sie, daß es mit dieser Greisin etwas Besonderes auf sich hatte. Es war wie der Atem der Magie, den sie in Erions und Dagos Nähe verpürt hatte, als sie ihnen das erste Mal begegnete. Und doch ganz anders. Mit spürbarer Mühe löste sie ihren Blick vom Gesicht der alten Frau und wandte sich wieder an Klovis.

»Euren Namen und Euren Rang kenne ich nun«, sagte sie. »Und was ist der Grund Eures Hierseins?«

»Du«, antwortete Klovis. »Ich bin hier, um dich . . .«

»Ihr vergreift Euch im Ton, Klovis«, fiel ihm Dago ins Wort. »Wenn Ihr Eurer Zunge nicht beibringen könnt, in gehörigem Respekt mit Eurem Gegenüber zu reden, werde ich sie Euch herausreißen lassen.«

Klovis erbleichte, und Lyra unterdrückte im letzten Moment den Impuls, herumzufahren und Dago in aller Schärfe zurechtzuweisen.

»Redet weiter«, sagte sie, so sanft sie konnte. »Es macht

mir nichts aus, wie Ihr mich ansprecht.« Sie hob auffordernd die Hand, um ihre Worte zu bekräftigen, und lächelte sogar, und nach einer Weile sprach der Statthalter weiter:

»Wir sind hier, um Euch in aller Form die Herrschaft über die Stadt zu übergeben, Herrin. Caradon ist besiegt. Wir bitten Euch, die Kämpfe einzustellen und unsere Kapitulation entgegenzunehmen.« Er schwieg einen Moment, tauschte einen Blick mit der Alten und fuhr dann, ein wenig unsicherer und in einem Ton, der eine sonderbare Mischung aus Unterwürfigkeit und Vorwurf war, fort: »Die Stadt ist besiegt, Herrin. Unsere Krieger haben die Waffen gesenkt und sich Euren Truppen ergeben. Caradon gehört Euch. Aber ich bitte Euch, unsere Niederlage nicht zu einer Schande zu machen. Stellt das Töten ein.«

Lyra war verwirrt. »Ich fürchte, ich verstehe Eure Worte nicht, Mächtiger«, sagte sie. »Wenn Ihr den Kampf um den Berg meint . . .«

»Nein, das meint er nicht«, unterbrach sie Sölva. Es waren die ersten Worte, die sie sprach, seit Lyra hereingekommen war, und ihre Stimme klang so unangenehm, wie sie erwartet hatte: trocken und verzerrt vom Alter, und sie sprach dabei so schnell, daß Lyra sich konzentrieren mußte, um die Worte überhaupt zu verstehen oder wenigstens ihren Sinn aus dem Zusammenhang zu erraten.

Erregt trat die Alte an Klovis vorbei und stach mit einem gichtigen Zeigefinger wie mit einem Dolch in Bjarons Richtung. »Was er meint, sind diese Ungeheuer aus Skruta, die die Stadt plündern und nach Belieben morden und quälen.«

Die Worte trafen Lyra wie ein Schlag. Für die Dauer eines Atemzuges starrte sie die Alte an, dann fuhr sie mit einem Ruck herum und blickte in Bjarons Gesicht. »Stimmt das?«

»Natürlich stimmt es«, zischte Sölva. »Er wird nicht den Mut haben, es abzuleugnen. Seine Krieger plündern die Stadt und vergewaltigen Frauen und Kinder.«

»Und wahrscheinlich auch ein paar Männer«, fügte Bjaron ruhig hinzu. »Was hast du erwartet, du altes Gespenst? Ihr bekommt nur zurück, was wir seit tausend Jahren von euch erhalten haben.«

»Stimmt das, Bjaron?« fragte Lyra noch einmal, Sölvas Worte und seine Antwort ignorierend.

»Natürlich stimmt es.« Bjarons Blick war so kalt wie der Stahl seines Schwertes, als er sie ansah. »Es ist das Recht eines Kriegers, sich zu nehmen, was er braucht.« Er lachte. »Welchen Sinn soll es haben, eine Stadt zu erobern, wenn man sich nicht an ihren Weibern und Schatzkammern schadlos halten kann?«

»Das . . . das ist . . .« Lyras Stimme versagte. Ungläubig starrte sie abwechselnd den Skruta und die alte Frau an und versuchte vergeblich, des entsetzlichen Gefühls von Erkenntnis in ihrem Inneren Herr zu werden. Wie hatte sie nur so blind sein können? Bjaron hatte nie einen Hehl daraus gemacht, daß er ein Skruta war, bis in den letzten Winkel seiner Seele. Hatten die wenigen Tage, die sie mit ihm zusammen gewesen war, wirklich gereicht, sie alles vergessen zu lassen, was sie jemals über die Barbaren aus dem Osten gehört hatte?

»Das ist unser Gesetz, Herrin«, führte Bjaron den Satz zu Ende. »Was habt Ihr erwartet? Wir sind Skruta.«

Ja, dachte Lyra schaudernd. *Das seid ihr. Aber ich habe es vergessen.* Ein Gefühl von Kälte breitete sich in ihr aus, so umfassend und tief, daß ihr für einen Moment schwindelte. Sie hatte gewußt, daß sie den Tod nach Caradon bringen würde, und sie hätte wissen müssen, daß mit Bjarons Reitern nicht einfach zehntausend zusätzliche Krieger zu ihrem Heer stießen. Sie hatte sogar gesehen, wie sie die toten Eisenmänner geplündert hatten, nach der Schlacht gegen Krake. Aber sie hatte sich eingebildet, daß das etwas anderes wäre.

»Ihr werdet sofort damit aufhören«, sagte sie mühsam. »Ihr werdet zu Euren Kriegern gehen und ihnen befehlen, mit dem Plündern und Töten aufzuhören, und auch mit allem anderen. Sofort, Bjaron.«

Der Skruta schüttelte den Kopf. »Das ist nicht so einfach, wie Ihr es Euch vorstellt, Herrin«, sagte er. »Meine Männer würden nicht verstehen, warum ich ihnen ihr gutes Recht vorenthalte.«

»Ich befehle es, Bjaron«, sagte Lyra. Sie mußte an sich halten, um den Skruta nicht anzuschreien. »Habt Ihr das verstanden? Ich befehle es! Ich, Lyra, Torans Mutter und Trägerin seines Kleides, befehle Euch, damit aufzuhören. Auf der Stelle!«

Bjaron starrte sie an, und irgend etwas in seinem Blick, ein unsichtbarer Funke, von dem sie bis jetzt nicht einmal gewußt hatte, daß er da war, erlosch. Drei, vier, fünf endlos schwere Herzschläge lang lieferten sich ihre Blicke einen stummen Kampf, und im gleichen Zeitraum ging eine schreckliche Veränderung mit dem sieben Fuß großen, schwarzhaarigen Giganten vor sich. Eine Veränderung, die nur für Lyra sichtbar war und die den Schmerz in ihrem Inneren zu neuer Agonie entfachte. Sie sah Bjaron in diesem Augenblick zum ersten Mal. Zum ersten Mal so, wie er war. Er war in einem Moment der Not zu ihnen gestoßen wie ein rettender Engel, den die Götter selbst geschickt hatten, und alles, was sie seither in ihm gesehen hatte, waren seine Kraft und sein Mut. Sie hatte ihn als Menschen kennengelernt, der das Leben liebte und gerne lachte und der es sich leisten konnte, verzeihend und gutmütig zu sein, weil er ein Riese und unbesiegbar war. *Was habt Ihr erwartet?* wiederholte sie seine Worte in Gedanken, immer und immer wieder. Wir sind Skruta. Sie hatte es vergessen. Sie hatte ihn niemals als Skruta gesehen, sondern als beschützenden Freund, so wie sie in den zehntausend Männern in seiner Begleitung niemals als etwas anderes als eine abstrakte Macht gesehen hatte; nicht mehr als die bunten Holzklötzchen, die Dago auf seinen Karten hin und her geschoben hatte.

»Geht, Bjaron«, sagte sie noch einmal. »Ich bitte Euch, geht und tut, was ich Euch befohlen habe. Geht!« Das letzte Wort klang wie ein Schrei, obwohl sie flüsterte.

Bjaron hielt ihrem Blick noch eine weitere, schreckliche Sekunde lang stand, dann nickte er und verließ ohne ein weiteres Wort das Haus. Lyra blickte ihm nach, blieb aber auch danach noch reglos und wie erstarrt stehen und starrte die geschlossene Tür hinter ihm an. Ihre Augen brannten, als sie sich, mühsam wie unter einer unsichtbaren, drückenden Last, wieder zu Sölva und dem Statthalter umdrehte.

»Es tut mir leid«, sagte sie. »Ich wußte nichts davon.«

»Mir scheint, du weißt von vielen Dingen nichts, du dummes Kind«, sagte Sölva. »Ihr hättet diese Ungeheuer niemals hierherbringen dürfen.«

»Diese Ungeheuer, wie du sie nennst, sind unsere Verbündeten«, sagte Dago. »Sie sind nicht schlimmer als die Eisernen. Und sie sind wenigstens Menschen.«

Seine Worte klangen sehr scharf, aber er hatte trotzdem anders gesprochen als noch vor Augenblicken zu Klovis. Die Verachtung in seiner Stimme war Trotz und der Hochmut Verteidigung gewichen.

Sölva wandte nicht einmal den Blick, sondern funkelte Lyra weiter aus ihren gesprungenen grauen Augen an. »Eure Verbündeten?« kreischte sie. »Ich hätte nicht übel Lust, dich an den Haaren durch die Stadt zu zerren, damit du siehst, was deine Freunde tun.« Sie spie aus, schlurfte ein paar Schritte auf Lyra zu und fuchtelte drohend mit ihren dürren Händen dicht vor ihrem Gesicht in der Luft. »Ein Kind, das in eine Rüstung schlüpft und denkt, ein Schwert allein mache es zu einer Erwachsenen!«

Lyra schwieg. Sie verstand plötzlich, warum Dago so anders sprach, denn sie fühlte wie er. Es war nicht nur die Narrenfreiheit des Alters, die Sölva den Mut verlieh, in einem derartigen Ton mit ihr zu reden. Die Alte strahlte eine Autorität und ein Wissen aus, dem selbst der magische Schutz ihrer Rüstung nicht gewachsen war. Es war eine Kraft ganz anderer Art, als sie sie bisher kennengelernt hatte; es war keine Magie und kein Zauber, sondern ... Weisheit? Weisheit und das Wissen um Dinge, die so alt wie diese Welt und vielleicht älter waren.

»Es tut mir leid«, sagte sie leise, und es kam ihr dabei nicht einmal zu Bewußtsein, daß sie als Siegerin vor dieser alten Frau stand, als die Trägerin des Schwertes, das die tausendjährige Herrschaft ihrer Götter letztlich beendet hatte. Sie war plötzlich nur noch ein kleines Mädchen, das gescholten wurde, und sie sprach sogar so, als sie fortfuhrt: »Es tut mir leid, Sölva. Ich habe das nicht gewußt.«

»Du hättest es wissen müssen«, schnappte die Alte, nun schon nicht mehr ganz so erregt, aber noch immer wütend. Trotzdem war der Blick, mit dem sie Lyra maß, eher mitleidig. Aber schließlich konnte man auch mit einem tollwütigen Hund Mitleid haben, ehe man ihn erschoß.

»Aber mir scheint, es gibt eine große Zahl von Dingen, die du nicht weißt, du Närrin«, fuhr Sölva fort. »Ich habe von dir gehört, und ich habe gehört, wie du bist, und ich sehe, daß man dich richtig beschrieben hat. Ein Kind. Nichts als ein dummes, närrisches Kind, das mit einem Löwen spielt und sich über sein Fauchen freut.«

»Das ist genug«, unterbrach sie Dago. »Wir haben euch diese Audienz nicht gewährt, um uns von euch beleidigen zu lassen. Noch ein Wort, und ich werfe dich Bjarons Männern zum Zeitvertreib vor.«

Sölva machte ein abfälliges Geräusch. »Du hast dich wirklich nicht verändert, Dago. Du bist noch immer der gleiche Narr wie früher, der mit dem Kopf durch die Wand will und nicht den Berg sieht, der dahinter steht. Aber vielleicht hast du recht – die Zeit ist knapp, und über das zu jammern, was geschehen ist, nutzt niemandem. Wir sind aus einem anderen Grund hier.« Sie wandte sich wieder an Lyra. »Wo ist das Kind?«

»Nicht hier«, antwortete Dago hastig. »Nicht in der Stadt; nicht einmal in seiner Nähe.«

»Gut.« Sölva nickte. Sonderbarerweise wirkte sie erleichtert. »Wenigstens wart ihr nicht so dumm, auch noch dieses unschuldige Leben in Gefahr zu bringen. Aber ohne Toran wird es dir schwer fallen, die Festung zu erstürmen, die nur von ihm genommen werden kann.« Ihre Augen glitzerten, als sie Lyra ansah, und die Erregung ließ Speichel in kleinen weißen Blasen aus ihrem Mundwinkel tropfen. Lyra spürte einen leisen Anflug von Ekel.

»Ich ... trage seine Rüstung«, sagte sie unsicher. Mit aller Macht versuchte sie, ihre gewohnte Selbstbeherrschung wiederzufinden; die Kraft, die sie stets durchströmte, wenn sie dieses Kleid trug. Aber da war nichts. Es war wie immer. Torans Kleid diente nicht ihr, sondern sie diente ihm. Sie konnte keine Hilfe für sich von seiner Magie erwarten. »Ich trage seine Rüstung und sein Schwert«, sagte sie noch einmal. »Die Caer Caradayn wird fallen.«

»O ja«, fauchte die Alte. »Sie wird fallen. Dein Schwert und deine Rüstung werden sie stürzen. Du bist mächtig genug dazu. Dieses verfluchte Schwert wird ihre Tore zerschlagen, und dieser Fetzen, den du trägst, wird die Goldenen vernichten, daran zweifele ich nicht. Du bist stark genug zum Zerstören. Die Caer wird fallen, und Hunderttausende werden sterben. Du Närrin. Du blindes dummes Kind, was hast du getan? Wie viele Tote hast du zurückgelassen, auf dem Weg aus deinem einsamen Bergtal hierher? Wie viele Mütter weinen an den Gräbern ihrer Söhne, und wie viele Frauen verfluchen schon jetzt deinen Namen, wenn sie an ihre erschlagenen Männer denken?«

Dago wollte abermals auffahren, aber Lyra brachte ihn mit einer raschen Bewegung zur Ruhe. »Laß sie, Dago«, sagte sie. »Laß sie reden. Ich will hören, was sie sagt.«

»Wie großzügig«, höhnte Sölva. »Aber es wird nichts nutzen, fürchte ich. Ihr seid zu weit gegangen. Die Toten werden nicht wieder lebendig.«

»Was willst du?« fragte Dago erregt. »Sag endlich, was du von uns willst, ehe ich dich hinauswerfen lasse!«

Sölva fuhr mit einem wütenden Zischen herum. Eine Strähne ihres dünnen grauen Haares löste sich und fiel ihr in die Stirn, und ihre Lippen waren zu zwei dünnen, vielfach gerissenen Narben zusammengepreßt und schienen sich nicht zu bewegen, als sie sprach. Sie sah jetzt wirklich aus wie eine Hexe, dachte Lyra.

»Ihr greift die Caer an?«

Dago nickte. Die Frage schien ihn zu verwirren. »Bjarons Männer ...«

»Ich rede nicht von den Skruta«, unterbrach ihn die

Alte. »Laß diese Ungeheuer und die Eisenmänner sich ruhig gegenseitig abschlachten, wenn es dir Spaß macht. Ich rede von morgen. Von dem, was ihr tun wollt, wenn die Sonne aufgeht.«

Dago schien nun vollends aus der Fassung. »Gibt... gibt es irgend etwas, das du nicht weißt?« fragte er stockend.

»Ich würde nicht fragen, wenn ich es wüßte«, schnappte Sölva. »Aber es ist nicht schwer zu erraten. Du bist verrückt genug, es zu tun. Weißt du nicht, was geschieht, wenn die Caer fällt und die Macht des Caradayn entfesselt wird?«

»Ich weiß, was geschehen wird, wenn wir es nicht tun«, antwortete Dago trotzig. »Wozu, glaubst du, sind wir hier? Wir sind nicht gekommen, um mit den Goldenen das Sommerwendfest zu feiern.«

»Ihr seid gekommen, um zu sterben«, fauchte Sölva. »Ich habe nichts dagegen. Aber ich werde verhindern, daß unendliches Leid über dieses Land und seine Bewohner kommt, nur damit du deinen Haß befriedigen kannst.«

»Was bedeutet das?« mischte sich Lyra ein.

Sölva wandte mit drei kleinen, ruckhaften Bewegungen den Kopf und sah plötzlich aus wie ein hakennasiger faltiger Vogel. Ihre Augen flammten. »Nicht einmal das weißt du«, sagte sie abfällig. »Die Caer Caradayn ist nicht einfach eine Festung, die man nach Belieben erstürmen kann, du Närrin. Ihre Macht ist die Macht Gäas, der Göttin der Erde selbst. Zerstöre sie, und du entfesselst Mächte, die uns alle vernichten.«

»Papperlapapp!« Dago trat vor und griff wütend nach der Alten, aber Sölva tauchte mit einer erstaunlich leichten Bewegung unter seinen Fingern hindurch und wich trippelnd zwei, drei Schritte zurück. Dago knurrte wütend und versuchte ihr zu folgen, schien aber plötzlich die Orientierung zu verlieren und blieb stehen. Sölva kicherte.

»Es gehört mehr als ein blinder Zauberer dazu, eine Erdpriesterin zu fangen«, sagte sie höhnisch. »Du könntest es nicht einmal, wenn du noch sehen könntest.«

Dago ballte zornig die Faust. Aber er schüttelte sie in die Richtung, in der Sölva vor Augenblicken gestanden hatte; die Geste ging ins Leere und wirkte nur hilflos. »Hör endlich auf, Alte«, krächzte er. »Vielleicht bin ich blind, aber ich bin noch immer in der Lage, dir die Kehle herauszureißen.«

»Ich weiß«, antwortete Sölva. »Im Zerstören warst du schon immer hervorragend. Besser als jeder von uns. Hättest du mehr Geduld aufgebracht und deine Ausbildung beendet, dann wärst du vielleicht eines Tages sogar stark genug gewesen, die Goldenen zu vernichten. Aber du hast es vorgezogen, Haß zu predigen und dieses wehrlose Kind da zu deinem Werkzeug zu machen.« Sie deutete anklagend auf Lyra.

»Ihr werdet verderben, Dago«, fuhr sie fort, plötzlich wieder ganz ruhig, aber in einem Ton, der Lyra schaudern ließ. »Ihr wollt den Schrecken der Goldenen beenden, und ihr nehmt dabei in Kauf, einen tausendfach Größeren zu entfesseln.«

»Was willst du damit sagen?« fragte Lyra. Ihre Lippen zitterten, und Kälte jagte in rasch aufeinanderfolgenden Schauern ihren Rücken herab. Sie hatte nur noch Angst. »Was bedeutet das, Sölva? Was sollen diese Worte von Schrecken und Untergang und den Mächten der Erde?«

»Denk nach, und du wirst es selbst erkennen«, sagte Sölva. Dann wies sie wütend auf Dago. »Er hat es dir oft genug gesagt. Du hast nur nicht zugehört.«

»Hör auf, in Rätseln zu sprechen, Sölva«, sagte Klovis sanft. »Siehst du denn nicht, daß sie wirklich nichts weiß?«

»Daß ich was nicht weiß?« fragte Lyra. Plötzlich mischte sich Wut in die Angst, die in ihren Eingeweiden wühlte. Dago setzte zu einer Antwort an, aber zum wiederholten Male schnitt sie ihm mit einer herrischen Bewegung das Wort ab und trat auf die greise Priesterin zu. »Hör auf, mich wie eine Närrin zu behandeln, Alte!« sagte sie erregt. »Wenn es ein Geheimnis um die Caer gibt, das ich nicht weiß, dann sag es mir – oder verschwinde!«

In Sölvas Augen blitzte es fast amüsiert auf, aber die boshafte Bemerkung, die Lyra halbwegs erwartete, kam nicht. »Es gibt in der Tat vieles, was du nicht weißt, mein Kind«, sagte sie. »Und vieles, das auch Dago nicht weiß, weil er ungeduldig und ein Narr ist. Ihr glaubt, die Geheimnisse der Magie zu kennen, aber ihr seid wie Kinder, die mit dem Feuer spielen. Die Caer Caradayn ist keine Festung. Sie ist ein Quell gewaltiger magischer Macht, aber auch sein Wächter. Ihr wißt nicht, was ihr tut, zerstört ihr sie. Vier ihrer Türme sind bereits gefallen; vier der sechs Siegel, die das Tor verschließen, gebrochen. Hast du nicht gesehen, daß der Himmel über der Stadt brennt? Spürst du nicht die furchtbare Kraft, die dem Berg innewohnt und die die Caer bannt? Sie darf nicht fallen!«

»Und was sollen wir tun, deiner Meinung nach?« schnappte Dago. »Willst du, daß wir abziehen und hoffen, die Goldenen hätten genug Humor, das alles hier als kleinen Schabernack anzusehen?«

Sölva warf ihm einen bösen Blick zu. »Unsinn. Die Macht der Goldenen ist gebrochen. Ihr wolltet das Land befreien, gut. Ihr habt es getan. Geht und laßt ihnen und allen, die noch zu ihnen halten, Caradon und diesen verfluchten Berg.«

»Du bist verrückt!« keuchte Dago. »Du willst, daß wir die Goldenen am Leben lassen? Wofür haben wir gekämpft? Wofür sind all die gestorben, deren Tod du Lyra vorwirfst?«

»Für ein leeres Wort namens Freiheit«, antwortete Sölva grob. »Aber was geschehen ist, ist geschehen. Das tausendjährige Reich ist zerschlagen. Die Goldenen werden nie wieder herrschen.«

Dago schnaubte. »Du bist von Sinnen, Alte! Es wird nie Frieden geben, solange die Goldenen leben.«

»Es hat tausend Jahre lang Frieden gegeben«, erwiderte Sölva ruhig. »Solange sie lebten, Dago. Euer Krieg ist der erste seit einem Jahrtausend.«

Dago erbleichte. »Wärst du ein Mann, würde ich dich für diese Worte töten lassen«, sagte er, ganz leise, aber mit einem Ernst, der selbst Sölvas Selbstsicherheit für einen Moment erschütterte. Aber nur für einen Moment. Dann blitzten ihre Augen wieder auf, und Lyra konnte direkt sehen, wie sie zum nächsten Hieb gegen Dago ausholte. Sie hatte ohnehin immer mehr den Eindruck, daß dieses Gespräch im Grunde nichts als ein Kampf zwischen Dago und der alten Frau war; ein Kampf, auf den beide sehr lange gewartet hatten und bei dem sie, Klovis und seine Söhne nichts als überflüssige Zuschauer waren. Es war kein sehr fairer Kampf, wie ihr schien.

»Du kennst den Fluch der Caer Caradayn so gut wie ich«, sagte sie. »Aber du wirst sie trotzdem angreifen.«

Dago nickte. »Sie müssen sterben.«

»Müssen sie das?« wiederholte Sölva lauernd. »Oder gibt es vielleicht einen anderen Grund, die Festung Draches zu erstürmen? Einen Grund, den nur du kennst?«

»Und welcher sollte das sein?« fragte Dago. Sein Spott klang nicht ganz echt.

Sölva wiegte den Schädel und tat so, als müsse sie überlegen. »Man sagt, wer auf dem Drachenthron sitzt, kann selbst die Urkräfte der Natur beherrschen«, sagte sie. »Man sagt, dieser Thron verleiht seinem Besitzer Macht über Leben und Tod und über die geheimen Kräfte des menschlichen Körpers. Man sagt, daß der Drache die Toten wieder lebendig machen kann. Ich kann mir gut denken, daß es an einem Ort solcher Macht ein leichtes sein müßte, einen gebrochenen Arm zu heilen; eine abgeschlagene Hand nachwachsen zu lassen. Oder – zum Beispiel – blindgewordene Augen wieder sehen zu lassen.«

Lyras Hände begannen vor Schreck zu zittern. Aus weit aufgerissenen Augen starrte sie erst Dago, dann die Alte, dann wieder den jungen Magier an. Aber natürlich, dachte sie. Natürlich war es das, was Dago insgeheim erhoffte – warum war sie nicht von selbst schon in Dakkad auf die Idee gekommen? Hatte er ihr nicht oft genug erzählt, wie mächtig die Magie der Caer Caradayn war? An einem Ort wie diesem mußte es leicht sein, das Gefängnis aus ewiger Dunkelheit zu zerbrechen, in dem sein Geist gefangen war.

Sie empfand keinen Zorn bei diesem Gedanken; nicht einmal Schrecken. Allerhöchstens einen neuen, nagenden Vorwurf, daß sie es nicht gewesen war, die auf diesen Gedanken verfallen war und ihn darauf aufmerksam gemacht hatte. Es war sein gutes Recht, nach diesem Strohhalm zu greifen.

»Selbst wenn es so wäre«, sagte sie zu Sölva, »hättest du keinen Grund, Dago Vorhaltungen zu machen. Glaube mir – nicht einer von unseren Kriegern wird seinetwegen zu Schaden kommen. Du kennst ihn nicht, wenn du glaubst, er würde Menschenleben opfern, um . . .«

»Mir scheint, daß du von allen hier Dago am allerwenigsten kennst, mein Kind«, unterbrach sie Sölva. »Natürlich würde er es nicht, so wenig, wie er von diesem Angriff ablassen würde, könnte er noch sehen. Ich mache dir keine Vorwürfe, denn du weißt es nicht besser. Und ich mache ihm keinen Vorwurf, denn er kann nicht anders, so wenig, wie euer Freund Bjaron aus seiner Haut herauskann. Ich appelliere an eure Vernunft, wenn euer Glaube schon nicht stark genug ist. Was ihr begonnen habt, kann mit nichts anderem als noch größerem Leid enden. Blut verlangt Blut, dieses Gesetz ist so alt wie die Welt. Ihr seid mit Männern und Schwertern hierhergekommen und glaubt, die mächtigsten Magier besiegen zu können, die die Welt jemals gesehen hat. Ihr seid Narren, ihr alle.«

»Ich finde, für Magier von solcher Macht, wie du sie schilderst, haben sie sich bisher recht ungeschickt verhalten«, sagte Lyra. Sie war verwirrt, so unsicher, daß sie am liebsten aus dem Haus gelaufen und sich in ihrem Zimmer verkrochen hätte. Sölvas Worte hatten sie bis ins Innerste erschüttert. Sie sprach eigentlich nur weiter, weil sie Angst hatte, die nächsten Worte der Alten könnten weitere, größere Schrecken bringen. »Vier von ihnen sind tot.«

Sölva machte ein obszönes Geräusch. »Und? Macht es einen Unterschied, zweimal oder sechsmal erschlagen zu werden? Vier sind tot, sagst du?« Sie beugte sich vor und hob die Hand, um die Zahl an den Fingern abzuzählen. »Einer«, sagte sie und knickte den kleinen Finger ein, »war

Ratte. Ein Narr und Nichtskönner unter den Goldenen. Du glaubst, du hättest ihn getötet? Sie haben ihn dir gegeben, mein Kindchen. Sie haben ihn dir zum Fraß vorgeworfen, weil er ihnen schon seit einem Jahrhundert lästig wurde und sie hofften, daß du ihn tötest.« Sie knickte den Ringfinger nach innen. »Der zweite starb durch die Heimtücke Dagos und durch ein Glück, das sich nicht wiederholen wird. Er wurde überrascht, in einem unglücklichen Moment.«

»Und die beiden anderen?« sagte Dago. »Krake und Spinne?«

»Auch Magier sind nicht gegen Verrat gefeit«, giftete die Alte. »Sie konnten nicht ahnen, daß Harleen sie in eine Falle locken würde. Und sie waren dumm genug, euch anzugreifen, statt euch in ihrer Festung zu erwarten.«

»Vielleicht haben sie ihre Kräfte auch überschätzt«, sagte Dago.

»So wie du?« Sölva kicherte. »Du weißt, daß es nicht so war. Selbst eine schwache alte Frau wie ich kann einer Schildkröte das Genick brechen, wenn sie dumm genug ist, ihren Panzer zu verlassen. Nein, Dago – Draches Krieger werden euch austilgen, so wie ich Unkraut aus meinem Garten zupfe.«

»Draches Krieger?« Lyras Verwirrung wuchs, aber der Zorn auch. »Du meinst die Flammenkrieger des Drachenzauberers?« vergewisserte sie sich. Sölva nickte, und Lyra fuhr nach kurzem Überlegen fort: »Ich habe viel von ihnen gehört, Sölva. Selbst in Bjarons Stimme war Angst, als er von ihnen sprach ...«

»Mit Recht!« begann Sölva.

Aber Lyra sprach ungerührt weiter. »Aber ich habe bisher nicht einen von ihnen gesehen. Auf den Mauern Caradons standen nur Eisenmänner, als Bjarons Krieger sie gestürmt haben, und vor den Toren der Caer kämpfen die Skruta nur gegen die Krieger des Schlangenmagiers. Warum hat er uns nicht vernichtet, wenn seine Krieger so unbesiegbar sind?«

»Niemand hat sie je gesehen«, sagte Dago heftig. »Vielleicht gibt es sie nicht einmal. Wer weiß – vielleicht ist der sechste Turm der Caer leer, und es gib nicht einmal den Drachen.«

Lyra wußte, daß das nicht stimmte. Sie hatte seinen Atem gespürt, seit sie von Orans Hof fortgegangen war, zuerst leise und ohne zu wissen, was es überhaupt war, das sie fühlte, dann immer stärker. Sie hatte ihn gesehen, während sie mit Spinne kämpfte, und danach, in den endlosen schwarzen Stunden ihrer Blindheit. Und sie fühlte seine Anwesenheit in dieser Stadt wie einen giftigen Pesthauch. Auch Dago wußte, daß es so war.

»Wenn du das wirklich glaubst, wirst du eine furchtbare Erfahrung machen, sobald du den Drachenturm betrittst«, antwortete Sölva. »Aber du glaubst es ja nicht. Du weißt so gut wie ich, daß sie auf euch warten, dort oben, hinter den Wänden der Caer. Und du hast Angst davor.«

Dago schwieg. Sölva starrte ihn einen Moment lang an, dann drehte sie wieder mit diesen kleinen vogelartigen Bewegungen den Kopf und blickte in Lyras Augen. »Sie sind da«, wiederholte sie.

»Dann verstehe ich deine Furcht nicht, Alte«, sagte Lyra. »Wovor hast du Angst, wenn du glaubst, wir würden sterben, sobald wir die Festung betreten?«

Es dauerte lange, bis Sölva antwortete. Mehrmals wanderte ihr Blick zwischen Dagos und Lyras Gesicht hin und her, als wäre sie nicht sicher, zu wem sie sprechen sollte. Als sie es schließlich tat, sah sie Lyra an, und irgend etwas hatte sich abermals in ihrer Stimme verändert.

»Ich habe Angst davor, daß ihr siegt, mein Kind«, flüsterte die Alte, und obwohl Lyra versuchte, sich mit aller Macht gegen den Gedanken zu wehren, klangen die Worte wie ein böses, dunkles Omen in ihren Ohren.

33

Lyra fand nicht mehr viel Schlaf in dieser Nacht. Sölva und der Statthalter gingen lange vor Mitternacht, und Lyra hatte sich bald danach zurückgezogen, unter dem Vorwand, müde zu sein, in Wahrheit aber, weil sie die Worte der Alten mehr aufgewühlt hatten, als sie sich Dago gegenüber anmerken lassen wollte, aber obwohl sie eine tiefe, körperliche Erschöpfung verspürte und schon auf dem Weg hinauf in ihr Gemach Mühe hatte, die Augen offenzuhalten, stellte sich der Schlaf, auf den sie wartete, nicht ein. Die erste Stunde des neuen Tages fand sie angezogen auf ihrem Bett liegend und die Decke anstarrend, ohne daß sie den weißen Zierputz über sich wirklich sah.

Lyra stand auf, blieb einen Moment unschlüssig neben dem Bett stehen und wandte sich dann um, um auf den Balkon hinauszutreten. Die Nacht empfing sie mit Kälte und dem flammenden Widerschein des Himmels, aber die Luft war von einer seltenen Klarheit, und die Finsternis war wählerisch geworden – Caradon war zu einer amorphen schwarzen Masse tief unter ihr zusammengeschmolzen, ein Flickenteppich aus kleinen flackernden Funken und Schwärze, aber es gab auch Dinge, die sie mit einer Schärfe und Deutlichkeit erkannte, die ihr selbst bei hellem Tageslicht kaum möglich erschienen wäre: ein Teil der niedergerissenen Stadtmauer, schwarz und zerschrunden wie eine tausend Jahre alte Ruine, hier ein Haus, das vom Feuer verzehrt und zu einem verkohlten Gerippe geworden war, dort ein Teil einer Straße, deren Kopfsteinpflaster mit eingetrocknetem Blut verfugt war, die Leiche eines Eisernen, der von einem Speer durchbohrt und wie ein bizarrer schwarzer Schmetterling an eine Tür genagelt worden war. Der verstümmelte Torso eines Kindes, das den tödlichen Hufen der Schlachtrosse nicht schnell genug hatte ausweichen können. Ein Schwert, das zerbrochen und vergessen auf einem Hof lag.

Dann sah sie die Caer; klar und plötzlich mit derselben, übernatürlichen Schärfe, mit der sie zuvor die Seele der Stadt erblickt hatte. Die Caer Caradayn, die Herrscherin Caradons und Burg der Goldenen Magier. Und mehr. Viel mehr. Sie wußte, daß sie nicht wirklich sah, sondern daß ihr das Bild *gezeigt* wurde, aber sie empfand keine Furcht, nicht einmal Schrecken, sondern nur eine fast ehrfurchtsvolle Neugier.

Die Festung war gigantisch; ein Alptraum aus Lava und schwarzem Stahl, selbst jetzt noch eindrucksvoller als alles,was sie sich jemals hatte vorstellen können. Ihre sechs nadelspitzen Türme umgaben den Schlund des Berges wie eine steinerne Krone, untereinander verbunden mit einer hohen, einwärts geneigten Mauer aus Lava, direkt aus dem natürlichen Material des Berges herausgemeißelt und von Magie unsagbarer Macht gefestigt, so daß sie selbst den tobenden Urkräften der Erde zu trotzen vermochte; selbst jetzt, wo vier der sechs Türme gefallen und zu zersplitterten Stümpfen geworden waren. Die Caer war nicht von Menschenhand erschaffen worden, nicht einmal von der ihrer Bewohner. Die Festung war alt, *unsagbar alt.* Irgendwann waren die Goldenen gekommen und hatten sie in Besitz genommen, aber die tausend Jahre, die seither vergangen waren, konnten nicht mehr als ein Atemzug im Leben der Caer gewesen sein, ein flüchtiger Gedanke in der Ewigkeit. Sie hatte das Entstehen der Welt gesehen und das Erwachen der Menschheit, und vielleicht war sie älter als die Götter selbst; so alt wie die Schöpfung.

und du bist gekommen, um sie zu vernichten

Lyra erschrak nicht, als sie die Stimme hörte. Es war nicht wirklich eine Stimme; keine Worte. Auch keine Bilder oder Gefühle oder sonst irgend etwas, was sie jemals erlebt hätte, sondern eine völlig andere, neue Art der Kommunikation, etwas, für das es in der Welt der Menschen keine Bezeichnung gab und das ihr Verstand nur in Worte umwandelte, um nicht daran zu zerbrechen. Ihr Blick löste sich von der zerbrochenen Zackenkrone der Festung, glitt höher hinauf in den Himmel und verharrte auf einem imaginären Punkt zwischen dem Berg und dem Nichts.

Über dem Caradayn schwebte der Drache.

Er war groß; größer, als Lyra ihn in Erinnerung hatte, mächtiger und schöner als alles, was Menschenaugen je erblickt hatten. Seine Schwingen ließen die Wolken über der Stadt erglühen, und sein Leib war wie das Feuer der Schöpfung selbst, so hell und heiß, daß seine bloße Berührung genügen mußte, sie zu Asche zu verbrennen. Plötzlich kam sie sich klein und hilflos und verloren vor. Wer war sie, daß sie es wagte, einem Gott zu trotzen?

Warum zeigst du mir das alles? dachte sie.

damit du verstehst, antwortete der Drache. *sieh, was du getan hast, und du wirst sehen, was du tun wirst.*

Wieder sah sie die Stadt, im gleichen Moment und ohne den Blick von der lodernden Gestalt des Drachen zu wenden, den schwarzen Fels des Hasses, aus dem ihre Wälle gemauert waren, die Gewalt, die ihre Straßen erschaffen hatte und den Terror, der ihre Seele war. *du glaubst, du könntest all dies zerstören?* fragte der Drache. *wer bist du, daß du so vermessen bist, deine macht mit der meinen vergleichen zu wollen?*

Lyra wollte antworten, aber sie konnte es nicht. Sie konnte nicht einmal mehr denken. Ihr Wille war ausgelöscht. Bilder tauchten vor ihren Augen auf und vergingen wieder, Bilder des Schreckens, die sie bis zu diesem Moment für unmöglich gehalten hatte. Sie sah den Kampf um Orans Hof und Sjurs Tod. Sie sah den Albstein brennen und seine Königin verbluten. Sie sah sich selbst, umgeben von einem halben Hundert Skrut-Reitern, die Krakes Eisenmänner niedermetzelten, dann den Kampf an der Brücke. Bjarons Krieger, die unter den Hieben der Eisernen fielen, dann wie ein gräßliches Spiegelbild ihren verzweifelten Kampf gegen Spinne. Ihre Hand, die das Schwert bis zum Heft in seinen Leib stieß und plötzlich voller Blut war. Schließlich den Sturm auf Caradon. Sie durchlebte jeden Moment des Schreckens auf ihrem Weg zum Caradayn noch einmal, und sie sah auch all das

Furchtbare, das rings um sie herum geschehen war und vor dem sie bisher die Augen verschlossen hatte. Sie sah die Straße aus Blut, über die sie geschritten war.

du glaubst, mich besiegen zu können? wisperte die Stimme des Drachen. *du kannst es nicht, lyra.* Ein dumpfes Grollen ließ den Balkon unter ihren Füßen erbeben, und hoch über ihr schoß eine gräßliche Lohe aus Hitze und Licht aus dem Krater des Caradayn und zerbarst an den Wolken. Ihr Brüllen vermischte sich mit den Todesschreien der Männer, die dort oben starben. Bjarons Krieger, die sie aus Haß und Verbitterung in den Kampf geschickt hatte, weil sie glaubte, das Recht dazu zu haben. Vielleicht weil sie geglaubt hatte, zehntausend Skrut-Leben wie einen Springer auf einem Schachbrett einsetzen zu dürfen. Sie starben in diesem Augenblick, und Lyra spürte ihren Tod so deutlich, als wäre es ihr eigener. *du glaubst, du könntest mich besiegen,* fuhr die lautlose Stimme fort. *du glaubst, du könntest caradon vernichten, die caer und auch ihre herren. du kannst es nicht.*

Für einen Moment – nicht länger – wandelte sich Lyras Schrecken noch einmal in Trotz. »Wir haben gesiegt«, flüsterte sie. »Caradon ist gefallen, und auch die Caer wird untergehen.«

und du denkst, das wäre der sieg? Sie hörte etwas wie ein Lachen, aber es war anders; auf eine Art schrecklich, die sie nicht in Worte fassen konnte. *du närrin. ihr habt gesiegt? du hast das schwert in die hand genommen und ein kleid übergestreift, dessen magie wie die meine ist. du hast dieses land in einen ozean aus blut und tränen verwandelt, und du glaubst noch immer, du hättest gesiegt. du hast schlachten geschlagen und eine stadt erstürmt, und du glaubst, das allein wäre der sieg. zeig mir deinen sieg! wo ist die freiheit, die du denen versprachst, die für dich gestorben sind? ihr habt diese stadt erobert, und vielleicht werdet ihr auch diesen berg erobern. und doch hast du schon verloren, denn alles, was du getan hast, hast du für mich getan. jedes wort, das du gesprochen hast, hat mich gestärkt. jeder mensch, der für dich gestorben ist, hat meine macht vergrößert.*

»Warum tötest du mich nicht, wenn es so ist?« flüsterte Lyra. »Warum läßt du zu, daß wir deine Stadt niederbrennen und deine Festung schleifen, wenn du so mächtig bist?«

weil es nicht nötig ist, antwortete der Drache. *du hast mir nicht geschadet. meine macht ist größer denn je, und sie wächst mit jedem augenblick, den du existierst. du gehörst mir, lyra. warum sollte ich die hand abhacken, die mein schwert führt? du gehörst mir. du hast mir immer gehört, vom ersten moment an. ich habe dich erschaffen.*

»Das ist nicht wahr!« wimmerte Lyra. »Du lügst! Du . . .«

ich lüge niemals, unterbrach sie der Drache. *sieh dich um. sieh dir die stadt an, die du erobert zu haben glaubst. du hast caradon eine stadt der gewalt genannt, und du hast recht. und doch hast du selbst die gewalt hierher zurückgebracht. du gehörst mir. noch wehrst du dich gegen diesen gedanken, aber mit jedem moment, den du versuchst, mir zu widerstehen, wächst meine macht nur.*

Damit erlosch die Stimme. Plötzlich war der Himmel leer; der Drache war fort, und das rote Lodern unter den Wolken nur der Widerschein der Flammen, die aus dem Krater des Caradayn brachen.

Lyra taumelte. Plötzlich war die Kälte wie Glas, das sich eisig gegen ihre Haut preßte, und der Brandgeruch, der vom Gipfel des Berges über die Stadt wehte, nahm ihr den Atem. Ein Gefühl saugender Leere breitete sich für Sekunden in ihrem Kopf aus; die Stadt verschwamm vor ihren Augen. Sie wankte, griff haltlos zur Seite und fühlte den rauhen Stein der Balkonbrüstung, aber ihren Fingern fehlte die Kraft, das Gewicht ihres Körpers zu halten. Sie fiel nach vorne, verlor vollends den Halt und begann über die Brüstung zu sacken. Der Himmel und der schwarze Riesenfinger des Caradayn kippten wie in einer grotesken Verbeugung zur Seite und nach unten, und plötzlich begann die ganze Welt einen irrsinnigen Reigen vor ihren Augen aufzuführen.

»Lyra!« Die Stimme schien von weit her in ihr Bewußtsein zu dringen. Der Caradayn kippte weiter zur Seite, während die Stimme ein zweites Mal ihren Namen schrie, dann packten kräftige Hände ihre Schultern und rissen sie zurück.

Die Berührung tat weh und erfüllte sie ohne Grund mit Abscheu. Instinktiv versuchte sie, die Hände abzustreifen, aber sie war nicht stark genug. Dago riß sie mit einem zweiten, schmerzhaften Ruck vom Geländer zurück, drehte sie an den Schultern herum und schüttelte sie wie ein Kind, bis sie ihren Widerstand aufgab und weinend in seinen Armen zusammenbrach.

»Lyra – um Gottes willen, was tust du?« Dagos Gesicht war bleich vor Schrecken. »Was ... was ist geschehen?« stammelte er. »Was tust du hier draußen? Um ein Haar wärst du ...« Er verstummte mitten im Satz, legte die Hand unter ihr Kinn und hob ihren Kopf an, um ihr ins Gesicht zu sehen. Aber seine Augen waren leer; ihr Blick ging an denen Lyras vorüber und irrte hilflos über ihre Stirn. Plötzlich hob er die Hand, schob sie ein winziges Stück von sich fort und tastete mit den Fingerspitzen über ihre Wangen. Lyra fühlte ihn zusammenfahren, als er ihre Tränen spürte.

»Du hast geweint? Warum? Was ist geschehen?«

Lyra starrte ihn an, öffnete den Mund, um zu antworten, und schüttelte dann nur stumm den Kopf. Wie könnte sie ihm erklären, was geschehen war? »Nichts«, murmelte sie nach einer Weile. »Es war ... nichts, Dago. Ein Moment der Schwäche, mehr nicht.« Behutsam löste sie sich vollends aus seiner Umarmung und schüttelte mit einer heftigen Kopfbewegung das Haar in den Nacken. »Ich konnte nicht schlafen und bin herausgegangen, um frische Luft zu schnappen«, sagte sie. »Aber ich fürchte, ich habe meine Kräfte überschätzt. Mir wurde plötzlich übel.«

Die Lüge war unüberhörbar, aber Dago beließ es dabei, sie einen weiteren Moment wortlos anzublicken, dann nickte er. »Du solltest dich schonen«, sagte er. »Morgen wirst du alle deine Kräfte brauchen. In weniger als fünf Stunden greifen wir an.«

»Ich weiß«, murmelte Lyra. »Aber ich fürchte, ich finde

keinen Schlaf. Nicht in dieser Nacht.« Sie lächelte unsicher, fuhr sich mit der Linken über das Gesicht und fügte in verändertem Ton hinzu: »Trotzdem hast du recht. Ich sollte nicht hier draußen sein. Wenn du nicht zufällig gekommen wärst ...«

»Ich bin nicht zufällig hier«, unterbrach sie Dago. »Ich kam, um dir etwas zu zeigen. Aber du wirst es ohnehin gesehen haben, wenn du hier draußen warst.«

»Was meinst du?« fragte Lyra seltsam erschrocken.

»Die Caer«, antwortete Dago verwirrt. »Du mußt es doch gesehen haben. Jedermann in der Stadt hat ...« Er verstummte, streckte wieder die Hand nach ihr aus und deutete mit der anderen nach oben, zum Gipfel des Caradayn. Lyras Blick folgte der Geste. Im ersten Moment sah sie nicht, was er meinte. Die Caer Caradayn blieb ein monströser schwarzer Schatten, der im blutigen Licht des Kraters wie ein lebendes Wesen zu zucken schien. Dann sah sie es. Nur noch eine der schwarzen Riesennadeln reckte sich unbeschadet in den Himmel. Der fünfte – der Turm Schlanges – brannte.

»Schlange ist gefallen«, flüsterte Dago. »Jetzt ist nur noch eines von diesen Ungeheuern am Leben. Der Sieg ist uns gewiß, Lyra.«

Schlange ist gefallen, wiederholte sie seine Worte in Gedanken. O ja, sie hatte seinen Tod gespürt, viel deutlicher als Dago oder irgendein anderer in der Stadt. Auch der fünfte Magier war tot. Aber ob Dago wußte, um welchen Preis?

Dann blickte sie ein zweites Mal zum Gipfel des Vulkanberges hinauf, und das Bild sagte ihr, daß Dago es wußte. Der Schlangenturm brannte wie eine Fackel, der Bereich um seinen Fuß und ein großer Teil der schwarzen Lavamauer, über die er emporragte, waren ein einziges Flammenmeer. Die Hitze mußte groß genug sein, jedes lebende Wesen auf dem Gipfel des Berges zu töten.

»Bjarons Krieger ...«, murmelte sie. »Sie ... sie müssen tot sein, Dago. Er hat ... zweitausend seiner besten Männer dort hinaufgeschickt.«

Dago machte eine zornige Grimasse. »Sicher«, sagte er. »Aber Schlanges Tod war dieses Opfer wert. Sie kannten die Gefahr.«

Die Kälte, mit der er diese Worte sprach, ließ Lyra schaudern. Aber sie schwieg. Sie schwieg auch, als er sich wieder zu ihr umdrehte und auch die andere Hand auf ihre Schulter legte. Die Berührung ließ sie zittern, aber Dago deutete ihre Reaktion falsch. Ein rasches, triumphierendes Lächeln huschte über seine Züge. Seine Hand glitt in ihren Rücken, begann zu tun, was sie sich so lange gewünscht hatte und was sie jetzt am liebsten schreien gelassen hätte.

Sie wehrte sich nicht, als er sie hochhob und ins Zimmer zurücktrug. Sie blieb auch reglos, als er sie aufs Bett legte und ihr Kleid aufzuknöpfen begann, und sie kämpfte mit aller Kraft gegen die Tränen an, denn Dago hätte sie gefühlt. Sie versuchte sogar, seine Zärtlichkeiten zu erwidern, kämpfte mit aller Gewalt darum, wenigstens noch einen schwachen Hauch der Liebe in sich zu entdecken, die sie so lange empfunden hatte. Aber da war nichts. Das Gefühl, das ihr irgendwo auf dem Weg zwischen Dieflund und Dakkad verlorengegangen war, würde nicht wiederkommen, und das, was sie in den letzten zwei Wochen erneut zu spüren geglaubt hatte, war in Wirklichkeit nichts anderes als Mitleid gewesen. Mitleid und Schuld, weil sie es gewesen war, die sein Leben zerstört hatte.

Aber warum mußte er ihr nun auch noch das letzte nehmen, was ihr geblieben war; ihre Erinnerung? Sie wünschte sich, tot zu sein, und fast begann sie, Dago zu hassen. Er hätte freiwillig haben können, was er sich nun nahm, schon vor Monaten, aber er hatte es nicht haben wollen, sondern hatte bis jetzt gewartet. Warum? dachte sie matt. Warum hatte er ihr Geschenk ausgeschlagen und bis zu dem Moment gewartet, in dem er es sich mit Gewalt nehmen konnte?

Für einen Moment versuchte sie sogar, Dago zu hassen, einfach um die Kraft zu finden, sich zu wehren, aber dann dachte sie an den Drachen und an seine Worte.

du gehörst mir

Nein, dachte sie. Noch nicht. Vielleicht würde er recht behalten, aber bevor es soweit war, würde sie sich Dago hingeben, und sei es nur, um den Drachen um diesen einen Triumph zu betrügen.

Und für diesen Gedanken haßte sie sich selbst.

34

Der Morgen kam mit leichtem Nieselregen und Kälte und grauem Licht, das die roten Schatten der Nacht nur zögernd aufhellte. Eine halbe Stunde vor Sonnenaufgang begann sich das Heer am Fuße des Caradayn zu sammeln; unweit der Stelle, an der die glühende Lava seine Flanke herabgeflossen war und einen Teil der Stadt verschlungen hatte. Es war kein sehr glücklicher Sammelpunkt, denn der Anblick der verbrannten Häuser und lavabedeckten Straßen mußte wie ein düsteres Omen auf die Männer wirken, aber der einzige, der Sinn ergab. Es gab nur diesen einen Weg zum Gipfel hinauf: einen schmalen, wie eine steinerne Schlange in zahllosen Windungen und Kehren geringelten Saumpfad, der aus der schwarzen Lava des Caradayn herausgeschlagen war und auf einem sichelförmigen, gewaltigen Plateau am Fuße der Caer endete. Der Sammelpunkt, der einzige Platz in der Stadt, der groß genug war, eine so gewaltige Menschenmenge aufzunehmen.

Lyra und Dago waren mit unter den letzten, die zum Sammelpunkt kamen. Die Straßen waren verstopft von Menschen gewesen, nicht nur Krieger ihres Heeres, sondern auch Bewohner Caradons, die ihnen zujubelten oder sie verfluchten, manchmal auch beides. Sie hatten zehnmal so lange für die knappe Meile Weges gebraucht wie normal, und Lyra fühlte sich schon jetzt erschöpft; die

Nacht ohne Schlaf forderte ihren Preis, und sie ertappte ihre Gedanken mehr als einmal dabei, eigene Wege abseits der Realität zu gehen.

Dago und sie ritten nebeneinander, beide auf gewaltigen, strahlend weißen Skrut-Hengsten, gegen die selbst die Schlachtrösser von Maliks Quhn-Armee wie zwergenhafte Ponys aussahen, Dago in seinem grüngemusterten Magiergewand, zu dem er jedoch Helm und Schwert trug, Lyra in Torans Kleid und Waffen, zu denen jetzt noch ein gewaltiger, sechseckiger Schild gekommen war, dessen Gewicht schwer an ihrem linken Arm zerrte. Dago selbst hatte auf diesem zusätzlichen Schutz bestanden, denn Spinnes Angriff hatte bewiesen, daß auch die Zauberrüstung keine vollkommene Sicherheit zu bieten vermochte.

Sie ritten langsam; so dicht nebeneinander, daß die Leiber der Pferde aneinanderscheuerten, und Dagos rechte Hand lag auf ihrer Schulter. Die Berührung seines gepanzerten Handschuhes war kalt und hart und tat beinahe weh, und es war – nach außen hin – etwas Beherrschendes an dieser Geste, sie wirkte weder beschützend noch freundschaftlich, sondern mehr als alles andere besitzergreifend – oder, genauer gesagt, besitzanzeigend, denn im Grunde, das hatte Lyra im Laufe der vergangenen Nacht begriffen, hatte sie ihm immer gehört.

Eine sonderbare Mischung aus Furcht und einer tiefen, beinahe lähmenden Ruhe ergriff von Lyra Besitz, als sie sich dem Berg und den wartenden Kriegern näherten. Es war ein bizarrer Anblick: Der Strom geschmolzener Steine aus dem Krater des Caradayn hatte aufgehört, und die Lava war während der Nacht abgekühlt und zu bizarren, unwirklichen Formen erstarrt. Der brennende Fels, der so heiß wie das Herz einer Sonne gewesen war, hatte eine gewaltige Bresche in die Stadt gebrannt und war da und dort zu schwarzen, blasigen Wucherungen erstarrt, unter deren geborstener Oberfläche noch immer ein drohendes, dunkelrotes Leuchten war. Es sah aus, dachte Lyra schaudernd, als hätte der Caradayn wie ein gigantisches lebendes Wesen hinausgegriffen und einen Teil der Stadt verschlungen. Die Männer, die in respektvollem Abstand zu dem noch immer heißen Stein Aufstellung genommen hatten, wirkten verloren und klein gegen dieses erstarrte Blut der Erde.

Es waren nicht sehr viele, die hier, direkt am Fuße des Berges, zusammengekommen waren. Trotz der drückenden Enge, die in der von Menschen schier aus den Nähten platzenden Stadt herrschte, hielten die Krieger respektvollen Abstand zu der Phalanx aus niedergebrannten Gebäuden und lavaverstopften Straßen, hinter denen sich der Caradayn wie ein Pfeiler aus steingewordener Nacht erhob. Zwischen ihnen und dem kleinen Trupp, der die Spitze des Angriffes bilden würde, lagen zwei-, dreihundert Schritt, und Lyra war sich nicht sicher, ob es nur der Respekt vor ihr und ihrem grüngoldenen Prachtgewand war, der die Menschen zurückhielt. In ihrer unmittelbaren Nähe befanden sich nur drei-, vielleicht vierhundert Skrut-Reiter, dazu noch einmal die gleiche Anzahl Quhn und ein etwas kleinerer, scheinbar bunt zusammengewürfelter Haufen von Rebellen, die aber in Wahrheit von Dago sorgsam und einzeln ausgewählt worden waren. Eine große Anzahl der Männer trug das ineinanderlaufende Grün und Gold der Magierkaste, wie Lyra verwirrt feststellte. Dann schalt sie sich in Gedanken eine Närrin, überhaupt erstaunt zu sein. Es war nur natürlich, daß Dago die Besten seines Clans um sich geschart hatte. Die Caer war keine Burg, die mit dem Schwert allein erstürmt werden konnte. Es waren weniger als tausend Mann insgesamt, die auf dieser Seite des Platzes standen. Verglichen mit der Zahl derer, die in Caradon oder auf den Feldern jenseits seiner Mauern zusammengekommen waren, war es nur ein kleiner Trupp; ein Dreißigstel des Heeres. Und trotzdem eine gewaltige Armee.

Aber das Gefühl von Kraft und Stärke, das sie ausstrahlen sollten, fehlte. In den letzten Monaten hatte sie oft genug mehr oder weniger großen Heeren gegenübergestanden, um die flüsternde Verlockung der Gewalt zu kennen; dieses täuschende Gefühl von Macht und Stärke, das der Anblick eines Trupps bewaffneter und gepanzerter Reiter hervorrief. Heute war nichts davon zu spüren; die meisten Männer waren still und wirkten verbissen, und ihre Ruhe war von einer gezwungenen, mühsamen Art – selbst in den Gesichtern der Skruta las sie allenfalls Entschlossenheit, keine Zuversicht, und die Hochrufe, die ihr und Dago entgegenschallten, klangen gezwungen.

Dann begriff sie.

Ihr Blick suchte die schwarze Silhouette der Caer. Der Schlangenturm hatte aufgehört zu brennen, aber das rote Wabern und Leuchten des Kraters tauchte die Festung in drohendes Licht; es sah aus, als glühe das obere Drittel des Berges, und für einen Moment glaubte sie einen Hauch erstickender trockener Wärme durch das geschlossene Visier des Helmes hindurch zu fühlen.

Sie wissen, daß sie sterben werden, dachte sie. Schlange hatte die, die ihn geschlagen hatten, mit sich in den Tod gerissen – wie konnten sie glauben, daß der Drache, dieser gewaltige, unsichtbare Magier, anders handeln würde? Sie würden sterben, wenn sie die Wälle seiner Festung erstürmten, die uneinnehmbar war, aber sie würden auch sterben, wenn ihnen das Unmögliche gelang und sie den Drachen erschlugen. Tausend Leben gegen eines. Sie fragte sich, was diese Männer empfinden mochten, jeder einzelne für sich, was ihnen so wichtig an diesem Sieg war, daß sie nicht nur bereit gewesen waren, ihr Leben zu riskieren, sondern ganz bewußt den Tod wählten.

Und sie selbst?

Ein absurdes Gefühl von Heiterkeit drängte sich in ihre Gedanken, bis sie begriff, daß es Hysterie war, und es mit Gewalt unterdrückte. Sie war dumm; dumm und überheblich. Wer war sie, sich einzubilden, daß ihr Leben auch nur einen Deut mehr wert war als das irgendeines dieser Männer? Zu glauben, ihr Opfer wäre edler als das eines beliebigen Kriegers? Sie war hier, weil es ihr – wenn sie den Tod schon nicht suchte – gleich war, ob sie den Tag überlebte oder nicht.

Dago war zwei Stunden vor Sonnenaufgang gegangen,

und sie war allein in ihrem Zimmer zurückgeblieben, halb verrückt vor Angst und Scham und ohne zu denken; ohne das Verstreichen der Zeit zu bemerken oder irgend etwas von dem, was außerhalb ihres Zimmers in der Stadt vorging. Sie hatte sich entwürdigt gefühlt, schlimmer als jemals zuvor in ihrem Leben; was ihr Dago angetan hatte, war schlimmer gewesen als der Haß der Goldenen, schlimmer als der Spott des Drachen. Er war trotz allem sehr sanft gewesen, und trotzdem hatte er ihr tausendmal mehr weh getan, als es Oran jemals getan hatte. Sie hatte nie gewußt, daß man einen Menschen mit solcher Inbrunst lieben und gleichzeitig mit derselben Kraft hassen konnte, und doch war es genau das, was sie fühlte. Sie wollte sterben. Beinahe sehnte sie die Schlacht herbei, denn vielleicht würde es einen gnädigen Pfeil geben, der eine Lücke in ihrer Rüstung fand; ein Schwert, das den Zauber ihres Kleides brach; den flammenden Atem des Drachen, der ihren Schutz überwand. Irgend etwas war in ihr geschehen, in dieser Zeit. Sie wußte nicht, was – es war eine Entwicklung, die sich auf einer Ebene tief unter der ihres bewußten Denkens oder auch nur Fühlens abspielte, etwas, als würden sich verschiedene Teile eines Bildes, das sie bisher nur in Bruchstücken gesehen hatte, endlich zu einem Ganzen zusammenfügen. Sie begriff es noch nicht, noch nicht einmal in Ansätzen. Es war wie ein dumpfes Gefühl des Wachsens und Entstehens in ihr, ein Entschluß, der heranreifte, ein Wissen um Dinge, die sie nicht wissen konnte, und irgendwann, später, begann sie zu begreifen, daß die Schlacht, von deren Ausgang vielleicht mehr als nur das Schicksal dieses Landes abhing, schon längst entschieden war. Und daß es gleich war, ob sie am Schluß noch am Leben war oder erschlagen auf den Hängen des Caradayn lag.

Nein – sie war hier, weil sie begriffen hatte, daß es nicht in ihrer Macht lag, zu leben oder zu sterben. Es war längst nicht mehr ihre Entscheidung, und der einzige Mut, den sie aufgebracht hatte, war der, sich dieser Erkenntnis zu stellen. Es gab etwas wie ein übermächtiges Schicksal, und kein Mensch hatte die Kraft, sich ihm entgegenzustellen und es abzuwenden. Was sie für Tapferkeit hielt, war in Wahrheit nichts als Resignation. Es war nichts Edles an dieser Erkenntnis, dachte sie bitter.

»Wir sind bereit, Herrin.«

Bjarons Stimme drang sonderbar unangenehm in ihre Gedanken, denn viel mehr und deutlicher als sein Anblick oder der seiner Reiter, die wie ein Heer aus zum Leben erwachten Märchenriesen in einem weit geschwungenen Halbkreis hinter ihm Aufstellung genommen hatten, rief sie Lyra ins Bewußtsein zurück, daß er ein Skruta war; kein Mensch.

»Bereit . . .« Die Art, in der Lyra das Wort wiederholte, ließ Dago aufblicken. In seinen Augen, die jetzt, da er sich Lyras Geist bediente, wieder sahen, glomm eine sonderbare Mischung aus Schrecken und Zorn auf, und auch Bjaron schien für einen Moment verwirrt. Sie wußten nicht, daß Lyras schwermütiger Ton eher Antwort auf ihre eigenen Gedanken als auf die Worte des Skruta gewesen waren. Plötzlich war die Entschlossenheit und Furcht, die bisher wie ein erstickender unsichtbarer Hauch über dem Heer gelegen hatte, verschwunden, und dafür spürte sie eine fast schmerzhafte Spannung. Furcht und Schrecken auf Dagos und etwas von der vibrierenden Kraft eines sprungbereiten Raubtieres auf Bjarons Seite.

Vielleicht war dies ihre letzte Chance, dachte sie. Vielleicht war dieser Moment der letzte, um das Töten abzuwenden, der allerletzte Augenblick, das Schicksal noch einmal zu betrügen und den Männern, die sich hier versammelt hatten, zu sagen, daß sie ihre Waffen wegwerfen und nach Hause gehen sollten, um zu leben.

Dagos Griff verstärkte sich; kurz, ruckhaft und so hart, daß sie unter der Maske aus Gold schmerzhaft das Gesicht verzog, und mit einem Male war sie gar nicht mehr so sicher, daß Dago ihre Gedanken nicht las.

Verstört wandte sie den Blick und sah Dago an. Hinter dem schmalen, eingeengten Gesichtsfeld ihres Helmes wirkten seine Augen unnatürlich groß, und obwohl sie mit einem Teil ihres Bewußtseins klar erkannte, daß sie noch immer blind waren und er nur durch den Filter ihres Geistes zu sehen vermochte, begann sie sich unbehaglich unter seinem Blick zu fühlen. Es war eine Drohung darin, die ihr neu war. Und plötzlich hatte sie Angst. Nicht Angst vor der Schlacht und den Flammenkriegern oder dem Sterben; nicht einmal Angst vor dem Drachen, sondern Angst vor ihm. *Was immer du tun wirst*, sagte ihr Blick, *ich werde es verhindern, wenn es sich gegen meine Pläne richtet*.

Lyra schauderte und sah weg. Sie befand sich in einem sonderbaren Zustand: einer Mischung aus Schwäche und Furcht und Resignation, und – ja, und noch etwas, für das sie im ersten Moment nicht die passende Bezeichnung fand. Als sie sie fand, verwirrte es sie. Es war das Gefühl, versagt, sich geirrt zu haben, etwas, das sie an die eisige prickelnde Kälte erinnerte, die einen durchfuhr, wenn man begriff, daß man einen schrecklichen, nicht wieder gutzumachenden Fehler begangen hatte. *du gehörst mir*, flüsterte der Drache in ihren Gedanken. *was immer du tust, tust du für mich. komm. komm zu mir, lyra. ich warte auf dich.*

Dago berührte ihre Schulter und deutete mit der anderen Hand auf Bjaron und die wartenden Krieger, aber sie achtete nicht auf die Geste, sondern starrte ihn nur mit immer größer werdendem Entsetzen an, bis er ihren Blick zu spüren begann und den Kopf wandte.

»Was tun wir hier, Dago?« murmelte sie. Das dumpfe Gefühl, das sie während der Nacht gequält hatte, war jetzt wieder in ihr, nur stärker, tausendmal quälender. *Erion?* dachte sie. *Bist du es? Ist es dein Erbe, das ich spüre?* »Sag mir, was ... was wir hier machen.« Ihre Stimme wurde flehend. »Hilf ... mir, Dago.«

Dago blinzelte. »Wie?« fragte er. »Ich verstehe nicht, was du meinst.«

»Wir sollten nicht hier sein«, antwortete Lyra. Sie wußte nicht, warum sie diese Worte sprach. Sie waren plötzlich in ihr, formuliert von einem Teil ihrer selbst, der immer schon dagewesen war, aber den sie – oder jemand anderes – bisher mit aller Macht unterdrückt hatte. »Wir sind . . .«

»Reiß dich zusammen, Lyra«, unterbrach sie Dago grob. »Du hast Angst; das verstehe ich, denn die haben wir alle. Aber du darfst sie dir nicht anmerken lassen, Lyra. Du am allerwenigsten. Es ist zu spät, um jetzt noch umzukehren.«

»Das meine ich nicht«, sagte Lyra erregt. »Dieser Kampf ist sinnlos, Dago. Wir dürfen die . . .«

Dagos Hand zuckte nach ihrer Schulter. Seine Finger gruben sich durch den schweren Stoff ihres Kleides und drückten zu; aber der Schmerz, auf den sie wartete, kam nicht.

Statt dessen geschah etwas anderes. Sie hatte damit gerechnet, ja, darauf gewartet, seit sie dieses verfluchte Kleid am frühen Morgen übergestreift hatte, und trotzdem hätte sie vor Schrecken und Angst aufgeschrien, hätte sie es noch gekonnt. Die Kraft der Rüstung erwachte, anders als die Male zuvor, nicht durch eine äußere Bedrohung geweckt, sondern durch die pure Macht von Dagos Willen, aber mit der gleichen, brüllenden Wut, die ihren Willen davonspülte und ihr Inneres wie ein glühender Sturmwind leerfegte, bis hinter ihrer Stirn für nichts anderes mehr Platz war als für Entschlossenheit und Haß und einen Willen, der nicht ihr eigener war.

Langsam hob sie den Blick und sah noch einmal zur Caer und ihrer feuerumtosten Spitze hinauf. Der Drache war wieder unsichtbar geworden, aber sie spürte seine Anwesenheit wie das Knistern eines bevorstehenden Sommergewitters, tausendmal stärker als jemals zuvor. *komm,* flüsterte er in ihren Gedanken. *komm zu mir, lyra. ich warte auf dich.*

Ja, dachte sie. Sie würde kommen. Die Zeit des Davonlaufens und Versteckens war vorbei, und ganz egal wie, dieser Tag würde die Entscheidung bringen, wer von ihnen beiden den Sieg davontrug. Plötzlich begann sie zu ahnen, daß nichts von dem, was bisher geschehen war, zufällig war, daß ihr Martyrium, ihr Weg hierher, all die Kämpfe und Leiden, die sie hatte durchstehen müssen, nur Vorbereitung auf diesen einen, entscheidenden Moment gewesen waren. Nichts als Vorgeplänkel für den letzten, entscheidenden Kampf, einen Kampf nicht zwischen ihren Kriegern und denen der Caer, sondern zwischen ihr und dem Drachen. Die Entscheidung würde heute fallen, in wenigen Stunden, dort oben, in diesem schwarzen Alptraumschloß unter den Wolken.

Als sie, das Schwert in der Hand und den Schild hoch erhoben, neben Dago auf den Berg zusprengte, war sie nicht mehr Lyra.

Nur noch Toran der Befreier.

35

Mehr als drei Stunden nach Sonnenaufgang erreichten sie die Caer Caradayn. Es war ein Ritt wie in ein Reich des Todes und des Bösen gewesen, der Weg hatte hinauf in eine Welt aus geronnener Schwärze und glasiger Lava geführt und war von Toten gesäumt gewesen, und der Wind mit seinem Heulen und Wimmern und das unablässige, boshafte Flüstern des Drachen in ihren Gedanken hatten ein übriges getan, ihren Sinn für die Realität zu verwirren. Die ganze Zeit über fühlte Lyra die Kraft der Rüstung in sich, diesen dunklen uralten Zauber, der viel mächtiger und geheimnisvoller war, als sie bisher auch nur geahnt hatte. Es war keine impulsive, zuschlagende Kraft mehr wie die anderen Male, die nur entfesselt werden konnte, um wie ein Raubtier mit einem raschen, unglaublich harten Prankenhieb zu töten, sondern ein beständiger Strom dunkler Energie, der aus dem Nirgendwo heraus in ihren Körper und ihren Geist pulsierte und ihr Kraft gab. Und sie gleichzeitig aushöhlte. Es war wie ein Feuer, ein loderndes, unglaublich heißes Feuer tief in ihr, heißer und wütender als die Flammen, die der Caradayn gegen die Wolken spie, aber sie ahnte auch den Preis, den sie für diese Unverwundbarkeit und Stärke zahlen mußte. Wenn dies alles vorbei war, würde sie sterben. Torans Magie, jetzt zum ersten Male wirklich entfesselt, würde sie verbrennen und ihren Körper als leere Hülle zurücklassen, ein Ding, das vielleicht noch atmen und sich bewegen, vielleicht sogar noch reden und denken konnte, aber leer war wie ein Automat. Es war die Kraft ihrer Seele, von der die Rüstung zehrte, ihre Lebensenergie, dieses substanzlose und doch so mächtige Etwas, das ihren Körper noch für fünfzig oder mehr Jahre am Leben halten sollte, die sie in wenigen Stunden verbrauchte. Sie hatte nicht sehr viel Zeit.

Der Berg bebte wie ein todwunder Gigant unter den Hufen ihres Tieres, als Lyra den weißen Skrut-Hengst auf das Plateau hinauflenkte, und über ihr schien der Himmel zu brennen. Der Regen war längst unter ihnen zurückgeblieben, und aus dem kalten Wind war ein heißer, hechelnder Hauch geworden, der ihr Kleid in Augenblicken getrocknet hatte, die Metallteile ihrer Rüstung brennendheiß werden ließ und ihr die Tränen in die Augen trieb. Die Luft war stickig und roch nach Verwesung und Tod, und der ausgedörrte Fels knirschte unter den Hufen ihrer Tiere, als wolle er jeden Moment zusammenbrechen.

Bjaron, der auf den letzten hundert Metern mit einer Abteilung seiner Krieger vorausgeritten war, damit sie nicht in einen Hinterhalt ritten, hob die Hand und winkte in ihre Richtung. Seine Lippen formten Worte, die vom Brüllen des Feuersturmes über ihren Köpfen davongerissen wurden, aber Lyra erriet die Bedeutung der Geste, die die Worte begleiteten, und zügelte ihr Pferd vollends.

Hinter ihr und Dago teilte sich das Heer wie ein schwarzbrauner Strom vor einem Felsen, zerfiel in Dutzende unterschiedlich großer Trupps und begann auf dem Plateau auseinanderzufächern. Lyra vermochte kein System in diesem Chaos durcheinanderquirlender Körper zu erkennen, aber Dago hatte ihr auf dem Weg herauf gesagt, daß sie einer genau besprochenen Strategie folgten; ihre Aufstellung war nicht halb so zufällig, wie es den Anschein hatte, und es vergingen endlose Minuten, bis auch der letzte Mann den Saumpfad verlassen und in der bizarren Schlachtordnung Aufstellung genommen hatte. Dabei war es trotz allem nur ein Teil des Heeres, die tausend Mann, die sich um Bjaron und sie geschart hatten, als sie den Aufstieg begannen. Der andere, weit größere Teil kroch noch immer wie ein gigantischer vieltausendgliedriger Wurm den Bergpfad hinauf, und ein dritter, ebensogroßer Teil war noch immer unten in Caradon und wartete auf das Signal, loszumarschieren. Die Caer Caradayn war ein Ungeheuer aus zu Stein geronnener Schwärze und Gewalt, wie ein häßliches Krebsgeschwür auf dem Antlitz der Schöpfung. Ihre Wälle waren fünfmal so hoch wie die Caradons und glatt wie schwarze Spiegel und schienen wirklich aus einer Art Glas zu bestehen, denn dort, wo die Angriffe der letzten Tage Breschen in ihre Oberfläche geschlagen hatten, waren gewaltige Spinnennetze aus ineinanderlaufenden Rissen und Sprüngen entstanden, und die Trümmer, die in riesigen Halden an ihrem Fuß lagen, spiegelten das Licht der Flammen wie zerschlagene Edelsteine. Der Turm selbst – das halb zerschmolzene Emblem über seinem monströsen Tor verriet ihr, daß es der Spinnes gewesen war – reckte sich zwei-, vielleicht dreihundert Meter in die Höhe, schräg nach innen geneigt wie die Mauer und nach oben hin schmaler werdend, bis er in einer nadelscharfen Spitze endete. Von hier aus betrachtet, glich er viel mehr dem gekrümmten Stachel eines schwarzen Riesenskorpiones als der Nadel aus Lava, die er war.

Aber Lyra sah auch, daß die Caer nicht halb so stark beschädigt war, wie sie bisher geglaubt hatte. Was von unten aus wie gewaltige Schäden in ihren Wällen ausgesehen hatte, erwies sich nur zu oft als Teil ihrer absurden Achitektur, und selbst die gewaltigen Breschen, die Bjarons Männer in die Mauern geschlagen hatten, waren nicht mehr als Kratzer auf dem Leib eines Riesen, verglichen mit der Größe dieses steingewordenen Apltraumes. Lyra fragte sich, wie sie sich jemals eingebildet hatten, dieses Ungeheuer erobern zu können, geschweige denn zerstören.

Aber sie fragte sich auch, wieso sie noch am Leben waren.

Der Weg zur Spitze des Caradayn war der gefährlichste Teil überhaupt gewesen. Selbst sie, die nicht sehr viel mehr als nichts von Kriegführung und Strategie verstand, hatte die Falle gesehen, die der Saumpfad darstellte. Man mußte kein Magier sein, um das Plateau gegen mehr als ihre tausend Mann halten zu können. Der schmale gewundene Pfad bot keinerlei Deckung; es hätte für die Krieger nicht einmal eine Möglichkeit gegeben, irgendwohin auszuweichen, wären sie von oben herab beschossen worden. Warum hatte der Drache sie nicht mit einem Strom glühender Lava empfangen, irgendwo auf halber Höhe, wo sie ihm hilflos ausgeliefert gewesen wären, oder gleich den Weg und einen Teil des Berges unter ihren Füßen zusammenbrechen lassen? Sie wußte, daß er beides konnte; und noch viel mehr.

Bjaron hob abermals den Arm. Seine Hand vollführte eine komplizierte, kreiselnde Geste, und die gleiche, in der gewaltigen Masse der Reiter aber mehr zu erahnende als wirklich zu sehende Bewegung lief durch das Heer; einen Moment lang übertönte das Klirren der Hufe sogar das Gebrüll der Flammen, dann setzte sich die vorderste Reihe der Krieger scheinbar schwerfällig in Bewegung und wandte sich nach rechts, dem letzten, noch unbeschadeten Turm der Caer entgegen.

Auch Lyra griff nach den Zügeln, aber Dago fiel ihr rasch in den Arm und schüttelte zusätzlich den Kopf. »Noch nicht.«

Lyra sah verwirrt auf, aber Dago blickte schon wieder weg und gab ihr keine Gelegenheit, eine Frage zu stellen. Seine Hand lag noch immer auf ihrem Arm; sie fühlte seinen Puls selbst durch das dünne Eisengewebe seiner Handschuhe hindurch. Sein Pferd tänzelte nervös, so daß er es immer wieder mit derben Schenkelbewegungen zur

Ruhe bringen mußte, und Lyra ahnte, daß es nicht nur die Hitze und die ungewohnte Umgebung waren, sondern vielmehr die Nervosität seines Reiters, die das Tier fast rasend machten, denn ihr eigenes Pferd stand ruhig wie ein Fels da. Der gewaltige weiße Skrut-Hengst war auf dem Schlachtfeld aufgewachsen, und Lyra war sicher, daß Bjaron die zuverlässigsten seiner Tiere für Dago und sie herausgesucht hatte. Irgendwie beruhigte sie der Gedanke, daß auch Dago Angst hatte. Sie fühlte sich mit einem Male nicht mehr ganz so einsam.

Sie waren nicht die einzigen, die zurückblieben, als sich das Heer in Bewegung setzte. Stumm und ohne einen zusätzlichen Befehl ihres Anführers schlossen sich etwa sechzig Skrut-Reiter zu einem weiten, nach hinten hin offenen Kreis um Dago und sie zusammen, und nach einer Weile gesellte sich etwa ein Dutzend Berittener in den goldgrünen Roben der Magier zu ihnen, und Lyra begriff endlich den Sinn von Dagos Zögern. Als sie an die Schlacht gedacht hatte, während der Nacht und auf dem Weg hier herauf, hatte sie sich selbst an der Spitze des Heeres gesehen, das Schwert in der Hand und Torans Namen auf den Lippen die Tore des Drachenturmes stürmend, und ein absurdes Gefühl von Abenteuer und Triumph hatte das Bild begleitete – aber diese Vorstellung war ebenso naiv wie unrealistisch. Dago hatte ihr oft genug begreiflich gemacht, daß nicht sie es war, die in diesem Kampf zählte, sondern einzig die Magie ihrer Rüstung. Sie war nicht mehr Lyra, die Prophetin, und sie war auch nicht mehr die lebende Legende, die das Heer beisammen hielt und den Männern die Kraft gab, weiterzukämpfen, schon lange nicht mehr. Vielleicht war sie es noch in den Augen der Männer, die sie begleiteten, aber in Wirklichkeit war sie spätestens dort unten am Fuße des Caradayn zu dem geworden, was Dago die ganze Zeit über in ihr gesehen hatte: zu einer Waffe. Eine Waffe, die nur ein einziges Mal eingesetzt werden konnte. Dago hielt sie zurück, wie ein geschickter Feldherr seine Truppe zurückhalten würde, bis der richtige Moment kam, sie in die Schlacht zu werfen.

Langsam näherten sie sich dem Drachenturm. Das Brüllen der Flammen schien an Wut zu gewinnen, je weiter sie sich der schwarzen, nach innen geneigten Felsnadel näherten, und der Boden bebte jetzt ununterbrochen unter ihnen; dann und wann lösten sich kleine Brocken aus schwarzem Glas aus der geborstenen Mauer der Caer und regneten wie tödliche, scharfe Geschosse auf die Männer nieder, und einmal hörte Lyra einen gewaltigen, berstenden Schlag von jenseits der Wand, gefolgt von einem brüllenden Geysir aus Lava, der jedoch im Inneren des Kraters wieder zusammenfiel, ohne auch nur einen der Krieger zu verletzen. Die Caer starb. Einen langen, langsamen, qualvollen Tod vielleicht, aber sie starb. Warum waren sie überhaupt hier? dachte sie. Warum gingen sie nicht einfach und ließen den Drachen allein, bis er an seinem eigenen Feuer verbrannt war?

Sie bewegten sich durch ein Meer von Toten. Es hatte lange gedauert, bis Lyras Verstand bereit gewesen war, die schwarzverkohlten Körper, die ihren Weg säumten, als das zu erkennen, was sie waren – die Leichen der Skrut-Reiter, die beim Angriff auf den Schlangenturm ums Leben gekommen waren. Sie hatte erwartet, auf Tote zu treffen, und versucht, sich dagegen zu wappnen, aber dies hier war schlimmer als ein normales Schlachtfeld.

Schließlich hielten sie an; zweihundert Schritt vor dem Tor des Drachenturmes und noch immer am hinteren Ende des Heereszuges. Das Toben der Flammen, die hinter der Mauer der Caer in den Himmel schossen, schien an Wut zugenommen zu haben; aber seltsamerweise hatte ihr Brüllen im gleichen Maße nachgelassen und war nun kaum lauter als das Hecheln und Winseln des Sturmes. Die Luft war hier, obgleich noch immer verzerrt wie glasklares wirbelndes Wasser, von einer sonderbaren Klarheit, als hätte die Hitze jedes noch so winzige Staubpartikel herausgebrannt; sie konnte sogar die Gesichter der Männer erkennen, die weit vor ihr die erste, dicht gestaffelte Angriffsreihe vor dem Drachenturm bildeten. Sie waren dem Turm so nahe wie vielleicht kein lebender Mensch vor ihnen, und vielleicht waren sie sogar die ersten, die sahen, was die Caer Caradayn wirklich war. Hinter dem titanischen, mehr als ein Dutzend Manneslängen hohen Torgewölbe war nichts, nur eine von wabernden dunklen Schemen erfüllte Höhle, bizarr geformt und von unregelmäßigen, durch die pure Willkür des Zufalles entstandenen Lavatrümmern übersät.

Der Drachenturm war leer.

Eintausend Leben, dachte sie, *eintausend Männer in Waffen und Panzern, bereit, eine leere Festung zu erstürmen*. Der Anblick erschien ihr absurd.

»Sag irgend etwas«, murmelte Dagos Stimme an ihrem Ohr. »Ein paar Worte, Lyra. Die Männer warten darauf.«

Sagen? dachte sie. Was sollte sie diesen Kriegern sagen? *Geht hin und sterbt für mich?*

»Hier?« fragte sie zweifelnd.

Dago zögerte einen Moment, dann lächelte er. »Sie werden dich verstehen«, sagte er. Seine Linke vollführte eine knappe, befehlende Geste, und das Dutzend Magier in seiner Begleitung nahm die Bewegung auf und wiederholte sie; langsamer und in erweiterter, verschnörkelt wirkender Form.

Und im gleichen Moment verstummte das Heulen des Sturmes.

Lyra schauderte. Sie hatte gewußt, daß sie an diesem Tage vielleicht zum ersten Mal sehen würde, was Magie wirklich vermochte, und sie begann zu ahnen, daß das, was Dago ihr zeigte, nur ein blasser Schatten des gewaltigen Zaubers war, den er entfesseln mochte, sobald der Kampf begann. Und trotzdem schien sich etwas in ihr furchtsam zu krümmen, als sie sah, wie mühelos Dago den Wind beherrschte.

»Bitte«, flüsterte Dago. »Nur ein paar Worte. Auch wenn sie nicht so gedrechselt klingen wie die von Klovis oder Schwarzbart – die Männer warten darauf. Es ist vielleicht das letzte, was sie hören.«

Lyra nickte erneut, senkte den goldenen Schild und zog in einer ihr selbst übertrieben dramatisch erscheinenden, aber sicher sehr wirkungsvollen Geste das Schwert aus dem Gürtel, um es quer vor sich über den Sattel zu legen. Die Klinge vibrierte unter ihren Fingern; ein Raubtier, das mit aller Macht an seinen Ketten zerrte, um endlich losgelassen zu werden.

»Ich danke Euch, Bjaron«, sagte sie mit fester Stimme und so laut, daß auch die Männer hinter ihm ihre Worte deutlich verstehen mußten. »Und auch euch, Männer aus dem fernen Skrut. Für alles, was ihr für uns getan habt. Und was ihr noch tun werdet.« Sie richtete sich ein wenig im Sattel auf und drehte den Kopf hin und her, um durch die schmalen Sehschlitze des Visiers das ganze Heer übersehen zu können. Die Formation, in der die Männer Aufstellung genommen hatten, fiel ihr erst jetzt auf: Wenn sie ihre Pferde nach rechts wandten, würden sie eine tief gestaffelte, genau der Breite des Tores entsprechende Kette bilden, mit Bjarons Skruta an der Spitze. Sie würden auch an diesem Tag die ersten sein, die starben.

»Ihr wart unsere Feinde«, fuhr sie fort. »Euer Name war Haß, und die Erinnerung an euch Furcht. Wir waren Feinde. Ein Jahrtausend lang hat unser Volk mit dem euren im Krieg gelegen, ein Jahrtausend lang sind Blut geflossen und Tränen, ist Unrecht geschehen an Menschen eures Stammes wie an unseren Familien.« Sie stockte, um das Gesagte einen Moment lang wirken zu lassen, und sie sah an der Reaktion der Männer, daß ihre Worte bis in den letzten Winkel des Plateaus gehört und verstanden worden waren. Dagos Magie war stark.

»Und trotzdem seid ihr gekommen«, fuhr sie fort, langsam und jedes einzelne Wort genau abwägend, weil sie wußte, wie wichtig es sein konnte; weil jede vergessene Silbe ein Menschenleben, jede falsche Betonung ein zerstörtes Schicksal bedeuten konnte. Weil sie wußte, daß sie nur diese eine, wirklich allerletzte Chance haben würde, und vielleicht nicht eimal die. Und – und das war der schlimmste Gedanke – weil sie Angst hatte, sich zu täuschen.

»Ihr seid gekommen, ohne daß wir euch gerufen hätten,

und ihr seid geblieben, obwohl ihr gespürt habt, wie sehr wir euch fürchten. Ihr seid Fremde in einem fremden Land, und ihr seid bereit, euer Leben zu riskieren, obgleich ihr wißt, daß wir niemals Freunde werden können. Ihr seid hierher gekommen, um Seite an Seite mit uns gegen den gemeinsamen Feind zu kämpfen, den einzigen Feind, den unsere Völker je hatten. Ich danke euch dafür.«

Sie stockte wieder, aber diesmal nur einen Moment und auch nur, um mit der Zunge ihre trocken gewordenen Lippen zu benetzen, und als sie weitersprach, hatte sich ihre Stimme verändert. Hatte sie am Anfang unsicher und holperig gesprochen und selbst nicht gewußt, was sie sagen sollte, kamen ihr die Worte nun glatt über die Lippen, und sie spürte selbst, welche Kraft und Zuversicht sie verströmten, obwohl ihre Wahl so einfach wie die der zuvor war. Für einen winzigen zeitlosen Moment des Schreckens fragte sie sich sogar, ob es wirklich ihre Worte waren, die sie sprach, aber es war wohl eher nur so, daß sie nicht mehr zurück konnte; die Worte lagen bereit und fertig formuliert auf ihrer Zunge, und sie hatte weder die Kraft noch die Zeit, sie noch einmal zu überdenken. Sie hatte sich getäuscht. Die Entscheidung würde nicht im Inneren der Caer oder des Drachenturmes fallen. Der Kampf hatte bereits begonnen. Und sie hatte nur Gelegenheit zu diesem einzigen Hieb. Wenn er sein Ziel verfehlte, war sie verloren. Sie und all diese Männer. *Drei-ßig-tau-send-Leben!* Die Zahl schien sich wie mit glühenden Lettern in ihre Gedanken zu fressen.

Als sie weitersprach, wandte sie sich von den Skruta weg den schwarzverhüllten Gestalten der Quhn zu, die so wie Dagos Männer selbst in der gewaltigen Masse der Krieger eine eigene, scharf abgegrenzte Gruppe bildeten. Eine Sekunde lang suchte ihr Blick die halbverschleierten Gesichter der Nomadenkrieger ab, ehe sie fand, wonach sie suchte. »Und ich danke auch Euch, Malik Pasha, Herr aller Quhn«, – wieder eine Pause, in der sie den Kopf hin und her drehte und nach dem dritten, noch fehlendem Gesicht Ausschau hielt – »und Euch, Schwarzbart, der Ihr das Volk der Zwerge an unsere Seite geführt habt. Ich danke auch euch«, – sie hob die Stimme noch weiter – »all den Männern, die ihr aus allen Teilen des Landes hierhergekommen seid, um das tausendjährige Joch der Goldenen zu zerbrechen. Ihr seid von den kalten Inseln des Nordens gekommen, aus den Savannen des Südens und den Bergtälern jenseits der Wüste, aus den Sümpfen von Taor und aus dem Weideland von Garth. Die meisten von euch haben diese Stadt niemals zuvor gesehen; viele nicht einmal die Eisenknechte der Goldenen. Und trotzdem habt ihr eure Heimat und eure Familien zurückgelassen und den Pflug gegen das Schwert und euer Handwerkszeug gegen Bogen und Schild getauscht, um für die Freiheit eurer Kinder und die Zukunft eures Landes zu kämpfen.«

Irgendwo hinter der tiefgestaffelten Reihe aus Reitern blitzte es auf; ein kurzes Flackern von Rot und Flammen, gefolgt von einem heftigen Funkenschauer und einem tiefen, drohenden Grollen, das den Boden unter ihnen wie ein verwundetes Tier erzittern ließ. Als antworte der Drache mit einem wütenden Kriegsgebrüll auf ihre Worte, dachte sie.

Aber vielleicht klatschte er auch Beifall.

Für eine Sekunde geriet die Formation der Krieger durcheinander, als ein paar der Pferde erschrocken ausschlugen oder auszubrechen versuchten, dann erscholl ein erster, noch vereinzelter Hochruf, wurde von einer zweiten Stimme aufgenommen und wiederholt, einer dritten, vierten, schließlich einem Dutzend, dann hundert, bis das Grollen des Berges von einem tausendstimmigen Schrei aus rauhen Kriegerkehlen überstimmt und niedergebrüllt wurde.

Plötzlich spürte sie wieder Dagos Hand auf der Schulter, und mit einem Male war die Berührung nicht mehr kalt und schmerzhaft, sondern weich und von sonderbar direkter, bewußter Art. Mühsam löste sie ihren Blick vom feuerspeienden Gipfel des Berges und sah Dago an. Die Augen hinter den V-förmigen Sehschlitzen seines Visiers schienen zu brennen. Und das Feuer darin war Triumph. »Gut gesprochen«, sagte er leise.

»Ja«, wiederholte Lyra, so leise wie er, aber in bitterem, aus plötzlichem Verstehen und quälender Hilflosigkeit geborenem Ton. »Gut gesprochen, Dago. Ich weiß. Ich weiß nur nicht genau, wer von uns beiden es war.«

Dagos Lächeln erlosch, ganz langsam, als reagierten seine Züge nur mit Verspätung auf den Schock, den ihm ihre Worte bereiten mußten. Der Triumph in seinem Blick verging, um erst ungläubigem Schrecken, dann einem langsam aufkeimenden, tiefen Entsetzen Platz zu machen.

Vielleicht ahnte er nur, was sie tun würde, vielleicht begriff er auch in diesem Moment; aber wenn, dann kam es zu spät.

»Nein«, flüsterte er. »Bitte, Lyra, tu es nicht.« Seine Augen weiteten sich entsetzt, und ... *tief, tief drinnen in lyra schrie der drache gepeinigt auf, ein schrei so voller enttäuschung und schmerz, wie seine stimme zuvor von kraft und haß beseelt gewesen war, aber es war nicht viel mehr als das letzte verzweifelte aufbäumen eines todwunden tieres, und ...* im gleichen Moment spürte sie, wie Dagos Magie wie eine glühende Raubtierpranke nach ihrem Willen schlug.

Es war wie der Zorn Gottes; ein Blitz, schnell und hart und heiß und hell genug, einen Gott zu verbrennen, ein mentaler Hieb von uneingeschränkter, brutaler Kraft, der zu schnell kam, um seinem bewußten Denken oder Wollen zu entspringen; nur ein Reflex, wie das blindwütige Um-sich-Beißen eines Tieres, dem unversehens Schmerz zugefügt worden war.

Aber er war nicht stark genug.

Der gleißende Blitz aus Haß und purer Willenskraft schlug in den unsichtbaren Wall, der um ihren Geist lag – und erlosch.

Lyra sah, wie Dago im Sattel taumelte. Sein Blick verschleierte sich, erlosch, flackerte für einen Moment noch einmal auf und erlosch endgültig. Seine Hand begann zu zittern, krallte sich noch einmal mit verzweifelter Kraft in ihre Schulter und verlor plötzlich den Halt; seine Hand glitt an ihrem Arm herab und schlug klatschend gegen seinen Schenkel. Das geistige Band zwischen ihnen zerriß, die Verbindung war unterbrochen, Dago wieder blind.

»Nein«, stammelte er. »Bitte, Lyra, bitte nicht!« Sein Gesicht verzerrte sich vor Anstrengung, als er versuchte, mit den Mitteln seiner Magie zu sehen, aber seine Augen blieben stumpf, sein Blick irrte verzweifelt durch die Schwärze, in die er plötzlich wieder gestoßen worden war; seine Kraft ließ ihn im Stich.

»Nein«, wimmerte er. »Nicht, Lyra. Ich flehe dich an! Tu es nicht! Zerstöre nicht alles, wofür wir gekämpft haben.« Plötzlich schrie er auf, warf sich im Sattel nach vorne und griff blind mit den Händen in die Richtung, in der er sie vermutete.

»Tu es nicht!« schrie er mit überschnappender Stimme. »Ich beschwöre dich, Lyra! *Denk an dein Kind!*«

»Aber genau das tue ich, Dago«, flüsterte sie. Behutsam, beinahe zärtlich, ergriff sie seine Hände, die ziellos vor ihrem Gesicht in der Luft herumfuhren, drückte sie zusammen und preßte sie mit sanfter Gewalt in seinen Schoß. Dann drehte sie sich herum und wandte sich wieder dem Heer zu.

Bjaron preßte seinem Pferd die Schenkel in die Seiten und begann auf sie zuzureiten, aber Lyra bedeutete ihm mit einem raschen, nur für ihn sichtbaren Kopfschütteln, stehenzubleiben. Er gehorchte.

»Männer und Frauen dieses Landes, ihr Krieger aus Skrut und den Steppen von Urqend«, fuhr sie mit erhobener Stimme fort, von einer Kraft beseelt, die nicht ihre eigene war und sie im gleichen Maße erschreckte, wie sie sie selbst mitriß. »Ich danke euch für das Vertrauen, das ihr in mich gesetzt habt. Ihr wißt, wie schwer der Kampf war, der uns bis zu diesem Ort geführt hat, und wie gering die Aussicht auf den Sieg. Und ich kann denen, die ihn überstanden haben, nicht einmal einen Preis für ihre Opfer bieten. Ich kann den Witwen, die um ihre Männer weinen, keinen Trost zusprechen, den Vätern, deren Söhne erschlagen wurden, nicht das Fleisch und Blut ersetzen, das ich ihnen schulde, und ich kann die Wunde, die der verlorene Bruder gerissen hat, nicht schließen.«

»Hört nicht auf sie!« brüllte Dago. »Sie ist wahnsinnig geworden! *Glaubt ihr nicht!*«

»Alles, was ihr bekommt, ist die Freiheit«, fuhr Lyra fort. »Nicht mehr als ein Wort. Und trotzdem ist dieses kleine Wort tausendmal mehr wert als alles Gold und alle Reichtümer, die ich euch versprechen könnte.«

»Hört nicht auf sie!« wimmerte Dago, aber obwohl er schrie, so laut er konnte und mit hysterischer, überkippender Stimme, waren seine Worte nur wenige Schritte weit zu vernehmen, während Lyra wußte, daß die ihren bis in den hintersten Winkel des Lavaplateaus zu vernehmen waren. »Glaubt ihr nicht!« kreischte Dago »Sie will alles zerstören, was wir erreicht haben! Sie weiß nicht mehr, was sie sagt! Es ist der Drache, der aus ihr spricht! Sie ist nicht mehr Herr ihrer selbst!« Lyra warf ihm einen langen, mitleidigen Blick zu. Begriff er denn noch immer nicht, daß er verloren hatte?

»Ihr denkt, dies alles wäre mein Werk gewesen«, fuhr sie fort. »Ihr glaubt, es wäre meine Kraft, die Magie meiner Rüstung oder das Erbe meines Kindes, die die Goldenen besiegt haben. Aber das stimmt nicht. Ich bin nicht mehr als der Allergeringste von euch, und das Kleid, das ich trage, war nur mein Schutz und mein Fluch.«

»Glaubt ihr nicht!« brüllte Dago. »Sie ist von Sinnen!«

Bjarons Linke vollführte eine blitzartige, kaum wahrnehmbare Bewegung. Lyra hörte ein Klatschen, dann eine erregte Stimme und einen zweiten, heftigeren Schlag, gefolgt von einem dumpfen Aufprall und dem nervösen Stampfen eines Perdes. Sie hoffte, daß der Skruta Dago nicht zu sehr weh getan hatte. Sie liebte ihn nicht mehr, aber das bedeutete nicht, daß er plötzlich ihr Feind geworden wäre. Nicht einmal jetzt.

»Nicht ich war es, der euch bis vor die Tore der Drachenburg geführt hat«, fuhr sie fort. »Ihr wart es, die mich hierherbrachten, jeder einzelne von euch. Es waren eure Leben, die die Waagschale des Schicksals zu unseren Gunsten neigten, der Mut und die Tapferkeit jedes einzelnen von euch. Ihr habt einen Krieg gewonnen, der nicht zu gewinnen war. Ihr habt das Unmögliche geschafft und die Tyrannen, die dieses Land ein Jahrtausend lang geknechtet haben, besiegt. Ihr habt begonnen, wovon unser Volk mehr als fünfzig Generationen lang geträumt hat – jetzt laßt es uns zu Ende bringen!«

Mit einer genau berechneten Geste hob sie das Schwert in die Höhe und richtete seine Spitze auf den Gipfel des Caradayn.

»Wir sind keine Krieger!« rief sie, so laut, daß jedes einzelne Wort in ihrer Kehle schmerzte. »Dieser schwarze Berg ist ein Berg der Gewalt, so wie Caradon eine Stadt der Gewalt ist. Wir haben sie geschlagen, so wie wir die Goldenen geschlagen haben und ihre eisernen Krieger! Wir haben sie besiegt, weil unsere Sache die der Gerechtigkeit war und weil wir ein Ziel hatten, für das sich zu kämpfen und sogar zu sterben gelohnt hat. Wir haben gewonnen, weil wir an das geglaubt haben, was wir taten, weil wir wußten, um welches Ziel wir kämpfen wollten – die Freiheit unseres Landes und die Zukunft unseres Volkes. Wir haben beides errungen. Aber wenn wir diese Schlacht schlagen, dann werden wir alles verlieren, worum wir gekämpft haben, alles, wofür unsere Brüder und Schwestern gestorben sind. Die Caer Caradayn ist besiegt. Ihre Herren sind tot, und der eine, der noch lebt, ist ohne Macht und wird nie wieder sein schreckliches Haupt über dieses Land erheben. Ihr alle habt euer Leben gewagt, um dieses Ziel zu erreichen – jetzt werft es nicht fort, um eines billigen Sieges willen. Der Drache lebt, doch seine Macht gründete auf eurer Furcht und dem Haß, der daraus geboren wurde. Aber ihr braucht ihn nicht mehr zu fürchten, und was ihr nicht zu fürchten braucht, das braucht ihr auch nicht zu hassen. Geht und laßt ihm diesen Berg und seine verfluchte Festung, und laßt ihm auch Caradon und alle, die bei ihm bleiben wollen. Er wird nie wieder eine Gefahr darstellen, und eines Tages wird er am Feuer seiner eigenen Bosheit verbrennen; sein eigener Haß wird ihn verzehren, wie er generationenlang die Hoffnung unseres Volkes verzehrt hat. Aber jede Hand, die gegen seine Burg erhoben wird, wird seine Macht neu erstehen lassen; jedes Schwert, das ihr zieht, seine Kraft stärken, jedes Leben, das in dieser Schlacht geopfert wird, ist ein Opfer für ihn. Kämpft diesen Kampf nicht, denn er ist sinnlos! Geht nach Hause zu euren Frauen und Kindern. Geht zu euren Herden und Feldern, kehrt heim auf eure Höfe und zu eurem Vieh. Tauscht den Bogen gegen das Fischernetz und nehmt eure Schwerter und schmiedet Pflüge und Sicheln aus ihrem Stahl.«

Sie stockte, um Atem zu schöpfen, fing einen Blick von Bjaron auf und las eine Mischung aus grenzenlosem Entsetzen und einer vorsichtigen, mit Furcht gemischten Hoffnung in seinen Augen. Sie lächelte, und als ihr einfiel, daß er ihr Gesicht unter dem blitzenden Gold ihrer Maske nicht sehen konnte, löste sie den Schild vom Arm, warf ihn zu Boden und schleuderte den Helm hinterher.

»Wer von euch will diese Schlacht?« rief sie. Und als ihr niemand antwortete, drehte sie ihr Pferd herum und ritt zum Rand des Plateaus. Noch einmal hob sie das Schwert, so schnell und so hoch sie konnte, reckte die Waffe gegen den schwarzen Schatten des Drachenturmes – und warf das Schwert über die messerscharf gezogene Kante des Plateaus. Die Waffe flog im hohen Bogen hinaus, schien, auf dem Zenit ihrer Bahn angelangt, eine halbe Sekunde lang schwerelos auf der Stelle zu schweben und begann dann zu stürzen und gleichzeitig zu kreiseln, bis ihr silberner Stahl zuerst zu einem weißen Flirren, dann zu einem blitzenden, sich irrsinnig schnell drehenden Rad aus weißem Licht wurde und in der Tiefe verschwand.

»Dann tut es mir nach«, sagte sie matt. »Werft eure Waffen fort und geht nach Hause.«

Die Zeit blieb stehen. Zweitausend Gesichter starrten sie an, und sie glaubte, die Blicke aus zweitausend Augenpaaren wie glühende Messerklingen auf sich zu spüren. Sie sah die Frage in diesen Augen, die verzweifelte Furcht, den Unglauben ...

Aber auch die Hoffnung, die langsam dahinter aufzukeimen begann.

Es war Bjaron, der das Schweigen brach. Nach Sekunden, die wie Stunden gewesen waren, gab er seinem Pferd die Zügel und trabte langsam auf Lyra zu. Das helle Klakken der eisenbeschlagenen Hufe klang wie rhythmische Hammerschläge in der lähmenden Stille, die sich über dem Gipfel des Caradayn ausgebreitet hatte.

Langsam kam er auf Lyra zu, blieb in zwei Schritten Entfernung wieder stehen und straffte die Schultern, um sich im Sattel zu seiner vollen Größe aufzurichten. Lyra erschrak, als sie den schwarzhaarigen Giganten vor sich sah, und obgleich ihr Pferd noch ein gutes Stück größer als selbst das Bjarons war, kam sie sich plötzlich wie eine Zwergin vor. Sie hatte Angst. Bjarons Gesicht war wie Stein, aber in seinen Augen war noch immer diese verzweifelte Hoffnung. Trotzdem, das spürte sie – und nicht nur sie – war er in diesem Moment ganz Skruta. Er würde sie töten, wenn sie die falsche Antwort gab.

»Ihr habt das so gemeint, wie Ihr es sagtet, nicht wahr?« fragte er.

Sie nickte.

»Und wir?« fragte Bjaron. »Was geschieht mit uns? Gebt Ihr uns freies Geleit und schickt uns nach Hause, mit nichts als Eurem Dank?«

»Ja«, antwortete Lyra fest. »Das ist alles, was ich Euch als Lohn für Euren Mut bieten kann, Bjaron. Und unsere Freundschaft.«

»Freundschaft? *Mit uns?*«

»Wir waren Feinde«, bestätigte Lyra. »Und doch hat eine erbärmliche Kreatur wie der Drache ausgereicht, uns zu Verbündeten zu machen. Dein und mein Volk haben Seite an Seite gekämpft, Bjaron. Als ich dich das erste Mal sah, hatte ich Angst vor dir, weil ich dich für ein Ungeheuer hielt, und du hast mich verachtet, nur weil ich eine Frau war. Und heute waren wir bereit, nebeneinander in den Tod zu gehen. Ist das nicht Grund genug, wenigstens auf eine bessere Zukunft zu hoffen?«

Wieder vergingen endlose Sekunden, in denen sie Bjaron nur anstarrte, das Gesicht noch immer wie Stein und grenzenlose Verwirrung im Ausdruck seiner großen, dunk len Barbarenaugen. »Und du, kleine Frau?« flüsterte er, ohne die Lippen zu bewegen und so leise, daß nur Lyra die Worte verstehen konnte. »Was wirst du tun?«

»Dasselbe«, antwortete Lyra, ebenso leise wie er. »Ich werde nach Dakkad reiten und meinen Sohn holen, Bjaron. Und dann bringe ich ihn nach Hause.«

Bjaron lächelte, als hätte er in ihren Worten eine Bedeutung erkannt, von der sie selbst nichts wußte. Dann zog er sein Schwert aus dem Gürtel, schwang es hoch über das Haupt – und schleuderte es so wuchtig zu Boden, daß die Klinge auf der schwarzen Lava zerbrach.

Lyra schwindelte vor Erleichterung. Für einen Moment begannen der Berg und die Festung und das Heer vor ihren Augen zu verschwimmen. Ihre Hände zitterten. Sie fror, gleichzeitig war ihr heiß; Tränen füllten ihre Augen. Langsam hob sie den Blick, blinzelte die Tränen fort und blickte ein letztes Mal zur Caer Caradayn und dem brodelnden Höllenatem des Drachen hinauf, der aus ihrem Krater emporstieg.

Die Flammen tobten höher und wilder denn je hinter den schwarzen Lavawällen, aber der Anblick barg keinen Schrecken mehr; der Caradayn war wieder zu dem geworden, was er gewesen war, ehe die Angst der Menschen ihn zu einem Tor zur Hölle gemacht hatte: einem Vulkan. Einem feuerspeienden Berg, der den Menschen auf ewig daran erinnern mochte, wie klein er war und wie gewaltig die Kräfte der Erde, die er behütete. Einem gewaltigen, flammenspeienden Berg. Aber mehr auch nicht.

Und nach einer Weile hörte sie nicht einmal mehr das Brüllen der Flammen, denn das Geräusch ging im Klirren von dreimal zehntausend Schwertern unter, die aus den Scheiden gezogen und zu Boden geworfen wurden.

36

Es war fast auf den Tag genau ein Jahr vergangen, seit Lyra Orans Hof und kurz darauf auch das Tal verlassen hatte, und es war wieder einer dieser Morgen, an denen man hier und da bereits Rauhreif wie weißen Staub auf der Windseite der Bäume sah und die Luft so klar und kalt war, daß die Berge ein gutes Stück näher gekommen zu sein schienen

Lyra zügelte ihr Pferd, gab Lajonis ein Zeichen, ein Stück zurückzubleiben, und hob die linke Hand über die Augen, um gegen das grelle Gegenlicht der Sonne sehen zu können. Der Tag war noch jung, und die Schatten hatten sich noch nicht vollends zurückgezogen, aber das rote Licht der Sonne brachte bereits das Versprechen von Wärme mit sich, und der Wind, der ihnen während der letzten vier Tage – seit sie die Berge überschritten und sich von Schwarzbart und seinen Zwergen getrennt hatten – beständig in den Rücken geweht hatte, drehte jetzt und trug den vertrauten Duft von Gras, wilden Blumen und frisch aufgeworfener Erde mit sich. Ein Teil der Felder war bestellt worden, das sah sie selbst aus der großen Entfernung; nicht sehr sachkundig und mit mehr gutem Willen als bäuerischem Wissen, und mit dem seidigen Rascheln des Windes und dem Zwitschern der Vögel wehte das Muhen einer Kuh heran, die danach schrie, gemolken zu werden

Sie sah zum Hof hinüber. Gegen den roten Hintergrund des Sonnenaufganges war er nicht mehr als ein geduckter schwarzer Schatten, der sonderbar verkrüppelt wirkte. Aber aus dem Schornstein des Haupthauses kräuselte sich grauer Rauch, und eines der Fenster blinzelte wie ein verschlafenes gelbes Auge; das Haus war bewohnt. Nun, warum nicht?

Der gewaltige Skrut-Hengst begann unruhig mit den Vorderläufen zu scharren. Sein Schweif peitschte, und seine Ohren bewegten sich mißtrauisch nach allen Seiten. Er witterte die Nähe eines Stalles, und der vertraute Geruch mochte die Erinnerung an Wärme und Sicherheit und köstlichen Hafer in ihm wachrufen. Aber er spürte auch die Gefahr.

Lyra tätschelte ihm fast zärtlich den Hals, drehte sich halb im Sattel herum und deutete mit der Rechten auf den Birkenhain. »Wir lagern dort«, sagte sie.

»Warum nicht im Haus?« protestierte Lajonis. »Die Leute dort sind sicher freundlich. Ich bin müde, und Sjur ist unruhig und hat Hunger. Außerdem hat er sich naß gemacht«, fügte sie schmollend hinzu.

»Dort drüben«, beharrte Lyra. Lajonis wollte abermals protestieren, aber Lyra brachte sie mit einem strengen Blick zum Verstummen und lenkte ihr Pferd mit sanftem Schenkeldruck vom Weg herunter, auf die schattige Mauer aus schwarzweiß gescheckten Stämmen zu. Dabei mußte sie sich beherrschen, um ein Lächeln zu unterdrücken. Es erstaunte sie immer wieder, wie schnell aus dem verschüchterten Sklavenmädchen, das Todesängste ausgestanden hatte, weil es an ihrem Krankenbett eingeschlafen war, eine selbstbewußte junge Frau geworden war. Plötzlich kam ihr die Ironie dieses Gedankens zu Bewußtsein, und sie lächelte. Die Kälte der Nacht hatte sie wieder, als sie in den Hain eindrangen. Zwischen den Stämmen war es dunkel, und der Boden war gefroren und knirschte unter den Hufen der Pferde. Das Unterholz war dichter und gleichzeitig dorniger geworden, so daß selbst Lyras gewaltiger weißer Hengst nur mit Mühe von der Stelle kam, und der schmale Pfad, den Oran immer so sorgsam hatte freihalten lassen, war im Laufe nur eines einzigen Jahres überwachsen und beinahe verschwunden. Sjur begann zu weinen, als er die kalte Luft spürte, und in Lajonis' Augen blitzte es trotzig-protestierend auf. Aber sie schwieg, bis sie die kleine Lichtung im Herzen des Wäldchens erreicht hatten und Lyra ihr mit Gesten bedeutete, abzusteigen.

»Gib Sjur zu essen«, sagte sie. »Und mach ein Feuer. Ein heißer Tee wäre nicht schlecht, wenn ich zurückkomme.«

»Zurück?« Lajonis, die schon mit einem Bein aus dem Steigbügel war, verhielt mitten in der Bewegung und sah sie stirnrunzelnd an. »Du bleibst nicht?«

Lyra verneinte. Sie waren sechzehn Stunden ununterbrochen geritten, und obwohl man ihr noch nichts ansah, bereitete es ihr doch jetzt schon manchmal Mühe, sich zu bewegen; ein doppelter Grund, sich die Anstrengung des Auf- und Absitzens wenigstens einmal zu ersparen. Sie hatte gelernt, mit ihren Kräften zu geizen. »Ich reite zum Hof«, sagte sie.

»Du willst sehen, wer dort wohnt«, sagte Lajonis störrisch. »Warum kann ich nicht gleich mitkommen, statt in diesem kalten finsteren Wald zu bleiben?«

Für einen Moment flammte Ärger in Lyra auf. »Weil ich es nicht will«, sagte sie grob, fügte aber dann, schon wieder etwas sanfter gestimmt, hinzu: »Und weil es nicht geht. Ich glaube auch, daß die Leute, die dort wohnen, freundlich sind, aber es hat nichts mit ihnen zu tun. Ich habe . . . etwas zu erledigen.«

»Zu erledigen?« Zwischen Lajonis' schmalen Brauen entstand eine ärgerliche Falte, die Lyra sagte, wie wenig sie mit dieser Erklärung zufrieden war.

Zu Ende zu bringen, wäre der bessere Ausdruck gewesen, dachte Lyra, dort, wo es begonnen hat. Aber damit hätte das Mädchen ebensowenig anzufangen gewußt, und sie sprach es auch nicht aus, sondern zwang ihr Pferd auf der Stelle herum und ritt ohne ein weiteres Wort zum Waldrand zurück.

Obwohl sie nur wenige Minuten im Inneren des Birkenhaines gewesen war, war es vollends hell geworden, als sie den Hengst auf den Weg hinauslenkte. Das Rot des Sonnenaufganges hatte dem noch blassen Blau eines Spätsommertages Platz gemacht, und es war einer jener seltenen Momente, in denen man einen Blick in die Welt jenseits der Dämmerung tun konnte und die Dinge nicht ganz so aussahen, wie sie waren; als sie näher kam, erschien ihr das Haus wie ein großer, vertrauter Freund, obwohl nur ein kleiner Teil des Hofes wieder aufgebaut und der Rest vollends verfallen war, und das Wiegen des Weizenfeldes mit seinen ungeschickt angelegten Reihen kam ihr wie ein stummes Winken vor. Aber vielleicht war es auch nur ihre Erinnerung, die sie narrte. Sie war hier aufgewachsen. Sechzehn Jahre ihres Lebens hatte sie auf diesen wenigen Quadratmeilen verbracht, und wenn auch vieles zerstört war und sich noch mehr verändert hatte, blieb es doch ihre Heimat. Jeder Quadratfuß dieses Landes war getränkt mit ihren Erinnerungen und Träumen. Sie kam nach Hause.

Im Haupthaus wurde eine Tür geöffnet, als sie den Hengst auf den Hof lenkte. Ein struppiger Köter schoß wie ein schwarzer Ball heraus, gefolgt von einem schwarzhaarigen, kaum weniger struppigen Mädchen von vielleicht zwölf Jahren, dessen fröhliches Gelächter abrupt verstummte, als es sie entdeckte. Sein eigener Schwung trug es noch ein paar Schritte vorwärts, ehe es endlich zum Stehen kam und sie erschrocken anstarrte. Aus dem Freudengebell des Hundes wurde ein schrilles Kläffen, dann zog er den Schwanz zwischen die Beine und trollte sich ins Haus.

Lyra brachte ihr Pferd wenige Schritte vor dem Mädchen zum Stehen und beugte sich im Sattel vor. »Du brauchst keine Angst vor mir zu haben, Kleine«, sagte sie. »Ich will dir nichts Böses.«

Das Kind starrte mit großen Augen zu ihr hinauf. Natürlich hatte es Angst, trotz Lyras Worte, die es vermutlich nicht einmal gehört hatte. Seine Lippen waren fest zusammengepreßt, und aus dem schmalen Gesicht, das unter der Kruste aus Schmutz und Ruß sicherlich sehr hübsch sein mußte, wich alle Farbe. Lyra versuchte sich vorzustellen, welche Wirkung ihr Anblick auf die Kleine haben mußte.

»Hol deinen Vater, Kind«, sagte sie, so sanft sie konnte. »Oder wer sonst mit dir hier lebt.«

Das Mädchen fuhr auf dem Absatz herum und raste wie ein strubbeliger Blitz ins Haus zurück.

Lyra sah sich auf dem Hof um, während sie auf den

Vater des Mädchens wartete. Das Jahr, das sie fortgewesen war, hatte viel verändert. Die Scheune und der Pferdestall waren vollends zusammengebrochen, ohne daß sich die neuen Bewohner der Anwesens die Mühe gemacht hatten, die Trümmer zu beseitigen, während das Haupthaus und der weitläufige Kuhstall wieder aufgebaut worden waren – wie die Felder mit mehr gutem Willen als Können; Flickwerk, wo handwerkliche Kunst und Geduld vonnöten gewesen wären. Es hatte viel von seiner ländlichen Pracht verloren. Aber es war bewohnt; es lebte wieder. Der Gedanke erfüllte sie mit einem sonderbaren Gefühl von Frieden.

Dann schloß sie die Augen und lauschte in sich hinein. Ihre Fähigkeit, Gefahr zu spüren und kommendes Unheil vorauszuahnen, war ihr geblieben; wie so vieles, was jetzt noch unentdeckt in ihr schlummerte. Aber die lautlose Stimme, auf die sie lauschte, blieb stumm; von diesem Hof und seinen Bewohnern drohte ihr keine Gefahr.

Sie mußte nicht sehr lange warten. Schon nach wenigen Augenblicken ertönten aus dem Inneren des Hauses aufgeregte Stimmen, dann kam das Mädchen zurück, begleitet von einem bärtigen Mann unbestimmbaren Alters und einer verhärmt aussehenden Frau, die nur wenig älter sein konnte als Lyra selbst. Als der Bärtige sie erblickte, ergriff er das Kind bei der Schulter und zerrte es grob zurück. Für einen Moment blitzte Zorn in seinen Augen auf, der aber sofort von Schrecken und dann Furcht abgelöst wurde.

Mit einer herrischen Bewegung scheuchte er die Frau und das Mädchen zurück ins Haus und trat Lyra weiter entgegen. »Was wollt Ihr?«

Lyra unterdrückte den Zorn, den sein grober Ton in ihr wachrief. Seine Unfreundlichkeit war nur Ausdruck seiner Angst.

»Ihr braucht nicht vor mir zu erschrecken, guter Mann«, sagte sie. »Ich will nichts von Euch. Ich bin nicht Euretwegen hier.«

»Was wollt Ihr dann?« erwiderte er grob. »Es gibt nichts zu holen bei uns. Wir sind arme Leute.«

»Ich weiß.« Lyra nickte. »Vielleicht wollte ich nur meine Heimat wiedersehen. Lebt Ihr schon lange hier auf dem Hof?«

Die Frage schien den Bärtigen zu verwirren; aber er hatte auch nicht den Mut, nicht darauf zu antworten. »Nicht ganz ein Jahr«, sagte er zögernd. »Warum fragt Ihr?«

»Weil ich früher selbst einmal hier gelebt habe«, antwortete Lyra.

Sie sah, wie sehr ihn ihre Worte trafen. Von einer Sekunde auf die andere erlosch auch der letzte Rest von Mut, mit dem er sich noch gewappnet hatte. »Ihr habt hier gelebt?« fragte er unsicher. »Der Hof war zerstört, als wir ihn fanden. Alle seine Bewohner waren tot. Es gab niemanden mehr, der . . .«

»Ich bin nicht gekommen, um Euch zu vertreiben, mein Freund«, unterbrach ihn Lyra sanft. »Ich weiß, was damals geschah. Ich war dabei. Aber Ihr braucht keine Sorge zu haben. Ich bin nicht hier, um Besitzansprüche anzumelden; im Gegenteil. Ich bin froh, daß jemand hier lebt. Alles, was ich erbitte, sind eine Mahlzeit und ein Dach, unter dem meine Begleiter und ich eine Nacht verbringen können.«

Die Angst in den dunklen Augen ihres Gegenübers flammte zu neuer Glut auf. »Begleiter?« entfuhr es ihm.

Lyra lächelte. »Bei mir ist nur ein Mädchen und ein Kind. Sie warten drüben im Wald auf mich.« Natürlich glaubte er ihr nicht. Sie lächelte abermals, um ihre Worte zu unterstreichen, stieg mit einer müden Bewegung aus dem Sattel und trat dem Mann einen Schritt entgegen. Jetzt, als sie auf gleicher Höhe mit ihm war, sah sie, daß er sie um anderthalb Haupteslängen überragte. Er war schlank; sein Gesicht und seine Hände wirkten dort, wo sie nicht mit schwarzem Haar bedeckt waren, knochig Aber er mußte sehr stark sein. Trotzdem hatte er Angst vor ihr, denn ihre Kleidung und ihre Waffen stammten aus einer Welt, die ihm fremd war und die er fürchten mußte. Lyra versuchte sich zu erinnern, wie es gewesen war, als sie Sjur zum ersten Mal sah.

in ihren gedanken blitzte es auf. ein pulsierender hauch wie von blutigem nebel, dem das entfernte schlagen gewaltiger roter schwingen folgte.

Lyra fuhr erschrocken zusammen; ihre Hand senkte sich instinktiv auf das Schwert, obwohl sie wußte, wie nutzlos die Waffe war, und der Bärtige, der die Geste falsch deutete, wich hastig einen halben Schritt zurück.

»Ihr seid uns natürlich willkommen, edle Herrin«, sagte er hastig. »Ihr und Eure Freunde. Ihr könnt bleiben, so lange Ihr wollt. Unser Haus ist Euer Haus, und . . .«

Lyra unterbrach seinen Redefluß mit einer knappen, befehlenden Geste. »Wir bleiben nur eine Nacht«, sagte sie bestimmt. »Wenn überhaupt.«

Der Bärtige senkte das Haupt. »Wie Ihr befehlt, Herrin. Wenn Ihr es wünscht, dann schicke ich meine Tochter, um Eure Begleiterin zu holen.«

»Später«, antwortete Lyra. »Jetzt habe ich Wichtigeres zu tun.« Sie drehte sich einmal um ihre Achse und musterte mißtrauisch jede Linie, jeden Schatten und jeden Winkel des unregelmäßigen »U», das der Hof bildete. Ihre Hand fingerte am Schwertgriff, ohne daß sie es überhaupt merkte. Gebannt lauschte sie in sich hinein. *die roten feuerschwingen kamen näher. noch waren sie weit entfernt. aber sie waren schnell. und er war stark, so unendlich stark wie zuvor. Sie hatte nicht mehr viel Zeit.*

»Wie viele seid ihr hier auf dem Hof?« fragt sie.

Der Bärtige zögerte. Die Angst war wieder in seinen Augen, stärker als zuvor, und einen Moment lang rechnete sie fast damit, daß er sich schlichtweg herumdrehen und wegrennen würde. Dann faßte er sich. »Nur wir drei«, antwortete er. »Ich und meine Tochter und mein Weib. Niemand sonst.«

Das war gelogen, aber es war eine Lüge, die Lyra nur zu verständlich war. »Gut«, sagte sie. »Dann nimm dein Weib und deine Tochter und geh ins Haus, wenn dir dein Leben lieb ist. Geht hinein und bleibt dort, ganz egal, was geschieht. Und«, fügte sie spöttisch hinzu, »sag auch denen, die nicht bei euch sind, daß sie drinnen bleiben sollen.«

Der Mann erbleichte. »Was bedeutet das?« stammelte er. »Was habt Ihr vor?«

»Nichts, was Euch anginge«, schnappte Lyra. *das rauschen gewaltiger brennender schwingen kam näher. sie spürte die woge aus pulsierender kraft, mit der sie die wirklichkeit teilten und auf sie zurasten, ein flammender gott, der aus der schwärze des weltalls direkt auf den winzigen hof hinabstürzte.* »Und nichts, was Euch in Gefahr bringt, wenn Ihr vernünftig seid und Euch nicht einmischt«, fuhr sie fort, leise und in gehetztem Ton. »Geht – schnell!«

Sie wartete nicht, bis der Mann auf ihre Worte reagierte, sondern fuhr auf der Stelle herum und rannte los, an der verbrannten Scheune vorbei und nach rechts und dann wieder zurück, bis sie den flachen Hügel an der Rückseite des Hauses erreicht hatte. Es gab keinen anderen Ort als diesen. So wie sie am Schluß zu Orans Hof zurückgekehrt war, hätte kein anderer Platz Sinn gemacht, es zu Ende zu bringen.

Kein anderer Platz als Serans Grab.

Das Grab ihres Sohnes.

die welt duckte sich unter dem sturmwind titanischer, peitschender drachenschwingen, als sie den verwilderten Grabhügel auf der Rückseite des Hauses erreichte, und das rasche Aufblitzen von Trauer, als sie sah, daß das Grab vergessen und die Blumen darauf niedergetrampelt oder verdorrt waren, *wurde vom flammenden feueratem des drachen hinweggefegt, der mit einem lautlosen wutschrei aus den abgründen des nichts auftauchte.*

Die Sonne erlosch.

Von einer Sekunde auf die andere färbte sich der Himmel schwarz. Ein ungeheurer Donnerschlag zerriß die Stille, dann war es, als wäre die Luft von knisternder elektrischer Spannung erfüllt. Blaue Elmsfeuer zuckten aus den Metallteilen ihrer Rüstung. Ein rascher, prickelnder Schmerz zuckte durch Lyras Glieder, und sie fühlte, wie sich jedes einzelne Härchen auf ihrem Körper aufrichtete. Das Schwarz des Himmels vertiefte sich, war plötzlich keine Dunkelheit mehr, keine Nacht, sondern absolute Finsternis. Erneut zerriß ein ungeheures Donnern und Krachen den Morgen, und diesmal spürte sie, wie der Boden unter ihren Füßen erzitterte.

Dann erschien der Gigant.

Die Welt zerriß entlang einer gezackten, flammengesäumten Linie, als wäre sie nicht mehr als ein Bild auf einer weltengroßen Leinwand, und aus dem Riß trat ein Titan heraus, rot und groß und in einen Harnisch aus wabernden Flammen gekleidet, ein Riese, so groß wie Bjaron, aber viel breitschultriger und stärker, unter dessen Füßen der Boden zu schwelen begann und in dessen unmittelbarer Nähe die Luft brannte. Ein Hauch erstickender Hitze begleitete sein Erscheinen, nahm Lyra für eine halbe Sekunde den Atem und erlosch wieder.

Lyra stand wie gelähmt da. Sie hatte versucht, sich auf diesen Augenblick vorzubereiten, sich auf das Allerschlimmste gefaßt zu machen, aber wie so oft war die Wirklichkeit auch diesmal schlimmer, als ihre Phantasie sich auszumalen vermocht hatte. Der Gigant überragte Lyra um das Doppelte; er war kein Riese, sondern eine Spottgeburt, aus etwas Schlimmerem als einem Alptraum hervorgekrochen. Sein Atem war Tod, seine Berührung Feuer; der Blick seiner Augen brachte den Wahnsinn. Das Gras zu seinen Füßen begann zu brennen und zerfiel zu Asche, und hinter ihm loderten noch immer Flammen aus der pulsierenden Wunde, die er in die Wirklichkeit gerissen hatte.

Dann erschien ein zweiter Flammenkrieger. Er war ein genaues Ebenbild seines lodernden Bruders; eine lebende Feuersäule, die aller Gesetze der Natur spottete. Zwischen den beiden brennenden Titanen kochte die Luft. »Ein beeindruckender Anblick, nicht?«

Die sanft gesprochenen Worte brachen den Bann. So schnell, wie der lähmende Schrecken gekommen war, ging er wieder, und alles, was zurückblieb, war ein absurdes Gefühl der Erleichterung. Sie hatte noch immer Angst, aber es war nur die Kreatur in ihr, die sich fürchtete, das tierische Erbe ihres Volkes, das ihr zuschrie, zu fliehen.

Eine Sekunde lang blieb sie noch reglos stehen und starrte die beiden Flammenkrieger an, dann drehte sie sich herum; sehr langsam, aber ohne Furcht.

»Ich hätte gerne gesehen, wie Bjaron mit tausend ihrer Brüder fertig geworden wäre«, sagte Dago bedauernd.

Lyra blickte ihn an. Er stand nur wenige Schritte von ihr entfernt, und doch fiel es ihr schwer, sein Gesicht deutlich zu erkennen; es war etwas Unsichtbares, Trennendes zwischen ihnen. Seine Züge schienen in ständiger ungreifbarer Bewegung zu sein. Er wirkte noch immer so jung, wie sie ihn in Erinnerung hatte, aber gleichzeitig auch unglaublich alt.

»Du hast noch immer diese Vorliebe für dramatische Auftritte«, sagte sie. »Wirst du denn nie erwachsen?«

Dago lächelte. Es wirkte schmerzlich. Aber er war nicht zornig, sondern strahlte allerhöchstens so etwas wie eine sanfte Trauer aus. »Laß mir wenigstens diesen kleinen Triumph, Lyra«, sagte er. »Du hast mir genug genommen, meinst du nicht?«

»Ich?« Lyra schüttelte den Kopf. »Nein, Dago, ich habe dir nichts weggenommen. Du warst es selbst.«

Der Drache starrte sie an. Wieder wirkte sein Gesicht auf diese nicht in Worte zu fassende Weise alt. Alt und . . . ja, dachte sie verblüfft, weise. Sie versuchte vergeblich, etwas von der abgrundtiefen Bosheit in seinem Blick zu lesen, die sie vorher gespürt hatte. Alles, was sie fühlte, war eine Aura beinahe göttlicher Macht.

»Warum bist du gekommen?« fragte er. »Du weißt, daß ich dich noch immer vernichten könnte.«

»Aber du wirst es nicht tun«, antwortete Lyra. »Weil es keinen Sinn ergäbe.«

Wieder schwieg der Drache für lange, endlose Sekunden. Dann nickte er. »Du hast recht«, sagte er. »Es gäbe keinen Sinn. Jetzt nicht mehr.« Er seufzte, trat einen halben Schritt auf sie zu und blieb wieder stehen. Ein Schatten huschte über sein Gesicht und wurde zu einem bitteren Lächeln. »Seit wann hast du es gewußt? Seit den Minen von Tirell?«

»Nein«, antwortete Lyra, ein ganz kleines bißchen verwirrt. »Wie kommst du darauf?«

»Schwarzbart hat mich erkannt, dort unten«, gestand der Drache. »Es war ein Fehler, dorthin zu gehen. Die Minen von Tirell sind ein Ort, der selbst meiner Magie entzogen ist. Ich habe es zu spät gemerkt. Um ein Haar wäre alles dort schon vorbei gewesen.«

»Aber wenn er dich erkannt hat . . .«

»Er hat es wieder vergessen«, unterbrach sie Dago und lächelte. »Ich verfüge über gewisse . . . Mittel, weißt du? Gespürt hat er es wohl die ganze Zeit, und vielleicht hat er es sogar geahnt, zum Schluß hin. Aber er war wie alle menschlichen Wesen – dumm und voller Angst. Er hat einfach die Augen vor der Wahrheit geschlossen und weggeleugnet, was nicht sein durfte.«

»Warum, Dago?« fragte Lyra.

»Warum?« Der Drache blinzelte. »Warum was?«

Lyra machte eine unwillige Geste. »Du hast mich gefragt, warum ich hier bin. Vielleicht, weil ich noch immer nicht alles verstehe. Warum das alles? Du hättest wissen müssen, daß Torans Kleid dich vernichtet. Selbst deine Flammenkrieger hätten es nicht überwinden können.«

»Glaubst du?« Draches Augen wurden schmal. »Warum probierst du es nicht aus, wenn du so sicher bist.« Für einen ganz kurzen Moment sah sie Haß und tobende Wut hinter der Maske auf seinen Zügen. Dann lächelte er wieder. »Aber du hast recht. Nicht einmal sie hätten den Schutz der Zauberrüstung überwinden können. Ich hatte niemals vor, dich zu töten, mein Kind. Das Kleid war der mächtigste Zauber, den ich je erschaffen habe.«

»Du?« Es gelang ihr nicht ganz, den Schrecken in ihrer Stimme zu unterdrücken.

»Natürlich ich«, sagte Dago grob. »Kein anderer Magier hätte eine Rüstung wie diese schaffen können. Es war die stärkste Waffe, die jemals geschmiedet wurde. Ich habe hundert Jahre gebraucht, sie zu erschaffen.«

»Und dann hast du sie Toran gegeben?«

»Toran . . .« Der Drache seufzte. »Ich sehe, du verstehst

noch immer nicht, du dummes Ding. Es gibt keinen Toran. Es hat niemals einen König Toran gegeben, so wenig wie die Legende des Befreiers.« Plötzlich ballte er die Faust und machte ein abfälliges Geräusch. »Ihr Menschen seid so dumm!« sagte er heftig. »Der Befreier! Der strahlende Held, der in der Stunde der höchsten Not aus dem Nichts erscheint und das Land errettet – welch ein Unsinn. Und ihr habt wirklich daran geglaubt!«

»Aber dann«, murmelte Lyra, »dann war alles ... war alles nicht wahr? Der Schrein und die Legenden und ...« Sie verstummte. Auf einer verborgenen, tiefen Ebene ihres Bewußtseins hatte sie die Wahrheit geahnt, schon sehr lange, aber diese Ahnung war niemals mehr als ein dumpfes Gefühl von Unruhe gewesen. »Dann war alles gelogen«, murmelte sie.

Der Drache nickte. »Sicher. Obwohl ich dieses Wort nicht benutzen würde. Ich habe die Legende von Toran erschaffen, ich habe den Schrein gebaut und euch all den albernen Tand gegeben, den ihr dann Relikte nennen und verehren konntet. Ich sagte doch, daß ihr dumm seid. Es war von Anfang an mein Plan, und er ist aufgegangen. Ja, eine Lüge – wenn du so willst.«

Lyra starrte ihn an, kämpfte einen Moment mit den Tränen und schüttelte dann den Kopf. »Nein, Dago. Keine Lüge. Du hast die Wahrheit erschaffen, ohne es zu wollen.«

»Möglich.« Dago zuckte die Achseln. »Was spielt das jetzt noch für eine Rolle? Es ist vorbei.«

»Aber warum?« sagte Lyra flehend. »Warum das alles? Nur aus Grausamkeit? War das alles wirklich nur ein Spiel für dich? Nichts weiter als ...« Sie schrie fast. »Als Zeitvertreib?«

»Selbstverständlich nicht.« Seine Stimme klang fast beleidigt. »Ich gebe zu, es war eine Weile ganz kurzweilig, euch zuzusehen, aber auch für einen Mann wie mich sind fünf Jahrhunderte eine zu lange Zeit, um sie mit einem Spiel zu vertun. So lange hat es gedauert, die Legende des Befreiers zu schaffen und die Richtigen zu finden, meinen

Plan auszuführen. Du siehst – auch ich bin nicht allmächtig. O nein, Lyra, es war keineswegs nur ein Spiel.«

»Warum dann?«

Dago schwieg einen Moment, und als er weitersprach, hatte sich seine Stimme geändert. Es war jetzt ein sonderbar ernster, beschwörender Ton darin. Und sie wußte, daß er die Wahrheit sprach. »Es war die einzige Möglichkeit«, sagte er. »Der einzige Weg, die Goldenen zu vernichten und nicht gleichzeitig alles zu verlieren.«

»Die Goldenen vernichten? Warum?«

»Nimm an, sie wären mir lästig geworden«, schnappte Dago, plötzlich wieder wütend. Dann hob er entschuldigend die Hand und sprach ruhiger weiter. »Ich sagte dir schon einmal, Lyra – auch ich bin nicht allmächtig. Und ich bin nicht unfehlbar. Ich habe zu spät erkannt, wer sie wirklich waren. Wie sie waren.«

»Waren es . . . Wesen wie du?«

»Wesen wie ich?« Dago schien einen Moment über diese Frage nachzudenken. Schließlich schüttelte er den Kopf »Nein. In diesem Punkt sagt die Legende die Wahrheit, Lyra. Sie waren Magier, Menschen, die die Geheimnisse der Magie entdeckt und sich zu Nutzen gemacht hatten. Ich schloß mich mit ihnen zusammen, um Gewalt über die Caer zu erlangen, denn nicht einmal meine Kraft reichte dazu allein.«

»Die Caer«, unterbrach ihn Lyra. »Was ist sie?«

»Etwas, das du nie verstehen würdest, Lyra«, sagte der Drache ernst. »Auch ich begreife nur einen Teil ihres Geheimnisses; weniger, als ich bis vor kurzer Zeit selbst wußte. Damals ahnte ich nur, daß sie der Schlüssel zur Macht war, etwas, das mir Unsterblichkeit und unermeßliche Kraft geben würde. Ich wollte sie haben. Und der einzige Weg dazu war, mich der Hilfe der fünf mächtigsten Zauberer zu versichern, die ich auf der Welt fand. Es war schwer, unendlich schwer, und der Zauber, den wir weben mußten, uns zu ihren Herren zu machen, war der mächtigste, den diese Welt je gesehen hat. Aber am Schluß gelang es uns. Wenigstens glaubten wir das.«

Er brach wieder ab und starrte aus brennenden Augen zu Boden, und diesmal stellte Lyra keine Frage mehr, sondern wartete, bis er von selbst weitersprach. »Ich habe zu spät begriffen, daß nicht wir sie, sondern die Caer uns zu ihren Sklaven gemacht hat. Die Goldenen waren nicht immer so, wie du sie kennengelernt hast. Es war die Caer, die sie verdarb. Die Macht, die sie ihnen vorgaukelte, die Unsterblichkeit und die Angst vor dem Tod, die daraus erwuchs. Sie wurden böse. Böse und machthungrig. Aber auch stark. Nicht einmal ich habe es gewagt, sie offen anzugreifen, als ich begriff, was geschehen war.«

Lyra sah ihn mißtrauisch an. »Gleich wirst du mir erzählen, daß du alles nur zu unserem Besten getan hast«, sagte sie. Aber der Spott in ihrer Stimme klang nicht ganz echt. Man hörte das Entsetzen, das sich darunter verbarg.

»Natürlich nicht«, antwortete der Drache unwillig. »Ich habe nur erkannt, daß sie mit ihrem Tun mehr Schaden als Nutzen anrichteten. Ihr Menschen seid ein seltsames Volk. Ich glaube, ich habe euch niemals wirklich verstanden – aber ich habe begriffen, daß man euch nicht mit Gewalt und Tyrannei beherrschen kann. Man kann euch knechten, ein Jahrtausend lang oder auch zehn. Aber ich wäre niemals euer *Herr* gewesen.«

»Und deshalb hast du beschlossen, dich zu läutern und aus dem Caradayn einen Tempel der Freuden zu machen.« Lyra schüttelte den Kopf. »Dago, Dago – für wie naiv hältst du mich?«

»Ich habe beschlossen, sie loszuwerden«, schnappte Dago. »Mehr nicht. Es war mein Plan, die Caer Caradayn zu stürmen und ihre Herren zu töten.«

»Um dich danach als König krönen zu lassen?«

»Warum nicht?« gab Dago zornig zurück. »Welche Rolle spielen die Gründe, die ich hatte? Ihr hättet es nicht einmal gemerkt. Im Gegenteil. Ihr hättet mich verehrt und als Befreier gefeiert.«

»Als unseren Retter«, bestätigte Lyra. Und dann fügte sie, so bitter, daß Dago wie unter einem Hieb zusammenfuhr, hinzu: *»Den Drachen!«*

»Ihr hättet es nicht einmal gemerkt«, murmelte Dago. »Und vielleicht wäre ich sogar ein guter König gewesen Von eurem Standpunkt aus. Ich habe die Herrschaft der Gewalt kennengelernt, vergiß das nicht. Ich sage nicht, daß es irgend etwas mit so albernen Worten wie Menschlichkeit und Liebe zu tun hätte, denn solche Begriffe sind mir fremd. Es war eine ganz rationale Rechnung – ich habe nur begriffen, daß ein zufriedenes Volk leichter zu beherrschen ist als ein unzufriedenes. Ihr hättet die Freiheit bekommen, um die ihr gekämpft habt.«

»Danke«, sagte Lyra. »Wir haben sie auch so.« Sie versuchte vergeblich, Zorn zu empfinden. Trotz allem konnte sie Dago noch immer nicht hassen. Jetzt nicht mehr. Er war nicht so kalt, wie er zu sein vorgab. Vielleicht hatte er es selbst noch nicht gemerkt, aber die Schlacht, um die er sich betrogen glaubte, war in Wahrheit längst entschieden. Der Drache war tot. Er war auf dem Gipfel des Caradayn gefallen.

»Eine schöne Freiheit!« antwortete Dago erregt. »Das Land zerfällt bereits jetzt. Ich habe gesehen, was sie mit ihrer Freiheit anfangen, schon in diesen wenigen Monaten, die seither vergangen sind. In ein paar Jahren wird es . . .«

»Wieder ein großes, friedliches Volk geben«, unterbrach ihn Lyra, nicht etwa, weil sie wirklich daran glaubte, sondern weil sie es mit verzweifelter Kraft glauben wollte. »Vielleicht wird es noch einmal fünfzig Generationen dauern, aber ich weiß, daß es so kommen wird. Wir brauchen keinen Magierkönig, der uns sagt, wie wir frei zu sein haben. Wir haben uns unsere Zukunft erkämpft.«

»Ich hätte sie euch geschenkt«, sagte Dago leise.

»Geschenkt?« Lyra lachte. »Ein Geschenk, das zu teuer gewesen wäre. Wir brauchen solche Geschenke nicht, Dago.«

Sie sprach nicht weiter, und auch Dago starrte sie nur wortlos und verbissen an. Schließlich hob er beide Hände vor das Gesicht, ballte sie zu Fäusten und ließ die Arme mit einer kraftlosen Bewegung wieder sinken.

»Ein Kind«, murmelte er. »Ein dummes Bauernmädchen, das nicht lesen und schreiben konnte und an Nebelhexen und böse Geister glaubte. Das nicht einmal wußte, daß es so etwas wie Magie überhaupt gibt! Ich kann es immer noch nicht glauben, daß du mich besiegt haben sollst. Ausgerechnet du!«

»Du irrst dich«, sagte Lyra sanft. »Nicht ich habe dich besiegt, Dago. Dazu hätten meine Kräfte nicht gereicht. Du selbst warst es. Dein Kleid, dessen Magie sich schließlich gegen dich selbst gerichetet hat, und der Weg, den du uns gezeigt hast.«

Sie war nicht sicher, ob Dago verstand, was sie ihm sagen wollte, denn sein Blick drückte nichts als Verwirrung aus. Sie hob die Hand und machte eine Geste, die den Hof und das ganze Tal einschloß. »Du hast uns nie verstanden, Dago. Das hier ist unsere Welt. Nicht das Schlachtfeld. Nicht der Krieg. Wir sind kein Volk von Kriegern. Wir sind einfache Bauern und Fischer und Handwerker, die das Leben lieben. Sieh dir diesen Hof an – deine Krieger haben ihn niedergebrannt, und doch vergingen nur wenige Wochen, bis andere kamen und begannen, ihn wieder aufzubauen. Alles, was wir wollen, ist das Leben. Keiner von uns braucht Macht.«

»Ich weiß«, flüsterte Dago. Plötzlich sah er sehr traurig aus, und für einen kurzen Moment tat er Lyra aufrichtig leid. Dann lächelte er, und für einen ebenso kurzen Moment erinnerte er sie wieder an den sanften, noch nicht ganz erwachsen gewordenen jungen Mann, als den sie ihn kennengelernt hatte. »Weißt du eigentlich, daß die Rede, die du vor dem Heer gehalten hast, das Pathetischste und Ungeschickteste war, was ich jemals gehört habe?« fragte er.

Lyra lachte, und zum ersten Mal klang es frei und echt. »So sind wir nun einmal«, sagte sie. Dann wurde sie wieder ernst. »Was wirst du tun?«

Dago zuckte die Achseln. »Ich weiß es noch nicht«, gestand er. »Ich denke, ich werde irgendwohin gehen, wo man Verwendung für einen abgetakelten Zauberer hat.

Die Welt ist groß, und es gibt mehr als diese eine. Irgendwo ist immer Platz für einen Drachen.« Obwohl er lächelte, klangen seine Worte sehr ernst. »Und du?«

»Vielleicht suche ich mir einen Ort, an dem man Verwendung für eine abgedankte Heldin hat«, erwiderte Lyra lächelnd.

»Wirst du hierbleiben? Hier auf dem Hof?«

Lyra überlegte einen Moment. »Vielleicht«, sagte sie dann. »Die Bauersleute scheinen freundlich. Und sie können sicher ein paar kräftige Hände gebrauchen, die mit zupacken. Hier oder anderswo – ich werde einen Platz finden, an dem ich leben und meine Kinder aufziehen kann. Und wenn ich alt und grau geworden bin und mir die Zähne ausfallen, werde ich ihnen die Legende von Lyra, der Heldenmutter, erzählen, und wir werden gemeinsam darüber lachen. Du weißt doch, Sjur lacht gerne.«

»Sjur?«

»Es wäre nicht gut, wenn er weiter Toran hieße.« Lyra nickte. »Ich habe ihm den Namen seines Vaters gegeben. So wie sein Bruder den Namen seines Vaters tragen wird – wenn du erlaubst.«

»Sein ...« Dago starrte sie an. Seine Augen wurden rund, dann schien sich ihr Blick an ihrem schlanken Leib festzusaugen. »Du hast ...«

»Ich trage dein Kind«, bestätigte Lyra ruhig. »Man sieht es noch nicht, aber bevor der Winter vorbei ist, wird Sjur einen Bruder haben.« Sie lachte leise. »Es war zwar nur einmal, aber du bist ein Magier.« Sie sagte es so, als wäre es Erklärung genug.

Dago starrte sie weiter an. Eine Ewigkeit lang rang er vergeblich nach den richtigen Worten, dann schloß er die Augen, ballte noch einmal die Fäuste – und begann schallend zu lachen. Er lachte und lachte und lachte, bis ihm die Tränen in die Augen schossen und seine Stimme versagte, weil ihm der Atem fehlte.

»Mein Sohn!« keuchte er. »Bei allen Göttern, was für ein Scherz! Mein Sohn wird der Bruder Torans sein! Ihr Götter! Welch eine Ironie!«

Lyra glaubte sein Lachen noch lange zu hören. Selbst, als er schon längst fort war. Aber dann brüllte die Kuh. Zum Melken brauchte man keine Magier.

ENDE

Ein Gespräch mit Wolfgang Hohlbein

Herr Hohlbein, vor zehn Jahren waren Sie noch Industriekaufmann. Heute sind Sie ein vielbeachteter und vielgelesener Autor, rund hundert Bücher in nur zehn Jahren, wie schafft man eigentlich den Sprung in eine neue Karriere?

Konkret habe ich es in dem Moment gemacht, wo ich vor der Wahl stand. Ich habe also nebenbei angefangen zu schreiben, habe dann relativ schnell relativ viel gemacht, und es kam eigentlich schon nach einem halben Jahr der Punkt, wo es nicht mehr ging, wo ich also tagsüber meinen Bürojob erledigt habe, dann auch immer schlechter, weil mir nämlich Stunden fehlten an Schlaf, und abends bis in die Nacht hinein geschrieben, und dann stand ich vor der Entscheidung, eines von beiden bleiben zu lassen und habe mich dann dazu entschieden, meinen Beruf an den Nagel zu hängen, den ich sowieso nicht so sehr geliebt habe.

Die Liebe zur Schriftstellerei – wie hat das bei Ihnen angefangen? Wann haben Sie eigentlich Ihr Talent entdeckt?

Geschrieben habe ich eigentlich als Kind und Jugendlicher schon, kleine Geschichten gedichtet etc. Das Zeug ist Gott sei Dank alles verschollen. Aber so die Idee, Schriftsteller zu werden, das war für mich damals was ganz Tolles, irgendwelche Leute, die ständig in den Wolken schwebten und alle ganz berühmt und ganz reich sind, die habe ich eigentlich nie so ganz ernsthaft gehabt, das war mehr ein Zufall, daß es dann sich so ergeben hat.

Sie sprechen vom Zufall. War es denn auch ein Zufall, daß Sie 1983 an einem Autorenwettbewerb des Ueberreuter Verlages teilnahmen und auf Anhieb den Wettbewerb gewannen und gleichzeitig auch noch einen Bestseller landeten?

Es ist eine ganz witzige Geschichte zustande gekommen. Meine ersten Gehversuche auf schriftstellerischem Gebiet waren ja beim Bastei Lübbe Verlag. Ich habe also Heftromane geschrieben und für Zeitschriften einiges gemacht, und ich habe mich dann immer bei meiner Frau beschwert, daß sie meine Werke nicht liest. Das waren Western, Gruselgeschichten, alles, was sie nicht so interessierte, und kriegte dann irgendwann zur Antwort: ›Ja, dann schreib doch mal was, was ich lesen möchte, mich interessieren deine Gespenstergeschichten nicht.‹ Sie nannte mir dann diesen Titel *Märchenmond* und so eine Idee, die dann später mit dem Roman gar nichts zu tun hat, und dann war es ein Zufall, daß ich wenige Tage später in einer Zeitschrift von diesem Wettbewerb des Ueberreuter Verlages las. Sie suchten konkret einen neuen Autor für phantastische Stoffe. Da fiel mir dieser Titel wieder ein. Ich habe mit meiner Frau mal kurz darüber gesprochen und dann eigentlich in gut drei Wochen dieses Buch geschrieben und damit, wie gesagt, den Durchbruch geschafft. Und dann ging eben alles sehr schnell.

Einhundert Bücher in nur zehn Jahren. Heißt das eigentlich nicht, daß man dann Tag und Nacht arbeiten muß?

Das Schreiben ist nach wie vor mein Hobby geblieben, und wenn ich eine neue Geschichte anfange, weiß ich in den allermeisten Fällen gar nicht, wie es ausgeht. Ich bin sozusagen selbst neugierig, wie es weitergeht, und dann macht es mir einfach einen solchen Spaß, daß ich dann wirklich manchmal zehn, zwölf oder auch sechzehn Stunden am Computer sitze, oder ich diktier' mittlerweile auch viel, weil es einfach bequemer ist. Es gibt natürlich dazwischen manchmal auch Wochen, wo ich gar nichts tue und schöpferische Pausen einlege.

Die, die Sie persönlich kennen, sagen ja, Ihre Ideen sprudeln nur so aus Ihnen heraus. Die Gedanken kommen schneller, als Sie sie eigentlich aufschreiben können. Stimmt das, und denken Sie vielleicht sogar schneller als Ihr Computer, auf dem Sie ja arbeiten?

Also schneller als ein Computer möchte ich nicht sein. Woran es eben hapert, das ist die rein mechanische Arbeit. Also mich jetzt hinzusetzen und sieben oder acht Stunden Schreibmaschine zu schreiben, das ist einfach eine relativ anstrengende Arbeit. Deswegen bin ich jetzt dazu übergegangen, in letzter Zeit viel zu diktieren oder auch mit der Hand zu schreiben, das geht zwar langsamer, aber es ist irgendwie . . . mir fällt es leichter, es ist nicht so anstrengend. Ich habe auch schon so ein bißchen herumexperimentiert mit diesen Spracheingabesystemen, die es heute gibt, aber da ist die Technik noch nicht so weit.

Gibt es bereits in Ihrer Jugendzeit Autoren und Schriftsteller, die Sie geprägt haben?

Ich habe konkret mit zwei großen Stoffen sozusagen angefangen richtig zu lesen. Das eine war Karl May, da habe ich die ganzen siebzig oder zweiundsiebzig Bände in zwei Jahren verschlungen, nachdem ich den ersten entdeckt habe. Dann habe ich die Perry-Rhodan-Serie irgendwann mal entdeckt, mit dreizehn, vierzehn Jahren, und habe auch da Hunderte von Heften hintereinander verschlungen. Das waren also diese beiden großen Blöcke sozusagen, da kommt wahrscheinlich meine Begeisterung für die Phantastik her. Also mich interessiert, alles, was irgendwie phantastisch ist, ob das jetzt eine Gruselgeschichte ist oder ein Märchen oder eine . . . ja eigentlich alles, was so ein bißchen abgehoben ist.

Ihr Themenspektrum ist ja riesengroß. Fantasy, Science Fiction, Krimi, historischer Roman, Jugendbuch. Geht dieses phantastische Schreiben in irgendeiner Form eigentlich auch auf das alltägliche Leben über?

Eigentlich überhaupt nicht. Also ich glaube, daß ich ein ziemlicher Realist bin im Grunde. Vielleicht ist gerade das der Grund, daß ich, wenn ich dann aus dieser Welt ausbreche, in Extreme gerate. Also mich interessiert eben alles Phantastische, jetzt nicht nur in Büchern, nicht nur meine eigenen Geschichten, ich sehe auch sehr gern phantastische Filme. Ich habe ein Faible für etwas exotische Landschaften und so weiter. Auf mein Privatleben hat das überhaupt keinen Einfluß.

Wenn Sie Ihre Bücher schreiben, schreiben Sie dann auch für Ihre Familie, denn Sie haben ja immerhin auch sechs Kinder, sozusagen der erste private Lesekreis bei Ihnen zu Hause?

Die älteren Kinder lesen sie durchaus, und es sind auch schon so einige Episoden in meine Bücher mit eingeflossen, die konkret von meinen beiden älteren Töchtern stammen. Also ein Kapitel in einem meiner Bücher ist von meiner Tochter, die damals zwölf war. Die hat mir einfach eine Geschichte erzählt, und die fand ich so niedlich, daß ich sie so lange umgedreht und verbogen habe, bis sie da rein paßte.
Also ein Kapitel in einem meiner Bücher ist von meiner Tochter, die damals zwölf war. Die hat mir einfach eine Geschichte erzählt, und die fand ich so niedlich, daß ich sie so lange ungedreht habe, bis sie da rein paßte.

Ihre Frau ist ja nicht nur Inspiratorin für viele Ihrer Geschichten, sondern manchmal ja auch Ko-Autorin. Wie funktioniert dieses Teamwork?

Bei uns ist es konkret so, daß wir Ideen durchsprechen, daß oft Ideen von ihr kommen. Vielleicht einfach nur so ein dahingeworfener Satz, über den man dann weiterredet, oder auch ein Titel. Und dann reden wir eben, während ich die Geschichte schreibe, konkret weiter. Das heißt, ich setze mich hin, schreibe ein Kapitel und zeige es ihr, und sie gibt dann ihren Kommentar dazu ab. Und das entsteht dann wirklich so als Teamwork, und die Bücher sind auch anders als die, die ich alleine schreiben würde, weil von ihr mehr das Kindliche, das Märchenhafte einfließt, während meine Stärke vermutlich doch so die abenteuerlichen Geschichten sind.

Phantastische Geschichten und Fantasy haben ja inzwischen Millionen Leser. Liegt das vielleicht daran, daß unser wirkliches Leben heute viel zu wenig Zeit für Träume läßt?

Das liegt zum Teil wahrscheinlich an der Umwelt, also an unserem täglichen Leben, das ja auch immer technischer wird, immer kälter und immer härter. Und es kann eigentlich kein Zufall sein, daß gerade in solchen Zeiten die phantastische Literatur immer schon einen Boom erlebt hat. Und es ist auch so ein bißchen Fluchtliteratur, wobei ich das sehr positiv finde. Das ist völlig in Ordnung, wenn man für ein paar Stunden wegläuft und in eine andere Welt flüchtet, so lange man den Rückweg wiederfindet.

Im Moment arbeiten Sie ja für zwei große Verlage, einmal Ueberreuter und dann Bastei Lübbe. Wie bringt man das eigentlich unter einen Hut?

Das hat sich so ergeben. Das liegt also auch an der Struktur der Verlage, weil Bastei Lübbe eben mehr so für die fast-erwachsenen und erwachsenen Leser da ist, während der Ueberreuter-Verlag zumindest mit meinen Büchern sich rein an jugendliche Leser wendet, so ab zehn aufwärts. Da gibt es überhaupt keine Konkurrenz, ganz im Gegenteil, und ich denke, ich werde das auch weiter so machen.

Nach zehn Jahren als professioneller Autor – wie erklären Sie sich eigentlich selbst Ihren Erfolg?

Also meinen Erfolg, ich habe natürlich einen, gerade in den letzten Jahren verstärkt, einen ziemlichen Erfolg auch beim Publikum. Ich hoffe, daß es so weitergeht, ich bin selbst immer noch ein bißchen erstaunt darüber und stehe eigentlich vor diesem Erfolg wie ein Kind mit großen Augen vor dem Weihnachtsbaum und begreife das gar nicht ganz. Ich kann nur hoffen, daß es so weitergeht.

Die Wiederbelebung eines alten Mythos:

H.P.LOVECRAFT,
einer der Urväter
der phantastischen Literatur
schuf mit dem Cthulhu-Mytos
ein Universum des Grauens,
beherrscht von bösen Gottheiten,
von lebenden Schatten
und Büchern,
in denen der Wahnsinn nistet ...

BASTEI LÜBBE

Irgendwo im Herzen Europas, in einem vom Krieg erschütterten Land, liegt ein geheimnisvolles Tal. Man nennt es das Wolfsherz. Es ist das Tor zu einer anderen, erschreckenden Wirklichkeit. Und die Wesen, die dort wohnen, sind keine Menschen.

In seinem neuen Roman erzählt Wolfgang Hohlbein, einer der erfolgreichsten deutschen Autoren phantastischer Literatur, die faszinierende Geschichte eines Findelkindes. Die junge Eva wird nach Deutschland gebracht, nachdem sie nackt und frierend in einem Tal gefunden wird, das auf keiner Karte verzeichnet ist. Sie wirkt wie ein Relikt aus einer anderen Zeit, ein Zwitterwesen, von einer geheimnisvollen Aura umgeben – einer Aura gesteigerter Sinneswahrnehmung, in der etwas abgrundtief Böses liegt: das Gefühl der Gefahr, die mythische Furcht der Menschen vor dem Wolf.

Eine überraschende Umkehrung des Werwolfthemas, ein spannender Abenteuerroman, ein neues Meisterwerk von Wolfgang Hohlbein.

ISBN 3-304-14197-0

BASTEI
LÜBBE

Ein Feuerball stürzt auf die Erde hinab. Seine Größe und Zerstörungsgewalt sprengen jede Vorstellungskraft. Ist ein Stern vom Himmel gefallen? Nur eine Handvoll Männer sind Zeugen des ungeheuerlichen Vorfalls, der die Tundra in eine Ödnis verwandelt. Viele Jahrzehnte müssen vergehen, ehe man dem Geheimnis des Feuersterns auf die Spur kommt. Der Journalist Hendrick Vandermeer gerät eher durch Zufall in den Strudel der unheimlichen Geschehnisse, an denen sowohl Geheimdienste beteiligt sind als auch eine Gruppe seltsam begabter Menschen mit ungewöhnlichen Fähigkeiten ...

Wieder einmal entführt WOLFGANG HOHLBEIN den Leser in eine Sphäre jenseits der Grenzen unserer vertrauten Wirklichkeit. Ein mitreißendes Abenteuer, eine Mischung aus Thriller und Fantasyroman, von einem der erfolgreichsten Autoren Deutschlands.

3-404-13969-0

BASTEI
LÜBBE

Auf der Suche nach einer Tankstelle stoßen der Versiche-rungsvertreter Brenner und die junge Anhalterin Astrid auf ein seltsames, uraltes Kloster, in dem die Zeit stehengeblieben zu sein scheint. Doch allzuschnell holt sie die Gegenwart ein. Über ihren Häuptern bricht ein flammendes Inferno aus, als ein arabischer Terrorist und die US-Luftwaffe sich ein letztes Gefecht liefern. Danach geschehen Zeichen und Wunder: Menschen, die Brenner verglühen sah, sind noch am Leben, und ein unheimlicher Priester enthüllt ihm die unglaubliche Kunde, daß das Ende der Welt angebrochen ist und der Widersacher nun auf der Erde wandle.

ISBN 3-404-13871-6

BASTEI
LÜBBE